文學研究叢書・古典詩學叢刊

詩學瓊瑰

黃坤堯　著

圖版 ❖ I

《說詩》（汪中題耑）

沈序

　　黃教授坤堯君余同門友也，往年先後同隸汪師雨盦先生門下，接受薰陶。坤堯年小於余而才高於余，然與余仍有數合可說：余始治許氏《說文》而坤堯治陸氏《釋文》，同屬文字訓詁之學，此其一；坤堯與余皆性喜辭章，餘事為之，往往藉以抒懷，藉以紀遊，藉以感事，此其二；坤堯與余於書畫及篆刻等皆素所篤好，因緣成就，薄有藏庋，明窗展玩，足以自怡，此其三。有此三合，加復性情相契，故來往甚為密切，除書牘及 Line 以外，我過香江，必約坤堯言聚；坤堯來臺，亦必訪余晤談，把盞飲讌，如平生歡。至於偕同出遊，亦數數有之。徘徊南韓，足及退溪之鄉；遨翔東瀛，心馳白鷺之城。隨同師大友生，數詣宜蘭三星之野；耳接啾鳴雀雛，一訪中臺飛牛之場，既已啖肥炙於北屯，復欲食湯團向客莊。歷歷往事，皆可記註。若夫大田儒城之溫湯，東鶴尼寺之茶煙，有鳳來儀，群鳥相迎，溪水泠泠，木葉翩翩，景事相將，往往迭有唱和，此尤盛事矣。坤堯詩功既深，詩興又高，故作品甚富。凡有所作，或以見抵，余得飫讀之，有時和其一二篇，樸直無文，終覺塵後，視坤堯原唱之詞采斑斕，但有讚嘆。坤堯之詩以余之淺見觀之，有數事可得而言。成詩速，一也；詩域廣，二也；文辭麗，三也；境界高，四也；詩律嚴，五也。茲分別言之。坤堯腹笥既富，才情又高，下筆撰作，自爾迅捷。吾嘗遊香江，君來飯店見訪，偕遊太平山。見其製律，頃刻成就，令人驚歎。及後常共遊南韓，迭有唱和，君常先就，視我之駑頓蹩躠，君則日馳千里之駒也，是其成詩速。坤堯涉歷甚廣，足跡所及，港澳日韓及歐洲之外，中原各地殆遍，海外名區不遺。加復為人謙和，交游廣闊，

窮奧研深，治學博達，文字語言之鄉，詩詞歌賦之域，相關學術探討，幾於無役不與，興會本高，吟詠又速，故詩作絡繹，情來無端，辭興有寄。或紀遊踪，或詠讌集，或慶嵩壽，或傷先逝，如斯之類。皆萃聚於篇什，充盈乎集帙，是其詩域廣。坤堯既富於才情，故其所為詩，往往文采豔發，舉體華贍。新詞鑄創，既陳言之務去；模寫入微，常曲折以盡意。有時似傷晦澀，意為辭掩，其實乃故為迷霧，不欲盡發。似與不似之間，引人翩翩浮想，此晚唐玉溪生之勝境，而坤堯乃優為之。昔人評玉溪生之詩，有沈博絕麗之言。我讀坤堯詩，每聯想及此，喜其文辭麗而境界高。坤堯詩守律至嚴，不容有些微通融，幾同酷吏執法，雖杜少陵無以逾之，余之柝弛，常蒙敲擊。有所諟正，律以將意，存時不能兼顧，坤堯詩總能兩全，是其詩律嚴，此亦由其詩功深之故也。今余耄矣，目昏神倦，斜陽冉冉，漸薄於山，而坤堯則猶講學不輟，虎據香江之濱，巍然吟壇大老，後起賴之品第，新秀憑以甲乙。而坤堯本人亦創作不休，佳作絡繹，他日將續出新集，以為詞人之軌式，囑先為數言，備作喤引。忝為知交，不能辭，謹略述此數言於新店雲在盦。

沈秋雄
二〇二五年六月十七日定稿

鍾序

　　中國古代從來就有一種學問稱為詩學。這種學問探討詩這種文體的起源、流變、格律、派別、評論、作法。詩學源自於經學，散見於諸子、史部。《漢志》所錄六藝、詩賦、諸子各部圖書，詩學每每有之。後因鍾嶸《詩品》和劉勰《文心雕龍》單獨而專門，而被《隋志》《四庫》目錄珍視。《詩品》起於品鑒，而《文心》則多有專論詩藝之篇，其《明詩》、《時序》、《才略》、《知音》等篇較多論詩之體、史、才、藝以及評論解說。入唐以後有以技法為核心的詩學文獻如皎然《詩式》，表現出非常注意對詩藝的總結。到宋代有標舉以詩為話題中心的詩學作品如歐陽修《六一詩話》、嚴羽《滄浪詩話》等。概言之，先秦漢魏六朝詩歌的演進催生了詩文評中的詩論，唐宋以降詩歌繁榮催生了詩話與評點。許多論詩之著作，後世漸趨與創作並駕齊驅。迨及近世上世紀前半葉論詩者雖不多但俱是高手，上世紀後半葉學術復興論詩之著隨之增多。在古時至近世豐厚的詩學成績面前，今人如何翻新而出奇？是一個高難的課題。

　　黃坤堯教授《詩學瓊瑰》的《文選》、唐、宋詩學部分，以詩史為主線，評論解說，又以詩體為輔線，詩畫音樂部分則以旁通其他藝術樣式為主題，可見其詩學遠有所紹承，近有所發明。這本專著除了各篇具體所寫之外，黃坤堯教授自序有提要。於書的內容，當無庸贅言，略有讀後感，呈獻於此。

　　《文選》所收，賦、詩與文三類。其中詩以四言為源，起自「補亡」；以五言為歸，崇尚班固「詠史」與雜詩十九首：兩種皆詩、騷之流亞，又明別於樂府、騷賦。昭明太子不錄作者傳記，但其以刪汰

繁蕪，正以文存人，與劉子《文心》之書，當時共同協作，有意做文徵、文心、文史、文評，以建立梁代為文之學，而各部分雖有側重但卻又互見互含。黃坤堯先生在書中勾稽考述了《文選》詩學（詩論體系和當時詩文評關係），甚為的當。書中對六朝四言詩的新變、五言與樂府的合流、題材分類與歷史發展，都有全新的看法。又指出雜擬古詩，看似模仿，實為創作，所論很妥帖；這種題目，是善作之人方知其中甘苦的。至於《選》詩與京都建設及文化氣象，所論前所未發，別開生面。顯然，黃先生不是把重點放在詩體，而是把重點放在詩人，以及詩歌的歷史氛圍，也即是當時的文化生態，這種研究策略，是值得學人借鑒的。

「李杜文章在，光焰萬丈長」，詩學永遠繞不開李白和杜甫。李白入都、李杜交誼、杜子詩心和晚年心態，都是學界共同關心的話題，是在研究盛唐詩歌時無不必須提供自己意見才能算數的。書中提出盛唐詩歌起於高、李、杜的梁宋之遊、也對李白入都三次的學術看法作了辯論提出新見、認為杜甫湖湘前後心態不同（悟得超脫，不再沈鬱）、晚節詩律細（雙聲疊韻）事出有因，都是清新而獨到的見解，為讀者提供了與以往對盛唐詩家代表人物的不同詮解。在方法上，黃先生特別注意對意象（例如「撫孤」「龍鳳」）的分析，通過語言意象切入詩歌情感世界，這是深得詩歌藝術特徵的做法。

「宋人生唐後，開闢亦難為」，但宋人有一代之詩歌，終有不同於唐代的自己面貌。黃先生通過考述歐陽修、王安石、蘇軾、黃庭堅，從而勾畫出了北宋風流，也即在唐之後擁有宋代自己的時代精神。歐陽有邁李之作如《廬山高》，而文宗韓愈；王安石崇尚子美，而有卑青蓮；蘇軾則步趨李白而氣過之，獨得三百年之樂；黃庭堅詩宗杜甫，別開一派。書中對於學人之前不太重視的《三劉家集》的評論解讀，可見理學為心，弘揚正氣，賦予了宋代士人精神的高度，真是獨具慧眼。對於周邦彥作為政壇、詞苑、詩林的位置，書中也作了

非常好的分析評判，認為其詩融會唐宋，詭異豔麗，在宋代有獨特地位。又以陳後山為例，說明宋代詩學的雅俗替變、正奇相生的現象。這些都是對於宋代詩歌個案研究的示範。

　　古代藝苑的琴詩書畫往往有人兼擅，而詩詞曲三種文學更是一家三兄弟。藝事一家親，正如蘇軾曾論王維詩中有畫，畫中有詩，相異又相通。自清代至於晚近，文人集諸藝於一身人數更多，詩畫互相生發，詞曲同為藝珍。對於這種現象，黃先生在書中另列一目論之，也是他自己長期浸淫於書畫而折射於文學歷史研究的自然所為。書中選了康雍間李鱓、題畫的金農、高翔、許乃穀等畫家的詩歌寫作，分析了詩畫一律的道理與詩畫相生的意趣。對於晚近流落到香港的鄧芬，又研究其詩與詞曲的關係，描畫了避風塘的歌樂金粉如何讓鄧芬的詩詞境界大開。劉勰《文心‧情采》以形文、聲文、情文論之，所謂雜成黼黻、比成韶夏、發為辭章，精於情文，通於百文。藝苑若以詩為主體旨歸，必有大觀，正所謂詩若美，一切皆美。

　　前文稱黃坤堯教授在詩詞是善作之人，因為他是長期勤於詠事的詩詞作家。早年黃先生就以詩詞蜚聲海峽兩岸，世紀初已經是粵港乃至全國的詩教領航人。臺灣汪中曾在黃坤堯《清懷詩詞稿》（1989年）序稱讚「坤堯脫穎上庠，早耽吟詠，鍥之弗懈」「其詞筆斐然，固由積學秉賦」。他自己也自述創作趣味，曰「發抑鬱，揚志氣；觀吐屬，淬詞章」，逃禪逃酒，希聖希賢，「踽踽獨行，流連歌酒；翩翩蝶舞，惜取春心」。其所為詩詞，一直是涵養性情，陶煉志氣，豈獨為詞章文采哉！黃先生除了新詩、散文集、文言文作品集之外，還有舊體詩詞集多種，例如《清懷詞藁和蘇樂府》（臺北文史哲出版社，1999年）、《清懷三藁》（臺北學海出版社，2005年）。至於其詩學著作，連同整理的前人詩集，足有二十種上下。可見其稟賦清雅、積學儲寶，既是操曲之手，又是審音之家。正所謂，古有歷代詩話，今有清懷詩說，識器、曉聲，良有以也。

最近，既聞說黃先生有專著《嶺南近代詩詞叢談》即將出版，又見他的說詩著作《詩學瓊瑰》將要付梓。先生命余作序，余何敢為？謹以誠敬之心，作讚歎之言代之。

鍾　東

二〇二五年六月十日星期二於廣州海珠區中山大學

自序

　　「喚起謫仙泉灑面，倒傾鮫室瀉瓊瑰」（蘇軾〈有美堂暴雨〉），蘇仙與謫仙在暴雨中相遇，傾水洗面，把龍宮翻倒過來，水晶珠玉，紛披灑落，多麼豪麗的壯舉，令人眼前一亮。詩學的動力，就是揚帆出海，尋覓蓬萊方丈、瀛洲芳草，以及那深藏海底的金粉樓臺、琉璃殿宇。可是甫一抵達，神山海域，似有若無，很快又化作流光幻影，看來還是遙不可及的。

　　《詩學瓊瑰》，或名《鮫室瓊瑰：清懷說詩探索》，壓縮撮寫，冀得旨要。嚮往東坡想像的世界，捕捉八荒之象，學詩與詩學，花間蕃錦，大抵也當作如是觀。當年在新生南路雙安廬中聽雨盦師把酒談詩，惠風和暢，金玉琳瑯，上下古今，不著邊際。老師興到，即時題寫「說詩」二字，或擬預作書名，或備他時之用。當時既無述作，也沒有具體的書稿，只是想多讀作品，寫點讀詩報告而已。後來積稿漸多，也未能再請老師審閱了。年一過往，何可攀援？俯仰之間，已為陳跡。雨盦師為《說詩》簽題墨寶，其實也就是鼓勵的動力，反覆探研，日新又新。今年四月，偶然談及出版計劃，伯時兄聽聞消息，以為刊印詩集，特意撰序一篇，有待完成，直至抵達臺北之夜，始於敦化南路悅上海餐廳席上，持續以手機撰寫，一揮而就，即時傳送。可是沈兄誤以為是詩稿著作，放肆雄文，尤多溢美之言，揄揚過譽，愧不敢當。雲在盦序文多敘同門交誼，雖非為《詩學瓊瑰》而作，實亦關乎詩學詩境，末稱「他日將續出新集，囑預為數言」者，似亦若合符節，月影朦朧，權借作本集序言，情意相通，詩境一也，伯時兄勿以為怪。《詩學瓊瑰》彙錄說詩論稿二十篇，釐為四卷，分屬不同的

世代，各具風采。

　　卷一《文選》詩學。《文選》的詩學建構，探索四言詩最後的光芒、詩與樂府的合流、《文選》詩的分類、歷代詩歌的發展、《文選》與《詩品》、《文選》的詩論體系、《文選》的詩學批評、《文選》中的詩人塑象各項。希望對「選詩」有全方位的認知，而這更是詩學的基礎所在。通過《文選》，進一步可以理解漢魏五言詩的起源問題，探討五言詩的催生歷程、古詩與樂府重出互見、附會史事與詮釋解說、詩歌發展步伐的先後、詩歌風格的比較、甄后的出場等課題。詩無達詁，或可供建構一家之言。文學傳承與創新並重，而模擬亦跟繼承文學傳統有密切的關係。《文選》收錄大量的擬古詩，其中陸機、劉鑠重寫〈古詩十九首〉，〈擬古詩〉作意相近，面貌不一，其實也是高難度的寫作技巧，有時詩中著我，借古喻今，偷天換日，不徒是因襲前人。甚至從擬古中創新，角勝古人，更有超前的表現，探尋創作規律。賦為六詩之一，亦古詩之流也，大匠鴻業，展卷文林。《文選》京都賦中敘寫長安、洛陽、南陽、成都、建業、鄴城六都，煌煌鉅製，體大思精，以備制度，各具規模，而且通過都城之間的相互比較，或可考見古代京都的建設規模與文化氣象，古未必適用於今，但折衝尊俎之間，我們卻可以追懷一段古典的風采。

　　卷二盛唐氣象。首先由高適、李白與杜甫的歷史性會面揭開了序幕，依次是汴州酒壚，同登吹臺；宋中遊歷，再登平臺；最後才登覽單父縣的宓子賤琴臺。從此杜甫就展開了終身「尋找李白」的心路歷程，「世人皆欲殺，吾意獨憐才」，固執己見。同時又肯定高適「獨步詩名在」，堅持信念。在詩的國度裏，達成「撫孤」的遺願。杜甫吟詠龍、鳳的詩歌亦多，大抵託興於神物，寫的卻是國家社會的眾生百態。潛龍隱匿於山湫或潭水之中，承受重壓，表現委屈的姿態，希望能夠衝出重圍，實在足以反映杜甫寫作時壓抑已久、不吐不快的精神狀態，期待「溪壑為我回春姿」、「當何暑天過，快意風雲會」，主導

季節的變換，化險為夷。至於鳳凰諸詩的意象，杜甫人神合一，物我一體，由潛龍一躍化身而為飛鳳，高飛在天，忍受朝飢，或照顧無母的雛鳳，或領著九隻雛鳳，甚至下愍百鳥，以至黃雀、螻蟻等，激怒鴟鴞，目的就是要俯視一切人間的罪惡，打抱不平，伸張正義。杜甫在晚年的湖湘詩中見證了盛唐的沒落，過去一切美好的事物都化為烏有，至為沈痛。他要重新思考自己的思想定位，甚至顯得激烈，突出反抗精神，將「致君堯舜」的重擔託付給蘇渙，自然也就不同於往日溫柔敦厚的詩教了。

杜甫自稱「晚節漸於詩律細」，具體情況很難解釋清楚。但通過雙聲疊韻，可以發現杜甫創製新詞、短語，提煉詩的語言，構詞精巧。雙聲之例有「百寶」〔幫紐〕、「美名」、「莫覓」〔明紐〕、「顛倒」、「得釣」〔端紐〕、「縱酒」、「樽酒」〔精紐〕、「千秋」〔清紐〕、「消息」、「瀟湘」〔心紐〕、「征戰」、「真珠」〔照紐〕、「識聖」〔審紐〕、「佳句」、「功蓋」、「歸家」、「故國」、「羈孤」、「鼓角」、「金鼓」〔見紐〕、「空看」、「空闊」〔溪紐〕、「會合」〔匣紐〕、「臨老」、「龍麟」〔來紐〕、「日繞」〔日紐〕等。「露冷蓮」〔來紐〕三字連用，「覺高歌感鬼」〔見紐〕則五字連成一氣，都可以在詩句中創製出特殊的音節，富有新意。又在「直北關山金鼓震，征西車馬羽書遲」中，「震征」〔照紐〕乃隔句雙聲，要連讀才感受到金戈碰擊的效果。疊韻之例有「從容」〔鍾韻〕、「菽粟」〔屋韻〕、局促〔沃韻〕、「支離」〔支韻〕、「崔嵬」〔灰韻〕、「灑淚」〔寘韻〕、「許與」〔語韻〕、「親身」〔真韻〕、「殘丹」〔寒韻〕、「前賢」〔先韻〕、「見面」〔線韻〕、「蕭條」〔蕭韻〕、「照耀」〔嘯韻〕、「悵望」〔漾韻〕、「名成」〔清韻〕、「青冥」〔青韻〕、「蹭蹬」〔嶝韻〕、「周流」〔尤韻〕等。尤其是在「錦里殘丹竈，花溪得釣綸」中，「殘丹」跟「得釣」並不成詞，下文「丹竈」「釣綸」才能合成詞語，但加入了**雙聲疊韻**，以聲音作對仗，即有鬼斧神工、配合巧妙之感，表現獨特的句法效應，所謂妙手偶得之者，亦可

遇而不可求了。可見杜甫在音律的探尋方面比較敏感，可以擺脫聯綿詞的局限，創製出大量淺易的平常語言、生活用語，運行於詩行之中，音韻細密，聲情諧叶。

卷三北宋風流。北宋詩壇在唐詩耀眼的光芒下推陳出新，別開生面，瀰漫著樂觀豪邁的情緒，特別是歐陽修、王安石、蘇軾、黃庭堅四家，他們在公元第一個千禧年的時代，面對偉大豐盛的唐詩，不亢不卑，創建自我的風格，寫出時代精神。宋人以重建儒學為己任，提倡氣節，關心文教，宏揚詩學，因此尊韓尊杜成了大家共同努力的方向，而這也是北宋詩文革新的基本力量。宋人面對李白，才氣橫溢，神變莫測，大家心嚮往之，其實並不容易高攀；但對於歐、蘇來說，他們學養深厚，胸襟廣闊，洋溢著一股豪邁俊朗的浪漫精神。因此，他們在揣摩李白詩的神理聲色之餘，有時也會冒出「超越李白」的狂想。他們固以李白為學習對象，但又希望超越李白，表現自我，與服膺杜甫關懷君國、補察時政的儒者氣象完全不同。

《三劉家集》彙錄劉渙、劉恕、劉羲仲祖孫三代及當時文人酬贈的作品，他們「潔廉不撓，冰清而玉剛」的人格、言行和事蹟流傳甚廣，建構當代的人文精神，表現高尚的品德，激揚讀書人的氣節，祖孫三代守正不阿，知所進退，一脈相承，為宋代的士風樹立了良好的典範。劉氏三代名配廬山，成為宋代廬山著名的風景線。

周邦彥上〈汴都賦〉，頌揚新政，一舉而揚名。其《清真詞》則流行於歌壇之中，傳唱不輟。其實周邦彥詩體融唐宋，一方面傳承唐詩的韻律和風神，掩映多姿；一方面又顯出宋詩的新警和深刻，體貌多變。周邦彥詩以寫實為主，議論風發，復以思理嚴密、感情顯豁、意象精美，音韻悠揚，皆能彰顯宋詩的本色，表現個人的獨有品味，亦為傑構。

卷四畫中有詩，詩中有樂。清代揚州八怪畫名滿天下，其實很多亦擅詩作，融於畫作之中，畫中有詩，可惜很多都沒有結集出版。李

鱓詩云：「小庭一夜沈沈雨，幾葉青披滴又開。我有新詩三百首，欲書長幅怕輕裁。」（〈蕉竹圖〉）又云：「劈開古錦囊中物，百寶生光顆顆奇。昨夜老夫曾大嚼，臨風一吐有新詩。」（《花卉圖冊·石榴》）李鱓自稱所作為「新詩」，甚至三百首之多，自視甚高。而金農題畫作品中的自度曲其實更是超時代的「新詩」、「白話詩」，配合入樂的「曲子」，富有創意。高翔《西唐詩鈔》恬淡明淨，意象高遠，尺幅天地之中，深化意境。而遠離市喧，清靜自持，尤似世外高人，處處保留一份矜持和格調，以及內心的冷靜。我行我素，獨具一格，未能引人注目，可能也不必在意了。

許乃穀《孤山補梅圖卷》見於中國嘉德（香港）國際拍賣有限公司，二〇一九年刊印，製作精美，典麗堂皇。道光元年（1821）辛巳二月初六日，杭州文藝界在西湖孤山舉辦了巢居閣落成祀典的盛會，植梅放鶴，綻放異彩。與會者七十人，都是當時江浙一帶詩書畫印的文化名流，一時高手雲集，撰作了大批的作品，嚴格來說應該還是精品。當時許乃穀以〈邁陂塘〉一詞紀事首唱，繼作者文七篇、詩九十首、詞四十二闋，連同計乃穀原作，墨寶流傳，則為一四〇件。

近代鄧芬精於書畫，擅長撰曲，尤以避風塘詩詞最負盛名。諸作總結個人一生的遭際遇合，時空流轉，聲色大開，風神搖曳，虛實相生，表現新時代的審美個性，顯出高雅的格調，詩情畫意，歌樂雜作，哀感無端，色香迷幻，隨意寫來，即能引人入勝。鄧芬為銅鑼灣避風塘留下了一抹永恆的豔光和神采，以及很多供人遐想的豔情故事，豐富藝術創作的神韻，令人神往。

《詩學瓊瑰》紀錄個人的學詩心得，沿路花開，相逢一笑，旨在探索詩學不斷尋覓的過程，嚮往未知的新世界。是為序。

黃坤堯
序於二〇二五年六月初吉

目次

圖版 …………………………………………… 汪　中　I
沈序 …………………………………………… 沈秋雄　III
鍾序 …………………………………………… 鍾　東　V
自序 …………………………………………… 黃坤堯　IX

《文選》詩學

《文選》的詩學建構 ………………………………………… 3

《文選》的詩論體系與詩學批評 …………………………… 15

《文選》與漢魏五言詩的相關討論 ………………………… 41

變換的技巧：〈古詩〉與〈擬古詩〉的創作比較 ………… 55

論《文選》京都賦的建設規模與文化氣象 ………………… 73

盛唐氣象

李白、杜甫與高適的交誼探究：兼李白三入長安辨 …… 103

杜甫詩中的龍鳳意象 ……………………………………… 123

高歌激宇宙，凡百慎失墜：杜甫湖湘詩中的悟境⋯⋯⋯⋯143

杜詩雙聲疊韻的應用考察⋯⋯⋯⋯⋯⋯⋯⋯⋯⋯⋯⋯⋯⋯149

北宋風流

超越李白：論北宋詩壇的文藝氣象⋯⋯⋯⋯⋯⋯⋯⋯⋯⋯167

《三劉家集》與北宋的人文精神⋯⋯⋯⋯⋯⋯⋯⋯⋯⋯⋯⋯195

周邦彥詩初探⋯⋯⋯⋯⋯⋯⋯⋯⋯⋯⋯⋯⋯⋯⋯⋯⋯⋯⋯221

宋代詩話中的俗與不俗⋯⋯⋯⋯⋯⋯⋯⋯⋯⋯⋯⋯⋯⋯⋯257

《後山詩話》探析⋯⋯⋯⋯⋯⋯⋯⋯⋯⋯⋯⋯⋯⋯⋯⋯⋯269

詩歌的和諧說辯證⋯⋯⋯⋯⋯⋯⋯⋯⋯⋯⋯⋯⋯⋯⋯⋯⋯297

畫中有詩，詩中有樂

李鱓詩踪：康、雍年間李鱓早期的詩歌創作⋯⋯⋯⋯⋯⋯303

金農題畫作品中的自度曲辨體⋯⋯⋯⋯⋯⋯⋯⋯⋯⋯⋯⋯321

荒涼自愛清於水：高翔《西唐詩鈔》初探⋯⋯⋯⋯⋯⋯⋯331

許乃縠《孤山補梅圖卷》⋯⋯⋯⋯⋯⋯⋯⋯⋯⋯⋯⋯⋯⋯347

鄧芬避風塘詩詞的聲色世界⋯⋯⋯⋯⋯⋯⋯⋯⋯⋯⋯⋯⋯355

《文選》詩學

《文選》的詩學建構

　　蕭統（501-531）《文選》是中國傳世的第一部詩文名篇的彙刊，大約成書於梁武帝普通三年（522）至七年（526）之間。[1]稍後於劉勰（465?-521?）《文心雕龍》及鍾嶸（468?-518）《詩品》二書。案《文心雕龍》成書於齊和帝中興元、二年（501-502）之間，而《詩品》則成書於梁武帝天監十三年（514）之後。[2]《文選》雖不以批評理論見長，但通過選詩，卻也表現出宏觀的詩學建構。

一　四言詩最後的光芒

　　《詩經》的作品以四言詩為主，風靡天下，早就佔據了中國詩歌的主流地位。漢代文人製作以賦為大宗，詩風委靡不振，一般還是以四言詩為主調。漢末建安以後，吸納民間樂府的句法，五言騰踊，一枝獨秀。後來整個魏晉南北朝詩，基本就是五言詩的天下了。

　　摯虞（?-311）〈文章流別論〉：「古之詩有三言、四言、五言、六言、七言、九言。古詩率以四言為體，而時有一句二句，雜在四言之間。後世演之，遂以為篇。……夫詩雖以情志為本，而以成聲為節。然則雅音之韻，四言為正，其餘雖備曲折之體，而非音之正也。」[3]

---

[1]　參王立群（1945-）：《文選成書研究》（北京：商務印書館，2005年2月），頁153。

[2]　《文心雕龍》的成書參敏澤（1927-2004）說，《中國大百科全書‧中國文學》（北京、上海：中國大百科全書出版社，1986年11月），頁934。《詩品》參曹旭（1947-）：《詩品集注》（上海：上海古籍出版社，1994年10月），頁6。

[3]　嚴可均（1762-1843）：《全上古三代秦漢三國六朝文》（北京：中華書局，1958年12

劉勰《文心雕龍‧明詩》:「若夫四言正體,則雅潤為本;五言流調,則清麗居宗。華實異用,惟才所安。故平子得其雅,叔夜含其潤,茂先凝其清,景陽振其麗。兼善則子建、仲宣,偏美則太沖、公幹。」[4]

鍾嶸《詩品‧序》:「夫四言,文約意廣,取效風騷,便可多得,每苦文繁而意少,故世罕習焉。五言居文辭之要,是眾作之有滋味者也,故云會於流俗。豈不以指事造形,窮情寫物,最為詳切者耶?」[5]

由以上三家的論述中,可以看出四言詩、五言詩地位的升降。摯虞、劉勰仍然堅持四言詩的正統地位,具有「雅音之韻」、「雅潤為本」的特質;而五言詩則屬「曲折之體」,或是「清麗居宗」的新興流調,顯出流動、變化的特質。鍾嶸直接宣判了四言詩的死刑,只是一種仿古的製作;而五言詩則是最有滋味、最有生命力的選擇。所以鍾嶸只是品評五言詩的高下,完全不談四言詩。

《文選》的詩歌共收四四三首,其中四言詩三十八首、五言詩三九六首、七言及雜言詩九首。蕭統論詩採用比較持平的態度,雖然絕大部分選的是五言詩,但也保留少量四言詩的精品。〈文選序〉云:「詩者,蓋志之所之也,情動於中而形於言。〈關雎〉〈麟趾〉,正始之道著;〈桑間〉〈濮上〉,亡國之音表。故風雅之道,粲然可觀。自炎漢中葉,厥途漸異:退傅有『在鄒』之作,降將著『河梁』之篇。四言五言,區以別矣。又少則三字,多則九言,各體互興,分鑣並

月),《全晉文》卷七十七,頁1905;又參歐陽詢(557-641)撰:《藝文類聚》(上海:上海古籍出版社,1965年11月)卷56引,頁1018。

4 劉勰所論依次是張衡、嵇康、張華、張協、曹植、王粲、左思、劉楨八人。詹鍈(1916-1998)《文心雕龍義證》(上海:上海古籍出版社,1989年8月),頁210。顏延之(384-456)《庭誥》亦曰:「五言流靡,則劉楨、張華;四言側密,則張衡、王粲。若夫陳思王,可謂兼之矣。」李昉(916-991):《太平御覽‧文部二》(北京:中華書局,1963年12月)卷586引,頁2640。

5 《詩品集注》,頁36。

驅。」[6]他只是指出四言詩、五言詩並存的事實,而各有所表現。案《文選》四言詩十六家,二十八題,三十八首。計有韋孟(228?-156B.C.)、曹操(155-220)、王粲(177-217)三首、曹丕(187-226)、曹植(192-232)三首、應貞(220?-269)、嵇康(223-262)七首、張華(232-300)、潘岳(247-300)二首、潘尼(250?-311?)、陸機(261-303)四首、陸雲(262-303)、束皙(265?-305?)六首、劉琨(271-318)、盧諶(285-351)、顏延之四首。其中韋孟、應貞、嵇康、束皙四家在《文選》中只有四言作品,沒有五言詩。其他十二家仍然兼具四言、五言的作品。總數不足十分之一,分屬漢魏晉宋的作品,且以宋代顏延之為限,而齊、梁兩代就完全不選四言詩了。

　　《文選》按詩的主題及內容分為二十三類,四言詩只見於九類作品之中,其中補亡六首、勸勵二首、獻詩三首、郊廟二首只有四言詩,又公讌五首、哀傷一首、贈答十四首、樂府三首、雜詩二首之外兼有其他的五言詩。換句話說,《文選》的詩中有十四類並沒有四言詩。

　　漢魏以後的四言詩一般應用於比較盛大典雅、莊重嚴肅的場面。例如補亡錄束皙〈南陔〉、〈白華〉、〈華黍〉、〈由庚〉、〈崇丘〉、〈由儀〉六篇,乃是重寫《詩經》的佚篇,具有文化傳承存亡絕續的意味,表現詩教精神。其中詩句「養隆敬薄,惟禽之似」、「終晨三省,匪惰其恪」、「玉燭陽明,顯猷翼翼」、「愔愔我王,紹文之跡」、「物極其性,人永其壽」、「文化內輯,武功外悠」,都能帶出孝親之思、時和歲豐、萬物生成、極其高大的主題,頗得中正簡古、文治武功之道。勸勵具有諷諫及勵志的作用。獻詩就是獻給皇上的作品,曹植〈責躬詩〉、〈應詔詩〉是魏文帝黃初四年(223)朝京都作,待罪之身、誠惶誠恐;而潘岳〈關中詩〉則是晉惠帝元康六年(296)奉詔

---

[6] 退傳即韋孟〈諷諫詩〉,四言詩;而降將即李陵〈與蘇武詩〉,五言詩。〔梁〕蕭統編,〔唐〕李善(636?-690?)注:《文選》(上海:上海古籍出版社,1986年8月),頁2。

作，敘述氐羌作亂，朝廷派兵平暴的力作，更是軍國大事。郊廟錄顏延之〈宋郊祀歌〉二首，則是宋文帝元嘉二十二年（445）正月舉行郊祀盛典的頌歌。

至於公讌五首，建安諸子多用五言，慷慨而多氣，都是描述大場面的作品；而晉宋四言詩可能更見雍容典雅、中節合度。例如《文選》所錄應貞〈晉武帝華林園集詩〉是晉武帝泰始四年（268）作。陸機〈皇太子讌玄圃宣猷堂有令賦詩〉乃晉惠帝永平元年（291）在愍懷太子司馬遹席上的應命之作。陸雲〈大將軍讌會被命作詩〉則為晉惠帝永寧二年（太安元年，302）受成都王司馬穎之命而作，拱衛王室，重振綱紀。顏延之〈應詔讌曲水作詩〉乃宋文帝元嘉十一年（434）三月三日在樂遊苑袚禊及為江夏王、衡陽王祖餞送行之作；又〈皇太子釋奠會作詩〉描述宋文帝元嘉二十二年（445）皇太子劉劭於國子學舉行釋奠之會的場面，都是以皇上太子、宗室大臣的相關活動為對象。又贈答的四言詩最多，共十四首，包括漢末王粲流寓荊州期間分贈蔡睦、士孫、文穎三首；嵇康送兄嵇喜入軍之詩五首。晉惠帝元康六年（296）潘岳〈為賈謐作贈陸機〉及陸機〈答賈長淵〉；晉元帝建武元年（317）盧諶〈贈劉琨〉及劉琨有〈答盧諶詩〉；這兩組作品相互唱答，十分熱鬧。其他晉惠帝元康三年（293）陸機〈贈馮文羆遷斥丘令〉，晉惠帝元康四年（294）潘尼〈贈陸機出為吳王郎中令〉諸詩，都能反映時事人情，殆屬有為之什。

四言詩言志之作亦多，曹操〈短歌行〉「對酒當歌」尤負盛名，但曹丕〈善哉行〉「憂來無方」，可能更為情韻動人。詩云：

> 上山采薇，薄暮苦飢。谿谷多風，霜露沾衣。野雉群雊，猴猿相追。還望故鄉，鬱何壘壘。高山有崖，林木有枝。憂來無方，人莫之知。人生如寄，多憂何為。今我不樂，歲月如馳。湯湯川流，中有行舟。隨波迴轉，有似客遊。策我良馬，被我輕裘。載馳載驅，聊以忘憂。（頁1285）

曹丕詩寫出無邊的寂寞感覺，表現憂患意識，渴望心靈的漫遊，尋覓知音。「聊以忘憂」的主題剛好跟曹操「何以解憂」的說法遙相呼應，都是人生的困惑。其他曹植〈朔風詩〉「素雪雲飛」、嵇康〈幽憤詩〉「抗心希古」、〈雜詩〉「微風清扇」、陸機〈短歌行〉「長夜無荒」等，都能寫出悲懷和心聲，纏綿愛恨，各有佳製。

此外，四言詩繼承雅頌的傳統，往往表現出博大複雜的社會內容，很多都要分章換韻，馳騁縱橫。盧諶〈贈劉琨〉二十章，潘岳〈關中詩〉十六章，又〈為賈謐作贈陸機〉及陸機〈答賈長淵〉各十一章，都能體驗出章節間嚴密的結構安排，一氣貫注，不同於一般輕巧的抒情小詩。大抵《文選》為四言詩安排了盛大的謝幕展出，總有餘音嫋嫋之感，象徵古典時代的消逝，折射出最後的光芒。

二　詩與樂府的合流

《文心雕龍》分述〈明詩〉及〈樂府〉兩篇。〈明詩〉屬於「詩言志，歌永言」的範疇。劉勰云：「詩者，持人，持人情性，三百之蔽，義歸無邪，持之為訓，有符焉爾。」又云：「人稟七情，應物斯感，感物吟志，莫非自然。」其他還有「辭達」、「順美匡惡」等種種特點。[7]〈樂府〉屬於「聲依永，律和聲」的範疇，四方各有土風，即有南音、北聲、東音、西音之異。劉勰云：「匹夫庶婦，謳吟土風，詩官採言，樂胥被律，志感絲篁，氣變金石。是以師曠覘風於盛衰，季札鑒微於興廢，精之至也。」[8]可見詩乃文人言志之作，而樂府則是民間匹夫庶婦的心聲，有待師曠、季札等審音專家的辨識和采擇。詩與樂府簡單來說就是不入樂及入樂之別。

7　《文心雕龍義證》，頁171-177。
8　《文心雕龍義證》，頁220-226。

《文選》選錄樂府四十首，以陸機十七首及鮑照（414-466）八首最多，連同郊廟二首、挽歌五首、雜歌四首，共五十一首。除了古辭的〈飲馬長城窟行〉、〈傷歌行〉、〈長歌行〉及雜歌中的荊軻（?-227B.C.）〈歌〉、劉邦（256-195B.C.）〈歌〉五首明顯是古歌之外，其他都是文人言志寄意之作，憑歌寄意，反映了建安以後詩與樂府的合流狀態，幾乎都用五言。[9]此外雜言三首，例如《文選》所載荊軻〈歌〉「風蕭蕭兮易水寒。壯士一去兮不復還。」劉邦〈歌〉「大風起兮雲飛揚。威加海內兮歸故鄉。安得猛士兮守四方。」（頁1338）陸機〈猛虎行〉起二句「渴不飲盜泉水，熱不息惡木陰」（頁1293）。又《文選》七言極少，樂府只列曹丕〈燕歌行〉一首（頁1283）。如果計入雜詩中張衡（78-139）〈四愁詩〉四首（頁1356），及雜擬中張載（250?-310?）〈擬四愁詩〉一首（頁1431），七言詩才只得六首，同樣也反映了詩與樂府的合流狀態。

三　《文選》詩的分類

　　《文選》共有賦、詩、騷、文四大文類。〈文選序〉末云：「凡文之體，各以彙聚。詩賦體既不一，又以類分；類分之中，各以時代相次。」[10]《文選》詩再細分為補亡、述德、勸勵、獻詩、公讌、祖餞、詠史、百一、遊仙、招隱、反招隱、游覽、詠懷、哀傷、贈答、行旅、軍戎、郊廟、樂府、挽歌、雜歌、雜詩、雜擬，共二十三小類。大概可以歸納為八個主題項目：
　一、特定專題的設置，包括補亡、述德、勸勵、獻詩、百一、遊
　　　仙、招隱、反招隱、軍戎九類，以一人一題為主，此外還有二

9　《文選》樂府的四言詩只有曹操〈短歌行〉、曹丕〈善哉行〉、陸機〈短歌行〉三首。另郊廟有顏延之〈宋郊祀歌〉二首。
10　《文選》，頁3。案《文選》賦分十五類、詩二十三類、騷二類、文三十七類。

人一題、二人二題，以及獻詩二人三題等，都是一些小類。獻詩的對象是皇上，例如曹植〈責躬詩〉、〈應詔詩〉、潘岳〈關中詩〉，刻意專用四言，顯得莊重。

二、宴飲之什，包括公讌、祖餞兩類。公讌專用於皇上太子以至王公大臣的盛大場面，歌功頌德。劉勰更盛稱建安諸子的公宴詩云：「並憐風月，狎池苑，述恩榮，敘酣宴，慷慨以任氣，磊落以使才；造懷指事，不求纖密之巧；驅辭逐貌，唯取昭晰之能。」[11] 祖餞詩乃餞行贈別之作，屬於私人宴聚的場面，更能暢所欲言。

三、詠史之什，專詠古人事跡，借題發揮。其中左思〈詠史〉八首最多，又顏延之〈五君詠〉，專詠阮籍、嵇康、劉靈〔伶〕、阮咸、向秀五首。

四、游覽和行旅之什，以寫景及紀行為主，當然也有所寄意了。這兩類合計有五十八首，其中謝靈運（385-433）游覽九首、行旅十首，特為大宗。次為顏延之八首、謝朓（464-499）六首、沈約（441-513）六首等。

五、贈答之什七十二首，其中陸機十首、曹植六首、謝朓五首較多。

六、樂府雜歌，例如郊廟、樂府、挽歌、雜歌四類，包括古今樂歌。

七、雜詩五十題九十三首，另加詠懷十九首、哀傷十三首，這是一組最大的類型，內容複雜。雜詩包括古詩、蘇李詩、四愁詩、朔風詩、情詩、園葵詩、思友人詩、感舊詩、時興詩、數詩等；哀傷則有幽憤、七哀、悼亡等，一般都沒有特定的題目。其他雜詩尚有陶潛（365-427）〈詠貧士詩〉、〈讀山海經詩〉；謝惠連（397-433）〈七月七日夜詠牛女〉、〈擣衣〉、謝靈運〈南樓中望所遲客〉、〈田南樹園激流植援〉、〈齋中讀書〉、〈石

---

[11] 《文心雕龍義證》，頁196。

門新營所住四面高山迴溪石瀨脩竹茂林詩〉；鮑照〈翫月城西門解中〉；謝朓〈始出尚書省〉、〈直中書省〉、〈觀朝雨〉、〈郡內登望〉、〈和伏武昌登孫權故城〉、〈和王著作八公山詩〉、〈和徐都曹詩〉、〈和王主簿怨情〉；沈約〈和謝宣城詩〉、〈應王中丞思遠詠月〉、〈冬至後至丞相第詣世子車中〉、〈學省愁臥〉、〈詠湖中鴈〉、〈三月三日率爾成篇〉；詠懷有歐陽建（265?-300）〈臨終詩〉；哀傷有謝靈運〈廬陵王墓下作〉、顏延之〈拜陵廟作〉、謝朓〈同謝諮議銅雀臺詩〉、任昉（460-508）〈出郡傳舍哭范僕射〉等有題之作，其中還有和詩五首，死生之際，也就帶出複雜的人生主題了。游志誠曾經將題作〈雜詩〉的三十一首重新歸類，可以分別派入詠懷、行旅、遊覽、軍戎、招隱、遊仙六類，無法明確入類的二首，因而指出〈雜詩〉是「在六朝詩人是自覺的一種詩學」，「一種新興詩體，特別是主題內容上的開拓創新，或者試驗。」[12]

八、雜擬之什，選詩六十三首，這也是一組較大的類型，包括擬古、效古、依古、雜體等，其中陸機〈擬古詩〉十二首、謝靈運〈擬鄴中詩〉八首，都深負盛名。又江淹（444-505）〈雜體詩〉三十首，約佔一半數量，善於模擬古典名家風格，往往神肖，氣派宏大，更屬《文選》詩的壓卷之作。

四　歷代詩歌的發展

　　《文選》選錄的詩人及名作亦多，按年代排序，可以反映歷代詩歌的發展大勢。

　　《文選》選錄先秦詩歌僅得荊軻一首，只有兩句。漢代列漢高祖、

---

12 游志誠（1956-）：《昭明文選學術論考》（臺北：臺灣學生書局，1996年3月），頁203。

韋孟（228?-156B.C.）、李陵（?-74B.C.）、蘇武（?-60B.C.）唱和七首、班婕妤（48B.C.-2AD.）、張衡四首、古樂府三首、古詩十九首。共六人，詩三十六首。

魏詩以建安、正始為盛，包括曹操、劉楨（170?-217）、應瑒（170?-217）、王粲、繆襲（186-245）、曹丕、應璩（190-252）、曹植、阮籍（210-263）、嵇康。共十人，詩八十二首。

西晉：傅玄（217-278）、孫楚（218?-293）、應貞、棗據（230?-285?）、張華、何劭（236-301）、傅咸（239-294）、司馬彪（242?-304?）、王讚（245?-311）、潘岳、石崇（249-300）、郭泰機（250?-300?）、左思（250?-305?）、張載、潘尼、曹攄（255?-308）、張協（255?-310?）、張翰（256?-312?）、陸機、陸雲、歐陽建、束皙、劉琨、盧諶。共二十四人，詩一百三十二首。

東晉：陶淵明、郭璞（276-324）、殷仲文（?-407）、謝混（?-412）、王康琚。共五人，詩十八首。

宋：顏延之、謝靈運、謝瞻（387-421）、謝惠連、范曄（398-445）、袁淑（408-453）、鮑照、王微（415-453）、王僧達（423-458）、劉鑠（431-453）。共十人，詩九十七首。

齊：范雲（451-503）、謝朓。共二人，詩二十四首。

梁：沈約、江淹、任昉、丘遲（464-508）、陸厥（472-499）、虞羲（473?-510?）、徐悱（495-524）。共七人，詩五十三首。

總計《文選》選錄六十五人，另加古樂府三首、古詩十九首兩組作品，得詩四百四十三首。在以上的一份簡表中，西晉的作品最多，次為宋、魏，近代齊梁的作品合起來也有七十七首，又次為漢代，東晉十八首最少。蕭統選詩古今並重，網羅大量的名篇佳製，對於一個早期的選本來說，大致穩當，而且也能反映歷代詩歌發展的軌跡。有些學者批評他沒有選錄王融（467-493）、何遜（?-518?）、吳均（469-520）、王僧孺（465-522）等名家的作品，可能表現他對新體詩的冷

淡。[13]這是一廂情願的看法，見仁見智。其實選集很難完全滿足各方面的需要，最後也只能秉持個人的原則和理念，呈現獨有的審美觀點。

　　值得注意的，是《文選》對梁代作品的重視，蕭統選出最後的虞羲及徐悱二家，志意奮發，激越豪邁。虞羲〈詠霍將軍北伐〉云：

> 擁旄為漢將，汗馬出長城。長城地勢險，萬里與雲平。涼秋八九月，虜騎入幽并。飛狐白日晚，瀚海愁陰生。羽書時斷絕，刁斗晝夜驚。乘墉揮寶劍，蔽日引高旍。雲屯七萃士，魚麗六郡兵。胡笳關下思，羌笛隴頭鳴。骨都先自讋，日逐次亡精。玉門罷斥候，甲第始修營。位登萬庾積，功立百行成。天長地自久，人道有虧盈。未窮激楚樂，已見高臺傾。當令麟閣上，千載有雄名！（頁1014）

此詩藉霍去病（140-117B.C.）征伐匈奴的故事，全力鋪敘沙場景色及戰況的激烈。末二句渴望建功立業，勝利歸來，寫出了氣勢。又徐悱〈古意酬到長史溉登琅邪城詩〉云：

> 甘泉警烽候，上谷拒樓蘭。此江稱豁險，茲山復鬱盤。表裏窮形勝，襟帶盡巖巒。脩篁壯下屬，危樓峻上干。登陴起遐望，回首見長安。金溝朝瀸灒，甬道入鴛鸞。鮮車鶩華轂，汗馬躍銀鞍。少年負壯氣，耿介立衝冠。懷紀燕山石，思開函谷丸。豈如霸上戲，羞取路傍觀。寄言封侯者，數奇良可歎！（頁1064）

　　這是一首酬贈到溉（477-548）的作品，作者登城遠眺，懷想故

---

[13] 參陳慶元（1946-）：〈蕭統對永明聲律說的態度并不積極──《文選》登錄齊梁詩剖析〉，《文選學新論》（鄭州：中州古籍出版社，1997年10月），頁146-157。

都長安，期望收復故土，重整文明，在山河大地上馳走，特別是「少年負壯氣，耿介立衝冠」二句，壯懷激烈，氣宇軒昂。可見《文選》期望當代詩歌都能振奮人心，寫出作品的力度。

五　《文選》與《詩品》

《文選》的編成稍後於《詩品》十年左右，二者選詩的觀念略同。《詩品》專論五言詩，而且分列上品、中品、下品，加以評述。《文選》沒有列品，也沒有評述，但通過選詩的數量，跟《詩品》比對，異同之間，其實也相當接近。

上品：古詩（19）、李陵（3）、班婕妤、曹植（25）、劉楨（10）、王粲（13）、阮籍（17）、陸機（52）、潘岳（10）、張協（11）、左思（11）、謝靈運（40）。

中品：曹丕（5）、嵇康（7）、張華（6）、孫楚、王讚、張翰、潘尼（4）、應璩、陸雲（5）、石崇、曹攄（2）、何劭（3）、劉琨（3）、盧諶（5）、郭璞（7）、郭泰機、陶潛（8）、顏延之（21）、謝瞻（5）、謝混、袁淑（2）、王微、王僧達（2）、謝惠連（5）、鮑照（18）、謝朓（21）、江淹（32）、范雲（3）、邱遲（2）、任昉（2）、沈約（13）。

下品：曹操（2）、歐陽建、應璩〔貞〕、[14]棗據、張載（3）、傅玄、傅咸、繆襲、殷仲文、范曄、劉鑠（2）、陸厥（2）、虞羲。

在上品十二家中，除李陵及班婕妤外，起碼都在十首之上。《文選》最推崇陸機、謝靈運、曹植三家，次為古詩十九首及阮籍，幾乎沒有異議。中品三十一家，則以江淹的作品最多，次為顏延之、謝

---

14 《詩品》中品列「魏侍中應璩」，不宜復於下品列「晉文學應璩」，後者排於歐陽建與嵇含之間，參之《文選》，當為應貞。曹旭《詩品集注》改為「魏文學應瑒」，揆之本條的時代序次，未必相應。頁231、370。

朓、鮑照、沈約等，陶潛只得八首，可見《詩品》列於中品也是恰當的，自是當時的公論。下品十三家，除張載三首外，《文選》一般都只選一兩首作品，曹操亦僅二首，跟《詩品》的評鑑若合符節。

　　此外，《文選》尚有十一位詩人，在《詩品》中沒有列品。其中荊軻、劉邦、韋孟、張衡（4）、束皙（6）五家選的不是五言詩，古樂府可能不評，徐悱年代稍後，都不在《詩品》討論之列，餘下不入鍾嶸法眼的，其實只有蘇武（4）、應瑒、司馬彪、王康琚四家。

《文選》的詩論體系與詩學批評

一 前言

　　蕭統（501-531）《文選》輯錄大量賦、詩、騷、文的名篇佳製，膾炙人口，琅琅成誦，成了後代寫詩作文的入門必讀書。杜甫訓子的名句「熟精文選理」，[1]後代文人往往都有相同的體驗，其實也是學者必然的首選。《文選》以選錄文學作品為主，不同於《文心雕龍》及《詩品》二書以建構批評理論見長，但書中卻也採錄了〈毛詩序〉、〈典論論文〉、〈文賦〉、〈宋書謝靈運傳論〉四篇，都是傳統詩文理論中的經典著作，加上〈文選序〉，也就構成《文選》的詩論體系。至於〈兩都賦序〉、〈三都賦序〉、〈與吳質書〉、〈與楊德祖書〉等名篇，以及其他的詩文著作，反映《文選》的詩學批評，形式多樣。這些著述很多都是綜論文華的，詩文的分界並不明顯。詩文之間固然體製不同，但創作的原理並無二致，其中亦有相通之處。此外，蕭統對於區分文學批評及文學作品的觀念，可能並不十分嚴謹，只要是好作品，也都成為《文選》的輯錄對象。[2]因此，《文選》的批評觀點，除了

1　杜甫（712-770）〈宗武生日〉云：「小子何時見，高秋此日生。自從都邑語，已伴老夫名。詩是吾家事，人傳世上情。熟精文選理，休覓綵衣輕。凋瘵筵初秩，欹斜坐不成。流霞分片片，涓滴就徐傾。」廣德元年（762）在梓州作，當時宗武才十歲左右，杜甫訓子不能貪玩，浪費光陰。楊倫（1747-1803）箋注：《杜詩鏡銓》（上海：上海古籍出版社，1962年12月），頁413。

2　王立群（1945-）認為魏晉南北朝時期文學走向獨立的標志有三，一是宋文帝立儒玄文史四館表明意識到文學與史學、經學的區別；二是文筆說、聲律說的興盛意識到純文學與大文學的區別；三是「《文選》摒棄文學批評專注於文學作品，表明編纂者

〈文選序〉具體的呈現之外，有時在所選騷、賦、詩、文中，連同一些詩說及文論的資料，相互整合，兼收並蓄，涵蓋了漢魏晉宋齊梁六代的批評理論，可能也就融為蕭統的文學理念。《文選》中的評論資料絕大部分都早於《文心雕龍》及《詩品》二書，串起來說亦足以呈現早期文學的詩論體系、詩學批評、詩人塑象，以及文學批評的發展態勢，含英咀華，手法多姿，形神兼備，令人感覺深刻。

二　《文選》的詩論體系

　　《文選》的詩論體系，主要建基於四大名篇，可以代表漢、魏、晉、宋四朝詩學觀念的演進。〈毛詩序〉相傳是卜商（子夏，507-400B.C.）所作，歷代相承，層層積累，自是先秦儒家詩論的總結，[3] 亦是漢代詩說的主流觀點。所謂「詩者，志之所之也」、「情發於聲，聲成文謂之音」、「故變風發乎情，止乎禮義」、「正始之道，王化之基」諸說，[4] 分別帶出了情志、美刺、六義、四始、正變、風教等種種理念，有為而作，義正辭嚴，重視教化功能，感動世道人心，表現尚質思維，流露人性樸厚，《文選》遵承舊說，其實也就是蕭統最基本的詩學思想。

　　曹丕（187-226）〈典論論文〉提出「文以氣為主，氣之清濁有體，

　　進一步意識到文學與文學批評的區別」，「這一進步更多地表現為純文學內部創作與批評的關係上，因此，它的理論意義更為巨大」。《文選成書研究》（北京：商務印書館，2005年2月），頁308。

3　郭紹虞（1893-1984）云：「〈詩大序〉吸收了在它以前傳詩經生的意見，比較全面地闡說了有關詩歌的性質、內容、體裁、表現手法和作用等問題，可以看作是先秦儒家詩論的總結。」參郭紹虞主編：《中國歷代文論選》（香港：中華書局，1979年3月），上冊，頁49。

4　〔梁〕蕭統編，〔唐〕李善（636?-690?）注：《文選》（上海：上海古籍出版社，1986年8月），卷45，頁2029。

不可力強而致」的主張,[5]認為文學表現乃源自作者天縱的稟性,奠定了建安七子的文學地位,互見高下。此外又說明了「奏議宜雅,書論宜理,銘誄尚實,詩賦欲麗」四科八體的美學特點,揭示文體的個性特點,逐漸擺脫教化的觀念,詩賦由質而麗,剛好配合建安文學飛躍發展的時代,刻劃身世之感,慷慨多氣。末云:「蓋文章經國之大業,不朽之盛事。年壽有時而盡,榮樂止乎其身,二者必至之常期,未若文章之無窮。是以古之作者,寄身於翰墨,見意於篇籍,不假良史之辭,不託飛馳之勢,而聲名自傳於後。」(頁2270)曹丕主張在有限的生命中,追求不朽的理念。其實蕭統跟曹丕一樣,同樣具有皇太子的身分,愛好詩文,文以致用,結合群體的力量,推重文學,很自然的引為知音,承傳不絕。

陸機(261-303)〈文賦〉探求寫作「用心」之所在,刻劃構思與創作的過程,尤重靈感,貴在獨創,體系嚴密,議論縱橫。陸機在曹丕四科八體的基礎上,將文體的風格特徵分為十類:「詩緣情而綺靡,賦體物而瀏亮。碑披文以相質,誄纏綿而悽愴。銘博約而溫潤,箴頓挫而清壯。頌優遊以彬蔚,論精微而朗暢。奏平徹以閑雅,說煒曄而譎狂。」兩句一韻,合為五科,詩賦緣情體物,各具特點,其實也是相互補充為說的。陸機結合卜商「詩言志」、「情發於聲」及曹丕「詩賦欲麗」兩家之說,推出「詩緣情而綺靡」的主張,內外一體,更能豐富詩歌的表現能力,探尋審美的極限,催化情之為用,塑造經驗世界。[6]又云:「其為物也多姿,其為體也屢遷。其會意也尚巧,其

---

5 郭紹虞釋云:「清是俊爽超邁的陽剛之氣,濁是凝重沈鬱的陰柔之氣。」《中國歷代文論選》,頁129。
6 清遠道人〈《牡丹亭》題詞〉云:「情不知所起,一往而深。生者可以死,死可以生。生而不可與死,死而不可復生者,皆非情之至也。夢中之情,何必非真,天下豈少夢中之人耶?」「嗟夫,人世之事,非人世所可盡。自非通人,恆以理相格耳。第云理之所必無,安知情之所必有邪。」參湯顯祖(1550-1616):《牡丹亭》(香港:中華書局,1976年5月),頁1。

遣言也貴妍。暨音聲之迭代，若五色之相宣。」（頁766）摹寫文學形象，不斷創新和變化，意尚巧而言貴妍，敷陳聲色，「普辭條與文律」，固然重視藝術技巧；「練世情之常尤」，其實更在乎世道人心。揭示詩歌的審美特質，波瀾壯闊，自顯用心。[7]

　　沈約（441-513）〈宋書謝靈運傳論〉提到永明聲律的探索歷程，矜為獨得之祕。

　　　　爰逮宋氏，顏謝騰聲，靈運之興會摽〔標〕舉，延年之體裁明密，並方軌前秀，垂範後昆。若夫敷衽論心，商搉前藻，工拙之數，如有可言。夫五色相宣，八音協暢，由乎玄黃律呂，各適物宜。欲使宮羽相變，低昂舛〔互〕節，若前有浮聲，則後須切響。一簡之內，音韻盡殊；兩句之中，輕重悉異。妙達此旨，始可言文。至於先士茂制，諷高歷賞，子建函京之作，仲宣灞岸之篇，子荊零雨之章，正長朔風之句，並直舉胸情，非傍詩史，正以音律調韻，取高前式。自靈均〔騷人〕以來，多歷年代，雖文體稍精，而此秘未覩。至於高言妙句，音韻天成，皆暗〔闇〕與理合，匪由思至。張蔡曹王，曾無先覺，潘陸顏謝，去之彌遠。世之知音者，有以得之，〔知〕此言

---

[7] 〈文賦〉云：「普辭條與文律，良余膺之所服；練世情之常尤，識前脩之所淑。」《文選》，卷17，頁771。又李善解題注云：「機妙解情理，心識文體，故作〈文賦〉。」《文選》，卷17，頁761。楊明（1942-）云：「〈文選〉則從審美的角度，對創作感興、構思、技巧等方面都作了較細緻的論述，對創作的艱苦性、複雜性表現出充分的體認，凡此都體現了對文學創作自身特殊規律的高度重視，這正是文學進入自覺時代的反映。」又云：「劉勰《文心雕龍》也是『言為文之用心的』（〈序志〉），在許多地方繼承和發展了〈文賦〉的內容，故清人章學誠說：『劉勰氏出，本陸機說而昌論文心。』」王運熙（1926-2014）、楊明著：《魏晉南北朝文學批評史》（上海：上海古籍出版社，1989年6月），頁111。

〔之〕非謬。如曰不然,請待來哲。[8]

齊武帝永明五年(487)春,沈約任著作郎,奉敕修撰《宋書》,永明六年(488)二月完成。他在〈宋書謝靈運傳論〉中對傳主謝靈運(385-433)的事蹟不作任何評論,反而借題發揮,暢談文學的發展歷程及聲律妙用。[9]沈約以曹植(192-232)、王粲(177-217)、孫楚、王瓚(245?-311)四詩為例,兩句之間,第二字平仄相反,黏對正合,有些詩句還達到了律句的標準。諸作直抒胸臆,音韻天成,而聲調諧美,唇吻流利,但這只能是妙手偶得的境界,其實前人對聲律效應並沒有多少自覺的認知。沈約甚至認為過去很多著名的詩人如張衡(78-139)、蔡邕(133-192)、曹植、王粲、潘岳(247-300)、陸機、顏延之(384-456)、謝靈運等都不懂得聲律的妙用,「此秘未覩」,顯得相當自負,甚感得意。其後唐詩五七言律盛行,蔚成一代的體製,大放異彩,成就顯赫,沈約「請待來哲」之說,果然應驗了。

蕭統可能未必完全同意沈約的聲律說,所以《文選》選詩,仍是以四言雅製及五言古詩為主,對於五言八句的新聲,所選極少,絕句更完全不在考慮之列。《文選》選錄沈約〈別范安成詩〉及謝朓〈同謝諮議銅雀臺詩〉二首,可能都是永明律中的佳製,已具律意。[10]不

---

[8] 《文選》,頁2219-2220。異文參看《宋書·謝靈運傳》(北京:中華書局,1974年10月),頁1778。《宋書》原缺「雖文體稍精,而此秘未覩」兩句,據《文選》補錄。

[9] 李善注云:「沈休文修《宋書》百卷,見靈運是文士,遂于傳下作此書,說文之利害,辭之是非。」《文選》,卷50,頁2217。

[10] 案沈約〈別范安成詩〉云:「生平少年日,分手易前期。及爾同衰暮,非復別離時。勿言一樽酒,明日難重持。夢中不識路,何以慰相思。」《文選》,卷20,頁983。又謝朓(464-499)〈同謝諮議銅雀臺詩〉云:「穗幰飄井幹,罇酒若平生。鬱鬱西陵樹,詎聞歌吹聲。芳襟染淚跡,嬋媛空復情。玉座猶寂漠,況迺妾身輕。」《文選》,卷23,頁1099。其他五言八句者尚有顏延之〈五君詠五首〉(〈嵇中散〉一首叶平韻,其他四首叶仄韻)、阮籍(210-263)〈詠懷詩十七首〉(其一「夜中不能寐」)、劉楨(167?-217)〈贈從弟三首〉(其一、二叶仄韻,其三叶平韻)、〈古詩十九首〉(其

過他仍然尊重沈約的意見,選入了〈宋書謝靈運傳論〉,確具識見。其後《玉臺新詠》滋生新體,面貌劇變,見證另一個詩的世代了。以上四篇分別帶出了不同的詩學觀點,《文選》兼收並蓄,涵蓋的範圍亦廣,在古代文論中深具代表性,鑄成永恆的經典,表現蕭統的慧識。

至於蕭統〈文選序〉,亦為名作。蕭統主張天人合一,文籍就是天文和人文總體的呈現,「蓋踵其事而增華,變其本而加厲」,永遠處於不斷的發展狀態之中,隨時變改。蕭統論詩,基本上繼承了〈詩大序〉「詩者,蓋志之所之也,情動於中而形於言」的觀點,復由詩之六義衍生出多樣不同的詩體,例如賦體的成立,「至於今之作者,異乎古昔,古詩之體,今則全取賦名」。屈原(340-278B.C.)則創為騷體,「又楚人屈原,含忠履潔,君匪從流,臣進逆耳,深思遠慮,遂放湘南。耿介之意既傷,壹鬱之懷靡愬;臨淵有懷沙之志,吟澤有憔悴之容。騷人之文,自茲而作。」而風雅之道發展為四言詩及五言詩,頌者「游揚德業,褒贊成功」。此外諸體繁興,詩文並進,「次則箴興於補闕,戒出於弼匡。論則析理精微,銘則敘事清潤。美終則誄發,圖像則贊興。又詔誥教令之流,表奏牋記之列,書誓符檄之品,弔祭悲哀之作,答客指事之制,三言八字之文,篇辭引序,碑碣誌狀,眾制鋒起,源流間出,譬陶匏異器,並為入耳之娛;黼黻不同,俱為悅目之玩。作者之致,蓋云備矣。」(頁1-3)可見詩乃一切文學的根源,花樣百出,《文選》選錄歷代詩文體製,共分三十八類,而文壇也呈現出一片興盛的景氣了。蕭統甚至確定文學的定義,限為「綜緝辭采」、「錯比文華」、「事出於沈思,義歸乎翰藻」之作,嚴限範圍,去取有度,將經、史、子的著作與詩文嚴格地區分開來,審美的功能各異,展示詩學發展的軌跡,亦見卓識。

六「涉江采芙蓉」,叶仄韻、其九「庭中有奇樹」,叶平韻),共十一首,皆屬古體。參《文選》,頁1009、1067、1114、1345、1347。

《文選》的詩論體系，由於不是一家之言，可能並不嚴謹，似有還無。但對於文章選本來說，以上四篇成於眾手，由「詩言志」出發，到了「文以氣為主」、「詩賦欲麗」、「詩緣情而綺靡」的主張，以至沈約揭出聲韻的奧秘，浮聲切響，輕重悉異，剛好構成了詩論的重點系列。而〈文選序〉更提出「綜緝辭采」、「錯比文華」，展現不同的風情和美態，其實也就是古典詩歌具體的發展歷程，具有劃時代的總結意義。梁陳以後徐庾體全力追新，開拓唐詩的盛世，杜甫「精熟文選理」之說，所謂「理」，可能就是指《文選》的詩論體系說的。

三　《文選》的詩學批評

　　《文選》的詩學批評主要見於四類作品之中，一為賦篇的序文，二為建安時代曹丕、曹植兄弟分別與諸子論文的書信，三是歷代詩文的序文，四是補亡、雜擬兩類詩歌的題辭。突出多角度的批評，反映多元觀點，其中有些還是君臣上下的對話，立言得體，寫出立場，彌見包容之意，難度亦高。

　　《文選》首錄賦篇，有些序文往往帶有文學批評的觀點。班固（32-92）〈兩都賦序〉開篇即云：「賦者，古詩之流也。」〈詩大序〉的六義，其二曰賦，可見賦就是從古詩發展出來的，蔚為大國。又云：「或以抒下情而通諷諭，或以宣上德而盡忠孝，雍容揄揚，著於後嗣，抑亦雅頌之亞也。故孝成之世，論而錄之，蓋奏御者千有餘篇，而後大漢之文章，炳焉與三代同風。」（頁1-4）班固重視漢賦的實用功能，跟雅頌的美刺一樣，兼具諷諭和揄揚兩種特質，相反相成，相互配合，可以表現立國的規模及朝廷的盛典。漢賦作者甚多，因而成就了一代的體製。

　　左思（250?-305?）〈三都賦序〉參考大量文獻資料，強調實證精神，用十年的時間撰寫〈三都賦〉，導致洛陽紙貴。序云：「余既思慕

〈二京〉而賦〈三都〉,其山川城邑則稽之地圖,其鳥獸草木則驗之方志。風謠歌舞,各附其俗;魁梧長者,莫非其舊。何則?發言為詩者,詠其所志也;升高能賦者,頌其所見也。美物者貴依其本,讚事者宜本其實。匪本匪實,覽者奚信?且夫任土作貢,〈虞書〉所著;辯物居方,《周易》所慎。聊舉其一隅,攝其體統,歸諸訓詁焉。」(頁174)揭出經營創作的甘苦之談,務本求實。皇甫謐(215-282)〈三都賦序〉亦云:「古人稱不歌而頌謂之賦。然則賦也者,所以因物造端,敷弘體理,欲人不能加也。引而申之,故文必極美;觸類而長之,故辭必盡麗。然則美麗之文,賦之作也。昔之為文者,非苟尚辭而已,將以紐之王教,本乎勸戒也。」強調美麗之文的特質,盡美盡麗,強調文辭的誇飾作用。至於王教、勸戒之說,深化賦體的意義和功能,只是門面說話,輕輕帶過,可不必過於認真了。皇甫謐又云:「作者又因客主之辭,正之以魏都,折之以王道,其物土所出,可得披圖而校。體國經制,可得按記而驗,豈誣也哉!」(頁2037-2040)其實也還是強調左思的實證精神,在誇飾中知所節制,寫作時重視搜集資料,提升賦體的表現能力。

其他孫綽(314-371)〈遊天台山賦序〉云:「然圖像之興,豈虛也哉!非夫遺世翫道,絕粒茹芝者,烏能輕舉而宅之?非夫遠寄冥搜,篤信通神者,何肯遙想而存之?余所以馳神運思,晝詠宵興,俛仰之間,若已再升者也。方解纓絡,永託茲嶺。不任吟想之至,聊奮藻以散懷。」(頁494)指出賦同樣具有圖像的寫實功能,但一定要有專注功夫,經歷了遺世翫道,遠寄冥搜,馳神運思,奮藻散懷等種種的鍛鍊,天台山的形象自然就會呈現出來了。王逸(89?-158)〈魯靈光殿賦序〉云:「詩人之興,感物而作。故奚斯頌僖,歌其路寢,而功績存乎辭,德音昭乎聲。物以賦顯,事以頌宣,匪賦匪頌,將何述焉?」(頁509)張華(232-300)〈鷦鷯賦序〉云:「夫言有淺而可以托深,類有微而可以喻大,故賦之云爾。」(頁617)馬融(79-166)

〈長笛賦序〉云:「是故可以通靈感物,寫神寓意。致誠効志,率作興事。溉盥汙濊,澡雪垢滓矣。」(頁821)諸說彰顯賦體的不同功能,包括「遠寄冥搜」、「感物而作」;以淺喻深,以微喻大;「通靈感物,寫神寓意」等,各具一得之見,其實也就是說明了寫作之道多方,可以從不同的途徑切入。

嵇康(223-262)〈琴賦序〉云:「余少好音聲,長而翫之。以為物有盛衰,而此無變,滋味有猒,而此不勌。可以導養神氣,宣和情志。處窮獨而不悶者,莫近於音聲也。是故復之而不足,則吟詠以肆志。吟詠之不足,則寄言以廣意。然八音之器,歌舞之象,歷世之才,並為之賦頌。其體制風流,莫不相襲。稱其材幹,則以危苦為上。賦其聲音,則以悲哀為主。美其感化,則以垂涕為貴。麗則麗矣,然未盡其理也。推其所由,似元不解音聲。覽其旨趣,亦未達禮樂之情也。眾器之中,琴德最優,故綴敘所懷,以為之賦。」(頁836)又〈琴賦〉云:「其餘觸類而長,所致非一。同歸殊途,或文或質。總中和以統物,咸日用而不失。其感人動物,蓋亦弘矣。」(頁848)描述琴音的純正,中和日用,「導養神氣,宣和情志」,其實通於詩境,可以刻劃內心的細緻感覺。

以上諸家綜論賦體的特色,兼具批評意義。例如班固指出諷諭和揄揚相輔相成的功效;左思強調實證精神,取信讀者,間接批評了誇大和空疏的寫作風氣;孫綽「馳神運思」,馬融「寫神寓意」,其實都具有早期「神思」的構想,建構文學形象;張華說明托喻的道理,而嵇康則析論聲情的關係,都能反映深刻的思理境界。諸說通於詩論,也就展現出多元的批評方法了。

《文選》輯錄了一批建安時代的書信,主要反映了曹丕、曹植兄弟與吳質(177-230)、繁欽(?-218),楊修(175-219)、陳琳(?-217)諸子論文的觀點。曹丕〈與吳質書〉撰於建安二十三年(218)二月三日,在瘟疫之後,「徐陳應劉,一時俱逝」,難免顯得傷感。論云:

觀古今文人，類不護細行，鮮能以名節自立。而偉長獨懷文抱質，恬淡寡欲，有箕山之志，可謂彬彬君子者矣。著《中論》二十餘篇，成一家之言，辭義典雅，足傳于後，此子為不朽矣。德璉常斐然有述作之意，其才學足以著書，美志不遂，良可痛惜！間者歷覽諸子之文，對之抆淚；既痛逝者，行自念也。孔璋章表殊健，微為繁富。公幹有逸氣，但未遒耳；其五言詩之善者，妙絕詩人。元瑜書記翩翩，致足樂也。仲宣續自善於辭賦，惜其體弱，不足起其文；至於所善，古人無以遠過。昔伯牙絕絃於鍾期，仲尼覆醢於子路，痛知音之難遇，傷門人之莫逮。諸子但為未及古人，自一時之雋也。今之存者，已不逮矣。後生可畏，來者難誣，然恐吾與足下不及見也。（頁1897）

曹丕申論〈典論論文〉的觀點，逐一析論徐幹（171-217）、應瑒（167?-217）、陳琳、劉楨（167?-217）、阮瑀（?-212）、王粲六子在文學上的成就，同時又指出某些不足之處，表現嚴謹的批評態度，並對吳質深致懷念之意。曹丕除了強調名節與文辭並重的觀點之外，其實還沈重地帶出了「知音」的觀念，對於構建後世「知音」的理論和方法，提供了很多活生生而又具體的例證和經驗。

吳質〈答魏太子牋〉撰於建安二十四年（219）二月八日，「陳徐劉應，才學所著，誠如來命，惜其不遂，可為痛切。凡此數子，於雍容侍從，實其人也。若乃邊境有虞，群下鼎沸，軍書輻至，羽檄交馳，於彼諸賢，非其任也。」（頁1825）吳質明白說出了他跟曹丕的不同看法，認為諸子文學上成就雖大，只是「雍容侍從」之臣，對於軍國大事，可能力有不逮。然後帶出書信的主旨，論云：

伏惟所天，優游典籍之場，休息篇章之囿，發言抗論，窮理盡微，摛藻下筆，鸞龍之文奮矣。雖年齊蕭王，才實百之。此眾

議所以歸高,遠近所以同聲。然年歲若墜,今質已四十二矣,白髮生鬢,所慮日深,實不復若平日之時也。但欲保身勒行,不蹈有過之地,以為知己之累耳。遊宴之歡,難可再遇;盛年一過,實不可追。臣幸得下愚之才,值風雲之會,時邁齒載,猶欲觸匈奮首,展其割裂之用也。不勝慺慺。[11]

此段先是讚賞曹丕的文才與卓識,比漢光武帝劉秀更具才幹,深得天下人心。其後吳質自言已經四十二歲了,壯心不已,不忍埋沒終身,渴求有用武之地,「觸匈奮首,展其割裂之用」,為國效力,表現剛烈。吳質視曹丕為「知己」,其實也是補充了「知音」之說,反映文學創作中的不同面相,而感慨繫之矣。又繁欽〈與魏文帝牋〉云:

正月八日壬寅,領主簿繁欽,死罪死罪。近屢奉牋,不足自宣。頃諸鼓吹,廣求異妓,時都尉薛訪車子,年始十四,能喉囀引聲,與笳同音。白上呈見,果如其言。即日故共觀試,乃知天壤之所生,誠有自然之妙物也。潛氣內轉,哀音外激,大不抗越,細不幽散,聲悲舊笳,曲美常均。及與黃門鼓吹溫胡,迭唱迭和,喉所發音,無不響應,曲折沈浮,尋變入節。自初呈試,中間二旬,胡欲慠其所不知,尚之以一曲,巧竭意匱,既已不能。而此孺子遺聲抑揚,不可勝窮,優遊轉化,餘弄未盡;暨其清激悲吟,雜以怨慕,詠北狄之遐征,秦胡馬之長思,悽入肝脾,哀感頑豔。是時日在西隅,涼風拂祍,背山臨谿,流泉東逝。同坐仰嘆,觀者俯聽,莫不泫泣殞涕,悲懷

---

11 《文選》,卷40,頁1826。蕭王即漢光武帝劉秀(5B.C.-57AD.),以喻曹丕。曹丕〈與吳質書〉嘗云:「光武言年三十餘,在兵中十歲,所更非一。吾德不及之,年與之齊矣。」《文選》,卷40,頁1898。

慷慨。自左駬、史妠、謇姐名倡，能識以來，耳目所見，僉日詭異，未之聞也。（頁1821-1822）

建安十七年（212）正月八日，繁欽向曹丕推薦都尉薛訪車子的音樂才華，描寫音聲演出，維妙維肖，歌喉宛轉，表現詭異，自然也是異能之士了。文中「潛氣內轉」、「哀感頑豔」二語，後來都用作詞學批評的專用術語。潛氣內轉指唱歌者運氣自如，蕩氣迴腸，五內盤旋，則感人自深了。哀感頑豔則指無論拙重華美，都能深受感動，[12]就是自然而然，感受刻骨的淒美。二者恰好符合詞體柔美的特性，自亦通於音樂與詩道了。

　　建安二十二年（217），曹植〈與楊德祖書〉，談到了他對文學創作和文學批評的看法，云：

植白：數日不見，思子為勞，想同之也。僕少小好為文章，迄至于今，二十有五年矣。然今世作者，可略而言也。昔仲宣獨步於漢南，孔璋鷹揚於河朔，偉長擅名於青土，公幹振藻於海隅，德璉發跡於此魏，足下高視於上京。當此之時，人人自謂握靈蛇之珠，家家自謂抱荊山之玉。吾王於是設天網以該之，頓八紘以掩之，今悉集茲國矣。然此數子，猶復不能飛軒絕跡，一舉千里。以孔璋之才，不閑於辭賦，而多自謂能與司馬長卿同風，譬畫虎不成，反為狗也。前書嘲之，反作論盛道僕讚其文。夫鍾期不失聽，于今稱之。吾亦不能忘嘆者，畏後世之嗤余也。

---

12 況周頤（1861-1926）云：「問哀感頑豔，『頑』字云何詮？釋曰：『拙不可及，融重與大於拙之中，鬱勃久之，有不得已者出乎其中而不自知，乃至不可解，其殆庶幾乎。猶有一言蔽之，若赤子之笑嗃然，看似至易，而實至難者也。』」《蕙風詞話》（香港：商務印書館，1961年8月），卷5，頁128。

世人之著述，不能無病。僕常好人譏彈其文，有不善者，應時改定。昔丁敬禮常作小文，使僕潤飾之，僕自以才不過若人，辭不為也。敬禮謂僕：「卿何所疑難，文之佳惡，吾自得之，後世誰相知定吾文者邪？」吾常歎此達言，以為美談。……今往僕少小所著辭賦一通相與。夫街談巷說，必有可采，擊轅之歌，有應風雅，匹夫之思，未易輕棄也。辭賦小道，固未足以揄揚大義，彰示來世也。昔楊子雲先朝執戟之臣耳，猶稱壯夫不為也。吾雖德薄，位為蕃侯，猶庶幾戮力上國，流惠下民，建永世之業，留金石之功，豈徒以翰墨為勳績，辭賦為君子哉！若吾志未果，吾道不行，則將采庶官之實錄，辯時俗之得失，定仁義之衷，成一家之言。雖未能藏之於名山，將以傳之於同好，非要之皓首，豈今日之論乎！其言之不慚，恃惠子之知我也。明早相迎，書不盡懷。植白。（頁1901-1904）

這是曹植最重要的文論，幾乎跟曹丕〈典論論文〉具有同等重要的地位，而兩兄弟的觀點亦互有同異。曹植暢談了自己的文學見解，評論當代的文學，依次摘出王粲、陳琳、徐幹、劉楨、應瑒五子，加上楊修，共六家，各據領地，振起一方，才略相當，風格多樣。信中曹植批評陳琳「不閑於辭賦」，但陳琳並不介懷，反而撰文盛稱曹植讚賞自己的文章，使曹植知所警惕，怕後世誤會，認為自己缺鑑賞能力。次段寫出自己重視批評，文章有毛病要注意改正，並稱丁廙（?-220）一直要求曹植幫忙潤飾文章，曹植懇辭，但卻引為知音美談。[13]第三段重視民間的街談巷說，富有生活體驗，未易輕棄。跟著發揮揚

---

13 《文心雕龍·知音》云：「及陳思論才，亦深排孔璋；敬禮請潤色，歎以為美談；季緒好詆訶，方之於田巴；意亦見矣。故魏文稱『文人相輕』，非虛談也。」劉勰著，詹鍈（1916-1998）義證：《文心雕龍義證》（上海：上海古籍出版社，1989年8月），頁1841。

雄（53-18B.C.）辭賦小道，壯夫不為的觀點。渴望能建功立業，文學反而不是他當前最重要的目標。曹丕以儲君之尊，過度渲染文學的地位，所謂「經國之大業，不朽之盛事」，其實在當時的文人看來，不見得都能予以認同，反映了不同的批評觀點。

楊修〈答臨淄侯牋〉云：

> 伏惟君侯，少長貴盛，體發旦之資，有聖善之教。遠近觀者，徒謂能宣昭懿德，光贊大業而已；不復謂能兼覽傳記，留思文章。今乃含王超陳，度越數子矣。觀者駭視而拭目，聽者傾首而竦耳。非夫體通性達，受之自然，其孰能至於此乎？又嘗親見執事，握牘持筆，有所造作，若成誦在心，借書於手，曾不斯須少留思慮。仲尼日月，無得踰焉，脩之仰望，殆如此矣。是以對鶡而辭，作〈暑賦〉彌日而不獻，見西施之容，歸增其貌者也。……
>
> 今之賦頌，古詩之流，不更孔公，風雅無別耳。修家子雲，老不曉事，強著一書，悔其少作。若此仲山周旦之儔，為皆有愆邪？君侯忘聖賢之顯跡，述鄙宗之過言，竊以為未之思也。若乃不忘經國之大美，流千載之英聲，銘功景鍾，書名竹帛，斯自雅量，素所畜也，豈與文章相妨害哉？[14]

楊修針對曹植的觀點，一一回應。首段稱賞曹植家世顯赫，就像周武王、周公旦兄弟，關係密切。文采風流，已經超越了王粲和陳琳。楊修只能仰望，既不敢奉和曹植的〈鶡鳥賦〉，後來寫了〈大暑

---

14 《文選》，卷40，頁1818-1820。案「大美」或為「大業」，則「經國之大業」一句或先出楊修。參徐公持（1940-）著：《魏晉文學史》（北京：人民文學出版社，1999年9月），頁65。又參歸青、曹旭著：《中國詩學史・魏晉南北朝卷》（福州：鷺江出版社，2002年9月），頁57。

賦〉，還是不敢獻上。次論賦頌風雅同源，楊修並不認同揚雄辭賦小道的觀點，間接也就稱道了曹植的辭賦可垂不朽。此外楊修亦贊同曹丕的主張，文章並不防礙經國大業的，兩者都值得追求。

陳琳〈答東阿王牋〉亦云：

> 琳死罪死罪。昨加恩辱命，並示〈龜賦〉，披覽粲然。君侯體高世之才，秉青萍干將之器，拂鐘無聲，應機立斷。此乃天然異稟，非鑽仰者所庶幾也。音義既遠，清辭妙句，焱絕煥炳，譬猶飛兔流星，超山越海，龍驥所不敢追；況於駑馬，可得齊足？夫聽白雪之音，觀綠水之節，然後東野巴人，蚩鄙益著，載懽載笑，欲罷不能。謹韞櫝玩耽，以為吟頌。琳死罪死罪。（頁1823-1824）

曹植嘗以〈神龜賦〉寄示陳琳，而陳琳即回信盛稱曹植的才華及文章，音義既遠，清辭妙句，揄揚之意，表現得體。

建安二十三年（218），曹植〈與吳季重書〉云：

> 得所來訊，文采委曲，曄若春榮，瀏若清風，申詠反覆，曠若復面。其諸賢所著文章，想還所治，復申詠之也，可令憙事小吏諷而誦之。夫文章之難，非獨今也。古之君子，猶亦病諸。家有千里驥，而不珍焉；人懷盈尺，和氏無貴矣。夫君子而知音樂，古之達論，謂之通而蔽。墨翟不好伎，何為過朝歌而迴車乎？足下好伎，值墨翟迴車之縣，想足下助我張目也。（頁1906）

曹植盛稱吳質的文采，而深感「文章之難」。朝歌乃音樂之都，但墨子非樂，所以迴車避開了朝歌。吳質深好技樂，在朝歌自然就大有作

為了。

　　吳質（177-230）〈答東阿王書〉云：

重惠苦言，訓以政事，惻隱之恩，形乎文墨。墨子迴車，而質四年，雖無德與民，式歌且舞。儒墨不同，固以久矣。然一旅之眾，不足以揚名，步武之間，不足以騁跡，若不改轍易御，將何以效其力哉！今處此而求大功，猶絆良驥之足，而責以千里之任；檻猿猴之勢，而望其巧捷之能者也。不勝見恤，謹附遣白答，不敢繁辭。吳質白。（頁1911）

　　吳質回信說不同意曹植的觀點，他在朝歌任上已經四年了，謙稱沒有建樹，他沒有像墨子刻意避開朝歌，乃由於儒墨對音樂取態不同之故。參看上文〈答魏太子牋〉，吳質一直都憤憤不平，不甘心浮沈下吏，渴望改弦易轍，建功立業，可以有更大的作為。其實吳質跟曹植一樣，都有懷才不遇的痛苦，亦自然不以文章為滿足了。

　　以上通過諸人的書信往來，深入討論了大家對文章的看法，反映多方面的話題，互相批評，當然亦各持己見。大抵曹丕、曹植兄弟君臨天下，身分顯赫，兼具文采，固然可以肆意批評，無所顧忌；而吳質、繁欽、楊修、陳琳則居於臣下的地位，難免會有所節制了，立言得體，然亦所以能暢所欲言者，亦可見「知音」之難遇也。而「知音」自然也是文學批評上一個很重要的命題。

　　蕭統《文選》的詩文著作往往也帶出詩學批評的觀點，可能有些瑣碎，不成片斷，但歸納起來，有時也可以展現古典文學的不同風貌。例如宋玉（299-222B.C.）〈對楚王問〉論云：

楚襄王問於宋玉曰：「先生其有遺行與？何士民眾庶不譽之甚也？」宋玉對曰：「唯！然！有之。願大王寬其罪，使得畢其

辭。客有歌於郢中者，其始曰〈下里巴人〉，國中屬而和者數千人；其為〈陽阿薤露〉，國中屬而和者數百人；其為〈陽春白雪〉，國中屬而和者不過數十人；引商刻羽，雜以流徵，國中屬而和者，不過數人而已。是其曲彌高，其和彌寡。故鳥有鳳而魚有鯤。鳳皇上擊九千里，絕雲霓，負蒼天，翱翔乎杳冥之上。夫藩籬之鷃，豈能與之料天地之高哉？鯤魚朝發崑崙之墟，暴鬐於碣石，暮宿於孟諸；夫尺澤之鯢，豈能與之量江海之大哉？故非獨鳥有鳳而魚有鯤也，士亦有之；夫聖人瑰意琦行，超然獨處，夫世俗之民，又安知臣之所為哉？」（頁1999-2000）

宋玉以曲高和寡之說，解釋自己聲譽不隆之故，顯出急智和辯才。本文用了「下里巴人」、「陽春白雪」兩項比喻，雅俗有別，都成了後代的批評術語，深入人心，同時也揭開了文學批評永恆的命題。畢竟文學鑑賞的對象不同，市場價值不見得就是文學的唯一評價。而詩追求高格調的表現，往往更是不同於一般流俗了。

石崇（249-300）〈思歸引序〉云：

余少有大志，夸邁流俗，弱冠登朝，歷位二十五年，五十以事去官。晚節更樂放逸，篤好林藪；遂肥遯於河陽別業。其制宅也，卻阻長堤，前臨清渠，百木幾於萬株，流水周於舍下。有觀閣池沼，多養魚鳥。家素習技，頗有秦趙之聲。出則以游目弋釣為事，入則有琴書之娛。又好服食咽氣，志在不朽，傲然有凌雲之操。欻復見牽，羈婆娑於九列；困於人間煩黷，常思歸而永歎。尋覽樂篇，有〈思歸引〉，儻古人之情，有同於今，故制此曲。此曲有絃無歌，今為作歌辭，以述余懷。恨時無知音者，令造新聲而播於絲竹也。（頁2041）

石崇乃西晉富豪，窮奢極欲，享盡人間福樂之後，仍然不斷地扣問「志在不朽」及「恨時無知音者」的兩大主題，因此藉〈思歸引〉一曲而填辭寄意。欲壑難填，究竟情歸何處？最後的選擇又是甚麼？文學世界詭異多姿，充滿浪漫的遐想，精神上的豐盛，有時比富豪的生活不遑多讓。石崇帶出了人生不斷追尋的主題，亦具思考意義。

任昉（460-508）〈奉答勑示七夕詩啟〉云：

> 臣昉啟：奉勑并賜示〈七夕〉五韻。竊惟帝跡多緒，俯同不一；託情風什，希世罕工。雖漢在四世，魏稱三祖，寧足以繼想南風，克諧調露。性與天道，事絕稱言，豈其多幸，親逢旦暮。臣早奉龍潛，與賈馬而入室；晚屬天飛，比嚴徐而待詔。惟君知臣，見於訥言之旨；取求不疵，表於辯才之戲。謹輒牽率庸陋，式訓天獎，拙速雖効，螢鄙已彰。臨啟慚悥，罔識所寘。謹啟。[15]

這是天監（502-519）初年任昉奉答梁武帝（蕭衍，464-549）〈七夕〉五韻之作。任昉與梁武帝原本同屬前朝蕭子良（460-494）府邸「竟陵八友」中的人物，其後變為君臣上下的身分，但兩人關係融洽，相與論詩，時有戲言。任昉盛稱梁武帝的詩才與文采，而謙稱生性庸陋，所作未盡如意。難免抑揚過度，評論不見得完全恰當，但本文旨在表揚帝王作品，立言得體，嚴謹凝鍊，展現出文學批評的不同視角，亦為任昉載筆的代表作。

---

[15] 李善注云：「《任昉集》，詔曰：『聊為〈七夕詩〉五韻，殊未近詠歌。卿雖訥於言，辯於才，可即制付使者。』」《文選》，卷39，頁1793-1794。文中「漢在四世」指漢武帝（156-87B.C.），「魏稱三祖」即曹操（155-220）、曹丕、曹叡（205-239），皆帝王中負文名者。又賈馬即賈誼（200-168B.C.）、司馬相如（179-121B.C.?），嚴徐即嚴安（156-87B.C.?）、徐樂。

其他顏延之（384-456）〈三月三日曲水詩序〉，宋文帝元嘉十一年（434）三月丙申禊飲於樂遊苑作，「方且排鳳闕以高遊，開爵園而廣宴。並命在位，展詩發志。則夫誦美有章，陳信無愧者歟？」（頁2054）又王融（467-493）〈三月三日曲水詩序〉，齊武帝永明九年（491）三月三日幸芳林園，禊飲朝臣作，「有詔曰：今日嘉會，咸可賦詩。凡四十有五人，其辭云爾。」（頁2067）二篇題目相同，背景相近，君臣同樂，嘉會展志，刻劃皇室的盛世主題，豐富詩歌的表現手法，帶有另類的寫實意義。

以上宋玉、石崇、任昉、顏延之四文嚴格來說談不上文學批評，但卻反映了文學與人生的多樣課題，文章合為時而著，各有知音。

《文選》的詩體共二十三類，其中首項補亡及末項雜擬兩類，帶有古典的詩論意味，寓模擬於批評，其實也是一種批評形式。例如束皙（265?-305?）〈補亡詩〉六首，李善注引〈補亡詩序〉曰：「皙與司業疇人肄脩鄉飲之禮。然所詠之詩，或有義無辭，音樂取節，闕而不備。於是遙想既往，存思在昔，補著其文，以綴舊制。」（頁905）案《毛詩·小雅》在〈魚麗〉篇後注云：「〈南陔〉孝子相誡以養也」、〈白華〉孝子之絜白也、〈華黍〉時和歲豐宜黍稷也。有其義而亡其辭。」又〈南山有臺〉後注云：「〈由庚〉萬物得由其道也、〈崇丘〉萬物得極其高大也、〈由儀〉萬物之生各得其宜也。有其義而亡其辭。」[16]據此，束皙乃模擬《詩經》補寫〈南陔〉、〈白華〉、〈華

---

16 《重校宋本毛詩注疏附校勘記》，《十三經注疏附校勘記》（嘉慶二十年〔1815〕江西南昌府學開雕本，臺北：藝文印書館，1955年4月），頁342、347。陸德明《經典釋文》云：「此三篇蓋武王之詩，周公制禮，用為樂章，吹笙以播其曲，孔子刪定在三百一十一篇內，遭戰國及秦而亡。子夏序詩，篇義合編，故詩雖亡而義猶在也。毛氏訓傳各引序冠其篇首，故序存而詩亡。」又云：「此三篇義與〈南陔〉等同，依〈六月〉序，〈由庚〉在〈南有嘉魚〉前，〈崇丘〉在〈南山有臺〉前。今同在此者，以其俱亡，使相從耳。」參鄧仕樑、黃坤堯編：《新校索引經典釋文》（臺北：學海出版社，1988年6月），頁76、77。

黍〉、〈由庚〉、〈崇丘〉、〈由儀〉六篇。可能寫得不怎樣高明，但重現一種古典風格，補亡佚詩，可能也是出於對《詩經》的想像之辭，表現不同的批評形式。

又雜擬一類也很熱鬧，作者眾多，例如陸機〈擬古詩〉十二首，得〈古詩十九首〉的精神，亦為名篇。陶潛（365-427）〈擬古詩〉云：

> 日暮天無雲，春風扇微和。佳人美清夜，達曙酣且歌。歌竟長歎息，持此感人多。明明雲間月，灼灼葉中花。豈無一時好，不久當如何。（頁1432）

自然流暢，就是珍惜這一刻春風的溫柔，擔心美好的事物轉瞬消失了，一去不回。詩中沒有多少古意，寫的只是陶潛當下的感覺，神韻悠揚，看來也是借題發揮而已。

謝靈運〈擬魏太子鄴中集詩八首〉，序云：「建安末，余時在鄴宮，朝遊夕讌，究歡愉之極。天下良辰美景，賞心樂事，四者難并。今昆弟友朋，二三諸彥，共盡之矣。古來此娛，書籍未見，何者？楚襄王時有宋玉、唐景，梁孝王時有鄒、枚、嚴、馬，遊者美矣，而其主不文；漢武帝徐、樂諸才，備應對之能，而雄猜多忌，豈獲晤言之適？不誣方將，庶必賢於今日爾。歲月如流，零落將盡，撰文懷人，感往增愴。」諸詩所擬八家，包括：

魏太子
王粲　家本秦川，貴公子孫，遭亂流寓，自傷情多。
陳琳　袁本初書記，故述喪亂事多。
徐幹　少無宦情，有箕潁之心事，故仕世多素辭。
劉楨　卓犖偏人，而文最有氣，所得頗經奇。
應瑒　汝潁之士，流離世故，頗有飄薄之歎。

>阮瑀　　管書記之任，有優渥之言。
>
>平原侯植　公子不及世事，但美遨遊，然頗有憂生之嗟。[17]

謝靈運模擬諸家風格，前面各繫小序，說明二曹及建安六子各有不同的主題及審美特點。自然也是傳統文學批評特有的表現方式。其後江淹（444-505）〈雜體詩三十首〉，專門模擬古代的名作，《文選》全錄之，並作為詩篇的壓卷。江淹原序云：

>夫楚謠漢風，既非一骨；魏制晉造，固亦二體。譬猶藍朱成彩，雜錯之變無窮；宮商為音，靡曼之態不極。故蛾眉詎同貌，而俱動于魄；芳草寧共氣，而皆悅于魂，不其然歟。至於世之諸賢，各滯所迷，莫不論甘而忌辛，好丹而非素。豈所謂通方廣怨，好遠兼愛者哉？及公幹、仲宣之論，家有曲直；安仁、士衡之評，人立矯抗。況復殊於此者乎？又貴遠賤近，人之常情；重耳輕目，俗之恆弊。是以邯鄲托曲於李奇，士季假論於嗣宗，此其效也。然五言之興，諒非復古。但關西、鄴下，既已罕同；河外、江南，頗為異法。故玄黃經緯之弊，金碧沈浮之殊，僕以為亦合其美並善而已。今作三十首詩，斅其文體，雖不足品藻淵流，庶亦無乖商榷云爾。[18]

17　《文選》，卷30，頁1432-1439。鄧仕樑（1938-）〈論謝靈運《擬魏太子鄴中集詩》〉云：「詩前有總序，是擬作者代魏太子所撰，序中之『余』自指魏太子。各人詩前有簡注兩三句，可視為小序。魏太子一首無之，代撰集諸詩的魏太子設想，自然沒有必要在自己的一首下加注。」參香港中文大學中國語言文學系主編：《魏晉南北朝文學論集》（臺北：文史哲出版社，1994年11月），頁93。

18　胡之驥注：《江文通集彙注》（北京：中華書局，1984年4月），頁136。李善注云：「〈雜體詩序〉曰：關西、鄴下，既已罕同；河南、江南，頗為異法。今作三十首詩，斅其文體，雖不足品藻淵流，庶亦無乖商榷。」《文選》，卷31，頁1452。

江淹所擬諸詩有〈古離別〉、李都尉陵〈從軍〉、班婕妤〈詠扇〉、魏文帝曹丕〈遊宴〉、陳思王曹植〈贈友〉、劉文學楨〈感遇〉、王侍中粲〈懷德〉、嵇中散康〈言志〉、阮步兵籍〈詠懷〉、張司空華〈離情〉、潘黃門岳〈悼亡〉、陸平原機〈羇宦〉、左記室思〈詠史〉、張黃門協〈苦雨〉、劉太尉琨〈傷亂〉、盧中郎諶〈感交〉、郭弘農璞〈遊仙〉、孫廷尉綽〈雜述〉、[19]許徵君詢〈自序〉、殷東陽仲文〈興矚〉、謝僕射混〈遊覽〉、陶徵君潛〈田居〉、謝臨川靈運〈遊山〉、顏特進延之〈侍宴〉、謝法曹惠連〈贈別〉、王徵君微〈養疾〉、袁太尉淑〈從駕〉、謝光祿莊〈郊遊〉、鮑參軍昭〈戎行〉、休上人〈別怨〉。其中《詩品》所列上品十二家、中品十三家、下品五家（孫綽、許詢、殷仲文、謝莊、休上人）。另《文選》選二十六家，未選者孫綽、許詢、謝莊、休上人四家，皆屬下品。可見江淹擬作的都是當時評價較高的詩人及作品，摹寫不同的風格。

　　以上以詩為論，當時還沒有詩品、詩話及論詩絕句，而束晳、陸機、陶潛、謝靈運、江淹等都用擬古的方式代言，帶出了不同的批評觀點。

四　《文選》中的詩人塑象

　　《文選》不收傳記，但在眾多的詩文描述中，其實也塑造了很多詩人的形象，例如屈原、王粲、禰衡（173-198）、陶潛等，各具精神風貌，掩映多姿，表現傑出。賈誼〈弔屈原文〉云：

　　　　訊曰：已矣！國其莫我知兮，獨壹鬱其誰語？鳳漂漂其高逝

---

[19] 案《文選》原作「張廷尉〈雜述〉綽」誤，卷31，頁1467。「張」當改為「孫」，參看《江文通集彙注》，頁153。

兮,固自引而遠去。襲九淵之神龍兮,沕深潛以自珍。偭蟂獺以隱處兮,夫豈從蝦與蛭螾?所貴聖人之神德兮,遠濁世而自藏。使騏驥可得係而羈兮,豈云異夫犬羊?般紛紛其離此尤兮,亦夫子之故也。歷九州而相其君兮,何必懷此都也?鳳凰翔于千仞兮,覽德輝而下之。見細德之險徵兮,遙曾擊而去之。彼尋常之汙瀆兮,豈能容夫吞舟之巨魚?橫江湖之鱣鯨兮,固將制於螻蟻。(頁2593)

賈誼用了大量傳說中的神物,例如鳳凰、神龍、蟂獺、騏驥、鱣鯨等來塑造屈原的「神德」,鋪敘形容,大筆淋漓,突出屈原的詩人形象,遺世獨立,與眾不同,自是文學批評中一段很精鍊的文字。顏延之〈祭屈原文〉亦云:

嬴羋遘紛,昭懷不端。謀折儀尚,貞蔑椒蘭。身絕郢闕,跡遍湘干。比物荃蓀,連類龍鸞。聲溢金石,志華日月。如彼樹芳,實穎實發。望汨心欷,瞻羅思越。藉用可塵,昭忠難闕。(頁2607)

顏延之更連用了荃蓀、龍鸞、金石、日月四類天地之間最芳馨珍貴、光輝朗耀的物象來形容屈原的「昭忠」形象,比喻鮮明,表現高超卓越的文學手法,不流於一般平凡的敘述。此外,上文也引錄了〈文選序〉中對屈原「含忠履潔」的一段描述,鑄出屈原不朽的精神,可以參看。

孔融(153-208)〈薦禰衡表〉云:

竊見處士平原禰衡,年二十四,字正平,淑質貞亮,英才卓

躓。初涉藝文，升堂睹奧，目所一見，輒誦於口，耳所暫聞，不忘於心，性與道合，思若有神。弘羊潛計，安世默識，以衡準之，誠不足怪。忠果正直，志懷霜雪，見善若驚，疾惡若讎。任座抗行，史魚屬節，殆無以過也。（頁1669）

〈薦禰衡表〉作於漢獻帝初平三年（192），是孔融向漢獻帝推薦禰衡的奏章，建構奇人的形象，見微知著，「思若有神」。此外孔融復以桑弘羊（152-80B.C.）的心計、張安世（?-62B.C.）的記憶力、任座的直言景行、史魚的直道高節四人為喻，禰衡兼具多方面的能力，也是世上難得一見的人才，令人眼前一亮。

曹子建〈王仲宣誄〉云：

君以淑懿，繼此洪基。既有令德，材技廣宣。強記洽聞，幽讚微言。文若春華，思若涌泉。發言可詠，下筆成篇。何道不洽？何藝不閑？（頁2435）

王粲卒於建安二十二年（217）正月二十四日，這一段文字摹寫詩人的令德、洽聞、文思、下筆等，道藝精湛，文采風流，追悼故人，難以忘懷。

顏延之〈陶徵士誄序〉云：

有晉徵士尋陽陶淵明，南岳之幽居者也。弱不好弄，長實素心。學非稱師，文取指達。在眾不失其寡，處言愈見其默。少而貧病，居無僕妾。井臼弗任，藜菽不給。母老子幼，就養勤匱。遠惟田生致親之議，追悟毛子捧檄之懷。初辭州府三命，後為彭澤令。道不偶物，棄官從好。遂乃解體世紛，結志區外，定跡深棲，於是乎遠。灌畦鬻蔬，為供魚菽之祭；織絇緯

蕭，以充糧粒之費。心好異書，性樂酒德，簡棄煩促，就成省曠。殆所謂國爵屏貴，家人忘貧者與？有詔徵為著作郎，稱疾不到。春秋若干，元嘉四年（427）月日，卒于尋陽縣之某里。近識悲悼，遠士傷情。冥默福應，嗚呼淑貞！（頁2473）

這是一篇早期的陶潛傳記，文中「長實素心」「文取指達」、「心好異書，性樂酒德」、「解體世紛」、「省曠」「忘貧」之說，都可以準確地把握詩人的脈搏，初步建立了晉宋之際永恆的詩人形象。其後蕭統〈陶淵明集序〉有「吾觀其意不在酒」及「尚想其德，恨不同時」之說，限於體例，未能見錄於《文選》，其實亦跟顏延之的觀點遙相呼應的，進一步確認陶潛的詩人地位，「有助於風教」。[20]

由此可見，蕭統最仰慕的兩位詩人，一為屈原，一為陶潛，先後輝映，旨在表揚一種高貴的德性，專心創建個人獨立的心靈世界，而詩人也必然是性情中人了。至於禰衡、王粲等，亦以「淑質貞亮」及「淑懿」「令德」為美，表現人格之美，可覘當時風尚。其他顏延之〈五君詠五首〉，分詠阮籍（210-263）、嵇康、劉靈、阮咸、向秀（227?-272?）五人，[21]每首八句，即為竹林七賢中的人物塑象，亦能反映詩人不同的個性和表現。〈五君詠‧嵇中散〉云：「中散不偶世，本自餐霞人。形解驗默仙，吐論知凝神。立俗迕流議，尋山洽隱淪。鸞翮有時鎩，龍性誰能馴。」（頁1009）表現了嵇康違世獨立的神韻，出類拔萃，詩人的形象就很突出了。

---

20 蕭統著，俞紹初（1937- ）校注：《昭明太子集校注》（鄭州：中州古籍出版社，2001年7月），頁200。

21 《文選》，卷21，頁1007-1011。案劉靈一般都作劉伶。

五　結論

　　《文選》並不以文學批評見稱，過去研究《文選》的學者極多，也很少從理論與批評的角度來看待這個問題。但在平日閱讀《文選》的過程當中，發現了很多早期文學批評的篇章，特別是〈詩大序〉等四大名篇，原來《文選》都有輯錄，不期然希望能在《文心雕龍》及《詩品》之前，建構《文選》的詩論體系，由詩言志、詩賦欲麗、詩緣情而綺靡，到聲律說，此說可能失之簡單，但詩論體系也不見得一定要特別複雜的。此外《文選》的一些篇章也涉及了很多詩學批評的問題，包括賦序、書信及若干名篇，暢懷高論，視角新穎，頗有呼喚「知音」的強烈感覺。又《文選》以模擬名家詩風代替詩說詩論，反映一代風氣，富有感性。至於詩人塑象方面，《文選》特重屈原、陶潛二家，形神豐滿，尤能表現古典高貴的詩人形象。

《文選》與漢魏五言詩的相關討論

　　《文選》選錄的詩歌四四三首,其中四言詩三十八首、五言詩三九六首、七言及雜言詩九首。蕭統選詩以五言為主,但也保留少量四言詩的精品。具體指出四言詩、五言詩並存的事實,而各有所表現。漢語基本是一種單音節語言,以字為單位,但隨著雙音節詞語的增加,因此自古以來,詩歌的句法即有三言、四言、五言、六言、七言、九言及雜言等,根據歷史的發展,早年《詩經》以四言詩為主,建安以後盛行五言詩,而唐代則以新興的七言絕律壟斷詩壇了。四言詩多用二二句式,音節平和,中庸穩健。其後五言詩用二二一或二一二句式、七言詩用二二二一及二二一二句式,奇偶雙生,富於變化,音節多姿,生動流麗,也就永遠奠定了傳統的五七言句法,成為定式。六言詩專用二二二句式,失之呆板,只能偶一為之,協調常用的五七言句法,偶然產生新穎的音感,可是卻也永遠無法流行起來了。《文選》面對漢魏晉宋齊梁的六代詩歌,剛好是四言詩沒落而五言詩代興的歷史時刻;此外《文選》專選古體詩,完全不選講究五言八句及聲病音律的永明體及齊梁新體詩,剛好全面完整地反映了五言詩的興衰變化,由「降將著『河梁』之篇」開始,名家輩出,名作如林,體製各異,而語言亦從拙樸以至華麗的發展歷程,甚至更準確地表現了早期漢魏五言詩的精采面相及風格流變,值得重視。

　　《文選》時代四言詩及五言詩有明顯的分工,這有點像今天文言文和白話文的相對關係。白話文是當代書寫的主流文體,但文言文仍然具有頑強的生命力,尤其是在莊重典雅的場合中,更能表現尊貴的身分,並行不輟。

《文選》五言詩作品極多，不暇盡錄。現在我們專門選取一些兩漢的作品來看，希望能夠呈現早期五言詩的原貌。

　　《文選》選錄先秦詩歌僅得荊軻（?-227B.C.）一首，只有兩句。漢代列漢高祖（劉邦，256?-195B.C.）一首、韋孟（228?-156B.C.）一首、李陵（?-74B.C.）三首、蘇武（?-60B.C.）四首、班婕妤（48B.C.-?）一首、張衡（78-139）四首、古樂府三首、〈古詩十九首〉。得詩三十六首。案古樂府三首，〈飲馬長城窟行〉相傳為蔡邕（133-192）作，〈傷歌行〉作者佚名，而〈長歌行〉則為魏明帝（曹叡，205-239）作。[1]除了荊軻、漢高祖、張衡的七言歌行體及韋孟的四言詩之外，五言詩剩有李陵、蘇武、班婕妤、蔡邕、〈古詩十九首〉及〈傷歌行〉，約得二十九首，連同〈長歌行〉則可得三十首。從具名的李陵、蘇武、班婕妤、蔡邕四家作品來看，幾乎都有爭議，信與不信之間，其實差不多也全都是佚名的作品了。而令人更為困惑的，《文選》這一批所謂漢詩，說不定可能還是建安以後的作品，並不是真正的漢詩。甚至觸及五言詩的起源問題，歷來爭論極多，十分複雜。

　　近年木齋《古詩十九首與建安詩歌研究》提出了新說。[2]他認為五言詩起源於建安十六年（211）銅雀臺建成，曹丕、曹植兄弟與王粲、劉楨（170?-217）、徐幹（170-217）等在鄴城西園游宴之作，相互唱酬，然後才開始寫出有真正意義的五言詩，開拓不同的題材，慷慨任氣，佳作琳瑯，雲蒸霞湧，印證「五言騰踊」的盛況。[3]木齋先

---

[1] 參徐陵（507-583）編，吳兆宜注，程琰刪補：《玉臺新詠》（北京：中華書局，1985年6月），頁33、68。

[2] 木齋（王洪，1951-）：《古詩十九首與建安詩歌研究》（北京：人民出版社，2009年12月）。

[3] 劉勰（465?-521?）〈明詩〉：「暨建安之初，五言騰踊。文帝、陳思，縱轡以騁節；王、徐、應、劉，望路而爭驅。並憐風月，狎池苑，述恩榮，敘酣宴，慷慨以任氣，磊落以使才，造懷指事，不求纖密之巧；驅辭逐貌，唯取昭晰之能。此其所同也。」詹鍈（1916-1998）：《文心雕龍義證》（上海：上海古籍出版社，1989年8月），頁196。

是論證秦嘉五言詩為偽作，〈陌上桑〉非樂府民歌。班婕妤〈怨歌行〉、蘇、李唱和七首不但是偽作，而且更是建安十六年之後曹植散失了的作品。至於〈古詩十九首〉，牽涉曹植與甄后（182-221）之戀，不能見容於乃兄曹丕以及侄兒曹叡，幾乎更招來殺身之禍。木齋云：

> 〈今日良宴會〉應為曹植於建安十七年正月於鄴城所作。〈涉江采芙蓉〉應為曹植於建安十七年十月於長江北岸所作。〈西北有高樓〉應為曹植於建安二十一年至二十二年之際在鄴城所作。〈青青河畔草〉和〈庭中有奇樹〉應為曹植於黃初二年春夏之際在鄄城所作。曹植的〈七哀詩〉應於黃初二年六月之前在鄄城所作。〈行行重行行〉應為曹植黃初二年六月於鄴城所作。〈洛神賦〉應為曹植於黃初三年五月於洛陽就國鄄城所作。〈青青陵上柏〉應為曹植在太和六年二月在洛陽所作。[4] 甄氏除了〈塘上行〉之外，涉及與曹植關係的，除了〈冉冉孤生竹〉之外，不能排除其餘作品也有甄后之作的可能性，特別是上述的三篇，即〈迢迢牽牛星〉、〈客從遠方來〉、〈明月何皎皎〉三首，有甄后所作的可能。[5]

又〈驅車上東門〉、〈生年不滿百〉二詩亦為曹植「大抵應約略在黃初後期到太和期間所作」，與甄后無關。[6]因此，〈古詩十九首〉既有曹植與甄后唱和之作，也有與甄后無關之作，其中曹植九首、甄后四首，餘下佚名之作，僅餘六首，所剩無多。足以印證鍾嶸「舊疑是建安中曹王所製」的觀點。[7]如果木齋嚴密的論證能夠成立，那麼呼之

4　《古詩十九首與建安詩歌研究》，頁263-264。
5　《古詩十九首與建安詩歌研究》，頁246。
6　《古詩十九首與建安詩歌研究》，頁249。
7　鍾嶸（468?-518）《詩品》曰：「古詩，其體原出於國風，陸機所擬十四首，文溫以

欲出的結論是：五言詩起源於建安十六年，而《文選》中班婕妤、蘇武、李陵以至〈古詩十九首〉中九首等大部份漢詩將全屬曹植之作；甄后則有〈塘上行〉及〈古詩十九首〉中四首，自然搖身一變成為漢魏之際著名的女詩人了。木齋刻意針對曹植詩賦與〈古詩十九首〉等用語的共同點立論，附會史實，能破能立，深具推理小說的魅力，而曹植的千古冤情顯然更有強大的震撼力，顛覆傳統的觀點，令人耳目一新。至於讀者是否認同與接受，那就真的見仁見智了。

關於五言詩的起源，大家討論已多，很多常見的觀點不擬一一複述了。現在僅對《文選》中的漢代五言詩三十首與建安文學的相關情況稍作論述，其中〈古詩十九首〉首見於《文選》，跟曹植詩的時代相近，用語相似，而詩風不同，可能還是有所區別的。

一　五言詩的催生歷程

五言句法起源甚早，幾乎與四言同步。但早期慣用四言，大方得體，顯得穩重；五言多用於樂府俗曲之中，生新流動，逐漸惹人好感。但先秦兩漢詩中已有很多成熟的五言句法，詩人要突破傳統的框架，寫出新意，並不困難。例如〈楚狂接輿歌〉云：「往者不可諫，來者猶可追。」美人虞（?-202B.C.）〈和漢王歌〉云：「漢兵已略地，四方楚歌聲。大王意氣盡，賤妾何樂生。」李延年（?-87B.C.）〈歌〉云：「北方有佳人，絕世而獨立。一顧傾人城，再顧傾人國。寧不知傾城與傾國，佳人難再得。」又〈鐃歌十八曲〉之〈戰城南〉云：「梟騎戰鬥死，胡馬裵回鳴。」〈上陵〉云「上陵何美美，下津風以寒。問客從何來，言從水中央。桂樹為君船，青絲為君笮。木蘭為君

麗，意悲而遠，驚心動魄，可謂幾乎一字千金。其外〈去者日以疏〉四十五首，雖多哀怨，頗為總雜，舊疑是建安中曹王所製。」鍾嶸著，陳延傑注：《詩品注》（臺北：臺灣開明書店，1968年2月），頁11-12。

權。黃金錯其間。……甘露初二年（52B.C.），芝生銅池中。仙人下來飲，延壽千萬歲。」〈有所思〉云：「有所思，乃在大海南。何用問遺君，雙珠玳瑁簪。用玉紹繚之，聞君有它心。拉雜摧燒之。摧燒之。當風揚其灰。」[8]除了美人虞的五言四句或有爭議外，其他都可以說是西漢樂府的五言句法，表現流暢。在這些佳作的基礎上，任何有創意的詩人都自能掌握類似的五言句法，自鑄偉詞，蔚為風氣。其實西漢的五言詩早就呼之欲出了。

二　古詩與樂府往往重出互見

古詩與樂府往往重出互見。朱彝尊〈書《玉臺新詠》後〉指出：〈驅車上東門〉載雜曲歌辭，〈生年不滿百〉則相和歌辭〈西門行〉古辭也。[9]又〈冉冉孤生竹〉即雜曲歌辭的古辭，〈西北有高樓〉即相和歌辭〈怨詩行〉的本辭，〈青青河畔草〉、〈孟冬寒氣至〉、〈客從遠方來〉三首與相和歌辭瑟調曲之〈飲馬長城窟〉相比較，其詞句文氣亦多相似。[10]大抵古詩與樂府是可以互為因果的，曹操父子的作品既屬古詩，亦多兼具樂府的身分，可以入樂歌唱。又可能是先有歌曲，由於文辭之美，也就上升為文學的意境了。木齋認為：「建安十六年至十七年春，曹操在銅雀臺酒宴上吟唱自己的新作〈短歌行〉，而〈今日良宴會〉詩當是曹植贊美其父〈短歌行〉的即席之作。」[11]關

8　參逯欽立（1910-1973）輯校：《先秦漢魏晉南北朝詩》（北京：中華書局，1983年9月），頁21、89、102、157、158、160。

9　朱彝尊（1629-1709）〈書《玉臺新詠》後〉，載《曝書亭集》（臺北：世界書局，1964年2月），頁613。參郭茂倩（1041-1099）《樂府詩集》（北京：中華書局，1979年11月），頁889、549。

10　參《樂府詩集》，頁1044、611、556。

11　《古詩十九首與建安詩歌研究》，頁169。木齋又云：「五言詩成立於建安十六年之後，游宴詩為其最早的詩歌題材，游宴詩帶動了其他各類詩歌題材的寫作，曹操的

於〈短歌行〉的年代，顧農訂為建安元年（196）作；王青則訂為建安二十一年（216）五月招待烏丸行單于普富盧的宴會上作。[12]說法各異，年代的差距亦大。木齋又云：「在曹操的詩作中，還基本上沒有十九首的痕跡；七子中只有少數詩人的少量作品中出現與十九首相似的個別語句；曹丕開始出現十餘句左右與十九首相似的語句，而到了曹植的詩中，則出現了三十餘句與十九首、蘇李詩的相似、相同詩句，特別是出現漢魏之際由曹植才開始使用的語彙達到十二個之多，這個事實，基本可以說明，十九首中的部分作品，其作者就應該是曹植。」[13]可見曹丕、曹植詩中都有很多與〈古詩十九首〉及蘇、李詩相似的語句及習用的語彙。至於孰為先後，由於大家都缺乏堅實的證據，只能從心所欲的加以解釋，信者有之，那就很難具體說明問題的所在了。

三　附會史事與詮釋解說

　　木齋利用曹植與甄后的戀愛故事索隱發微，重新的加以組織貫串，引申說明，發揮想像，寫出了〈古詩十九首〉的激情，甚至是曹植與甄后的唱和之作，死生相許，一彈三歎。其實陳沆也曾就枚乘（?-140B.C.）〈雜詩九首〉[14]析云：「今以詩求之，則西北、東城二

　四言詩〈短歌行〉和十九首中的〈今日良宴會〉，都是這次建安游宴詩中的作品，它們共同促進了五言詩體製的成立。」《古詩十九首與建安詩歌研究》，頁133。
12 顧農（1944-）〈略談曹操的《短歌行》〉，《文選論叢》（揚州：廣陵書社，2007年9月），頁224。王青〈曹操《短歌行》的寫作時間及其它〉，《南京師範大學文學院學報》2008年第1期，頁7-9；收入《中國古代、近代文學研究》2008年第7期，頁41。
13 《古詩十九首與建安詩歌研究》，頁150。
14 枚乘〈雜詩九首〉即〈古詩十九首〉中之八首，再加上〈蘭若生春陽〉一首，載《玉臺新詠》，頁17-21。陸機亦有〈擬蘭若生春陽〉一首。載《文選》，頁1428。今傳〈古詩〉合之當為二十首。

篇,正上書諫吳時所賦。〈行行〉、〈涉江〉、〈青青〉三篇,則去吳游梁之時。蘭若、庭中二篇,則在梁聞吳反,復說吳王時。迢迢、明月二篇,則吳敗後作也。」[15]配合枚乘〈上書諫吳王〉、(頁1779)〈上書重諫吳王〉二文的情節,(頁1783)其實也可以弘揚比興,而自圓其說的。木齋與陳沆的做法無異,大家都在個人感覺上捕風捉影,惟大家所揭發的影象不同而已。任何好詩不會只有一解,而且更容許歧義的,讀者的感受不一,亦各有發揮想像的空間。古詩邈遠,作者難詳,諸詩的背景實在難以掌握,反而各取所需,可以容納更多不同的詮釋。《文選》的編者不提〈古詩十九首〉的作者,可能比較慎重;《玉臺新詠》訂為枚乘〈雜詩九首〉,可能又另有文獻來源或版本上的根據了。

四　詩歌的發展步伐的先後

　　任何詩體的發展,總有一個醞釀和發展的歷程,不可能一蹴而就。可能先是有一些出色作品,曇花一現,然後又潛伏了一些世代,逝水長流,加上不斷的試驗,積累經驗,始能蔚為風氣。木齋云:「建安時代,詩歌易代革命,題材競出,游宴、女性、山水景物,可說是建安詩歌的三大題材。此外,軍旅、送別、游仙、詠史、述懷、贈答等題材也都時有出現。」[16]其中有些題材早就在漢代詩歌中出現了,可能佳製不多,如果五言詩都要到建安十六年後才一下子集體爆發和湧現,而且詩人冒出,名篇增多,表現成熟,甚至馬上攀上詩史的高峰,可能說不過去。例如徐淑〈答秦嘉詩〉:「妾身兮不令,嬰疾兮來歸。……」[17]全詩二十句,都是在四言句的基礎上加上了七言歌

15　陳沆(1785-1826):《詩比興箋》(上海:上海古籍出版社,1987年12月),頁17。
16　《古詩十九首與建安詩歌研究》,頁134。
17　《玉臺新詠》,頁32。

行體的「兮」字,創製新聲,可以說是早期五言詩的偽裝或變體。又無名人〈古詩為焦仲卿妻作〉序云:「漢末建安中,廬江府小吏焦仲卿妻劉氏,為仲卿母所遣,自誓不嫁。其家逼之,乃沒水而死。仲卿聞之,亦自縊於庭樹。時人傷之,為詩云爾。」[18]這是一首著名的長篇敘事詩,內容廣泛,題材多樣,批判社會現實,正視婚姻問題,文白兼備,對話亦多,雅俗共融。有時還出現華麗的語言,例如「青雀白鵠舫,四角龍子幡。婀娜隨風轉,金車玉作輪。躑躅青驄馬,流蘇金縷鞍」諸句,[19]可能就不讓曹植詩專美於前了。此詩的背景是「漢末建安中」,跟曹植的年代完全一致,可見當時民間還是有其他出色的詩人。比較弔詭的是,〈古詩十九首〉出現於漢末或建安年間,在時間上相距不遠,而且概念上還有些重疊,建安先後二十五年,既是漢獻帝的年號,同時也是魏國的開創局面,兩者都說得過去。因此,五言詩可以說是來源已久,除了西漢的樂府詩及〈鐃歌〉之外,還有李陵、班婕妤、秦嘉、蔡邕、孔融(153-208)、蔡琰、曹操、王粲、劉楨以至〈古詩十九首〉等名篇,出現在曹植之前。漢魏以後,為了學習各家風格,模擬之作尤多,學詩跟臨摹書法畫作完全一樣,所以連《文選》最後都設有「雜擬」一項。李陵、班婕妤二家作品極少,疑是後人的擬古或代作,其他或詠古人事蹟,或為古人代言,借題發揮,寫出心聲。漢魏之際佚名之作尤多,藝術的水平不一。大家都是在傳統四言詩及七言歌行體之外,另作選項,創製新一代的詩聲。

五　詩歌風格的比較

鍾嶸《詩品》列上品者十二家,漢代即佔三家,即古詩、漢都尉李陵、漢婕妤班姬,隨後即為魏陳思王植,風格各異。評曰:

18　《玉臺新詠》,頁42-54。
19　《玉臺新詠》,頁150。

古詩,其體原出於《國風》,陸機所擬十四首,文溫以麗,意悲而遠,驚心動魄,可謂幾乎一字千金。其外〈去者日以疏〉四十五首,雖多哀怨,頗為總雜,舊疑是建安中曹王所製。〈客從遠方來〉、〈橘柚垂華實〉,亦為驚絕矣。人代冥滅,而清音獨遠,悲夫!

漢都尉李陵,其原出於《楚辭》,文多悽愴,怨者之流。陵名家子,有殊才,生命不諧,聲頹身喪。使陵不遭辛苦,其文亦何能至此!

漢婕妤班姬,其原出於李陵,〈團扇〉短章,出旨清捷,怨深文綺,得匹婦之致。侏儒一節,可以知其工矣!

魏陳思王植,其原出於《國風》,骨氣奇高,詞采華茂,情兼雅怨,體被文質,粲溢古今,卓爾不群。嗟乎!陳思之於文章也,譬人倫之有周孔,鱗羽之有龍鳳,音樂之有琴笙,女工之有黼黻。俾爾懷鉛吮墨者,抱篇章而景慕,映餘暉以自燭。故孔氏之門如用詩,則公幹升堂,思王入室,景陽潘陸,自可坐於廊廡之間矣![20]

鍾嶸評詩以曹植為最高,沒有任何缺點,後人望塵莫及,其後八家雖位列上品,卻一一指出缺失所在。至於〈古詩十九首〉、李陵、班婕妤三家基本都是佚名作品,如果要為他們找出原來的作者,藝術水平較高,恐怕就非曹植莫屬。木齋認為諸家同出曹植手筆,那麼曹植便兼領多項風格,冠絕古今了。根據鍾嶸的觀點,以上四家具有的共同點,就是各有所「怨」,包括「哀怨」、「文多悽愴,怨者之流」、「怨深文綺」,以至「雅怨」等,可見「怨」是寫詩的主要動力。但四家之中可又分為兩大類,一類原出於《楚辭》,李陵、班婕妤是也,

---

20 《詩品注》,頁11-13。

主要反映了內心的抑鬱。班婕妤只有一首，但擅用比興，「出旨清捷」，表現典雅；李陵乃身世的遭遇所致，自然顯得「悲愴」。一類原出於《國風》，古詩及曹植是也，書寫人生百態，表現深刻，古詩「驚心動魄」、「清音獨遠」，曹植「骨氣奇高，詞采華茂」，評價自然遠高於李陵、班婕妤之上。而古詩過於哀怨，乃衰世悲音，文字樸素；總不如曹植詩中的奇氣勃發，文字華美，振起了建安風骨，刻劃自信，呼喚大時代的來臨。例如「高臺多悲風，朝日照北林」、「江介多悲風，淮泗馳急流」之類，[21]上句分別用五平句，或下三平句，急風驟雨，寫出了慷慨的激情，而曹植的「雅怨」也就遠高於其他三家的哀怨之情了。此外，曹植精於音節鍛鍊，既合古句，兼存律體，此外還有一些律聯，在平仄的啟蒙初階，曹植詩中的律化程度可能又比其他同代、後代的詩人邁進了一大步。

一、鰕䱇游潢潦，不知江海流。……駕言登五嶽，然後小陵丘。（〈鰕䱇編〉，頁423）案：䱇通鱔、鱓字。

二、流轉無恆處，誰知吾苦艱。（〈吁嗟篇〉，頁423）

三、先民誰不死，知命復何憂。（〈野田黃雀行〉，頁425）

四、欲歸忘故道，顧望但懷愁。（〈贈王粲詩〉，頁451）

五、歡怨非貞則，中和誠可經。（〈贈丁儀王粲詩〉，頁452）

六、孤魂翔故域，靈柩寄京師。（〈贈白馬王彪〉其五，頁453）

七、洛陽何寂寞，宮室盡燒焚。桓墻皆頓擗，荊棘上參天。……側足無行徑，荒疇不復田。（〈送應氏二首〉其一，頁454）

八、方舟安可極，離思故難任。（〈雜詩七首〉其一，頁456）

九、始出嚴霜結，今來白露晞。（〈情詩〉，頁459）

---

[21] 曹植〈雜詩七首〉其一、其三。《先秦漢魏晉南北朝詩》，頁456、457。下引曹植詩同。

十、天覆何彌廣，苞育此群生。……嘉種盈膏壤，登秋畢有成。」
（〈喜雨詩〉，頁460）

十一、皇考建世業，余從征四方。（〈詩〉，頁462）

其中「怨」、「思」依後世讀去聲。又11.暗合後世的拗救安排，自然是無意為之了。至於〈古詩十九首〉其五只有「誰能為此曲，無乃杞梁妻」一聯。李陵〈與蘇武三首〉有「屏營衢路側，執手野踟躕。……長當從此別，且復立斯須」、「徘徊蹊路側，悢悢不能辭」三聯；而蘇武〈詩四首〉有「四海皆兄弟，誰為行路人。……鹿鳴思野草，可以喻嘉賓」、「征夫懷往路，起視夜何其」三聯；[22]加起來也不少，亦可見一時風尚。其中「悢」讀力讓切，去聲，悲也。

六　甄后的出場

曹植〈洛神賦〉是《文選》中的名篇，意象聯翩，音節琳瑯，迷倒了不少讀者。劉向云：「迎宓妃於伊洛。」[23]有致賢配君之意。木齋訂為黃初三年五月曹植於洛陽就國鄄城時辨誣之作，亦有致君之意。〈洛神賦〉的藝術原型或出於甄后。建安九年（204）八月，曹操攻下鄴城，曹丕十八歲，捷足得袁熙（?-207）妻甄氏，時年二十三歲。據《世語》所載，甄后的出場「顧攬髮髻，以巾拭面，姿貌絕倫」，[24]即深受曹丕的寵幸，翌年生明帝，再生東鄉公主。甄后可能比不上史載昭君出場時的震撼，「豐容靚飾，光明漢宮，顧景裴回，竦

---

22 《文選》，頁1345、1352-1353、1354-1355。
23 劉向（77-6B.C.）：〈九歎・愍命〉，王逸：《楚辭章句》（臺北：藝文印書館，1974年4月），頁455。
24 陳壽（233-297）撰，裴松之（372-451）注：《三國志・后妃傳》（北京：中華書局，1959年12月），頁160。

動左右」，[25]但當時曹操、曹植，甚至劉楨都深深地被她的美貌吸引住了。曹植才十三歲，比甄后小十歲。劉楨甚至在酒酣忘形之際平視甄后，因而受罰。木齋根據曹魏宮廷鬥爭的慘烈，認定曹丕與曹植兄弟不和，除了帝位之爭外，原來更牽涉到與甄后的兒女私情。建安十五年（210）春，曹操下〈求賢令〉曰：「今天下得無有被褐懷玉而釣於渭濱者乎？又得無盜嫂受金而未遇無知者乎？二三子其佐我明揚仄陋，唯才是舉，吾得而用之。」[26]曹植剛好就有「盜嫂」之嫌，未知曹操可不介意否？木齋考訂〈古詩十九首〉、〈塘上行〉等多屬曹植與甄后唱和之作，並加以繫年，空穴來風，未必無因，除了個別字句的解釋之外，其實並沒有多大的說服力，有時只能當故事來讀，令人津津有味。古詩的內容比較普遍，可以代入任何的情節故事，加上比興與寄意。木齋認為〈朔風詩〉建安十八年正月將歸未歸之時思念甄后之作。[27]黃節（1873-1935）訂為魏文帝黃初六年（225）作於雍丘，顧農則疑為魏明帝太和二年（228）復還雍丘作。[28]可見還是各有異說的。又〈青青陵上柏〉所說的「遊戲宛與洛」，漢朝時洛是東都，宛是南都，亦光武帝（劉秀，6B.C.-57AD.）龍興之地。張衡〈南都賦〉云：「於是日將逮昏，樂者未荒。收轡命駕，分背迴塘。車雷震而風厲，馬鹿超而龍驤。夕暮言歸，其樂難忘。此乃游觀之好，耳目之娛。未睹其美者，焉足稱舉。」（頁159）摹寫宛地十分詳盡，自是東漢的盛世之作。木齋訂為曹植在太和六年（232）二月在洛陽所作，可能跟整首詩的氣氛情緒不能配合了。

以上只是個人研讀《文選》時一些零碎的感覺，通過〈古詩十九

25　范曄（398-445）撰，李賢（654-684）等注：《後漢書・南匈奴傳》（北京：中華書局，1965年5月），頁2941。
26　曹操：〈求賢令〉，載《曹操集》（香港：中華書局，1973年4月），頁41。
27　《古詩十九首與建安詩歌研究》，頁208。
28　顧農：〈曹植《朔風詩》解讀〉，《文選論叢》，頁250-252。

首〉與木齋的解讀成果，既有感性，亦見理性。可能還是無法接受木齋的結論，希望有所思考。加以時日久遠，這一批漢詩幾乎都是無名氏的作品或擬作代作，我寧願維持《文選》原來的格局和安排。《文選》的編訂者看到的資料較多，相信還是比較慎重的。除非有突破性的證據，否則要歸入曹植名下，目前還是有些難度。

變換的技巧：
〈古詩〉與〈擬古詩〉的創作比較

　　文學傳承與創新並重，而模擬亦跟繼承文學傳統有密切的關係。《文選》有雜擬兩卷，都是擬古之作，或擬其神，或師其意。前者難免有亂真之感，因難見巧。例如江淹（444-505）〈雜體詩三十首〉模仿古人風格，皆得神似，其〈陶徵君‧田居〉一詩，後人或誤編入陶集之中。後者則據古人詩意重新表現，例如陸機（261-303）、劉鑠（431-453）都有〈擬古詩〉，意義相同，面貌全非，其實也是高難度的技巧。這兩類模擬不徒是因襲前人，有時詩中著我，有時借古喻今，變換技巧，異采紛呈；從擬古中創新，角勝古人，甚至更有超前的表現。現在我們將〈古詩〉及陸機、劉鑠的〈擬古詩〉三組作品加以比較，探尋創作規律，體會詩的表現方式。

　　詩的組成有三項要素，那就是神韻、意義和技巧。意義屬於生活內容，雖有深淺之分，卻無高下之別，彼此的取向和品味不同，很難相互比較。詩要比較高下，最容易看的可能就是神韻和技巧了。詩的神韻表現詩人的性情境界，技巧則演繹意象和音調，調整語言，深化意義，表現出恰當完美的整體。我認為嚴格的詩歌比賽不應該把意義看得太重，例如書法比賽就不是看內容來定名次的，否則那只是標語，而不是藝術。藝術要求新求變，太陽底下無新事，我想主要也是看神韻、技巧而不是內容了。這裏我希望大家不要誤會說詩是不管意義的，捨內容而侈言技巧，那只是低層次的文字遊戲，走入魔道。我只是說要比較藝術高下的話，一定要暫時放下內容，不受干擾，全看

創作表現。陸機〈擬古詩〉剛好就有很好的示範作用。

　　新詩論爭當中有一段公案可能也對我們有啟發意義。例如聞一多（1899-1946）在〈詩的格律〉一文中提出著名的三美理論，他認為詩的實力要具備音樂美、繪畫美、建築美。後來戴望舒詩論卻傾力反對三美。戴望舒論詩最重情緒，否定字句。他認為真正的詩是全人類所共感的，詩可以翻譯。他說：

> 只在用某一種文字寫來，某一國人讀了感到好的詩，實際上不是詩，那最多是文字的魔術。真的詩的好處並不就是文字的長處。[1]說「詩不能翻譯」是一個通常的錯誤。只有壞詩一經翻譯才失去一切，因為實際牠並沒有「詩」包涵在內，而只是字眼和聲音的炫弄，只是渣滓。真正的詩在任何語言的翻譯中都永遠保持著牠的價值。而這價值，不但是地域，就是時間也不能損壞的。翻譯可以說是詩的試金石，詩的濾羅。不用說，我是指並不是歪曲原作的翻譯。[2]

　　戴望舒過於相信情緒，而忽略了文化的因素，詩中很多獨特的行為就無法解釋了。每種語言都有各自的音節和特點，不能勉強翻譯。而詩美也不該是純粹的表現情緒。聞一多與戴望舒論詩表面上針鋒相對，觀點不同，但他們都迴避了意義，只是如實地反映詩質，也就異中有同了。陸機〈擬古詩〉可能也算是翻譯，一種同語言的翻譯，忠於原作意義，呈現新的風格和技巧。陸機有意跟古人的名作爭勝，充分表現出他對詩的野心。

---

[1] 戴望舒（1905-1950）〈望舒詩論〉十七條，刊於《現代》第2卷第1期，上海，1932年。

[2] 戴望舒〈論詩零札〉七則，原載香港《華僑日報・文藝周刊》第2期，1944年2月6日。

鍾嶸《詩品》評〈古詩〉云：

> 其體源出於國風。陸機所擬十四首。文溫以麗，意悲而遠，驚心動魄，可謂幾乎一字千金。其外〈去者日以疏〉四十五首，雖多哀怨，頗為總雜，舊疑是建安中曹、王所製。〈客從遠方來〉、〈橘柚垂華實〉，亦為驚絕矣。人代冥滅，而清音獨遠，悲夫。[3]

大抵鍾嶸將〈古詩〉分為兩類，一為陸機所擬十四首，驚心動魄；一為比較總雜的四十五首，亦多哀怨，合共五十九首。今除《文選》所錄〈古詩十九首〉以外，其他僅存九首，只得鍾嶸所見的半數左右。又鍾嶸論詩最推崇的是源出於《國風》的曹植（192-232）、陸機、謝靈運（385-433）三家。其評陸機云：

> 才高詞贍，舉體華美。氣少於公幹，文劣於仲宣。尚規矩，不貴綺錯，有傷直致之奇。然其咀嚼英華，厭飫膏澤，文章之淵泉也。[4]

鍾嶸〈詩品序〉稱「故知陳思為建安之傑，公幹、仲宣為輔；陸機為太康之英，安仁、景陽為輔；謝客為元嘉之雄，顏延年為輔；斯皆五言之冠冕，文詞之命世也。」〈序〉中又稱「曹、劉殆文章之聖，陸、謝為體貳之才」，可見陸機雖然比不上曹植，可能還比不上謝靈運，稍遜骨氣和文采，但他卻是曹植到謝靈運之間五言詩轉變的樞紐，領導一代風氣。而陸機能詡為「警策」的代表作，在鍾嶸眼中，

---

[3] 〔梁〕鍾嶸（468？-518）：《詩品》。今據汪中（1926-2010）：《詩品注》（臺北：正中書局，1969年7月），頁51。

[4] 《詩品注》，頁93。

即為〈擬古〉。鍾嶸論詩特重詞采雅怨之作,「尚規矩」可能是說陸機的〈擬古〉步趨原作,尊重古典素材;「綺錯」義為縱橫交錯,「不貴綺錯」或指陸機詩缺少雅怨跌宕的感情;「有傷直致之奇」可能指陸機用事太多,與鍾嶸「觀古今勝語,多非補假,皆由直尋」的審美主張不同,故評價較曹、謝為低。惟鍾嶸又說「咀嚼英華,厭飫膏澤」則是指陸機善於融化傳統,推陳出新;「文章淵泉」及「舉體華美」則是追求整體的藝術效果,色澤妍麗,似亦針對陸機〈擬古〉十四首而發,得與〈古詩〉並列為上品。

陸機集中有〈擬古〉十二首,《文選》所錄亦十二首。惟鍾嶸稱「陸機所擬十四首」,尚差兩首。近代吳汝綸《古詩鈔》及許文雨《鍾嶸詩品講疏》相繼指出所佚者即陸機集中〈駕言出北闕行〉及〈遨遊出西城〉二首,分別足與〈古詩十九首〉中的〈驅車上東門〉及〈迴車駕言邁〉相對應。[5]

《文選》又收錄了劉鑠〈擬行行重行行〉及〈擬明月何皎皎〉二首,也就是〈古詩十九首〉的頭尾兩首;何焯《義門讀書記》云:「注:世祖時進侍中司空,後以藥內食中,毒殺之。按:二詩亦懼孝武之猜忍而作。」[6]案《玉臺新詠》載劉鑠〈代古〉四首,比《文選》多〈代孟冬寒氣至〉及〈代青青河畔草〉兩首。《南史》云:「鑠字休玄,文帝第四子也。元嘉十六年,年九歲,封南平王。少好學,有文才。未弱冠,擬古三十餘首,時人以為亞跡陸機。」[7]劉鑠卒年

---

[5] 許文雨《鍾嶸詩品講疏》引吳汝綸(1840-1903)《古詩鈔》之說論云:「其〈駕言出北闕行〉,唐人《藝文類聚》於題下有『驅車上東門』五字,為十四篇擬作之一甚明。毋勞以《選注》迂迴訂之。又其〈遨遊出西城〉,以辭氣考之,亦明是〈迴車駕言邁〉之作。吳鈔發其疑,而不指出陸氏所擬之篇,誠有遺憾已。」(成都:成都古籍書店影本,1983年5月),頁32。

[6] 何焯(1661-1722)著,崔高維點校:《義門讀書記》(北京:中華書局,1987年6月),頁937。

[7] 〔唐〕李延壽:《南史‧宋宗室及諸王下》(北京:中華書局,1975年6月),卷14,頁395。

二十三歲,其〈擬古〉諸作亦屬借古抒懷之類,隱約其辭,婉轉寄情。可見擬古不徒是模擬前人的作品,而是有感而發,抒情言志的;因為〈古詩〉的主題是現成的,同時也是大家所熟悉的,擬古可以演繹古人的情意,也可以表現個人的心聲,疑真疑幻,撲朔迷離,託意悲情,千古如一,避免刻意的直述,創造緩衝的空間。陸機詩緣情綺靡,更是當時眾口騰誦的佳作了。拙稿〈詩緣情而綺靡——陸機《擬古》的美學意義〉曾經指出陸機〈擬古〉的藝術特點有四:化俗為雅,化簡為繁,化樸為華,化文為詩,通過精緻的藝術包裝,而〈古詩〉也就給人耳目一新之感了。[8] 本文專從技巧立論,探討陸機〈擬古詩〉與〈古詩〉的創作實踐及藝術表現,劉鑠的擬作附論於後,一起比較。

一、〈行行重行行〉

古詩	陸機	劉鑠
行行重行行,	悠悠行邁遠,	眇眇凌羨道,
與君生別離。	戚戚憂思深。	遙遙行遠之。
相去萬餘里,	此思亦何思,	迴車背京里,
各在天一涯。	思君徽與音。	揮手於此辭。
道路阻且長,	音徽日夜離,	堂上流塵生,
會面安可知。	緬邈若飛沈。	庭中綠草滋。
胡馬依北風,	王鮪懷河岫,	寒螿翔水曲,

---

[8] 黃坤堯〈詩緣情而綺靡——陸機《擬古》的美學意義〉分四部分。先為陸機〈擬古〉十四首補佚;次論〈擬古〉的文學地位;繼以「緣情說」分析〈擬古〉的主題以望鄉和羈宦為主,而十四首的次序亦有結構意義;最後用「綺靡說」分析陸機〈擬古〉的審美意義,一方面是作品的批評,一方面則是結合中外的文學理論來說明模擬跟文學傳統的關係。刊入《魏晉南北朝文學論集》(臺北:文史哲出版社,1994年11月)。

越鳥巢南枝。	晨風思北林。	秋兔依山基。
相去日已遠。	遊子眇天末，	芳年有華月，
衣帶日已緩。	還期不可尋。	佳人無還期。
浮雲蔽白日，	驚飆褰反信，	日夕涼風起，
遊子不顧反。	歸雲難寄音。	對酒長相思。
思君令人老，	佇立想萬里，	悲發江南調，憂委子衿詩。
歲月忽已晚。	沈憂萃我心。	臥看明鐙晦，坐見輕紈緇。
〔衣帶日已緩〕	攬衣有餘帶，	淚容曠不飾，
□□□□□	循形不盈衿。	幽鏡難復治。
棄捐勿復道，	去去遺情累，	願垂薄暮景，
努力加餐飯。	安處撫清琴。	照妾桑榆時。

在這三首詩中，古詩十六句，前八句用平韻，後八句換仄韻；陸機詩十八句，劉鑠詩二十句，逐漸增加句數，一韻到底。在語言方面，古詩用直述手法，描寫人生的漫漫長路；胡馬越鳥用喻，不忘根本。後半寫閨人想念之情，願君珍重；衣帶浮雲，也富於形象感覺；全詩直抒胸臆，自然樸厚。陸機的擬作字面華麗，多用排偶句法，且用修辭頂真手法，綿綿而下。此外陸機又將「相去日已遠」化為「遊子眇天末，還期不可尋」，將「衣帶日已緩」變為「攬衣有餘帶，循形不盈衿」，形象鮮明，次序也有所改變。而結尾「佇立想萬里，沈憂萃我心」及「去去遺情累，安處撫清琴」兩聯，端莊閑雅，矜慎自持。陸機提煉語言，精光四射，可能失去了古樸的感覺，但卻是詩語發展的必然方向，得失之間，不言而喻。古詩語淺情濃，跟戴望舒的詩論主張若合符節，翻譯後也容易保存原樣。陸機詩加入了很多技巧，而人物形象也由普羅百姓變為知識分子，例如「撫琴」就富於象徵意義，可能也不是翻譯所盡能表現了。王鮪、晨風，出於古雅的文學語言，也有刻意求深的感覺，效果不一。創新與妍鍊互不排斥，陸機為著名

的〈古詩〉添加色澤應該是功而不是過。至於劉鑠的擬作「摹寫羨道，亦即墓道」，前八句完全換成貴族的口吻，景色華麗。芳年華月以後，則以黷筆渲染悲情，所謂江南調、子衿詩，更用舊典表現曲折幽隱的詩心。結筆三詩不同，境界各異，古詩活潑，陸機穩重，劉鑠以淚洗臉，晚景淒涼，也就相形見拙了。至於意義方面，陸機多用意象表達相同的意蘊，形神豐滿，但基本上保留了古詩的原義；劉鑠下半段遷就詩義，力有不逮，幾乎是另謀發展，精神面貌完全不同。可見陸機駕馭語言的能力很強，隨心所欲，變換技巧。

二、〈今日良宴會〉

古詩	陸機
今日良宴會，歡樂難具陳。	閑夜命懽友，置酒迎風館。
彈箏奮逸響，新聲妙入神。	齊僮梁甫吟，秦娥張女彈。
令德唱高言，識曲聽其真。	哀音繞棟宇，遺響入雲漢。
齊心同所願，含意俱未申。	四座咸同志，羽觴不可算。
□□□□□，□□□□□。	高譚一何綺，蔚若朝霞爛。
人生寄一世，奄忽若飆塵。	人生無幾何，為樂常苦晏。
何不策高足，先據要路津。	譬彼伺晨鳥，揚聲當及旦。
無為守窮賤，轗軻長苦辛。	曷為恆憂苦，守此貧與賤。

古詩上半首八句，描寫宴會聽歌，願得富貴；下半首六句，則由歌聲而寄慨於人生的轗軻不遇，難有作為；「歡樂難具陳」一句預留伏筆，貫串全篇，語言拙樸，意義顯豁。陸機擬詩鮮妍亮麗，音調鏗鏘，表現太康詩風的本色。迎風館乃漢武帝所建的宮殿，梁甫吟、張女彈則是一代的名曲，閑夜宴聚，哀響入雲，四座羽觴，沈痛熱鬧，全用誇張手法。中間增加了「高譚一何綺，蔚若朝霞爛」一聯，勝友

如雲,談鋒健旺,比喻精采,形象鮮明,還將現場的氣氛推上了高潮。此聯總結上文的歡會,同時也開展出下文行樂及時的觀點,詩意的過渡不露痕跡。古詩悲歡的差距頗大,反而顯得有點突兀。又古詩下半首充滿酸澀之感,與上文的歡樂氣氛不大協調;陸機詩有濃厚的政治寓意,情韻和諧。馬茂元稱「揚聲當及旦」一句冠冕堂皇,「這正反映了作者入洛時的風雲豪氣;但對原詩來說,則毫釐千里,完全失去它的精神實質了。」[9]大抵視角不同,馬茂元只能把握到古詩中一種現實生活的悲情,談不上甚麼政治抱負,自然也無法體會陸機的作意了。

三、〈迢迢牽牛星〉

<table>
<tr><td align="center">古詩</td><td align="center">陸機</td></tr>
<tr><td>迢迢牽牛星,皎皎河漢女。</td><td>昭昭清漢暉,粲粲光天步。</td></tr>
<tr><td>纖纖握素手,札札弄機杼。</td><td>牽牛西北迴,織女東南顧。</td></tr>
<tr><td>終日不成章,泣涕零如雨。</td><td>華容一何冶,揮手如振素。</td></tr>
<tr><td>河漢清且淺,相去復幾許。</td><td>怨彼河無梁,悲此年歲暮。</td></tr>
<tr><td>□□□□□,□□□□□。</td><td>跂彼無良緣,睆焉不得度。</td></tr>
<tr><td>盈盈一水間,脈脈不得語。</td><td>引領望大川,雙涕如霑露。</td></tr>
</table>

古詩意象鮮明,含蓄優美,情景交融,無懈可擊。陸機擬詩前六句失之冶艷,後六句失之著意;舉踵遠視,雙涕霑露,傾力形容,稍欠蘊藉之美,自然也比不上古詩盈盈脈脈、眉角傳情了。

---

[9] 馬茂元(1918-1989):《古詩十九首初探》(西安:陝西人民出版社,1981年6月),頁60。

四、〈涉江采芙蓉〉

古詩	陸機
涉江采芙蓉，蘭澤多芳草。	上山采瓊蕊，穹谷饒芳蘭。
采之欲遺誰，所思在遠道。	采采不盈掬，悠悠懷所歡。
還顧望舊鄉，長路漫浩浩。	故鄉一何曠，山川阻且難。
同心而離居，憂傷以終老。	沈思鍾萬里，躑躅獨吟歎。

古詩意象淺白，感情真摯。陸機模倣句意，化為駢偶典麗之文，運筆雅鍊，但感發的力量似乎就稍遜一籌。兩詩的語言表現不同，前者的口語是直述的，後者的詩語則是暗示的，各有佳勝。

五、〈青青河畔草〉

古詩	陸機	劉鑠
青青河畔草，	靡靡江蘺草，	淒淒含露臺，
鬱鬱園中柳。	熠耀生河側。	肅肅迎風館。
盈盈樓上女，	皎皎彼姝女，	思女御櫺軒，
皎皎當窗牖。	阿那當軒織。	哀心徹雲漢。
娥娥紅粉妝，	粲粲妖容姿，	端撫悲弦泣，
纖纖出素手。	灼灼美顏色。	獨對明鐙歎。
昔為倡家女，	良人遊不歸，	良人久徭役，
今為蕩子婦。	偏棲獨隻翼。	耿介終昏旦。
蕩子行不歸，	空房來悲風，	楚楚秋水歌，
空床難獨守。	中夜起歎息。	依依採菱彈。

三詩意義相同，句數一致。陸機擬作甚至句句對應，劉鑠似乎就對不

準原義。〈青青河畔草〉是古詩中的名作。前六句的疊字組合使佳人的形象飽滿突出,健康活潑;陸機擬詩雜用雙聲疊韻字,稍嫌生硬;劉鑠只有首聯用疊字,似乎遠較二家失色。又古詩結筆四句作「昔為倡家女,今為蕩子婦。蕩子行不歸,空床難獨守。」雖說坦率可愛,實則俗不可耐,跟上面六句的雅言不大協調,形象驟變,似出兩人筆調,勉強拼湊而成。陸機擬詩前六句比不上古詩鮮豔,末四句作「良人遊不歸,偏棲獨隻翼。空房來悲風,中夜起歎息」,改變人物形象,寫出了文士的感覺,而不是小市民的心聲;整體效果可能比不上古詩活潑,但情調統一;佳人的容顏不容易留住,良人的羈宦生涯亦徒添酸苦而已;陸機用象徵手法烘托哀怨,感人亦深。劉鑠擬詩專寫思婦的怨情,沒有鮮明的形象;末以秋水歌、採菱彈作結,似乎也只是文獻上的歌音,缺少直接感發的力量,自然跟讀者有隔了。

六、〈明月何皎皎〉

古詩	陸機	劉鑠
明月何皎皎,	安寢北堂上,	落宿半遙城,
照我羅床幃。	明月入我牖。	浮雲藹層闕。
憂愁不能寐,	照之有餘暉,	玉宇來清風,
攬衣起徘徊。	攬之不盈手。	羅帳延秋月。
客行雖云樂,	涼風繞曲房,	結思想伊人,
不如早旋歸。	寒蟬鳴高柳。	沈憂懷明發。
出戶獨彷徨,	踟躕感節物,	誰謂行客遊,
愁思當告誰。	我行永已久。	屢見流芳歇。
引領還入房,	遊宦會無成,	河廣川無梁,
淚下沾裳衣。	離思難常守。	山路高難越。

〈明月何皎皎〉原是詩人一連串望月懷人的口語，直接傾訴感情，出戶入房，意義清晰，固然可以構成一首好詩。但陸機的擬作鍛鍊得更精采，意象精美，有聲有色，「照之」二句亦詠月詩的神來之筆。結筆感時傷事，深化意境，陸機將遊宦無成的隱痛融入於詩中，不再是古詩普通的懷人情緒。梁蔭眾評〈擬明月何皎皎〉云：「它通過詩中主人公的具體活動和借景托情來顯示其內心深處的感情波瀾，讀者憑借視覺〔月光、安寢〕、觸覺〔涼風〕、聽覺〔寒蟬鳴〕去體會品味，並借助自身的情感經驗去聯想，感受詩的內蘊，從而收到強烈的藝術效果。」[10]陸機擬詩跟原作主題不同，語言表達方式亦有所區別，兩相比較，很容易就可以看出口語與詩語的不同效果，體會詩歌語言的發展方向。劉鑠擬詩玉宇遙城，仙意飄逸；伊人流芳，似有訪豔之想；結筆河廣山高，亦可象徵君臣阻隔。全詩流於平面，似乎也比不上陸機的擬作形神圓滿，奇峰突出了。

七、〈蘭若生春陽〉

古詩	陸機
蘭若生春陽，涉冬猶盛滋。	嘉樹生朝陽，凝霜封其條。
願意追昔愛，情款感四時。	執心守時信，歲寒終不彫。
美人在雲端，天路隔無期。	美人何其曠，灼灼在雲霄。
夜光照玄陰，長歎戀所思。	隆想彌年月，長嘯入飛飆。
誰謂我無憂，積念發狂癡。	引領望天末，譬彼向陽翹。

古詩前八句都是雅言，末二句急轉：「誰謂我無憂，積念發狂痴。」奔放熱情，出人意表；但前後雅俗並不協調。陸機擬作前八句已將描

---

10 梁蔭眾：《漢魏晉南北朝隋詩鑑賞辭典》（太原：山西人民出版社，1989年3月），頁435。

寫愛情的主題變作表現個人的志節，貞信不彫，美人就象徵了能識拔自己的人；末二句更是專心致志，含蓄莊重。詩不能純粹發洩感情，應該有所節制，陸機化悲怨為雅重，深刻有力。徐柏青云：「這是反映詩人仕途坎坷之作，是詩人內心世界的自我表白。詩人借擬古和象徵的手法來寫，比直接抒發，顯得含蓄深沈，藝術效果也較好。」[11]

八、〈青青陵上柏〉

<table>
<tr><td align="center">古詩</td><td align="center">陸機</td></tr>
<tr><td>青青陵上柏，磊磊澗中石。</td><td>冉冉高陵蘋，習習隨風翰。</td></tr>
<tr><td>人生天地間，忽如遠行客。</td><td>人生當幾時，譬彼濁水瀾。</td></tr>
<tr><td>斗酒相娛樂，聊厚不為薄。</td><td>戚戚多滯念，置酒宴所歡。</td></tr>
<tr><td>驅車策駑馬，遊戲宛與洛。</td><td>方駕振飛轡，遠遊入長安。</td></tr>
<tr><td>洛中何鬱鬱，冠帶自相索。</td><td>名都一何綺，城闕鬱盤桓。</td></tr>
<tr><td>長衢羅夾巷，王侯多第宅。</td><td>飛閣纓虹帶，曾臺冒雲冠。</td></tr>
<tr><td>兩宮遙相望，雙闕百餘尺。</td><td>高門羅北闕，甲第椒與蘭。</td></tr>
<tr><td>□□□□□，□□□□□。</td><td>俠客控絕景，都人驂玉軒。</td></tr>
<tr><td>極宴娛心意，戚戚何所迫。</td><td>遨遊放情志，慷慨為誰歎。</td></tr>
</table>

古詩首先感慨人生如寄，斗酒交歡；次寫宛洛風光，萬里繁華。陸機擬詩先寫酒宴，次寫長安貴遊的生活。古詩以陵上柏、澗中石起興，色調鮮明；陸機以蘋草、翰羽起興，骨力柔弱；兩者的境界完全不同。古詩的語言輕描淡寫，自然流暢；而陸機麗辭對句，珠玉生輝，尤善於鑄鍊動詞，例如詩句中的第三字「振」、「入」、「鬱」、「纓」、「冒」、「羅」、「控」、「驂」等都給人麗密之感，十分精緻。古詩的人物造形及宮殿第宅都只是平面化的敘述；陸機改寫長安，增多

---

[11] 徐柏青：〈重評陸機的詩〉，載《湖北師範學院學報》1990年第3期。

了俠客、都人一聯，名車寶馬，節奏急促，加強了結句「慷慨」的力度。而且由「方駕振飛轡」起，一聯一意象，快速連動的鏡頭更使人應接不暇。陸機擬詩比不上古詩的渾成，但刻意形容，盛裝華服，表現另一番高貴的氣質，造境各異。

九、〈東城高且長〉／〈擬東城一何高〉

<table>
<tr><th>古詩</th><th>陸機</th></tr>
<tr><td>東城高且長，逶迤自相屬。</td><td>西山何其峻，曾曲鬱崔嵬。</td></tr>
<tr><td>迴風動地起，秋草萋已綠。</td><td>零露彌天墜，蕙葉憑林衰。</td></tr>
<tr><td>四時更變化，歲暮一何速。</td><td>寒暑相因襲，時逝忽如頹。</td></tr>
<tr><td>晨風懷苦心，蟋蟀傷局促。</td><td>三閭結飛轡，大耋嗟落暉。</td></tr>
<tr><td>蕩滌放情志，何為自結束。</td><td>曷為牽世務，中心若有違。</td></tr>
<tr><td>燕趙多佳人，美者顏如玉。</td><td>京洛多妖麗，玉顏侔瓊蕤。</td></tr>
<tr><td>被服羅裳衣，當戶理清曲。</td><td>閒夜撫鳴琴，惠音清且悲。</td></tr>
<tr><td>音響一何悲，絃急知柱促。</td><td>長歌赴促節，哀響逐高徽。</td></tr>
<tr><td>馳情整中帶，沈吟聊躑躅。</td><td>一唱萬夫歎，再唱梁塵飛。</td></tr>
<tr><td>思為雙飛燕，銜泥巢君屋。</td><td>思為河曲鳥，雙遊豐水湄。</td></tr>
</table>

古詩分兩段，各十句。首段秋景歲暮，次段佳人悲曲，情景相依，帶出一段人生無奈的悲情。語言率直，感人自深。陸機擬詩多含典故，情意婉曲。零露、蕙葉一聯，天地慘惻，詩心細密。中間「曷為牽世務，中心若有違」一聯前後換意，中心有我；而古詩放蕩情志，也就看不到嚴格的人生意義了。陸機次段撫琴改用第一人稱的寫法，長歌促節，更見時光逼迫之感，有豐富的政治喻意，也不徒是古詩言情之什了。

十、〈西北有高樓〉

古詩	陸機
西北有高樓，上與浮雲齊。	高樓一何峻，迢迢峻而安。
交疏結綺窗，阿閣三重階。	綺窗出塵冥，飛陛躡雲端。
上有絃歌聲，音響一何悲。	佳人撫琴瑟，纖手清且閑。
誰能為此曲，無乃杞梁妻。	芳氣隨風結，哀響馥若蘭。
清商隨風發，中曲正徘徊。	玉容誰得顧，傾城在一彈。
一彈再三歎，慷慨有餘哀。	佇立望日昃，躑躅再三歎。
不惜歌者苦，但傷知音稀。	不怨佇立久，但願歌者歡。
願為雙鳴鶴，奮翅起高飛。	思駕歸鴻羽，比翼雙飛翰。

古詩描寫歌音，發揮想像。陸機雅言偶句，光彩奪目。中間佳人六句，傾力塑造佳人的形象，字字珠璣；芳氣結聚，琴音如蘭，更是運用通感的手段，富於想像力。古詩情意俱佳，但語言的表現則相對力弱了。

十一、〈庭中有奇樹〉

古詩	陸機
庭中有奇樹，綠葉發華滋。	歡友蘭時往，迢迢匿音徽。
□□□□□，□□□□□。	虞淵引絕景，四節逝若飛。
攀條折其榮，將以遺所思。	芳草久已茂，佳人竟不歸。
馨香盈懷袖，路遠莫致之。	躑躅遵林渚，惠風入我懷。
此物何足貢，但感別經時。	感物戀所歡，采此欲貽誰。

古詩是一首意象單一、簡單清新而又情意綿綿的佳作。陸機的擬作意

象紛繁,每兩句就是一組意象,別出心裁。詩由懷人起,增加感慨時光飛逝二句,芳草句借意鉤勒一番,林渚惠風,眼前適意之境,然後才以贈遠作結,摹寫心理感覺,層層深入,遠較原作曲折。王闓運（1833-1916）曰:「古詩難擬在澹。此芳草久已茂四句,愈澹愈秀,是神來之筆。」孫曠曰:「只演別經時一意,風度自佳,弟視原作,而貌不同,何必謂之擬?」[12]可見陸詩有意求變,別具韻味。

十二、〈明月皎夜光〉

<table>
<tr><th>古詩</th><th>陸機</th></tr>
<tr><td>明月皎夜光,促織鳴東壁。</td><td>歲暮涼風發,昊天肅明明。</td></tr>
<tr><td>玉衡指孟冬,眾星何歷歷。</td><td>招搖西北指,天漢東南傾。</td></tr>
<tr><td>白露沾野草,時節忽復易。</td><td>朗月照閑房,蟋蟀吟戶庭。</td></tr>
<tr><td>秋蟬鳴樹間,玄鳥逝安適。</td><td>翻翻歸雁集,嘒嘒寒蟬鳴。</td></tr>
<tr><td>昔我同門友,高舉振六翮。</td><td>疇昔同宴友,翰飛戾高冥。</td></tr>
<tr><td>不念攜手好,棄我如遺跡。</td><td>服美改聲聽,居愉遺舊情。</td></tr>
<tr><td>南箕北有斗,牽牛不負軛。</td><td>織女無機杼,大梁不架楹。</td></tr>
<tr><td>良無盤石固,虛名復何益。</td><td></td></tr>
</table>

古詩分兩段,首段描寫秋景,由時光的流逝聯想到交情的變化。次段友情消逝,多用直述語氣,沒有詩意;《詩・小雅・大東》云:「維南有箕,不可以簸揚;維北有斗,不可以挹酒漿。」「睆彼牽牛,不以服箱。」[13]南箕、北斗、牽牛,都是天上的星宿,只有形似的意義,當然不可能從事人間的勞動了;古詩以舊典責難虛名無益的人,失之

---

12 《文選》,掃葉山房石印本,卷7。
13 引自程俊英（1901-1993）、蔣見元:《詩經注釋》（北京:中華書局,1991年10月）,頁635。

顯露。陸機擬詩多用偶句，語言生新雅健，讀者不容易直接吸收意義，需要反覆思考，始能感受詩意。次段責難友儕的聲音也比較含蓄，例如〈古詩〉「不念攜手好，棄我如遺跡」兩句，直斥同門友之非，不事修飾；陸機改作「服美改聲聽，居愉遺舊情」，感情上可能不夠強烈，但對句含蓄閑雅，也具有楚楚動人的魅力。末聯以隱喻作結，織女、天梁也是星名，徒得形似，名不副實。陸機刪去古詩的末聯，不標作意，化直率為矜重，其實也是尊重讀者的表現，保留想像空間。又陸機「招搖西北指，天漢東南傾」一聯亦重見於〈擬迢迢牽牛星〉「牽牛西北迴，織女東南顧」及〈梁甫吟〉「招搖東北指，大火西南昇」兩詩，構句相似，詩意貧乏，因襲道來，幾成濫調。陸機這類例句尚多，可能也是敏捷之患。

十三、〈驅車上東門〉／〈駕言出北闕行〉

古詩	陸機
驅車上東門，遙望郭北墓。	駕言出北闕，躑躅遵山陵。
白楊何蕭蕭，松柏夾廣路。	長松何鬱鬱，丘墓互相承。
下有陳死人，杳杳即長暮。	念昔徂歿子，悠悠不可勝。
潛寐黃泉下，千載永不寤。	安寢重冥廬，天壤莫能興。
浩浩陰陽移，年命如朝露。	人生何所促，忽如朝露凝。
人生忽如寄，壽無金石固。	辛苦百年間，戚戚如履冰。
萬歲更相送，聖賢莫能度。	仁知亦何補，遷化有明徵。
服食求神仙，多為藥所誤。	求仙鮮克仙，太虛不可凌。
不如飲美酒，被服紈與素。	良會罄美服，對酒宴同聲。

十四、〈迴車駕言邁〉／〈遨遊出西城〉

古詩	陸機
迴車駕言邁，悠悠涉長道。	遨遊出西城，按轡循都邑。
四顧何茫茫，東風搖百草。	逝物隨節改，時風肅且熠。
所遇無故物，焉得不速老。	
盛衰各有時，立身苦不早。	遷化有常然，盛衰自相襲。
人生非金石，豈能長壽考。	靡靡年時改，冉冉老已及。
忽奄隨物化，榮名以為寶。	行矣勉良圖，使爾修名立。

陸機〈擬古〉原為十四首，《文選》刪此二首。其實古詩的原作已經不怎樣出色。陸機的擬作說理過多，文采不足，也就更沒有甚麼詩意了。又〈迴車駕言邁〉原有「所遇無故物，焉得不速老」兩句，只是乾癟的口語，頗嫌俗濫；陸機〈遨遊出西城〉刪去此聯，也是比較適當的處理手法。

十五、〈孟冬寒氣至〉

古詩	劉鑠
孟冬寒氣至，北風何慘慄。	白露秋風始，秋風明月初。
愁多知夜長，仰觀眾星列。	明月照高樓，白露皎玄除。
三五明月滿，四五詹兔缺。	迨及涼雲起，行見寒林疏。
客從遠方來，遺我一書札。	客從遠方至，贈我千里書。
上言長相思，下言久離別。	先敘懷舊愛，末陳久離居。
置書懷袖中，三歲字不滅。	一章意不盡，三復情有餘。
一心抱區區，懼君不識察。	願遂平生眷，無使甘言虛。

此詩只有劉鑠的擬作，因附論於末。古詩分兩段，首段北風長夜，星月滿天，月亮圓而復缺，而人間的團聚也遙遙無期了。次段展讀三年前所得的書信，語重心長，情意綿綿；結尾重申區區的信念，反而擔心對方不能體察自己的離愁了。分別日久，太多的懸念有時會使人胡思亂想；古詩敘景言情，刻劃小兒女的內心世界，十分細緻。劉鑠擬詩首段掩映於白露、秋風、明月、涼雲之間，環環相扣，略似頂真，一片秋色，十分輕巧。除即階除，位於門屏之間。次段得書，多用偶句，希望對方珍惜感情，不要虛負甘言。劉鑠擬詩用秋色引發離情，兩段之間的聯繫並不緊密；次段得信也比較平淡，看不到時間的流逝；遠望及千里意複，也是缺點。古詩月圓月缺，但人間的情愛不變，相互映襯，結構嚴密。劉鑠筆力不振，看來也難以跟古詩相提並論了。

論《文選》京都賦的建設規模與文化氣象

一　京都的選擇及諸賦的年代背景

　　《文選》首列京都八賦，共分六卷，計有班固（32-92）〈兩都賦〉、張衡（78-139）〈西京賦〉、〈東京賦〉、〈南都賦〉、左思（252?-306?）[1]〈三都賦〉，分述長安、洛陽、南陽（河南南陽）、成都、建業、鄴（河北臨漳西南）六個都城，煌煌鉅製，體大思精，文化建設，各具規模，而且通過都城之間的相互比較，或可考見古代京都的建設規模與文化氣象，古未必適用於今，但折衝尊俎之間，我們卻可以追懷一段古典的風采。

　　西漢建都於長安，而東漢則改都於洛陽，因時制宜，各取所需，自然是基於政治現實的需要。但定都以後，東漢光武帝、明帝、章帝以至和帝各朝都互有不同的意見。建武二十年（44），京兆杜陵人杜篤上〈論都賦〉，[2]認為「關中表裏山河，先帝舊京，不宜改營洛邑」。當時有人反對遷都，「是時山東翕然狐疑，意聖朝之西都，懼關門之反拒也」；亦有人主張遷回長安，論云：「彼埳井之潢汙，固不容夫吞舟；且洛邑之湊漯，曷足以居乎萬乘哉？咸陽守國利器，不可久虛，

---

[1] 左思生卒年不詳，現參劉文忠（1936-）〈左思〉之說，《中國歷代著名文學家評傳》第1卷（濟南：山東教育出版社，1983年5月），頁341。又陸侃如（1903-1978）訂為250?-305?，亦相差無幾。參《中古文學繫年》（北京：人民文學出版社，1985年6月），頁926。

[2] 參陸侃如說，《中古文學繫年》，頁68。

以示奸萌。」認為洛陽地方狹隘，不宜久居。而杜篤雖然從歷史山川等方面認同長安「斯固帝王之淵囿，而守國之利器也」，適於建都；但基於天下初定，百廢具興，「而今國家未暇之故」，暫時只能屈居於洛陽了。結云：「今國家躬修道德，吐惠含仁，湛恩沾洽，時風顯宣。徒垂意於持平守實，務在愛育元元，苟有便於王政者，聖主納焉。何則？物罔挹而不損，道無隆而不移，陽盛則運，陰滿則虧，故存不忘亡，安不諱危，雖有仁義，猶設城池也。」[3]除了躬修道德及民生設施之外，也要注意國防上的需要。〈論都賦〉或勸或諷，盛稱長安的文化氣象及山川形勢，回望盛世，但也沒有否定洛陽的都城地位，可能有些試探性質，未作定論。

到了章帝年間，可能朝廷又再次引發遷都的遐想。但此次王景（30？-85？）、崔駰（30？-92）、傅毅（35？-90？）等都先後有所論述，安於洛陽，反對遷都。《後漢書・王景傳》云：「建初七年（82），遷徐州刺史。先是杜陵杜篤奏上〈論都賦〉，欲令車駕遷還長安。耆老聞者，皆動懷土之心，莫不眷然佇立西望。景以宮廟已立，恐人情疑惑，會時有神雀諸瑞，乃作〈金人論〉，頌洛邑之美，天人之符，文有可採。明年，遷廬江太守。……卒於官。」[4]

其後崔駰〈反都賦〉云：「漢曆中絕，京師為墟，光武受命，始遷洛都。客有陳西土之富，云洛邑褊小。故略陳禍敗之機，不在險也。建武龍興，奮旅西驅，虜赤眉，討高胡，斬銅馬，破骨都，收翡翠之駕，據天下之圖。上聖受命，將昭其烈，潛龍初九，真人乃發。上貫紫宮，徘徊天闕，握狼狐，蹈參伐，陶以乾坤，始分日月。觀三代之餘烈，察殷夏之遺風，背崤函之固，即周洛之中。興四郊，建三

---

[3] 杜篤（20？-78）〈論都賦〉，載〔宋〕范曄（398-445）撰，〔唐〕李賢（654-684）等注：《後漢書・文苑列傳》（北京：中華書局，1965年5月），頁2595-2609。

[4] 《後漢書・循吏列傳》，頁2466。

雍，禪梁父，封岱宗。」⁵可見洛陽一樣能夠成就大業，在德不在險，崔駰甚至認為漢光武帝劉秀（6B.C.-57AD.）的成就與劉邦（256-195B.C.）比較，並無軒輊，絕不失色。

傅毅亦作〈反都賦〉，惟僅存「因龍門以暢化，開伊闕以達聰」二句，可見洛陽及伊水的山川形勢十分重要，也是一片可供發展的新天地。⁶另著〈洛都賦〉云：「惟漢元之運會，世祖受命而弭亂。體神武之聖姿，握天人之契贊。尋往代之規兆，仍險塞之自然。被崑崙之洪流，據伊洛之雙川。挾成皋之巖阻，扶二崤之崇山。分晝經緯，開正塗軌，序立廟祧，面朝後市。歎息起雰霧，奮袂生風雨，覽正殿之體制，承日月之皓精。……」⁷傅毅或作於建初八年（83）免官以前，跟王景、崔駰之作相互呼應。賦中大抵亦盛稱洛陽人事之美，配合光武中興，開物成務，為洛陽造勢，反對遷都。

班固〈兩都賦〉作於明帝、章帝、和帝之間，有多種不同的說法。〈兩都賦序〉云：「臣竊見海內清平，朝廷無事，京師修宮室，浚城隍，起苑囿，以備制度。西土耆老，咸懷怨思，冀上之眷顧，而盛稱長安舊制，有陋雒邑之議。故臣作〈兩都賦〉，以極眾人之所眩曜，折以今之法度。」⁸《後漢書・班固傳》亦云：「自為郎後，遂見親近。時京師脩起宮室，濬繕城隍，而關中耆老猶望朝廷西顧。固感前世相如、壽王、東方之徒，造構文辭，終以諷勸，乃上〈兩都

---

5 崔駰〈反都賦〉佚文參歐陽詢（557-641）：《藝文類聚》（上海：上海古籍出版社，1965年11月），頁1102。又「大漢之初，雍土是居。京平之世，鴞鴿來巢」四句，參《康熙字典》（香港：中華書局影同文書局版，1958年1月）「巢」字下引文，頁252。

6 傅毅〈反都賦〉參酈道元（470？-527）：《水經注》（上海：商務印書館萬有文庫本，1933年5月）「伊水又北入伊闕」條，頁61。

7 傅毅〈洛都賦〉佚文參《藝文類聚》，頁1103。

8 〔梁〕蕭統（501-531）編，〔唐〕李善（636？-690？）注：《文選》（上海：上海古籍出版社，1986年8月），頁3-4。

賦〉，盛稱洛邑制度之美，以折西賓淫侈之論。」[9]認為西都過於眩耀淫侈，而東都則符合法度，班固反對遷都，在諸賦中固為名作，更有一錘定音的作用，反映了當前相關討論的成果。可惜沒有提及作年，賦中只有「今將語子以建武之治，永平之事」一句總結時事，鄭鶴聲訂為明帝永平七年（64），陸侃如訂為永平九年（66）之作。[10]饒宗頤云：「今以〈東都賦〉遂綏哀牢，開永昌一事證之，永平十二年以益州徼外夷哀牢內附，置永昌郡。知〈東都賦〉之成，必在永平十二年之後，諒在十七年間乎？當與王景上〈金人論〉相去不遠。」[11]朱冠華亦認為「本賦當作於永平十二年後，十八年前」（69-75）。[12]

又李善注云：「自光武至和帝都洛陽，西京父老有怨。班固恐帝去洛陽，故上此詞以諫，和帝大悅也。」[13]則訂為晚年之作。案〈兩都賦〉當撰於和帝永元元年至四年之間（89-92），班固延續王景、崔駰、傅毅諸家論都的觀點，支持洛陽的帝都地位，一脈相承，以理取勝，甚至後出轉精了。龔克昌基於〈東都賦〉中「內撫諸夏，外綏百蠻」的描述，論云：「這篇巨賦雖展卷於永平之際，但完篇卻在章、和以後；標明所寫的是永平之治，但卻混入章、和之事。」[14]曹道衡

---

9 《後漢書・班彪列傳》，頁1335。
10 班固：〈東都賦〉，《文選》，頁29。鄭鶴聲編：《班固年譜》（上海：商務印書館，1929年3月完稿），頁42。陸侃如云：「班固成列傳、載記二十八篇，奉命撰《漢書》，又作〈兩都賦〉。」《中古文學繫年》，頁89。
11 饒宗頤（1917-2018）著：《選堂賦話》，載何沛雄（1937-2013）編著：《賦話六種》（香港：三聯書店，1982年2月），頁105。
12 朱冠華（1952-）：〈兩都賦李善注正補〉，《中華國學》第2期，香港。
13 〈兩都賦二首〉，李善注：《文選》，頁1。清代何焯（1661-1722）、胡克家（1756-1816）等多認為此條非李善注，決是後來竄入。高步瀛（1873-1940）甚至還把這條注文刪去。曹道衡（1928-2005）〈略論《兩都賦》和《二京賦》〉論云：「這條注文之非李善注，大致可以斷定。」參曹道衡著：《中古文學史論文集續編》（臺北：文津出版社，1994年7月），頁15。
14 龔克昌（1933-2022）：《漢賦研究》（濟南：山東文藝出版社，1990年5月），頁222。

亦云:「因為像〈兩都賦〉那樣的大賦,一般不是短時間所能寫成的。」「認為此賦作於漢明帝時代」(58-75),而可能「完稿於章帝建初年間(76-83)」,[15]拖長寫作時間,頗有調和兩說之意。

張衡〈二京賦〉稍後於班固之作。《後漢書·張衡傳》:「衡少善屬文,游於三輔,因入京師,觀太學,遂通五經,貫六藝。雖才高於世,而無驕尚之情。常從容淡靜,不好交接俗人。永元中,舉孝廉不行,連辟公府不就。時天下承平日久,自王侯以下,莫不踰侈,衡乃擬班固〈兩都〉,作〈二京賦〉,因以諷諫。精思傅會,十年乃成。」[16]陸侃如云:「他十八歲至京,故假定賦成在二十八歲時。」即和帝元興元年(105)。又〈南都賦〉作於安帝永初七年(113),張衡在南陽主簿任上。[17]孫文青則認為〈二京賦〉完稿於安帝永初元年(107)。[18]上距班固之作,約為二十餘年。案張衡〈西京賦〉序云:「昔班固覩世祖遷都于洛邑,懼將必踰溢制度,不能遵先聖之正法也,故假西都賓盛稱長安舊制,有陋洛邑之議,而為東都主人折禮衷以答之。張平子薄而陋之,故更造焉。」[19]鄙視班固之作,必須重新繼作,其不滿之情溢於言表。曹道衡論云:「我們探討〈兩都賦〉和〈二京賦〉的異同,不能不考慮到這二十餘年中的政治、社會及學術思想方面的變化。」又云:「張衡的〈西京賦〉帶有較強的批判性。他是借總結西漢統治的失誤來引為東漢帝王的鑒戒,也是借著西漢的史事來暗喻東漢的一些社會狀況。」[20]蓋指和帝一朝吏治漸壞,外戚擅權,遊俠豪強,巧詐亦多。張衡反對讖緯迷信,作品中多引用古文經說《周禮》、《左傳》、《詩經》等,顯然都跟班固的時代有所不同了。其實班

---

15 曹道衡:〈略論《兩都賦》和《二京賦》〉,《中古文學史論文集續編》,頁14-15。
16 《後漢書·張衡傳》,頁1897。
17 《中古文學繫年》,頁133、138。
18 孫文青(1896-1989):《張衡年譜》(上海:商務印書館,1935年),頁37。
19 張衡:〈西京賦〉序未見於《文選》,參《藝文類聚》,頁1098。
20 曹道衡:〈略論《兩都賦》和《二京賦》〉,《中古文學史論文集續編》,頁16、19。

固寫〈兩都賦〉具有互補作用,〈西都賦〉描述長安山川形勢、都城建設、宮室殿宇、畋獵娛遊等主題,強調豪奢繁富、醉生夢死的盛世模式;而〈東都賦〉並沒有複述這些內容,班固專注於文治武功、內政外交、德治教育、四海一家等主張,重視道德的陶冶、理性的節制,顯示東漢的治國模式,也就跟西漢的風俗大異其趣。但張衡嫌班固的作品「薄而陋之」,未能顯出東京的氣派,必須更造新篇。他不但擴充了〈西京賦〉長安的內容,而〈東京賦〉中的洛陽同樣也採用平衡的寫法,結構相當,例如長安有角觝百戲,洛陽則有卒歲大儺,逐項比較,最後是東京的文化氣象壓倒了西京的雄偉建設。

　　左思〈三都賦〉的作年異說紛紜,難以確定。《晉書‧左思傳》云:「家世儒學。父雍,起小吏,以能擢授殿中侍御史。思少學鍾、胡書及鼓琴,並不成。雍謂友人曰:『思所曉解,不及我少時。』思遂感激勤學,兼善陰陽之學。貌寢,口訥,而辭藻壯麗。不好交遊,惟以閑居為事。造〈齊都賦〉,一年乃成。復欲賦三都,會妹芬入宮,移家京師,乃詣著作郎張載訪岷邛之事。遂構思十年,門庭藩溷皆著筆紙,遇得一句,即便疏之。自以所見不博,求為祕書郎。及賦成,時人未之重。思自以其作不謝班、張,恐以人廢言,安定皇甫謐有高譽,思造而示之。謐稱善,為其賦序。張載為注魏都,劉逵注吳、蜀而序之。……陳留衛權又為思賦作〈略解〉。」[21]《晉書》沒有具體說明〈三都賦〉的寫作時間,案皇甫謐(215-282)〈三都賦序〉亦見錄於《文選》,則賦成當於太康三年(282)之前,始得為左思作序。王夢鷗指出〈魏都賦〉末段有「成都迄已傾覆,建鄴則亦顛沛」等句,論云:「從太始八年至咸寧五年(279)〈三都賦〉大體完

---

21 房玄齡(579-648)等撰:《晉書‧文苑列傳》(北京:中華書局,1974年11月),頁2376。《晉書》左思父名雍、其妹名芬或誤,案〈左棻墓志〉碑陰記云:「父熹,字彥雍。」參趙萬里(1905-1980)撰集:《漢魏六朝冢墓遺文圖錄》(1937)卷1;又趙萬里:《漢魏南北朝墓誌集釋》(北京:科學出版社,1956年),卷1,頁3。

成。」即由左芬入宮移家洛陽後開始撰作，而完稿於吳亡（280）之前。[22]

韋鳳娟云：「〈三都賦〉體制宏大，事類廣博。他那種強調徵信求實的文學主張雖不免偏激，但也使〈三都賦〉在一定程度上反映了三國時期的社會生活狀況。」又云：「這除了〈三都賦〉本身的富麗文采及當時文壇重賦等因素外，更重要的是因為它包含了當時朝野上下關心矚目的內容：進軍東吳，統一全國。」[23]程章燦亦云：「〈三都賦〉創作的主要時期是在三世紀的七、八十年代，那時正是西晉最強盛的時期。晉武帝滅吳而統一中國的大業就是在太康元年（公元280年）完成的。這一歷史盛況需要在文學上得到反映。王鳴盛《十七史商榷》卷五十一『三江揚都』條云：『左思於西晉初吳蜀始平之後，作〈三都賦〉，抑吳都、蜀都，而申魏都，以晉承魏統耳。』〈三都賦〉的出現，可以說是順應了當代政治、經濟發展的趨勢。」[24]以上諸家皆主早年之說。[25]

陸侃如云：「左思〈三都賦〉成，避難冀州，尋卒。」[26]訂於晉惠帝太安二年（303），蓋屬左思晚年之作。劉文忠兼采兩說，先是根據皇甫謐卒年，「應為公元二七二至二八二年之間」；又云：「賈謐被誅

---

22 王夢鷗（1907-2002）：〈關於左思《三都賦》的兩首序〉，載《古典文學論探索》（臺北：正中書局，1984年2月），頁90-91。
23 韋鳳娟續云：「〈三都賦〉的寫作時間，《晉書‧左思傳》和《世說新語‧文學》篇注引《左思別傳》的說法很不一致。據今人傅璇琮（1933-2016）考證，〈三都賦〉成於太康元年（280）滅吳之前。此外，今人姜亮夫認為作於291年（《陸平原年譜》）。劉文忠認為作於300年之後。」《中國大百科全書‧中國文學Ⅱ》（北京、上海：中國大百科全書出版社，1986年11月），頁1317。
24 程章燦（1963-）：《魏晉南北朝賦史》（南京：江蘇古籍出版社，1992年2月），頁190。
25 《文選‧三都賦序》李善注引臧榮緒《晉書》，末云：「思作賦時，吳、蜀已平，見前賢文之是非，故作斯賦以辨眾惑。」頁172。
26 《中古文學繫年》，頁803。

在晉惠帝永康元年（300），如根據《左思別傳》的說法，則〈三都賦〉寫成應在公元三百年之後。」[27]不過，左思〈三都賦〉蓋因皇甫謐、張華（232-300）、張載、劉逵、衛權等名家的延譽及注解而揚名，導至洛陽紙貴，必屬西晉早年的盛世時代。尤以伐吳成功完成統一大業，〈三都賦〉剛好總結了前朝的興亡教訓，呼喚新時代的來臨，自然更可以增添洛陽帝都的風華和魅力。晚年晉室內亂頻仍，大概亦難以附庸風雅，廣為宣揚這些長篇鉅製了。

　　《文選》京都八賦所述長安、洛陽、南陽、成都、建業、鄴六都，其中長安、洛陽自是傳統的天下名都，周秦漢魏晉都以這兩個都城作選項。其他四都只是漢代以後新興的都市，南陽是光武帝的故里，沒有作過帝都，其他僅三國時代短暫定都而已，而鄴城在篡漢前嘗作魏都，篡漢後則復以洛陽為都。在《文選》編纂的年代，梁（502-557）與北魏（386-534）南北對峙，梁都建康，北魏都洛陽。其後北魏分裂為東魏（534-550）、西魏（534-557），東魏亡於北齊（550-577），西魏亡於北周（557-581），東魏與北齊都鄴，西魏與北周則都長安。可見在南北朝後期，除了南陽、成都之外，由於國家分裂，其他四都仍然還是具有帝都的地位。

二　京都賦中長安的建設規模

　　長安先後是周、秦、漢的帝都，歷史名城。周代的豐、鎬二京在長安城的西南，而秦代的咸陽則在城北。漢長安城隔著渭河，築城於

---

[27]《世說新語》注引《思別傳》云：「思字太沖，齊國臨淄人。父雍起於筆札，多所尚練，為殿中御史。思蚤喪母，雍憐之，不甚教其書學。及長，博覽名文，遍閱百家。司空張華辟為祭酒，賈謐舉為秘書郎。謐誅，歸鄉里，專思著術。齊王冏請為記室參軍，不起，時為〈三都賦〉未成也。後數年疾終。其〈三都賦〉改定，至終乃上。」劉義慶（403-444）著，劉孝標（462-521）注，余嘉錫（1884-1956）箋疏：《世說新語箋疏》（上海：上海古籍出版社，1993年12月），頁246。

龍首山北坡，在秦始皇的興樂宮上迭加擴建，規模宏大。班固〈西都賦〉摹寫長安的建設成就，首敘山川形勢，次述都城建設、封畿四郊、帝王宮室、後宮佳麗、政府運作、離宮殿宇、畋獵娛遊等不同的場景。[28]其中都城建設一節，尤能帶出「窮泰而極侈」的主題。

> 於是睎秦嶺，睋北阜。挾灃灞，據龍首。圖皇基於億載，度宏規而大起。肇自高而終平，世增飾以崇麗。歷十二之延祚，故窮泰而極侈。建金城而萬雉，呀周池而成淵。披三條之廣路，立十二之通門。內則街衢洞達，閭閻且千。九市開場，貨別隧分。人不得顧，車不得旋，闐城溢郭，旁流百廛。紅塵四合，煙雲相連。於是既庶且富，娛樂無疆。都人士女，殊異乎五方。遊士擬於公侯，列肆侈於姬姜。鄉曲豪舉，遊俠之雄。節慕原、嘗，名亞春、陵。連交合眾，騁騖乎其中。（頁7）

漢高祖五年（202B.C.）秋後九月，改建秦離宮興樂宮為長樂宮。七年（202B.C.）二月宮成。蕭何（257-193B.C.）治未央宮，立東闕、北闕、前殿、武庫、太倉。漢武帝元狩三年（120B.C.）秋，發謫吏穿昆明池。元鼎二年（115B.C.）春，起柏梁臺。太初元年（104B.C.）冬十一月乙酉，柏梁臺災。春二月，起建章宮。四年（101B.C.）秋起明光宮。[29]《漢書‧郊祀志下》云：「於是作建章宮，度為千門萬戶。前殿度高未央。其東則鳳闕，高二十餘丈。其西則商中，數十里虎圈。其北治大池，漸臺高二十餘丈，名曰泰液。池中有蓬萊、方丈、瀛洲、壺梁，象海中神山龜魚之屬。其南有玉堂璧門大鳥之屬。立神明臺、井

---

[28] 何沛雄〈班固《西都賦》與漢代長安〉分述有地理形勢與高祖定都、長安建設與市內繁榮、四郊情況與朝廷政策、封畿的環境、帝王宮室、後宮情況、朝廷百官與其他部門、建章宮與附近的臺樓池沼、畋獵的壯觀、娛遊的盛況、漢代的昇平十一段。參《漢魏六朝賦論集》（臺北：聯經出版事業公司，1990年4月），頁38-51。

[29] 參顧炎武（1613-1682）：《歷代宅京記》（北京：中華書局，1984年2月），頁46-48。

幹樓,高五十丈,輦道相屬焉。」[30]班固〈西都賦〉寫漢長安城的形勢,南眺秦嶺,北望二道塬上地勢高爽的咸陽舊宮,左右挾帶著灃、灞二水,雄據龍首山的北坡,由高祖到平帝,綿延十二代,福澤相承,窮奢極侈。城池穩固,道路寬廣,周圍還有十二座城門,人口稠密,商業發達,豪門貴族,甲第相望,戰國四公子之流跟遊俠豪士連橫合縱,馳驅奔走,一片熱鬧。而「紅塵四合,煙雲相連」則是漢長安城最真實的寫照。班固甚至指出原因:「與乎州郡之豪傑,五都之貨殖,三選七遷,充奉陵邑。蓋以強幹弱枝,隆上都而觀萬國也。」(頁8)可見這是關乎漢代國策所在,強幹弱枝,壯大中央,長安成為萬國的上都。又寫建章宮的建築氣勢:「上反宇以蓋戴,激日景而納光。神明鬱其特起,遂偃蹇而上躋。軼雲雨於太半,虹霓迴帶於棼楣。雖輕迅與儦狡,猶愕眙而不能階。攀井幹而未半,目眴轉而意迷。舍櫺檻而卻倚,若顛墜而復稽。魂怳怳以失度,巡迴途而下低。」(頁16)千門萬戶,正殿峻峭奇偉,臨風矗立,壯麗高遠,日光反射,晶瑩閃亮。神明臺、井幹樓的景色也很壯觀,雲雨飄落,虹霓繚繞,頭暈目眩,驚心動魄。表現畏高的感覺,舉步唯艱,神魂恍惚,好像也快要掉進谷底了。〈西都賦〉又云:

> 於是乘鑾輿,備法駕,帥群臣。披飛廉,入苑門。遂繞酆鄗,歷上蘭。六師發逐,百獸駭殫。震震爚爚,雷奔電激。草木塗地,山淵反覆。蹂躪其十二三,乃拗怒而少息。爾乃期門佽飛,列刃鑽鍭,要跌追蹤。鳥驚觸絲,獸駭值鋒。機不虛掎,弦不再控。矢不單殺,中必疊雙。颮颮紛紛,矰繳相纏。風毛雨血,灑野蔽天。平原赤,勇士厲。猿狖失木,豺狼慴竄。爾

---

[30] 班固撰,顏師古 (581-645) 注:《漢書·郊祀志下》(北京:中華書局,1964年11月),頁1245。

乃移師趨險，並蹈潛穢。窮虎奔突，狂兕觸蹶。許少施巧，秦成力折。掎僄狡，扤猛噬。脫角挫脰，徒搏獨殺。挾師豹，拖熊螭。曳犀犛，頓象羆。超洞壑，越峻崖。蹷巉巖，鉅石隤。松柏仆，叢林摧。草木無餘，禽獸殄夷。（頁19-20）

此段專寫上林苑的畋獵，在經過嚴密的部署之後，即展開大規模的殺戮禽獸，所謂「風毛雨血，灑野蔽天」、「草木無餘，禽獸殄夷」，恣情縱欲，暴殄天物，完全是一片摧枯拉朽的血腥場面，令人震懾。最後皇帝慶功，割鮮野食，「覽山川之體勢，觀三軍之殺獲。原野蕭條，目極四裔。禽相鎮壓，獸相枕藉。」（頁20）這是班固對西漢長安的感性認知，相對於東漢以仁義治國，顯然並不認同這樣野蠻的價值觀念。〈西都賦〉完全不寫長安的人文風采及文化氣象，可能還帶點暴發戶式的誇富形象，有所諷刺，更表現負面的感情。

張衡〈西京賦〉摹寫漢都長安，首敘山川及歷史，次敘都城建設、政府運作、後宮享樂、王室宮殿、城郭之制、廓開九市、豪強生活、郊甸禁苑、昆明池濫捕、孟冬狩獵、長楊宴饗、水嬉歌舞、角觝百戲、[31]盤樂嬿婉、奢泰肆情各項，極盡繁華豪奢，鋪張揚厲。[32]其論後宮館舍云：

於是鉤陳之外，閣道穹隆。屬長樂與明光，徑北通乎桂宮。命

---

[31] 張衡〈西京賦〉以摹寫角觝百戲一節最為精采。李志慧（1949-）〈西漢雜技藝術的表演形式〉云：「賦中所描述的雜技表演，約分五場。首先以單項的『角抵妙戲』為開場。第二場是化妝歌舞，表演假面之戲。第三場是表演『鬥獸』和『魚龍曼衍』。第四場是幻術表演。第五場是表演『戲車』。」參《古都西安——漢賦與長安》（西安：西安出版社，2003年12月），頁275-278。

[32] 葉輝龍指出〈西京賦〉之內容：總起、形勢大要、封畿環境、市內景象、錦繡王宮、美女後宮、其他建築、畋獵紀實、娛樂、結論。參《張衡賦賞析》（香港：香港科華圖書出版公司，1999年2月），頁144-152。

般爾之巧匠，盡變態乎其中。後宮不移，樂不徙懸。門衛供帳，官以物辨。恣意所幸，下輦成燕。窮年忘歸，猶弗能徧。瑰異日新，殫所未見。（頁55-56）

這裏描述後宮有長樂宮、明光殿、桂宮等，整個佈局設計由能工巧匠來建造，形態變化各異。專供皇帝恣意享樂，惟亦享之不盡。瑰麗奇異，實在難以形容了。張衡又摹寫昆明池的濫捕情況：

澤虞是濫，何有春秋？摘漻澥，搜川瀆。布九罭，設罜䍡。掾昆鮞，殄水族。蓮藕拔，蠃蛤剝。逞欲畋鯊，效獲麋麌。漻蓼滓浪，乾池滌藪。上無逸飛，下無遺走。攫胎拾卵，蚔蠪盡取。取樂今日，遑恤我後！既定且寧，焉知傾陁？（頁74-75）

批判西漢社會不懂得保育水族，甚至有濫捕行為，趕盡殺絕，貪得無厭，不禁敲響了末日的喪鐘。最後張衡沈痛地指出：「盛衰無常，唯愛所丁。衛后興於鬒髮，飛燕寵於體輕。爾乃逞志究欲，窮身極娛。鑒戒《唐詩》，他人是媮。自君作故，何禮之拘？」（頁79）藉著申述后妃的美色不會永恆不變，拼命地滿足個人的私欲，牢牢的握著不放。因為君主的行為就是制度，沒有禮法管束得住。換句話說，張衡〈西京賦〉主要揭露西漢長安上層社會無法無天的行為，自討滅亡，其實背地裏可能影射東漢社會的墮落，譴責為富不仁及不公義的現象，具有嚴厲的批判精神。

三　京都賦中洛陽的文化氣象

　　光武中興，昆陽（河南省葉縣）大捷，擊敗王莽的主力部隊。建武元年（25）冬車駕入洛陽，乾坤再造，一新耳目。班固〈東都賦〉

專寫王莽竊國、建武革命、永平之事〔治〕、蒐狩講武、內政外交、重農抑商、德治教育、王者無外等主張，並沒有涉及〈西都賦〉中山川形勢，都城建設、封畿四郊、帝王宮室、後宮佳麗、政府運作、離宮殿宇、畋獵娛遊等各方面的描寫，亦不著眼於兩都建設的比較，跟西漢的長安風俗大異其趣，明顯更帶有移風易俗的觀念。[33]〈東都賦〉所述洛陽的山川形勢，其實只有「遂超大河，跨北嶽，立號高邑，建都河洛」（頁30）寥寥幾句，十分簡單。他又盛稱永平之治，「乃動大輅，遵皇衢，省方巡狩，窮覽萬國之有無，考聲教之所被，散皇明以燭幽。然後增周舊，修洛邑，扇巍巍，顯翼翼。光漢京于諸夏，總八方而為之極。是以皇城之內，宮室光明，闕庭神麗，奢不可逾，儉不能侈。」（頁32）指出明帝勤儉治國，在東周的基礎上建設皇城，不以奢侈為尚，明顯是否定了長安的末世風情，重振漢室中興的新思維、新氣象。至於蒐狩講武一節，更為得體。〈東都賦〉云：

> 遂集乎中圃，陳師案屯。駢部曲，列校隊。勒三軍，誓將帥。然後舉烽伐鼓，申令三驅。輶車霆激，驍騎電騖。由基發射，范氏施御。弦不睼禽，轡不詭遇。飛者未及翔，走者未及去。指顧倏忽，獲車已實。樂不極盤，殺不盡物。馬踠餘足，士怒未渫。先驅復路，屬車案節。（頁34）

東漢的畋獵比較克制，連對待禽獸都顯得有理有節，例如控弦而不專注於射殺禽鳥，攬轡而不專用詭詐的手段獵殺。只有飛不動，走不及

---

[33] 陳宏天、趙福海、陳復興等云：「〈西都賦〉與〈東都賦〉，其實是一賦。上篇鋪采摛文，盛誇奢侈，以為下篇之鋪墊；下篇莊重嚴謹，直陳法度，以為上篇諷諫之引發。因而劉勰在《文心雕龍・詮賦》中說：『孟堅〈兩都〉，明絢以雅贍。』說的正是兩者的特點和聯繫。」《昭明文選譯注》（長春：吉林文史出版社，1987年9月）第1冊，頁60。

的,才會成為獵物,但往往都收獲豐盛了。所謂「樂不極盤,殺不盡物」,就是給萬物留下生機,符合可持續發展的環保理念。此外〈東都賦〉又專論農商教育云:

> 於是聖上覿萬方之歡娛,又沐浴於膏澤。懼其侈心之將萌,而忽於東作也。乃申舊章,下明詔。命有司,班憲度。昭節儉,示太素。去後宮之麗飾,損乘輿之服御。抑工商之淫業,興農桑之盛務。遂令海內棄末而反本,背偽而歸真。……是以四海之內,學校如林,庠序盈門。獻酬交錯,俎豆莘莘。下舞上歌,蹈德詠仁。(頁37-38)

此段重農抑商,棄末返本,可能犧牲了社會的發展,但卻保持善良的風俗。如果重蹈「侈心之將萌」,大家一窩風的誇富豪侈,則更得不償失了。東漢重視教育,學校如林,蹈德詠仁,移風易俗,最能表現德治的理念。最後〈東都賦〉結云:「子徒習秦阿房之造天,而不知京洛之有制也。識函谷之可關,而不知王者之無外也。」(頁39)主張天下一家,王者無外,則京城的建設就不必以攀高為地標了。阿房宮保不了秦王的政權,而「有制」則成了治國的唯一準則了。

　　班固〈東都賦〉附詩五篇,曰〈明堂詩〉、〈辟雍詩〉、〈靈臺詩〉、〈寶鼎詩〉、〈白雉詩〉,宣示「有制」的典型,表現治國之道,也是主要的工作重點。前三首為四言詩,專詠象徵京師權力的主要建築物,明堂以光武帝配祀五帝神明,乃宣明政教的地方;辟雍即上庠國學,四周環水,尊養國老以育子弟,申明「孝友光明」的德性;靈臺為觀測天象之所,觀雲物,察符瑞,候災變,三光五行,「屢惟豐年」。後二首為七言詩,李善注引《東觀漢記》稱永平六年(63)廬江太守獻寶鼎,又引《後漢書》稱永平十年(67)白雉出現,「登祖廟兮享聖神」,「嘉祥阜兮集皇都」,表現天降嘉瑞,人神共感,穩定

民心,得到上天的祝福,而建都洛陽亦成定論了。(頁40-42)

張衡嫌班固〈東都賦〉過於簡陋,根本未能寫出都城的氣派,有必要重作〈東京賦〉,篇幅大增,振起宏圖。〈東京賦〉敘寫洛陽的歷史流革、山川形勢、光武革命、建設都城、元日早朝、郊祀天地、藉田親耕、大射之禮、西園畋獵、卒歲大儺、巡狩四方、海內同悅、王業盛德、消解民怨各項。[34]切合時局,尤諄諄告誡當政者,注意保育環境,不要與民為敵。又〈東京賦〉的結構跟〈西京賦〉相似,可以相互對應,而題材豐富,姿采萬千,遠多於〈東都賦〉的篇幅,同時更能彰顯出博大精深的文化氣象。

張衡〈東京賦〉鑑於秦國速亡的歷史,認為關中的天險並不可恃,論云:「且天子有道,守在海外。守位以仁,不恃隘害。苟民志之不諒,何云巖險與襟帶?秦負阻於二關,卒開項而受沛。彼偏據而規小,豈如宅中而圖大。」(頁98)因而提出了人心的命題,為政者要掌握民情和四海的支持,而洛陽位居中央,剛好達到了宅中圖大的理想。因此,張衡讚揚光武的革命「既光厥武,仁洽道豐」(頁102),是深得民心的支持。而明帝建設都城,亦能達致「奢未及侈,儉而不陋。規遵王度,動中得趣」(頁105),以節儉為尚,也就是符合法度,舉動合禮之意。又論天子聽政云:

> 乃羨公侯卿士,登自東除,訪萬機,詢朝政。勤恤民隱,而除其眚。人或不得其所,若己納之於隍。荷天下之重任,匪怠皇以寧靜。發京倉,散禁財。賚皇寮,逮輿臺。命膳夫以大饗,饔餼浹乎家陪。春醴惟醇,燔炙芬芬。君臣歡康,具醉熏熏。

---

[34] 何沛雄〈從《兩都賦》和《二京賦》看漢代的長安與洛陽〉析為京都的形勢、封畿的環境、市內的景象、王室的華麗、後宮的巧美、其他的建築、畋獵的壯觀、遊娛的盛況、節日的禮儀九項。《慶祝饒宗頤教授七十五歲論文集》(香港:香港中文大學中國文化研究所,1993年),頁147。

> 千品萬官,已事而竣。勤屢省,懋乾乾。清風協於玄德,淳化通於自然。憲先靈而齊軌,必三思以顧愆。招有道於側陋,開敢諫之直言。聘丘園之耿絜,旅束帛之戔戔。上下通情,式宴且盤。(頁109-110)

這裏描述天子聽政的壯觀場面,向臣僚詢問天下大事,解除百姓的痛苦,就如己飢己溺的,適度的開倉賑貧,獎勵百官,惠及下層差役。君臣同德,風俗淳厚,招賢納士,廣開言路,上下通情,融和安樂。肯定帶有理想主義的色彩,也是張衡心中美好的想像,優化東漢社會,深具教化意義,同時亦表現濃厚的人文精神。又云:「雖萬乘之無懼,猶忧惕於一夫」(頁130),戰戰兢兢,尊重民意,防止獨裁。其後在西園畋獵一節中,張衡提出了「不窮樂以訓儉,不殫物以昭仁」(頁122),生活儉樸,珍惜萬物資源,更表現出對生命的尊重。

張衡又論王業盛德云:

> 所貴惟賢,所寶惟穀。民去末而反本,感懷忠而抱愨。于斯之時,海內同悅,曰:「吁!漢帝之德,侯其禕而。」蓋蓂莢為難蒔也,故曠世而不覿。惟我后能殖之,以至和平,方將數諸朝階。然則道胡不懷,化胡不柔!聲與風翔,澤從雲游。萬物我賴,亦又何求?德宇天覆,輝烈光燭。狹三王之趦趄,軼五帝之長驅。踵二皇之遐武,誰謂駕遲而不能屬?(頁128-129)

這裏指出王業的基礎在於尊重賢人,看重養育萬民的穀物,去末返本,懷抱忠誠。大漢王朝表現寬厚的仁德,自然深獲百姓的擁戴了。就像蓂莢草這麼難種都培殖出來了,可以準確報時,專在天下太平時出現,自是王道之治,德澤廣披,象徵吉兆。可以遠追三王五帝的高風,繼承高祖及光武二帝的偉業,而洛陽恰好就能開展這個光明盛美

的時代,締造盛世。

此外,張衡又特別強調理性的精神,論云:

> 方其用財取物,常畏生類之珍也。賦政任役,常畏人力之盡也。取之以道,用之以時。山無槎枿,畋不麛胎,草木蕃廡,鳥獸阜滋。民忘其勞,樂輸其財。百姓同於饒衍,上下共其雍熙。洪恩素蓄,民心固結。執誼顧主,夫懷貞節。忿奸慝之干命,怨皇統之見替,玄謀設而陰行,合二九而成譎。登聖皇於天階,章漢祚之有秩。若此,故王業可樂焉。(頁130-131)

跟長安趕盡殺絕,暴殄天物比較,張衡又警惕君主,珍惜財物,固結人心,饒衍共富,熙雍同樂。更重要的是取之有道,保育草木鳥獸,注意生態平衡。王莽以詭詐的手段竊取帝位十八年,干犯天命,最後仰賴光武帝的聖明,恢復漢祚,長治久安,自是王業的希望所在。

最後,張衡在結語中還一再告誡執政者要積極聽取民意,消解民怨。

> 今公子苟好勦民以媮樂,忘民怨之為仇也,好殫物以窮寵,忽下叛而生憂也。夫水所以載舟,亦所以覆舟。堅冰作於履霜,尋木起於蘗栽。昧旦丕顯,後世猶怠。況初制於甚泰,服者焉能改裁?故相如壯〈上林〉之觀,揚雄騁〈羽獵〉之辭,雖系以「隳牆填塹」,亂以「收置解罘」,卒無補於風規,祇以昭其愆尤。臣濟泰以陵君,忘經國之長基。故函谷擊柝於東,西朝顛覆而莫持。凡人心是所學,體安所習。鮑肆不知其臭,韍其所以先入。〈咸池〉不齊度於蠱咬,而眾聽或疑。能不惑者,其唯子野乎!(頁131-133)

此段警告統治者不要搜刮民財，驕逸淫樂，載舟覆舟，民意馬上就可以翻轉過來的。開國時的法制表現寬泰，後代子孫安於所習，慢慢變得大肆鋪張，然後再改正就很難了。過去司馬相如、揚雄等詞人雖然都有所諷規，但無補於事，君臣一起奢靡過度，很快就會摧毀國家的基業了。一切都在轉變之中，久而不聞其臭，大家聽慣了民間的俗樂，〈咸池〉雅樂自然就無法聽進去了，除非有師曠這麼高明的樂師，才能不受影響啊。這裏張衡有感於東漢社會都在躁進之中，很難有清靜明理之人，知音寂寞，表現憂患之情。因而在〈東京賦〉中傾注大量的心血，世風日下，大亂將至，張衡關心國家民族的命運，顯得比較逼切，自然跟班固在太平盛世中歌頌漢德有所不同了。

四　遊戲宛與洛：雙城中的南都南陽

　　張衡〈南都賦〉摹寫南陽郡宛縣（河南南陽）的城市風情。戴逵（326-396）嘗畫〈南都賦〉圖。[35]南陽是漢光武帝的故里，新莽地皇三年（22）十月，劉秀起兵於宛。建武元年（25）六月即皇帝位於鄗（河北省高邑縣）。建武三年（27），「冬十月壬申，幸舂陵，祠園廟，因置酒舊宅，大會故人父老。十一月乙未，至自舂陵。」李賢注云：「光武舊宅今隨州棗陽縣東南。宅南二里有白水焉，即張衡所謂『龍飛白水』也。」[36]十九年（43）「秋九月，南巡狩，幸南陽，進幸汝南南頓縣舍，置酒會賜吏人，復南頓田租歲。」[37]光武帝的父親劉欽（？-3）嘗任南頓（河南項城）令，特賜予免租稅一年。〈古詩十九

---

[35]《世說新語・巧藝》：「戴安道（逵）就范宣學，視范所為：范讀書亦讀書，范鈔書亦鈔書。唯獨好畫，范以為無用，不宜勞思於此。戴乃畫〈南都賦〉圖，范看畢咨嗟，甚以為有益，始重畫。」（《世說新語箋疏》，頁718）

[36]《後漢書・光武帝紀上》，頁35。

[37]《後漢書・光武帝紀下》，頁71。

首〉其三云:「驅車策駑馬,遊戲宛與洛。」(頁1344)宛在洛之南,雙城並峙,也是東漢的名城。〈南都賦〉開首云:「於顯樂都,既麗且康!陪京之南,居漢之陽。割周楚之豐壤,跨荊豫而為疆。體爽塏以閑敞,紛鬱鬱其難詳。」李善注云:「京,謂洛陽也。」(頁149)南陽只是京都洛陽之南的大城,在歷史上也沒有置都之說。惟張衡敢公然認定南陽就是南都,可能帶有東漢的民族感情,這是聖人崛起的地方,同時也是光武帝的祖先宗廟所在。〈南都賦〉中段云:「夫南陽者,真所謂漢之舊都者也。」(頁159)追述遠世劉后御龍氏由魯縣來遷的故事,其後「曜朱光於白水,會九世而飛榮。察茲邦之神偉,啟天心而寤靈。」(頁160)即光武帝發跡的地方。建武十九年正月庚子,始祠「舂陵節侯以下四世於章陵」[38],〈南都賦〉續云:

> 於其宮室,則有園廬舊宅,隆崇崔嵬。御房穆以華麗,連閣煥其相徽。聖皇之所逍遙,靈祇之所保綏。章陵鬱以青蔥,清廟肅以微微。皇祖歆而降福,彌萬祀而無衰。帝王臧其擅美,詠南音以顧懷。

李善注引《東觀漢記》曰:「建武中,更名舂陵為章陵。光武過章陵,祠園廟。」(頁160)〈南都賦〉末段復云:「皇祖止焉,光武起焉。據彼河洛,統四海焉。本枝百世,位天子焉。永世克孝,懷桑梓焉。真人南巡,覩舊里焉。」李善注云:「《東觀漢記》曰:『光武征秦豐,幸舊宅。』酈元《水經注》曰:『光武征秦豐,張衡以為真人南巡,觀舊里焉。』」[39]確認南都的地位,或亦有據。

---

38 《後漢書‧光武帝紀下》,頁70。又《光武帝紀上》云:「高祖九世之孫也,出自景帝生長沙定王發。發生舂陵節侯買,買生鬱林太守外,外生鉅鹿都尉回,回生南頓令欽。欽生光武。」,頁1。
39 張衡:〈南都賦〉,《文選》,頁162。《後漢書‧光武帝紀上》稱建武三年「秋七月,征南大將軍岑彭率三將軍伐秦豐,戰於黎丘,大破之,獲其將蔡宏。」,頁35。

〈南都賦〉分述南陽的地勢、山谷、林木、川瀆、陂澤、稻田、園圃、廚膳、飲宴排場、上巳禊祓、遊獵、先祖舊都、宮室園廟、真人革命、天子南巡盛典諸節。物產富饒，生活優悠。其中飲宴排場云：

> 珍羞琅玕，充溢圓方。琢琱狎獵，金銀琳琅。侍者蠱媚，巾幯鮮明。被服雜錯，履躡華英。儇才齊敏，受爵傳觴。獻酬既交，率禮無違。彈琴擫籥，流風徘徊。清角發徵，聽者增哀。客賦醉言歸，主稱露未晞。接歡宴於日夜，終愷樂之令儀。（頁157）

場面十分豪華，筆鋒更帶感情，懷緬美好的日子，可能亦包含個人的生活體驗。而上巳修禊在一片歌舞聲中結束，「彈箏吹笙，更為新聲。寡婦悲吟，鵾雞哀鳴。坐者淒欷，蕩魂傷精。」（頁159）更有餘音繞樑，神魂繾綣之感，尤為動人。張衡又寫遊獵之後云：

> 於是日將逮昏，樂者未荒。收驪命駕，分背迴塘。車雷震而風厲，馬鹿超而龍驤。夕暮言歸，其樂難忘。此乃游觀之好，耳目之娛。未睹其美者，焉足稱舉。（頁159）

張衡刻劃宛地市民遊樂之情，可能也是「遊戲宛與洛」的動人畫面，幸福滿足的感覺溢於言表，其樂未央，更令人神往。李善注評云：「言此游觀耳目之樂，非極美也。」見解不同，未免有點掃興了。

五　新都城的崛起：成都、建業、鄴

漢末洛陽迭經戰亂，宮室殘破。建安元年（196），漢獻帝（劉協，181-234）遷都許（河南許昌）。建安九年（204），曹操（155-220）攻

破鄴城，自領冀州牧。十六年（211），孫權（182-252）徙治秣陵，築石頭城，改秣陵為建業。二十六年（221），劉備（161-223）在成都即皇帝位。從此三城崛起，人才輩出，文韜武略，主宰三國風雲。曹丕（187-226）篡漢後遷都洛陽，司馬炎（236-290）代魏後亦都洛陽。三城雖然失卻帝都地位，但各據一方，仍不失為後代很多割據政權的建都選擇，自然都是歷史上的古都了。左思〈三都賦〉大約完稿於晉武帝太康元年（280）吳國覆亡之前，意在總結三都的建設規模與文化氣象，惟亦各有不足之處。陳宏天等云：「〈蜀都賦〉、〈吳都賦〉、〈魏都賦〉，乃是一個整體。所賦三都，各有側重。作者運用頓折之筆，矜蜀之險阻，誇吳之富饒，贊魏之典章，最後道出治國安邦不在自然條件，而在政治措施的主旨。」又云：「如果說〈蜀都賦〉側重寫險阻，〈吳都賦〉側重寫繁華，那麼〈魏都賦〉則突出寫宏偉壯麗而又鎔鑄著中原地區古樸的文化傳統。」顯示帝都所必須兼具各方面的優勝條件及人心歸向。[40]

左思〈蜀都賦〉首先肯定長安及洛陽二都的地位。「有西蜀公子者，言於東吳王孫，曰：『蓋聞天以日月為綱，地以四海為紀。九土星分，萬國錯跱。崤函有帝皇之宅，河洛為王者之里。吾子豈亦曾聞蜀都之事歟？請為左右揚搉而陳之。』」（頁175）章武元年（建安二十六年，221）夏四月丙午，劉備即皇帝位於成都武擔之南。[41]而成都亦代表一個新都城的崛起。〈蜀都賦〉主要的內容有史地形勢、蜀南的山川物產、蜀北的高峰插雲、蜀東的風土人情、蜀西的繁花藥草、中區平原的水利建設、成都建城、城內西區萬商之淵、富豪生活、泛舟神遊、神話及文學、天險等。主要是地方遠大，山高水闊，地靈人

---

40 陳宏天、趙福海、陳復興等：〈三都賦序〉，《昭明文選譯注》第1冊，頁223、313。
41 陳壽（233-297）撰，裴松之（372-451）注：《三國志・蜀書・蜀先主傳》（北京：中華書局，1959年12月），頁889。

傑，生活奢華。[42]其中遊獵所寫的「拔象齒，戾犀角。鳥鎩翮，獸廢足。」（頁188）射殺的場面也很慘烈。又泛舟神遊一節，則充滿想像的激情。「騰波沸涌，珠貝汜浮。若雲漢含星，而光耀洪流。將饗獠者，張帟幕，會平原。酌清酤，割芳鮮。飲御酣，賓旅旋。車馬雷駭，轟轟闐闐。若風流雨散，漫乎數百里間。斯蓋宅土之所安樂，觀聽之所踴躍也。焉獨三川，為世朝市？」（頁188）江河中泛起星斗，洪流閃爍。主人犒勞獵手，在野外帳幕中大會賓客，飲酒食肉，車馬往來，瀰漫數百里間，流風不輟。這是一片迷人的樂土，而成都也是世上的寶地。〈蜀都賦〉寫成都建城云：

> 於是乎金城石郭，兼市中區。既麗且崇，實號成都。闢二九之通門，畫方軌之廣塗。營新宮於爽塏，擬承明而起廬。結陽城之延閣，飛觀榭乎雲中。開高軒以臨山，列綺窗而瞰江。內則議殿爵堂，武義虎威。宣化之闥，崇禮之闈。華闕雙邀，重門洞開。金鋪交映，玉題相暉。外則軌躅八達，里閈對出。比屋連甍，千廡萬室。亦有甲第，當衢向術。壇宇顯敞，高門納駟。庭扣鍾磬，堂撫琴瑟。匪葛匪姜，疇能是恤？（頁183-184）

成都「既麗且崇」，開闢了十八座城門，道路寬廣。按承明廬的格局營建宮室，樓臺高閣，翩翩欲飛，長廊相接，連結陽城之門。宮中有議事廳封官堂，又有武義、虎威、宣化、崇禮四座宮門，殿前華表聳立，建築物金玉輝煌。市內交通方便，豪宅亦多，鍾磬琴瑟，清音盈耳，相信只有諸葛亮（181-234）、姜維（202-264）等權貴才能入住了。又寫城區商戶云：

---

42 陳宏天、趙福海、陳復興等云：「左思為了表現蜀都之大，構思從時、空著眼，以空間為主。時間是無限的，空間也是無限的。把要表現的內容，置於無限的時、空之中，就造成一種時間的悠久感和空間的廣漠感。」《昭明文選譯注》第1冊，頁229。

亞以少城，接乎其西。市廛所會，萬商之淵。列隧百重，羅肆巨千。賄貨山積，纖麗星繁。都人士女，袨服靚妝。賈貿墆鬻，舛錯縱橫。異物崛詭，奇於八方。布有橦華，麫有桄榔。邛杖傳節於大夏之邑，蒟醬流味於番禺之鄉。輿輦雜遝，冠帶混幷。累轂疊跡，叛衍相傾。諠譁鼎沸，則哤聒宇宙；嚚塵張天，則埃壒曜靈。闤闠之裏，伎巧之家。百室離房，機杼相和。貝錦斐成，濯色江波。黃潤比筒，籯金所過。（頁184-185）

文中寫商戶林立，貨品繁多，街上仕女服飾鮮麗，奇貨匯聚八方。有很多名牌產品，車輛轎子，絡繹不絕，喧嘩熱鬧，塵土漫天，織布有很多工序，貴起來價值千金。至於富豪的飲宴，「巴姬彈弦，漢女擊節。起西音於促柱，歌江上之飋厲。紆長袖而屢舞，翩躚躚以裔裔。合樽促席，引滿相罰。樂飲今夕，一醉累月。」（頁186）佳肴美酒，載歌載舞，亦足以流連忘返了。蜀中文人學者亦多，有司馬相如、王褒（90-51B.C.？）、嚴君平（86B.C.-10AD.）、揚雄等，名家輩出，可為世法。左思〈蜀都賦〉結云：

至乎臨谷為塞，因山為障。峻岨塍埒長城，豁險吞若巨防。一人守隘，萬夫莫向。公孫躍馬而稱帝，劉宗下輦而自王。由此言之，天下孰尚？故雖兼諸夏之富有，猶未若茲都之無量也。（頁190）

結語認為蜀都的天險足恃，具有自足及無限發展的空間，公孫述（？-36）、劉備可以力拒中原勢力的介入。惟其後未幾又借東吳王孫之口評論蜀都：「土壤不足以攝生，山川不足以周衛。公孫國之而破，諸葛家之而滅。茲乃喪亂之丘墟，顛覆之軌轍。安可以儷王公而著風烈也？」（頁202）適為繁華一夢而已，可見天險並不足恃。

建安十六年（211），孫權自吳（江蘇丹陽，今鎮江）徙治秣陵。明年，城石頭，改秣陵為建業。黃初二年（221），孫權自公安都鄂，改名武昌。黃龍元年（229）夏四月丙申，即皇帝位。秋九月，遷都建業。[43]陳正祥云：「《輿地志》：『都城二十里十九步。』權雖城石頭以鎮江險，其都邑則在建業故城；歷代所謂石頭者，六朝因之。諸葛孔明云：『鍾山龍蟠，石頭虎踞。』則南朝都城，襟抱左右，概可見矣。」[44]

〈吳都賦〉敘寫有吳開國、山澤海域、魚鳥的品種繁多、島嶼洲渚、花草林木、竹林果樹、珍禽寶玉、荒陬水陸、物產豐饒、都城結構、富豪生活、仕女購物、勇士軍器、校獵場面、軍隊演習、泛海珍奇、遊宴歌舞、歷史風俗、物華天寶、吳蜀境界不同各項。陳宏天等云：「從花果園林到魚米水鄉，從巍巍衡山到茫茫南海，展開了長長的南國畫卷。特別是對古代南京城的描寫，以朦朧之筆構勒出傳神場景：那市街輕車、水巷樓船、行商坐賈、士女翩翩，婉如一幅吳都風俗畫，那樣親切可感，卻又令人可望而不可及。」[45]其中摹寫海上景色：「島嶼綿邈，洲渚馮隆。曠瞻迢遞，迥眺冥蒙。珍怪麗，奇隙充。徑路絕，風雲通。洪桃屈盤，丹桂灌叢。瓊枝抗莖而敷藥，珊瑚幽茂而玲瓏。」（頁207）倍添神秘氣氛；而校獵場面亦見慘烈，「鉦鼓疊山，火烈熛林。飛爓浮煙，載霞載陰。菈擸雷硠，崩巒弛岑。鳥不擇木，獸不擇音。」（頁224）至於吳國的軍備，「戎車盈於石城，戈船掩乎江湖。」（頁221）水陸並進，陣容強大。左思寫吳都仕女購物云：

於是樂只衎而歡飫無匱，都輦殷而四奧來暨。水浮陸行，方舟

---

43 參《三國志・吳志・吳主傳》，頁1118、1121、1134、1135。
44 陳正祥（1922-2003）：〈中國的城〉，《中國文化地理》（香港：三聯書店，1981年10月），頁89。
45 《昭明文選譯注》第1冊，頁259。

結駟。唱櫂轉轂,昧旦永日。開市朝而並納,橫闠闤而流溢。混品物而同廛,并都鄙而為一。士女佇眙,商賈駢坒。紵衣絺服,雜遝傱萃。輕輿按轡以經隧,樓船舉颿而過肆。果布輻湊而常然,致遠流離與珂玭。繽賄紛紜,器用萬端。金鎰磊砢,珠琲闌干。桃笙象簟,韜於筒中;蕉葛升越,弱於羅紈。儳囂髳髳,交貿相競。誼譁喧呷,芬葩蔭映。揮袖風飄而紅塵晝昏,流汗霢霂而中逵泥濘。(頁219)

描寫都會繁華,水陸並進,四方來集,全日開市,城鄉貨品,一應俱全。仕女佇立觀賞,商販排列相連。有果品布料、琉璃璞玉、黃金珍珠、桃笙象簟、蕉布羅紈等,相互競價,一片喧鬧。末二句指揮袖成風,紅塵蔽日,汗流化雨,大路泥濘,誇張的表現更為精采傳神。

鄴是戰國名城,尤以西門豹治鄴最為著名。建安五年(200)九月,曹操官渡之戰勝利,大破袁紹(?-202)軍。九年(204)八月攻破鄴城,自領冀州牧。十三年(208)春正月,作玄武池以肄舟師。十五年(210)冬,作銅雀臺。十八年(213)五月丙申獲封為魏公,領冀州十郡,定都於鄴城。秋七月,始建魏社稷宗廟。九月,作金虎臺,鑿渠引漳水入白溝以通河。十九年於銅爵臺北作冰井臺。二十一年(216)夏五月,進爵為魏王。建安二十二年(217)夏四月,作泮宮於鄴城南。[46]牛潤珍云:「魏武都鄴,開創了曹魏數十年之王,也奠立了魏晉南北朝數百年之北方政治中心。」[47]後來後趙、前燕、北齊、東魏四朝亦先後建都於鄴。

〈魏都賦〉的內容包括中夏正朔、漢末綱紀斷絕、魏地風土人物、武帝建城、政府部門及施政、銅雀冰井金鳳三臺列峙、鄴城諸街

---

[46] 《三國志・魏書・武帝紀》,頁21、25、30、32、37、42、47、49。

[47] 牛潤珍(1954-):〈魏晉北朝鄴城初探〉,《魏晉南北朝史研究》(成都:四川省社會科學院出版社,1986年3月),頁117。

道商貨貿易、軍旅征伐、禮樂之治、藉田大閱、開國代漢、人才輩出、山川物產、止戈守法、歧視吳蜀、進軍吳國、挫吳蜀銳氣、一統山河等重要情節。李善於題下注云：「太沖賦三都，以吳蜀遞相頓挫，以魏都依制度。」（頁261）就以以吳蜀二都作陪襯，引領魏都登場，即奉中原正朔，統一天下。故〈魏都賦〉開篇即論云：

> 夫泰極剖判，造化權輿。體兼晝夜，理包清濁。流而為江海，結而為山嶽。列宿分其野，荒裔帶其隅。巖岡潭淵，限蠻隔夷，峻危之竅也。蠻陬夷落，譯導而通，鳥獸之氓也。正位居體者，以中夏為喉，不以邊垂為襟也。長世字甿者，以道德為藩，不以襲險為屏也。而子大夫之賢者，尚弗曾庶翼等威，附麗皇極。思稟正朔，樂率貢職。而徒務於詭隨匪人，宴安於絕域。榮其文身，驕其險棘。繆默語之常倫，牽膠言而逾踰侈。飾華離以矜然，假倔彊而攘臂。非醇粹之方壯，謀蹢駮於王義。孰愈尋靡㴿於中逵，造沐猴於棘刺。劍閣雖嶕，憑之者蹶，非所以深根固蒂也。洞庭雖濬，負之者北，非所以愛人治國也。彼桑榆之末光，踰長庚之初輝。況河冀之爽塏，與江介之湫湄。故將語子以神州之略，赤縣之畿。魏都之卓犖，六合之樞機。（頁262-264）

義正辭嚴，申明作意。從開天闢地以來，自然化育，匯為山川河嶽，四周荒遠的野蠻部族，漸向中夏靠攏。而吳蜀二國偏離主體，不肯依附大魏的威儀，憑著劍閣與洞庭的天險，割據一方，沐猴而冠，非長久之道，適足以自取滅亡而已。因此左思以魏都卓犖統合二國，表現愛人治國的王者氣象，極為得體。篇末指出時代的轉變，吳國的覆亡指日可待。

> 與先世而常然,雖信險而勦絕。揆既往之前跡,即將來之後轍。成都迄已傾覆,建鄴則亦顛沛。顧非累卵於疊棊,焉至觀形而懷怛!權假日以餘榮,比朝華而菴藹。覽〈麥秀〉與〈黍離〉,可作謠於吳會。(頁296)

左思鼓吹進軍的號角,聲威雄壯。結云:「日不雙麗,世不兩帝。天經地緯,理有大歸。安得齊給守其小辯也哉。」(頁298)破除辯說之辭,最後三都先後傾覆,重歸洛陽正朔。左思〈三都賦〉只能說是分裂時代新興的都城,一度各領風騷,展現不同的生活品味及風俗畫卷。

盛唐氣象

李白、杜甫與高適的交誼探究：兼李白三入長安辨

　　李白（701-762）、杜甫（712-770）的交誼是千秋的美談，過去大家談的很多；但多了高適（700-765），三個人的關係錯綜複雜，相互往還，再加上政治因素，可能情況就更熱鬧了，[1]甚至還可以綜合解釋一些文學史上的疑團。例如高適與李白誰大？李杜相識在先，還是高杜、高李？高、李、杜首次相會於汴州，還是單父？天寶三載（744）梁宋之遊的路線怎樣走？高適有沒有跟李、杜在齊州李邕席上會面？高、李、杜同遊歷時幾年？天寶十二載（753）李杜有沒有在長安重逢？李白三入長安嗎？原來在不同的著作中竟然有很多有不同的說法，並不一致。本文當然不可能完全理清這些問題，只是儘可能提出一些資料和觀點，讓大家可以感受盛唐詩人的偉大交誼。

　　高適的生年史無明文，各有不同的考證。左雲霖云：「高適的生年，異說較多，持生於公元六九六、六九九、七〇〇、七〇一、七〇二、七〇四、七〇六、七〇七年者，各有其人。其中除六九六年一說因推算錯誤不能成立外，其餘則各執一端，莫衷一是。其原因是文獻無徵，只能從高適本人和與之相關的詩文中考察。」[2]周勛初、佘正

---

[1] 周勛初（1929-2024）云：「高適的加入，無疑又給這次相聚增加了異彩。高適為人慷慨不群，詩風渾厚激越，政治上有很大的抱負，這時也流寓在梁宋之地，而以居住在宋地時為多。」《李白評傳》（南京：南京大學出版社，2005年4月），頁112。

[2] 左雲霖（1943-）：《高適傳論》（北京：人民文學出版社，1985年5月），頁16。案主700說者周勛初、佘正松、熊篤；701說者孫欽善；702說者左雲霖、高文、王劉純、高光復；704說者劉開揚；706說者彭蘭。

松訂為七〇〇年,論據也很充分,不復徵引。[3]熊篤《天寶文學編年史》所訂亦同。[4]案杜甫明言「昔者與高李」、「憶與高李輩」,[5]序齒高在李前,可見高適大於李白。所以本文亦將高適生年訂為武后久視元年(700),比李白早一年。

一 高、李、杜梁宋之遊的歷史場景

關於高、李、杜的交誼,特別是天寶三載(744)的梁宋之遊及其後齊魯之行的具體情況,文學史上每有不同的詮釋。熊篤《天寶文學編年史》云:「李白三月離京,經商州東去。孟夏,與杜甫相遇於洛陽,這是盛唐詩壇上的兩顆巨星首次相遇。……杜甫所作〈贈李白〉詩說:『李侯金閨彥,脫身事幽討。亦有梁宋遊,方期拾瑤草。』欲與白偕游訪道。夏秋間,二人至汴州,又遇高適,三人遂同游大梁、宋中、單父、濮陽、滑臺諸地,或飲酒,或登覽,或縱獵,慷慨懷古,盤桓數月。」而高適「夏秋間至單父,遇李白、杜甫,三位詩人遂同游梁宋,登吹臺、琴臺游賞,又於孟諸澤縱獵。高適作〈同群公秋登琴臺〉,中有『群賢久相邀』,即指李、杜等人。」[6]在這一段簡單的記敘中,高、李、杜三人相遇的地點究竟是汴州,還是單父,熊篤同一本書即互見矛盾。如果單從旅遊路線來看,汴州比較順路,單父可能就遠了一點。當然,這也不是不可能的。

孫欽善〈高適年譜〉稱天寶三載,高適在宋中,「夏,與李白在

---

[3] 周勛初:《高適年譜》(上海:上海古籍出版社,1980年9月),頁6;又佘正松(1947-2013)《高適研究》(成都:巴蜀書社,1992年8月),頁18。

[4] 熊篤(1944-)訂天寶元年壬午(742),高適四十三歲,李白四十二歲,杜甫三十一歲。參熊篤編著:《天寶文學編年史》(重慶:重慶出版社,1987年5月),頁4-10。

[5] 參〈昔遊〉、〈遣懷〉,杜甫著,楊倫(1747-1803)箋注:《杜詩鏡銓》(上海:上海古籍出版社,1962年12月),頁701、702。

[6] 熊篤編著:《天寶文學編年史》(重慶:重慶出版社,1987年5月),頁27、29-30。

單父相會,二人偕遊梁宋自此始。」「秋,杜甫亦參與同遊。」天寶四載(745),「春至夏,與李白等同遊開封、洛陽等地。」天寶五載(746),高適旅居東平,「夏,北海郡太守李邕西來濟南郡、東平郡,與適有詩贈答,並相會同遊。高適與杜甫同遊齊魯亦自此始。」「秋,與李白、杜甫由東平同遊濮陽一帶。」「冬,與李白、杜甫同遊北海郡,會李邕。」[7]孫欽善指出的路線是單父、梁宋、開封、洛陽以至齊魯大地、由東往西,再由西返東,而且三人同遊綿延三年之久。由文本看來,似乎是李白先會高適,後見杜甫。究竟秋天梁宋之遊誰是後來的加入者呢,杜甫還是高適?郁賢皓說:「可知天寶三載秋際李白、杜甫、高適同游甚洽。天寶四載,李白、杜甫同游齊州,會見李邕,高適亦同遊,三人均有酬贈李邕詩。」[8]三人同遊的時間減為兩年。

周勛初則認為開元二十七年(739),高適赴山東,「秋後至汶上,與杜甫訂交。」「杜甫晚年作〈奉寄高常侍〉詩曰:『汶上相逢年頗多』,明指初交之時地。」天寶三載:「夏,與李白、杜甫登吹臺。漫遊梁宋。」「夏秋間,至單父,與李白、杜甫登琴臺賞玩,且於孟諸澤縱獵。」天寶五載:「夏奉李邕召,赴臨淄郡。再次與李白、杜甫相聚。」[9]將高、杜初次的會面提早了五年,只能說大家對杜詩「汶上相逢」一句的理解各異了,但證據薄弱,不見得可靠。又周勛初也認為高、李、杜的交遊一直綿延至天寶五載。

劉開揚〈高適年譜〉:「秋日至單父,與李白、杜甫相會。杜甫〈奉寄高常侍〉詩云:『汶上相逢年頗多』。仇注:『開元間相遇於齊魯。』」按適齊魯作詩多題魯郡、東平、北海,而不言兗州、鄆州、青

---

[7] 高適著,孫欽善(1934-)校注:《高適集校注》(上海:上海古籍出版社,1984年2月),頁374-379。

[8] 郁賢皓(1933-):《李白叢考》(西安:陝西人民出版社,1982年10月),頁152。

[9] 周勛初:《高適年譜》,頁31、48。天寶五載十月,臨淄郡易名為濟南郡。

州,稱薛太守、李太守而不稱刺史或使君,則明為天寶初而非開元末,仇說無據。所謂汶上與杜甫相逢當在天寶三載秋,不言單父而言汶上者,或單父之遊時短而齊魯之遊時較長也。……可證適與杜甫相會於單父並同遊於梁宋也。……秋日至大梁,有〈古大梁行〉。」天寶五載,「適在東平,有〈奉酬北海李太守丈人夏日平陰亭詩〉。……至濟南郡歷城縣,與北海太守李邕、高平太守鄭某等泛舟於大明湖,有和李邕詩〈同李太守北池泛舟宴高平鄭太守〉。秋日至渤海之濱,有〈同群公出獵海上〉詩。[10]劉開揚處理文獻資料比較慎重,將高、李、杜三人的聯遊只限於天寶三載,範圍也縮小至單父及梁宋兩地,而且是先單父而後梁宋。至於〈古大梁行〉及李邕(678-747)齊魯之約,高適並沒有與李、杜同行,他們是分別與李邕見面及賦詩的,文獻無徵,不必勉強混為一談。

葛景春〈李白、杜甫、高適的梁宋之游〉云:「天寶三載春,李白從長安『賜金還山』,路過東都洛陽時會見了杜甫,二人同游汴州時又遇見了高適。三人一起漫游梁宋,登吹臺,游梁園,飲酒賦詩,慷慨懷古,成了我國文學史上的一樁佳話。……高適這首〈古大梁行〉的內容和情調與李白〈俠客行〉、〈梁園吟〉頗相近,應是同游梁宋之作。」[11]葛景春對〈古大梁行〉的感覺又異,而且認為與李白詩的風調相近,所以又主張此詩是「同遊」之作了。此外,高適集中還有〈同群公秋登琴臺〉、〈登子賤琴堂賦詩三首〉、〈同群公出獵海上〉[12]諸詩,都沒有明確地揭出同遊「群公」的身分,只能由讀者自行猜度,對號入座,各取所需了。又李白亦有〈秋獵孟諸夜歸置酒單父東

---

10 劉開揚(1919-2014):《高適詩集編年箋註》(北京:中華書局,1981年12月),頁11、13。

11 葛景春(1944-):《李白研究管窺》(保定:河北大學出版社,2002年3月),頁51、53。

12 《高適詩集編年箋註》,頁122、125、167。

樓觀妓〉一詩，結云：「出舞兩美人，飄颻若雲仙。留歡不知疲，清曉方來旋。」[13]安旗指稱「本年秋與杜甫、高適同遊梁宋時作」，杜甫詩中缺乏這些風光旖旎的畫面，現在恰好能用李白詩來補足若干失記的成分了。

　　在天寶三載的梁宋之遊中，高適、李白都有即興的詩作以紀其事，內容相近；反而杜甫缺少即興的作品，一般都是別後相思之作。可是到了晚年，即大曆元年（766）秋因病流落夔州的時候，李白、高適先後逝世，杜甫便刻意利用回憶重塑開天盛世的偉大歷史場景。杜甫連詠〈壯遊〉、〈昔遊〉、〈遣懷〉、〈往在〉四首，都是五言古詩，中間兩首專寫高、李、杜的交往，鉤勒他們詩酒風流的行蹤，從而也帶出了高、李、杜之間梁宋之遊的具體細節了。〈昔遊〉云：「昔者與高李，晚登單父臺。寒蕪際碣石，萬里風雲來。桑柘葉如雨，飛藿共徘徊。清霜大澤凍，禽獸有餘哀。」（頁701）〈遣懷〉云：「昔我遊宋中，惟梁孝王都。名今陳留亞，劇則貝魏俱。邑中九萬家，高棟照通衢。舟車半天下，主客多歡娛。憶與高李輩，論交入酒壚。兩公壯藻思，得我色敷腴。氣酣登吹臺，懷古視平蕪。芒碭雲一去，鴈鶩空相呼。」（頁703）大澤就是孟諸澤，宋中即商丘，陳留即開封，貝州是大名縣，魏州是清河縣，這些都是唐代的名城，就在今日河南河北一帶。三位大詩人在大唐盛世中飲酒射獵，呼喚風雲，激揚著濃郁的青春氣息，鑄成中國永恆的詩魂，所謂盛唐氣象，尤令人豔羨不已。

　　此外，過去也有人指出詩中的「吹臺」可能有誤記的地方，孫欽善云：「平臺在睢陽東北附近，……而吹臺則在陳留。……《新唐書・杜甫傳》云：『嘗從白及高適過汴州，酒酣登吹臺，慷慨懷古，人莫測也。』……從文辭上看，此段正根據杜詩〈遣懷〉寫成，但將平臺

---

[13] 安旗（1925-2019）主編：《李白全集編年注釋》（成都：巴蜀書社，1990年12月），頁683。

誤作吹臺，隨即把宋中之遊改成汴州之遊。」[14]葛景春亦云：「吹臺、平臺、單父臺三個地方，各不相混。吹臺在河南開封，平臺在河南商丘，而單父臺在山東單父縣。這三個地方，李、杜、高三人都去游覽過，且都有詩記載。開封的吹臺，唐宋以前的史書和地志上都有明確的記載。如北魏酈道元《水經注》中就說吹臺在大梁，原是蒼頡師曠上列仙之吹臺，為梁王（即戰國的魏王）所增築。明清以後，在吹臺上祠大禹，改名禹王臺。為紀念李、杜、高吹臺賦詩，又建「三賢祠」於臺上。今於祠內塑李白、杜甫、高適三人像，以資紀念。」[15]我認為孫、葛兩家所說的地理方位完全正確，《舊唐書》也沒有錯，這只是觀點角度的問題。杜甫〈昔遊〉、〈遣懷〉用的是詩的語言，意象跳躍，神采飛揚，尤其是經過剪裁和佈局的處理，也就不同於一般簡單的敘事了。這兩首詩共有三個回憶的場景，先是〈遣懷〉詩「昔我遊宋中」一段，刻劃商丘舊都豪縱繁華的氣勢；中間「憶與高李輩」一段則追溯高、李、杜三人夏天在汴州相遇，以至「論交入酒罏」的細節。最後是〈昔遊〉詩中「晚登單父臺」一段摹寫秋晚在孟諸澤射獵的草原風光，如果能加上李白「出舞兩美人」一幕，彈琴賦詩，當然會更為完整地呈現出「盛唐氣象」的真貌了。高、李、杜的歷史性會面構成了三幕主戲，依次是汴州酒罏，同登吹臺；宋中遊歷，再登平臺；最後才登覽單父縣的宓子賤琴臺。當然，這只是一種結構性的推測而已，大家可以隨意調動故事發展的次序，我不敢自以為是。至於開封人搶建「三賢祠」，善用地區旅遊資源，提升地方上的文化建設，古今都一樣的，不必奇怪。

14　《高適集校注》，頁375。
15　《李白研究管窺》，頁54。

二 高、李、杜的交誼及「撫孤」的象徵意義

〈昔遊〉、〈遣懷〉二詩除了歌頌交誼之外，杜甫當然也有回顧時局，批判現實的作用，顯出博大的氣象。〈昔遊〉結語云：「景晏楚山深，水鶴去低回。龐公任本性，攜子臥蒼苔。」在夔州暗淡的山色中，以龐德公為喻，懷才不用，頗有歸老荒村的感慨。而〈遣懷〉的結語亦云：「亂離朋友盡，合沓歲月徂。吾衰將焉託，存歿再嗚呼。蕭條病亦甚，獨在天一隅。乘黃已去矣，凡馬徒區區。不復見顏鮑，繫舟臥荊巫。臨餐吐更食，常恐違撫孤。」除了寄慨身世之外，杜甫更寫出了對高適、李白兩位長輩的悼念情懷，喻之為「乘黃」的駿馬，以及著名詩人顏延之和鮑照的化身。纏綿忠愛，感情深刻；甚至在衰病之中還要勉強自己進食，維持生命，希望能達成為友人「撫孤」的責任。杜甫雖然自顧不暇，力不從心，但畢竟道出了一份厚重的情意，具有獨特的象徵意義，將高、李、杜永恆的交誼推上高峰，至死不渝。案李白有兩子一女，而高適〈同河南李少尹畢員外宅夜飲時洛陽告捷，遂作春酒歌〉詩云：「昨逢軍人劫奪我，到家但見妻與子。」[16]看來是還有子嗣的。如果環境許可，杜甫確是有意去探望這兩位詩人的後裔。

在高、李、杜的交誼中，有些統計數字也值得注意。杜甫專詠高適、李白的作品極多，唐代無人能及。

杜甫詠高適：〈同諸公登慈恩寺塔〉「原注：時高適、薛據先有作。」（頁35）、〈送高三十五書記十五韻〉（頁50）、〈寄高三十五書記〉（頁53）、〈送蔡希魯都尉還隴右，因寄高三十五書記〉（頁98）、〈寄高三十五詹事適〉（頁197）、〈寄彭州高三十五使君適、虢州岑二十七長史參三十韻〉（頁271）、〈酬高使君相贈〉（頁311）、〈因崔五侍

---

16 《高適詩集編年箋註》，頁301。

御寄高彭州一絕〉（頁330）、〈奉簡高三十五使君〉（頁330）、〈王十七侍御掄許攜酒至草堂，奉寄此詩，便請邀高三十五使君同到〉（頁375）、〈王竟攜酒，高亦同過，共用寒字〉（頁376）、〈李司馬橋成，高使君自成都回〉（頁377）、〈寄高適〉（頁414）、〈奉寄高常侍〉（頁520）、〈聞高常侍亡〉（頁567）、〈昔遊〉（頁701）、〈遣懷〉（頁702）、〈追酬故高蜀州人日見寄〉（頁1005）。又〈贈高式顏〉「自失論文友，空知賣酒爐。平生飛動意，見爾不能無。」（頁715）

　　杜甫詠李白：〈贈李白〉（頁11）、〈贈李白〉（頁15）、〈與李十二白同尋范十隱居〉（頁15）、〈飲中八仙歌〉（頁16）、〈冬日有懷李白〉（頁31）、〈春日憶李白〉（頁31）、〈送孔巢父謝病歸遊江東兼呈李白〉（頁32）、〈夢李白二首〉（頁231）、〈天末懷李白〉（頁248）、〈寄李十二白二十韻〉（頁281）、〈不見〉（頁373）、〈昔遊〉（頁701）、〈遣懷〉（頁702）。又〈蘇端薛復筵簡薛華醉歌〉「近來海內為長句，汝與山東李白好」（頁126）。

　　杜甫贈高適詩十七首，另間接有關作品〈同諸公登慈恩寺塔〉、〈贈高式顏〉二首。高式顏是高適的族姪，杜甫見之如見故人，末句可能還有一點「撫孤」的意味，表現出對晚輩的關懷。杜甫贈李白詩十四首，另間接提到的〈蘇端薛復筵簡薛華醉歌〉一首，讚美李白的「長句」。

　　杜甫贈高適詩略多於李白三首。從第一首贈詩赴河西從軍開始，杜詩中即有書記、詹事、使君、高彭州、高蜀州、高常侍等種種不同的職稱，高適官運亨通，步步高陞。杜詩十七首，其中贈行一首、寄遠四首、入蜀詩八首。到了成都之後，杜甫與高適來往漸多，高適亦親到草堂相訪，大抵以反映生活感受為主。杜甫很多時都得到高適的經濟援助，而朋友之間的相互理解，以至切磋詩藝也很重要，惺惺相惜，這是人生寂寞旅途中難得的知己。又悼亡一首，「獨步詩名在」，這是對高適詩才的肯定。甚至到了大曆五年（770），杜甫在生命的盡

頭臨近前還追和上元二年（761）人日高適的寄詩，「老病懷舊，生意可知」，十年之後重讀，尤為淒楚動人，更重要的是要在生前了一番心願。這就是生死相許的知交了。

　　杜甫贈李白詩主要分為前後兩期，前期詩作七首主要表現出對李白的仰慕之情；天寶六載（747），杜甫〈送孔巢父謝病歸遊江東兼呈李白〉云：「南尋禹穴見李白，道甫問訊今何如。」人在京師，心存故友，他通過孔巢父（？-784）問訊李白，從此就展開了杜甫終身「尋找李白」的心路歷程。後期五首則是安史亂後對李白的思慕之情，生死未卜，甚至超越了人天生死的界限。上元二年的〈不見〉云：「世人皆欲殺，吾意獨憐才。」了解李白，同情李白，感人至深。對於高、李這兩位終身不渝的朋友，杜甫出於至情，都是平等相待的。這是梁宋之遊的終結篇，餘音嫋嫋，表現出偉大的友誼。

　　至於高適贈杜甫詩，目前傳世的只有〈贈杜二拾遺〉、〈人日寄杜二拾遺〉二首，都是入蜀後的作品。另有〈同諸公登慈恩寺塔〉一首。[17]李白贈杜甫詩，一般只有〈魯郡東石門送杜二甫〉、〈沙丘城下寄杜甫〉二首，分別是天寶四載、五載在齊魯時的作品；其他〈秋日魯郡堯祠亭上宴別杜補闕范侍御〉固然不稱杜甫的身分，而〈戲贈杜甫〉可能也有些問題。[18]李白與高適之間，贈答詩不多。天寶三載，高適有〈宋中別周梁李三子〉云：「李侯懷英雄，骯髒乃天資。方寸且無間，衣冠當在斯。」《後漢書・趙壹傳》李賢（655-684）注云：「抗髒，高亢婞直之貌也。」[19]案詩意與李白的身分也很貼近，可能是寫李白的。至德二載（757），李白有〈送張秀才謁高中丞〉、〈送張秀才從軍〉二首，[20]郁賢皓〈李白交游雜考・高適〉云：「卷十八〈送

17　《高適詩集編年箋註》，頁306、317、233。
18　《李白全集編年注釋》，頁729、759、752、718。
19　《高適詩集編年箋註》，頁130。
20　《李白全集編年注釋》，頁1376、1378。

張秀才謁高中丞〉詩序云:『余時繫尋陽獄中,正讀〈留侯傳〉。秀才張孟熊蘊滅胡之策,將之廣陵謁高中丞。』知此詩作於至德二載,時李白繫尋陽獄中。此年駐節廣陵的高中丞當即高適。詩云:『高公鎮淮海,談笑卻妖氛。采爾幕中畫,戡難光殊勳。我無燕霜感,玉石俱燒焚。但灑一行淚,臨岐竟何云。』似有向高適乞憐之意。卷十七又有〈送張秀才從軍〉詩云:『抱劍辭高堂,將投霍將軍。』這裏的「霍將軍」當亦指高適。」[21]兩人升沈異勢,加以政治上的諱忌,高、李自是不便往還了。而杜甫與高適之間,沒有政治力量的牽繫,反而容易相互欣賞,存始存終。佘正松〈脫略身外事,交游天下才——高適與杜甫的交誼〉指出,高適以「愧爾東西南北人」,對杜甫在政治上的不懈追求予以了由衷的肯定。而杜甫對高適的揄揚,首先也在他的政治抱負和作為上。其次,是強烈的愛國主義精神,把他們牢固地連繫在一起。另外,是詩歌創作道路的基本相同。[22]

三　李白三入長安辨

　　天寶十二載(753)李白三入長安之說,近幾年的討論十分熾熱,沸沸揚揚的,殆成定論,甚至由〈戲贈杜甫〉「飯顆山頭」一詩引申為李杜重逢於長安之說。當時高適與杜甫都在長安。案高適於前一年,即天寶十一載(752)秋辭封丘尉任,入京求仕,嘗有〈同諸公登慈恩寺塔〉之作,繼之者薛據(?-768?)、杜甫、岑參(714-770)、儲光羲(707-760?)等。翌年秋後獲辟為哥舒翰(?-757)幕府書記,出塞從戎,前後在長安大約住了一年。[23]而杜甫生活貧

21　《李白叢考》,頁152。
22　《高適研究》,頁224-225。
23　周勛初云:「夏,與哥舒翰幕下人員聯絡。秋,受田良丘推薦,赴河西幕府謁哥舒翰,不遇;轉至隴右,始為入幕之賓。」《高適年譜》,頁77-78。

苦，次子宗武剛剛出生，長安久雨米貴，杜甫每日要向太倉糴米五升為活。[24]此外，當年杜甫除了贈詩寄高適兩首外，並有〈投贈哥舒開府翰二十韻〉，稍後又有〈贈田九判官梁邱〉，[25]大概亦擬求仕，渴望加入行伍之中。如果李白從幽州歸來只是報訊或獻策，他的情報可能沒有多大價值，因為安祿山（703-757）的野心路人皆見，連張九齡（678-740）、高力士（684-762）等也都看先後出來了，民生凋敝，風雨欲來，只是唐玄宗（685-762）刻意自閉，沒有勇氣相信這種殘酷的現實而已。[26]李白三入長安，如果是想謀職入幕，寫下〈述德兼陳情上哥舒大夫〉一詩，[27]看來不必，也不能掩藏身分。此外，他在京中還有很多故人，他跟高適、杜甫等都有交往。高適仍未上位，在政治上沒有任何芥蒂，找不找他都可以。杜甫投閒置散，他整天的想念李白，但李白來了也不知道，大概是不可能吧！李白〈戲贈杜甫〉一詩，無論是飯顆山或長樂坡，都是長安的地域；而杜甫身體早衰，瘦弱多病，日糴太倉米賙濟生活，李杜在太倉前相遇，剛好符合詩中的現實情節。杜甫得詩，杜甫得見李白，那不歡喜若狂才怪呢？可是杜甫當時完全沒有反應，甚至沒有透露任何風聲，隔幾年到秦州後才

---

24 杜甫〈醉時歌〉云：「杜陵野客人更嗤。被褐短窄鬢如絲。日糴太倉五升米，時赴鄭老同襟期。」《杜詩鏡銓》，頁61。

25 《杜詩鏡銓》，頁71、97。案楊倫注稱梁邱「在哥舒翰幕」。

26 司馬光（1019-1086）編著《資治通鑑》唐紀玄宗開元二十四年（736）云：「祿山恃勇輕進，為虜所敗，……執送京師。……上惜其才，敕令免官，以白衣將領，九齡固爭，曰：『祿山失律喪師，於法不可不誅。且臣觀其貌有反相，不殺必為後患。』」唐紀玄宗天寶十三載（754）云：「上嘗謂高力士曰：『朕今老矣，朝事付之宰相，邊事付之諸將，夫復何憂！』力士對曰：『臣聞雲南數喪師，又邊將擁兵太盛，陛下將何以制之！臣恐一旦禍發，不可復救，何得謂無憂也！』上曰：『卿勿言，朕徐思之。』」（北京：古籍出版社，1956年6月），頁6814、6927。

27 《李白全集編年注釋》，頁1007。李從軍（1949-）〈李白隴右邊塞行考索〉云：「此詩是李白開元二十一、二年隴右邊塞行時的作品，所呈的對象，不是彼時還未從戎的哥舒翰，而是哥舒翰的父親——赤水軍使哥道元。」《李白考異錄》（濟南：齊魯書社，1986年10月），頁99。

又不斷的朝思暮想。因此,當年高適、杜甫都沒有贈詩給李白,反過來說倒有點不可思議了。從高、李、杜的交誼來看,李白可能根本就沒有三入長安這一回事。但我尊重前輩學者的努力,繼續全面及深化的研究,愈辨愈明。

近年有關李白三入長安的討論十分激烈,主要的論著亦多,現就個人所見資料彙列於下。至於掛一漏萬,在所難免,當然更不敢說完備了。

　　一、李從軍〈李白三入長安考〉。[28]

　　二、郁賢皓〈李白三入長安質疑〉。[29]

　　三、李從軍〈由江東之游再考李白的三入長安〉、〈關於李白三入長安質疑的質疑〉、〈《梁甫吟》辨〉。[30]

　　四、安旗〈李白三入長安別考〉。[31]

　　五、康懷遠〈李白《梁甫吟》寫於渭濱磻溪考〉。[32]

　　六、康懷遠〈李白涉岐考〉。[33]

　　七、康懷遠〈李杜長安相見試證〉。[34]

　　八、安旗〈三入長安〉。[35]

---

[28] 原刊《中華文史論叢》1983年第2輯,頁245-254;收入李從軍:《李白考異錄》,頁112-129;又載《李白研究論文精選集》(西安:太白文藝出版社,2000年12月),頁163-179。

[29] 《中華文史論叢》1984年第1輯,頁101-112;又載《李白研究論文精選集》,頁180-192。

[30] 《李白考異錄》,頁130-146、147-159、160-176。

[31] 原刊《人文雜志》,1984年第4期;又載《李白研究論叢》(成都:巴蜀書社,1987年3月),頁142-156;《李白研究論文精選集》,頁193-208。周勛初編:《李白研究》(武漢:湖北教育出版社,2003年8月),頁114-129。

[32] 原刊《寧夏教育學院學報》1985年1期。收入《李白事詩繫年考辨》(成都:西南交通大學出版社,2006年11月),頁145-152。

[33] 《寶雞師院學報》1985年1期。收入《李白事詩繫年考辨》,頁79-88。

[34] 原刊《閱讀與寫作》1985年第9期;又載《重慶教育學院學報》2006年第5期;收入康懷遠(1946-):《李白事詩繫年考辨》,頁19-23。

九、康懷遠〈李白三入長安補證〉。[36]

十、康懷遠〈李白《苦雨》詩繫年辨誤〉。[37]

十一、康懷遠〈三入長安的驚世悲歌——李白《遠別離》繫年探微〉。[38]

十二、王輝斌〈李白《苦雨》詩的再考訂——兼論三入長安說者的依據問題〉。[39]〔開元二十一年秋作,「衛尉張卿」為張垍。〕

十三、安旗〈三入長安(一)(二)〉。[40]

十四、安旗〈李白三入長安始末〉。[41]

十五、安旗〈長樂坡前逢杜甫——天寶十二載李杜重逢於長安說〉。[42]

十六、安旗〈良寶終見棄,徒勞三獻君——三入長安〉。[43]

根據上述的論著顯示,專研李白三入長安的學者主要有李從軍、安旗、康懷遠三家,但所訂的時間各異。李從軍認為:「第三次入長安的時間,在唐玄宗天寶後期的十一載與十二載之間。」又云:「天寶十一載,他經洛陽入關。」「李白三入長安的時間上限是天寶十一載

---

[35] 安旗:《李白研究》(西安:西北大學出版社,1987年9月),頁69-86。
[36] 原刊《金昌市委黨校學報》1988年第1期;《成都大學學報》1988年第3-4期;《中國人民大學書報資料中心》1988年第8期。收入《李白事詩繫年考辨》,頁43-58。
[37] 《甘肅教育學院學報》1990年第1期。收入《李白事詩繫年考辨》,頁160-167。
[38] 《人文雜志》1992年第2期。收入《李白事詩繫年考辨》,頁175-183。
[39] 王輝斌(1947-)認為〈玉真公主別館苦雨贈衛尉張卿二首〉的作年確為開元二十一年秋,李白初入長安在京所居留之時間為三整年四個年頭,近年來所出現的三入長安說,其所持證據皆不足以證實之;郁賢皓《李白叢考》認為〈苦雨〉詩題中之「衛尉張卿」為張垍(?-757?),是頗有見地的。原刊《中國李白研究·1992-1993年集》(合肥:安徽文藝出版社,1994年5月),頁252;收入王輝斌:《李白求是錄》(南昌:江西人民出版社,2000年3月),頁138。
[40] 安旗:《李白傳(新版)》(西安:三秦出版社,1994年1月),頁158-169。
[41] 安旗:《李白詩秘要》(西安:三秦出版社,2001年6月),頁373-389。
[42] 《李白詩秘要》,頁390-405。又參李浩(1960-)主編:《古代文學論集》(北京:中國社會科學出版社,2002年9月),頁176-191。
[43] 安旗:《李太白別傳》(西安:西北大學出版社,2005年5月),頁168-198。

秋」,「下限應該是天寶十二載秋」。[44]而安旗則云:「十二載早春,李白已自幽州南返。」「天寶十二載秋南下宣城。」[45]又康懷遠「擬定李白三入長安的時間當在天寶十二年至天寶十四年之間,大約三個年頭,實際滯留時間則不足兩年」。[46]因為繫年要遷就李白其他的詩作,不能各自為說。如果採用李從軍說,李白早一年來,甚至還有機會參加高適及杜甫秋日登慈恩寺塔的詩會。因此三入長安之說如果成立,大抵以安旗的排期最為恰當,可惜又過於短暫,行色匆匆的,來去飄忽,無影無蹤,令人費解。

在詩選方面,各家選錄的作品亦多。李從軍首先舉出李白詩十首、[47]任華〈雜言寄李白〉一首為證;後來又補充三首,合共十四首。今將詩題彙列於下,酌加關鍵句,以及作品的背景。

一、〈贈崔司戶文昆季〉:「一去已十年,今來復盈旬。」

二、〈走筆贈獨孤駙馬〉:「一別蹉跎朝市間,青雲之交不可攀。儻其公子重回顧,何必侯嬴長抱關。」

三、〈夕霽杜陵登樓寄韋繇〉:「蹈海寄遐想,還山迷舊踪。」

四、〈幽歌行上新平長史兄粲〉(西涉岐邠)。

五、〈酬坊州王司馬與閻正字對雪見贈〉(西涉岐邠)。

六、任華〈雜言寄李白〉:「中間聞道在長安。及余戾止,君已江東訪元丹。邂逅不得見君面。」

---

44 《李白考異錄》,頁112、124、153、148。

45 安旗:〈李白三入長安別考〉,參周勛初編:《李白研究》,頁116、126。此文版本很多,詳略不一。安旗云:「每次收集時皆有所補正,鍥而不捨,十有餘年。此次提供之文本為三秦本,庶幾可為一家之言。若蒙讀者賜教,請以此文本為准。」頁129。

46 《李白事詩繫年考辨》,頁45。

47 康懷遠〈李白三入長安補證〉指李從軍「凡十二首詩繫於李白三入長安」,其中還有〈過四皓墓〉、〈春陪商州裴使君游石娥溪〉二首,但檢李從軍的原文,無論是最初發表的《中華文史論叢》1983年第2輯,還是發來編入《李白考異錄》的定本,都沒有這兩首詩。康懷遠說十二首,未知何據?參《李白事詩繫年考辨》,頁45。

七、〈以詩代書答元丹丘〉:「寓居在咸陽,三見秦草綠。」

八、〈答杜秀才五松山見贈〉:「角巾東出商山道,采秀行歌詠芝草。」

九、〈古風三十一・鄭客西入關〉:「璧遺鎬池君,明年祖龍死。」

十、〈遠別離〉:「君失臣兮龍為魚,權歸臣兮鼠變虎。」

十一、〈古風五十一・殷后亂天紀〉:「殷后亂天紀,楚懷亦已昏。」

十二、〈下途歸石門舊居〉(天寶十三載春,贈別元丹丘,江東茅山)。

十三、〈梁甫吟〉(天寶十一、二載)。

十四、〈古風三十四・羽檄如流星〉:「渡瀘及五月,將赴雲南征。」(天寶十一載之後)。

安旗首先舉出李白詩十五首,其後又增加三首,共十八首。重覆出現的詩作加*表示。

十五、〈述德兼陳情上哥舒大夫〉(天寶十一載冬,哥舒翰與安祿山俱入朝。天寶十二載五月,翰出擊吐蕃)。

十六、〈走筆贈獨孤駙馬〉(獨孤明,尚玄宗女信成公主)。*

十七、〈古風四十六・一百四十年〉:「一百四十年,國容何赫然。」

十八、〈古風八・咸陽二三月〉:「咸陽二三月,宮柳黃金枝。綠幘誰家子,賣珠輕薄兒。」

十九、〈古風五十四・倚劍登高臺〉:「鳳鳥鳴西海,欲集無珍木。」

二十、〈古風五十一・殷后亂天紀〉。*

二十一、〈酬王補闕惠翼莊廟宋丞泚贈別〉:「薜帶何辭楚,桃源堪避秦。」

二十二、〈古風三十一・鄭客西入關〉。*

二十三、〈古風三十六・抱玉入楚國〉:「抱玉入楚國,見疑古所聞。良寶終見棄,徒勞三獻君。」

二十四、〈古風二十五・世道日交喪〉：「大運有興沒，群動爭飛奔。歸來廣成子，去入無窮門。」

二十五、〈古風三十・玄風變太古〉：「玄風變太古，道喪無時還。」

二十六、〈遠別離〉。*

二十七、〈古風四・鳳飛九千仞〉：「鳳飛九千仞，五章備彩珍。銜書且虛歸，空入周與秦。」

二十八、〈江上答崔宣城〉：「太華三芙蓉，明星玉女峰。尋仙下西岳，陶令忽相逢。」

二十九、〈留別曹南群官之江南〉：「時來不關人，談笑游軒皇。獻納少成事，歸休辭建章。十年罷西笑，攬鏡如秋霜。」「仙宮兩無從，人間久摧藏。范蠡脫句踐，屈平去懷王。飄搖紫霞心，流浪憶江鄉。」

三十、〈書懷贈江夏韋太守良宰〉：「十月到幽州，戈鋋如羅星。君王棄北海，掃地借長鯨。」

三十一、〈戲贈杜甫〉：「飯顆山頭逢杜甫。頭戴笠子日卓午。借問別來太瘦生，只為從前作詩苦。」（「飯顆山頭」一作「長樂坡前」）。

三十二、〈擬古十二・去去復去去〉：「去去復去去，辭君還憶君。」

康懷遠原列十首，後來補充八首，另加杜甫〈贈李白〉及〈飲中八仙歌〉二首，合共二十首。

三十三、〈哭晁卿衡〉（日本留學生阿倍仲麻呂，天寶十二載十月十五日訪名僧鑒真於延光寺，邀同東渡。四舶同發蘇州。十二月六日至琉球，遇風與他舟相失）。

三十四、〈對酒憶賀監二首〉：「金龜換酒處，卻憶淚沾巾。」

三十五、〈讀諸葛武侯傳書懷贈長安崔少府叔封昆季〉：「晚途值子玉，髮華同衰榮。」

三十六、〈古風五十六・越客采明珠〉:「獻君君按劍,懷寶空長吁。」
三十七、〈玉真公主別館苦雨贈衛尉張卿二首〉(天寶十三載作,「衛尉張卿」是張介然)。
三十八、〈登太白峰〉(西涉邠岐)。
三十九、〈梁甫吟〉(天寶十二三年間,李白三入長安,「西涉岐邠」時隨之來到渭濱之磻溪,弔古傷今,不勝感慨)。*
四十、〈鳳凰曲〉:「影滅彩雲斷,遺聲落西秦。」〈鳳臺曲〉:「曲在身不返,空餘弄玉名。」(岐州作)。
四十一、〈寓言三首〉:「賢聖遇讒慝,不免人君疑。」「區區精衛鳥,銜木空哀吟。」「相思不相見,托夢遼城東。」
四十二、〈古風十九・西上蓮花山〉:「俯視洛陽川,茫茫走胡兵。流血塗野草,豺狼盡冠纓。」
四十三、〈戲贈杜甫〉(三入長安的李白跟正在長安的杜甫相見,是完全在情理之中的。)*
四十四、杜甫〈贈李白〉:「秋來相顧尚飄蓬。未就丹砂愧葛洪。痛飲狂歌空度日,飛揚跋扈為誰雄。」
四十五、〈古風五十九・惻惻泣路岐〉:「眾鳥集榮柯,窮魚守枯池。嗟嗟失歡客,勤問何所規?」(郭老力主李白所謂「失歡客」是指杜甫。)
四十六、杜甫〈飲中八仙歌〉(程千帆曰:「此詩不可能作於杜甫初到長安的年代裏而應更遲一些。」)
四十七、〈贈崔司戶文昆季〉:「一去已十年,今來復盈旬。」*
四十八、〈書情贈蔡舍人雄〉:「一朝去京國,十載客梁園。」*
四十九、〈遠別離〉(天寶十二載)。
五十、〈古風二十一・郢客吟白雪〉:「郢客吟白雪,遺響飛青天。徒勞歌此曲,舉世誰為傳。」
五十一、〈古風三十七・燕臣昔慟哭〉:「燕臣昔慟哭,五月飛秋霜。庶女號蒼天,震風擊齊堂。」

五十二、〈古風五十三・戰國何紛紛〉:「奸臣欲竊位,樹黨自相群。」

　　以上減去重複出現的詩作八首,以及任華一首、杜甫二首,李白三入長安詩共得四十一首,所佔的份量不少。但其中有多少是可靠呢?見仁見智,最好逐一的篩選及檢定,實在也很難一概而論了。在這些作品中,〈古風〉佔十六首,李白寄意於時局社會,多用比興託意,不一定就是具體寫實之作。例如「一百四十年」只是一個約數,很難算出準確的年份。又如「大運」、「胡兵」等詞語,陳子昂也用過,[48]自有他的象徵意義。此外,很多批判現實政治的作品不見得非要在長安寫出來不可。有些不屬於天寶十二載上半年的人事,是否可以編為「三入長安」的作品,可能也要全盤考慮,不宜左支右絀。對於一些關鍵性的詩句,例如「一去已十年,今來復盈旬」(〈贈崔司戶文昆季〉)、「一別蹉跎朝市間,青雲之交不可攀。儻其公子重回顧,何必侯嬴長抱關」(〈走筆贈獨孤駙馬〉)之類,以及〈以詩代書答元丹丘〉、〈鄭客西入關〉諸詩,郁賢皓都有詳盡的分析,甚至更重提「詩無達詁」的主張,這是觀點與角度的差異所致,各有各的看法。現在,我們回看上文,諸家對高、李、杜的梁宋之遊的敘述各異,李白有大量的三入長安詩,相信也無法迴避這種演繹方式了。其實目前正處於膠著狀態,既不能完全否定,但也無法肯定,進入研究上的一種曖昧狀態。康懷遠用杜甫〈贈李白〉、〈飲中八仙歌〉作為李白三入長安的旁證,可是前者並未能清晰顯示有關長安的背景,「秋來相顧尚飄蓬」一句,更不屬於李白三入長安的季節;後者寫作年份亦難確定,不一定要見到李白才能寫出詩來。兩詩都不是具體明確的證據,只能說是論者的主觀想像而已。

---

48 陳子昂(659-700)〈感遇詩十七・幽居觀天運〉云:「豈無當世雄,天道與胡兵。」「大運自古來,旅人胡歎哉。」《全唐詩》(北京:中華書局,1960年4月),頁892。

陶敏、傅璇琮《唐五代文學編年史・初盛唐卷》為李白三入長安編列了兩條資料。一是天寶十一載:「冬,哥舒翰入朝,儲光羲、李白獻詩,皆頌其攻取石堡城事。」二是天寶十二載:「本年,任華至長安訪李白,聞白已往江東,遂作詩寄之,并盛贊其詩之逸氣高格。」[49]他們選材的態度十分嚴謹,列出具體的人事時地,顯得可靠,無懈可擊,看來李白三入長安之說也並非完全不可能的。可是李從軍指「哥舒大夫」可能是哥道元而非哥舒翰,連寫作年代也提早至開元二十一、二年(723-724),李白遊隴右作,可見立論之難了。又陶敏、傅璇琮在天寶十二載條下云:「約春夏間,李白自宋州赴曹南,獨孤及作序送之;白復自曹南赴江南,有詩留別。」復引李白〈留別曹南群官之江南〉:「獻納少成事,歸休辭建章。十年罷西笑,攬鏡如秋霜。」論云:「詩語本桓譚《新論》:『人聞長安樂,則出門向西而笑。』蓋謂已離長安已十年。自天寶三載李白辭金還山,至本年首尾十年。本年秋,李白已在宣城。」[50]反證杜甫當年不在長安,跟「任華至長安訪李白」一說並存。大概任華也是跟杜甫一樣,仰慕李白的詩才,朝思暮想,不斷地尋訪李白,渴望一見偶像,難免會將聽來的消息寫入詩中,不一定要嚴格地檢驗材料的真實性,這是詩的寫法之一。因此,李白三入長安真是一宗清官難審的奇案,我們雖然努力列出很多不同的證據和觀點,可是還沒有結論,難以斷案。如果一定要表態,暫時也只能繼續沿用郁賢皓說的「質疑」了。

---

49 陶敏(1938-2013)、傅璇琮(1933-2016):《唐五代文學編年史・初盛唐卷》(瀋陽:遼海出版社,1998年12月),頁875、897。
50 《唐五代文學編年史・初盛唐卷》,頁887。

杜甫詩中的龍鳳意象

一　龍鳳意象和象徵

　　龍鳳是中華民族永恆的圖騰，象徵神聖、尊貴、變化和祥瑞，現在我們仍然自稱為「龍的傳人」。[1]所謂「龍鳳呈祥」，則是指國泰民安，君臣相得，夫妻和合，人才湧現，呈現出太平盛世的景象。[2]龍鳳並不是現實的生物，沒有具體的形相，[3]而是傳說中的神物，表達想

1　王大有（1944-）云：「我們現在所見到的龍鳳，大都是明清時期定型化以後的龍鳳。這個時期的龍鳳至少經過了七八千年的有文物可考的歷史演化，才複合成這個形態的。如果有人說，灣鱷、揚子鱷、蛇、魚、黿等是龍；燕子、烏鴉、鷹、鴞、鷲、鵬、雞、孔雀等是鳳；或者說，鳳是蛇頸魚尾，龍是鷹爪鳥翅等等，你可能會認為說得不對，可是這的確是事實。因為它們是今天龍鳳的最初的形象，它們曾經是我們遠古祖先的圖騰崇拜，曾被刻劃在那個時代的山崖、陶器、骨器、龜甲、玉器、青銅器等文物上。地下出土文物就像一個歷史檔案館，這些原始龍鳳形象就保存在這個歷史檔案館裏。」《龍鳳文化源流》（北京：北京工藝美術出版社，1988年1月），頁1。
2　孔鮒：《孔叢子・記問第五》：「天子布德，將致太平，則麟鳳龜龍先為之祥。」（上海：商務印書館萬有文庫本，1937年3月），頁32。
3　王小盾（1951-）〈龍的實質和龍神話的起源〉云：「根據古代人用文字和各種圖案對龍的性格所作的描寫，可以知道，所謂『龍』，乃指一種（一）有尾巴、（二）主要生活在水中、（三）善於變化的神秘動物。商以前的出土文物反映了它的原始形態：大頭小尾、團曲成圈。……這一形態顯然就是各種哺乳動物所共有的胚胎形態。大頭小尾，團曲成圈，有尾巴，生活在母腹的羊水當中，向新的生命形態轉化：這正是所有胚胎的共同特點。……龍的原型不是某種具體動物，而是隱藏在各種哺乳動物母體內的胚胎。」舒琴編輯：《清華大學古代漢文學論集》（北京：中華書局，2005年3月），頁180。

像中美好的願望,例如「飛龍在天」,「鳳凰來儀」等,[4]恰巧天造地設的,構成中國皇權的最高象徵,老百姓完全不能使用,否則僭越犯上,可以是死罪。現在我們看到的龍鳳全是虛構出來的圖像,獨一無二的,超越於現實的眾生萬物之上。[5]杜甫(712-770)詩中龍鳳連用的只有一次,唐肅宗至德二載(757)八月在歸家途中寫的〈行次昭陵〉云:「讖歸龍鳳質,威定虎狼都。」注引《舊唐書‧太宗紀》稱太宗方四歲,有書生見之曰:「龍鳳之姿,天日之表。年將二十,必能濟世安民矣。」[6]此聯即用以摹寫帝王氣象、威儀容貌,以及太宗皇帝的文治武功,書生的預言中隱藏「世民」二字,殆出天授。

杜甫的詠物詩十分出色,寫下了很多詠馬、詠鷹的作品,精神抖擻,橫掃六合,同時更有寓志寄意的作用,可以折射出杜甫的不同階

---

4 《周易‧乾卦》:「九五,飛龍在天,利見大人。」(10-1-5a)《尚書‧益稷》:「簫韶九成,鳳皇來儀。」《傳》:「雄曰鳳,雌曰皇。靈鳥也。儀,有容儀。」《疏》:「簫韶之樂,作之九成,以致鳳皇來而有容儀也。」(72-5-14b)諸經據《十三經注疏附校勘記》(臺北:藝文印書館影嘉慶二十年〔1815〕江西南昌府學開雕本,1955年4月)。《爾雅‧釋鳥》:「鶠鳳其雌皇。」郭璞(276-324)注:「瑞應鳥,雞頭、蛇頸、燕頷、龜背、魚尾,五彩色,高六尺許。」(184-10-4a)郭沫若(1892-1978)〈鳳凰涅槃〉詩序云:「天方國古有神鳥名『菲尼克司』(phoenix),滿五百歲後,集香木自焚,復從死灰中更生,鮮美異常,不再死。按此鳥殆即中國所謂鳳凰:雄為鳳,雌為凰。《孔演圖》云:「鳳凰火精,生丹穴。」《廣雅》云:「鳳凰,……雄鳴曰唧唧,雌鳴曰足足。」《女神》(北京:人民文學出版社,1977年12月),頁30。

5 《孟子‧公孫丑上》:「麒麟之於走獸,鳳凰之於飛鳥。……出於其類,拔乎其萃。」(56-3上-12a)劉安(180-123B.C.)《淮南子‧地形訓》:「羽嘉生飛龍,飛龍生鳳皇,鳳皇生鸞鳥,鸞鳥生庶鳥,凡羽者生於庶鳥。」高誘注:《淮南鴻烈解》(臺北:藝文印書館影鈔宋本,1974年4月)卷第四,頁10,新編頁119。司馬遷(145-86B.C.?)《史記‧日者列傳》:「故騏驥不能與罷驢為駟,而鳳皇不與燕雀為群,而賢者亦不與不肖同列。」(北京:中華書局,1959年9月),頁3219。

6 參杜甫(712-770)著,楊倫(1747-1803)箋注:《杜詩鏡銓》(上海:上海古籍出版社,1962年12月),頁164。劉昫(887-946)等撰:《舊唐書‧本紀‧太宗上》(北京:中華書局,1975年5月),頁21。

段的生命境界。[7]這些都是寫實之什，充滿血肉實感，而融入自我的形象和情意，令人感動。至於龍鳳之作，則全出虛擬和想像，創新意念，富有象徵意義，洋溢著濃郁的生命情調。其實，無論是寫龍、鳳或詠馬、鷹，雖然虛實不同，但同樣都是塑造典型，將現實材料經過篩選、概括、集中和深化的處理，加工提煉，表現神采。

　　意象（image）包括意和象。意指情意、意義、意念、心意等，也就是主觀抽象的感情思致。象指物象、景象、事象、形象等，則是客觀現實的感知對象。意象就是主體情意與外在景物相融合的畫面。早期意、象分用，當屬兩種不同的認知範疇，《周易‧繫辭上》云：「聖人設卦觀象，繫辭焉而明吉凶，剛柔相推而生變化。」又云：「子曰：書不盡言，言不盡意，然則聖人之意，其不可見乎？子曰：聖人立象以盡意，設卦以盡情偽，繫辭焉以盡其言，變而通之以盡利。」[8]王弼《周易略例‧明象》云：「夫象者，出意者也。言者，明象者也。盡意莫若象，盡象莫若言。言生於象，故可尋言以觀象；象生於意，故可尋象以觀意。意以象盡，象以言著。」[9]章學誠《文史通義‧易教下》云：「易之象也，詩之興也，變化而不可方物矣。」「易象通於詩之比興，易辭通於《春秋》之例。」[10]古人利用卦象，闡釋言、象、意三者的關係，相互帶動，十分透徹。章學誠認為易象

7　杜甫早年有〈房兵曹胡馬〉云：「驍騰有如此，萬里可橫行。」〈畫鷹〉云：「何當擊凡鳥，毛血灑平蕪。」《杜詩鏡銓》，頁6。歐麗娟列出杜詩的意象主題有竹之意象——堅貞自守的人格表現、花之意象——「界限經驗」的深層展露、月之意象——心靈狀態與生命情境的形象表達、鷗鳥意象——人生歷程變化的軌跡、大鯨意象——存在意向與創作理想的具體化、鷙鳥意象——快意豪烈的俠義追求六類，參《杜詩意象論》（臺北：里仁書局，1997年12月）。

8　《周易注疏》，頁145、157。

9　參王弼（226-249）著，樓宇烈（1934-）校釋：《王弼集校釋》（北京：中華書局，1980年8月），頁609。

10　章學誠（1738-1801）著，葉瑛校注：《文史通義校注》（北京：中華書局，1985年5月），頁18、20。

通於比興,其實兩者都是被借用的符號或媒體,表達意義。

　　後來意象連用,成了文學批評的術語。劉勰《文心雕龍・神思》云:「使玄解之宰,尋聲律而定墨;獨照之匠,窺意象而運斤。此蓋馭文之首術,謀篇之大端。」[11]這裏的意象專指以語言為手段而構成的藝術形象,托物言志,情景交融,主客相通,形神兼備,親切感人,產生意境。意象進一步還可以用來表現深藏的潛意識和微妙的心理感覺,突破現實的局限,度越常理。司空圖《詩品・縝密》云:「是有真跡,如不可知。意象欲出,造化已奇。」[12]葉燮云:「必有不可言之理,不可述之事,遇之於默會意象之表,而理與事無不燦然於前者也。」「要之作詩者,實寫理、事,情可以言,言可以解,解即為俗儒之作。惟不可名言之理,不可施見之事,不可徑達之情,則幽渺以為理,想像以為事,惝恍以為情,方為理至、事至、情至之語。此豈俗儒耳目心思界分中所有哉?」並舉出杜甫「碧瓦初寒外」(〈冬日洛城北謁玄元皇帝廟〉)、「月傍九霄多」(〈春宿左省〉)、「晨鐘雲外濕」(〈船下夔州郭宿,雨濕不得上岸,別王十二判官〉)、「高城秋自落」〈晚秋陪嚴鄭公摩訶池泛舟,得溪字〉四例為說,解釋「古人妙於事理之句」,[13]抉發淵微,通於詩境,利用通感的手法,擴大詩歌的

11　詹鍈(1916-1998)云:「意象,謂意想中之形象。」劉勰(465?-532?)著,詹鍈義證:《文心雕龍義證・神思第二十六》(上海:上海古籍出版社,1989年8月),頁980、983。

12　孫聯奎云:「有意斯有象,意不可知,象則可知。當意象欲出未出之際,筆端已有造化,如下文水之流,花之開,露之未晞,皆造化之所為也。造化何奇,然已不奇而奇矣。」司空圖(837-908)撰,孫聯奎臆說:《詩品臆說》(濟南:齊魯書社,1980年8月),頁31。祖保泉(1921-2013)云:「意象,指通過作者思想情感所表現出來的客觀事物的形象。」《司空圖詩品解說》(合肥:安徽人民出版社,1980年9月),頁66。劉禹昌(1910-)云:「意象,指自然的生意之形象而言。」(武漢:武漢大學出版社,1993年11月),頁45。

13　葉燮(1627-1703)著,霍松林(1921-2017)校注:《原詩》(北京:人民文學出版社,1979年9月),頁30、32。又所引四詩參《杜詩鏡銓》,頁27、177、591、544。

表現力度,超出我們尋常的認知之外,使讀者從意念世界進入感覺世界,展現了微妙的藝術創造。因此,意象是詩歌創作一項重要的元素,就是詩人通過形象的塑造(包括物象和畫面),激起讀者的感覺、感情,生出思考、聯想,豐富心靈想像,從而產生了新的會意。

詩歌的要素還有象徵(symbol)。象徵是文藝創作的表現手法,指通過某一特定具體形象以表現或暗示與之相近的概念、哲理和感情。先由意象轉為隱喻,觸發讀者心中的聯想,具有「以此代彼」的性質,再由隱喻轉為象徵。象徵可以通過想像和感應來表達內心微妙的意識活動和朦朧的感情活動,進入一種物我交流和形神相接的境界。詩的目的即在於暗示虛擬的新世界。或者簡單的說,意象反覆用多了,漸漸為人所接受,也就進入了象徵的世界,使人產生會意。例如黃河、梅花、龍都可以象徵中華民族。而杜詩中的龍鳳意象自然也具有深刻的象徵意義了。以上解釋意、象、意象、象徵的含義,前賢都有詳細的析論,本文僅作簡單的綜述,不復一一徵引了。

杜詩中龍、鳳的統計數字相當高,兩者在獸類及鳥類中,都居於第二位。陳植鍔論云:

> 先講意象的主觀象喻性。如「鳥」類意象統計,複現率達40次以上的頭四個特稱意象依次為:雁78;鳳50;鶴44;鷗40。⋯⋯居於第二位和第三位的竟然是世界上並不存在的「鳳」和人所罕見的「鶴」。這一事實啟發我們,詩人用以表達某種感情的物象,有時的確並不一定是生活中實有之事。⋯⋯七歲起就寫過〈鳳凰〉詩的杜甫,無非借這類格調高超而不平凡的飛禽意象,表達自己的高尚品格和遠大理想罷了。
> 在獸類意象中,「馬」的複現率最高,達394次。⋯⋯但表中另一個意象對比懸殊的事實所體現的主觀象喻性,更使人吃驚。那就是現實生活中根本不存在的「龍」的意象的複現率(222

次），竟然僅次於「馬」而位居第二。[14]

案以上只是依字詞的出現頻率統計，龍、鳳各分佔第二位。但案《杜詩引得》的統計，「龍」字一五五條，「鳳」字六十六條，加上相近的「鸞凰」、「紫鸞」、「鳴鸞」、「朱鳥」七條，則為七十三條，[15]誤差頗大。不過這些並不全是摹寫龍鳳的意象，例如龍虎、魚龍、乘龍、登龍、夔龍、龍舟、龍文、龍袞、龍宮、龍象、龍泉、龍廄、龍泓、龍湫、龍池、龍媒、龍樓、龍堆、龍驤、龍門、龍鍾、龍興寺、龍門閣、龍門鎮、龍武新軍、龍伯國人等；又如鳳輦、鳳輿、鳳曆、鳳池、鳳沼、鳳林、鳳城、鳳紀、鳳翔、鳳翔縣、鳳翔都、鳳凰山、鳳凰臺、鳳凰池、鳳凰村、鳳凰城等，有些只是構詞的語素，有些則是地名。又上文「讖歸龍鳳質」，其實只有借代義，並非典型的物象描述。下文首先析論杜甫詩中詠龍、詠鳳的意象，然後再綜合探討龍鳳意象的特質，及其象徵意義。

二　杜甫詠龍詩

龍是傳說中的神物，用作皇帝的象徵，例如「豺狼在邑龍在野」、[16]「龍喜出平池」、[17]龍顏、龍種等；有時也代表人才，例如龍

14　陳植鍔（1949-1994）：《詩歌意象論》（北京：中國社會科學出版社，1990年8月），頁226、228。

15　參洪業（1893-1980）等編纂：《杜詩引得》（上海：上海古籍出版社影哈佛燕京學社本，1985年3月），頁577-579、194-195。

16　杜甫〈哀王孫〉云：「高帝子孫盡龍準，龍種自與常人殊。豺狼在邑龍在野，王孫善保千金軀。」《杜詩鏡銓》，頁121。

17　杜甫〈宿昔〉云：「宿昔青門裏，蓬萊仗數移。花嬌迎雜樹，龍喜出平池。落日留王母，微風倚少兒。宮中行樂秘，少有外人知。」楊倫引《明皇十七事》云：「天寶中，興慶池小嘗出遊宮垣水溝中，蜿蜒奇狀，靡不瞻睹。」《杜詩鏡銓》，頁823。吳喬（1611-1695）《圍爐詩話》論云：「子美只〈宿昔〉一篇，壓倒太白〈清

虎、夔龍。杜甫直接寫龍的詩句亦多，例如「晚來橫吹好，泓下亦龍吟」（〈劉九法曹鄭瑕邱石門宴集〉）、「鳥驚出死樹，龍怒拔老湫」（〈送韋十六評事充同谷防禦判官〉）、「水深波浪闊，無使蛟龍得」（〈夢李白二首〉其一）、「赤岸水與銀河通，中有雲氣隨飛龍」（〈戲題王宰畫山水圖歌〉）、「魚龍寂寞秋江冷，故國平居有所思」（〈秋興八首〉其四）、「江天漠漠鳥雙去，風雨時時龍一吟」（〈灧澦〉）、「龍以瞿唐會，江依白帝深」（〈雲〉）、「鳥雀苦肥秋粟菽，蛟龍欲蟄寒沙水」（〈暮秋枉裴道州手札，率爾遣興，寄遞近呈蘇渙侍御〉）諸詩，[18]摹寫龍的各種形象，分別蟄居於泓下、老湫、波浪、雲氣、秋江、風雨、瞿唐、寒沙水之中，性情各異，出沒無常，感覺不同，姿態亦變。

　　杜甫的詠龍詩主要有〈渼陂行〉、〈奉同郭給事湯東靈湫作〉、〈乾元中寓居同谷縣作歌七首〉（其六）、〈萬丈潭〉四首，[19]都是以瀑布或潭水為背景，隱約中透視神龍出沒的感覺。有時要營造神秘的場景和氣氛；有時象徵大唐王朝風雨飄搖、深不可測的變局，屬於預言性質，隱喻大禍將臨的感覺；有時又揭示杜甫深受壓抑的精神狀態。前兩首天寶末年（753-755）在長安作，風雨欲來；後兩首乾元二年（759）作於同谷，更是安史亂後民族存亡的關鍵時刻，杜甫流落荒山之中，一家人掙扎求存，甚至將快餓死了。

　　杜甫寫渼陂的詩有〈與鄠縣源大少府宴渼陂〉、〈城西陂泛舟〉、〈渼陂行〉、〈渼陂西南臺〉四首；晚年〈秋興八首〉最後一首亦有「紫閣峰陰入渼陂」之句，[20]可見他對長安這一方的勝地懷念不已。王嗣奭引《雍大記》云：「渼陂在鄠縣西五里，水出終南山谷，合胡

平調詞〉、〈宮中行樂詞〉諸詩。」郭紹虞（1893-1984）編選，富壽蓀（1923-1996）校點：《清詩話續編》（上海：上海古籍出版社，1983年12月），頁588。
18 《杜詩鏡銓》，頁3、147、231、327、645、770、856、995。
19 《杜詩鏡銓》，頁76、105、298、300。
20 《杜詩鏡銓》，頁75、77、648。

公泉,其周一十四里。」又引胡松《遊記》云:「渼陂上為紫閣峰,峰下陂水澄湛。環抱山麓,方廣可數里,中有芙蕖鳧雁之勝。」[21]現在山水尚存,風光依舊,尋幽訪勝,還保留一些原始的感覺。〈渼陂行〉云:

> 岑參兄弟皆好奇。攜我遠來遊渼陂。
> 天地黤慘忽異色,波濤萬里堆琉璃。
> 琉璃汗漫泛舟入。事殊興極憂思集。
> 鼉作鯨吞不復知,惡風白浪何嗟及。
> 主人錦帆相為開。舟子喜甚無氛埃。
> 鳧鷖散亂櫂謳發,絲管啁啾空翠來。
> 沈竿續縵深莫測。菱葉荷花淨如拭。
> 宛在中流渤澥清,下歸無極終南黑。
> 半陂已南純浸山。動影裊窕沖融間。
> 船舷暝戛雲際寺,水面月出藍田關。
> 此時驪龍亦吐珠。馮夷擊鼓群龍趨。
> 湘妃漢女出歌舞,金支翠旗光有無。
> 咫尺但愁雷雨至。蒼茫不曉神靈意。
> 少壯幾時奈老何,向來哀樂何其多。

天寶十二載(753)六月,鄠縣源少府邀約杜甫及岑參、岑秉兄弟同遊渼陂賦詩,[22]其中尤以杜甫這一首七古最為傑出。詩分七段,每段

---

21 王嗣奭(1566-1648):《杜臆》(上海:上海古籍出版社,1983年8月),頁26。
22 案岑參(715-770)天寶十載(751)歸長安。十一載(752)秋與高適(700-765)、薛據、杜甫、儲光羲(707?-760?)等同登慈恩寺塔賦詩。十二載夏日與鄠縣源少府及杜甫等泛舟渼陂,有〈與鄠縣群官泛渼陂〉、〈與鄠縣源少府泛渼陂〉五律二詩。十三載(754)四月充安西北庭節度判官,隨封常清(690-756)赴北庭。劉開揚(1919-2014)論〈渼陂行〉云:「黃鶴、仇兆鰲均繫於天寶十三載,然十三載四

四句,各用一部韻,大致平仄相間。首段突出「好奇」的主題,天地黯慘,表現探秘之意。第二段從惡風白浪中出發,不畏艱險。第三段天朗氣清,絲管悠揚,漸入佳境。第四段寫終南山的倒影,像是深不可測似的,而荷花盛開,清幽明淨。第五段寫船邊在雲際山太安寺上擦身而過,月亮也要從藍田縣的秦嶢關出來了,遊興極佳,充滿動感。第六段夜色蒼茫之中,忽然幻出驪龍吐珠的景象,而群龍爭趨,仙姬歌舞,金光閃爍,更為熱鬧,自是整日旅程的高潮。末段天心難測,擔心雷雨將至,華年已逝,興盡悲來。楊倫論云:「只平敘一日遊景,而滉漾飄忽,千態並集,極山岫海潮之奇,全得屈騷神境。」(頁77)此詩有點像現代主義的筆法,情緒變化多端,山光水色,或明或暗,閃爍不定。第六段的吐珠情節,更有神龍見首不見尾之感,自是非一般的旅遊見識。王嗣奭云:「『驪龍』數語,亦以意想得之,亦喜亦驚。」全詩以「好奇」起,「哀樂」收,平地波瀾,百感交雜,充滿象徵意味,具有印象派光影奇幻、神變莫測的感覺。德國‧莫芝宜佳云:「杜甫詩中的映像因其紛繁多樣而很難描繪,儘管非常逼真,有時卻有一種神秘的美,常常是搖擺著的或者甚至完全翻倒,而且轉瞬即逝。」[23]

又〈奉同郭給事湯東靈湫作〉云:

> 東山氣鴻濛,宮殿居上頭。君來必十月,樹羽臨九州。陰火煮玉泉,噴薄漲巖幽。有時浴赤日,光抱空中樓。閶風入轍跡,曠原延冥搜。沸天萬乘動,觀水百丈湫。幽靈斯可怪,王命官屬休。初聞龍用壯,擘石摧林丘。中夜窟宅改,移因風雨秋。

月岑參已赴北庭,恐當是十二載事。」《岑參詩集編年箋註》(成都:巴蜀書社,1995年11月),頁13。
23 莫芝宜佳(Monika Motsch, 1942-)著,馬樹德(1944-)譯:《管錐篇與杜甫新解》(石家莊:河北教育出版社,1998年1月),頁281。

倒懸瑤池影，屈注滄江流。味如甘露漿，揮弄滑且柔。翠旗澹偃蹇，雲車紛少留。簫鼓蕩四溟，異香泱漭浮。鮫人獻微綃，曾祝沈豪牛。百祥奔盛明，古先莫能儔。坡陀金蝦蟆，出見蓋有由。至尊顧之笑，王母不肯收。復歸虛無底，化作長黃虯。飄颻青瑣郎，文彩珊瑚鉤。浩歌淥水曲，清絕聽者愁。

這首詩一般都編為天寶十四載（755）作，在〈自京赴奉先縣詠懷五百字〉之前。[24]楊倫注：「湯東，驪山溫湯之東也，以龍所居，故謂之龍湫。此往奉先時作。」即安史之亂爆發的前夕，杜甫似有山雨欲來的預感。郭給事即郭納，十二月在陳留太守任，為安祿山所執。[25]當時王維（700-761）亦任給事中，有〈酬郭給事〉詩。[26]杜詩分四段，東山即驪山，龍湫上有懸瀑，下有深潭，猶言龍潭。首段摹寫溫泉周圍的景色，「光抱空中樓」一句，愈見奇幻；而「幽靈斯可怪」一句，則是觀賞靈湫瀑布時的詭異感覺，杜甫欲言又止。第二段由「初聞龍用壯」至「古先莫能儔」，忽發奇想，專寫龍的出沒，山搖地動，簫鼓並奏，鮫人曾祝爭獻賀禮，而百祥迎駕的場面也很壯觀。[27]第三段映射現實人事，金蝦蟆和長黃虯都是安祿山的不同化身，居心叵測，可能會有所圖謀，但唐天子，以至王母貴妃仍在酣夢之中，不以為意。杜甫點到即止，即轉入末段四句，回應郭給事的文采風流，

---

24 王嗣奭云：「此詩舊譜天寶十二年作，此時祿山已隱然有反兆，而借蝦蟆以發之，似亦有理。」《杜臆》，頁30。

25 歐陽修（1007-1072）、宋祁（996-1061）：《新唐書・本紀第五・玄宗》稱天寶十四載十二月辛卯，安祿山「陷陳留郡，執太守郭納」。（北京：中華書局，1975年2月），頁151。

26 參陶敏（1938-2013）、傅璇琮（1933-2016）：《唐五代文學編年史・初盛唐卷》（瀋陽：遼海出版社，1998年12月），頁921。又楊文生（1967-）編著：《王維詩集箋注》（成都：四川人民出版社，2003年9月），頁247。

27 王嗣奭云：「至簫鼓、異香，亦紀祭龍時事，故下文接以『獻微綃』、『沈豪牛』。」《杜臆》，頁30。

詩作蘊含深意，而「清絕聽者愁」一句，引發讀者的共鳴情緒，當然也是這首詩的主旋律了。此詩專用象徵手法，光怪陸離，充滿現代主義的色彩，這在杜詩中也是難得一見的作品。楊倫眉批引邵子湘云：「靈秀潾洸，實杜集之奇作。」沈確士云：「難顯言者，每以隱語出之，最得詩人之體。」朱鶴齡（1606-1683）云：「此詩直陳溫湯事，而風刺自見。其憂亂之意，情見乎辭，當與〈慈恩寺〉「迴首叫虞舜」數語，及〈奉先詠懷〉「凌晨過驪山」一段參看。」（頁106-108）

乾元二年（759）〈乾元中寓居同谷縣作歌七首〉（其六）亦為奇作，詩云：

> 南有龍兮在山湫。古木巃嵷枝相樛。木葉黃落龍正蟄，蝮蛇東來水上遊。我行怪此安敢出，拔劍欲斬且復休。嗚呼六歌兮歌思遲，溪壑為我回春姿。（頁298）

此詩作意跟前詩相似，亦用象徵手法。「南有龍兮在山湫」即萬丈潭，「木葉黃落龍正蟄」則暗示國運的風雨飄搖，而「蝮蛇」很容易就指向安史叛軍了。此詩比較特別的是末尾兩句，杜甫揮劍斬蛇，決心對抗橫逆之後，精神為之一振，忽然感覺到周圍的歌聲從容婉轉，洋溢著一片春天的柔媚氣息，在同谷七歌冬陰愁慘的垂死邊緣中醞釀出生命的神光。同時又有〈萬丈潭〉云：

> 青溪合冥莫，神物有顯晦。龍依積水蟠，窟壓萬丈內。跼步凌垠堮，側身下煙靄。前臨洪濤寬，卻立蒼石大。山危一徑盡，岸絕兩壁對。削成根虛無，倒影垂澹瀩。黑知灣澴底，清見光炯碎。孤雲到來深，飛鳥不在外。高蘿成帷幄，寒木累旍旆。遠川曲通流，嵌竇潛洩瀨。造幽無人境，發興自我輩。告歸遺恨多，將老斯遊最。閉藏修鱗蟄，出入巨石礙。何當暑天過，快意風雲會。

楊倫引《方輿勝覽》云:「在同谷縣東南七里,俗傳有龍自潭飛出。」[28]〈萬丈潭〉一氣呵成,可以不必分段。其實細分之亦見章法。全詩四句一段,共七段,二十八句。首段四句認定萬丈潭深不可測,其下有龍窟,潛藏不出。第二至五段分寫洪濤、[29]山勢、深邃、樹林等諸般景色,刻劃細緻。第六段「造幽無人境」寫當日的遊興淋漓盡致,掃除內心積壓已久的鬱結,精神一振。末段再寫潛龍,正在等待暑天的來臨,要衝破巨石的層壓,飛龍在天,風起雲湧。楊倫眉批分為三段:「首二句領全篇。中間詳敘景,申上青溪合冥寞。末歎遊潭之勝,轉應神物有顯晦。」簡單中亦見要旨。又引蔣弱六云:「字句章法,一一神奇,發秦州後詩,此首尤見捕虎全力。」(頁300)案此詩多用五仄句,例如「窟壓萬丈內」、「岸絕兩壁對」、「發興自我輩」、「出入巨石礙」四句,而「前臨洪濤寬」則為五平句;其他四平四仄之句亦多,例如「削成根虛無」、「神物有顯晦」、「飛鳥不在外」等,音節大拗,構成一種重壓,而神物之龍最後也要衝破層層險阻而出,感受一種快意風雲的感覺。「清見光炯碎」一句在黑暗之中隱約透視到光明的所在,愈顯幽秘。〈萬丈潭〉成為杜甫詠龍諸詩的結穴,而「造幽無人境,發興自我輩」更寫出了人與龍的精神契合,由潛龍到飛龍,獲得了精神上的大解脫,在人生的旅途上重新出發,自為入蜀以後的杜詩創新局面。

---

28 《杜詩鏡銓》,頁300。黃奕珍〈論《鳳凰臺》與《萬丈潭》「鳳」、「龍」之象徵意義〉云:「照蔡夢弼的說法,鳳凰臺和萬丈潭其實位居一處:『同谷有鳳凰潭,一名萬丈潭,蓋兩山危立,其下泓澄萬丈』,因此這兩首詩是在同一個地方所寫的。」《杜甫自秦入蜀詩歌析評》(臺北:里仁書局,2005年3月),頁102。
29 王嗣奭云:「峽(指龍峽)旁有潭,其深莫測,曰萬丈潭,乃知『前臨洪濤寬』,即嘉陵江也。」《杜臆》,頁113。

三　杜甫詠鳳詩

　　杜甫第一首詩「七齡思即壯，開口詠鳳皇」，[30]可是並沒有流傳下來，但杜甫以後還是陸續寫了很多歌詠鳳凰的詩，而且都很特別，寓意深刻，亦得四首。肅宗乾元二年（759）十月，杜甫帶著一家大小由秦州向同谷出發，寫下了紀行詩十二首：〈發秦州〉、〈赤谷〉、〈鐵堂峽〉、〈鹽井〉、〈寒峽〉、〈法鏡寺〉、〈青陽峽〉、〈龍門鎮〉、〈石龕〉、〈積草嶺〉、〈泥功山〉、〈鳳凰臺〉。諸詩內容豐富、寫法多變，元氣渾淪，光怪迸發，詳細地紀錄沿途風光，山川景物色澤鮮妍；同時更展現出豐富善感的內心世界，想像深刻，意象翩飛，借題發揮，刻劃生動，可以表現廣義的「詩史」概念。〈鳳凰臺〉云：

> 亭亭鳳凰臺，北對西康州。西伯今寂寞，鳳聲亦悠悠。山峻路絕蹤，石林氣高浮。安得萬丈梯，為君上上頭。恐有無母雛，飢寒日啾啾。我能剖心血，飲啄慰孤愁。心以當竹實，炯然無外求。血以當醴泉，豈徒比清流。所重王者瑞，敢辭微命休。坐看綵翮長，舉意八極周。自天銜瑞圖，飛下十二樓。圖以奉至尊，鳳以垂鴻猷。再光中興業，一洗蒼生憂。深衷正為此，群盜何淹留？

　　楊倫引《水經注》云：「鳳溪水上承蜀水於廣業郡，南逕鳳溪，中有二石雙高，其形若闕，漢世有鳳皇棲其上，故謂之鳳凰臺。」又引《方輿覽勝》：「在同谷東南十里。」（頁295）此詩運用報告文學的寫作手法，杜甫似是以記者的身分，向讀者報導他在由秦州往同谷路上的聞見。鳳凰臺本來只是一座高臺的名字，但杜甫卻想像在兵荒馬

30　杜甫：〈壯遊〉，《杜詩鏡銓》，頁696。

亂的現實時世中,山上會有一隻失去母親的小鳳凰,正在垂死掙扎。因此,杜甫就義不容辭的,竭盡心血哺養小鳳凰,洋溢著一片熱情入世的奉獻精神。鳳凰乃王者祥瑞的象徵,終極目標當然就是挽救蒼生,期待太平。末二句揭出作意,或有蛇足之感。[31]其實杜甫嚴正地帶出致亂的原因,也就明確地宣示對群盜的厭棄之情了,正邪對決,是非分明。黃奕珍認為:「詩篇至最後兩句時,從一開頭即全力營造的想像故事與美好的中興局面戛然而止,『群盜何淹留』既指明了現實的殘酷,也扮演了力道千鈞的斧槌,槌碎了杜甫之前所作的美夢。」[32]點出作意,更能顯出議論的力度。詩中雖然參用了寓言的手法,想入非非,但卻具有嚴肅的寫實意義。張上若云:「此公欲捨命薦賢,以致太平,因過鳳凰臺而有感也。殆即指房琯、張鎬輩。」(頁296)稍嫌附會,不必過於坐實。浦起龍云:「是詩想入非非。要只是鳳臺本地風光,亦只是杜老平生血性。不惜此身顛沛,但期國運中興。刳心瀝血,興會淋漓,為十二詩意外之結局也。」[33]黃奕珍亦云:「〈鳳凰臺〉一詩中的『鳳凰』基本上採用了『岐山鳴鳳』中作為興國祥瑞、來歸君子的意義,以喻示王者之受天命,再加上『鳳雛』所指涉的胸懷大略、能協贊邦國之俊才賢士,大量融合了相關的典故,以奇幻的想像情節來寓托杜甫個人的孤憤與忠誠,其情節之安排

---

31 王嗣奭云:「篇末二句可汰。」《杜臆》,頁112。李汝倫(1930-2010)〈說杜詩的《鳳凰臺》〉云:「『深衷正為此』則是詩人的自我表白。詩人的『深衷』原本該在形象流程中自然顯露,又何須站出來自我表白?這類自我表白,從來沒有成功的例子,都是蒼白的、概念的。……至於『群盜何淹留』則是蛇足。詩人原意指安史之亂中的群盜應該掃除,但在這一片想像、幻覺的文字裏,在詩所營造的環境氣氛中,它突如其來,看不出有甚麼邏輯聯繫,讀者的想像跟不上。」《詩詞》,廣州詩社2004年第3期,2004年1月。

32 《杜甫自秦入蜀詩歌析評》,頁91。

33 浦起龍(1679-1762):《讀杜心解》(北京:中華書局,1978年3月),頁80。案「刳心瀝血」一句,楊倫引文作「奇情橫溢」,《杜詩鏡銓》,頁296。

超越了傳統中鳳凰的文化含義,形成詩人特有的表意方式。」[34]浦、黃二家分別析論杜詩的章法安排及情節結構,深具創意,更可以加強我們對〈鳳凰臺〉一詩的解讀。

肅宗上元二年(761),杜甫住在成都草堂,寫下了〈病柏〉、〈病橘〉、〈枯楠〉、〈枯棕〉四詩,考察國家盛衰之間的社會病變。〈病柏〉云:

> 有柏生崇岡,童童狀車蓋。偃蹇龍虎姿,主當風雲會。神明依正直,故老多再拜。豈知千年根,中路顏色壞。出非不得地,蟠據亦高大。歲寒忽無憑,日夜柯葉改。丹鳳領九雛,哀鳴翔其外。鴟鴞志意滿,養子穿穴內。客從何鄉來,佇立久吁怪。靜求元精理,浩蕩難倚賴。

楊倫認為「四詩寄託深遠,語意沈鬱。」(頁396-370)案古柏、碧梧都是鳳凰的託身之所,[35]韓成武云:「詩的前六句用柏樹的茂盛身姿以比擬大唐盛世景象。」中間十句「寫出了安史之亂對唐王朝的猛烈衝擊。」「丹鳳是喻指賢者,另外,在中國古代文化中,鳳凰又是祥瑞之鳥,是國家興旺的象徵。」「因此,無論詩中的丹鳳喻指賢者還是象徵祥瑞,『丹鳳領九雛,哀鳴翔其外』都是在寫盛世已去。」「〈病柏〉的結尾四句,寫一位不知來自何鄉的老人,面對這棵病柏發出浩歎和疑問,千年巨樹竟然毀於一旦,求索天地間的道理,深感浩渺難測。這是杜甫對大唐王朝的衰落表達的惋惜和無奈之情。」[36]詩中柏樹與鳳

---

34 《杜甫自秦入蜀詩歌析評》,頁91。
35 〈古柏行〉云:「苦心豈免容螻蟻,香葉終經宿鸞鳳。」又〈秋興八首〉其八亦云:「香稻啄餘鸚鵡粒,碧梧棲老鳳凰枝。」《杜詩鏡銓》,頁600、648。
36 韓成武(1945-)〈《病柏》為大唐盛世及其轉衰塑形〉,《杜甫新論》(保定:河北大學出版社,2007年6月),頁174-178。又李西崖(李東陽,1447-1516)曰:「此傷房

鳳兩組意象相互依存，其實也就揭示了國家與人民之間的關係。末二句反求諸己，抵抗外患，乃是杜甫研究治亂所得，通於淵微。

代宗廣德元年（763），杜甫流落梓州，感於世變，因有〈述古三首〉之作，議論社會人事的諸般現象。其一云：

> 赤驥頓長纓，非無萬里姿。悲鳴淚至地，為問馭者誰。鳳凰從東來，何意復高飛。竹花不結實，念子忍朝饑。古時君臣合，可以物理推。賢人識定分，進退固其宜。

此詩分為三段，前二段用了兩組不同的意象：赤驥缺乏馭馬的英雄，而鳳凰雖然從東方飛來，可是面對災荒，也只能捱飢抵餓。末段總結經驗，議論君臣遇合及賢人進退之道。楊倫眉批云：「諷切時事，皆關治要，天地間有用文章。」（頁454）

晚年杜甫的詩作中，鳳凰翩飛，繚繞湖湘，往往都帶出豐富的想像。例如「圖南未可料，變化有鯤鵬」，[37]雖然用的是《莊子・逍遙游》中的故事，但「鯤鵬」亦屬古代的鳳凰一族，寓意是展翅高飛。[38]又「南岳配朱鳥，秩禮自百王。欻吸領地靈，鴻洞半炎方。」[39]朱鳥亦

次律（房琯，697-763）之詞。中興名相，一旦竟為賀蘭進明所壞也。房為融之子，再世秉鈞，故曰出非不得地。」《杜詩鏡銓》，頁370。

37 〈泊岳陽城下〉，《杜詩鏡銓》，頁951。
38 古文字「鵬」、「鳳」的形音相通，杜甫〈贈虞十五司馬〉云：「佇鳴南嶽鳳，欲化北溟鯤。」《杜詩鏡銓》，頁362。形容氣質品格，或說二者有別。莫礪鋒（1949-）〈杜甫的詠物詩〉云：「同樣是寫鳥，杜甫最喜歡寫鳳凰，李白最喜歡寫大鵬。鳳是古代儒家認可的祥瑞，周文王要興起了，就有『鳳鳴岐山』。孔子臨終時說『鳳鳥不至』，鳳鳥為甚麼不來啊？而大鵬鳥是道家的象徵，莊子認為它是一種絕對自由的象徵，自由自在，無所依賴。所以李白喜歡寫鵬，杜甫喜歡寫鳳，這說明他們的思想傾向是不同的。」《杜甫詩歌演講錄》（桂林：廣西師範大學出版社，2007年1月），頁233。
39 〈望岳〉，《杜詩鏡銓》，頁974。

為鳳凰，她就是山形綿亙數百里南岳炎方的保護神。至於「北風破南極，朱鳳日威垂」、「靈鳳在赤霄，何當一來儀」二聯，[40]則用比興的手法，前者暗示殺氣太重，人才凋零；後者則有求仙之意，渴望高人。但最特別的還是大曆四年（769）歲暮在潭州作的〈朱鳳行〉云：

> 君不見瀟湘之山衡山高。山巔朱鳳聲嗷嗷。側身長顧求其曹。翅垂口噤心甚勞。下愍百鳥在羅網，黃雀最小猶難逃。願分竹實及螻蟻，盡使鴟鴞相怒號。（頁1005）

杜甫要化身為朱鳳，在天上飛翔，但他仍然悲憫在羅網中的百鳥，連最小的黃雀也逃不過命運的煎熬。因此，他情願激怒鴟鴞，希望能擠出一些竹實分給螻蟻，挽救眾生。全詩憑空想像，但卻直接指向一個貧富不均的現實社會，自然也帶有激烈的反抗意識了。仇兆鰲論云：「〈朱鳳行〉，自傷孤棲失志也。」[41]楊倫眉批引李子德云：「悲天憫人，託物起興。」蔣弱六云：「朱鳳言其胸襟之闊。」可見這首詩最能說明杜甫晚年的意識形態，諸家所論雖得要領，可是失之溫柔敦厚，未能充分表達杜甫心中的一團怒火。

四　結論

上文分別選講杜甫吟詠龍、鳳的詩歌各四首，有些全首以龍鳳為吟詠的對象，有些只是詩中的一組意象，當然這也構成了詩中重要的情節，不徒是比興的作用。諸詩雖然託興於神物，但除了〈渼陂行〉以「驪龍吐珠」、「群龍趨」表現熱鬧的歌舞場面，〈奉同郭給事湯東

40　〈北風〉、〈幽人〉二詩，《杜詩鏡銓》，頁1000。
41　仇兆鰲（1638-1717）注：《杜詩詳注》（北京：中華書局，1979年10月），頁2038。

靈湫作〉象徵君德之外，其他六首寫的幾乎都是國家社會的眾生百態。例如詠龍的意象往往是潛藏於山湫或潭水之中，承受重壓，表現一種委屈的姿態，希望能夠衝出重圍，實在足以反映杜甫寫作時壓抑已久，不吐不快的精神狀態，期待「溪壑為我回春姿」、「當何暑天過，快意風雲會」，主導季節的變換。至於鳳凰諸詩的意象，杜甫人神合一，物我一體，他已經由潛龍一躍化身而為飛鳳，高飛在上，忍受朝飢，或照顧無母的雛鳳，或領著九隻雛鳳，甚至下憨百鳥，以至黃雀、螻蟻等，激怒鷗鴞，目的就是要俯視一切人間的罪惡，打抱不平，伸張正義。

　　這裏值得注意的，就是杜詩早年多用龍的意象，但自乾元二年（759）由同谷入蜀路上所寫的〈萬丈潭〉、〈鳳凰臺〉詩以後，杜甫就多改寫鳳凰的意象了，而杜詩也由沈鬱而轉趨激烈，希望為民請命，戰勝邪惡，例如「我行怪此安敢出，拔劍欲斬且復休」、「我能剖心血，飲啄慰孤愁」、「客從何鄉來，佇立久吁怪」等。杜甫心中的邪惡不光是指安史叛軍，檢討當前社會眾生的病變，考察興衰致亂的原因，實在是源於一種不公義的社會制度所致。鳳凰再生的意義就是要協助弱勢社群，敢於對抗橫逆，不屈不撓，深具自信，表現堅韌的戰鬥精神。

　　自古以來，龍鳳意象多用來象徵君德，例如「識歸龍鳳質」、「豺狼在邑龍在野」、「龍喜出平池」、「初聞龍用壯」、「木葉黃落龍正蟄」、「西伯今寂寞，鳳聲何悠悠」、「鳳以垂鴻猷」等可以顯示君象之外，其他大多數寫的都是人事。甚至龍鳳意象更成了杜甫個人專用的心靈圖象，例如「龍依積水蟠」、「山巔朱鳳聲嗷嗷」等，代表一種由屢受壓抑以至超升的精神境界。王大有《龍鳳文化源流》：「秦漢到隋唐間，龍鳳並不為皇家所壟斷，在使用規格上也沒有那麼嚴格的限制，鳳也仍不失為雄主的氣概。只是到元、明、清時期，龍鳳才為皇

家壟斷,並有了嚴格的規定,鳳也變成柔媚嬌娜之姿。」[42]杜詩恰好就具有這種龍鳳之姿的特質,表現鉅大的創新理念及承擔精神,超出於所有詩人之上,同時更寫出龍鳳意象所獨具的魅力,豐富龍鳳的象徵意義。

---

42 《龍鳳文化源流》,頁6。

高歌激宇宙，凡百慎失墜：
杜甫湖湘詩中的悟境

　　杜甫（712-770）晚年處於戰亂流離、貧病交迫的困境之中，所謂「老病南征日，君恩北望心」（〈南征〉）、「皇輿三極北，身事五湖南」（〈樓上〉）諸作，生命剛好走到逆向的軌道上，哀傷絕望，挫折日深。但杜甫仍然珍惜有限的生命，向逆境挑戰，精神圓具，暢所欲言，因此思想更趨激烈和深刻，透視出社會的病變，指示大同的路向，平等對待眾生。在儒道思想的融合調和之中，結合湖南炎方的文化和人事，以及湘水浪漫的巫風和景色，已經不同於過去沈鬱頓挫、溫柔敦厚的儒家色彩，構成了一種超脫的悟境。可惜在儒家忠愛思想過度的嚴密的包裝之下，杜甫這種短暫的反抗精神並不顯著，有時甚至加以扭曲，實在十分可惜。

　　杜甫自大曆三年（768）冬進入湖南境內，直至平江逝世止，得詩約九十首。[1]有些詩的取材跟過去的作品重複，但整體的生命精神卻截然不同。例如〈望岳〉前後共三首，少年登泰山，杜甫說：「會當凌絕頂，一覽眾山小。」（〈望嶽〉）英俊豪邁，顯出自信。中年登

---

[1] 黃去非（1969-）〈杜甫入湘早期行踪及詩作編年〉云：「仇注定湖湘詩為95題計99首，楊注定湖湘詩為91題計95首。」《雲夢學刊》（岳陽）2000年第4期，頁52-55。今據《中國古代、近代文學研究》2001年第1期，頁109。何立〈「杜甫在湖湘」學術討論會綜述〉云：「杜甫湖湘詩僅指杜甫在今湖南境內的詩作。即大曆三年杜甫由湖北公安進入湖南後的作品，共95首詩。」霍松林（1921-2017）、傅璇琮（1933-2016）主編：《唐代文學研究年鑑》1989、1990年合輯（桂林：廣西師範大學出版社，1991年9月），頁12。丘良任（1912-2000）〈杜甫湘江詩月譜〉編次為九十首。參《杜甫在湖湘》（長沙：湖南文藝出版社，2003年1月），頁128-181。

華山，以拗體七律寫出西嶽的崢嶸氣象，筆力蒼勁；末聯「稍待秋風涼冷後，高尋白帝問真源」(〈望嶽〉)，略有迴旋餘地，稍見和緩。面對繁忙的公務，以及社會的災荒，杜甫可真的要好好思考下半生的走向。後來杜甫辭官了，攜著一家大小走到秦州、同谷，再往成都，他是逃荒嗎？還是刻意追求心靈中的淨土？杜甫前期的詩作存量不多，大部分都是秦州以後離開了中原鄉土的作品，可能這就是他所想探尋的「真源」了。至於晚年寫南嶽的〈望嶽〉之作，杜甫已經完全擺脫儒家的世網，在「行邁越瀟湘」之中自由飛翔。「渴日絕壁出，漾舟清光旁」兩句最為突出，杜甫以連用五仄入聲的句子對「仄平平平平」的四平句，這是杜詩中一種很獨特的古體句式，是刻意拼造出來的，表現精神上的兩極對比，分別寫出亢奮和鬆弛的感覺，感情變化尤為強烈。下文「恭聞魏夫人，群仙夾翱翔。有時五峰氣，散風如飛霜。牽迫限修途，未暇杖崇岡。歸來覲命駕，沐浴休玉堂。」寫群仙遊戲，想入非非，[2]完全進入一種自由的境界，表現出浪漫的情懷，營造一個天上人間的曼妙世界。「巡狩何寂寥，有虞今則亡」，虞舜象徵太宗不見了，[3]超脫於現實的政治制度之外。「紫蓋獨不朝，爭長嶪相望」，衡山七十二峰，諸峰皆朝拜祝融峰，但紫蓋峰卻轉勢東去，不肯朝拜。設想獨特，其中還可能隱含深意。

　　杜甫第一首詩「七齡思即壯，開口詠鳳凰」(〈壯遊〉)，可是並沒有流傳下來，但杜甫以後還是陸續寫了很多詠鳳凰的詩，而且都很特別，寓意深刻。例如〈鳳凰臺〉乃中年作品，寫於由秦州往同谷的路上，他借題發揮，想像山上有一隻沒有母親的小鳳凰，詩云：「我能

---

[2] 杜甫：〈望嶽〉，楊倫（1747-1803）箋注：《杜詩鏡銓》（上海：上海古籍出版社，1988年2月），卷19，頁975。

[3] 杜甫「回首叫虞舜，蒼梧雲正愁」(〈同諸公登慈恩寺塔〉)、「軒轅休製律，虞舜罷彈琴」〈風疾舟中伏枕書懷三十六韻奉呈湖南親友〉二詩中的虞舜亦有象徵太宗的意蘊。《杜詩鏡銓》，卷1，頁36；卷20，頁1030。

剖心血，飲啄慰孤愁。心以當竹實，炯然無外求。血以當醴泉，豈徒比清流。所重王者瑞，敢辭微命休。」洋溢著一片熱情入世的奉獻精神，挽救蒼生，期待太平。晚年杜甫在湖湘境內寫鳳凰的詩仍多，例如「北風破南極，朱鳳日威垂」(〈北風〉)、「靈鳳在赤霄，何當一來儀」(〈幽人〉)，但最特別的還是〈朱鳳行〉：

君不見瀟湘之山衡山高。山巔朱鳳聲嗷嗷。側身長顧求其曹。翅垂口噤心甚勞。下愍百鳥在羅網，黃雀最小猶難逃。願分竹實及螻蟻，盡使鴟鴞相怒號。(頁1005)

杜甫要化身為朱鳳，在天上飛翔，但他仍然悲憫在羅網中的百鳥，連最小的黃雀也逃不過煎熬的命運。因此，他情願激怒鴟鴞，希望能擠出一些竹實分給螻蟻，挽救眾生。全詩憑空想像，但卻直接指向一個貧富不均的現實社會，自然也帶有激烈的反抗意識了。

杜甫與蘇渙（？-775）的相遇也成就了千古的奇談。[4]他們是從誦詩中相識的。早年杜甫仰慕李白（701-762），李白是長者；晚年杜甫傾倒於蘇渙，蘇渙是靜者，也就是一個有深思的人。[5]杜甫從蘇渙的詩中重燃生命的青春：「今晨清鏡中，勝食齋房芝。余髮喜卻變，白間生黑絲。」(〈蘇大侍御渙，靜者也，旅於江側，不交州府之客，人

---

[4] 高仲武《中興間氣集》錄蘇渙〈變律詩〉三首，傳云：「渙本不平者，善放白弩，巴中號曰白跖。賓人患之，以比莊蹻。後自知非，變節從學，鄉賦擢第，累遷至御史，佐湖南幕。崔中丞瓘遇害，渙遂踰嶺扇動哥舒，跋扈交廣，此猶蛟龍見血，本質彰矣。三年中作變體律詩十九首，上廣州連帥李公勉，其文意長於諷刺，亦育有陳拾遺一鱗半甲，故善之。……」參傅璇琮（1933-2016）編撰：《唐人選唐詩新編》（西安：陝西人民教育出版社，1996年7月），頁491。

[5] 杜詩用「靜者」四見，其他為「蔡侯靜者意有餘，清夜置酒臨前除。」(〈送孔巢父謝病歸遊江東兼呈李白〉)「貧知靜者性，白益毛髮古。」(〈貽阮隱居〉昉)「靜者心多妙，先生藝絕倫。草書何太古，詩興不無神。」(〈寄張十二山人彪三十韻〉)，《杜詩鏡銓》，卷1，頁32；卷5，頁228；卷6，頁279。

事都絕久矣。肩輿江浦，忽訪老夫舟楫，而已茶酒內，余請誦近詩，肯吟數首，才力素壯，辭句動人。接對明日，憶其湧思雷出，書篋几杖之外，殷殷留金石聲，賦八韻記異，亦見老夫傾倒於蘇至矣〉）這是杜詩中最長的題目，杜甫詳細紀綠了他與蘇渙相識的經過和傾慕之情，寫得十分誇張。杜甫聽蘇渙誦詩能使白髮變黑，返老還童，這不是神話嗎？其實杜甫是在鬱悶中透視到精神的出路，同時也是見證了一種俠盜的反抗精神。「門闌蘇生在，勇銳白起強」（〈入衡州〉），白起（？-257B.C.）是秦國的名將，在長平一役中坑殺趙卒四十餘萬。在亂世之中，杜甫稱許蘇渙能像白起一樣勇銳，安邦定國，排難解紛。其後在〈暮秋枉裴道州手札，率爾遣興寄遞，近呈蘇渙侍御〉詩末段云：

> 宴筵曾語蘇季子。後來傑出雲孫比。茅齋定王城郭門，藥物楚老漁商市。市北肩輿每聯袂，郭南抱甕亦隱几。無數將軍西第成，早作丞相東山起。鳥雀苦肥秋菽粟，蛟龍欲蟄寒沙水。天下鼓角何時休，陣前部曲終日死。附書與裴因示蘇。此生已媿須人扶。致君堯舜付公等，早據要路思捐軀。（頁994）

此詩紀錄了杜甫晚年的生活實況，杜甫與蘇渙乘肩輿聯袂出遊，興致極佳，因此要告訴裴虯分享他的喜悅之情。至於此詩最特別的地方要算是後面幾句，面對一個貧富不均、戰亂頻仍的世界，生命無常，而杜甫多病纏身，連自己的起居生活也要人照料，他要將一生最大的宏願「致君堯舜上，再使風俗淳」，也就是重擔，交出來了，要裴虯及蘇渙接棒，其實這主要還是說給蘇渙聽的。所謂「早據要路思捐軀」，拚命爭取上位，其後蘇渙叛亂伏誅，「捐軀」之說竟然應驗。可見杜甫臨終前不但傳詩，同時更傳遞了一種激烈的反抗精神。

杜甫中年時寫過「日暮倚修竹」的〈佳人〉詩，以貞潔自持，充

滿儒家的色彩。但晚年的〈幽人〉詩,那就純粹是道家精神了。

> 孤雲亦群遊,神物有所歸。靈鳳在赤霄,何當一來儀。往與惠苟輩,中年滄洲期。天高無消息,棄我忽若遺。內懼非道流,幽人見瑕疵。洪濤隱笑語,鼓枻蓬萊池。崔嵬扶桑日,照耀珊瑚枝。風帆倚翠蓋,暮把東皇衣。咽漱元和津,所思煙霞微。知名未足稱,局促商山芝。五湖復浩蕩,歲暮有餘悲。[6]

此詩超脫於歲暮餘悲之外,杜甫的思想神馳於一個自由想像的世界之中。詩人所寫的幽人,可能就是李白。杜甫早年跟隨李白一起到王屋山、東蒙山尋仙訪道。例如〈贈李白〉云:「李侯金閨彥,脫身事幽討。」〈與李十二白同尋范十隱居〉云:「更想幽期處,還尋北郭生。」皆可為證。[7]後來杜甫為了功名,為了致君堯舜的理想,儒家入世的情懷日深,跟李白的距離也就日遠了。晚年杜甫明白個人能力的局限,而道家自由的意趣也就逐漸重新燃起他生命中的希望,表現超脫的悟境,追求自我的意義。[8]

在〈題衡山縣文宣王廟新學堂呈陸宰〉詩中,杜甫讚賞陸宰在孔

---

[6] 楊倫云:「同一學仙語,在太白則俊逸清新,在少陵則沈鬱頓挫,自是筆性所至,不可強耳!」《杜詩鏡銓》,卷20,頁1000。

[7] 杜甫〈贈李白〉、〈與李十二白同尋范十隱居〉二詩,《杜詩鏡銓》,卷1,頁11,15。

[8] 杜詩提到「幽人」的例子九見,除了指隱士外,還多與壯士、志士相對,泛指不得意的讀書人。例如「壯士悲陵邑,幽人拜鼎湖。」(〈行次昭陵〉,《杜詩鏡銓》,卷4,頁165)「幸近幽人屋,霜根結在茲。」(〈苦竹〉,卷6,頁259)「落盡高天日,幽人未遣回。」(〈野望因過常少仙〉,卷8,頁360)「深栽小齋後,庶使幽人占。」(〈江頭五詠・丁香〉,卷9,頁385)「春色生烽燧,幽人泣薜蘿。」(〈傷春五首〉其五,卷11,頁489)「志士幽人莫怨嗟,古來材大難為用。」(〈古柏行〉,卷12,頁600)「灑落辭幽人,歸來潛京輦。」(〈八哀詩・故秘書少監武功蘇公源明〉,卷14,頁687)「浮俗何萬端,幽人有高步。龐公竟獨往,尚子終罕遇。」(〈雨〉,卷16,頁779)「自古幽人泣,流年壯士悲。」(〈移居公安敬贈衛大郎〉鈞,卷19,頁943)。

子廟中新建學堂，振興儒學，培育人才，「首唱恢大義」，在亂世之中自有恢復秩序的意義，希望以讀書聲裁減殺伐之氣。末云：

> 故國延歸望，衰顏減神思。南紀改波瀾，西河共風味。采詩倦跋涉，載筆尚可記。高歌激宇宙，凡百慎失墜。（頁1027）

最後杜甫歸望漸渺，只好諄諄告誡後輩教育的重要性。他將他的理想化為高歌，激起宇宙群生人神的共感。同時指出世間很多美好的事物，如果一旦失落了，也就永遠不會回來。反覆叮嚀，語重心長。總之，杜甫在晚年的湖湘詩中見證了盛唐的沒落，過去一切美好的事物都化為烏有，至為沈痛。他要重新為自己的思想尋求定位，甚至顯得激烈，突出反抗精神，自然也就不同於平常溫柔敦厚的詩教了。

杜詩雙聲疊韻的應用考察

唐代雙聲疊韻多施用於對仗句中,《文鏡秘府論》中有「二十九種對」,其中第八雙聲對。

> 詩曰:「秋露香佳菊,春風馥麗蘭。」釋曰:「佳菊」雙聲,係之上語之尾;「麗蘭」疊韻,陳諸下句之末。秋朝非無白露,春日自有清風,氣側音諧,反之不得。「好花」、「精酒」之徒,「妍月」、「奇琴」之輩,如此之類,俱曰雙聲。又曰:「飂戾歲陰曉,皎潔寒流清。結交一顧重,然諾百金輕。」又曰:「五章紛冉弱,三冬粲陸離。悵望一途阻,參差百慮違。」釋曰:「飂戾」、「皎潔」,即是雙聲得對疊韻;「冉弱」、「陸離」,即是知雙聲自得成對。」又曰:「洲渚遞縈映,樹石相因依。」或曰:「奇琴、精酒、妍月、好花,素雪、丹燈,翻蜂、度蝶,黃槐、綠柳,意憶、心思,對德、會賢,見君、接子:如此之類,名雙聲對。」[1]

第九疊韻對。

> 詩曰:「放暢千般意,逍遙一個心。漱流還枕石,步月復彈琴。」釋曰:「放暢」雙聲,陳之上句之初;「逍遙」疊韻,放

---

[1] 〔日本〕空海(遍照金剛、弘法大師,774-835):《文鏡秘府論》(北京:人民文學出版社,1975年5月),頁110。

諸下言之首。雙道二文，其音自疊，文生再字，韻必重來。「曠望」、「徘徊」、「綢繆」、「眷戀」，例同於此，何藉煩論。又曰：「徘徊夜月滿，肅穆曉風清。此時一樽酒，無君徒自盈。」又曰：「鬱律構丹巘，棱層起青嶂。」（注：「鬱律」「棱層」是。）《筆札》云：「徘徊、窈窕、眷戀、彷徨、放暢、心襟、逍遙、意氣、優遊、陵勝、放曠、虛無、護酌、思維、須臾：如此之類，名曰疊韻對。」[2]

案「麗蘭」（來紐）雙聲，並非疊韻；而「颸飑」（櫛質），「放暢」（漾韻）均為疊韻之例，並非雙聲。《文鏡秘府論》舉出了大堆的詩句用例，其中雙聲有「佳菊」（見紐）、「麗蘭」、「皎潔」（見紐）、「結交」（見紐）、「然諾」（日泥）、「冉弱」（日紐）、「陸離」（來紐）、「參差」（初紐）、「洲渚」（照紐）、「熒映」（影紐）、「樹石」（禪紐）、「因依」（影紐）及「樽酒」（精紐）等。疊韻用例則有「颸飑」、「悵望」（漾韻）、「途阻」（模語）、「放暢」、「逍遙」（宵韻）、「徘徊」（灰韻）、「肅穆」（屋韻）、「此時」（紙之）、「鬱律」（物術）、「棱層」（登韻）等。

可見唐代已有很多雙聲疊韻的詞語出現於對仗句中，「氣側音諧」，「其音自疊」，用來構詞，可以表現新穎的聲音效果，產生豐富具體的感覺。而且唐代的雙聲疊韻逐漸擺脫單純詞的模式，進而改由兩個有聲韻關係的語素構成合成詞，兩個語素可以構成並列關係、陳述關係、支配關係、修飾關係、補充關係等。此外，雙聲疊韻甚至更可以創製出很多靈活多變的短語（或稱詞組），按照結構分類，有聯合短語、偏正短語、主謂短語、動賓短語、動補短語、方位短語、指數量短語、介賓短語等。加上詩歌的對仗句在相關位置上平仄對應，雙聲疊韻的運用出神入化，有聲有色，修辭的審美效應更為精采。

2　《文鏡秘府論》，頁111。今依《廣韻》四十一聲紐及二〇六韻部審訂音韻。

杜甫（712-770）韻律精工，詩心細密，人所共知。其實杜詩對雙聲疊韻的運用也是十分講究的，對仗句尤為出色。清代周春《杜詩雙聲疊韻譜括略》[3]抉發淵微，鉤稽詳盡，旁探及於六朝至唐宋名家，搜集例句，提供豐富的語言材料，可供參照比對。

　　周春精研經史，尤擅於文字音韻之學，著作甚多，對《杜詩雙聲疊韻譜括略》一書亦非常自負，乾隆五十四年（1789）序云：

> 《杜詩雙聲疊韻譜括略》之成，於今六年矣。始謀付諸剞劂，復序於簡端曰：杜集之編，自樊潤州始也；杜之有注，自趙次公始也；杜之有評，自劉須溪始也；杜詩之編年，自魯泠齋始也；杜詩之分類，自陳浩然始也；杜之有年譜，自呂汲公始也；而以杜詩之雙聲疊韻創為一書，則自此始。蓋少陵之於詩，所謂聖而不可知之謂神，而後世之學少陵者，亦復皆有聖人之一體，由才力實能牢籠古今，無所不有，即如雙聲疊韻，不過其詩之一斑耳，而已至巧至密若此，況進求諸章句作法之全乎？夫第以雙聲疊韻觀少陵，殆猶以四十九表觀孔子，雖湖目海口，初無關於盛德之至，而識者謂其形貌容體，便覺不凡，則杜詩之雙聲疊韻，亦若是而已矣。……

雙聲疊韻本來只是普通的構詞手段，微不足道。但杜詩專用於對仗句中，便覺得特別精巧，配置得宜，就是高明的修辭技巧，神明變化，令人耳目一新。周春序中「所謂聖而不可知之謂神」、「至巧至密」、「形貌容體，便覺不凡」諸語，自矜創獲，未免誇張。但《杜詩雙聲疊韻譜括略》一書能在最微細的地方顯出了杜詩的博大精深，對杜詩

3　〔清〕周春（1728-1815）纂：《杜詩雙聲疊韻譜括略》（初刻乾隆五十四年〔1789〕，上海：商務印書館《叢書集成初編》影藝海珠塵本，1936年12月）。

研究自亦有開創之功，用心細密，尤不能不使人折服。[4]

　　周春所論雙聲疊韻均為對仗句。對仗句一般要求詞類相同，例如實詞對實詞、虛詞對虛詞；詞性相同，例如名詞對名詞、動詞對動詞、形容詞對形容詞、數量詞對數量詞等；此外，短語也要結構相同，例如聯合、主謂、動賓、偏正、動補、方位、指數量、介賓等。如果牽涉雙聲疊韻，那麼對仗句除了語法與意義的相合之外，更多了一層聲韻的配對，通常只有四種：雙聲對雙聲、雙聲對疊韻、疊韻對疊韻、疊韻對雙聲。前兩種古人稱之為雙聲對，後兩種則為疊韻對。雙聲疊韻可以完全自由配對，但卻不宜單用，有了雙聲疊韻，對仗句音韻悠揚、聲情和美，允稱佳製，所以難度更高。

　　關於雙聲疊韻的條件，自應嚴守聲紐、韻母的部類。周春主張雙聲以等韻三十六字母為準；疊韻則依《廣韻》二百零六部為準，但同時亦可通用平水韻一百零六部，比較方便實用。因此，卷一雙聲正格、疊韻正格，都是標準的雙聲疊韻。其他通用格指聲紐相近，例如送氣不送氣之異、清濁不同等；韻母平上去三聲通用。廣通格指聲紐的發音部位相同，例如唇、舌、齒、牙、喉之類；韻母可跟鄰韻通協。通用格及廣通格聲韻未諧，或可稱之為準雙聲、準疊韻。借用格多假借字音，可能要費一些想像了。至於對變格、散句不單用格、古詩四句內照應格等，參差多寡，位置不一，但雙聲、疊韻的標準完全一致。對於周春的分類方式，或失之瑣碎，有些學者並不認同。鄭慶篤等論云：

其獨闢蹊徑，首創之功固不可沒，然此書將雙聲疊韻細分為十

---

[4] 盧文弨（1717-1796）：〈杜詩雙聲疊韻譜序〉，載《抱經堂文集》卷6，壬子（1792）作；錢大昕（1728-1804）：〈杜詩雙聲疊韻譜序〉，載《潛研堂文集》卷25；秦瀛（1743-1821）〈杜詩雙聲疊韻譜括略序〉，載《小峴山人文集》卷3。今本皆未收錄在內。又錢大昕：〈答周松靄同年書〉，載卷36，乃婉拒為《十三經音略》製序事；秦瀛亦有〈十三經音略序〉、〈遼詩話序〉二文，同載卷3。

二格，以杜詩相比附，殊覺繁瑣牽強，於研讀杜詩無多裨益。然其從雙聲疊韻角度考辨杜詩異文，卻頗有參考價值。如卷一〈喜達行在所〉「霧樹行相引，連山忽望開。」……卷六〈夔府詠懷〉「南內開元曲，常時弟子傳。」……似此等處尚有多例。[5]

利用雙聲疊韻的音韻特徵，明確地辨析了版本上「霧樹」〔遇韻〕作「茂樹」、「連山」〔仙山〕作「連峰」、「常時」〔禪紐〕作「當時」之誤，雖然異文意義相近，但卻失去了雙聲疊韻的諧協感覺，詩質頓失，由此亦可見雙聲疊韻在對仗句中的審美功效。[6]又此例以「南內」〔泥紐〕對「常時」尤為精巧意勝。

　　杜詩雙聲疊韻的對仗句極多，律體與古體兼備，周春《杜詩雙聲疊韻譜括略》前六卷都是這方面的例子。計有雙聲正格八十四條、疊韻正格八十七條、雙聲同音通用格二十八條、疊韻平上去三聲通用格四十八條、雙聲借用格二十一條、疊韻借用格十條、雙聲廣通格九十四條、疊韻廣通格五十六條、雙聲對變格一一六條、疊韻對變格七十八條、散句不單用格一九三條、古詩四句內照應格二十條、諸格摘論八十二條，全書共得九一七條。[7]

　　杜詩雙聲疊韻的對仗句一般只分雙聲對、疊韻對兩類，除了雙聲對雙聲、疊韻對疊韻之外，還有雙聲對疊韻、疊韻對雙聲，雙聲疊韻任意配對，從來都沒有任何的成法或規定。至於準雙聲、準疊韻，雖

---

[5] 鄭慶篤、焦裕銀、張忠綱（1940-）、馮建國編著：《杜集書目提要》（濟南：齊魯書社，1986年9月），頁217。

[6] 周春云：「南內、常時，以雙聲對雙聲也。杜詩寧似拙而必拘此者，如雙聲之常時，不曰當時，而曰常時。疊韻之接葉，不曰密葉，而曰接葉是也。」又云：「案茂字峰字，乃不知者妄改，《文苑英華》本亦從之，沿誤已久。詩話但知峰字之非，而不知霧字之是，亦昧其為疊韻對也。」《杜詩雙聲疊韻譜括略》，頁149、25。

[7] 〔清〕周春（1728-1815）篹：《杜詩雙聲疊韻譜括略》（初刻乾隆五十四年〔1789〕，上海：商務印書館《叢書集成初編》影藝海珠塵本，1936年12月）。

然審音比較寬鬆,但還是保留語音上某些相同的特徵,例如發音部位相同、主要元音相同等,使詞語的音色相近。因此,我們要研究杜詩雙聲疊韻的修辭手段,不妨以正格為例。其他通用格、廣通格、借用格等除了語音略有差異之外,修辭手段並沒有不同。周春雙聲正格八十四條:雙聲對雙聲三十五條、雙聲對疊韻四十九條;疊韻正格八十七條:疊韻對疊韻四十九條、疊韻對雙聲三十七條、雙聲對雙聲一條。[8] 合共一七一條。這裏略舉杜詩雙聲對十條以考察杜甫的修辭手段。

一、**牢落**乾坤大,*周流*道術空。〔來紐、尤韻〕(〈寄河南韋尹〉,頁6)〔「流」一作「旋」非〕

二、**美名**人不及,**佳句**法如何。〔明紐、見紐〕(〈寄高書記〉,頁6)

三、所向無**空闊**,真堪託**死生**。〔溪紐、疏心〕(〈房兵曹馬詩〉,頁6)

四、但添**征戰**骨,不返**死生**魂。〔照紐、疏心〕(〈東樓〉,頁7)〔「征」一作「新」,「死生」一作「舊征」,亦通〕

五、**百寶**裝腰帶,**真珠**絡臂韝。〔幫紐、照紐〕(〈即事〉,頁7)

六、**空看**過客淚,**莫覓**主人恩。〔溪紐、明紐〕(〈題龍興寺壁〉,頁8)〔「空」一作「豈」同〕

七、**功蓋**三分國,*名成*八陣圖。〔見紐、清韻〕(〈八陣圖〉,頁8)

八、**錦江**元過楚,**劍閣**復通秦。〔見紐、見紐〕(〈謁先主廟〉,頁8)〔〈詠蜀道圖〉「劍閣」「松州」對,「松州」廣通雙聲〕

九、幾年逢**熟食**,萬里逼*清明*。〔禪神、清庚〕(〈示宗文宗武〉,頁9)

---

[8] 疊韻對本不收錄雙聲對雙聲之例。杜律詩〈贈汝陽王〉「寸腸堪繾綣,一諾豈驕矜」一聯以「繾綣」對「驕矜」,周春認為「繾綣疊韻兼雙聲」,乃是疊韻對雙聲之例。其實「繾綣」聲母同屬溪紐,但平水韻「繾」屬上聲十六銑韻,「綣」屬上聲十三阮韻,主要元音不同,只能視作準疊韻,此聯乃雙聲對雙聲之例,宜為雙聲對。

十、<u>縱酒</u>欲謀良夜飲，<u>歸家</u>初放紫宸朝。〔精紐、見紐〕（〈臘日〉，頁10）〔「歸」一作「還」，「放」一作「散」，並非〕

上文第一、七、九三條皆雙聲對疊韻之例，對仗句尤為流動。其中「牢落」「周流」乃連綿詞；「功蓋」「名成」是主謂短語；「熟食」「清明」皆為節日名，「熟食」本為「寒食」，但為了遷就雙聲而改字，因而產生新意，表現高明的修辭技巧。其他各句皆雙聲對雙聲之例，表現厚重的感覺。例如「美名」「佳句」乃偏正短語，平易中不露痕跡，幾乎沒有雙聲的感覺。其他「百寶」對「真珠」、「空看」對「莫覓」亦然。第三、四條分別以「空闊」對「死生」、「征戰」對「死生」，同屬聯合短語，後者異文或作「新戰骨」「舊征魂」，不再是雙聲疊韻，意義明白，可就比較單調了。第八條「錦江」「劍閣」同為地名，同屬見紐，過於堅實，稍欠靈動。第十條「縱酒」「歸家」乃動賓短語，充滿濃厚的生活氣息，亦見自然。由此可見，杜詩中的雙聲疊韻不再受連綿詞的局限，使聲音與意義能作有機的結合，創製出大量音韻諧和而又富有現實意義的短語，顯出親切。

下文再舉杜詩疊韻對十條以考察杜甫的修辭手段。

十一、*似爾*官仍貴，*前賢*命可傷。〔此紙、先韻〕（〈寄高使君岑長史〉，頁26）

十二、劍動*親身*匣，書歸*故國*樓。〔真韻、見紐〕〔「親」一作「新」同〕（〈故相房公歸葬〉，頁27）

十三、*許與*才雖薄，*追隨*跡未拘。〔語韻、脂支〕（〈哭鄭司戶蘇少監〉，頁28）

十四、無路*從容*陪語笑，有時<u>顛倒</u>著衣裳。〔鍾韻、端紐〕（〈至日遣興〉，頁29）

十五、*盤飧*市遠無兼味，<u>樽酒</u>家貧只舊醅。〔桓魂、精紐〕（〈客至〉，頁29）

十六、春來準擬*開懷*久，老去親知*見面*稀。〔咍皆、線韻〕(〈十二月一日〉，頁29)

十七、*支離*東北風塵際，*漂泊*西南天地間。〔支韻、滂並〕(〈詠懷古蹟〉，頁29)

十八、林香*出實*垂將盡，葉蒂*辭枝*不重蘇。〔質術、之支〕(〈寒雨朝行視園樹〉，頁30)

十九、*青冥*卻垂翅，*蹭蹬*無縱鱗。〔青韻、嶝韻〕〔詩中「觀國」、「破萬」、「佳句」、「貢公」四句兩用〕(〈贈韋左丞〉，頁30)

二十、鳥雀苦肥秋*粟菽*，蛟龍欲蟄寒*沙水*。〔燭屋／心審、疏審〕(〈遣興寄蘇侍御〉，頁31)

以上第十二、十四、十五、十七、二十五條皆疊韻對雙聲之例，語音的表現尤為諧協。雙聲疊韻以自然流暢為美，最好不著痕跡。在這一批疊韻對中，第十四條「從容」「顛倒」、第十七條「支離」「漂泊」、第十九條「青冥」「蹭蹬」都是連綿詞，深具古典意味，但杜甫卻用來影射現實的悲愴情懷，顯出深沈無奈的感覺。至於其他各條，幾乎全是一些淺白易懂的詞語或短語，往往自出新意，有時連對仗的感覺都沒有，更遑論雙聲疊韻的華美包裝了。例如第十一條「似爾」「前賢」為對，前者動賓短語，後者偏正短語，介於似對非對之間，十分自然。第十二條「親身」「故國」為對、第十五條「盤飧」「樽酒」，乃偏正短語。第十三條「許與」「追隨」、第二十條「粟菽」「沙水」，都是聯合短語；第十六條「開懷」「見面」、第十八條「出實」「辭枝」，則為動賓短語。可見杜甫在處理帶有雙聲疊韻的對仗句時，就好像漫不經心似的，無意為文，乃得如是之妙。這些短語在平實之中顯人出動人的情韻，方為上品，修辭的意義即在於此。

此外，杜詩還有一些大量使用雙聲疊韻的對仗句，相對於正格而

言，自是蓄意為之。周春所謂雙聲對變格、疊韻對變格主要討論一些變體的情況，乃在短短一聯中即用上四五組雙聲疊韻的詞語，杜甫似乎旨在要創製一些特殊的音響效果，迴旋蕩漾，抑揚頓挫，加強詩歌的表現能力，深化讀者的印象。今舉五例如下。

二十一、<u>臨老羈孤</u>極，<u>傷時會合</u>疏。〔來紐、見紐；審禪、匣紐〕（〈得家書〉，頁95）

二十二、<u>酒債尋常</u>行處有，*人生七十*古來稀。〔精莊、邪禪；真庚、質緝〕（〈曲江〉，頁101）

二十三、但<u>覺高歌感鬼</u>神，焉知餓死填<u>溝</u>壑。〔見紐、見曉〕〔「感」一作「有」，非。連用五字之變〕（〈醉時歌〉，頁105）

二十四、*悵望千秋*一*灑淚*，*蕭條異代*不同時。〔漾韻、清紐、寘韻；蕭韻、寘隊〕〔唐人諱「世」為「代」〕（〈詠懷古蹟〉，頁113）

二十五、*直北關山*金鼓震，征西車馬*羽書*遲。〔職德、刪山、見紐；照紐、麌魚〕〔「馬」一作「騎」，非〕（〈秋興〉，頁113）

第二十一條「臨老」、「羈孤」、「傷時」、「會合」四組短語全是雙聲，分別為來紐、見紐、審禪、匣紐，輕重互見，得家書後感情澎湃，表現沈痛嗚咽的感覺，十分複雜，修辭之妙用，恍惚天工。第二十二條以兩組雙聲對兩組疊韻，上句「酒債」精莊，「尋常」邪禪，清濁相間；下句「人生」真庚韻、「七十」質緝韻，平入相對；兩句全是平常口語，無意求工，但卻傳誦千古，引發很多迴響。第二十三條「覺高歌感鬼」連用五字雙聲，下句尚有一個「溝」字，亦為見紐，可供遙應，具有強力不可抑壓的感覺。第二十四、二十五兩條都是連用五組雙聲疊韻的詞語，排山倒海，波濤洶湧，尤為壯觀。第二十四條「悵望」漾韻、「千秋」清紐、「灑淚」蟹寘韻、「蕭條」蕭韻、「異代」寘隊，表現纖細悠長的感情。第二十五條「直北」職德、「關

山」刪山、「金鼓」見紐、「羽書」夔魚,節拍強勁,表現悲壯的情懷;其中「震征」分逮上下句,不相連貫,周春訂作震庚疊韻,其實「震征」同為照紐雙聲,配合「金鼓」交鳴,則金戈鐵馬,更為激烈,今正。可見在稠密的詩句中善用雙聲疊韻,可以造成豐富的音樂效果,引人入勝。

周春在諸格摘論中曾經舉出很多例子討論杜詩雙聲疊韻的運用情況,極具參考價值,現再引錄五條補充說明,尤可見杜詩詩律神明變化之妙。

二十六、錦里*殘丹*〔「丹」字上加「殘」字同韻〕竈,花溪<u>得釣</u>〔「釣」字上加「得」字同母〕綸。〔寒韻、端紐〕〔「殘」字「得」字甚工,移易一字不得。他人為此,必用尋字下字矣〕(〈贈王侍御〉,頁149)

第二十六條「殘丹」寒韻,「得釣」端紐,疊韻對雙聲,自是疊韻正格,十分工整。此外,更值得注意的這只是個別的單詞一一相對,要連接下文「殘丹竈」「得釣綸」,方能成詞。又如杜詩「尊前<u>失詩</u>流,塞上*得國寶*」(〈送長孫侍御〉,頁12),以審紐對職韻,乃雙聲正格;「虛霑焦舉*為寒*食,實藉嚴遵*賣卜*錢」(〈清明〉,頁48)以為匣對明幫,乃雙聲同音通用格。雙聲疊韻已經完全擺脫了構詞的制約,純是表現聲音的諧協而已。

二十七、不為<u>困窮</u>寧有此,祇緣<u>恐懼</u>轉須親。〔溪群、溪群〕〔上下二句廣通相同,此為用法之最巧者〕(〈又呈吳郎〉,頁150)

第二十七條以溪群對溪群,用法最巧,但過於工整,音律或失之板滯,參看第八條「錦江」、「劍閣」之例,其失或同。

二十八、<u>好雨</u>〔曉喻廣通〕*知時*〔同韻〕節〔「時節」二字,禪精廣

通〕，當春乃〔一作「及」同〕發生。〔首句純用雙聲疊韻，次句不用〕

隨風潛〔「潛」與「隨」從邪廣通〕入夜，潤〔「潤」與「入」同母〕物細無〔「無」與「物」同母〕聲。

野徑雲〔「雲」與「野」同母〕俱〔「俱」與「徑」同母〕黑〔「黑」與「雲」曉喻廣通〕，江〔「江」與「俱」同母〕船火〔「火」與「黑」同母〕獨〔「獨」與「船」定澄隔標〕明。

曉〔「曉」與「火」同母〕看紅〔「紅」與「曉」匣曉廣通〕濕處〔「處」與「濕」穿審廣通〕，花〔「花」與「曉」同母〕重錦官〔二字雙聲〕城。〔下六句每隔一字兩字用雙聲，此變化之極者也。此首句不可摘，故錄其全。〕（〈春夜喜雨〉，頁157）

第二十八條〈春夜喜雨〉幾乎全首皆屬雙聲之例，其實除了「好雨」〔曉喻〕、「時節」〔禪精〕、「濕處」〔審穿〕、「錦官」〔見紐〕可以明確說是準雙聲、雙聲外，其他「隨潛」〔邪從〕、「入潤」〔日紐〕、「物無」〔微母〕、「野雲／黑火曉／紅／花」〔喻為曉匣〕、「徑俱江」〔見紐〕、「船獨」〔神定〕等，俱為隔字雙聲之例，未必符合雙聲的定義。此或誤解詩律，失之牽強附會。劉勰《文心雕龍‧聲律》云：「凡聲有飛沈，響有雙疊。雙聲隔字而每舛，疊韻離句而必睽。」[9]可供參考。案聲紐三十六字母只有唇舌齒牙喉五大類，每首詩各有所偏，未必平均分配。此詩大抵多用了喉音字，顯出春光的柔美，甚至遙相呼應，所以音韻特佳也。

二十九、**雲移**_雉尾_**開**〔與下一字廣通同音〕宮扇，**日繞龍鱗識**〔與下一字同母〕聖顏。〔為喻、紙尾、溪見；日紐、來紐、審紐〕

---

9 劉勰（465？-521？/532？）著，詹鍈（1916-1998）義證：《文心雕龍義證》（上海：上海古籍出版社，1989年8月），頁1218。

〔凡雙聲疊韻字用於上句則為悠揚縹緲之音，用於下句則為戛擊鏗鏘之調，即此一聯，可以悟矣。義山〈宋玉〉五六一聯「落日渚宮供觀閣，開年雲夢送煙花」，乃有心學杜此等句法，而運用未能純熟，所以遜於少陵也〕（〈秋興〉，頁161）

第二十九條用了「雲移」（為喻）、「雉尾」（紙尾）、「開宮」（溪見）、「日繞」（日紐）、「龍鱗」（來紐）、「識聖」（審紐）六組的雙聲疊韻，有些構成各類型的短語，有些保持單詞相對，可以說是音律試驗的極限。[10]

三十、<u>波漂</u>菰米沈<u>雲黑</u>，<u>露冷蓮</u>房墜粉紅。〔幫滂、為曉；來紐、奉非〕〔「米」字與「波漂」隔一字通用重唇音，「蓮」字與「露冷」同母，「沈」「墜」同母，「房」「粉」通用輕唇音，「雲」「黑」「紅」三字廣通喉音，詩律之細如此。葉夢得《石林詩語》以此聯為函蓋乾坤句〕（〈秋興〉，頁161）

第三十條主要用了「波漂」（幫滂）、「露冷蓮」（來紐）兩組的雙聲，而且有所延伸，可以遙相呼應。其他「沈墜」〔澄紐〕、「雲黑紅」〔為曉匣〕、「房粉」〔奉非〕至於隔字雙聲之說，茲所不取。大抵杜甫〈秋興八首〉多用雙聲疊韻，音調流美，特別膾炙人口。

關於〈春夜喜雨〉的聲韻安排，我雖然否定了隔字雙聲之說，但許總認為可以構成聲韻上的完整系統，自是杜甫苦心經營的藝術世界。

與杜詩藝術結構的整體性一樣，雙聲疊韻在杜詩中的表現也並非局限於一字一句，而往往是貫穿、交織於全篇之中，構成精密的格調、和諧的節奏，顯示出雙聲疊韻現象與詩歌藝術形式

---

10 扇，式戰切。審紐。與「識聖」同為審紐。跟「日繞」則清濁相對。今日普通話亦然。

緊密結合的整體形態。試看〈春夜喜雨〉詩。……正是這種完全打破了詞、句、聯之間界限的雙聲疊韻的聯繫，使全篇更為緊密地鉤鎖起來，在詩篇的內容與章法的完整系統之外，又形成一個聲韻的完整系統，使詩篇呈現出更為豐富的多層次的立體的整體結構。[11]

可見聲韻嚴密，可以組成完整的系統，增加詩歌的音樂美。盧文弨說：「嘗見何杞瞻（何焯，1661-1722）先生之評李義山詩，凡句中雙聲，皆一一標舉之，并有隔一字兩字而遙應者。」甚為近似，亦是一法。[12]

任小青指出周春非連語性質的詩例，論云：「〈奉使崔都水翁下峽〉：『白狗黃牛峽，朝雲暮雨祠。』『狗』、『牛』疊韻，『雲』、『雨』雙聲」。隔字而對。……分屬上下兩聯形成黏對關係等。這些人工斧斫的雙聲疊韻用在律體平仄音節當中，也確實有助於詩律精細。」又論劉勰「雙聲隔字而每舛，疊韻離句而必睽」之說認為「是對沈約「八病」說的回應，為了避忌音節上出現乖舛和睽離的不諧現象，沈約針對性地提出了八病說，而其中『正紐』『旁紐』和『大韻』『小韻』對應解決的正是雙聲、疊韻由於隔字、雜句所產生的毛病。但八病在當時不啻為繁瑣苛律，新文學家尤其反感，自然要破棄之。唐鉞（1891-1987）最早對『八病說』做出考證，……他在〈八病非病論〉（1924年）指出：『八病之說。不過要求音韻變化錯綜，但不免趨於極端。不知語意已經變化，字音一部分相同，反可增加悅耳娛心的效力。』」[13]

---

11 許總（1954-）：《杜詩學發微》（南京：南京出版社，1989年5月），頁214。
12 盧文弨：〈杜詩雙聲疊韻譜序〉，《抱經堂文集》，卷6，頁64。
13 任小青（1990-）：〈雙聲疊韻與現代新詩音樂論〉，《中國韻文學刊》第38卷第1期，長沙，2024年3月。頁64。

過去對雙聲疊韻一般只是輕輕帶過，認識不深。劉明華《杜詩修辭藝術》第十章討論〈杜詩的疊字〉，兼論雙聲疊韻，可是說的並不多。作者指出杜詩的疊字有近六百組，或體物圖貌，或摹聲表情，頗具特色。從聲韻看，疊字是雙聲疊韻的重合。如果說「疊韻如兩玉相扣，取其鏗鏘；雙聲如貫珠相聯，取其婉轉」（李重華《貞一齋詩話》），那麼，僅在音樂性這一點上，疊字也兼具雙聲之「婉轉」和疊韻之「鏗鏘」。[14]

關於雙聲疊韻在修辭學上的功能，李維琦論云：

> 雙聲疊韻詞通常是名詞、動詞、形容詞。這樣的名詞往往能給人以立體感；這樣的形容詞比一般形容詞更帶感情性質，程度更高；這樣的動詞和普通動詞相比，具有較強的力度，較寬的幅度和較高的頻率。前面說過，這類詞是同聲或同韻的接連出現，恰當地重複，能給人造成強烈的印象和深刻的感受。[15]

對於《詩經》時代的連綿詞來說，這樣的推論可能是正確的，雙聲疊韻會給人「強烈的印象和深刻的感受」。但時代是進化的，對於杜甫來說，他只是利用雙聲疊韻創製出大量的新詞或短語，基本上以平易流暢，恰當表達為主，不一定要有「語不驚人死不休」的奢望。此外，杜甫對於雙聲疊韻的運用可能更著重於整首詩的審美效應，配合感情的需要，表現詩律之細，音韻之美。盧文弨云：「彼詩人之以雙聲與雙聲若疊韻之相為配偶也，亦如諧平仄之一出於自然而已，非

---

[14] 劉明華（1956-）：《杜詩修辭藝術》（鄭州：中州古籍出版社，1991年1月），頁165-166。

[15] 李維琦（1932-）編著：《修辭學》（長沙：湖南人民出版社，1986年10月），頁32。李重華（1682-1754）：《貞一齋詩話》，載《清詩話》（上海：上海古籍出版社，1978年9月），頁935。

強探力索而始得之也,又何害乎性情哉。」[16]周春云:「唐初律體盛行,而其法愈密。惟少陵尤熟於此,神明變化,遂為用雙聲疊韻之極則。迨宋初而漸微,北宋如宛陵、山谷,南宋如石湖、劍南諸家,皆不復留意,而舊法殆盡。」[17]每個時代的語言不同,審美的追求各異,難復舊觀,實在也不必強求了。

---

16 盧文弨:〈杜詩雙聲疊韻譜序〉,《抱經堂文集》卷6,頁65。
17 周春:《杜詩雙聲疊韻譜括略》,頁5。

北宋風流

超越李白：論北宋詩壇的文藝氣象

一　引言

　　「李杜文章在，光燄萬丈長」，[1]李白（701-762）、杜甫（712-770）的詩歌不單燦照盛唐的詩壇，同時也是中國詩史上的高峰。雙星炯燦，燭耀千秋，中唐以來漸成定論。宋詩能在唐詩耀眼的光芒下推陳出新，別開生面，實在也是仰賴一代人共同努力、不斷開拓的成果。北宋詩壇瀰漫著樂觀豪邁的情緒，特別是歐陽修（1007-1072）、王安石（1021-1086）、蘇軾（1037-1101）、黃庭堅（1045-1105）四家，他們在公元第一個千禧年的時代，面對偉大豐盛的唐詩，不亢不卑，創建自我的風格，寫出時代精神。宋人以重建儒學為己任，提倡氣節，關心文教，宏揚詩學，因此尊韓尊杜成了大家共同努力的方向，而這也是北宋詩文革新的基本力量。宋人面對李白，才氣橫溢，神變莫測，大家心嚮往之，其實並不容易高攀；但對於歐、蘇來說，他們學養深厚，胸襟廣闊，洋溢著一股豪邁俊朗的浪漫精神。因此，他們在揣摩李白詩的神理聲色之餘，有時也會冒出「超越李白」的狂想。

---

[1] 韓愈（768-824）〈調張籍〉。按此詩大約寫於元和十一年（816）前後，意欲調和元稹（779-831）「李杜優劣論」的偏頗。參韓愈著、錢仲聯（1908-2003）集釋：《韓昌黎詩繫年集釋》（上海：上海古籍出版社，1984年3月），頁989。案元稹〈唐故工部員外郎杜君墓係銘〉撰於元和八年（813），論云：「至若鋪陳終始，排比聲韻，大或千言，次猶數百，詞氣豪邁而風調清深，屬對律切而脫棄凡近，則李尚不能歷其藩翰，況堂奧乎！」見《元稹集》（北京：中華書局，1982年8月），頁601。元稹只是從聲律的角度立論，不是李杜整體成就的比較，讀者或以為強分優劣，可能是有些敏感了。

他們固以李白為學習對象，但又希望超越李白，表現自我，與服膺杜甫關懷君國、補察時政的儒者氣象完全不同。[2]

二　歐陽修〈廬山高〉解讀

宋代詩話中有一段公案，那是歐陽修劃時代的壯語，石破天驚，頗難論斷，但又值得推敲。葉夢得云：

> 前輩詩文，各有平生自得意處，不過數篇，然他人未必能盡知也。毘陵正素處士張子厚善書，余嘗於其家見歐陽文忠子棐以烏絲欄絹一軸，求子厚書文忠〈明妃曲〉兩篇、〈廬山高〉一篇。略云：「先公平日未嘗矜大所為文，一日被酒，語棐曰：『吾〈廬山高〉，今人莫能為，惟李太白能之。〈明妃曲〉後篇，太白不能為，惟杜子美能之；至於前篇，則子美亦不能為，惟我能之也。』因欲別錄此三篇也。」[3]

此段文字一般以為歐陽修過於狂妄，區區三篇作品實未足與李白、

---

[2] 程傑（1959-）〈陶、杜典範的確立與宋詩審美意識的完成〉云：「從歐陽修之推韓、李到王安石、蘇軾、黃庭堅之倡杜、陶，反映了審美意識從『發揚感動』到『悠然自得』、『無意為詩』的深刻變化。從中我們不難把握到時代的折光。」又云：「宋人所追求的『平淡簡古』，不可能是漢魏古詩的平淡簡古。宋人只能是在『平淡簡古』的價值觀念和追『古』求『老』的自由精神的指引下，超越唐人的形式『流俗』，從而建立起屬於自己的形式法則，在精神觀念與形式法則的統一上創造與唐詩氣象遠不相同的審美風範。」見程傑：《北宋詩文革新研究》（呼和浩特：內蒙古教育出版社，2000年2月），頁490、496。

[3] 葉夢得（1077-1148）：《石林詩話》，卷中，收入何文煥（1732-1808）輯：《歷代詩話》（乾隆三十五年庚寅〔1770〕自序刊本。北京：中華書局，1981年4月），頁424。胡仔（1110-1170）纂集，廖德明點校：《苕溪漁隱叢話・前集》（北京：人民文學出版社，1962年6月）全錄《石林詩話》，惟字句少異。其後續云：「余在汝陰，見棐問之，亦然。今閱公詩者，蓋未嘗獨異此三篇也。」，卷29，頁200。

杜甫的名作相比，更不要說超越李、杜了。朱熹以為「此段恐嫌於誇而去之」。[4] 又如王世貞云：「歐陽公自言〈廬山高〉、〈明妃曲〉，李、杜所不能作。余謂此非公言也，果爾，公是一夜郎王耳。〈廬山高〉，僅玉川之淺近者，無論其他。只『半壁見海日，空中聞天雞』，太白率爾語，公能道否耶？二歌警句，如『紅顏勝人多薄命，莫怨春風強自嗟』，尋常閨閣，不足形容明妃也。『耳目所及尚如此，萬里安能制夷狄』，論學繩尺，公從何處削去之乎拾來。」[5] 葉矯然云：「今其詩具在，試取太白〈廬山謠〉與較之，果何如也？〈明君曲〉前後篇與『群山萬壑』，直有仙凡之隔。人苦不自知，『家有敝帚，享之千金』，不意永叔而作是言也。或曰其子揚厥考之詞，非六一語也。良然。」[6] 翁方綱云：「李供奉雜言之體，乃壯浪者優為之，豈可以清直之筆仿乎？而《宛陵集》亦有之，固無怪其擊賞歐公〈廬山高〉至於傾倒若彼也。」復云：「歐公有〈太白戲聖俞〉一篇，蓋擬太白體也。然歐公與太白本不同調，此似非當家之作。〈廬山高〉亦然。」[7] 諸家大抵皆以為歐不如李，風格不類，甚至推說是兒子頌揚乃父的誇飾之詞。加以葉夢得與新黨關係密切，論詩尚熙寧而薄元祐，推崇王安石，而指摘歐陽修、蘇軾、黃庭堅三家。則此條資料或出傳聞異辭，不見得

---

4 朱熹（1130-1200）〈考歐陽文忠公事跡〉云：「公惟嘗因醉戲覩客曰：『〈廬山高〉它人作不得，唯韓退之作得。〈琵琶〉前引退之作不得，唯杜子美作得；後引子美作不得，唯太白作得。』公詩播人口者甚多，唯此三篇其尤自喜者也。」文中以韓愈代李白，以李白代歐陽修，傳聞異辭，而自負之情則一。見《晦庵先生朱文公文集》，《四部叢刊初編》影明刊本，卷71，頁1306。

5 參王世貞（1526-1590）著，羅仲鼎（1935-）校注：《藝苑巵言校注》（濟南：齊魯書社，1992年7月）卷4，頁213。盧仝（795-835）號玉川子，詩風奇特，近於散文。

6 葉矯然（1614-1711）：《龍性堂詩話續集》，收入郭紹虞（1893-1984）編選、富壽蓀（1923-1996）校點：《清詩話續編》（上海：上海古籍出版社，1983年12月），第2冊，頁1019。

7 翁方綱（1733-1818）著，陳邇冬（1913-1990）校點：《石洲詩話》（北京：人民文學出版社，1981年1月），卷3，頁89、83。

絕對可靠。蕭慶偉云：

> 《四庫全書簡明目錄》卷二十云：「夢得為蔡京門客，又與章惇為姻家，本紹述之餘黨，故其持論與魏泰多同。」因此，葉夢得論詩專主王安石，亦勢所必然。在新舊兩黨交爭的政治背景下，主王安石則抑元祐，這在當時是一種必然的選擇。葉夢得亦然。然其抑元祐又不同於魏泰，魏泰以不錄元祐諸公詩話而貶元祐，而《石林詩話》對於元祐諸公詩話則是錄而不贊，即所謂「陰抑元祐」也。[8]

歐陽修早卒，不在徽宗崇寧元年（1102）元祐學術禁毀之列，葉夢得並沒有必要醜化歐陽修。除非他是為了維護王安石的〈明妃曲〉，因而間接揭出了歐陽修的自負和狂妄。以上只是我的推測之辭，並無實據。但假如這段話真的是歐陽修說的又該怎樣理解呢？歐陽修酒後與兒子談詩，意興風發，暢所欲言，不是沒有可能的。加以賦性梗直，不畏權勢，議事論文，自有見地。例如歐陽修雖以時文取科第，卻又厭惡駢文，推崇韓文，登第以後即聯同尹洙（1001-1047）、梅堯臣（1002-1060）推動宋初的詩文改革運動。他著意跟李白一較高下，看來也不是無的放矢了。歐陽修〈廬山高贈同年劉中允歸南康〉云：

> 廬山高哉，幾千仞兮，根盤幾百里，巍然屹立乎長江。長江西來走其下，是為揚瀾左里兮，洪濤巨浪日夕相舂撞。雲消風止水鏡淨，泊舟登岸而遠望兮，上摩青蒼以晻靄，下壓后土之鴻厖。試往造乎其間兮，攀緣石磴窺空谾。千巖萬壑響松檜，懸

---

[8] 蕭慶偉（1964-）：《北宋新舊黨爭與文學》（北京：人民文學出版社，2001年6月），頁99。載第三章〈北宋黨爭與宋人詩話〉，其中〈蘇、黃詩風之貶〉一節即舉魏泰《臨漢隱居詩話》及葉夢得《石林詩話》為例。

崖巨石飛流淙。水聲聒聒亂人耳，六月飛雪灑石矼。仙翁釋子亦往往而逢兮，吾嘗惡其學幻而言哤。但見丹霞翠壁遠近映樓閣，晨鐘暮鼓杳靄羅幡幢。幽花野草不知其名兮，風吹露濕香澗谷，時有白鶴飛來雙。幽尋遠去不可極，便欲絕世遺紛痝。羨君買田築室老其下，插秧盈疇兮，釀酒盈缸。欲令浮嵐暖翠千萬狀，坐臥常對乎軒窗。君懷磊砢有至寶，世俗不辨岷與玒。策名為吏二十載，青衫白首困一邦。寵榮聲利不可以苟屈兮，自非青雲白石有深趣，其氣兀硨何由降？丈夫壯節似君少，嗟我欲說安得巨筆如長杠。[9]

劉中允即劉渙（1100-1080），梅堯臣詩自注或作劉復。[10]劉渙，字凝之，號西澗居士，諡文莊。筠州（今江西省宜春市高安市）人。仁宗天聖八年（1030）進士，為潁上令。皇祐二年（1050）以太子中允致仕，歸隱南康（江西省九江市星子縣）。有關劉渙的事蹟及其致仕的原因，李常嘗言之：

皇祐之庚寅，有潔身不辱之士，姓劉氏，諱渙，字凝之。行年

---

9 歐陽修：〈廬山高贈同年劉中允歸南康〉，李逸安（1943-）點校：《歐陽修全集》（北京：中華書局，2001年3月），冊1，卷5，頁84。
10 劉元高（1220？-1275？）編：《三劉家集》，匯輯劉渙、劉恕（1032-1078）、劉義仲（1059-1120）三世遺文；兼錄歐陽修〈廬山高送中允〉及劉敞（1019-1068）、陳舜俞（1026-1076）、僧了元（佛印禪師，1032-1098）等題贈劉渙之作。見《四庫全書》（上海：上海古籍出版社，1987年）輯本，集部八，總集類，第1345冊，頁553-54。又劉復一名則見於梅堯臣〈依韻和郭祥正秘校遇雨宿昭亭見懷〉一詩原註：「郭來誦歐陽永叔〈廬山高〉送劉復。」見梅堯臣著，朱東潤（1896-1988）編年校注：《梅堯臣集編年校注》（上海：上海古籍出版社，1980年11月），頁756。又夏敬觀校云：「『復』當為『渙』訛。」僅作判斷，並未提出任何理據。參夏敬觀（1875-1953）、趙熙（1867-1948）原著，曾克耑（1900-1975）纂集：《梅苑陵詩評註》（臺北：臺灣商務印書館，1983年5月），頁400。

五十，致其仕而歸。方是時，學士大夫爭為詠嘆以餞之，非所以寵其行，以預送凝之為榮耳。歐陽文忠公之詩，道其為人與夫去，最詳且工，人能誦之，謂為實錄。凝之博學強識，允蹈所聞，初欲推其長以及諸物，視世無與合者，浩然去之，莫遏也。色辭靖和，恂恂可親。及與之分辯義理是非之際，強毅不可輒奪，蓋其自持，猶圭玉然，寧缺以折，非矯揉可勝也。自少至於老，守之弗變，就其老而逆考之有加焉。少舉進士第，歷官至潁上縣令。其去也，始卜廬山之陽以居，五畝之宮，灌園茹蔬，踰三十年，隱几嘯歌，如豐泰者。噫！若予耳目所接，未見其偶也。兩以汎恩與其子通籍，由太子中允，三轉為屯田員外郎。享年八十有一。有文集二十卷。[11]

劉渙五十歲辭官歸隱，歐陽修指他「丈夫壯節」、「不可以苟屈」，李常稱他「潔身不辱」，自是皆有感於現實政治而發，用詞相當強烈。仁宗朝太平盛世，表面風光，實則冗官冗費，內外交困，民亂蜂起，朝政日非。慶曆四年（1044），范仲淹（989-1052）等雖次第推行新政，以天下興亡為己任，先憂後樂，氣象一新，可是損害了權貴的既得利益，讒謗交侵，翌年即倉皇求去。而北宋政壇上的朋黨之爭也漸漸演變為意氣之爭了。歐陽修蹈厲風發，直言強諫，雖仕途坎坷，多次遭受貶黜，惟寬簡愛民，安時處順，讀書有得，雖處於逆境中往往亦自得其樂。皇祐元年（1049）移知潁州（安徽省阜陽市潁州區）以後，即深受西湖的山光水色所吸引，有買宅卜居之意。〈廬山高〉乃餞行之作，推崇高潔的品德，為劉渙的辭官壯聲威，實則借題發揮，映射官場的無奈和現實的黑暗，爾虞我詐，勾心鬥角。如果我們配合

---

11 李常（1027-1090）：〈尚書屯田員外郎致仕劉凝之府君墓誌銘并序〉，元豐三年（1080）十二月撰。見《全宋文》（成都：巴蜀書社，1993年12月），第36冊，頁625。

李常的記載來讀，更大有陶潛〈歸去來辭〉悲壯的違世意味。此詩一出，當時即傳誦甚廣，透露宋人的心聲，同時也具體呈現了一代特有的審美氣質。宋詩脫穎而出，完全擺脫唐詩的羈絆，見證宋詩時代的來臨，此詩顯出「本色」所在，也許可以視作唐宋詩風轉變的樞紐。梅堯臣、郭祥正嘗一起朗誦此詩。《苕溪漁隱叢話》引《王直方詩話》云：

> 郭功父少時喜誦文忠公詩。一日，過梅聖俞，曰：「近得永叔書，方作〈廬山高〉詩送劉同年，自以為得意，恨未見此詩。」功父為誦之。聖俞擊節歎賞，曰：「使吾更作詩三十年，亦不能道其中一句。」功父再誦，不覺心醉，遂置酒，又再誦，酒數行，凡誦數十遍，不交一談而罷。明日，聖俞贈功父詩，其略曰：「一誦〈廬山高〉，萬景不得藏。設令古畫師，極意未能詳。」苕溪漁隱曰：「余閱《宛陵集》，聖俞於此詩自注云：郭來誦歐陽永叔〈廬山高〉。」[12]

郭祥正字功父，太平州當塗（安徽省馬鞍山市當塗縣）人。少有詩名，豪邁精絕。梅堯臣以為太白後身。卒後鄉人祠之於青山李白祠。今存宋刻《青山集》、《郭祥正集》。[13] 皇祐六年，即至和元年（1054），郭祥正初晤梅堯臣，為誦〈廬山高〉。梅堯臣〈依韻和郭祥正秘校遇雨宿昭亭見懷〉云：

> 君乘瘦馬來，骨竦毛何長。下馬與我語，滿屋聲琅琅。一誦

---

12 《苕溪漁隱叢話・前集》，卷29，頁200。
13 郭祥正（1035-1113）：《青山集》三十卷，收入《北京圖書館古籍珍本叢刊》，第90冊（北京：書目文獻出版社影宋刻本，1990年）。參孔凡禮（1923-2010）點校：《郭祥正集》（合肥：黃山書社，1995年5月）。

〈廬山高〉，萬景不得藏。出沒望林寺，遠近數鳥行。鬼神露怪變，天地無炎涼。設令古畫師，極意未能詳。誦說冒雨去，夜宿昭亭傍。明朝有使至，寄多驚俗章。〔原註：郭來誦歐陽永叔〈廬山高〉送劉復。〕[14]

由此可見，宋初詩壇長期困於白居易（772-846）體、西崑體等仿唐擬古的詩風下，奄奄一息，了無生機。至歐陽修〈廬山高贈同年劉中允歸南康〉詩始出而振之，大音鏜鞳，一洗頹風；確立了新世紀新氣象以至新的審美精神，歐陽修亦自以為是得意之作。不但自己津津樂道，甚至連師友之間的梅堯臣及青年詩人郭祥正都為他朗誦助威，「今人莫能為，惟李太白能之」一句，雖說目空一切，實際上就是要在詩壇上振臂一呼，喊出時代的強音。可以說，歐陽修學李白除了個人精神氣象的相似之外，更重要的目標就是要訂出方向，振蔽起衰。[15]至於〈明妃曲〉兩篇超越李、杜的主張，則更是指示詩學多門，可以不斷的創新變化，開拓意境，不要劃地自限。李、杜的身影儘管高大，畢竟時代不同，品味各異，不可能全方位的牢籠百世，限制後人的創作。在寬廣無垠的文學天地裏，李、杜詩中還有許多尚未開發的地方，只要在一些前人不大注意的地方著力，必有新意，必有所得。歐陽修最後表現出「惟我能之」的氣概，飛揚跋扈，摒棄模仿，隱然自有一番承擔，一份勇氣，從唐詩的高大身影中突圍而出，而宋詩亦得以在新世紀中重新定位，創新面目。關於〈廬山高〉，近人評論的

---

14 梅堯臣〈依韻和郭祥正秘校遇雨宿昭亭見懷〉，《梅堯臣集編年校注》，頁756。梅堯臣贈郭祥正詩甚多，例如〈采石月贈郭功甫〉、〈依韻和郭秘校苦寒〉、〈依韻和郭秘校昭亭山偶作〉、〈送郭功甫還青山〉等。前者起二句云：「采石月下聞謫仙，夜披錦袍坐釣船。」即以郭祥正為李白後身也。

15 王安石〈葛蘊作〈巫山高〉愛其飄逸因亦作兩篇〉，李壁注云：「公此詩體製頗類歐公〈廬山高〉，皆一代之傑作。」參李壁（1159-1222）注，李之亮（1950-）補箋：《王荊公詩注補箋》（成都：巴蜀書社，2002年1月），頁181。

很多，例如劉德清、宋柏年、胡迎建、顧永新四家都有所論述，各有所見。劉德清云：

> 歐詩學李白，主要在七言歌行，形神都肖似太白體。如〈太白戲聖俞〉：……詩題下原注：「一作〈讀李白集效其體〉。」這是刻意摹仿李白的詩篇。作者懷著景仰的心情，巧妙地將李白〈蜀道難〉、〈夢游天姥吟留別〉等作品的詩句和意境貫通起來，表現了李白詩歌的積極浪漫主義精神和風格。他的另一首作品〈廬山高贈同年劉中允歸南康〉，更是刻意仿效〈蜀道難〉，對廬山風貌展開多層次多角度的描寫。前半部分繪山狀水，孕含著詩人對朋友懷才不遇的感慨，宣洩了積聚於心中的憤懣不平，抑揚頓挫中透出英豪之氣。後半部分直抒胸臆，氣魄更顯雄放。全詩充滿奇情幻想，詩句參差錯落，隨著情感的跳躍變化更換韻腳，又夾入散文句式，詩境流轉，氣勢磅礡，酷似李白詩作。[16]

宋柏年云：

> 〈廬山高贈同年劉中允歸南康〉更是沖破了形式格律的束縛，大量使用散文句式。……寫來氣勢雄渾，流瀉奔放，既兼顧了詩歌的韻律，又擴大了詩歌的容量。起到強調感情、深化主題的作用。[17]

胡迎建云：

---

[16] 劉德清（1949-）：《歐陽修論稿》（北京：北京師範大學出版社，1991年9月），頁217-218。

[17] 宋柏年（1941-）：《歐陽修研究》（成都：巴蜀書社，1995年5月），頁129。

詩的前半部分寫廬山之雄奇崢嶸，先潑墨大筆揮灑，然後細細鉤勒皴染；後半部分寫劉凝之節操高尚，飄然歸隱於廬山。寫山是為了烘托人，達到如楊萬里所說「見了廬山想此賢」的效果。此詩句式參差錯落，磊落明快，意到筆隨，轉接自然，力欲以氣格高古取勝，酷似太白詩風。據當時李常所說「歐陽文忠公之詩道其為人與夫去最詳且工，人能誦之，謂之實錄。」在眾多送別、贊詠劉凝之的詩中，此詩影響最大，然以此詩與李白〈廬山謠〉或〈蜀道難〉相比，其氣勢之磅礡、想像之奇詭，歐詩當遜於太白詩，其缺陷的一方面正是在其實錄，拘於形似，騰挪奔逸不足。[18]

顧永新云：

此詩三百零三言，濃墨渲染山河壯麗，氣勢磅礡，格調高峻，有很強的視覺沖擊力和藝術感染力。……歐詩具有明顯的散文化傾向，這一方面是繼承了韓愈以文為詩的傳統，另一方面也是因為其詩風格質樸平易，並且多含議論，總是有頭有尾、原原本本地展開內容，常帶有鋪排的特點。[19]

以上四家基本上肯定了〈廬山高〉酷似太白詩風，也就證明了學李白是可能的。不過歐陽修並不以此為滿足，他更要從學習李白出發，超越李白，進而超越杜甫，步步挺進，盡其在我，寫出風格。這是詩人

---

[18] 胡迎建（1953-）：〈試論歐陽修七言古風之得失〉，收入劉文源（1938-）編：《廬陵文章耀千古》（南昌：百花洲文藝出版社，1999年10月），頁270。引文參李常：〈尚書屯田員外郎致仕劉凝之府君墓誌銘并序〉訂正，載《全宋文》，第36冊，頁625。
[19] 顧永新（1968-）：《斯文有傳，學者有師：歐陽修的文學與學術成就》（鄭州：大象出版社，2000年9月），頁57-58。

特有的抱負，大有雖千萬人吾往矣的勇氣，何必低頭？何必妥協？案〈廬山高〉共用十五韻字，全叶上平三江韻，一韻到底，而且還是險韻，歐詩的韻腳用了很多非常用字「厖」、「谼」、「矼」、「幢」、「瘖」、「玒」、「杠」等，難度很高，並不容易處理。蘇軾〈送楊孟容〉、黃庭堅〈子瞻詩句妙一世乃云效庭堅體蓋退之戲效孟郊樊宗師之比以文滑稽耳恐後生不解故次韻道之〉兩詩，亦同用江韻。[20]可見高手過招，因難見巧，因巧見意，目的還是藉以表現自我而已。又〈廬山高〉多用散文筆法，沒有固定字數，或兩句一韻，或三句、四句一韻，隨意施展，以文為詩。或說〈廬山高〉多仿李白〈蜀道難〉、〈夢游天姥吟留別〉二詩，其實除了音節神韻彷彿相似之外，歐陽修也寫出了自家面貌。例如李白詩中多用典故，多用神話，上下古今，想像雄奇，諷刺現實，直抒胸臆；但歐陽修卻能一空依傍，既不靠典故和神話充實內涵，也不藉學問張大境界，純用白描手法，摹寫自然，大音鏜鞳，更是完全健康自信的表現。〈廬山高〉在結構上可分兩段，前段至「時有白鶴飛來雙」止，描寫廬山風光，萬壑松濤，幽花野草，悅人心性，怡然自得；後段送友人歸隱，青衫白首掩映著青雲白石，刻劃高潔的情懷，君子懷寶，丈夫壯節，一切順其自然，不關寵榮聲利，不關得失感慨，胸懷坦蕩，自足與山川永壽矣。這一種天人合一、不雜仙風，積極面對現實，表現生命的圓融滿足之感，是歐陽修所特有的氣質，李白何曾悟得？在這一點上，歐陽修可以說是超越李白了。黃庭堅云：

> 劉公中剛而外和，忍窮如鐵石，其所不顧，萬夫不能回其首

---

20 蘇軾〈送楊孟容〉詩見〔清〕王文誥（1764-？）輯注，孔凡禮點校：《蘇軾詩集》（北京：中華書局，1982年2月），冊5，卷28，頁1479。黃庭堅次韻詩見劉琳（1939-）、李勇先（1964-）、王蓉貴（1956-）校點：《黃庭堅全集》（成都：四川大學出版社，2001年5月），第1冊，頁16。

也。家居四十年,不談時事,賓客造門,必置酒終日。其言亹亹,似教似諫,依於莊周、淨名之間。年八十而耳目聰明,行不扶持,蓋不得於彼而得於此也。若廬山之美,既備於歐陽文忠公之詩中,朝士大夫讀之慨然,欲稅塵駕,少挹其清曠而無由。而公獨安樂四十年,起居飲食於廬山之下,沒而名配此山,以不磨滅。錄錄而得志願者,視公何如哉![21]

黃庭堅在文中看來更有意將劉渙塑成了宋代文化永恆的形象,具有道學家「出淤泥而不染」高尚脫俗的審美意義,甚至超脫了個人生命的利害得失,呈現出讀書人所共同追求的高風亮節和道德典範。劉渙固與廬山同其不朽,而歐陽修的〈廬山高〉當然更是宋詩不朽的象徵了。

至於〈明妃曲〉兩首,[22]寫於嘉祐四年(1059),稍後於〈廬山高〉八年,歐陽修大抵是有意與李白〈王昭君〉(其二)、杜甫〈詠懷古蹟〉(其三)[23]的同題作品比較,只要能寫出新意,不要蹈襲舊調,即為突破。例如後篇〈再和明妃曲〉上半段「耳目所及尚如此,安能萬里制夷狄」,批評漢元帝,不見含蓄,自是宋詩風味;下半段由「明妃去時淚,灑嚮枝上花」開始,一派唐音雅調,「紅顏勝人多薄命,莫怨春風當自嗟」,沈鬱頓挫,深得杜詩的神韻,那自然是學杜的成果了。但歐陽修卻倒過來說:「太白不能為,惟杜子美能之。」其實主要是點出杜詩特有的風格而已。又前篇〈明妃曲和王介甫作〉

---

21 黃庭堅:〈跋歐陽文忠公廬山高詩〉,見《黃庭堅全集》,第2冊,頁696。
22 即歐陽修〈明妃曲和王介甫作〉、〈再和明妃曲〉二首,參《歐陽修全集》,冊1,卷8,頁131、132。
23 李白〈王昭君〉其二云:「漢家秦地月,流影照明妃。一上玉關道,天涯去不歸。漢月還從東海出,明妃西嫁無來日。燕支長寒雪作花,蛾眉憔悴沒胡沙。生乏黃金枉圖畫,死留青冢使人嗟。」杜甫〈詠懷古跡〉其三云:「群山萬壑赴荊門。生長明妃尚有村。一去紫臺連朔漠,獨留青冢向黃昏。畫圖省識春風面,環珮空歸月夜魂。千載琵琶作胡語,分明怨恨曲中論。」參魯歌、高峰、戴其芳、李世琦選注:《歷代歌詠昭君詩詞選注》(武漢:長江文藝出版社,1982年1月),頁49-50。

則以散文化的筆調為主，創造宋詩的格式；但更重要的是歐陽修在立意上一空依傍，專寫華夷習俗及爭按新聲的盛況，結語指出「不識黃雲出塞路，豈知此聲能斷腸」，批判現實政治不留情面。廟堂上下，沈醉於一片歌舞昇平之中，對夷狄缺乏認知，導致決策錯誤，意在言外，掩映在昭君古老蒼涼的故事之中，構成一曲變奏的樂章。如果從這個角度來看，歐陽修詩寫的不再是兒女情長的美人故事，而是具有深刻寫實的思想內容，分析形勢，痛陳時弊，而批判現實的豪邁精神也就超越杜甫的纏綿忠愛、勉盡言責的苦情了。

三　王安石《四家詩選》平議

歐陽修深慕李白詩，並以李白為學習對象。其〈李白杜甫詩優劣說〉論云：「杜甫於白得其一節，而精強過之。至於天才自放，非甫可到也。」[24]他欣賞李白的「天才」，然而並不否定杜甫的「精強」。性向所近，意氣風發，他自然是比較偏愛李白的，且由此啟動了北宋詩壇振衰矯俗的力量，掃除西崑迷霧，一新氣象，顯出領袖一代文風的威信。其後蘇軾認為歐陽修「詩賦似李白」，而王安石甚或以為「居太白之上」，這可能都成了歐門諸子的共識。例如蘇軾〈六一居士集敘〉：「歐陽子論大道似韓愈，論事似陸贄，記事似司馬遷，詩賦似李白。此非余言也，天下之言也。」[25]王安石嘗編《四家詩選》，今已久佚不傳，相傳的次序是杜甫、歐陽修、韓愈、李白，[26]既不按年

---

[24] 歐陽修：〈筆說〉，《歐陽修文集》，冊5，卷129，頁1968。

[25] 蘇軾：〈六一居士集敘〉，孔凡禮點校：《蘇軾文集》（北京：中華書局，1986年3月），冊1，頁316。

[26] 王晉光（1950-）〈李白對王安石的影響〉稱四家的次序是杜甫、韓愈、歐陽修、李白，似乎並沒有文獻上的證據。載《中國李白研究・一九九一年集》（南京：江蘇古籍出版社，1993年4月），頁195。根據黃庭堅、王鞏（1048-1118）、王直方（1069-1109）、李綱（1083-1140）諸家所見的記錄，歐陽修均在韓愈之上。

代排列，復以李白屈居四家之末，惹人非議。據說王安石有些解釋，惠洪「舒王編四家詩」云：

> 舒王以李太白、杜少陵、韓退之、歐陽永叔詩，編為《四家詩集》，而以歐公居太白之上，世莫曉其意。舒王嘗曰：「太白詞語迅快，無疏脫處；然其識汙下，詩詞十句九句言婦人酒矣。歐公，今代詩人未有出其右者，但恨其不修《三國志》而修《五代史》耳。如歐公詩曰：『行人仰頭飛鳥驚』之句，亦有佳趣，第人不解耳。」[27]

這些解釋沒有多少說服力，通通不成理由。所謂美人香草，自有託意，詩人不必過於執著文詞的表象。且以歐陽修的史學修養作為評詩的依據，風馬牛不相及，自然也不能相提並論了。至於所舉詩句「行人仰頭飛鳥驚」，可能是驚弓之鳥，我們完全看不到「佳趣」所在，令人費解。王鞏云：

> 黃魯直嘗問王荊公：世謂四選詩，丞相以歐、韓高于李太白耶？荊公曰：不然。陳和叔嘗問四家之詩，乘閒簽示和叔，時書史適先持杜集來，而和叔遂以其所送先後編集，初無高下也。李杜自昔齊名者也，何可下之。魯直歸問和叔，和叔與荊公之說同，今人乃以太白下歐、韓而不可破也。[28]

---

[27] 惠洪（1071？-1128）：《冷齋夜話》（北京：中華書局，1988年7月），頁43。又胡仔《苕溪漁隱話》引《鍾山語錄》云：「白詩近俗，人易悅固也。白識見污下，十首九說婦人與酒，然其才豪俊，亦可取也。」卷6，頁37。

[28] 王鞏撰：《聞見近錄》，卷1，參鮑廷博（1728-1814）輯：《知不足齋叢書》（臺北：興中書局影本，1964年12月），第5集，頁32。新編冊2，頁1187。又參《苕溪漁隱叢話》，卷6，頁37-38。

王鞏說更顯得編選隨意，不負責任。如果「初無高下」，最好就是按年代排列，則李白宜置於首座而不是叨陪末席了。又陸游云：

> 世言荊公四家詩，後李白，以其十首九首說酒及婦人，恐非荊公之言。白詩樂府外，及婦人者實少，言酒固多，比之陶淵明輩，亦未為過。此乃讀白詩不熟者，妄立此論耳。四家詩未必有次序，使誠不喜白，當自有故。蓋白識度甚淺，觀其詩中如：「中宵出飲三百杯，明朝歸揖二千石」、「揄揚九重萬乘主，謔浪赤墀金鎖賢」、「王公大人借顏色，金章紫綬來相趨」、「一別蹉跎朝市間，青雲之交不可攀」、「歸來入咸陽，談笑皆王公」、「高冠佩雄劍，長揖韓荊州」之類，淺陋有索客之風。集中此等語至多，世俱以其詞豪俊動人，故不深考耳。又如以布衣得一翰林供奉，此何足道，遂云：「當時笑我微賤者，卻來請謁為交親。」宜其終身坎壈也。[29]

陸游就詩論詩，頗能指出李白詩中的「淺陋」之處。這當然是時代及處境不同所致，同時也是唐宋價值觀、審美觀的差異所在。大抵王安石個性比較固執倔強，不可能欣賞李白狂放不羈、飛揚跋扈的個性；可是李白名高，又不能不選。於是將道德文章均無懈可擊的歐陽修置於李白之上，雖能一新天下耳目，然而在情理上卻難以使人信服。因此，歐陽修「超越李白」除了代表一種樂觀奮進的精神，同時更有道德情操的意義，指示正確的學詩途徑，發揮教化的作用，而歐陽修在北宋詩壇上的象徵意義自然要比李白深遠了。

對於李白的評價，歐陽修與王安石互有不同，文學史上還有一些蛛絲馬跡可供旁證。例如嘉祐元年（1056）歐陽修初晤王安石，看到

---

[29] 陸游（1125-1210）撰，李劍雄、劉德權點校：《老學庵筆記》（北京：中華書局，1979年11月），頁79。

詩文俊彥，後繼有人，顯得十分興奮，於是即席一腔熱情的寫下了〈贈王介甫〉之作。歐陽修不但以學習李白、韓愈自許，並以此期望後學。詩云：

> 翰林風月三千首，吏部文章二百年。老去自憐心尚在，後來誰與子爭先。朱門歌舞爭新態，綠綺塵埃試拂弦。常恨聞名不相識，相逢尊酒盍留連。[30]

首二句寫出對李白、韓愈的仰慕之情，至老不變；甚至認為王安石將來會在唐代李詩韓文繁花似錦的藝苑中脫穎而出，領導一代的文壇。第二句「吏部」當指韓愈。[31]曾鞏〈與王介甫第一書〉云：「歐公更欲足下少開廓其文，勿用造語及模擬前人，請相度示及。歐云：『孟韓文雖高，不必似之也，取其自然耳。』」[32]由此可見，歐陽修的文學觀是相當通達的，他尊崇孟子、韓愈，但卻不會一面倒的向權威低頭；更重要的，他反對模擬，要求創新，重視「自然」，也就是要有自家面目，不相蹈襲。由此看來，歐陽修自然不會以「似李白」為止境了。怎樣從傳統中開拓，推陳出新？怎樣提高？怎樣邁進一步？這些都成了新時代文學發展的重要課題，值得深思。不過王安石〈奉酬永叔見贈〉的答詩卻謙稱僅以發揚儒學為己任，希望繼承韓愈的「道義」和「文章」，顯出了師友相得、心靈交感之樂，但對於李白詩的期許卻全不領情。詩云：

---

30 歐陽修〈贈王介甫〉，《歐陽修全集》，冊3，卷57，頁813。
31 胡仔《苕溪漁隱叢話・前集》云：「齊吏部侍郎謝朓，以清詞麗句動於一時，長五言詩，與沈約友善。約謂二百年來無此詩也。歐公所用乃此事，見《南史》。」卷30，頁209。此說沒有多少說服力，無法顯示歐陽修廣納賢才，推動古文運動的決心。
32 曾鞏（1019-1083）：〈與王介甫第一書〉，載《曾鞏集》（北京：中華書局，1984年11月），卷第16，頁255。

欲傳道義心猶在，強學文章力已窮。他日若能窺孟子，終身何敢望韓公。摳衣最出諸生後，倒屣嘗傾廣坐中。祇恐虛名因此得，嘉篇為貺豈宜蒙。[33]

大抵王安石欽仰杜甫詩中的忠義之氣，而不大欣賞充斥「婦人酒」的李白詩，所以只著意於回應歐陽修第二句「吏部文章」的時代命題，而對於首句的「翰林風月」則置之不答。論文不論詩，避免在初相識的場合中引發爭拗。此外，我也想順帶說明對頷聯的一些看法。按照傳統的解釋，且配合曾鞏「孟韓文雖高，不必似之也」一語，則王安石詩中的孟子、韓公本來並不費解。依照字面的解釋，「我以孟子、韓愈為學習的榜樣，希望將來或許能趕上他們的成就，但恐怕終身只是妄想。」「可見在他們的心目中，『道統』與『文統』是二而一的東西。歷來註家都忽略了這一點，便把兩句割裂開來解釋，自然便難以自圓其說。又：這裏亦有以孟軻、韓愈推許歐陽修之意，是回答贈詩前四句的。」[34]大抵是王安石謙稱學力尚淺未足以言道義文章，不敢與孟子、韓愈相比，乃用了互文見義的修辭手法，而將歐陽修的道德文章比喻為孟子、韓公，自成一說。可是如果順著這兩句的語序來說，則是止於窺孟子而不敢望韓公，似乎孟子的層次尚較韓愈為低，甚至不敢與韓公相提並論了，揆諸事義，於理不合。這裏如果配合唱和詩的體例，「韓公」或喻歐陽修，則「孟子」可能是指孟郊（751-814），而有自喻的成分了。韓愈〈孟生詩〉云：「孟生江海上，古貌又古心。」[35]韓孟即喻師門交誼。當時歐陽修任翰林學士，王安石任

---

[33] 王安石：〈奉酬永叔見贈〉，載《臨川先生文集》（香港：中華書局，1971年8月），頁264。首聯校云：「『猶在』，一作『雖壯』；『強學』，一作『學作』。」

[34] 周錫䪖（1940-）選注：《王安石詩選》（香港：三聯書店，1983年6月），頁49、50。注文原作「終生」，誤，今據王安石原作訂正為「終身」。

[35] 韓愈：〈孟生詩〉，《韓昌黎詩繫年集釋》，頁12。

群牧判官，歐陽修在政壇和文壇上的地位都遠比王安石為高，王安石以「諸生」自比，蓋亦以得入歐門為榮也。惟此說與傳統的解釋距離太遠，可能失之偏頗，不敢自以為是，謹供讀者參考。案蔡上翔云：

> 歐陽公詩好李白，文宗韓昌黎。故云「老去自憐心尚在」，三句作一氣讀，蓋公所以自道也。「後來誰與子爭先」，則始及介甫矣。唐鄭谷〈讀太白集詩〉曰：「高吟大醉三千首。」此首句所由來也。唐以文取士，二百年間獨高韓吏部，一見於孫樵集。若如歐公〈記舊本韓文〉云：「韓氏之文，沒而不見者二百年，而後大施於今。」又寄蘇子美詩：「韓孟於文辭，兩雄力相當。寂寥二百年，至寶埋無光。」則皆可為次句確證。[36]

歐陽修詩中的「韓孟」當指韓愈與孟郊的古文，比喻師友交誼，相互砥礪，兩雄才力相當，同是沈埋二百年之久。王安石如果也用韓、孟來比喻歐陽修和自己的關係，看來也添些旁證了。宋代詩壇一般重視文藝的社會功能，推崇忠義和氣節，尊杜是必然的選擇。至於抑李與否，則端看個人的取態了。王安石固然不能欣賞李白詩，即如蘇轍雖然宗仰歐陽修的人格器度，但論詩崇杜抑李，亦與歐陽修異趣。〈詩病五事〉第一則即嚴厲指出李白詩的缺失所在。

> 李白詩類其為人，駿發豪放，華而不實，好事喜名，不知義理之所在也。語用兵，則先登陷陣不以為難；語游俠，則白晝殺人不以為非。此豈其誠能也哉？白始以詩酒奉事明皇，遇讒而去，所至不改其舊。永王將竊據江淮，白起而從之不疑，遂以

---

[36] 蔡上翔（1717-1810）：《王荊公年譜考略》（上海：上海人民出版社，1973年8月新一版），頁84。

放死。今觀其詩固然。唐詩人李、杜稱首,今其詩皆在,杜甫有好義之心,白所不及也。漢高帝歸豐沛,作歌曰:「大風起兮雲飛揚。威加海內兮歸故鄉。安得猛士兮守四方。」高帝豈以文字高世者哉?帝王之度固然。發於其中而不自知也。白詩反之曰:「但歌大風雲飛揚,安用猛士守四方?」其不識理如此!老杜贈白詩有『細論文』之句,謂此類也哉。[37]

大抵蘇轍著眼於個人的道德操守多於才情詩藝,評論的標準是「杜甫有好義之心」,而李白「不知義理之所在」,失之拘謹,自然也無法欣賞詩人特有的浪漫氣質了。可見性向所限,不可強求。在宋人的眼光中,大家對李白的優點和缺點都是相當清楚的,讀書人自有主意,不會盲目崇拜。由此也可以看出歐門有容人之量,人才輩出。

這裏擬附帶一談曾鞏,他是歐門最早期的核心成員,甚至促成了歐陽修與王安石的相識,引為知己,切磋砥礪,合力推動古文運動的大業。曾鞏以文章傳世,詩不如文,但對李白卻深感興趣,他讀到了宋敏求(1019-1079)所編的《李白詩集》二十卷,先後寫下了〈李白詩集後序〉、〈代人祭李白文〉二文。其〈謁李白墓〉詩云:「世間遺草三千首,林下荒墳二百年。信矣輝光爭日月,依然精爽動山川。曾無近屬持門戶,空有鄉人拂几筵。顧我自慚才力薄,欲將何物弔前賢。」[38]此詩首聯全仿歐陽修的音調句法,惟詩質稀薄,力有不逮,可能性分不同,才具各異,曾鞏詩自然不能與歐、王二公的文采風流相提並論了。雖不能至,心嚮往之,這裏也可以看出北宋文壇擅於博覽眾長、采納英華的文藝氣象。據說曾鞏亦嘗編《太白集》,蘇軾

---

37 蘇轍(1039-1112)〈詩病五事〉分別討論李白、白居易、韓愈、孟郊、王安石五家的詩病所在。參《蘇轍集》(北京:中華書局,1990年8月),第3冊,頁1228。

38 曾鞏:〈謁李白墓〉,《曾鞏集》,卷第6,頁89。又〈李白詩集後序〉、〈代人祭李白文〉,頁193、533。

〈書諸集偽謬〉云:「近見曾子固編《太白集》,自謂頗獲遺亡,而有〈贈懷素草書歌〉及〈笑矣乎〉數首,皆貫休以下詞格。二人皆號有識知者,故深可怪。」[39]可是不辨真偽,未能捕捉詩歌特有的品味和感覺,曾鞏之於李白詩,終隔一層。

四　蘇軾捕捉三百年獨有之樂

歐陽修帶領宋詩由唐詩璀璨的光環中走出來,寫出新意,沒有淪為唐詩的附庸,已足以說是「超越李白」了。至於蘇軾,早年欣賞杜甫的忠義之氣,挺身許國,有用世之志;其後疊遭打擊,多難畏禍,也就逐步融入陶淵明平淡閒遠的風格去了。其實蘇軾「行雲流水,初無定質」[40]的精神氣象,更與李白貼近。蘇軾仰慕李白,以步趨李白為樂,捕捉一種「三百餘年」的獨有之樂,以至一種特殊的生活品味。〈百步洪〉二首序云:

> 王定國訪余於彭城。一日,棹小舟,與顏長道攜盼、英、卿三子,游泗水,北上聖女山,南下百步洪,吹笛飲酒,乘月而歸。余時以事不得往,夜著羽衣,佇立於黃樓上,相視而笑,以為李太白死,世間無此樂三百餘年矣。定國既去逾月,復與參寥師放舟洪下,追懷曩游,已為陳跡,喟然而歎。故作二詩,一以遺參寥,一以寄定國,且示顏長道、舒堯文邀同賦云。[41]

此事復見於蘇軾〈王定國詩集敘〉,津津樂道,神氣自若。

---

[39] 蘇軾:〈書諸集偽謬〉,《蘇軾文集》,冊5,頁2098。文中所評另一人為「蘇子美家收張長史書」。

[40] 蘇軾:〈與謝民師推官書〉,《蘇軾文集》,冊4,頁1418。

[41] 蘇軾:〈百步洪〉二首,《蘇軾詩集》,冊3,卷17,頁891。

又念昔日定國過余於彭城，留十日，往返作詩幾百餘篇，余苦其多，畏其敏，而服其工也。一日，定國與顏復長道游泗水，登桓山，吹笛飲酒，乘月而歸。余亦置酒黃樓上以待之，曰：「李太白死，世無此樂三百年矣。」[42]

蘇軾困於公事，未能與王鞏同游。但夜著羽衣，心靈超飛求索於上下古今之間，一方面追縱友人的行止，心領神會；一方面逆探李白的詩心，無中生有。蘇軾雄姿英發，圓融自足，往往帶出了生命的熱鬧豐盛，不啻李白復生。蘇軾並沒有著眼於字斟句酌的神似而已，而是超脫時空的拘束，神魂合一，直探詩心。遊戲仙凡之間，自然又高於歐陽修「超越李白」相互對立的境界了。

蘇軾〈寒食雨〉二首膾炙人口，[43]《三希堂法帖》載有墨跡刻石，書法尤為橫放傑出，令人神往。黃庭堅〈跋東坡書寒食詩〉云：

蘇軾此詩似李太白，猶恐太白有未到處。此書兼顏魯公、楊少師、李西臺筆意，試使東坡復為之，未必及此。它日東坡或見此書，應笑我於無佛處稱尊也。[44]

黃庭堅沒有明確指出李白「未到處」何在，我想指的可能是一種生命境界。蘇軾二詩充滿寫實意味，其一「暗中偷負去，夜半真有力」，寫出光陰飛逝，不由人意安排；其二「君門深九重，墳墓在萬里」，寫出了窮途絕路，仍然心繫家國。蘇軾忘懷個人得失，安之若命，表

---

42 蘇軾：〈王定國詩集敘〉，《蘇軾文集》，冊1，頁318。
43 蘇軾：〈寒食雨〉二首，《蘇軾詩集》，冊4，卷21，頁1112。
44 黃庭堅：〈跋東坡書寒食詩〉，原稿墨蹟載《中國著名碑帖選集・宋蘇軾集》（長春：吉林文史出版社，1997年1月），冊22，頁9-11。案通行本首句作「東坡此書似李太白」，誤「詩」為「書」。參黃庭堅著、屠友祥（1963-）校注：《山谷題跋》（上海：上海遠東出版社，1999年1月），頁229；又《黃庭堅全集》，冊3，頁1608；均誤。

現內斂和節制，收放自如。這大概就是李白的「未到處」了。至於書法方面，蘇軾參透了顏真卿（708-784）、楊凝式（873-954）、李建中（945-1013）諸家的筆意，寫出瀟灑的尚意書風，體現自我的精神生命，深具大家風度。他日事過境遷，都成陳跡，自然更無法重寫一次了。此外，黃庭堅更多次將蘇軾詩的成就比擬為李白，〈跋東坡書〉云：「東坡書如華嶽三峰，卓立參昂，雖造物之鑪錘，不自知其妙也。中年書圓勁而有韻，大似徐會稽；晚年沈著痛快，乃似李北海。此公蓋天資解書，比之詩人，是李白之流。」[45]指出蘇軾大似徐浩（703-782）及李邕（678-747）二家。〈跋東坡鐵柱杖詩〉：「〈鐵柱杖〉詩雄奇，使李太白復生，所作不過如此。平時士大夫作詩送物，詩常不及物。此詩及鐵柱杖均為瑰瑋驚人也。」[46]可見黃庭堅對於蘇軾與李白兩人風流倜儻的精神氣象是能夠確切地感受到、把握到的，否則不會一再的以此喻彼，相互比擬，而這種識見更是無法純用文字表達出來的。這是一種眼光，也是高水平的精神交感，可意會而不能言傳，求之後世，亦不多見。只有才學兼賅，始得看透。當時宋仁宗也有這種眼光，認為蘇軾是能超越李白的。陳巖肖云：

> 又上一日與近臣論人才，因曰：「軾方古人孰比？」近臣曰：「唐李白文才頗同。」上曰：「不然，白有軾之才，無軾之學。」[47]

可見宋仁宗對蘇軾還是相當理解的，甚至能指出李白的缺失所在，一

---

45 黃庭堅：〈跋東坡書〉，《黃庭堅全集》，第2冊，頁774。
46 黃庭堅：〈跋東坡鐵柱杖詩〉，《黃庭堅全集》，第3冊，頁1612。
47 陳巖肖（紹興八年〔1138〕賜同進士出身，乾道三年〔1167〕知台州）：《庚溪詩話》，收入吳文治（1925-2009）主編：《宋詩話全編》（南京：江蘇古籍出版社，1998年12月）冊3，頁2794。

語中的,極有知人之明。其實宋代印刷術的發達帶動了知識的飛躍,城市興旺;而科舉的機會也突破了門第的局限,廣納人才。宋代社會尊重知識,整體文化是比唐代進步了,而士子的精神氣象也發生了根本的變化。程傑云:「初、盛唐文人漫遊任俠、求仙成風,科舉又待『行卷』,尋遇知己,遍謁諸侯,功夫多在詩外,提倡所謂『讀萬卷書,行萬里路』,過的不是書齋文士生活。這一情況到中唐時期有所改變,越來越多的下層庶族子弟投身場屋,謀求起身之機,他們望小資淺,惟有場屋可恃。高門、白屋互相競長,士風學風為之一變。」[48]這種風氣到了宋代當然更是變本加厲,宋仁宗的觀點其實也是體現了時代的共識,才學相兼,擲地有聲。真正的藝術是不可能複製的,詩人不但要超越李白,甚至還要超越自我,健行不息,始臻高境。歐、蘇洋溢著樂觀自信的情緒,指示發展的方向,並由此而創新一代文風。歐、蘇光芒四射,亦足與李、杜後先輝映了。

其實蘇軾對於李白也表現出深刻的理解和同情。杜甫說:「世人皆欲殺,吾意獨憐才。」[49]固是知己之言。而蘇軾隔代相知,通於身世之感,自然更感共鳴了。蘇軾〈李太白碑陰記〉專辯李白從永王璘事:

> 李太白,狂士也,又嘗失節於永王璘,此豈濟世之人哉。而畢文簡公以王佐期之,不亦過乎!曰:士固有大言而無實,虛名不適於用者,然不可以此料天下士。士以氣為主。方高力士用事,公卿大夫爭事之,而太白使脫靴殿上,固已氣蓋天下矣。使之得志,必不肯附權倖以取容,其肯從君於昏乎!夏侯湛贊東方生云:「開濟明豁,包含宏大。陵轢卿相,嘲哂豪傑。籠

---

[48] 《北宋詩文革新研究》,頁239。
[49] 杜甫:〈不見〉,參楊倫(1747-1803)箋注:《杜詩鏡銓》(上海:上海古籍出版社,1980年7月新一版),卷8,頁373。

罩靡前，跆籍貴勢。出不休顯，賤不憂戚。戲萬乘若僚友，視儔列如草芥。雄節邁倫，高氣蓋世。可謂拔乎其萃，游方之外者也。」吾於太白亦云。太白之從永王璘，當由迫脅。不然，璘之狂肆寢陋，雖庸人知其必敗也。太白識郭子儀之為人傑，而不能知璘之無成，此理之必不然者也。吾不可以不辯。[50]

在宋人一片崇尚氣節、義正詞嚴的討李聲中，蘇軾卻刻意為李白辯解。他欣賞李白「士以氣為主」，氣壯則理直，必具識見。最後蘇軾以「迫脅」為辭，雖有強辭奪理之嫌，但對於李白內心的悲哀卻還是深有同感的，所以持論與世相違，不隨流俗。此外，蘇軾在題跋中有時還提及李白詩的優劣高下，情理具在，自然更具知人之明了。〈書李白集〉：「今太白集中，有〈歸來乎〉、〈笑矣乎〉及〈贈懷素草書〉數詩，決非李太白作。蓋唐五代間貫休、齊己輩詩也。余舊在富陽，見國清縣太白詩，絕凡近。過彭澤唐興縣，又見太白詩，亦非是。良由太白豪俊，語不甚擇，集中往往有臨時率然之句，故使妄庸輩敢爾。若杜子美，世豈復有偽撰者耶？」〈書學太白詩〉：「李白詩飄逸絕塵，而傷於易。學之者又不至，玉川子是也，猶有可觀者。有狂人李赤，乃敢自比謫仙，準律，不應從重。又有崔顥者，曾未及豁達李老，作〈黃鶴樓詩〉，頗類上士游山水，而世俗云李白，蓋當與徐凝一場決殺也。醉中聊為一笑。」[51]大抵李白詩的優點是「豪俊」、「飄逸絕塵」，才情豔發，古今難及；缺點則是「臨時率然之句」、「而傷於易」，詩以表現情意為主，不屑於字斟句酌。後人不解，只能「醉中聊為一笑」而已。杜甫以外，蘇軾對李白可以說是充分了解的，甚至深入李白的內心世界，不徒是執著外表的字句和行徑。其實，在眾

---

[50] 蘇軾：〈李太白碑陰記〉，《蘇軾文集》，冊2，頁348。
[51] 蘇軾：〈書李白集〉、〈書學太白詩〉，《蘇軾文集》，冊5，頁2096、2098。

多的後代詩人中,蘇軾才學相兼,最能揣摩李白的聲情氣象,飛揚而不跋扈,反而多了一些深刻和節制,而這自然是蘇軾學習李白而又超越李白的地方了。崇寧元年(1102)蘇軾逝世之後,黃庭堅在荊南作〈次蘇子瞻和李太白潯陽紫極宮感秋詩韻,追懷太白、子瞻〉云:「不見兩謫仙,長懷倚脩竹。行遶紫極宮,明珠得盈掬。平生人欲殺,耿介受命獨。往者如可作,抱被來同宿。砥柱閱頹波,不疑更何卜。但觀草木秋,葉落根自復。我病二十年,大斗久不覆。因之酹蘇李,蟹肥社醅熟。」[52]蘇李並稱,皆為「謫仙」,明珠光燦,氣象相侔;他們遭遇亦復相似,由絢爛而復歸寂寞,「平生人欲殺,耿介受命獨」,更顯出一種孤懷獨往的悲情,益顯當政之無知。黃庭堅的才氣不逮蘇軾,卻由學養補足,所以他最能體會蘇軾的內心世界,即如杜甫是李白的知音一樣,歷史上人才相遇,何其巧合!

五 結論

文學的發展固然與客觀的世界有關,但更重要的還是主體的心靈建設。客觀的世界不斷改進,主體的心靈建設自然也得不斷的超越和提高。魏晉文學相對於秦漢來說已顯出進步飛躍。唐代詩文更是光輝璀璨,高潮疊起。宋人要在前代和當代眾星拱照、名家輩出的文壇中決圍而出,制敵爭勝,自然更需一番勇毅和努力。但文學發展也得由人才帶動,宋代尊重士人,士人回饋時代,教育的意義在於培育道德氣節和社會責任,因此人才輩出,議論鋒起,提高了士人超越爭勝的心靈素質,影響及於整體社會,而文學的發展自然也沾溉於教育的功效而得以展翅騰飛了。張毅云:

---

52 黃庭堅:〈次蘇子瞻《和李太白潯陽紫極宮感秋詩》韻,追懷太白、子瞻〉,《黃庭堅全集》,第1冊,頁62。

最能體現宋代文學思想發展的自立創新意識的，還是宋代作家自我樹立時的內在超越精神。所謂內在超越是對主體內在才性和品格的要求，集中反映在作家主體人格建構過程中對生命存在意義的體認和自我心性的反省。這使作家的創作視野由外部客觀世界的自然和社會轉向主體內心的精神世界。對生命本體和存在價值的探索，對複雜人性和深邃心靈的體驗感悟，構成了宋代作家以寫心表意為主而追求人格樹立和自我超越的藝術創造方式。代表作家的創作個性和主體人格成為推動文學思想發展的重要因素，它能影響其他作家而使一種創作傾向成為思潮，形成文學流派。[53]

因此，我們可以說，北宋詩壇洋溢著一種「內在超越精神」，也就是一種競勝之心。作家講求人格樹立，重視藝術創意，甚至形成共識，表現出一代獨有的文藝氣象，文藝朝著普及化和深化兩個方向同步發展。萬馬奔騰，捷足先登，人才是掩埋不了的，而歷史更是最公正的裁判。

上文主要以歐、蘇為例，說明「超越李白」的象徵意義。歐、蘇才學相埒，足以相互欣賞，出入百代。大抵歐陽修所得者為氣格，形象新穎；蘇軾所得者為意趣，文采風流。其他王安石、蘇轍雖然指出李白的詩病所在，只是從另一個角度來審視李白的作品，但都沒有否定李白之意。曾鞏詩才平庸，卻對李白表現出景仰之情，不勉力求成，更是一種正確的學習態度。黃庭堅好將蘇軾與李白並論，獨探詩心，別具慧眼，在宋詩中成就特大。宋人徜徉於詩詞書畫的繁花藝苑之中，學殖深厚，用力日久，亦足以抗衡李白的才情了。王安石、黃庭堅尊崇詩聖杜甫，知己知彼，取長補短，開拓局面，自然更超越一

---

[53] 張毅：《宋代文學思想史》（北京：中華書局，1995年4月），頁14。

般模仿的意義了。

　　現在我們已經步入第二個千禧年的時代,有必要重塑新世紀的文藝精神,摒棄模擬,重拾自信。後現代的詩學觀念再沒有大一統的中心,中心植根於自我之中,由內而外,表現一種多元對話的格局,相互激蕩。其實名家並沒有甚麼秘密可言,它只是盡量發揮個人的創意和長處,在最不為人所注意的地方、或者最不經意的時候冒出來,讓大家耳目一新。如果大家都一窩蜂的模仿步趨、趨之若鶩的時候,也就沒有甚麼值得驚豔了。所以「超越李白」的途徑很多,有時會是字句的高下優劣,有時會是題材的開拓,有時會是內在的精神境界,有時則是生活品味,形形式式,生生不絕。寫作的形式變化百出,寫之不盡,任何名家只要能在小範圍內努力開拓就很夠了,表現時代社會的神明變化,我們儘有發揮的空間,不必過慮。[54]

　　景仰的對象就是我們所欲學習的對象,學習的對象就是我們所欲超越的對象。因此,「超越李白」並不是叫我們複製李白,這是不切實際的想法,同時這也太沒有志氣了。在古人的唾餘中討生活,卑躬屈膝,這又何苦呢?最理想的是知己知彼,突圍而出。時代不同,環境各異,無論思維意識、語言文體、審美趣味、表現方式都有所不同。怎樣鍛練眼光,創新意念,取長補短,生生不息,發掘前人所沒有的品種,從學習到超越,永無止境。即使最後的對手只剩下了自我,天地蒼茫,也要超之越之,才可以從有限中追求無限,這是藝術最高最渾成的境界,也是詩人最大的發現和滿足了。

---

[54] 錢鍾書(1908-1998)《宋詩選注・序》云:「據說古希臘的亞歷山大大帝在東宮的時候,每聽到他父王在外國打勝仗的消息,就要發愁,生怕全世界都給他老子征服了,自己這樣一位英雄將來沒有用武之地。緊跟著偉大的詩歌創作時代而起來的詩人準有類似的感想。……有唐詩作榜樣是宋人的大幸,也是宋人的大不幸。」(北京:人民文學出版社,1958年9月),頁13。

《三劉家集》與北宋的人文精神

一　前言

　　南宋劉元高《三劉家集》彙錄北宋筠州（江西省宜春市高安市）劉渙（1000-1080）、劉恕（1032-1078）、劉羲仲（1059-1120）祖孫三代及當時文人酬贈的作品，目前僅見《四庫全書》本，沒有其他版本。〈提要〉云：「是集為咸淳中其裔孫御史元高所輯。蓋南宋之末，已無傳本，僅掇拾於殘缺之餘，故渙僅詩四首、文二首。恕僅〈通鑑外紀序〉一首，併其子所記〈通鑑問疑〉。羲仲僅〈家書〉一首。餘皆同時諸人唱和之作，及他人之文有關於渙父子者也。」[1]可見三劉現存的詩文不多，主要是輯錄大量北宋名人學者的撰著及稱述，藉此表揚祖先的德行和氣節。

　　皇祐二年（1050），劉渙五十歲致仕，持正不阿，以忤上官，隱居廬山，潔身不辱，士大夫爭相送行，尤以歐陽修（1007-1072）〈廬山高〉一詩稱揚劉渙的道德氣節，與廬山比高，最負盛名。劉恕深於史學，佐司馬光（1019-1086）編纂《資治通鑑》，以直道忤執政，得罪王安石（1021-1086），熙寧三年（1070）引退，還未到四十歲，蘇軾（1037-1101）、蘇轍（1039-1112）兄弟各有〈送劉道原歸覲南康〉、〈送劉道原學士歸南康〉之作。劉羲仲亦通史學，嗜學著書，仕途偃蹇，潔身自愛，號漫浪翁。徽宗政和八年（1118），以蔡京（1047-

---

[1] 劉元高（1220？-1275？）：《三劉家集》，《四庫全書珍本八集》（臺北：臺灣商務印書館影文淵閣本，1982年），第197冊；本文據《四庫全書》（上海：上海古籍出版社影文淵閣本，1987年）集部總集類第1345冊，頁543。

1126）薦入朝為《道史》檢討官。劉羲仲不肯造謁權貴，未幾仍然歸隱廬山，翁挺（1078？-1128？）有〈送劉羲仲檢討歸南康〉詩，深受時人的敬重。而劉氏祖孫三代「潔廉不撓，冰清而玉剛」[2]的人格、言行和事蹟流傳甚廣，成為建構當代人文精神的象徵，表現高尚的品德，激揚讀書人的氣節，祖孫三代守正不阿，知所進退，一脈相承，為宋代的士風樹立了良好的典範，甚至連他們隱居的廬山故居也成為大家景仰的名勝，來訪者絡繹不絕。

　　《三劉家集》彙輯劉渙〈初及第歸題淨慈寺壁二絕〉二首、〈自潁上歸再題寺壁二絕〉二首、〈廬山記序〉、〈騎牛歌後敘〉；劉恕〈外紀前序〉、〈外紀後序〉、〈通鑑議論〉三篇；劉羲仲〈家書〉一篇；合共十篇。此外本書也輯錄了大批文人題贈的詩文著述、尺牘墓銘等，包括歐陽修、司馬光、劉敞（1019-1068）、曾鞏（1019-1083）、陳舜俞（1026-1076）、劉攽（1023-1089）、僧了元（佛印，1032-1098）、張舜民（1034？-1100）、蘇軾、蘇轍、范祖禹（1041-1098）、黃庭堅（1045-1105）、陳師道（1053-1102）、晁補之（1053-1110）、張耒（1054-1114）、陳瓘（1057-1124）、林敏功（林子仁，1064？-1117？）、林敏修（林子來，1066？-1097？）、翁挺、呂本中（1084-1145）、李彭、楊萬里（1127-1206）、朱熹（1130-1200）、幸元龍（1169-1232）、陳韡等二十五家作品，辨正是非，表揚義氣，激懦而律貪，移風化俗，寫出道德及人格的力量，尤為重要。惟諸家詩文在編集《三劉家集》中或見改動，連三劉的稱謂也劃一為中允（或西澗）、秘丞、檢討等官名，本文盡量參考原書訂正。[3]

2　蘇轍：〈劉凝之屯田哀辭〉，見陳宏天、高秀芳點校：《蘇轍集》（北京：中華書局，1990年），頁341。

3　紀昀（1724-1805）《三劉家集‧提要》評云：「其中稱渙曰西澗先生，稱恕曰秘丞，稱羲仲曰檢討。固其子孫之詞，至於諸人詩文標題，一概刪去其稱字之文，而改曰西澗先生、祕丞、檢討，殊非其實矣。此則編次之陋也。」《四庫全書》，第1345冊，頁544。案陳韡兄陳韹（1180-1261）。

《三劉家集》附錄還提到劉格（道純，1052？-1091？）、劉和叔（咸臨，1069-1093）二家，[4]亦負才情，與文壇交往亦多，深受時人器重，稍作補述。此外文獻可徵，尚有李常（1027-1090）、晁說之（1059-1129）、洪朋（1062-1106）、[5]釋道潛（1043-1106）、吳炯（？-1153？）、薛季宣（1134-1173）六家的題贈之作；以及《三劉家集》失收陳舜俞、劉攽、蘇軾、范祖禹、黃庭堅、晁補之、李彭、朱熹、幸元龍等諸家詩文，亦擬一併考察。然而書中也保留了劉渙、劉義仲、釋了元、林敏功、林敏修、翁挺、張舜民、陳瓘、陳輯諸家的詩文，可供後代輯佚之用。因此，《三劉家集》敘述劉氏三代的言行和事蹟，摹寫歷史的原貌，建構北宋的人文精神，深化生命的意義和價值。在忠邪對決的北宋世代，可以彰顯道德和公義的勝利。

二　劉渙清剛恬退的精神氣象

劉渙，字凝之，號西澗居士。筠州人。仁宗天聖八年（1030）進士，為潁上（安徽省阜陽市潁上縣）令。皇祐二年（1050）以太子中允致仕，歸隱南康（江西省九江市星子縣）。《三劉家集》錄其詩四首，〈初及第歸題淨慈寺壁二絕〉云：

> 彤扉新授紫皇宣。品作蓬壺二等僊。
> 今日訪師無限意，應憐憔悴勝當年。
> 梵刹僊都顯煥存。心心惟紹法王孫。
> 俗流不信空空理，將謂長生別有門。

---

4 《三劉家集》，頁582、583。
5 洪朋生卒年參伍曉蔓（1973-）：《江西詩派研究》（成都：巴蜀書社，2005年），頁219-223。韋海英則訂作1065-1102，《江西詩派諸家考論》（北京：北京大學出版社，2005年），頁55。

又〈自潁上歸再題寺壁二絕〉云：

　　顛倒儒冠二十春。歸來重喜訪僧鄰。
　　千奔萬競無窮竭，老竹枯松特地新。
　　被布羹藜三十春。苦空存性已通真。
　　我來試問孤高士，翻媿區區名利身。[6]

劉渙佛門題詩，早悟空空存性、清淨擺脫之理。又〈東臺〉云：「東臺乃主人，吾身同過客。」亦見達生之意。[7]

劉渙五十歲致仕，辭官歸隱，歐陽修以〈廬山高贈同年劉中允歸南康〉送行，稱他「寵榮聲利不可以苟屈兮，自非青雲白石有深趣，其氣兀硉何由降？丈夫壯節似君少，嗟我欲說安得巨筆如長杠。」大筆淋漓，寫出了劉渙清淨恬退的精神氣象，足與廬山並峙，相互映襯，最具典範意義。這是一篇力作，同時也是《三劉家集》附錄中最重要的作品。[8]李常亦云：「方是時，學士大夫爭為詠嘆以餞之，非所以寵其行，以預送凝之為榮耳。歐陽文忠公之詩，道其為人與夫去，最詳且工，人能誦之，謂為實錄。」[9]可見一時盛況。

劉渙從官場中急流勇退，隱居廬山三十年。熙寧五年（1072）陳

---

[6] 劉渙：〈初及第歸題淨慈寺壁二絕〉、〈自潁上歸再題寺壁二絕〉，載《三劉家集》，頁544。又載北京大學古文獻研究所編：《全宋詩》第4冊（北京：北京大學出版社，1991年），頁2678。

[7] 陳舜俞〈東臺〉并序云：「太博劉公嘗自賦所居之東臺，詩云：『東臺乃主人，吾身同過客。』可謂達生之至言也。客有託為臺答公，頗稱公道德，然未盡其所以相為賓主之意，于是為賦詩一篇。」載《全宋詩》第8冊（北京：北京大學出版社，1992年），頁4950。

[8] 歐陽修：〈廬山高贈同年劉中允歸南康〉，李逸安（1943-）點校：《歐陽修全集》（北京：中華書局，2001年），第1冊，卷5，頁84。

[9] 李常：〈尚書屯田員外郎致仕劉凝之府君墓誌銘并序〉，元豐三年（1080）十二月撰。載曾棗莊（1937-）、陳琳主編：《全宋文》（成都：巴蜀書社，1993年12月），第36冊，頁625。

舜俞貶監南康酒稅,嘗與劉渙乘黃犢往來山間,盡南北高深之勝,著《廬山記》。劉渙亦撰〈廬山記序〉、〈騎牛歌後敘〉二文紀其事,嚮往山林之樂,時同泉石之趣。其後黃庭堅〈跋歐陽文忠公廬山高詩〉云:

> 若廬山之美,既備於歐陽文忠公之詩中,朝士大夫讀之,慨然欲稅塵駕,少揖其清曠而無由,而公獨安樂四十年,起居飲食於廬山之下,沒而名配此山,以不磨滅。碌碌而得志願者,視公何如哉。[10]

黃庭堅的叔父黃廉(1027-1092)娶劉渙之女,黃、劉二家有姻親關係。黃庭堅與劉渙及其家人子孫來往亦多,詩中盛稱劉渙忍窮如鐵石,遠離塵俗,自保清曠,名配廬山,也就鑄成了永恆的剛毅形象。又〈次韻郭明叔長歌〉云:「君不見懸車劉屯田。騎牛澗壑弄潺湲。八十脣紅眼點漆,金鍾舉酒不留殘。」身壯力健,活得自在。崇寧元年(1102)〈拜劉凝之畫像〉云:「棄官清潁尾,買田落星灣。身在菰蒲中,名滿天地間。誰能四十年,保此清淨退。往來澗谷中,神光射牛背。」[11]清淨恬退,神光普照,名滿天地,尤令人嚮往。其他尚有〈過致政屯田劉公隱廬〉、〈祭劉凝之文〉詩文各一篇,[12]亦見景仰之意。

元豐三年(1080)九月,劉渙卒,蘇轍〈劉凝之屯田哀辭〉并敘云:

---

10 淨名即維摩詰。黃庭堅:〈跋歐陽文忠公廬山高詩〉,黃庭堅著,屠友祥(1963-)校注:《山谷題跋》(上海:上海遠東出版社,1999年),頁168。又劉琳(1939-)、李勇先(1964-)、王蓉貴(1956-)校點:《黃庭堅全集》(成都:四川大學出版社,2001年)第2冊,頁696。

11 黃庭堅:〈次韻郭明叔長歌〉,參《黃庭堅全集》第2冊,頁1026。〈拜劉凝之畫像〉,第1冊,頁61。

12 黃庭堅:〈過致政屯田劉公隱廬〉,《黃庭堅全集》第2冊,頁974。〈祭劉凝之文〉,第2冊,頁792。

今年春，予以罪謫高安，過君之廬，傷君之不復見，拜凝之于床下。其容晬然以溫，其言肅然以屬，環堵蕭然，饘粥以為食，而游心塵垢之外，超然無戚戚意，凜乎其非今世之士也。然予見凝之，始得道士法，卻五穀，煮棗以為食，氣清而色和。及其死也，晨起衣冠，言語如平時，無疾而終。予然後知君父子皆有道者。[13]

蘇轍文中稱揚劉渙游心塵垢之外，尤善於養身，氣息清和，無疾而終，可謂有道之士。此外，《三劉家集》還收錄了劉敞〈送中允〉（〈送劉中允渙年五十餘以潁上縣令致仕卜居廬山〉）、陳舜俞〈騎牛歌〉、〈邀中允題淨慈寺〉[14]、僧了元〈寄中允〉等題贈劉渙之作。又輯錄朝廷勅封的〈西澗父贈官勅〉、〈嘉祐三年六月某日〉（1058）、〈嘉祐六年四月某日〉（1061）三件，殆即李常所云：「兩以汎恩與其子通籍，由太子中允，三轉為屯田員外郎。」先後特贈大理寺丞、殿中丞、尚書刑部侍郎等封銜。

三　劉恕才行俱美的史學家

　　劉恕，字道原，筠州人。仁宗皇祐元年（1049）進士。授鉅鹿（河北省邢台市鉅鹿縣）主簿、遷知和川（山西省臨汾市安澤縣）、翁源（廣東省韶關市翁源縣）二縣。英宗治平三年（1066），協修《資治通鑑》。司馬光〈乞差劉恕趙君錫同修書奏〉云：「伏見翁源縣令、廣南西路經略安撫司、勾當公事劉恕、將作監主簿趙君錫，皆習

13　蘇轍：〈劉凝之屯田哀辭〉，《蘇轍集》，頁340。
14　《三劉家集》注云：「寺僧相傳以此詩乃公與陳舜俞自廬山同返故里，館于淨慈寺作。題云陳運使邀屯田赴闕，幸松垣作祠堂記，備載其事。然舜俞謫南康，未為運使，且熙寧中，公亦老矣。此詩當攷，或非舜俞云。」，頁554。

史學,為眾所推,欲望特差二人與臣同修,庶使早得成書,不至疏略。」[15]熙寧三年(1070)與王安石政見不合,直言無隱,以親老乞歸,監南康(江西省贛州市南康區)酒稅,續修《通鑑》。司馬光〈劉道原《十國紀年》序〉云:「王介甫與道原有舊,深愛其才。熙寧中介甫參大政,欲引道原修三司條例,道原固辭以不習金穀之事。因言天子方屬公以政事,宜恢張堯舜之道,以佐明主,不應以財用為先。介甫雖不能用,亦未之怒。道原每見之,輒盡誠規益。及呂獻可得罪知鄧州,道原往見介甫曰:『公所以致人言,蓋亦有所未思。』因為條陳所更法令不合眾心者,宜復其舊,則議論自息。介甫大怒,遂與之絕。未幾光出知永興軍,道原曰:『我以直道忤執政,令官長復去,我何以自安?且吾親老,不可久留京師。』即奏乞監南康軍酒,得之。光尋判西京留臺,奏遷書局於洛陽。後數年,道原奏請身詣光議修書事,朝廷許之。……以元豐元年九月戊戌終,官至祕書丞,年止四十七。」[16]著《十國紀年》四十二卷、《疑年譜》(包羲至周厲王)一卷、《年略譜》(共和至熙寧)一卷、《資治通鑑外紀》十卷及《目錄》三卷,以及《閩錄》、《閩書》等。[17]《宋史》有傳。[18]

《三劉家集》錄存劉恕〈外紀前序〉、〈外紀後序〉、〈通鑑議論〉三篇;《全宋文》輯存〈通鑑外紀目錄序〉、〈通鑑外紀後序〉、〈上宰相書〉、〈重黎論〉、〈自訟〉、〈河南府密縣學記〉六篇。[19]《全宋詩》

---

15 司馬光:〈乞差劉恕趙君錫同修書奏〉,載《全宋文》第28冊(成都:巴蜀書社,1992年),頁321。

16 司馬光:〈劉道原《十國紀年》序〉,載《全宋文》第28冊,頁459。呂獻可即呂誨(1014-1071),三居諫職,時人推其鯁直。

17 李裕民(1940-)編:《劉恕年譜》,原刊《山西大學學報》1978年第2期,收入吳洪澤(1963-)、尹波(1963-)主編:《宋人年譜叢刊》(成都:四川大學出版社,2003年)第4冊,頁2355。

18 脫脫(1314-1355)等編:《宋史・文苑傳六》(北京:中華書局,1977年),卷444,頁13118。

19 劉恕文載《全宋文》第40冊(成都:巴蜀書社,1994年),頁426-434。

則輯存〈題靈山寺〉一首：「早晚報衙蜂擾擾，友朋相和鳥關關。餘香滿袖花驚眼，空翠霑巾雨暝山。」[20]此詩清詞麗句，花鳥相親，意象豐滿，感覺敏銳。其他尚有〈騎牛歌〉、〈詠史〉、〈寄張師民〉等，已佚，陳舜俞、蘇軾都有和作。劉恕不以詩鳴，惟《三劉家集》輯錄諸家贈詩亦多，計有劉敞〈送秘丞初及第歸南康〉(〈送劉先輩恕〉)、劉攽〈寄秘丞〉(〈寄劉道原秘丞〉)、蘇軾〈送秘丞歸覲南康〉(〈送劉道原歸覲南康〉)、〈和秘丞詠史〉(〈和劉道原詠史〉)、〈和秘丞見寄〉(〈和劉道原見寄〉)、〈和秘丞寄張思民韻〉(〈和劉道原寄張師民韻〉)、[21]蘇轍〈送秘丞歸覲南康〉(〈送劉道原學士歸南康〉)。又陳舜俞〈贈劉道原〉、〈和劉道原騎牛歌〉二詩未見於《三劉家集》，[22]可以補錄。劉恕卒後有張舜民〈書秘丞墓碣後〉[23]、范祖禹〈秘丞墓碣〉(〈秘書丞劉君墓碣〉)[24]、黃庭堅〈秘丞遷葬墓誌銘〉(〈劉道原墓誌銘〉)、陳師道〈秘丞像贊〉(〈劉道原畫像贊〉)等。元符二年（1099），張耒撰〈冰玉堂記〉云：

> 熙寧中，余為臨淮主簿，始得拜劉公道原于汴上。是時道原方修《資治通鑑》，而執政有素高其才者，欲用以為屬，道原義不屈，遂與絕。復以親老求為南康酒官，故書未成而去。余既慕公之義，而望其眉宇，聽其論議，其是非予奪之際，凜然可

---

20 劉恕詩輯自〔清〕曾廷枚（1734-1816）《西江詩話》卷中，載《全宋詩》第12冊（北京：北京大學出版社，1993年），頁8329。

21 劉恕〈詠史〉、〈寄張師民〉諸詩及蘇軾和作撰於熙寧六年（1703），參《劉恕年譜》，頁2347。

22 陳舜俞詩載《全宋詩》第8冊，頁4950、4951。

23 張舜民文載《三劉家集》，頁573；又載《全宋文》第41冊（成都：巴蜀書社，1994年），頁720。

24 范祖禹文載《三劉家集》，頁571；又載《范太史集》，《四庫全書》第1100冊，卷38，頁423。

畏而服也。士大夫皆曰:「劉君之賢,非獨其信道篤,立心剛,博學洽聞之所至,是蓋得父之風烈。」[25]

張耒追敘與劉恕相見的印象,慕道向義,可畏可服,博學洽聞,表現剛烈,在新學充斥的時代,嚴辨忠奸,振聾發聵,尤大有益於世道人心。黃庭堅認為劉恕嘗自揭二十失、十八蔽,亦見自知之明,〈劉道原墓志銘〉云:

> 嘗著書自訟曰:「平生有二十失,佻易下急,遇事輒發。狷介剛直,忿不思難。泥古非今,不達時變。凝滯少斷,勞而無功。高自標置,擬倫勝己。疾惡太甚,不恤怨怒。事上方簡,御下苛察。直語自信,不遠嫌疑。執守小節,堅確不移。求備於人,不恤咎怨。多言不中節,高談無畔岸。臧否品藻,不掩人過惡。立事違眾好,更革應事。不揣己度德,過望無紀。交淺而言深,戲謔不知止。任性不避禍,論議多譏刺。臨事無機械,行己無規矩。人不忤己,而隨眾毀譽。事非禍患,而憂虞太過。以君子行義,責望小人。非惟二十失,又有十八蔽。言大而智小,好謀而疏闊,劇談而不辯,慎密而漏言,尚風義而齷齪,樂善而不能行,與人和而好異議,不畏強禦而無勇,不貪權利而好躁,儉嗇而徒費,欲速而遲鈍,闇識強料事,非家法而深刻,樂放縱而拘小禮,易樂而多憂,畏動而惡靜,多思而處事乖忤,多疑而數為人所欺。事往未嘗不悔,他日復然,自咎自笑,亦不自知其所以然也。」[26]

---

25 張耒:〈冰玉堂記〉,李逸安、孫通海、傅信點校:《張耒集》(北京:中華書局,1990年),頁762。

26 黃庭堅:〈劉道原墓志銘〉,《黃庭堅全集》第2冊,頁834。劉恕:〈自訟〉,引自《皇朝文鑑》卷127,載《全宋文》第40冊,頁432。

黃庭堅盛稱劉恕「君子之學」，表現「才行之美」。又云：「初，凝之忿世不容，棄官老於廬山之下。至道原而節愈高，蓋亦有激云。」劉渙、劉恕父子並稱，在北宋激烈的黨爭中，以直道見稱，堅貞不屈，漸漸成為士人的精神象徵。

劉恕之弟劉格（1054？-1091？）亦以勁直知名。劉格，字道純。李常〈尚書屯田員外郎致仕劉凝之府君墓誌銘〉云：「子男曰恕、曰格，皆有學行，耿介不回如凝之。」[27]《三劉家集》云：「格字道純，亦以文學顯，議論勁直，有父兄之風，鄉舉不第。凝之歿，黃山谷過隱廬，有『百楹書萬卷，少子似翁賢』之句，為道純發也。嘗試制科，未仕而卒。山谷與道純遊最久，今集中數詩尚存。」[28]熙寧五年（1072），陳舜俞〈送南康劉道純秀才起應新詔〉云：「乘時得志君其人，平生好學氣撞斗。詆訶毛鄭為低眉，辨說儀秦不容口。本需束帛賁圭衡，勉應新書辭觥斝。時髦往往出江南，解褐須期居帝右。」[29]當時推行新法，進士殿試罷詩、賦、論三題而改試時務策；而「新書」當指王安石的《周官新義》、《毛詩義》、《尚書義》等。陳舜俞送劉格勉應新詔，期許甚高。[30]

熙寧六年（1073），劉格與張耒遊。張耒〈冰玉堂記〉云：「始余

---

27 李常：〈尚書屯田員外郎致仕劉凝之府君墓誌銘〉，載《全宋文》第36冊，頁626。李裕民承認蘇軾、曾鞏、黃庭堅所記均作格，「惟同治《星子縣志》卷十作恪，當以恪為是。蓋恕亦從心，名恪，字道純，其義亦相應。」即據孤證誤訂為劉恪，跟北宋諸家所記大異。見《劉恕年譜》第4冊，頁2328。又「回」，訓邪也。

28 《三劉家集》，頁582。引詩二句見黃庭堅〈過致政屯田劉公隱廬〉，《黃庭堅詩集注》，頁1051。又《黃庭堅全集》第2冊，頁974。

29 陳舜俞：〈送南康劉道純秀才起應新詔〉，載《全宋詩》第8冊，頁4955。

30 晁說之〈與劉壯輿書〉云：「每念十五、六時，在淮南。吾先君嘗令立侍先丈之側，蒙戒告；無從妖學，無讀妖言。至今白首，奉之不忘。」載《景迂生集》卷十五，《四庫全書》第1118冊，頁292。函中先君即晁端彥（1035-1095），先丈乃劉恕。妖學妖言指王安石新學。此函張劍訂為熙寧六年至七年作（1073-1074），見張劍（1971-）：《晁說之研究》（北京：學苑出版社，2005年1月），頁83。

應舉時，與道原之弟格遊，愛其學博而論正，是蓋得其兄之餘。」[31] 熙寧八年（1075），蘇軾在密州〈與鮮于子駿〉其三云：「欲告子駿與一差遣，收置門下，公若可以踏逐辟召，幸先之，敢保稱職也。且夕歸南康軍待闕，公若有以處之，他必願就也。某非私之也，為時惜才也。」[32]蘇軾推薦劉格，珍惜人才。

劉格生過疱瘡，幸得董隱子治癒。黃庭堅〈董隱子傳〉云：「道純得疱瘡，如蓓蕾，潰肌膚，岑岑痛，晝夜生數十。隱子為和齊，五日良已。異日，陰與方士約買藥煮丹砂，期未至，語不聞，侍旁。隱子又來飲，起握道純手曰：『冶金鑄銀，奔馬即死禍。』乞一楪酒，行歌而往，曰：『歸飲吾同舍。』明日遣人問安，留楪，語旁乞人去矣。數日，客見之於潯陽，猶寄聲別道純。不了其來之始，其去以庚申（1080）正月二十三日。」[33]董隱子宿州（安徽省宿州市）人，行乞於南康市中，衣不蔽體，嗜酒。其人來去無蹤，看起來很像神醫，富有傳奇色彩。

劉渙卒，劉格求蘇轍撰〈劉凝之屯田哀辭〉并敘云：「元豐三年九月辛未，廬山隱君劉凝之卒于山之陽，其孤格以書來曰：『君昔知吾兄，今又知吾父，今不幸至於大故，其為詩使輓者歌之，以厚其葬。』」[34]

元豐三年（1080）十二月，黃庭堅經南康赴太和（江西吉安），〈題落星寺〉其四云：「北風吹倒落星寺，吾與伯倫俱醉眠。螟蛉蜾蠃但癡坐，夜寒南北斗垂天。」史容注云：「晉劉伶字伯倫，以況劉道純。劉伶〈酒德頌〉云：『二豪侍側焉，以蜾蠃之與螟蛉。』」又據

---

31 張耒：〈冰玉堂記〉，《張耒集》，頁763。
32 蘇軾：〈與鮮于子駿〉其三，蘇軾著，孔凡禮（1923-2010）點校：《蘇軾文集》（北京：中華書局，1986年）第4冊，頁1560。
33 黃庭堅：〈董隱子傳〉，《黃庭堅全集》第2冊，頁518。
34 蘇轍：〈劉凝之屯田哀辭〉，《蘇轍集》，頁340。

山谷真蹟，稱「第四首題云〈往與道純醉臥嵐漪軒，夜半取燭題壁間〉。又有蜀本石刻，……題作〈醉書落星寺壁，時與劉道純同飲，二僧在焉〉。」[35]北風醉臥，夜半題壁，交情甚篤。

哲宗元祐二年（1087），黃庭堅在秘省作〈送劉道純〉，詩中有句云：「麒麟圖畫偶然耳，半枕百年夢邯鄲。平生樽俎宮亭上，涉世忘味皆朱顏。」[36]安慰故人，自得其樂。元祐六年（1091），黃庭堅〈玉京軒〉詩後提到劉格的死訊，得年三十餘歲。史容《山谷外集詩注》云：「玉京山在爐峰下，落星寺僧開軒對之。……又山谷有真蹟，跋語云：『將旦起坐，復得長句，忽忽就竹輿，不暇寫。歲行一周，道純已凋落，為之隕涕。故書遺超上人，可刻石於吾二人醉處。它日有與予友及道純好事者，尚徘徊碑側。元祐六年大寒，黃庭堅書。』自元祐逆數元豐，蓋庚申（1080）歲一周也。」[37]事過境遷，時移勢易，死生睽隔，則感慨繫之矣。

四　漫浪翁劉羲仲

劉羲仲，字壯輿，劉恕之子，亦通史學、易學等。哲宗元祐元年（1086），司馬光上〈乞官劉恕一子劄子〉，[38]以其父協修《通鑑》有功，乞蔭其子，補郊社齋郎，歷任華容（湖南省常德市華容縣）縣

35　黃庭堅：〈題落星寺〉其四，《黃庭堅全集》第2冊，頁1137。又任淵（1090-1164）、史容（1147-1217？）、史季溫（1207？-1253？後）注，劉尚榮校點：《黃庭堅詩集注》（北京：中華書局，2003年），頁1042-1045。

36　黃庭堅：〈送劉道純〉，《黃庭堅全集》第2冊，頁1013。詩中「宮亭」乃湖名，入修江，參〈宮亭湖〉詩，頁1042。史容注云：「宮亭湖屬江州及南康軍。《荊州記》曰：『宮亭湖即彭蠡澤。』」《黃庭堅詩集注》，頁1335。又「半枕百年」，《三劉家集》作「三十餘年」，頁583。

37　黃庭堅：〈玉京軒〉，《黃庭堅詩集注》，頁1047。又「忽忽」作「匆匆」，「它」作「他」，「大寒」後增「後」字，參《黃庭堅全集》第2冊，頁1042。

38　司馬光：〈乞官劉恕一子劄子〉，載《全宋文》第28冊，頁293。

尉、巨野（山東省菏澤市鉅野縣）主簿、德安（江西省九江市德安縣）主簿、河東（山西省運城市永濟市）、唐州（河南省南陽市唐河縣）儀曹，入京為宣教郎編修官、道史檢討等。劉羲仲嘗撰《歐陽子列傳》，黃庭堅認為有「史事風氣」，可以繼承家學，且「以不朽之事相傳」。[39]又摘歐陽修《五代史》誤，作《糾繆》。編《逸史》。相傳劉羲仲纂集《資治通鑑問疑》一卷，編次劉恕與司馬光商榷疑難者十三事；其後劉羲仲又列出所疑者八事，范祖禹答曰：「然則君實（司馬光）期羲仲亦厚矣。而羲仲既痛恨先人不及見奏成書，又懼後世以小言破言，小道害道。不幸而似羲仲者，故纂集其往復問難，使後世有考焉。」[40]著《文編》、《十二國史》、《太初曆》、《漫浪野錄》等，目前僅存〈家書〉一篇。

紹聖二年（1095），劉羲仲任巨野主簿，當時文人送行及寄詩，計有陳師道〈送劉主簿〉、[41]林敏功〈與劉羲仲檢討別後有懷〉、[42]林敏修〈送劉羲仲檢討〉、〈次韻寄檢討〉等。[43]

元符元年（1098），調任德安主簿。元符二年（1099）撰〈家書〉云：「羲仲再拜，仲夏毒熱，恭維十一伯、十四伯、十六伯尊體動止萬福。某頃遭家難，叔父舍弟，相繼不幸。迎侍老母，赴官湖外，行久臨湘，老母捐館，中塗孤露，無計生全。其自脫於萬死一生之憂患者，以老母大事也。貧不能歸，寓居蘄春者數年，乃歸謀辦大事，改老人老母於江州龍泉山，以二弟從焉。又改叔父家嬸於南康

---

39 參黃庭堅：〈書歐陽子傳後〉，《黃庭堅全集》第2冊，頁663。
40 劉羲仲纂集〈資治通鑑問疑〉，收入首都圖書館編輯：《通鑑史料別裁》（北京：學苑出版社，1998年）第2冊，頁13。
41 陳師道：〈送劉主簿〉，載《全宋詩》第19冊（北京：北京大學出版社，1995年），頁12684。
42 林敏功：〈與劉羲仲檢討別後有懷〉，載《全宋詩》第18冊（北京：北京大學出版社，1995年），頁12228。伍曉蔓引述此詩，誤作劉羲仲。《江西宗派研究》，頁339。
43 林敏修：〈送劉羲仲檢討〉、〈次韻寄檢討〉，載《全宋詩》第18冊，頁12230-12231。

軍,以弟妹從焉。一舉八喪,智力俱困,俯仰自悲,此情無量。」[44]叔父指劉格,舍弟即劉和叔、劉羲叔,加上母親也在元祐七年(1092)赴華容縣尉任上的途中逝世,貧不能歸。八位親人先後喪亡,劉羲仲要分別料理他們的喪事,安排墓地,憂患餘生,情辭悲苦,而諸伯當然也就是劉恕的堂兄了。

劉羲仲自號漫浪翁,而名其廬山住所曰是是堂,在巨野則建是是亭。劉羲仲請蘇軾及黃庭堅、陳師道、晁補之、張耒等撰文,解釋諸名的寓意,針砭世風,獎勵名節,明辨是非,發揚劉氏家族的風神高義。紹聖元年(1094)冬月,黃庭堅在陳留(河南省開封市),嘗為劉羲仲撰〈是是堂銘〉,自稱「畏懦不敢奉寄,今失其稿,老來隨事隨忘,筆間不復記憶,將來諸故友間或可得也。」[45]紹聖四年(1097)二月五日,陳師道〈是是亭記〉云:「劉子佐鉅野,架室以居,名曰是是之亭,而語客曰:『吾剛不就俗,介不容眾,而人亦不吾容也。故吾勉焉,是其所是,而不非其所非,又懼有時而忘之也,以名吾居,耳目屬焉,亦盤盂几杖佩服之類也。吾其免乎?』客笑之曰:『是是近諂,非非近訕,不幸而過,寧訕無諂。』以病劉子。」[46]「是是」之說唯唯諾諾,隨俗諂世,缺乏主見,顯得無奈,其實卻深具反諷意味。張耒〈劉壯輿是是堂歌〉序云:「子劉子構堂於官舍,名之曰是是,而求予為詩。予復之曰:夫物生之所必有,而其為物彼是相次而不能定夫一者,天下之是非也。……劉子乃構堂揭牓,而獨以是是非非自任。吾將見子吻敝氣殫,而言語之戰未已也。嘗試為子歌堂中之樂,而息子之勞,庶幾隱几而嗒然者乎?」[47]

---

44 劉羲仲:〈家書〉,載《三劉家集》,頁553。
45 黃庭堅:〈答壯輿主簿書〉,《黃庭堅全集》第3冊,頁1881。
46 陳師道:〈是是亭記〉,《後山居士文集》(上海:上海古籍出版社,1984年)卷15,頁692。
47 張耒:〈劉壯輿是是堂歌〉,《張耒集》,頁35。

徽宗建中靖國元年（1101）四月，蘇軾北歸，路過南康，游廬山，亦有〈劉壯輿長官是是堂〉詩云：「作堂名是是，自說行坦途。孜孜稱善人，不善自遠徂。」[48]當日李彭同游，撰〈何生復用塗字韻，喜予從東坡游，作三篇見寄，次韻答之。後篇柬劉壯輿〉詩。[49]北宋黨禍慘烈，是非難以論定，只能各是其是而已。案陳師道「是是」之論蓋由歐陽修「非非」之說變化出來，而立意不同。〈非非堂記〉云：「夫是是近乎諂，非非近乎訕，不幸而過，寧訕無諂。是者君子之常，是之何加？一以觀之，未若非非之為正也。」[50]歐陽修要求「心靜」，明辨是非，專用「非非」對抗邪惡，大義凜然；而劉羲仲反其道而行之，寧願選擇「是是」，結合志同道合的朋友，潔身自愛，保持清白。

劉羲仲自稱漫浪翁，黃庭堅〈書劉壯輿漫浪圖〉云：「子劉子讀書數千卷，無不貫穿，能不以博為美，而討求其言之所從來，不可謂漫。未見古人，如將不得見，既見古人，曰吾未能如古人也，不可謂浪。年未四十，而其學日夜進，不可謂翁。」[51]反文見意，其實就是分別探討漫浪翁三字的含意。晁補之〈答劉壯輿書〉：「示漫浪翁圖贊，并所以名堂與亭之意。以壯輿志業，豈老且不售、畸乖自放者之比。其所以名者，意不在是。魯直為贊以反之，此善論人之意，非反也，合也。」[52]晁補之〈漫浪閣辭〉亦云：「南康劉羲仲壯輿，志操文

---

48 蘇軾：〈劉壯輿長官是是堂〉，王文誥（1764-？）輯註，孔凡禮點校：《蘇軾詩集》（北京：中華書局，1982年）第7冊，頁2453。
49 李彭〈何生復用塗字韻，喜予從東坡游，作三篇見寄，次韻答之。後篇柬劉壯輿〉其三云：「冰玉堂前十國書。君能讀之行坦途。一洗談天千古舌，呂梁大壑何時枯。願君不用校魯魚，亦須調笑酒家胡。玉局仙翁無浪語，大禹以來無有渠。」載《日涉園集》，《叢書集成續篇》（臺北：新文豐出版公司），第165冊，卷6，頁4下。又載《全宋詩》第24冊（北京：北京大學出版社，1995年），頁15909。
50 歐陽修：〈非非堂記〉，《歐陽修全集》第3冊，卷64，頁930。
51 黃庭堅：〈書劉壯輿漫浪圖〉，《黃庭堅全集》第2冊，頁733。
52 晁補之：〈答劉壯輿書〉，《雞肋集》，《四部叢刊初編》本，卷52，頁397。

義,蚤知名於士大夫。年四十矣,而學問亦苦,蓋不欲一日棄其力於無用也。築屋廬山其先人之居,自號曰漫浪翁。意以比元結,從仕與物皆不得已也。」[53]張耒〈漫浪翁〉詩序云:「劉壯輿年過壯,久不仕,嗜學著書,自名漫浪翁。所居之園林堂室,皆以是名之。求予為詩,因記之。」[54]世風日下,君子道消,劉羲仲不敢自棄,自然表現出漫浪翁的無奈心境。

　　至於劉渙、劉恕在筠州的故居則名之曰冰玉堂。蘇轍〈劉凝之屯田哀辭〉云:「若凝之為父,與道原之為子兮,潔廉不撓,冰清而玉剛。」[55]兼論劉渙、劉恕父子的品德人格,為世景仰,因以「冰玉」為名。其後張耒、晁補之撰文述其事。張耒〈冰玉堂記〉云:「元符中,余謫官廬陵,道原之子羲仲主簿,于德安敘其大父與父之事于余,且曰:『頃眉山蘇子由嘗道廬山,拜我大父于床下,出而嘆曰:「凜乎非今世之士也。」其卒,為詞以哭曰:「凝之為父,與道原之為子,潔廉不撓,冰清而玉剛。」鄉人是其言,名吾大父故居之堂曰冰玉。君為我實記之。』」[56]晁補之〈冰玉堂辭〉亦云:「冰玉堂者,始前門下侍郎眉山蘇公子由哭故廬山隱君劉凝之與其子道原之詞,所謂『潔廉不撓,冰清而玉剛』者也。鄉人聞之,其賢者喜,其頑與懦者皆廉且立,則相與採冰玉之語,以名君堂而祠之。而前起居舍人譙郡張文潛,又因其名以為記。」又云:「又與君之孫羲仲游相好。元符中,以罪遷玉山,道出星子,求君父子所葬而拜之。五老巉然臨其上,水交流其下,松柏一徑如幢節,行路耕者,咸指而言曰:『此劉君之葬也。』則皆有敬容。」[57]劉家冰清玉潔的氣質,使大家深受感

---

53 晁補之:〈漫浪閣辭〉,《雞肋集》卷3,頁19。又載《全宋詩》第19冊,頁12756。
54 張耒:〈漫浪翁〉,《張耒集》,頁136。
55 蘇轍:〈劉凝之屯田哀辭〉,《蘇轍集》,頁341。
56 張耒:〈冰玉堂記〉,「羲仲」誤作「義仲」,《張耒集》,頁763。邵祖壽《張文潛先生年譜》訂為元符元年(1098)作;《張耒集》,頁1003。
57 晁補之:〈冰玉堂辭〉,《雞肋集》卷3,頁18。又載《全宋詩》第19冊,頁12755。

動,亦可見民德歸厚了。

建中靖國元年（1101）四月,蘇軾〈題劉壯輿文編後〉云:「今日晨起,減衣,得頭風病,然不亦甚也。取劉君壯輿文編讀之,失疾所在。曹公所云,信非虛語。然陳琳豈能及君耶？建中靖國元年四月十二日書。」[58]蘇軾稱讀劉羲仲文編可以治頭風病,形容劉文引人入勝,表現自己的專注,看來還有點神乎其文了。同時〈與劉壯輿〉六首,其中第三函亦云:「旦來枕上,讀所借文篇,釋然遂不知頭痛所在。曹公所云,信非虛語。然陳琳豈能及君耶？」[59]二者同屬一函,編者分置於題跋及尺牘之中,互見詳略。

崇寧元年（1102）劉羲仲自河東自免,遷江南。五月初九日,黃庭堅赴太平州（安徽省馬鞍山市當塗縣）任,過筠州,遊廬山,〈題西林寺壁〉云:「黃某、弟叔豹、子相及朱章、劉羲仲、李彭同來,瞻永禪師塑像,觀碑陰顏魯公題字,愛碧甃流泉,凌厲暑氣,徘徊不能去。崇寧元年五月癸亥。」[60]抒發廬山同遊之樂,暑氣頓消。

大觀、政和年間除黨禁之後,晁說之撰〈與劉壯輿書〉、〈劉氏藏書記〉、〈九學論〉、〈題《長篇疑事》〉等,[61]推崇劉恕的學術,通於經史。又撰〈河中府古興寄劉壯輿〉、〈平昔于王褒贈周處士八絕中,喜誦其龍尾禪室一首。今連日行荒山中,頗增幽居之興,以其句為一詩,寄楊中立、謝顯道、劉壯輿、陳叔易,同趣歸期也。有好事者,亦不予鄙〉、〈歲暮思劉壯輿,近在京師,因壯輿言溫公勸劉丈合魏宋等志,有意合正史之志而離析李延壽之紀傳,顧老罷不能,聊見于篇末〉、〈談易寄壯輿〉諸詩,[62]亦可見二人交往之跡。

---

58 蘇軾:〈題劉壯輿文編後〉,《蘇軾文集》第5冊,頁2074。
59 蘇軾:〈與劉壯輿〉其三,《蘇軾文集》第4冊,頁1582。
60 黃庭堅:〈題西林寺壁〉,《黃庭堅全集》第3冊,頁1600。
61 晁說之撰:《景迂生集》,《四庫全書》,頁291、306、273、347。
62 晁說之詩載《全宋詩》第21冊（北京:北京大學出版社,1995年）,頁13691、13696、13748、13750。詩中楊時（1053-1135）,字中立;陳恬（1058-1131）,字叔易。

政和八年（1118），劉羲仲自唐州儀曹，召為編脩，復以宣教郎為道史檢討官。嘗錄其父劉恕《長篇疑事》寄晁說之新鄭東里。晁說之〈題《長篇疑事》〉云：「公之子羲仲壯輿政和戊戌為唐州曹官，錄以寄說之東里草堂。」[63]又李彭〈寄劉壯輿將赴唐州儀曹〉云：「五柳先生同舊科。壺觴終日盼庭柯。一行作吏事皆廢，三徑就荒君若何。問字有誰堪載酒，談經許我或操戈。平生獨自賞音者，聽此慇勤勞者歌。」[64]李彭看來想勸阻劉羲仲赴官，不以吏事廢學。

《宋元學案》卷八「道原家學・宣教劉漫翁先生羲仲」條云：「幼敏慧博洽，……清介有父風，歷鉅野、德安簿。政和間以蔡京薦，召為宣教郎編修官。至京師，絕不造謁一人，昌言曰：『吾但知天子有命，不知有薦我者。』竟棄官歸廬山，自號漫浪翁。」[65]《正德南康府誌》亦云：「性慧敏，於書無所不讀。平居以節操自持，纖介不取於人。……蘇東坡過廬山，見而歎曰：『家範也，其凜然乎？』政和間，編《逸史》，自汝州儀曹召為編脩。至宰相以下，皆不造謁，但言：『朝廷有命，不知有薦，何以謁為？』未幾，乞致仕，歸廬山。朝之公卿皆賦詩郊餞，人仰其高節。」[66]翁挺時在汴京，撰〈送劉羲仲檢討歸南康〉壯行，詩云：

> 先生來東都，貌如林間鶴。聞名今見之，信難塵中著。諸儒紛藏寶，人進己反卻。眇然千載事，獨與復商略。斯人昔俊豪，世故熟斟酌。冥棲二十年，不為幽禪著。秋風有所思，木落廬

---

[63] 晁說之：〈題長篇疑事〉，《景迂生集》，卷18，頁347。

[64] 李彭：〈寄劉壯輿將赴唐州儀曹〉，《全宋詩》第24冊，頁15932。

[65] 黃宗羲（1610-1695）原本，黃百家（1643-1709）纂輯，全祖望（1705-1755）修訂，何紹基（1799-1873）校刊：《足本宋元學案》（臺北：廣文書局，1971年），卷八，頁178。

[66] 陳霖纂修：《正德南康府誌》，收入《天一閣藏明代地方志選刊》（上海：上海古籍書店，1982年），卷6，頁34下。書中劉羲仲誤作劉義仲。

山腳。豈為菰蓴念,亦負溪友約。清霜動車輪,不復生四角。想見胸府間,天池瀉寥廓。平生杜陵老,妙處倚山閣。歲晚或相從,應分半岩壑。[67]

詩中盛稱劉羲仲人進己退,胸懷恬淡,自能領略溪山妙境,可以分去杜甫(712-770)的半壁岩壑。其他尚有呂本中〈別子之併寄壯輿叔用〉[68]、李彭〈余與劉壯輿先大父屯田、父秘丞為契家,壯輿又與予厚,不數年皆下世,今過其故居〉、〈次韻并示劉四壯輿〉、〈寄劉壯輿〉、[69]吳炯〈贈劉羲仲〉等。[70]諸詩反映劉羲仲晚年一些生活的片斷,行事學術,各有所見。李彭詩中更提到劉羲仲故居,反映卒後的情況:「孤嫠俱幽憤,一仆無復痊。門楣唯蔡琰,阿宜紹宗傳。」孤兒寡婦,門庭冷落。[71]

劉恕生一女三子,劉羲仲乃長子,在族輩中行四,有弟和叔及秠二人,不幸早卒。惟諸家所記各異,互有不同,黃庭堅跟劉家有姻親關係,三代來往亦多,記載比較可信。李常〈尚書屯田員外郎致仕劉凝之府君墓誌銘〉稱劉渙「孫男四人:羲仲、和叔、羲叔、和仲。女

---

67 翁挺:〈送劉羲仲檢討歸南康〉,載《全宋詩》第27冊(北京:北京大學出版社,1996年),頁17450。
68 呂本中:〈別子之併寄壯輿叔用〉,載《三劉家集》,頁558。原詩題作〈本中將為海陵之行,念當復與子之作別,意殊憒憒,得兩詩上呈,并告送與壯輿、叔用也〉,子之即江端本(宣和二年〔1120〕通判溫州),叔用乃晁沖之(1072?-1126)。此詩又載《全宋詩》第28冊(北京:北京大學出版社,1998年),頁18107。
69 李彭詩載《全宋詩》第24冊,頁15888、15865、15870。
70 吳炯〈贈劉羲仲〉:「束帶真成屈壯圖。寧思飽死歎侏儒。便拈手版還丞相,卻覓芒鞋踏故廬。少日縈心但黃嬭,暮年使鬼勾青奴。他時有客來載酒,解道欲眠卿去無。」出《五總志》,載《全宋詩》第32冊(北京:北京大學出版社,1998年),頁20285。吳炯乃南宋初人,或及見劉羲仲,案詩意似亦與辭官事相關。
71 《三劉家集》附錄引晁以道云:「道原日記萬言,終身不忘。壯輿亦能記五六千字。壯輿子所記亦三千字。」,頁581。

四人。」[72]范祖禹〈秘書丞劉君墓碣〉曰:「生一女三男,曰和仲、羲叔、某。」惟《三劉家集》引范祖禹〈秘丞墓碣〉則曰:「生三子,曰羲仲、和叔、羲叔,一女曰和仲。」[73]而黃庭堅〈劉道原墓志銘〉云:「生三男:羲仲、和叔、秤。材器皆過人,和叔以文鳴,而秤篤行,不幸相繼死。羲仲沈於憂患,不倦學,猶能力其家。」[74]又〈送劉道純〉云:「子政諸兒喜文史,阿秤亦聞有筆端。」[75]案《三劉家集》所載,女名和仲,適孔百祿;[76]阿秤可能就是羲叔,早卒。

劉和叔(1069-1093),字咸臨,行六。神宗熙寧二年生,哲宗元祐八年卒,二十五歲。《宋史·劉恕傳》云:「次子和仲,有超軼材,作詩清奧,刻厲欲自成家,為文慕石介,有俠氣,亦早死。」[77]《宋史》作和仲,誤,當為和叔。劉和叔〈書詩話後〉云:「坐井而觀天,遂亦作天論。客問天方圓,低頭慙客問。」宋阮閱(1065?-1130?)《詩話總龜》前集卷八引《王直方詩話》云:「劉咸臨醉中嘗作詩話數十篇,既醒,書四句於後云云,蓋悔其率爾也。」[78]劉和叔詩話著作已佚,僅存詩一首。黃庭堅〈劉咸臨墓誌銘〉:「南康劉咸臨,有超軼絕群之才,諸公許以師匠琢磨,可成君子之器,不幸年二十有五而卒。以家難故,晚未娶,後不立。其母兄哭之哀甚,將卜葬咸臨於九江之原,屬予為銘。予觀其詩刻厲而思深;觀其文河漢而無極。使之言道德而要其終,法先王而知其統,則視古人何遠哉。今若此,故作銘以寄哀。」[79]蘇軾〈跋劉咸臨墓誌〉:「魯直事佛謹甚,作

---

[72] 李常:〈尚書屯田員外郎致仕劉凝之府君墓誌銘〉,載《全宋文》第36冊,頁626。
[73] 范祖禹:〈秘書丞劉君墓碣〉,載《范太史集》,頁423;〈秘丞墓碣〉,載《三劉家集》,頁573。
[74] 黃庭堅:〈劉道原墓志銘〉,《黃庭堅全集》第2冊,頁834。
[75] 黃庭堅:〈送劉道純〉,《黃庭堅全集》第2冊,頁1014。
[76] 《三劉家集》附錄,頁583。
[77] 《宋史·文苑六》卷444,頁13120。
[78] 劉和叔:〈書詩話後〉,載《全宋詩》第19冊,頁12629。
[79] 黃庭堅:〈劉咸臨墓誌銘〉,《黃庭堅全集》第2冊,頁841。

〈劉咸臨墓誌〉。咸臨不喜佛，而其父道原尤甚。」[80]洪朋〈挽劉六咸臨〉云：「碧梧翠竹聞家子，瓊樹瑤林物外人。千古文章隨逝水，一生氣義屬飄塵。匡生左里人何在，南浦東湖跡已陳。想見九原託體處，白楊荒草不能春。」[81]詩中盛稱劉咸臨的文章和氣義。黃庭堅〈與洪甥駒父〉其二云：「劉四家禍，乃至於此，言之使人動心，今不知遂在何處居也？〈咸臨傳〉詞采光華，亦足慰泉下之人矣。」[82]劉四即劉羲仲，當時可能偕母親寓居蘄春（湖北省黃岡市蘄春縣），貧不能歸，其後始葬劉咸臨於九江（江西省九江市）之原。釋道潛也有〈劉咸臨秀才挽詞〉二首。[83]

五　南宋的文化重建

　　南宋以後，劉渙、劉恕的言行氣節傳播愈廣，深入人心，朱熹為建壯節亭及剛直亭，弘揚正氣。孝宗淳熙六年（1179），朱熹知南康軍，訪得陶潛、劉渙、劉恕、陳瓘、李常五人事蹟，在府學東建五賢祠以祀之。又於城西門外的草叢中找到劉渙的墓地，並於其上建壯節亭。乃撰〈謁李尚書劉屯田祠文〉、〈祭屯田劉居士墓文〉、〈奉安五賢祠文〉。[84]淳熙八年（1181），朱熹〈奉同尤延之提舉廬山雜詠十四篇〉，其五〈西澗清淨退菴〉詩云：

80　蘇軾：〈跋劉咸臨墓誌〉，《蘇軾文集》第5冊，頁2070。
81　洪朋：〈挽劉六咸臨〉，載《全宋詩》第22冊（北京：北京大學出版社，1995年），頁14465。詩中「聞」或作「名」，「氣義」或作「義氣」。
82　黃庭堅：〈與洪甥駒父〉其二，《黃庭堅全集》第3冊，頁1934。
83　釋道潛：〈劉咸臨秀才挽詞〉，載《全宋詩》第16冊（北京：北京大學出版社，1995年），頁10778。
84　諸文載《朱文公文集》，《四部叢刊初編》本，卷86，頁1544。《三劉家集》云：「晦翁又於郡學講堂之東立五賢堂，祠陶靖節及公父子、李公擇、陳了翁。」頁570。

> 凌兢度三峽，窈窕復一原。絕壁擁蒼翠，蒼流逝潺湲。聞昔避世人，寄此茅三間。壯節未云遠，高風杳難攀。尋深得遺墟，縛屋臨清灣。坐睨寒木杪，飛泉闃雲關。茲游非昔游，累解身復閑。保此清淨退，當歌不能諼。[85]

詩中刻意標榜劉渙「清淨退」的高節，表現天人合一的境界。

淳熙十四年（1187）七月，楊萬里有〈寄題劉凝之壇山壯節亭用轆轤體〉云：

> 見了廬山想此賢。此賢見了失廬山。胸中書卷雲零亂，身外功名夢等閒。一點目光牛背上，五絃心在鴈行間。欲吟壯節題崖石，筆挾風霜齒頰寒。

詩中亦稱揚劉渙的精神已跟廬山融為一體，見賢思齊，以讀書為尚，筆挾風霜。第三聯「一點目光牛背上，五絃心在鴈行間」寫出劉渙的精神氣象，尤為精采傳神。

同年十二月，楊萬里又有〈題劉道原墓次剛直亭〉云：

> 山南山北蔚松楸。四海千年仰二劉。迂叟餒縑寧凍死，伯夷種粟幾時秋。平生鐵作三尺喙，土苴人間萬戶侯。廬阜作江江作阜，始應父子不傳休。[86]

---

85 朱熹〈西澗清淨退菴〉自注：「解印後，與友生遊集，徘徊久之。」載《朱文公文集》，《四部叢刊初編》本，卷7，頁136；又載《全宋詩》第44冊（北京：北京大學出版社，1998年），頁27611。尤延之即尤袤（1127-1194），南宋詩四大家之一。
86 二詩載楊萬里《朝天集》，收入《誠齋詩集》，《四部備要》本，卷25，頁1上，8上。又載《全宋詩》第42冊（北京：北京大學出版社，1998年），頁26375、26385。

詩中二劉並稱，而專寫劉恕的高節，寧願效法古人凍餓而死，明辨忠奸，嚴批姦佞，糞土王侯，絕對不肯妥協。直至廬山傾瀉倒入長江，而長江又重新崛起變作廬山，也就是經歷了移山倒海，滄海桑田之後，二劉父子的精神才會消失停頓，也就是說他們可以傳承不朽。

光宗紹熙二年（1191），太守曾集擴建劉渙墓地，以表其尊賢尚德之心。同年，曾集又訪得二劉故居遺址，加以修葺，修復東臺、冰玉堂、是是堂、漫浪閣等名勝，兼繪劉渙父子遺像於臺上。紹熙三年（1192）夏五月癸未，朱熹撰〈壯節亭記〉云：「淳熙己亥歲，予假守南康，始至，訪求先賢遺跡，得故尚書屯田外郎劉公凝之之墓於城西門外草棘中。予惟劉公清名高節，著於當時而聞於後世，暫而挹其餘風者，猶足以激懦而律貪。顧今不幸饋奠無主，而其丘墓之寄於此邦者又如此，是亦長民者之責也。乃為作小亭於其前，立門牆謹扃鑰以限樵牧。歲以中春，率群吏諸生而祠焉。郡之詩人史驌請用歐陽公語名其亭以壯節，適有會於予意，因屬友人黃銖大書以揭焉。」[87]

紹熙三年秋九月庚午朔旦，朱熹撰〈冰玉堂記〉云：「曾侯為之躊躇四顧，喟然而嘆曰：『凝之之為父，道原之為子，其高懷勁節，有如歐馬蘇黃諸公之所道，是亦可謂一世之人豪矣。』」又云：「既而所謂是是堂、漫浪閣者，亦以次舉而皆復其舊。」[88]劉氏三代的故居已經化成了廬山的名勝，依次修復，弘揚隱逸文化，亦足見仰慕之意。

寧宗嘉定元年（1208），幸元龍〈鈞山三劉先生故居祠堂記〉云：「天下尊祀夫子而闕里蔑焉，則孔氏子孫之羞。高安三劉先生風節文章炫爛今古，死而不磨，有祠在星灣。春秋舍菜，郡太守率寮屬諸生拜之，而高安之故居，委在鈞山草莽間。嘉定改元，范太史四世

---

[87] 朱熹：〈壯節亭記〉，《朱文公文集》，卷80，頁1455。
[88] 朱熹：〈冰玉堂記〉，《朱文公文集》卷80，頁1455。《三劉家集》引《南康志》云：「今軍圃中有冰玉堂，即屯田舊居，堂側有東臺、壯與是是堂，皆在其間，並後來重建。」，頁570。

孫擇能，邑長於斯。甫命靈山、淨慈兩寺立祠，落以鄉飲禮，邑人歌舞盛事，劉氏子孫有榮耀焉。不忘令君之四德，相與剪故居之榛蕪，架堂屯田丘墓側，左列三祖，右像太史，溪芷山芳，蠲潔椒桂。工竟，炳走書，求余文紀歲月，予方騎牛雪峽，追蹤先生高風，而炳能洗劉氏子孫之羞，故樂而繫之詞，俾歌以祀。」[89]三劉的風節文章並論，更有意將廬山打造成曲阜的孔子故里一樣，擴充文化景點，安身立命，成為南宋的精神象徵。

嘉定二年（1209）孟夏，幸元龍撰〈靈山寺劉屯田員外郎祠堂記〉[90]。嘉定三年（1210）七月丁亥，幸元龍〈淨慈寺屯田劉公凝之祠堂記〉云：「成都范公擇能以嘉定戊辰（寧宗元年）來守高安，首訪遺躅。庚午仲春以公帑之餘，委僧祖秀立像于東廡亢爽之室，俾後人挹其冰清玉剛，可以激懦而律貪。」[91]范擇能以公帑修葺廬山淨慈寺，為劉渙立像，其實也就是發揚一種質直反腐的精神，具有感化世道人心的嚴肅意義。

宋理宗端平三年（1236）十月初八日，陳韡撰〈奉安三劉先生祝文〉，各附小傳云：「山川之秀，鍾為人英，足以標表時人，興起風教。」又云：「士之特立獨行，高節義氣，善其身而已。其有能再世不失者乎？其又有能三世不失者乎？而公一門三世，勁拔如許，是足以興起百世之下者矣。」[92]三劉的事蹟和精神完全得到世人的稱許，蔚成風教。其後裔孫劉元高編成《三劉家集》，目的就是要表現祖德

---

89 幸元龍撰：《重編古筠洪城幸清節公松垣文集十一卷》，《四庫全書存目叢書》（臺南：莊嚴文化事業公司，1997年），頁124。《三劉家集》「四德」作「世德」、「追蹤先生高風」則作「松垣追蹤先生高風餘躅」。又文末題「嘉定四年（1211）甲午朔」記，相差三年，俟考。

90 《重編古筠洪城幸清節公松垣文集十一卷》，頁124。

91 《重編古筠洪城幸清節公松垣文集十一卷》，頁126。嘉定十四年（1221），范澤能採用木活字印刷刊刻范祖禹《帝學》一書。

92 陳韡：〈奉安三劉先生祝文〉，載《三劉家集》，頁579-580。

和氣節。[93]

　　《劉氏家集》說明了劉渙祖孫三代的直道與氣節普遍得到了文士的認同，引為知音，津津樂道。經過不同年代的推波助瀾，蔚為大觀，逐漸演變成為北宋人文精神的典範，展示人格的力量，其實也就宣示了一種永恆的價值觀，例如陳瓘說的「區別忠邪，辨正實偽」，[94]冰清玉剛，激懦律貪，就是這麼簡單直接的打動人心。到了南宋，經過朱熹、楊萬里、幸元龍、陳韡等人的努力，重建遺址，劉氏三代名配廬山，成為宋代廬山著名的風景線。

六　結論

　　宋人專治理學，深究於天理人心之際，弘揚正氣，講論治道。其實除了探討學理之外，尤重躬行實踐。三劉先生在滔滔世變之中，忠奸對峙，是非分明，他們三代都能拔出於溷濁之外，明知不能改變這個時代，只好選擇急流勇退，重返廬山，讀書養志，表現出高風亮節、流水清音，不但建構了北宋的人文精神，深受當代的器重；更成了千古讀書人的典範，永遠與廬山結為一體。

　　南宋士人經歷了淪亡的慘痛，特重文化建設，修復人心，他們選擇了廬山作為人文精神的象徵。其實自陶潛以來，廬山隱逸之風甚盛，名流輩出，但南宋尊崇三劉先生，其實也就在於他們不畏強權，持身有道，子孫謹守，傳承不絕。他們成了北宋的世家大族，沒有權傾天下，沒有財富累積，更沒有多少科名，甚至連傳世的著述亦不多

93　劉元高，字仲山，高安人。理宗淳祐十年（1250）進士，授柳縣主簿。景定間（1260-1264）為沿江制置司幹官。咸淳（1265-1274）間，知寧都縣（江西省贛州市寧都縣），改侯官縣（福建省福州市閩侯縣）。仕至監察御史。編著《三劉家集》、《山居稿》等。劉元高〈秦淮〉、〈冶城樓〉二詩，載《全宋詩》第65冊（北京：北京大學出版社，1998年），頁41065。

94　陳瓘〈與檢討書〉其一，詳見《了翁集》，載《三劉家集》，頁563。

見，有的只是一種真誠和持守的精神，樹立良好的士風，讓人感動，令人景仰。

　　北宋文士從歐陽修的〈廬山高〉開始，留下了大量與三劉先生交往的著述。而晁補之拜祭廬山五老峰下劉渙、劉恕的葬地，見證二劉父子深受百姓的敬重。南宋文人重建三劉的故居，朱熹是從廢墟中發掘三劉先生的，意在表彰篤行，重整文明。朱熹首建五賢祠祭祀廬山的先賢，二劉父子與陶潛並列，又在南康軍城西門外的草叢中找到劉渙的墓地，為建壯節亭以為紀念。楊萬里有詩寄題二劉父子墓地上的壯節亭及剛直亭。曾集擴建劉煥的墓地，修葺二劉故居的遺址東臺、冰玉堂、是是堂、漫浪閣等，三劉的勝蹟依次復原。范擇能在靈山寺、淨慈寺立祠，舉行鄉飲禮，邑人歌舞祭祀，更在淨慈寺為劉渙立像。陳輯撰〈奉安三劉先生祝文〉，由是確立了三劉先生在廬山文化史上的地位。劉元高躬逢其盛，未幾也就編成了《三劉家集》一書，表現三劉的人格、言行和事蹟，以及他們在時人心中的形象。除了弘揚家聲，其實也是順應時代的訴求，從兩宋文人的著述中折射出世道人心的選擇，說明正義的勝利。

周邦彥詩初探

一　前言

　　周邦彥（1056-1121），字美成，號清真，錢塘人（浙江省杭州市錢塘區）。父周原（1025-1076），行醫鄉里，慈祥易感，勇於赴人之急，晚習導引衛生之經。周原生一女三子，呂陶〈周居士墓誌銘〉云：「娶張、陳二氏。女適里人陶溉。男曰邦直、鎮、邦彥。鎮早卒。邦彥有軼才，在太學久，獻賦闕下，天子嘉之，命以太學正。諸生莫不榮願焉。」[1] 元豐八年（1085）二月，周原葬於錢塘縣黃山之原，呂陶撰〈周居士墓誌銘〉，記述周氏家世，文中也提到周邦彥獻賦之事。案元豐二年（1079），周邦彥服除入都，上距熙寧變法已逾十年。元豐六年（1083）在太學為外舍生。元豐七年（1084）三月，周邦彥二十九歲，獻〈汴都賦〉，頌揚新政，文采可取，神宗（趙頊，1048-1085）命尚書右丞李清臣（1032-1102）讀於邇英殿。詔以太學外舍生周邦彥為試太學正寄理縣主簿，即暫領縣主簿尉俸祿而在太學供職，主管訓導。[2] 奇文壯采，一鳴驚人，周邦彥由是踏上仕途，更以

---

[1]　呂陶（1028-1104）：《淨德集》，《叢書集成初編》本（上海：商務印書館，1935年），卷26，頁285-286。《全宋文》（成都：巴蜀書社，1994年），第37冊，卷1614，頁487-488。又參劉永翔（1948- ）〈周邦彥家世發覆〉，載《華東師範大學學報》1996年第3期，頁10-14。

[2]　參薛瑞生（1937-2020）、孫虹〈清真事蹟新證〉，《新宋學》第一輯（上海：上海辭書出版社，2001年10月），收入孫虹（校注）、薛瑞生（訂補）：《清真集校注》（北京：中華書局，2002年）。李燾（1115-1184）《續資治通鑑長編》元豐七年三月辛酉，「詔太學外舍生周邦彥為試太學正，寄理縣主簿尉。邦彥獻〈汴都賦〉，上以太學生獻賦、頌者以百數，獨邦彥文彩可取，故擢之。邦彥，錢塘人。」（臺北：世

一賦而得神宗、哲宗（趙煦，1077-1100）、徽宗（趙佶，1082-1135）三朝之眷，享有盛名。[3]

周邦彥兼擅音樂和文學，製曲填詞，音調流美，文才富贍，沈鬱渾成。清真詞流行於歌壇之中，到南宋末年猶傳唱不輟。[4]其詞以刻劃豔情愛情、離愁綺思、羈旅行役、詠物寄意為主；沒有頌聖貢諛、投贈唱酬之作，甚至不涉時事，不寫社會。可以說，周邦彥詞完全是「應歌」[5]的作品，他唱出了普天下歌迷的心聲，癡男怨女，悲歡離合，動人心弦。周詞摹寫世俗的情性，寫實言志的作品不多，內容十分平凡，然而他卻很用心地構築了詞中彩色繽紛、精美閎約的藝術世界。而「顧曲周郎」的美譽更不脛而走了。[6]

界書局，1964年）卷344，頁11。《宋史・職官志五》：「〔太學〕正、錄，掌舉行學規，凡諸生之戾規距者，待以五等之罰，考校訓導如博士之職。」（北京：中華書局，1977年），冊12，卷165，頁3911。

3　樓鑰（1137-1213）〈清真先生文集序〉云：「錢唐周公少負庠校雋聲，未及三十，作為〈汴都賦〉凡七千言。富哉壯哉，極鋪張揚厲之工；期月而成，無十稔之勞；指陳事實，無夸詡之過。賦奏，天子嗟異之，命近臣讀於邇英閣，由諸生擢為學官，聲名一日震耀海內，而皇朝太平之盛觀備矣。未幾，神宗上賓，公亦低佪不自表襮。哲宗始寘之文館，徽宗又列之郎曹，皆以受知先帝之故。以一賦而得三朝之眷，儒生之榮莫加焉。」見《攻媿集》，《四部叢刊初編》影武英殿聚珍版本（上海：商務印書館），卷51，頁475。

4　吳文英（1212？-1272？）〈惜黃花慢〉小序：「次吳江小泊，夜飲僧窗惜別。邦人趙簿攜小妓侑尊，連歌數闋，皆清真詞。酒盡已四鼓，賦此詞餞尹梅津。」楊鐵夫（1866-1944）按云：「周邦彥號清真，有《片玉詞》，序其詞集者，即尹煥梅津也。」參楊鐵夫箋釋：《夢窗詞全集箋釋》（香港：龍門書店，1973年），頁226。案尹煥嘗云：「求詞於吾宋者，前有清真，後有夢窗，此非煥之言，四海之公言也。」引自黃昇：《花庵詞選》（香港：中華書局，1962年）之《中興以來絕妙詞選》，卷之十，頁354。

5　周濟（1781-1839）：《介存齋論詞雜著》：「北宋有無謂之詞以應歌，南宋有無謂之詞以應社。」（北京：人民文學出版社，1959年），頁3。

6　樓鑰〈清真先生文集序〉云：「樂府播傳，風流自命。又性好音律，如古之妙解。顧曲名堂，不能自已。」見《攻媿集》，卷51，頁475。〔明〕田汝成（1503-1557）《西湖遊覽志餘》亦云：「能自度曲，製樂府長短句，詞韻清蔚，名其居曰『顧曲堂』。」（上海：上海古籍出版社，1958年），卷12，頁217。

周邦彥以「詞人」名家，其人品在史書中評價不高。王稱《東都事略》云：「性落魄不羈，涉獵書史。……邦彥能文章，世特傳其詞調云。」[7]《宋史》云：「疏雋少檢，不為州里推重，而博涉百家之書。……邦彥好音樂，能自度曲，製樂府長短句，詞韻清蔚，傳於世。」[8] 兩書論調一致，盛稱其博學及詞調，而於為人則有所訾議。這可能是受了黨派成見的影響，漸成輿論。此外周邦彥詞調流行，加上南宋小說家言附會李師師的故事，繪影繪聲，傳為美談，因此也就給人疏雋少檢、落魄不羈的感覺了。其實，如果細心閱讀周邦彥的詩文作品，刻劃一個「士人」的世界，完全不同於一般世俗所認知的「詞人」的身分，可能就會另有不同的看法。

二　周邦彥詩的藝術探索

周邦彥固以詞鳴，而其他的詩文作品亦多。宋代著錄的有《清真先生文集》二十四卷、《清真居士集》十一卷、《清真雜著》三卷、《操縵集》五卷等，今佚。陳郁嘗稱其詩數百篇，論云：「至於詩歌，自經史中流出，當時以詩名家如晁、張，皆自歉以為不及。」[9] 可惜周邦彥的詩文集早已散佚，現在只有輯本。陳世隆《宋詩拾遺》只錄兩首，厲鶚《宋詩紀事》則有六首，[10] 丁立中《武林往哲遺著後編》另

7　王稱（？-1200？），孫言誠、崔國光點校：《東都事略・文藝傳》，載《二十五別史》（濟南：齊魯書社，2000年），冊14，卷116，頁1015。

8　《宋史・文苑傳六・周邦彥傳》，冊37，卷444，頁13126。

9　陳郁（1184-1275）《藏一話腴》錄周邦彥〈薛侯馬〉、〈天賜白〉二詩云：「若此凡數百篇，豈區區學晚唐者可及耶？……擬清真者，又當於樂府之外求之。」參《欽定四庫全書》（上海：上海商務印書館影文淵閣本，1987年）冊865，卷上，頁560。今據吳文治（1925-2009）主編：《宋詩話全編》（南京：江蘇古籍出版社，1998年），第9冊，頁8812。

10　〔元〕陳世隆編：《宋詩拾遺》（瀋陽：遼寧教育出版社，2000年）錄〈越臺曲〉、〈鳳凰臺〉兩首，頁229。厲鶚（1692-1752）輯撰：《宋詩紀事》（上海：上海古籍

加六首。羅忼烈《周邦彥詩文輯存》在前人的基礎上輯得古近體詩三十四首、各體文十二首。[11]其後唐圭璋〈周清真佚詩補輯〉增輯八首。[12]羅忼烈《周邦彥清真集箋》編為周邦彥賦二篇、文十篇、詩四十二首。[13]後來羅忼烈〈周清真佚詩補輯〉復從《詩淵》中輯出周邦彥詩三首。[14]至於《全宋詩》所輯亦四十五首。[15]其中五古十七首、七古八首、五律二首、七律九首、五絕二首、七絕七首。尤以五、七言古體及七絕的成就最高。值得注意的是，周邦彥詩詞異體，風格各異，周詞固多婉媚之音，而周詩則見拗怒之氣。[16]周詞以寫情詠物為主，稍欠摹寫現實之作，可能隱含寄託，但失之隱晦，很難表現深刻的思想內容；而周詩詠史言志，酬唱寄情，譏刺時政，關懷民生，題材更趨廣泛。周詩寫出了文人的憂患意識，不類於歌詞裏面縱情聲色的音樂世界。

出版社，1983年）得〈過羊角哀左伯桃墓〉、〈鳳凰臺〉、〈春帖子〉、〈春雨〉、〈曝日〉、〈天賜白〉六首。卷28，頁724。丁立中（1866-1920）輯：《武林往哲遺著後編》（光緒庚子〔1900〕嘉惠堂刊本）增加〈仙杏山〉、〈贈常熟賀公叔隱士〉、〈竹城〉、〈投子山〉、〈宿靈仙觀〉、〈芝朮歌〉六首。

11　羅忼烈（1918-2009）輯佚：《周邦彥詩文輯存》（香港：一山書屋，1980年）。
12　唐圭璋（1901-1990）補輯者有〈次韻周朝宗六月十日泛湖〉五首、〈二月十四日至越州，置酒泛湖，欲往諸剎，風作不能前〉、〈楚平王廟〉、〈越臺曲〉八首。參〈周清真佚詩補輯〉。香港：《大公報・藝林》新131期（1981年1月25日）。案前六首原為趙萬里（1905-1980）據《永樂大典》卷2274「湖」字韻輯，唐圭璋補後二首。
13　羅忼烈箋注：《周邦彥清真集箋》（香港：三聯書店，1985年）。
14　羅忼烈：〈周清真佚詩補輯〉增多〈壽朱守〉二首、〈壽陳運幹〉一首。又有〈壽叔父〉一首，即〈芝朮歌〉，異文頗多。原刊香港：《大公報・藝林》新583期。今據羅忼烈：《詞學雜俎》（成都：巴蜀書社，1990年），頁113-115。
15　《全宋詩》（北京：北京大學出版社，1995年），第20冊，卷1188，頁13421-13432。其中〈壽朱守〉一詩據《江西詩徵》卷16改作〈壽宋守〉。
16　王國維（1877-1927）：〈清真先生遺事〉云：「今其聲雖亡，讀其詞者猶覺拗怒之中，自饒和婉，曼聲促節，繁會相宣，清濁抑揚，轆轤交往。兩宋之間，一人而已。」載《王國維遺書》（上海：上海古籍出版社影商務印書館1940年版，1983年），冊11，頁23。則周邦彥詞實亦兼具拗怒之氣者，不獨以詩為然，可供參考。

周邦彥詩反映社會現實，議論時局，尤深具諷刺意味，表現時代精神。神宗元豐四年（1081）八月，宋遣李憲（1043？-1093？）、种諤（1027-1083）、高遵裕（1027？-1086？）、劉昌祚（1023？-1090？）、王中正（1024-1094）等五路大軍伐夏。十月，夏米脂寨降。梁太后（？-1085）用老將之策：「堅壁清野，縱其深入，聚勁兵于靈、夏，而遣輕騎抄絕其餽運。大兵無食，可不戰而困也。」[17]高遵裕至靈州，宋圍城十八日竟不能克敵，夏人決黃河水以灌宋營壘，宋軍乏食，餓死者甚眾，於是高遵裕軍潰。其他各路亦無功而還。元豐五年（1082）八月，宋又遣徐禧（1043-1082）築永樂城（陝西省榆林市米脂縣）。夏傾舉國之兵三十萬來攻。城中缺水，士兵渴死大半；而沈括（1031-1095）、李憲的援軍亦無法到達，九月永樂城陷，徐禧、李舜舉（？-1082）等蕃、漢官兵、役夫陣亡者二十餘萬，輜重損失無算。[18]消息傳來，神宗涕泣悲憤，為之不食。[19]翌年（1083）夏兵

---

17 參《宋史‧外國二‧夏國下》，冊40，卷486，頁14011。又明陳邦瞻（？-1623）編：《宋史紀事本末》（北京：中華書局，1977年）「西夏用兵」條，頁390。
18 張舜民（1034？-1100）：〈〔永洛故城〕事記〉云：「乙丑歲（元豐八年，1085），西客有以永洛事語余者。」「被圍數日乏水，以至裂馬糞而飲。會天微雨，將士皆露立，以衣承焉，吮之而止渴，稍稍殺役夫啖之。禧令土工鑿數井，始有浸潤，士卒渴甚爭急，至者斬之不能止，尸蔽井旁。已而至于投井中以飲者，踰刻而填塞。其渴如此，凡八日。」「夜半虜兵四面急攻，先梯穴而入，士卒飢瘦羸不能復拒，因各潰散。舜舉自殺，禧、稷為亂兵所殺。將校惟曲珍、王湛、李浦獲免。逃歸者數千人，千人身皆被創。」「初珍之失馬危甚，忽有老人牽馬以授之，曰：『此曲太尉乎？』因得馳去。是役也，正兵及糧卒死者，凡十餘萬人，官吏將校數百人。」載《畫墁集》，原刊《永樂大典》（藏大英博物館）卷8089「城」字韻，頁3下《元一統志》引；今據欒貴明輯：《四庫輯本別集拾遺》（北京：中華書局，1983年），頁579-82。又參《全宋文》訂正字句（成都：巴蜀書社，1994年），冊41，頁764-768。
19 《宋史紀事本末》「西夏用兵」條云：「自熙寧以來用兵，得夏葭蘆、吳堡、義合、米脂、浮圖、塞門六堡，而靈州、永樂之役，官軍、熟羌、義堡死者六十萬人，錢穀銀絹不可勝計。事聞，帝臨朝痛悼，為之不食。自靈武之敗，秦、晉困棘，天下企望息兵，而括、諤進攻取之策，禧素以邊事自任，狂謀輕敵，遂致覆敗。自是帝始知邊臣不可倚信，深自悔咎，無意於西伐，而夏人亦困弊矣。」，頁393。

圍蘭州不遂,夏主李秉常(1060-1086)上表請和。周邦彥〈天賜白〉譏刺曲珍(1029-1087)城陷敗走的狼狽情況。序云:「永樂城陷,獨王湛、曲真夜縋以出。真持木為兵,且走且敵。前陷大澤中,顧其旁有馬而白,暫騰上馳去,五鼓達米脂城,因以得脫。真名其馬為天賜白。蔡天啟得其事於西人,邀余同賦。」

> 君不見書生鐫羌勒兵入。羌來薄城束練急。蠟丸飛出辭大家,帳下健兒紛雨泣。鑿沙到石終無水。擾擾萬人如渴蟻。挽繮竊出兩將軍,虜箭隨來風掠耳。道旁神馬白雪毛。噤口不嘶深夜逃。忽聞漢語米脂下,黑霧壓城風怒號。脫身歸來對刀筆。短衣射虎朝朝出。自椎雜寶塗箭創,心折骨驚如昨日。穀城魯公天下雄。陰陵一跌兵力窮。檥舟不渡謝亭長,有何面目歸江東。將軍偶生名已弱。鐵花暗澀龍文鍔。縞帳肥芻酬馬恩,閒望旄頭向西落。[20]

七古六段,四句一換韻。曲真,《宋史》作曲珍,字君玉,隴干人,世為著姓,曲氏以材武長雄邊關。曲珍任鄜延路副總管。「徐禧城永樂,珍以兵從。版築方興,羌數十騎濟無定河覘役,珍將追殺之,禧不許。諜言夏人聚兵甚急,珍請禧還米脂而自居守。明日果至,禧復來,珍白:『敵兵眾甚,公宜退處內柵,檄諸將促戰。』禧笑曰:『曲侯老將,何怯耶?』夏兵且濟,珍欲乘其未集擊之,又不許。及攻城急,又勸禧曰:『城中井深泉嗇,士卒渴甚,恐不能支。宜乘兵氣未衰,潰圍而出,使人自求生。』禧曰:『此城據要地,奈何棄之?且為將而奔,眾心搖矣。』珍曰:『非敢自愛,但敕使、謀臣同沒于

---

[20] 陳郁:《藏一話腴》,參《宋詩話全編》,頁8813。第二句「束練」,《欽定四庫全書》及《全宋詩》本均作「束縛」,疑誤。

此，懼辱國耳。』數日城陷，珍縋而免，子弟死者六人。亦坐貶皇城使。帝察其無罪，諭使自安養，以圖後效。」[21]由此可見徐禧用兵剛愎自用，屢誤戎機，不如老將曲珍能夠掌握戰場的形勢，迅速應變。

　　周邦彥詩結構波瀾壯闊。首段被圍，書生指徐禧守永樂城，狂謀輕敵。[22]次段寫城中井深泉嗇，士卒渴甚，惜徐禧不聽勸告，不肯棄城保存實力，獨王湛、曲真乃夜縋逃出。三段得神馬白雪毛歸宋。四、五段以李廣、項羽為喻，心折骨驚，顏面無存。六段譏刺敗軍之將惟以肥羜酬謝白馬救命之恩；旄頭喻胡星，徒然寄望胡星自行隕落，尤深具諷刺意味。據張舜民《畫墁集》所記，曲真失馬危甚，其後乃得老人牽馬相贈，而非詩中所說的天賜神馬。序文中的蔡天啟即蔡肇（？-1119），潤州丹陽人。《宋史》云：「初事王安石，見器重。又從蘇軾游，聲譽益顯。第進士，歷明州司戶參軍、江陵推官。元祐中，為太學正。……言者論其學術反覆。」[23]米芾〈西園雅集圖記〉寫他在旁邊看東坡寫字，「幅巾青衣據方机而凝佇者為丹陽蔡天啟」。[24]周邦彥另有〈天啟惠酥〉七律四首乃答謝贈酥之作，其四末云：「絕知意重分餘棄，漸見詩多入怪迂。猶恐傖人笑風土，預從貝葉檢醍醐。」醍醐乃乳酪製品，味甘美。詩中除表示謝意外，兼有論詩意味，所謂「怪迂」指詠酥之作不同於一般的詩歌素材，乃借佛家醍醐灌頂為喻，顯出新意。

21　參《宋史・曲珍傳》，冊32，卷350，頁11083-11084。
22　《宋史・徐禧傳》論云：「禧素以邊事自任，狂謀輕敵，猝與強虜遇，至於覆沒。」冊31，卷334，頁10724。又參上文《宋史紀事本末》「西夏用兵」條，頁393。徐禧幼子徐俯（1075-1141）娶呂惠卿（1032-1111）女。李廌（1061-1111）《師友談錄》稱哲宗即位，「每讀責呂吉甫詔，至『力引狂生之謀，馴至永樂之禍』，未嘗不涕泣也。」參丁傳靖（1870-1930）輯：《宋人軼事彙編》（北京：中華書局，1981年），頁545。
23　《宋史・文苑傳六》，冊37，卷444，頁13120。
24　米芾（1051-1107）：〈西園雅集圖記〉，載《寶晉英光集・補遺》（臺北：臺灣學生書局，1971年），頁154。

〈薛侯馬〉詩大約作於元豐七年（1084），周邦彥亦以宋夏議和為背景，借馬為喻，寫出失志的哀痛。序云：「薛侯河東土豪也，以戰功累官左侍禁。西方罷兵，薛歸吏部授官，帶所乘駱馬寓武城坊，經年不得調。羈馬庫屋下，馬怒，貶主人屋，時時蹄碎市販盎器，薛悉賣裝以償。傷己陁屈，因對馬以泣。鄰居李文士，因之為薛作傳。同舍賦詩者十一人，僕與其一焉。」這篇小序寫出戰馬的靈性，不甘投閒置散；而人馬對泣，尤為動人。詩云：

> 薛侯俊健如生猱。不識中原生土豪。蛇矛丈八長在手，駱馬蕃鞍雲錦袍。往屬嫖姚探虎穴。狐鳴蕭蕭風立髮。短鞦淋血斬胡歸，夜斷堅冰濡馬渴。中都久住武城坊。屋頭養駱如養羊。枯萁不飽籬壁盡，狹巷怒蹄盆盎傷。祇今棲棲守環堵。五月濕風柔巨黍。千金夜出酬市兒，客帳畫眠聽戲鼓。邊人視死亦尋常。笑裏辭家登戰場。銓勞定次屈壯士，兩眼熒熒收淚光。齒堅食肉何曾老。騙馬身輕飛一鳥。焉知不將萬人行，橫槊秋風賀蘭道。[25]

七言六段，四句一換韻。結構平穩。首段摹寫薛侯人與馬的驃悍形象。次段寫往日殺敵斬胡立功，形象豪邁。三段為閒散憤慨，寫出馬的靈性。四段巨黍乃古之良弓，棄置不用，將軍畫眠夜出，虛耗生命。五段稱讚薛侯戰功彪炳，可惜銓勞定次，不復敘用，難免會使人質疑朝廷用人的標準。末段振起，寫出了時代的強音，仁宗景祐年間

---

[25] 參陳郁：《藏一話腴》，《宋詩話全編》，頁8812。此詩異文頗多，《欽定四庫全書》本「庫屋」作「廡屋」，「陁屈」作「陁屋」，「長在手」作「常在手」，「斬胡」作「斬將」，「夜斷」作「夜躋」，「濕風柔巨黍」作「樵風吹宿莽」，「騙馬」作「騎馬」，又「鄰居李文士因之」句中缺「士因」二字，頁560；《全宋詩》異文相同，頁13423，其中有些明顯是錯字。

（1034-1037），賀蘭山已為夏人佔領，橫槊秋風，收復失地，彷彿重振盛唐邊塞詩的雄風，同時亦不讓後來岳飛（1103-1142）「駕長車踏破賀蘭山缺」及陸游（1125-1210）「鐵馬秋風大散關」的壯懷專美。

　　以上七古〈天賜白〉、〈薛侯馬〉兩首均由陳郁《藏一話腴》引錄並保留下來，論云：「若此凡數百篇，豈區區學晚唐者可及耶？」錢鴻瑛亦云：「這兩首詩的風格慷慨悲涼，豪氣逼人，金戈鐵馬之聲躍然紙上。詩中主人公的形象使人聯想起王維的名篇〈老將行〉，確是宋詩中近於唐音之佳作。」[26]其實二詩均以馬為喻，除了表現寫實的力度之外，周邦彥更藉此嚴厲批評朝廷用人不當，喪師辱國，進退失據，極感沈痛。宋人專詠永樂城陷落的作品不多，周邦彥詩折射出歷史的采光，發揚蹈厲，表現史詩的博大氣派。

　　周邦彥的詠史詩充滿詭異的色彩，寫出了人世的苦澀感覺，韻味深長。哲宗元祐二年春（1087），周邦彥出都任廬州府學教授（安徽省合肥市）；四年秋（1089）赴荊州任（湖北省荊州市江陵縣）；八年（1093）二月知溧水縣（江蘇省南京市溧水縣）；紹聖四年（1097）還京為國子主簿。周邦彥在溧水三年，詩詞較多。南宋強煥〈題周美成詞〉云：「而待制周公，元祐癸酉春中為邑長于斯，其政敬簡，民到于今稱之者，固有餘愛。而其尤可稱者，於撥煩治劇之中，不妨舒嘯，一觴一詠，句中有眼，膾炙人口者，又有餘聲洋洋乎在耳，則其政有不亡者存。」[27]周邦彥〈過羊角哀左伯桃墓〉五古一首，一韻到底。墓地在溧水縣南，他利用傳說渲染，寫朋友交誼十分壯烈。

　　　　古交久淪喪，末世尤反覆。谷風歌棼輪，黃鳥謦伐木。永懷左與羊，重義踰血屬。客行干楚王，冬雪無斗粟。傾糧活一士，

---

26 錢鴻瑛（1930-）：《周邦彥研究》（廣州：廣東人民出版社，1990年），頁15。
27 〔宋〕強煥：〈題周美成詞〉，載〔明〕毛晉（1599-1659）輯：《宋六十名家詞》中《汲古閣鏤鐫片玉詞》（上海：上海古籍出版社縮印本，1989年），頁177。

誓不俱死辱。風雲為慘變,鳥獸同躑躅。角哀哭前途,伯桃槁空谷。終乘大夫車,千騎下棺槨。子長何所疑,舊史刊不錄。獨行貴苟難,義俠輕殺戮。雖云匪中制,要可興薄俗。荒墳鄰萬鬼,濫死皆碌碌。何事荊將軍,操戈相窘逐。[28]

《後漢書‧申屠剛傳》李賢注引《烈士傳》曰:「羊角哀、左伯桃二人為死友,欲仕於楚。道阻,遇雨雪不得行。飢寒,自度不俱生。伯桃謂角哀曰:『俱死之後,骸骨莫收,內手捫心,知不如子。生恐無益而棄子之能,我樂在樹中。』角哀聽之,伯桃入樹中而死。楚平王愛角哀之賢,以上卿禮葬伯桃。角哀夢伯桃曰:『蒙子之恩而獲厚葬,正苦荊將軍冢相近。今月十五日,當大戰以決勝負。』角哀至期日,陳兵馬詣其冢,作三桐人,自殺,下而從之。」[29]《六朝事蹟編類》「左伯桃墓」條云:「《烈士傳》曰:左伯桃、羊角哀,燕人也。二人為友,同時遊學。聞楚王待士,乃同入楚。至梁山,值雨雪,糧少,伯桃乃併糧與角哀,令往事楚,自入于空樹中餓死。角哀至楚為上大夫,乃告楚王備禮葬左伯桃于此。唐大曆六年,魯公顏真卿經此,以詩弔之,書於莆塘,在溧水縣南四十三里。」又「荊將軍廟」條云:「舊經:荊軻廟也。《烈士傳》曰:昔左伯桃、羊角哀往楚,併糧于梁山,左伯桃死而角哀達,乃厚葬伯桃于梁山下。一夕,角哀夢伯桃告曰:幸感所葬,奈何與荊將軍墓相鄰。每地下與吾戰,為之困迫。今年九月十五日,將大戰。至時望子借兵馬于冢上叫噪相助。角哀覺而悲之,如期而往,曰:今在冢上,安知我友地下之勝負。乃命開棺,自刎而死,報併糧之義也。廟在溧水縣南四十五里。」[30]根據這兩則

---

28 首句《全宋詩》作「古交」,頁13423;《周邦彥清真集箋》作「古道」,頁310。
29 〔南朝宋〕范曄(398-445)撰,〔唐〕李賢(651-684)注:《後漢書》(北京:中華書局,1965年),卷29,頁1015。
30 〔宋〕張敦頤編,〔明〕吳琯(1545-?)校:《六朝事跡編類》(臺北:世界書局,1963年),卷下,頁244、222。

傳說，左伯桃墓與荊將軍廟相距僅二里，竟然約期大戰，而羊角哀為知己助陣，亦自刎而死，以報併糧之義也。傳說荒誕不經，而墓中約戰、自殺相從的情節更充滿詭異的氣氛，司馬遷（145-86B.C.？）並沒有采入《史記》之中。而周邦彥詩則重塑整段的古史，一方面刻劃相知之感，為知己助陣；一方面又基於朋黨立場，敵我分明，希望荊將軍不要操戈相逐，留有餘地。三人都是傳說中忠肝義膽的英雄，不同於一般普通庸碌的死者，彼此惺惺相惜，何必大動干戈。此詩無意中透露出北宋黨爭的慘烈現實，意深思苦，惹人遐想，弔古傷今，別具一格。可惜此詩盲目歌誦友情，以死相激，甚至激化矛盾，談不上振起薄俗。

　　周邦彥〈楚平王廟〉五古一首，一韻到底。此詩乃借題發揮之作，批評伍子胥（？-484B.C.）激烈的復仇意識。詩云：

> 奸臣亂國紀，伍奢思結纓。殺賢恐遺種，巢卵同時傾。健雛脫身去，口血流吳廷。達士見幾微，楚郊憂苦兵。十年軍入郢，勢如波卷萍。賢亡國嬰難，王死屍受刑。將隳七世廟，先壞百里城。子胥雖捐江，素車駕長鯨。驚濤寄怒餘，遺廟羅千楹。王祠何其微，破屋風冷冷。蟄蟲陷香案，飢鼠懸燈檠。淫俗敬魑魅，何人顧威靈。臣冤不讎主，況乃鋤丘塋。報應苦不直，吾將問冥冥。[31]

《六朝事蹟編類》「楚平王廟」條云：「《吳越春秋》云：楚平王都于固城，廟今在溧水縣南九十里。……至平王用佞臣之言，殺太傅伍奢并其子尚。子胥奔吳，吳用之，破楚而入郢。此廟即平王之舊址也。

---

31 參《全宋詩》，頁13425。《周邦彥清真集箋》「苦兵」作「苦辛」，「賢亡」作「賢王」，「將隳」作「將毀」，「讎主」作「仇主」，頁312。論押韻及詩意，似以前者為勝。

唐廣明元年重修。」[32]又史稱伍子胥掘楚平王墓，鞭之三百，以報父兄之仇。伍子胥嘗勸吳王夫差（？-473B.C.）滅越，夫差不聽，反而賜伍子胥死。伍子胥遺言要抉眼懸掛於吳東門之上，以觀越兵入城。夫差聞之大怒，乃取伍子胥尸盛以鴟夷革，浮之江中。傳說伍子胥化為錢塘江潮，素車白馬，興風作浪。民間立祠祭祀，以釋怨恨之意。此詩將傳說中兩則有關伍子胥的復仇故事融為一體，夾敘夾議，發揮報應之說。「結纓」喻伍奢（？-522B.C.）從容赴死，典出子路（542B.C.-480B.C.）故事；而「巢卵」則以孔融（153-208）被收為喻，指伍子胥知機脫身遁去。[33]首段至「先壞百里城」止，刻劃伍子胥和楚平王的深怨。次段由「子胥雖捐江」至「何人顧威靈」止，則寫伍子胥自殺後強烈的復仇意願，居民為保平安，立廟祈福；而楚平王廟沒有威靈，乃變成蟄蟲飢鼠的荒涼世界。人情冷熱不同，對比深刻。末段四句宣揚報應之說，指斥伍子胥掘墓的錯誤。「臣冤不讎主」是全詩主題所在，意存忠厚，議論得體。

　　以上〈過羊角哀左伯桃墓〉、〈楚平王廟〉五古二首都是利用古史傳說入詩，情節荒誕，但周邦彥借題發揮，自有託意。錢鴻瑛云：「其憤懣不平之氣躍然紙上。」[34]可見還是以現實人生為主調，思想深刻。周邦彥〈天啟惠酥〉亦云：「漸見詩多入怪迂。」怪迂其實也就是一種生澀怪異的風格，不隨流俗，突出自我，富有創意。

　　周邦彥詞政治的寓意不多，但他的詩卻鋒芒畢露，議論深刻。〈開

32　《六朝事跡編類》，頁217-218。
33　《左傳・哀公十五年》：「子路曰：『君子死，冠不免。』結纓而死。」《十三經注疏》（清嘉慶二十年〔1815〕江西南昌府學開雕〔臺北：藝文印書館，1955年〕），卷59，頁1036。《世說新語・言語第二》：「孔融被收，中外惶怖。時融兒大者九歲，小者八歲。二兒故琢釘戲，了無遽容。融謂使者曰：『罪冀止於身，二兒可得全不？』兒徐進曰：『大人豈見覆巢之下，復有完卵乎？』尋亦收至。」參劉義慶（403-444）著、劉孝標（462-521）注、余嘉錫（1884-1955）箋疏：《世說新語箋疏》（上海：上海古籍出版社，1993年），頁58。
34　《周邦彥研究》，頁17。

元夜遊圖〉可抵一篇唐玄宗（李隆基，685-762）的小傳，甚至更藉小序帶出深刻的社會內容，警惕庸人崛起，燕安酖毒之害。序云：「唐景龍中，明皇自潞州別駕來朝，遂留京師。中夜發策，引萬騎以安宗社，易如振臂，其英叡之姿，凜然可想。當是時，如王毛仲、李宜德，皆以騎奴執箙房從事。一旦乘天威，相附麗以起，韋杜之間，獵師酒官，封官賜第，賞賚華渥，後宮游燕，未嘗不與。然皆庸人崛起，不得與佐命中興之士比。寵榮極矣，猶鞅鞅觖望，其後多被誅，或貶以死。向使君臣無忘艱難，以相戒敕，則諸臣各保世寵，而天寶之禍，必不至魚爛如此。古人以宴安為酖毒，豈虛也哉！此本李公麟所摹，乃歐陽氏舊物也。」周邦彥揭示開元政局糜爛的原因，自然是影射現實政治，直接指向徽宗朝北宋末世的浮靡風氣了。詩云：

> 潞州別駕年十八。彎弓射鹿無虛發。真龍絕水魚驚散，參軍後騎鳧鷗沒。咸原瑞氣映壺關。城南書生知阿瞞。解鞍下馬日向夕，炙驢行酒天為歡。坐上何人識天意。攝帽破靴朝邑尉。旄頭夜轉紫垣開，太白光芒黃鉞利。萬騎齊呼左右分。將軍夜披玄武門。釐兵三窟盡妖黨，問寢五門朝至尊。羽林蕭蕭參旗折。太極瑤光淨煙雪。殺身志在攀龍鱗，唾手成功探虎穴。麾下且侯李與王。輕形玉帶持箙房。晉文賞功從悉錄，漢光道舊情無忘。與宴宮中張秘戲。複道晴樓過李騎。連催羯鼓汝陽來，一抹鯤弦薛王醉。玉階淒淒微有霜。天雞喚仗參差光。宜春列炬散行馬，長樂疏鐘嚴曉妝。清絲急管歡未畢。瑤池八馬西南出。捫參歷井行道難，失水回風永相失。君不見當時韋杜間。呼鷹走狗去不還。坐間年少莫大語，臨淄郡王天子父。[35]

---

[35] 參《周邦彥清真集箋》，頁346。「壺關」指宮禁也，《全宋詩》作「壺關」，誤；又「與燕」作「與宴」，兩可，頁13428。

七古十段,四句一換韻。上半首五段,首段摹寫唐玄宗的英姿和天威。次段寫玄宗交結禁軍豪士發難,咸原即咸陽,壺關即宮中禁道,城南書生即劉幽求,授朝邑尉,阿瞞乃玄宗小名。三段暗示祥瑞,紫垣喻宮禁,太白即金星,兆戰伐。四、五段宮闈喋血,玄宗誅殺韋后及其同黨,立相王為帝,是為睿宗(李旦,662-716)。未幾睿宗遜位於玄宗。下半首亦五段,全力渲染遊樂之盛,而隱含譏刺之意。六段寫玄宗封賜諸臣,李宜德、王毛仲原為玄宗奴僕,驍勇善騎射,事平後拜為將軍;篋房即盛矢器。七段近鏡特寫,秘戲乃男女淫褻表演,李騎即李宜德;汝陽郡王李璡(?-750)精於羯鼓,薛王李業乃玄宗弟,鯤弦即琵琶。八段則為遠景,從高角度俯瞰長安的宮殿,宜春苑乃宮中歌妓之所居,顯示酒闌歌罷的淒清場景,鬧中取靜,給讀者反省及思考。九段寫天寶之禍,捫參歷井形容蜀道的崎嶇,失水回風,盛世不復。末段乃回憶情節,有警世作用。韋曲杜曲在長安城南,呼鷹走狗喻李、王之徒,庸人奴僕,乘時崛起,反而壓抑了真正的人才;而末句則把矛頭直指玄宗,雖然父、祖貴為天子,亦不應狂言大語,胡作妄為。《宋史》稱蔡攸得寵,「與王黼得預宮中秘戲。或侍曲宴,則短衫窄袴,塗抹青紅,雜倡優侏儒,多道市井淫媟譃浪語,以蠱帝心。」[36]又李邦彥(?-1129)「然生長閭閻,習猥鄙事,應對便捷;善謳譃,能蹴踘。每綴街市俚語為詞曲,人爭傳之,自號李浪子。」[37]凡此皆與周邦彥詩中所描述的情節彷彿相似,而歷史的荒謬一再出現,借古刺今,語語沈痛。李公麟(1049-1106),字伯時,舒城人。《東都事略》云:「公麟能行草書,善畫,尤工人物,人以比顧、陸云。元符三年(1100),病脾,遂致仕。既

---

[36] 《宋史・姦臣傳二》蔡京(1047-1126)附子蔡攸(1077-1126)傳,冊39,卷472,頁13731。
[37] 《宋史・李邦彥傳》,冊32,卷352,頁11120。

歸老，肆意於泉石閒，作《龍眠山莊圖》，為世所寶藏。」[38]此詩藉觀畫影射徽宗朝荒淫腐朽的現象，深具諷世意味。案唐玄宗挑起安史之亂，而宋徽宗則有靖康之難，都因耽於逸樂，導至國亡家破，老百姓遭遇劇變，流離失所，歷史的悲劇發展驚人相似。〈開元夜遊圖〉一詩足以顯示周邦彥的識見，憂生念亂，指出災難很快就會降臨。其實王安石亦有〈開元行〉七古一首，所謂「一朝寄托誰家子。威福顛倒誰復理。」[39]借古諷今，帶出用人不當的主題，以議論為主，而失之枯槁。周邦彥〈開元夜遊圖〉的主題及取材幾乎完全一致，但流動圓轉，絢麗多姿，深具唐詩的風神，議論得體，批判現實，兼融宋詩的典實，似乎就高於王安石〈開元行〉一詩了。

周邦彥博涉百家之書，學養精湛，其詩往往都能別出新意，很多不適宜在歌詞裏表現的素材，在詩中可能就顯得駕輕就熟了。周邦彥詩充滿詭異生澀的冷色，具有陌生化的效果，減低讀者的熟悉度，出乎意料之外，推陳出新，而這也是宋詩一貫的基調。例如〈鳳凰臺〉及〈越臺曲〉都是知溧水縣時的作品，〈鳳凰臺〉七絕云：

> 危臺飄盡碧梧花。勝地淒涼屬梵家。鳳入紫雲招不得，木魚堂殿下飢鴉。[40]

《六朝事跡編類》「鳳臺山」條云：「宋元嘉中，鳳凰集于是山，乃築

---

38 王稱：《東都事略・文藝傳》，卷116，頁1014。
39 王安石（1021-1086）〈開元行〉云：「君不聞開元盛天子，糾合儁傑披奸倡。幾年辛苦補四海，始得完好無疽瘍。一朝寄托誰家子。威福顛倒誰復理。那知赤子遍愁毒，只見狂胡倉卒起。茫茫孤行西萬里，逼仄歸來竟憂死。子孫險不失故物，社稷陵夷從此始。由來犬羊著冠坐廟堂。安得四鄙無豺狼。」參〔宋〕李壁（1159-1222）注，李之亮（1950-）補箋：《王荊公詩注補箋》（成都：巴蜀書社，2002年），頁232。
40 首句諸本皆作「飄盡」，〔元〕陳世隆編，徐敏霞（1981-）校點《宋詩拾遺》（瀋陽：遼寧教育出版社，2000年）作「落盡」，卷15，頁229。

臺于山椒，以旌嘉瑞，在府城西南二里，今保寧寺是也。」[41]唐代李白（701-762）〈登金陵鳳凰臺〉之作，氣象高華。宋代鳳凰臺仍在保寧寺內，而周詩則刻意折射出淒清的異色。杜甫（712-770）〈秋興八首〉有「碧梧棲老鳳凰枝」之句，而碧梧落盡，則鳳凰已無枝可棲了。第三句亦「鳳去臺空」之意，而僅見飢鴉，意境空寂。此詩由李、杜的詩意中轉出新意，不露痕跡。〈越臺曲〉云：

> 玉顏如花越王女。自小嬌癡不歌舞。嫁作江南國主妃，日日思歸淚如雨。江南江北梅子黃。潮頭夜漲秦淮江。江邊雨多地卑濕，旋築高臺勻曉粧。千艘命載越中土。喜見越人仍越語。人生腳踏鄉土難，無復歸心越中去。高臺何易傾。曲池亦復平。越姬一去向千載，不見此臺空有名。[42]

越臺在建康城南江寧尉廨後。《六朝事跡編類》云：「春秋時越既滅吳，盡有江南之地，於是築城江上，以鎮江險。《圖經》云：周回二里八十步，在秣陵縣長干里。……今南門外有越臺，與天禧寺相對，見作軍寨處是也。」[43]詩中的「越王女」或以為西施。《吳越春秋》云：「乃使相工索國中，得苧蘿山鬻薪之女，曰西施、鄭旦，飾以羅縠，教以容步，習於土城，臨於都巷，三年學服，而獻於吳。乃使相國范蠡進曰：『越王勾踐竊有二遺女。越國洿下困迫，不敢稽留。謹使臣蠡獻之大王，不以鄙陋寢容。願納以箕帚之用。』」[44]惟傳說中吳王所築者姑蘇之臺，上別立春霄宮，為長夜之飲，乃在蘇州而不在金

---

41 《六朝事跡編類》，頁140。

42 《周邦彥清真集箋》次句作「嬌癡」，頁320。《宋詩拾遺》作「矯癡」，頁229，《全宋詩》同，頁13424，當為錯字。

43 《六朝事跡編類》，頁84。

44 〔後漢〕趙曄撰：《吳越春秋》，參周生春（1947-）著：《吳越春秋輯校匯考》（上海：上海古籍出版社，1997年），頁147。

陵，因此與周邦彥詩中越臺的背景不盡相同。此詩借「越王女」的遠嫁，以抒望鄉之情。周邦彥亦越人，自然更容易引發共鳴了。越王女要用越土築臺，喜見越人仍越語，從而使一個古老的傳說帶出濃烈的鄉情。這是一首七言古詩，共分四段，仄平相間叶韻。首段遠嫁思歸；次段寫秦淮河的卑濕，渲染氣氛；三段深化思越之情；四段用了五言兩句，議論宇宙人生，同時也抒發了歷史與現實之間的悠悠無盡之情。此詩似亦有意仿效王安石〈明妃曲〉之作，除了古詩的結構相似之外，而構思奇警，立意新穎，其實也是各有千秋的。王安石云：「人生失意無南北」、「人生樂在相知心」，借昭君的和番故事抒發個人不遇的情懷，今古神魂相通，引發深刻的共鳴。而周邦彥「人生腳踏鄉土難」，更是虛擬故事，一空依傍，將鄉愁的主題發揮得淋漓盡致。

周邦彥詩鑄鍊字句，意境空靈。〈次韻周朝宗六月十日泛湖〉五首，其一「兩槳入菰蒲，鳧鷗欻驚散」，其二「洲涼扇荷箑，山晚雲垂幔」，其三「何當飲清光，乘月行夜半」等，機鋒振發，令人神往。他如「古今何足云，浩劫同一息」（〈謾成〉二首之一），「石瀨光洄洄，沙步平侳侳」、「藩籬曲相通，窈窕花竹靜」（〈無題〉），幽姿靜態，氣象萬千，渲染山川景色，富有表現力。〈楚村道中〉二首或為荊州作，[45]其一七律云：

> 林棲野啄散鴉群。極目風霾亂日曛。短麥離離乾憶雨，遠峰黯黯細輸雲。愁逢雜路尋車轍，賴有高林出酒巾。輒得問津凡父老，不應看客廢鋤耘。

此詩旅途雜感，硬語盤旋。首聯旅途雜景，風塵僕僕。頷聯寫萬里晴

---

45 白敦仁（1918-2004）：〈周邦彥〉，載山東大學文史哲研究所編：《中國歷代著名文學家評傳》（濟南：山東教育出版社，1984年）第3卷，頁314。

空,憶雨輸雲,刻劃細緻。頸聯酒巾即酒旗,歧路徬徨,有柳暗花明之妙。末聯化用《論語‧微子》的故事,長沮桀溺偶而耕,子路問津,他們耰而不輟。[46]周邦彥問津卻責怪父老看客,反其意而用之,頗有調侃意味。錢鴻瑛云:「此詩看來是外放作官時所寫,筆力雄健。寫農村蕭瑟景象,細膩生動,琢句鍊字之功可見。」[47]其二五古寫雨過天青,「往時解鞍地,醉墨棲壞壁。孤星探先出,天鏡小摩拭。比鄰忽喧呼,夜磔魯津伯。」尤覺清新可愛,但寧靜中忽然傳來殺豬的慘叫聲,出人意表。白敦仁云:「此詩寫景狀物,戛戛獨造。……詩中用『魯津伯』,指豬,事見《符子》,用事新警。」[48]

〈謾書〉三首,其一五律云:

窗影蠅飛見,簾花照日成。汗餘胡粉薄,香度越羅輕。
書葉蠶頭密,調笙鳳味鳴。情來愁不語,極目雁南征。[49]

鮮豔亮麗,深具詞味。首聯窗前靜境,表現等待。頷聯寫美人的豔光。頸聯寫字吹笙,意態嫻雅。末聯遠望,含蓄意厚。錢鴻瑛認為此詩「是寫閨情的代言體,以五律的體裁寫得典麗、工整。……其特點更近於宋詩而不似唐音之重神韻。」[50]

七絕〈春雨〉云:

---

46 《論語‧微子》:「長沮、桀溺耦而耕,孔子過之,使子路問津焉。長沮曰:『夫執輿者為誰?』子路曰:『為孔丘。』曰:『是魯孔丘與?』曰:『是也。』曰:『是知津矣。』問於桀溺,桀溺曰:『子為誰?』曰:『為仲由。』曰:『是魯孔丘之徒與?』對曰:『然。』曰:『滔滔者天下皆是也,而誰以易之?且而與其從辟人之士也,豈若從辟世之士哉?』耰而不輟。」《十三經注疏》,卷18,頁165。

47 《周邦彥研究》,頁20。

48 白敦仁:〈周邦彥〉,載《中國歷代著名文學家評傳》第3卷,頁314。

49 參《周邦彥清真集箋》,頁339。《全宋詩》次句作「簾花日照成」,頁13426。

50 《周邦彥研究》,頁21。

耕人扶耒語林丘。花外時時落一鷗。
欲驗春來多少雨，野塘漫水可回舟。

此詩以春雨為題，前二句寫出耕人的期望，以及鷗鳥的喜悅之情。末二句則寫出雨勢之大，而野塘漫水，也可以浮動一條小船了。表面上只是寫春景，其實卻也蘊含深刻的言外之意。例如天地蒼茫，為甚麼就只剩下「一鷗」呢？這顯然是有點代入自我的形象了；又如「回舟」之「回」，如果不嫌附會，其實也可以暗示春水方生，而有回歸自然之意。這與〈渡江雲〉詞中「千萬絲、陌頭楊柳，漸漸可藏鴉」之句有異曲同工之妙，尋覓託身之所。周邦彥在〈二月十四日至越州，置酒泛湖，欲往諸剎，風作不能前〉詩又云：「疾風已戒早回舟」，警覺天氣變化，帶出憂患意識。周邦彥一再使用「回舟」的意象，似是從李商隱（813-858）〈安定城樓〉詩中「永憶江湖歸白髮，欲迴天地入扁舟」一聯化出，由璀璨歸於平淡。大抵此詩從側面落筆，含蓄清新，至於是否有所寄託，暗示政治氣氛的改變，那只能留待讀者的想像和玩味。

周邦彥生當北宋末期黨爭激盪之際，由於他曾兩獻〈汴都賦〉稱讚新法，奇辭壯采，深受新黨中人的器重，所以仕途亦每隨新黨的升沈而進退，相對平順。但他似乎並不熱中於功名富貴，奔走於權貴之門；[51]晚年還帶點內向怕事的性格，這在他很多的詩詞作品中往往都

---

51 周密（1232-1298）《浩然齋雅談》云：「上喜，意將留行。且以近者祥瑞沓至，將使播之樂府。命蔡元長微叩之，邦彥云：『某老矣，頗悔少作。』」（卷下樂府）《欽定四庫全書》（上海：上海商務印書館，1987年），冊1481，頁851。又參唐圭璋編：《詞話叢編》（北京：中華書局，1986年），第1冊，頁232。周邦彥固少頌聖貢諛之詞，但卻有詩「化行禹貢山川內，人在周公禮樂中」歌頌蔡京，薛瑞生、孫虹訂為政和六年（1116）正月十七日蔡京七十歲生日賀壽之作。參〈清真事蹟新證〉，《新宋學》，頁86-87，《清真集校注》，頁61。薛瑞生、孫虹列出周邦彥依附蔡京的證據尚多，可參看。

能表現出來。樓鑰云:「公壯年氣銳,以布衣自結於明主。又當全盛之時,宜乎立取貴顯;而考其歲月仕宦,殊為流落,更就銓部,試遠邑。雖歸班於朝,坐視捷徑,不一趨焉。三綰州麾,僅登松班而旅死矣。蓋其學道退然,委順知命,人望之如木雞,自以為喜,此又世所未知者。」[52]周邦彥詩多歌頌神仙道教,他最大的希望就是歸隱名山,參透世情,恬退保身。例如「本非民土宰官身,欲斷人間煙火穀」(〈仙杏山〉)、「深鬐畏軒冕,自謂山林寬」(〈懷隱堂〉)、「豈饒蒿目憂世事,黃金縚腰埋土囊」(〈晚憩杜橋館〉);很明顯的都是言志之作,寫出富貴的虛幻,流露出一刹的穎悟。〈遠遊〉五古二十句,一韻到底,詩云:

> 淮西渡兩槳,江左隨一鷗。苦嗟波濤窄,所至膠吾舟。借問舟中人,流轉何時休。帆高風色利,欲止不自由。傳聞弱水外,鼎立三神丘。鼓枻未可到,載行有潛虯。扶桑睹浴日,陽精熱東流。萬族呈秘怪,九土皆飄浮。送者安在哉,吾往不可求。豈比鴟夷子,並湖名遠游。[53]

〈遠遊〉借用《楚辭》名篇,發揮想像,情韻動人。詩分兩段,首段四韻,寫生命中的膠著狀態;羅忼烈云:「詩有淮西、江左之語,復多危苦之辭,疑是教授廬州前後作。」後段弱水、神丘則是游仙詩的筆調,郭璞(276-324)、李白詩中都有類似的描寫;九土即九州,秘怪紛呈,大開眼界。末二句仰慕范蠡的高情,周邦彥明白無法突破個人的局限,只求在湖內遠游,優悠自足。次句「一鷗」的意象亦屬自我寫照,同於〈春雨〉詩中的「花外時時落一鷗」,而有孤獨不群之

---

52 參〈清真先生文集序〉,《攻媿集》,頁475。
53 參《全宋詩》,頁13429。其中「扶桑睹浴日」一句,《周邦彥清真詞箋》「睹」作「觀」,頁351。

意。陳鴻瑛云:「此詩似係離開廬州之作,詩中首言渡淮,次以具體的比喻形象,感傷行役之苦,對現實不滿之情溢於言表。接下去……,這裏有豐富的想像,充滿對神仙世界的嚮往。」[54] 白敦仁云:「此詩兀傲俊爽,充滿積極浪漫主義情調,反映了清真風格的另一側面。」[55]

又〈夙興〉五古二十二句,一韻到底,詩云:

> 瞳瞳海底日,赤輝射東方。先驅歛群翳,微露不成霜。早寤厭床第,起步東西廂。引手視掌紋,黯黯未可詳。念此閱人傳,三年得詮藏。弛擔曾幾時,茲焉忽騰裝。問今何所之,意行本無鄉。晨鐘神慘悲,夜鼓思飛揚。與俗同一科,何異犬與羊。平明催放鑰,利害紛相攘。顛倒走群愚,豈但渠可傷。[56]

詩分三段,前段十句寫日出景色,早起無聊,不能復睡,乃檢視掌紋及相書,皆以伏藏三年為誡。中段八句,由「弛擔曾幾時」開始,意欲放下人生的重擔,整裝出發,讓精神馳飛於「本無鄉」之中,暮鼓晨鐘,發人深省,如果委屈從俗,實與牛羊的生涯無異。末段四句,「鑰」為關門的橫木或鎖鑰,放鑰寫日出之後開門所見,名韁利鎖,是非顛倒,非但悲憫眾生,其實更具自憐之意,充分表現出對生命的迷惑和無奈,意深辭苦,自具警世意味,而這自然也是周邦彥的悟道之作了。他如〈贈常熟賀公叔隱士〉、〈芝朮歌〉、〈下帷齋〉、〈游定夫見過晡飯既去燭下目昏不能閱書感而賦之〉、〈宿靈仙觀〉諸詩,以及〈滿庭芳〉「夏日溧水無想山作」、〈紅林檎〉二闋、〈鶴沖天〉「溧水長壽鄉作」等詞,安時處順,樂由心生,均是深染道風之什。羅忼烈

---

[54] 《周邦彥研究》,頁29。
[55] 白敦仁:〈周邦彥〉,載《中國歷代著名文學家評傳》第3卷,頁316。
[56] 參《全宋詩》,頁13428。《周邦彥清真詞箋》「黯黯」作「黯黯」,頁344。

說「溧水的道教風氣影響了他的人生觀」,[57]呂陶說周邦彥的父親周原「家有藏書」、「晚習導引衛生之經」,[58]溧水的宗教氣氛適與周邦彥家族血統中的遺傳基因相配合,為了在複雜多變的政治環境中明哲保身,很自然的就迫使詩人走上收斂及退隱之途了。

三 論周邦彥在北宋文壇的地位

王國維原本不喜歡《清真詞》,嘗云:「美成詞多作態,故不是大家氣象。」「予於詞,……而不喜美成。」其後譽之為:「而詞中老杜,則非先生不可。」甚至說:「兩宋之間,一人而已。」最後還把他推上宋詞第一的寶座,抑揚之間,落差甚大,難免令人有點戲劇化的感覺,但這卻是王國維嚴肅治學的成果。《清真先生遺事》分事蹟、著述、尚論、年表四部份,逐條檢視資料,理據充足,成就卓著,以科學的態度改變昔日之我,值得敬重。[59]

周邦彥以詞鳴,其實還兼擅詩、文、賦等各類文體,即如歐陽修(1007-1072)、王安石、蘇軾(1037-1101)、秦觀(1049-1100)等都

---

57 羅忼烈:〈周邦彥三題〉,載《兩小山齋雜著》(北京:中國和平出版社,1994年),頁163。文中所論三題為「風流文士形象的來源」、「新舊黨爭中的政治立場」、「道家思想的來由」。

58 呂陶:〈周居士墓誌銘〉,載《淨德集》,頁285。

59 參羅忼烈:〈王國維與清真詞〉,載《兩小山齋論文集》(北京:中華書局,1982年7月),頁106-116。案王國維《人間詞話》原刊《國粹學報》卷4第10-12期(1908年)。今所引前兩條見《人間詞話》附錄(北京:人民文學出版社,1960年),頁260。陳乃乾(1896-1971)錄自觀堂舊藏《詞辨》眉間批語;後兩條錄自《清真先生遺事》,亦見《人間詞話》附錄,頁251、253。又蔣英豪(1947-)云:「《清真先生遺事》之作,看來像是對兩年前所作的『倡伎』的比喻的懺悔。環境變了,治學的興趣變了,對詞學原始資料接觸多了,對文學功能的看法也有所不同了,他更能謙虛地面向傳統,體會前代評論家稱美周邦彥的用心。」見〈論王國維對周邦彥詞評價的轉變〉,載《中華文史論叢》第74期(上海:上海古籍出版社,2004年),頁35-36。

是兼備眾體的，文章講求治道，詩以言志，詞以娛情，而這也是北宋作家的普遍現象。不過，當時周邦彥卻僅以〈汴都賦〉得享盛名，連受神宗、哲宗、徽宗三朝的賞識，一獻再獻，拔擢遷升，官運亨通；[60]所以呂陶在〈周居士墓誌銘〉中也提到獻賦任官之事，「諸生莫不榮願焉」。不過，〈汴都賦〉乃以歌頌新法為主，這使他很自然的走近新黨一邊，漸漸也就跟舊黨中人不相往來了。呂喬年〈太史成公編《皇朝文鑑》始末〉云：「周美成〈汴都賦〉，亦未能侈國家之盛，止是別無作者，不得已而取之。若斷自渡江以前，蓋以其年之已遠，議論之已定，而無去取之嫌也。」[61]可見南渡之後，大家對周邦彥的新黨身分還是有所忌諱的，只是〈汴都賦〉在宋文中是無可替代的作品，不得不選。北宋文壇後期由蘇軾等領導風騷，元祐以後更是蘇軾及其門下諸子的盛世，他們在政治上雖然迭受打擊，但文學成就驕人，天下知名，這是有目共睹的事實，連新黨中人也忌恨在心，必欲除之而後快。

周邦彥的叔父周邠（1036-1111？）與蘇軾乃莫逆之交。熙寧四年至七年（1071-1074），蘇軾在杭州通判任上，經常與周邠聯袂出遊，飲宴賦詩。張先（990-1078）、僧道潛（1043-1106）亦有詩寄周邠。[62]當時周邦彥十六歲，如果住在錢塘故里，尚未出外遊歷，應該有機會見到蘇軾。又呂陶為周家撰〈周居士墓誌銘〉，說不定也是由周邠請託的。周邠因烏臺詩案受到牽連，後來還一度被列入「元祐黨

---

60 參薛瑞生、孫虹〈清真事蹟新證〉之〈周邦彥年表〉，周邦彥一生官運由不入流、入流為選人判司簿尉等（從九品），以至磨勘轉官、超轉，卒於通議大夫（正四品），卒贈宣奉大夫（正三品），可見一生都在邊升之中。薛氏等論云：「據此則邦彥在神、哲兩朝乃循資升遷，至徽宗朝尤在蔡京當國期間，常常超轉，故職事官品高於寄祿官品，觀此表則可了然於目。《新宋學》，頁109，《清真集校注》，頁106。
61 〔宋〕呂祖謙（1137-1181）：《皇朝文鑑》（上海：上海商務印書館《四部叢刊初編》影常熟瞿氏藏宋本），卷首。
62 劉揚忠（1946-2015）指出：「《永樂大典》卷899尚存張先絕詩〈酬周開祖示長調見索詩集〉一首，《咸淳臨安志》載參寥子〈次韻周開祖大夫泛湖見訪〉七律一首。」《周邦彥傳論》（西安：陝西人民出版社，1991年），頁7。

人」之中,而蘇軾又名滿天下,周邦彥是沒有理由不認識蘇軾的,可是他們之間並沒有片言隻字的交往,除了政治立場的隔閡之外,我們再找不到更好的解釋了。吳熊和云:「周邠後改任樂清令、管城令、溧水令,元豐八年(1085)後知吉州,一直與蘇軾詩郵不絕。但周邦彥作為故人子弟,卻與蘇軾絕無通問。這或許是一個跡象,表明他與蘇軾之間存在著某種障礙。」[63]沈松勤亦云:「元豐八年,蘇軾還朝,元祐元年,在蘇軾的舉薦下,黃庭堅、張耒、晁補之分別為集賢校理、太學錄、太學正,元祐二年,秦觀亦因蘇軾舉荐賢良方正入京,『蘇門諸子』一時會聚京師,而周邦彥自元豐二年以來,一直身居太學,元祐二年才離京任廬州教授。所以,在元豐八年至元祐二年的三年間,蘇軾包括『今代詞手秦七黃九』與在詞學上功底深厚,且潛力甚大的後學周邦彥有著大量面交的時間和機遇,但卻彼此不相知聞。」[64]此外,儘管周邦彥並沒有名列新黨正人之中,也沒有參與大晟府的製樂,[65]卻在徽宗朝中步步高升,仕途順利。大觀元年至四年(1107-1110),周邦彥任宗正少卿兼議禮局檢討,撰製《大觀五禮》,製禮而不作樂,看來也脫不了與蔡京的密切關係。周邦彥與舊黨中人自然是不便往還了。[66]

---

[63] 吳熊和(1934-2012):〈負一代詞名的集大成者周邦彥〉,載吳熊和主編:《十大詞人》(上海:上海古籍出版社,1989年),頁91。
[64] 沈松勤(1957-)著:《北宋文人與黨爭》(北京:人民出版社,1998年),頁214。
[65] 薛瑞生、孫虹〈清真事蹟新證〉認為周邦彥「亦未提舉大晟府」。《新宋學》,頁93,《清真集校注》,頁74。諸葛憶兵(1959-)〈周邦彥提舉大晟府考〉云:「周邦彥提舉大晟府,在政和六年十月至政和七年三月之間,任期最長不超過半年,短則或許只有一二個月。這與《東都事略》、《宋史》『未幾』之說吻合。」載《文學遺產》1997年第5期,頁116;收入《宋代文史考論》(北京:中華書局,2002年),頁6。又村越貴代美(1962-)〈周邦彥和大晟樂〉則云:「周邦彥任大晟府提舉期間,應在劉昺後蔡攸前、政和七年到政和八年很短一段時間。」載《首屆宋代文學國際研討會論文集》(上海:復旦大學出版社,2001年),頁586。爭論尚多,意見不一。
[66] 孫虹、薛瑞生:《清真集校注・前言》云:「哲宗於元祐八年九月親政,邦彥不見遽升亦不見內調;徽宗崇寧元年以新舊劃正邪,正黨名單不見邦彥之名,均可證此

蘇門中人對周邦彥的評價基本上也是正面的。陳郁說:「當時以詩名家如晁、張,皆自歎以為不及。」可能只是傳聞之辭,誇張失實,從現存的文獻中,我們可沒有證據證明晁補之(1053-1110)、張耒(1054-1114)說過這樣的話。此外,羅忼烈引陳師道(1053-1102)《後山詩話》云:「美成箋奏雜著俱盛,惜為詞掩。」[67]注稱出沈雄《古今詞話》引《後山詩話》,可是現在以上二書都無法檢出覆核這條資料。這幾位蘇門學士都只比周邦彥大兩三歲而已,可說是同輩中人,要說幾句讚美周邦彥的話也很普通,然而這幾條資料就是找不到出處,也就不見得可靠。元豐年間,周邦彥在詩中曾經提及蔡肇、李公麟等,蔡肇先後隨王安石及蘇軾遊,當時可能還未進入蘇門;至於李公麟摹本的《開元夜遊圖》,周邦彥只是看畫而已,並沒有說明二人有任何來往。除了上述的資料以外,北宋文壇再也沒有有關周邦彥的記載了,好的壞的都沒有。政和二年(1112),劉昺(1062?-1118?)為戶部尚書,兼任大晟府提舉。劉昺嘗薦周邦彥自代。[68]至於其他資料全都要到南渡之後才陸續浮現出來。換句話說,除了具備一個官員的身分之外,當時的文人都沒有談到周邦彥,他在文壇上可能是沒有甚麼名氣的。此外,周邦彥在詩、文、詞中一般都很少交代明確的時地背景,也很少提到當時的人物,例如詩中只有蔡肇、李公麟、賀公叔、游酢(1053-1123)、周沔等人;詞中則有〈水調歌頭〉「中秋寄李

說。由此可知,邦彥一生仕途的升遷浮沈,與新舊黨爭無涉。」又云:「所以邦彥仕途顯達的原因,決非如王國維氏所謂『循資而遷』,而是官運一繫之於新黨蔡京集團人物特別是蔡京當國與否。」頁11-12。

67 《周邦彥清真集箋》上冊「集評」,頁285。

68 〔宋〕莊綽(1078-?)撰:《雞肋篇》:「周邦彥待制嘗為劉昺之祖作埋銘,以白金數十斤為潤筆,不受。劉無以報之,因除戶部尚書,薦以自代。後劉緣坐王寀訞言事得罪,美成亦落職,罷知順昌府宮祠。周笑謂人曰:『世有門生累舉主者多矣,獨邦彥乃為舉主所累,亦異事也。』」(北京:中華書局,1983年),頁70。案莊綽自序署紹興三年(1133),其後尚有所補充。

伯紀大觀文」、〈鬢雲鬆令〉「送傅國華奉使三韓」各一闋,前者或為何大圭詞,靖康元年(1126)以後作;後者寫的是宣和四年(1122)的事件,均在周邦彥卒後,顯為偽詞。[69]大抵周邦彥在生前就跟很多默默無名的文人一樣,只是用心構建作品中精美自足的藝術境界,不善於交往酬酢,頗有違世的意味。

周邦彥詞盛傳於世,可能是在南渡之後。孝宗淳熙七年(1180),強煥任溧水令,其〈題周美成詞〉云:「余慕周公之才名,有年於茲,不謂八十餘載之後,踵公舊蹤,既喜且愧。故自到任以來,訪其政事,於所治後圃得其遺政,有亭曰姑射,有堂曰蕭閒,皆取神仙中事,揭而名之,可以想像其襟抱之不凡。而又睹新綠之池,隔浦之蓮,依然在目。抑又思公之詞,其摹寫物態,曲盡其妙,方思有以發揚其聲之不可忘者而未能。及乎暇日從容式燕嘉賓,歌者在上,果以公之詞為首唱,夫然後知邑人愛其詞,乃所以不忘其政也。余欲廣邑人愛之之意,故哀公之詞,旁搜遠紹,僅得百八十有二章,釐為上下卷。」序中提到很多周邦彥詞中的典實,使作品得與官署後圃的景觀相互印證。其後樓鑰〈清真先生文集序〉云:「公之歿,距今八十餘載,世之能誦公賦者蓋寡,而樂府之詞盛行于世,莫知公為何等人也。公嘗守四明,而諸孫又寓居於此,嘗訪其家集而讀之,參以他本間見手稿,又得京本文選,與公之曾孫鑄裒為二十四卷。中更兵火,散墜已多,然足以不朽矣!」此序敘述周邦彥文集編成,約在寧宗嘉泰年間(1201-1204)。晁公武(?-1171?)《郡齋讀書志》、陳振孫(1211-1249)《直齋書錄解題》亦見著錄。其後《片玉集》十卷,陳元龍集注,今存嘉定四年(1211)劉肅〈片玉集序〉,並由朱孝臧(1857-1931)編入《彊村叢書》中,流傳最廣。

至於周邦彥詞在北宋的流傳情況,小說家言繪影繪聲,例如〈少

---

[69] 參王國維:〈清真先生遺事〉,頁19、20;羅忼烈:《周邦彥清真集箋》,頁266-268。

年遊〉、〈蘭陵王〉諸詞，與宋徽宗及李師師扯上三角戀愛的關係，王國維已經一一辨析清楚了，不足憑信。其實除了南宋的筆記詞話之外，北宋人並沒有片言隻字提及周邦彥詞曾在汴京廣為流播，例如《高麗史・樂志》所載北宋詞曲，雜曲四十首，並不注明作者，其中十五首作者可考者，柳永（987？-1053）佔八首，其他晏殊（991-1055）、歐陽修、蘇軾、晁端禮（1046-1113）、李甲、趙企（？-1118）〔或王觀〕、阮逸女各一首。[70]晁補之評本朝樂章，僅論張先、柳永、晏殊、歐陽修、蘇軾、黃庭堅（1045-1105）、秦觀七人。李清照〈詞論〉則評柳永、張先、宋祁（998-1061）、宋庠（996-1066）、沈唐、元絳（1009-1084）、晁端禮、晏殊、歐陽修、蘇軾、晏幾道（1038-1110）、賀鑄（1052-1125）、秦觀、黃庭堅十四人。[71]這幾份名單都沒有周邦彥。蘇門中人名聞四海，可以不論；其他如晁端禮於政和三年（1113）除大晟府協律郎，賀鑄等均與周邦彥同時，就算「詞語塵下」、「破碎何足名家」，按理李清照都應該有所評述；而這也間接顯露出周邦彥在汴京的知名度並不太高，可能要到南宋時才廣為流行，傳唱不輟。

　　近來也有學者認為李清照不提周邦彥是表示他們持有相同的論詞觀點。例如鄧魁英雜引沈義父《樂府指迷》、張炎（1248-1320？）《詞源》、陳振孫《直齋書錄解題》以至《四庫全書總目提要》的論點，認為「這些評論的出發點和李清照〈詞論〉中所要求的協樂、高雅、典重、鋪敘、故實……，極相一致。周邦彥正是主張『當行本色』

---

70 吳熊和著：《吳熊和詞學論集》（杭州：杭州大學出版社，1999年）附錄〈《高麗史・樂志》所載北宋詞曲〉，頁54-76。又參朝鮮鄭麟趾（1396-1478）等撰：《高麗史・樂志二》（臺南：莊嚴文化事業公司，1996年），卷160，頁691-711。雲南大學圖書館藏〔明〕景泰二年（1451）朝鮮活字本。

71 晁補之「評本朝樂章」、李清照（1084-1156）〈詞論〉均見胡仔（1110-1170）：《苕溪漁隱叢話後集》（北京：人民文學出版社，1962年），卷第33，頁253-254。高宗紹興十八年（1148）胡仔序，光宗紹熙五年（1194）陳奉議刊於萬卷堂。

的詞家中間的典範人物,所以才避免了李清照的批評。」[72]劉揚忠認為周邦彥是北宋詞壇的巨擘,「李清照是比清真晚生二十九年的後輩詞人,她對詞立論特高,其〈詞論〉歷摘北宋諸家之疵,唯獨於清真未置一貶語,可見清真在主張『詞別是一家』的傳統詞派陣營裏是如何受到崇敬了。」[73]一廂情願的指李清照力捧周邦彥,苦無證據,推論亦不合邏輯,只能說是某些學者的主觀願望,不切實際。

上文用了很多篇幅檢視周邦彥在北宋文壇的地位。大抵周邦彥僅憑〈汴都賦〉知名,得享三朝之眷。此外,周邦彥詞名不彰,北宋詞壇看來並沒有提過周邦彥,他的詞要到南宋以後才逐漸傳唱出去,傳說亦多,名動全國,也是很奇怪的現象。至於周邦彥的詩名,蘇門中人陳師道、晁補之、張耒對他都評價頗高,但資料不見得完整可靠,周邦彥詩在宋詩中幾乎沒有甚麼地位,僅在研究周邦彥生平的時候順帶用作參考材料。劉揚忠說:「周邦彥雖然工詩,但他的詩與詞相比,畢竟是繼承多而創造少,因而成就是次要的,與他的詞在文學史上的較高地位不能相比。」[74]現在,我們要重新檢視周邦彥詩的藝術成就,兼論周邦彥在北宋詩壇的地位。

四　論周邦彥詩體融唐宋

宋詩以楊億(974-1020)、梅堯臣(1002-1060)、蘇舜欽(1008-1048)三家為起點,楊億筆力宏壯,諷刺時弊;梅堯臣清切古淡,蘇舜欽豪邁激越,皆能寫出生活品味,反映時代精神。歐陽修專學李白、韓愈(768-824),同時也吸納了宋初前輩詩人的長處,雍容閒

---

[72] 鄧魁英(1929-2024):〈關於李清照「詞論」的評價問題〉,載濟南市社會科學研究所編:《李清照研究論文集》(北京:中華書局,1984年),頁293。
[73] 《周邦彥傳論》,頁46。
[74] 劉揚忠:〈周邦彥佚文佚詩淺議〉,載《文學評論叢刊》(北京:中國社會科學出版社)第十八輯(1983年10月),頁183。

雅，流暢平和，風神氣象，搖曳多姿，宋詩的規模已具，疊起波瀾。出歐門者有荊公、東坡二體，而取徑有險窄與寬泛之異，各造境界。王安石以意氣自雄，鋒芒筆露，晚年繁華落盡，婉約渾成。王安石詩講究創意，不同流俗，表現出獨有的學力、識見、技巧、法度，語工意新，精嚴華妙。當時能與王安石詩風相頡頏者不多，例如王令（1032-1056）頗學其古體，而曾鞏（1019-1083）的七絕「更有王安石的風致」，[75]其實各有所偏，未能照應全局。蘇軾天才橫溢，豪健曠遠，行雲流水，度越常軌，隨遇而安，神變莫測。加以有容乃大，議論鋒發，故蘇門人才濟濟，名重天下，各具面目，不相蹈襲。其中尤以黃庭堅拗峭奇特的詩風更負盛名。

　　元祐以後，蘇、黃二家逞才使氣，爭奇鬥巧，詩書煥發，風靡天下。蕭慶偉云：「蘇、黃以其不同而得以並稱，就在於二人詩風詩法的融合恰好體現了宋人論詩的主張，換言之，蘇軾的『意』和黃庭堅的『法度』，是當日或此後詩人都想得到的東西。」[76]蘇、黃多題畫詩、唱和詩，競押險韻，炫耀博學，切蹉詩藝，稍嫌俗濫，雖不乏名篇佳作，惟風神興象，漸次乖離，其實也是得失互見的。嚴羽云：「近代諸公作奇特解會，遂以文字為詩，以議論為詩，以才學為詩。以是為詩，夫豈不工，終非古人之詩也。蓋於一唱三嘆之音，有所歉焉。」[77]大抵「歉」者只是針對蘇、黃的末流說的，蘇、黃二家各備一體，[78]姿采紛呈，從而揭出了宋詩獨有的精神氣象，面目一新，形成了一個以文為詩、雅俗共賞的新局面。不過，就在這股強勁的蘇、

---

75 錢鍾書（1910-1998）選注：《宋詩選注》（北京：人民文學出版社，1958年），頁47。
76 蕭慶偉著：《北宋新舊黨爭與文學》（北京：人民文學出版社，2001年），頁242。
77 嚴羽（1197？-1241）著，郭紹虞校釋：《滄浪詩話校釋・詩辨》（北京：人民文學出版社，1961年），頁24。
78 嚴羽又指出「以人而論」者，宋詩有東坡體、山谷體、後山體、王荊公體、邵康節體、陳簡齋體、楊誠齋體，凡七體，而總以蘇、黃為首。參《滄浪詩話校釋・詩體》，頁54。

黃詩風籠罩之下，周邦彥卻不同流俗，悄悄地回歸到王安石典麗雅緻的詩風道路上面，融和唐宋，自抒懷抱。

周邦彥詩僅存四十五首，數量不多，但質量卻高，題材廣泛，思想深刻，風格多樣，寫出新意，例如在上文引錄的十二首詩，尤多精品，或足以在宋詩中佔一席位。周邦彥詩以七古為最高，氣勢磅礡，寓意深刻，現存八首。其中〈天賜白〉、〈薛侯馬〉二首，專詠宋、夏永樂城之戰，刻劃戰況的慘烈，注入史實的細節，議論得體，具有史詩的氣派，感天動地，壯懷激烈，抒發愛國情懷，呼籲珍惜人才，北宋詩中很少見到這類題材。〈開元夜遊圖〉、〈越臺曲〉二首則是藉詠史起興，前者由觀畫影射徽宗朝的浮靡世風，批判現實，以亡國為戒，指出危機所在；後者則由一則古老的傳說渲染濃郁的鄉情，探索宇宙人生的永恆母題。周邦彥這四首七古都是四句一換韻的歌行體，就像高適（700-765）的〈燕歌行〉一樣，在節奏上模仿盛唐音調，但又表現一種睿智和冷靜，以理服人，兼融唐宋，寫出新意，即在宋詩中亦具有超前的地位了。劉揚忠認為：「這些七古都顯得豪放俊爽，文筆遒健，見出作者學習盛唐詩所下的深功夫。」[79]其實只說對了一半，而忽略周邦彥詩中深沈的理趣特色。

在五古方面，〈過羊角哀左伯桃墓〉、〈楚平王廟〉二首利用野史傳聞，刻劃現實人性。前者歌誦朋友間的交誼，死生相許，十分壯烈；後者摹寫君臣間的衝突，相互報復，尤為慘烈；這些都有助於喚起對北宋黨禍深刻的反省和思考。其他〈遠遊〉、〈夙興〉、〈楚村道中〉（其二）等寫思想的漫遊，擺脫世俗的束縛，風光迷幻，秘怪紛呈，尋仙訪道，深具警世意味。周邦彥這些五古揭示幽隱的內心意識，尤為詭異，深勁透闢，表現瘦硬堅剛的氣質，也是宋詩中的傑作。

宋詩耽於禪悅，講求理趣，但周邦彥詩卻深染道風，這在宋人詩

---

[79] 劉揚忠：〈周邦彥佚文佚詩淺議〉，《文學評論叢刊》第十八輯，頁182。

中也是別開生面，獨具一格的。例如〈仙杏山〉、〈芝朮歌〉、〈宿靈仙觀〉、〈贈常熟賀公叔隱士〉、〈懷隱堂〉、〈下帷齋〉、〈晚憩杜橋館〉、〈游定夫見過，哺飯既去，燭下目昏，不能閱書，感而賦之〉八首，前四首為七古，後四首為五古。七言體悟道心，發人深省，例如「仙人藥光明夜燭，種杏碧山如種玉」、「日精潛燭山自明，人力窮搜神不與」、「戲上雲崖撼瓊樹，脫葉出溪驚世人」，比喻鮮活跳脫，光彩照人，契合自然，意境清新，每有石破天驚之感，震撼心弦。羅忼烈認為周邦彥任溧水令後思想一變，「自廬州而荊州，至元祐八年（1093）春，始得溧水令，在任三載，偃蹇薄宦，已屆中年，少年銳氣，消鑠殆盡。復以溧水地邇茅山，玄風特盛，靈異頗多，佗傺之餘，不能無所寄託以自理遣，固亦人情之常也。」[80]劉揚忠亦云：「王安石〈登大茅山頂〉詩中就有：『陳跡是非今草莽，紛紛流俗尚師仙』之歎。周邦彥當時已四十來歲，長期漂泊輾轉於州縣，少年銳氣已銷磨殆盡，唯胸中塊壘尚難以自消，所以他頹然自放，不免托道家的思想以求解脫。……他這一時期游歷鄰近溧水的茅山等地時所寫的詩歌如〈芝朮歌〉、〈宿靈仙觀〉等，也都流露了對求仙學道超脫紅塵的濃烈興趣。」[81]周邦彥的仙道詩講求治道，由治身而治國，而非逃避現實，亦為佳製。五古〈下帷齋〉「書生本不武，誰語負薪憂」、「至勝不刃血，吾將執其柔」，宣揚武德捍敵，說出至理。〈懷隱堂〉中的「侯」可能也是一位不得志的奇才，詩中有「深轝畏軒冕，自謂山林寬」、「我侯坐少孤，久著聚鷸冠」、「侯今未全老，每據伏波鞍」、「因侯有華構，彌起百憂端」等，歸隱山林，但又未能完全忘懷世情，關心治道，在宋詩中另闢新境。

周邦彥五絕只有〈曝日〉及〈竹城〉二首，均為古絕。〈曝日〉

---

80 羅忼烈：〈周邦彥何以自號清真〉，載《文史閒談》（香港：現代教育出版社，2001年），頁133。
81 《周邦彥傳論》，頁27。

云:「冬曦如村釀,奇溫止須臾。行行正須此,戀戀忽已無。」寫冬日的暖和,可惜過於短暫。語言淺易,風格平淡。錢鴻瑛云:「清真的美學思想受哲學思想影響有崇尚自然的一面,如其佚詩〈曝日〉,……很有陶詩作風。」[82]至於七絕七首,前引〈鳳凰臺〉、〈春雨〉,精嚴華美,意境空靈。其他〈謾成〉(二首之二)云:「河聲連底卷黃沙。回首方驚去國賒。唯有客情無盡處,暗隨春水漲桃花。」〈謾書〉(三首之三)云:「窗風獵獵幔影斜。酒餘春思托韶華。高樓不隔東南望,苦霧游雲莫謾遮。」客途悵望,情景交融,典雅精緻,意蘊深長,「漲」字「隔」字,精悍曼妙,神韻悠揚,似乎都能汲取荊公體深婉不迫、精嚴深刻的長處,味之無盡,愈覺醇厚。

　　至於五律僅存〈謾書〉二首,其一結云:「情來愁不語,極目雁南征。」其二結云:「雙眉誰與畫,張敞自風流。」洋溢華美與艷情,近於詞境。七律九首,則多應酬之作。周邦彥的律詩未算出色。

　　周邦彥亦多唱和詩,有時會用相同的韻字連寫四五首,炫耀學問,具有逞才爭勝的意味,亦嫌俗濫。〈天啟惠酥〉七律四首,全押平聲虞韻「酥」、「廚」、「迂」、「醐」四字,但首句則分別用「車」、「雛」、「無」、「書」四字,其中「車」、「書」二字屬魚韻。整齊中有所變化。詩中分別摹寫各地的好酥、北酥、雍酥、玉酥,但結句都歸於說理,例如「欲比君家好兄弟,不知誰可作醍醐」、「臠肉便知全鼎味,它時不用識醍醐」、「聞道加餐最肥澤,異時煩與致醍醐」、「猶恐傖人笑風土,預從貝葉檢醍醐」,豐富心靈的味覺,通於詩歌境界,而且彰顯學問,多用典故,發揮議論,而略帶生澀和枯淡之感,可以給讀者提供廣闊的思考空間。又〈次韻周朝宗六月十日泛湖〉五首,五言八句,全押去聲翰韻「段」、「散」、「幔」、「半」四字,當屬古體。其中「疏林直炊煙,落日斜酒幔」、「湖洄晚漁集,山靜村樵散」、

---

82 《周邦彥研究》,頁42。

「何當飲清光,乘月行夜半」、「儒生長窘束,書燈守幽幔」諸聯,鍊字精警,格高韻響,亦不乏佳製。可見周邦彥面對同輩的友人如蔡肇、周沔等時,很自然就會疊韻為詩,愈寫愈奇,這跟蘇門酬唱和韻的模式一樣,表現文采競勝的雄心,自然也反映北宋一代的詩風了。

　　周邦彥詩體融唐宋,一方面傳承唐詩的韻律和風神,掩映多姿;一方面又顯出宋詩的新警和深刻,體貌多變。曾棗莊認為:「其詩受韓愈、李賀影響較大,在江西詩派詩風盛行之際,可謂獨闢蹊徑。」[83] 大概是指周邦彥詩中充滿詭異的情調和苦澀的感覺,例如〈過羊角哀左伯桃墓〉、〈鳳凰臺〉等,刻劃變形,渲染異色,荒誕不經,空寂陰冷。其實周邦彥詩尤近於荊公體,表現匡俗濟世的壯懷,亦見精絕雅麗的小詩。王安石信佛,擺脫虛妄;周邦彥悟道,振起玄風。其實殊途同歸,都是追求心靈中的一枝之安,各有所托。書生本色,而歸結必以儒行為本,重視事功。周邦彥詩以寫實為主,議論風發,復以思理嚴密、感情顯豁、意象精美,音韻悠揚,皆能彰顯宋詩的本色,表現個人的獨有品味。

　　周邦彥原有用世之志,但朝局動蕩,黨同伐異,遷調頻繁,苦於行役,為此明哲保身,兩無依傍。中年以後深染道風,道德文章,安身立命,而這更是知識分子的必然歸宿。例如王安石隱於佛,蘇軾遊於道,黃庭堅守於儒,皆使生命有所依傍而已。周邦彥詩久為詞名所掩,大家對周邦彥詩認識不多,至為可惜!不過,從作品的表現來說,周邦彥仰慕王安石的人格、事功和文學。例如元豐六年上〈汴都賦〉,歌頌新政,雖說有政治表態的意味,其實也是對王安石新政的肯定,至死不渝。王國維云:「〈重進汴都賦表〉高華古質,語重味深,極似荊公制誥表啟之文,末段傚退之〈潮州謝上表〉,在宋四六

---

83 曾棗莊(1937-)主編:《中國文學家大辭典・宋代卷》(北京:中華書局,2004年),頁570。

中頗為罕覯。」[84]此外,周邦彥詩中的〈越臺曲〉似有意仿效王安石的〈明妃曲〉,渲染鄉土濃情,立意新穎;〈開元夜遊圖〉則仿〈開元行〉,立意及取材相似,後出轉精;而〈無題〉寫山川景色,結謂「無人橫催租,烹鮮會同井」,寄託政治理想,自然也是王安石〈元豐行示德逢〉、〈後元豐行〉的續作。七絕如〈春雨〉、〈偶成〉、〈二月十四日至越州,置酒泛湖,欲往諸剎,風作不能前〉等,鍊字鍊意,吐屬不凡,亦與荊公體的風格相近。莫礪鋒認為荊公體的「主要風格特徵是既新奇工巧又含蓄深婉,其主要載體是他晚期的絕句」,周邦彥彷彿得之。[85]詞中〈西河〉則仿王安石的〈桂枝香〉,同寫「金陵懷古」,善於融化唐人詩句,各具風神。凡此皆可以看出周邦彥仿效王安石的痕跡,詩文詞賦,成就卓著,似又非僅學詩一途而已。

自南宋以後,周邦彥詞享譽日隆,清代以後更逐漸被詞論家推上巔峰狀態。例如沈鬱頓挫、比興寄託、離合片段、色澤音節、善於融化唐人詩句等,都是清真詞的佳處所在。周濟云:「清真,集大成者也。……問塗碧山,歷夢窗、稼軒以還清真之渾化,余所望於世之為詞人者,蓋如此。」「清真渾厚,正於鉤勒處見。他人一鉤勒便刻削,清真愈鉤勒,愈渾厚。」[86]陳廷焯云:「然其妙處,亦不外沈鬱頓挫。頓挫則有姿態,沈鬱則極深厚。」「美成詞,有前後若不相蒙者,正是頓挫之妙。」[87]這些觀點都與黃庭堅論詩講求規矩法度、句律精深、變態百出以至婉約渾成的主張相合,黃庭堅云:「但始學詩,要須每作一篇,輒須立一大意,長篇須曲折三致焉,乃為成章

---

84 王國維:〈清真先生遺事〉,頁22。
85 莫礪鋒(1949-):〈論王荊公體〉,載《唐詩詩論稿》(瀋陽:遼海出版社,2001年),頁284。
86 周濟著:《宋四家詞選・目錄序論》。載《介存齋論詞論著》,頁12。
87 陳廷焯(1853-1892)著,杜維沫(1926-)校點:《白雨齋詞話》(北京:人民文學出版社,1959年),頁16-17。

耳。」[88]「寧律不諧而不使句弱,用字不工不使語俗,此庾開府之所長也,然有意於為詩也。至於淵明,則所謂不煩繩削而自合。」[89]「但熟觀杜子美到夔州後古律詩,便得句法。簡易而大巧出焉,平淡如山高水深,似欲不可企及。文章成就,更無斧鑿痕,乃為佳作耳。」[90]以至點鐵成金、奪胎換骨之說,都是學詩法度的精義所在,而與周邦彥詞的藝術表現若合符節。黃庭堅官卑位微,迭遭貶謫,忠義之氣漸趨消解,而內斂自守的精神則昇華為平淡渾成的境界。這些都跟周邦彥恬退畏禍的本性暗合。

　　詩詞體製不同,審美的方式亦異,但蘇軾以詩為詞,質性相通,此後詩詞在表現手法上自然也有相互借鏡的地方了。周邦彥詩基本上不受黃庭堅的影響,以流暢平順為主,稍欠拗折的姿態;但詞的表現則適與江西詩派的一些論詩主張相合,或是說,黃庭堅的詩論恰好就在周邦彥詞中呈現出來,沈鬱頓挫,鉤勒渾厚,句律結構,精嚴華美。大抵這也是時代風氣所致,他們可沒有直接的師承關係。要之,他們有一個共同來源,就是同以杜甫為師,黃庭堅學杜深入句律音節之中,專講活法,變態百出。而周邦彥學杜的功力亦深,王國維詡為「精工博大」「詞中老杜」;羅忼烈也指出清真詞「中年後作風變為沈鬱頓挫,感慨無端,格調老蒼,句法奇倔」之作,[91]皆可為證。此外,

---

[88] 黃庭堅:〈論作詩文〉,《宋黃文節公全集・別集》卷第11。參劉琳(1939-)、李勇先(1964-)、王蓉貴(1956-)(校點):《黃庭堅全集》(成都:四川大學出版社,2001年),冊3,頁1684。又見王直方(1069-1109)《王直方詩話》「山谷論詩」條云:「每作一篇先立大意,長篇須曲折三致意乃成章耳!」參《宋詩話全篇》,冊2,頁1143。則黃庭堅原文亦當為「三致意焉」,今缺「意」字。

[89] 黃庭堅:〈題意可詩後〉,《宋黃文節公全集・正集》卷第25。《黃庭堅全集》冊2,頁665。

[90] 黃庭堅:〈與王觀復書第二首〉,《宋黃文節公全集・正集》卷第十八。《黃庭堅全集》冊2,頁471。

[91] 羅忼烈:〈清真詞與少陵詩〉,《詞學雜俎》,頁75。

王安石也是學杜有得的重要詩人,緒密而思深,那麼,周邦彥與王安石之間,自然是更多了一層精神上的契合和感召了。[92]

---

[92] 《邇齋閒覽》引王安石論云:「蓋其詩緒密而思深,觀者苟不能臻其閫奧,未易識其妙處,夫豈淺近者所能窺哉?此甫所以光掩前人,而後來無繼也。元稹以謂兼人所獨專,斯言信矣!」《苕溪漁隱叢話前集》卷第6,頁37。

宋代詩話中的俗與不俗

　　宋代詩話中有一組互為矛盾的命題，早期梅堯臣（1002-1060）倡「以俗為雅」之說，蘇軾（1037-1101）、黃庭堅（1045-1105）、陳師道（1053-1102）等都認同這個觀點，以平淡為美，不避醜俗，反映生活現實，擺脫西崑體雕章麗句，侈靡浮豔的氣韻，以「俗」為手段，建構宋詩的主體風格。但未幾四家即竭力追求「不俗」，遊移於雅俗之間，各有所見，王水照認為有「以俗為雅、俗中求雅、亦俗亦雅乃至大俗大雅的傾向」，[1] 彼此取捨亦異。南宋以後，姜夔（1155-1209）亦主「不俗」之說，而嚴羽（1197？-1241）更具體指出「學詩先除五俗」。最後宋詩還是避「俗」，選擇了「不俗」，強調人格力量，以及詩人的生命境界，獨一無二的，表現詩人與眾不同的自我形象。本文擬探討「俗」與「不俗」之間的準確含意及宋代前後期詩話中審美觀念的變化。

一　以俗為雅

　　梅堯臣首倡「以俗為雅」之說。陳師道《後山詩話》云：「閩士有好詩者，不用陳語常談。寫投梅聖俞，答書曰：『子詩誠工，但未能以故為新，以俗為雅爾！』」[2]

---

[1] 王水照（1934-）主編：《宋代文學通論》（開封：河南大學出版社，1997年6月），頁52。

[2] 吳文治（1925-2009）主編：《宋詩話全編》（南京：江蘇古籍出版社，1998年12月），冊2，頁1026。

關於「以俗為雅」，按照文本閱讀，梅堯臣認為寫詩求工，能夠不用「陳語常談」，已有新意。如果進而適度引入典故、俗語，寫出夭矯曲折的姿態和雅俗變換的特色，自然更能加強詩歌的表現力。過去學者對於「以俗為雅」也有不同的理解，各家各說。例如嚴傑云：「關於『以俗為雅』的內涵，大抵可歸為兩點：一是詩歌語言引入俗字俚語，一是詩歌題材方面歌詠日常生活平凡瑣屑事物。」[3]黃寶華、文師華云：「所謂『以俗為雅』，它的意義已不止是俚詞俗語的運用，從廣義上講，它已涵蓋了詩歌主題的世俗化傾向。從歐、梅、蘇始，宋詩表現出主題重心的轉移。梅堯臣詩歌的主題較之傳統有了很大的拓展，出現了大量描寫生活瑣事、抒寫日常情懷的作品，有寫景詠物、題寫書畫、應酬贈答等多種多樣的形式，題材不僅不避凡俗，而且有意識地追求粗陋卑瑣甚至怪誕醜惡。歐陽修的詩作也有類似的傾向。……於是提出了『以俗為雅』的口號，對典麗的審美趣尚進行反撥。同時，主題的世俗化也是為了突破程式化的抒情格局，以便在一個更廣闊的範圍內自由地抒情言志。」[4]顧易生云：「蓋屬他力求達到『平淡』詩境手法之一。」[5]周滿江釋云：「對於缺乏意趣的俗句，務必去掉；對有所不滿的詩句再加錘鍊，補缺糾瘦。對俗語並不排斥，用得恰到好處，也可獲得雅趣。此論被江西詩派的詩人奉為寫詩的綱要之一。……『以故為新，以俗為雅』與『換骨法』相似，與『奪胎法』不相干。」[6]諸家認為「俗」就是指俗字俚語、擴充題材、拓展

---

[3] 嚴傑（1951-）：〈變於雅俗之間──論歐陽修與宋詩審美理想的構建〉，《首屆宋代文學國際研討會論文集》（上海：復旦大學出版社，2001年6月），頁164。

[4] 黃寶華（1943-）、文師華（1961-）著：《中國詩學卷‧宋金元卷》（廈門：鷺江出版社，2002年9月），頁70。

[5] 顧易生（1924-2013）、蔣凡（1939-）、劉明今（1944-）著：《宋金元文學批評史》（上海：上海古籍出版社，1996年6月），頁88。

[6] 周滿江（1934-）、張葆全（1936-）主編：《宋代詩話選釋》（桂林：廣西師範大學出版社，2007年2月），頁120。

主題,以至表現平淡的境界、錘鍊詩句諸說,由梅堯臣論詩的觀點引申出來,這幾個說法都是相互關聯的。後來蘇軾、黃庭堅都分別用過「以俗為雅」的命題,由於場合不同,而理解各異了。

蘇軾〈題柳子厚詩〉二首之二云:「詩須要有為而作,用事當以故為新,以俗為雅。好奇務新,乃詩之病。柳子厚晚年詩極似陶淵明,知詩病者也。」[7]成復旺云:「蘇軾只是把它當作運用典故時的一種技巧。」[8]顧易生云:「蘇、黃兩人雖同講『以故為新,以俗為雅』,同淵源于梅堯臣之說,旨趣卻大有區別;黃庭堅偏重于『點鐵成金』、『奪胎換骨』,化用古人成語典故來追求字句的翻新出奇;蘇軾則以『有為而作』為前提,反對在造句遣詞上刻意回避陳言俗語去追求新奇。符合自然的,常言可以有新意,俗語也會有雅趣;不合自然的『新』、『奇』,反成弊病。」[9]案蘇軾「以俗為雅」明顯是指用典說的,重視詩歌的自然生態,反對「好奇務新」,不贊成過度誇張的技法表現。蘇軾認為陶、柳詩皆有為而作,陶淵明「質而實綺,癯而實腴」、[10]柳宗元「發纖穠於簡古,寄至味於澹泊」[11],詩歌的境界就是建基於平常的語言之上,得性情之正,才會顯出美感。

黃庭堅〈次韻楊明叔四首〉序云:「楊明叔惠詩,格律、詞意皆熏沐,去其舊習。予為之喜而不寐。文章者,道之器也;言者,行之枝葉也。故次韻作四詩報之。耕禮義之田,而深其耒。明叔言行有法,當官又敏於事而恤民,故予期之以遠者大者。」〈再次韻‧并引〉云:「庭堅老懶衰惰,多年不作詩,已忘其體律。因明叔有意於

---

7 孔凡禮(1923-2010)點校:《蘇軾文集》(北京:中華書局,1986年3月),頁2109。又《宋詩話全編》,冊1,頁794。
8 成復旺(1939-)、黃保真(1939-2015)、蔡鍾翔(1931-2009)著:《中國文學理論史》(北京:北京出版社,1987年7月),頁391。
9 《宋金元文學批評史》,頁176。
10 蘇軾:〈與子由六首〉之五,《蘇軾文集》,頁2515。
11 蘇軾:〈書黃子思詩集後〉,《蘇軾文集》,頁2124;又《宋詩話全編》,冊1,頁803。

斯文，試舉一綱而張萬目。蓋以俗為雅，以故為新，百戰百勝，如孫、吳之兵，棘端可以破鏃，如甘蠅、飛衛之射，此詩人之奇也。明叔當自得之。公眉人，鄉先生之妙語，震耀一世。我昔從公得之為多，故今以此事相付。」[12]黃庭堅認為「以俗為雅」是歌詩體律的綱領之一，也就是寫作技巧，就像行軍佈陣，出奇制勝，增強表現力。成復旺云：「比起『奪胎換骨』來，『以俗為雅，以故為新』似乎更強調變。但這種變只是舊料新做，只是在古人陳言的基礎上花樣翻新；而且是但求與人不同，不管是否合理。」又云：「黃庭堅所說的『以俗為雅，以故為新』又不限於遣詞造句，還包括押韻、用事、命意等詩歌寫作的各個方面，因此他把這一點當作統攝萬目的綱領。黃庭堅的許多詩篇顛倒平仄，破棄聲律，搜求僻典，揣摩奇意，極盡標新立異之能事，但又更深地陷進了故紙堆中；處處顯得奇特，但又往往露出陳跡。這就是『以俗為雅，以故為新』的體現。」[13]顧易生云：「此特指融化前人陳言而再鑄偉詞，即所謂『化腐朽為神奇』。這樣的寫作成功的例子是有的，也不失為推陳出新的一種方法，然而不能作為普遍的創作規律。」[14]看來成復旺、顧易生二家都不大欣賞黃庭堅的技巧工夫，失之造作，其實如果沒有奇變，詩歌往往也就表現乏力，顯得平庸了。

陳師道《後山詩話》：「熙寧初，有人自常調上書，迎合宰相意，遂丞御史。蘇長公戲之曰：『有甚意頭求富貴，沒些巴鼻使奸邪。』『有甚意頭』、『沒些巴鼻』，皆俗語也。」[15]

楊萬里（1127-1206）《誠齋詩話》云：「……有用法家吏文語為

---

12 黃庭堅撰，任淵（1090-1164）、史容（1147-1217？）、史季溫（1207？-1253？後）注，劉尚榮（1940-2023）校點：《黃庭堅詩集注》（北京：中華書局，2003年5月），頁436、441。
13 《中國文學理論史》，頁390。
14 《宋金元文學批評史》，頁210。
15 《宋詩話全編》，冊2，頁1019。

詩句者，所謂以俗為雅。坡云：『避謗詩尋醫，畏病酒入務。』如前卷僧四顯『萬探支闌入』，亦此類也。」[16]

羅大經《鶴林玉露》云：「楊誠齋云：『詩固有以俗為雅，然亦須經前輩熔化，乃可因承，如李之「耐可」，杜之「遮莫」，唐人「裏許」、「若箇」之類是也。唐人〈寒食〉詩不敢用「餳」字，〈重九〉詩不敢用「糕」字，半山老人不敢作梅花詩，彼固未敢輕引里母、田父，而坐之「平王之子、衛侯之妻」之側也。』余觀杜陵詩亦有全篇用常俗語者，然不害其為超妙。如云：『一夜水高二尺強，數日不可更禁當。南市津頭有船賣，無錢即買繫籬傍。』又云：『江上被花惱不徹，無處告訴只顛狂。走覓南鄰愛酒伴，經旬出飲獨空床。』又云：『夜來醉歸衝虎過，昏黑家中已眠臥。傍見北斗向江低，仰看明星當空大。庭前把燭嗔兩炬，峽口驚猿聞一箇。白頭老罷舞復歌，杖藜不寐誰能那。』是也。楊誠齋多傚此體，亦自痛快可喜。」[17]

上文梅堯臣、蘇軾、黃庭堅三家使用「以俗為雅」的場合不同，蘇軾專指平常的語言和用典，注重性情和意境；黃庭堅則指體律結構而言，殆屬篇法安排。梅堯臣除了是俚詞俗語的運用外，還包涵了詩歌內容的世俗化傾向，有意擺脫西崑體及唐音雅調，帶有自覺的革新意識，展現了宋詩「古健」、「平淡」、「瘦硬」、「怪巧」的新貌，語工意新，面目一變，顯出「宛陵體」特有的本色，移風易俗，託意亦高。至於陳師道、楊萬里、羅大經三家分別以蘇軾及杜甫詩為例，指出俗語所在，有一個熔化的過程。陳師道雖然沒有提到「雅」的概念，但俗語的運用可以指斥奸邪，也就是思想上的雅正。

因此，我們認為，「以俗為雅」這一組命題只能說是詩歌創作中

---

16 《宋詩話全編》，冊六，頁5943。蘇詩見：〈七月五日二首〉之一，孔凡禮點校：《蘇軾詩集》（北京：中華書局，1982年2月），頁691。

17 羅大經（1196-1942）撰，王瑞來（1956-）點校：《鶴林玉露》（北京：中華書局，1983年8月），頁285。又參《宋詩話全編》，冊7，頁7617。

的權宜手段,可以活用而不能濫用;而「俗」亦必終化於「雅」中。梅堯臣俗詩極多,有時也未見得雅正,難免毀譽參半。

朱東潤論梅堯臣詩云:「有時故意不忌俗惡,甚至破壞了詩的形象。在〈捫虱得蚤〉裏,他說:『茲日頗所愜,捫虱反得蚤。去惡雖未殊,快意乃為好。物敗誰可必,鈍老而狡夭。穴蟻不噆人,其命常自保。』這首詩當然不是惡詩,但是可以寫得更好一些。堯臣可能欣賞『去惡雖未殊,快意乃為好』兩句,這便走上散文化的道路。他的〈田家〉、〈陶者〉,都寫得非常好,但是在他寫〈倡嫗嘆〉的『萬錢買爾身,千錢買爾笑。老笑空媚人,笑死人不要』;〈八月九日晨興如廁有鴉啄蛆〉的『吉凶非予聞,臭惡在爾躬。物靈必自絜,可以推始終』,都使人感到詩的形象的破壞。」[18]又云:「有時他也寫出〈八月九日晨興如廁有鴉啄蛆〉這樣的詩題,當然,這裏看不到甚麼好詩,但是也正透露了他那推翻傳統,要求解放的精神。」[19]錢鍾書亦云:「都官力矯崑體之豔俗,而不免於村俗,蓋使人憎者,未必不使人鄙也。如『看盡人間婦,無如美且賢。譬今愚者壽,何不假其年』;『水脛多長短,林枝有直橫』;『魑魅或為患,獼猴常可嫌』;『逆上燕迎雨,將生鵝怕雷』;『桃根有妹猶含凍,杏樹為鄰尚帶枯』;『水邊攀折此中女,馬上嗅尋何處郎』;『行袂相朋接,遊肩與賤摩』;俚野者居集中幾半。……」又云:「聖俞詩力避巧麗輕快,淪為庸鈍村鄙。」[20]朱、錢二家舉出大量例子說明梅堯臣詩中的俗惡、村俗之弊,甚至破壞了詩的形象,得失之間,讀者自可判斷。梅堯臣論詩云:「詩句義理雖通,語涉淺俗而可笑者,亦其病也。……」[21]又《金針詩格》稱

---

18 朱東潤(1896-1988)選注:《梅堯臣詩選・序》(北京:人民文學出版社,1980年10月),頁15。

19 朱東潤著:《梅堯臣傳》(北京:中華書局,1979年5月),頁145。

20 錢鍾書(1910-1998):《談藝錄》(修訂本。北京:中華書局,1984年9月),頁170、507。

21 歐陽修(1007-1072)《六一詩話》引,《宋詩話全編》,冊1,頁215。

詩有五忌，其二曰「字俗則詩不清」，[22]梅堯臣深明「俗」之為害，亦有自知之明。

二 避俗與不俗

在詩歌的世界裏，一直以來就是雅俗並存的，雅極必俗，俗極必雅，自然調協，迭相起伏。俗的作品只是寫作的滑潤劑，雅的作品才能傳之久遠。梅堯臣固然擅長用俗，亦知俗之為病；至於蘇軾、黃庭堅、陳師道諸家的詩話中，「以俗為雅」只是偶一為之的說法，專用於某些特定的場合。在一般的正常情況下，他們都不約而同的，主張反俗，進而至於「不俗」，提升生命的境界，表現士大夫的人格美，追求高尚。

劉攽（1023-1089）《中山詩話》：「詩有詩病、俗忌，當避之。」張葆全釋云：「詩病：指詩之語病，如『理有不通』、『上下句多出一意』之類。俗忌：指用語俚俗，作詩當避之。」「劉攽認為，作詩當避俚俗，以求詩歌的高雅，達到較高的品味。不要弄得滑稽可笑，授人以笑柄。」[23]

蘇軾〈於潛僧綠筠軒〉詩云：「可使食無肉，不可使居無竹。無肉令人瘦，無竹令人俗。人瘦尚可肥，俗士不可醫。旁人笑此言，似高還似癡。若對此君仍大嚼，世間那有揚州鶴。」[24]

黃庭堅〈書繒卷後〉：「少年以此繒來乞書，渠但聞人言老夫解書，故來乞爾。然未必能別功楛也。學書要須胸中有道義，又廣之以聖哲之學，書乃可貴。若其靈府無程政，使筆墨不減元常、逸少，只

---

22 梅堯臣：《續金針詩格》，《宋詩話全編》，冊1，頁148。
23 《宋代詩話選釋》，頁50。
24 王文誥（1764-?）輯註，孔凡禮點校：《蘇軾詩集》（北京：中華書局，1982年2月），頁448。

是俗人耳。余嘗為少年言：『士大夫處世，可以百為，唯不可俗，俗便不可醫也。』或問不俗之狀，老夫曰：『難言也。視其平居無以異於俗人，臨大節而不可奪，此不俗人也。平居終日，如含瓦石，臨事一籌不畫，此俗人也。雖使郭林宗、山巨源復生，不易吾言也。』」[25]

黃庭堅〈書嵇叔夜詩與姪榎〉云：「叔夜此詩，豪壯清麗，無一點塵俗氣。凡學作詩者，不可不成誦在心，想見其人。雖沈於世故者，暫而攬其餘芳，便可撲去面上三斗俗塵矣，何況深其義味者乎！故書以付榎，可與諸郎皆誦取，時時諷詠，以洗心忘倦。余嘗為諸子弟言：『士生於世，可以百為，唯不可俗，俗便不可醫也。』或問不俗之狀，余曰：『難言也。視其平居，無以異於俗人，臨大節而不可奪，此不俗人也。』士之處世，或出或處，或剛或柔，未易以一節盡其蘊，然率以是觀之。」[26]

又〈題意可詩後〉：「寧律不諧而不使句弱，用字不工不使語俗，此庾開府之所長也，然有意於為詩也。至於淵明，則所謂不煩繩削而自合。雖然，巧於斧斤者，多疑其拙；窘於檢括者，輒病其放。孔子曰：『甯武子，其智可及也，其愚不可及也。』淵明之拙與放，豈可為不知者道哉？道人曰：『如我按指，海印發光。汝暫舉心，塵勞先起。』說者曰：『若以法眼觀，無俗不真；若以世眼觀，無真不俗。』淵明之詩，要當與一丘一壑者共之耳。」[27]

又〈跋王荊公禪簡〉云：「……暮年小語，雅麗精絕，脫去流俗，不可以常理待之也。」[28]

---

25 劉琳（1939-）、李勇先（1964-）、王蓉貴（1956-）校點：《黃庭堅全集》（成都：四川大學出版社，2001年5月），頁674；黃庭堅著，屠友祥（1963-）校注：《山谷題跋》（上海：上海遠東出版社，1999年1月），頁141。元常、逸少即鍾繇、王羲之。郭林宗、山巨源即郭泰、山濤。
26 《黃庭堅全集》，頁1562。叔夜即嵇康。
27 《黃庭堅全集》，頁665。庾開府即庾信。
28 《黃庭堅全集》，頁696。又《宋詩話全編》，冊2，頁953。

賀鑄（1052-1125）論詩八句，首二句云：「平淡不流於淺俗，奇古不鄰於怪僻。……」[29]

陳師道云：「寧拙毋巧，寧樸無華，寧粗無弱，寧僻無俗，詩文皆然。」[30]周滿江釋云：「……反俗，並不是反對用通俗的語言。相反，他在詩中常用民間俗語、成語以及野史傳聞故事，使詩體散文化，卻避免詩意的庸俗化。所謂『以俗為雅』，就是下工夫錘鍊俗語，使其神奇。」[31]胡仔（1110-1170）《苕溪漁隱叢話》引《復齋漫錄》云：「韓子蒼言，作語不可太熟，亦須令生。近人論文，一味忌語生，往往不佳。……」下文即引陳師道說為證。莫道才釋云：「這裏談的是詩歌語言技巧方面的問題。所謂詩語的『熟』與『生』的問題實際上就是語言的俗套陳舊與創新的問題。詩言太熟則易流於陳師道所說的『巧』、『華』、『弱』、『俗』諸病，而生的詩語就是不故意賣弄技巧，詞語不華麗，文氣不卑弱，語句不庸俗。」[32]

崔鷃（1058-1126）曰：「陳參政去非少學詩於崔鷃德符，嘗問作詩之要。崔曰：『凡作詩，工拙所不論，大要忌俗而已。天下書雖不可不讀，然慎不可有意於用事。』」[33]

許顗《彥周詩話》云：「作詩淺易鄙陋之氣不除，大可惡。客問何從去之，僕曰：『熟讀唐李義山詩與本朝黃魯直詩而深思焉，則去也。』……」[34]

姜夔《白石道人詩說》云：「人所易言，我寡言之；人所難言，

---

29 據王直方（1069-1109）詩話引，載《宋詩話全編》，冊2，頁1190。
30 《宋詩話全編》，冊2，頁1023。
31 《宋代詩話選釋》，頁110。
32 《宋代詩話選釋》，頁333-334。
33 參徐度《卻掃編》，轉引自楊玉華著《陳與義‧陳師道研究》（成都：巴蜀書社，2006年8月），頁173-174。
34 《宋詩話全編》，冊2，頁1414。

我易言之。自不俗。」[35]

嚴羽《滄浪詩話‧詩法》稱「學詩先除五俗：一曰俗體，二曰俗意，三曰俗句，四曰俗字，五曰俗韻。」[36]胡大雷釋云：「『學詩先除五俗』之俗是一般的意思，進而是庸俗之俗，不是指民間之意的通俗。詩的庸俗之氣，大致有兩方面：一是詩的格調不高，這與人品有關係；一是詩的獨創性不足，這與詩人的眼界不開闊、功力不足有關係。」[37]

在以上常見的幾條引文中，劉攽、陳師道、崔鶠、許顗等不約而同地都提出了避俗、去俗的主張。蘇軾、黃庭堅則提出了「俗士不可醫」、「俗便不可醫」的主張；黃庭堅甚至說明「俗人」與「不俗人」的差異所在，摹寫「不俗」之狀，所謂「臨大節而不可奪」，生命必須具有強烈的責任感，個人的氣質修養尤為重要。此外，黃庭堅更進一步用佛教的法眼、世眼觀察世界，辨識真俗。又黃庭堅「不要語俗」、陳師道「寧僻無俗」之說，反對詩文寫作「埋堆」趁熱鬧，認識自我，保持內心的光明清靜。至於姜夔的「不俗」，說的是一種措辭手段；而嚴羽排除五俗，進而至於「不俗」，有一套嚴謹的程序工夫，最為細緻具體。

黃寶華、文師華認為黃庭堅將「不俗」歸結為一種高尚的精神境界。「這種不俗的人品就是他所反覆論述的『內剛外和』的人格境界，其實質就是內心恪守儒家的道德倫理規範，而外表則采取佛、道的隨俗任運、和光同塵的處世態度。」又云：「這種精神境界從恪守道德倫理的立場出發，對現實的黑暗惡濁一面持批判態度，表現出憤世嫉俗的反流俗傾向；另一方面它又借佛道之理來化解、超越與現實的矛盾衝突，故又趨於退隱自保。因而黃庭堅既有批判現實的鋒芒，

---

35 《宋詩話全編》，冊7，頁7548。
36 《宋詩話全編》，冊9，頁8725。
37 《宋代詩話選釋》，頁659。

流露出兀傲不平之氣，又以理制情，將激情化解為冷峻的思辨與參悟。這樣的詩反映出北宋中後期廣大中下層知識分子的精神面貌，自有其典型性與價值意義。」[38]

姚大勇〈北宋末期江西詩派簡論〉云：「黃庭堅等人所稱的『不俗』並非刻意求工求奇，而是自然見奇。陶淵明詩看似平淡無奇而顯得『俗』，實則高情逸趣正蘊其中，體現了自梅堯臣、蘇軾以來一直標榜的『以俗為雅』。」[39]黃寶華亦云：「黃庭堅對詩的根本要求是『不俗』，但這種境界是通過發掘世俗生活中的詩意和美感，描寫那些平凡瑣碎的事物或表面無異於俗人，實際又超凡脫俗的人物及思想情趣而達到的。正是在這一點上黃庭堅與陶淵明有了契合之處。」[40]

案宋人「以俗為雅」只是一句口號，大家對「俗」的理解不同，也沒有明確的界定，完全要看臨場表現，自是一種「活法」。可是「俗」之為用有其局限，很快就被大家否定了，宋人勇於避俗、去俗，並以「不俗」為美，表現出一代特有的精神氣象。姜夔的「不俗」由陳師道的「寧僻無俗」轉化過來，談的是詩文作法，重建自我形象。嚴羽努力整頓詩風，排俗也就是排除一切的雜質，將傳統雅俗的審美觀念徹底的反撥過來。後人用「以俗為雅」標識宋詩的整體風格，看來並不恰當。

---

38 《中國詩學卷・宋金元卷》，頁112、116。
39 姚大勇：〈北宋末期江西詩派簡論〉，載《首屆宋代文學國際研討會論文集》，頁210。
40 黃寶華：《黃庭堅評傳》（南京：南京大學出版社，1998年12月），頁301。

《後山詩話》探析

　　詩話之體創自歐陽修（1007-1072）《六一詩話》，原本簡稱《詩話》，敘云：「居士退居汝陰，而集以資閒談也。」[1]當為熙寧四年（1071）致仕後晚年之作。其次司馬光（1019-1086）《溫公續詩話》，亦云：「詩話尚有遺者，歐陽公文章名聲雖不可及，然記事一也，故敢續書之。」[2]可見詩話之體以「閒談」、「記事」為主，與筆記相近，但以談詩的內容為主調。其後劉攽（1022-1088）《中山詩話》、陳師道（1053-1102）《後山詩話》繼作，皆屬北宋時期著名的詩話著作，蔚為風氣。

　　《後山詩話》或亦陳師道晚年平居之作，即紹聖元年（1094）春初罷免潁州教授一職之後，自謂：「此生精力盡於詩，末歲心存力已疲。」[3]其弟子魏衍亦稱「左右圖書，日以討論為務。蓋其志專欲以文學名後世也」[4]。《後山詩話》提到「東坡居惠」的情況，他亦同在紹聖元年至四年（1097）之間被貶，可為旁證。卒後或由門人魏衍等纂集成書。[5]《後山詩話》八十四條，[6]胡仔《苕溪漁隱叢話前集》幾

---

[1] 何文煥（1732-1808）輯：《歷代詩話》（乾隆三十五年庚寅〔1770〕年自序，北京：中華書局，1981年4月），頁264。

[2] 《歷代詩話》，頁274。

[3] 陳師道〈絕句〉，參任淵（1090-1164）注、冒廣生（1873-1959）補箋、冒懷辛（1924-）整理：《後山詩注補箋》（北京：中華書局，1995年6月），卷4，頁153。

[4] 魏衍：〈彭城陳先生集記〉，《後山詩注補箋》卷首，頁13。案：紹聖二年（1095），魏衍從學於先生，凡七年。

[5] 魏衍〈彭城陳先生集記〉云：「又有《解洪範相表》、《闡微》、《彰善》、《詩話》、《談叢》，各自為集云。」《後山詩注補箋》卷首，頁19。

[6] 參《歷代詩話》，頁302-315。又吳文治（1925-2009）主編：《宋詩話全編》（南京：

乎大半徵引，且多出晁補之（1053-1110）論詞一條。[7]惟《後山詩話》在南宋時即備受懷疑，指為依托之作，郭紹虞引陸游（1125-1210）〈後山詩話跋〉、方回（1227-1305）〈讀後山詩話跋〉等說：「竊以為方回所舉師道少山谷八歲必不識其父，與《提要》所舉雷大使事，一為師道不及見，一為師道不能預知，此二證最堅強有力，鐵案如山，不容翻矣。」[8]鄭騫則云：「綜合諸家之說並細讀二書（《談叢》、《詩話》）內容，蓋皆後山作，但有後人羼入處耳。至於記載事實有失真相，則是宋人筆記中常見之情形，不僅《後山談叢》為然。」[9]兩說不同，各有支持者，有時也很難完全說服對方。其實《後山詩話》略有失實之處，可是大部分的內容還是可靠的。當中提到很多北宋人物，以議論當代的詩人及作品為主。「今黃亞夫」之語泛指當代作家，可沒有見過黃庶（1019-1058）之意。又「教坊雷大使」可能另有其人，不一定就是宣和年間的雷萬慶。其中羼入黃庭堅（1045-1105）〈雜書〉「黃獨」、「百舌」、「奉橘三百枚」及〈題李白詩草後〉的詩說，共四條（第60-63條），[10]固然可以刪除；但《苕溪漁隱叢話前集》所引三條都標明「山谷云」，[11]而不是《後山詩話》的，可見胡仔還沒

江蘇古籍出版社，1998年12月），頁1016-1031。除《後山詩話》原刊84條外，另輯錄18條。本文所引資料每條均據《宋詩話全編》列出編號，以便檢索。

[7] 胡仔（1110-1170）纂集：《苕溪漁隱叢話前集》引《後山詩話》云：「晁無咎言：『眉山公之詞短於情，蓋不更此境也。』余謂不然。宋玉初不識巫山神女，而能賦之，豈待更而知也。余他文未能及人，獨於詞，自謂不減秦七、黃九。苕溪漁隱曰：無己自矜其詞如此，今《後山集》不載其小詞，世亦無傳之者，何也？」（北京：人民文學出版社，1962年6月），卷51，頁346。案：此條乃佚文。宋高宗紹興十八年（1148）戊辰春三月上巳胡仔撰序，宋光宗紹熙五年（1194）甲寅槐夏之月陳奉議刊於萬卷堂。書中未見徵引《後山詩話》者第11、23、26、44-47、57-59、62、64、72、76條，共十四條。

[8] 郭紹虞（1893-1984）：《宋詩話考》（北京：中華書局，1979年8月），頁16。

[9] 鄭騫（1906-1991）：《陳後山年譜》（臺北：聯經出版事業公司，1984年7月），頁20。

[10] 〈黃庭堅詩話〉第79、126-128條，《宋詩話全編》，頁945、955。

[11] 《苕溪漁隱叢話前集》，頁30、34、79。

有混淆黃陳的詩說。劉德重、張寅彭說:「《後山詩話》大體上還是可以歸之於陳師道名下的。」[12]又陳師道跟黃庭堅學詩,[13]他們對詩的看法相當接近,有時相互引用,也很普通。《後山詩話》引錄黃庭堅的詩說最多,計有第九、十、二十七、二十九、五十九條,共五條,下文再說。又第六十八條云:

> 子厚謂屈氏《楚詞》,知〈離騷〉乃效《頌》,其次效《雅》,最後效《風》。(68)

這一條文字簡略,很難看得明白,原來亦出自黃庭堅〈書聖庚家藏《楚詞》〉云:

> 章子厚嘗為余言,《楚詞》蓋有所祖述。余初不謂然,子厚遂言曰:「〈九歌〉蓋取諸國風,〈九章〉蓋取諸二雅,〈離騷經〉蓋取諸頌。」余聞斯言也,歸而考之,信然。顧嘗歎息斯人妙解文章之味。此其於翰墨之林千載也,但頗以世故廢學耳,惜哉。[14]

這是章惇(1035-1105)獨有的讀書心得,揭出《楚辭》中的〈九歌〉、〈九章〉、〈離騷〉三篇有意仿效《詩經》風、雅、頌的體製,前有所承。這個觀點從來沒有人說過,黃庭堅本來也不相信。後來反覆論證,才肯認同。黃庭堅不以人廢言,還很欣賞章惇「妙解文章之味」,學養深厚,可惜卻「以世故廢學」。陳師道襲用黃庭堅的觀點,

---

12 劉德重(1941-)、張寅彭(1950-)著:《詩話概說》(北京:中華書局,1990年8月),頁27。
13 陳師道〈答秦覯書〉:「僕於詩初無詩法,然少好之,老而不厭,數以千計。及一見黃豫章,盡焚其稿而學焉。……僕之詩,豫章之詩也。」《宋詩話全編》,頁1029。
14 〈黃庭堅詩話〉第166條,《宋詩話全編》,頁964。

可是寫得太簡單了。黃陳師友之間，交誼深厚，有時稱述對方的觀點，化為己用，還是可以理解的。《後山詩話》語句峻潔，文字精鍊，轉折有力，論斷準確，可還是陳師道一貫詩文的本色，甚至更呈現出完整的詩學理念。

《後山詩話》以評論當代的作者及作品為主，多涉審美經驗，表現個人見解。惟有聞即錄，內容雜亂，稍乏序次，兼有大量評述辭賦、詞、古文、駢文等的意見，雖然符合了宋代詩話所標榜的「閒談」、「記事」兩大原則，但卻非純粹的論詩之作，稱之為「詩話」，可能擬於不倫，不像前面歐陽修、司馬光、劉攽等的詩話，體例嚴謹。不過，詩文或詩詞之間千絲萬縷，在創作上互有關聯，有時也不容易完全分割開來。如果將《後山詩話》按重點內容重新排列，或者可以再現陳師道的詩話建構，擴大文學批評的範疇，及於文論及詞論，然後復通於詩論，確實蘊含新意，有所發明。此外，陳師道引錄的詩篇及摘句亦多，唐宋皆備，舉出具體的實例，可以相互比較，說明詩學問題，加強理論建設，影響亦大。

一　《後山詩話》的詩論建構

陳師道認為詩文詞的體製不同，各有本色，而作者亦各有所好尚。但寫作的原理相通，有時還是可以詩文、詩詞並論的。《後山詩話》以詩為主體，通過幾組相對的概念，展示詩論的基本架構。

> 寧拙毋巧，寧樸毋華，寧粗毋弱，寧僻毋俗，詩文皆然。（57條）
> 詩欲其好，則不能好矣。王介甫以工，蘇子瞻以新，黃魯直以奇。而子美之詩，奇常、工易、新陳莫不好也。（24條）
> 閩士有好詩者，不用陳語常談。寫投梅聖俞，答書曰：「子詩誠工，但未能以故為新，以俗為雅爾。」（79條）

陳師道論詩首先提倡質樸自然、高古不俗的境界，反對巧、華、弱、俗的詩風，這是寫作的基本原理，強調「詩文皆然」。大抵文學的拙樸與華巧都是好的，但要相互平衡；而粗僻與弱俗都是不好的，就要選擇避開了。陳師道認為寫詩求「好」，但不能刻意求「好」。宋詩以王安石（1021-1086）、蘇軾（1037-1101）、黃庭堅三家的表現最為突出，分別具有「工」、「新」、「奇」的特色。在《後山詩話》中，「好」詩自然渾成，這是最高的審美標準；而「工」、「新」、「奇」則蘊含人巧的安排，這是次一等的表現。[15]至於宋詩三大家的排序，可能是年代先後的序列，也可能是高下之分，寫詩求「工」，也還是一個相當高的審美標準。杜甫（712-770）在「奇常」、「工易」、「新陳」之間有所協調，順其自然，恰到好處，具有平衡照應的能力，化腐朽為神奇，著重整體的表現。陳師道提醒讀者注意「常」、「易」、「陳」的重要性，即「陳語常談」，切合倫常日用，杜甫兼具北宋三大家之所長，法度謹嚴，也就沒有寫「不好」的詩了。陳師道復引用梅堯臣（1002-1060）「以故為新，以俗為雅」之說，強化詩歌的表現功能，重視新故整合、雅俗協調的效應，原理還是一樣的。通過這三條詩說，可見陳師道有意建構相對的美學觀念，重視藝術思維的辯證與統一，層次鮮明，照應周密，力求完美，達到「莫不好」的境界。

其次，陳師道綜論歷代名家詩風，明確地宣示了學杜的主張。

> 學詩當以子美為師，有規矩故可學。退之於詩，本無解處，以才高而好爾。淵明不為詩，寫其胸中之妙爾。學杜不成，不失為工。無韓之才與陶之妙，而學其詩，終為樂天爾。（12條）

---

[15]《苕溪漁隱叢話前集》引《王直方詩話》云：「陳無己云：『荊公晚年詩傷工，魯直晚年詩傷奇。』余戲之曰：『子欲居工奇之間邪？』」，頁284。可見「傷工」「傷奇」，也是過分，不懂得協調「奇常」「工易」之間，往往也就成為刻意了。

鮑照之詩，華而不弱。陶淵明之詩，切於事情，但不文耳。（67條）

右丞、蘇州，皆學於陶、王得其自在。（69條）

以上三條綜論歷代詩歌，杜甫「有規矩故可學」、「學杜不成，不失為工」，冠於諸家之上。其他互有優劣，例如「韓之才與陶之妙」，也是很高的境界。韓愈（768-824）「本無解處，以才高而好爾」，其實也能達到「好」的標準。而陶潛（365-427）「不為詩」，就是不刻意為詩，已臻「妙」境，稍嫌「不文」，也是難得的。鮑照（414-466）「華而不弱」，衡諸上文所提「寧樸毋華，寧粗毋弱」的標準，有好有不好，算是不錯了。王維（701-761）學陶「得其自在」，亦見「妙」境。而韋應物（737-792）、白居易（772-846）殆無所得，只能在眾多名家之中屈居下品了。

其三，陳師道揭示重要的入門途徑，杜詩的句法乃在增減字句，鍛鍊求工。

子美〈懷薛據〉云：「獨當省署開文苑，兼泛滄浪學釣翁。」「省署開文苑，滄浪憶釣翁。」據之詩也。（14條）

王摩詰云：「九天閶闔開宮殿，萬國衣冠拜冕旒。」子美取作五字云：「閶闔開黃道，衣冠拜紫宸。」而語益工。（15條）

世稱杜牧「南山與秋色，氣勢兩相高」為警絕。而子美才用一句，語益工，曰「千崖秋氣高」也。（33條）[16]

---

[16] 杜甫〈解悶十二首〉之四：「沈范早知何水部，曹劉不待薛郎中。獨當省署開文苑，兼泛滄浪學釣翁。」原注：「水部郎中薛據。」〈太歲日〉：「閶闔開黃道，衣冠拜紫宸。」〈王閬州筵奉酬十一舅惜別之作〉：「萬壑樹聲滿，千崖秋氣高。」楊倫（1747-1803）箋注：《杜詩鏡銓》（上海：上海古籍出版社，1962年12月），頁816、898、466。

陳師道總結學杜經驗，分為三大類型：首例增字，次例減字，第三例合併，杜甫以一句抵杜牧（803-852）兩句，相互比較，顯出杜詩句法的精粹和深刻，達到「語益工」的效果，[17]最具代表性。這三條詩說發凡起例，與作者年代的先後無關，不能說杜甫改動了薛據、王維，以至杜牧的詩句。陳師道只是選取了幾組詩意相若，而又最具典型的例子，指出鍛鍊求工的手段。這跟上文調和「工易」之說，看似矛盾，其實「工易」指整體創作構思，不要忽略平常的語言材料，「語益工」專就煉句舉例，乃在前人基礎上加以鑄鍊，推陳出新，近於黃庭堅「點鐵成金」、「奪胎換骨」之說。[18]陳師道詩亦多用此法，改造杜甫的詩句，約得六百餘例，[19]刻意求「工」，自然也帶出深意了。

其四，陳師道討論詩文之「奇」。

> 唐人不學杜詩，惟唐彥謙與今黃亞夫庶、謝師厚景初學之。魯直，黃之子、謝之婿也。其于二父，猶子美之於審言也。然過於出奇，不如杜之遇物而奇也。三江五湖，平漫千里，因風石而奇爾。（31條）

---

[17] 張海鷗（1954-）云：「檢索四庫本《後山集》，『工』字凡七十六見，其中有的是指工匠、畫工、樂工等百工之人，而作為形容詞評價詩詞文章或書法繪畫等藝術者凡三十八見。細審陳氏以『工』論詩，通常是指作詩功夫嫻熟、技藝巧妙精致。」《北宋詩學》（開封：河南大學出版社，2007年6月），頁297。

[18] 「點鐵成金」是詩句的點化手法，融化傳統，推陳出新。「奪胎換骨」，換骨法變換古人的語言，奪胎法則是擴充前人的詩意。黃庭堅〈答洪駒父書〉云：「老杜作詩，退之作文，無一字無來處。蓋後人讀書少，故謂韓杜自作此語耳。古之能為文章者，真能陶冶萬物，雖取古人之陳言入於翰墨，如靈丹一粒，點鐵成金也。」惠洪（1071-1128）《冷齋夜話》云：「山谷云：詩意無窮而人之才有限，以有限之才追無窮之意，雖淵明、少陵不得工也。然不易其意而造其語，謂之換骨；窺入其意而形容之，謂之奪胎法。……」《宋詩話全編》，頁944、2429。

[19] 參范月嬌：〈陳詩用杜語摘例〉，《陳師道及其詩研究》（臺北：文史哲出版社，1988年6月），頁198-261。

> 楊子雲之文，好奇而卒不能奇也，故思苦而詞艱。善為文者，因事以出奇，江河之行，順下而已。至其觸山赴谷，風摶物激，然後盡天下之變。子雲惟好奇，故不能奇也。（47條）

文學要創新，當然要追求奇境，意趣橫生。不過，在這兩條詩說及文論中，陳師道明顯反對「過於出奇」、「好奇」及「思苦而詞艱」的創作模式，大力主張杜甫「遇物而奇」的表現手法，順應自然。這跟上文「奇常」之說遙相呼應，當然亦以杜詩為最值得效法的對象。

其五，陳師道認為文學各有所好尚，不必強人同己；文體亦各有所擅長，用之不當，也就表現「不工」了。

> 歐陽永叔不好杜詩，蘇子瞻不好司馬《史記》，余每與黃魯直怪嘆，以為異事。（4條）
> 世語云：「蘇明允不能詩，歐陽永叔不能賦。曾子固短於韻語，黃魯直短於散語。蘇子瞻詞如詩，秦少游詩如詞。」（65條）
> 黃魯直云：「杜之詩法出審言，句法出庾信，但過之爾。」杜之詩法，韓之文法也。詩文各有體，韓以文為詩，杜以詩為文，故不工爾。（9條）

前兩條討論歐、蘇兩大家不喜歡杜詩及《史記》，難以解釋其中的原因。又北宋名家處理不同的文體各有短長，看來這已是當時學者的共識了。《後山詩話》第九條引黃庭堅說，今本從頭到尾，整條都是。但胡仔卻分為兩條，皆出《後山詩話》，上半「魯直言」，下半還是陳師道的觀點。[20] 陳師道指出杜詩及韓文各有法度，各有體製，勉

---

20 《苕溪漁隱叢話前集》，頁33、56。

強的「以詩為文」或「以文為詩」，都是「不工」的表現。[21]

第六，陳師道認同蘇軾「集大成」之說，並從而指出學習詩文的最佳途徑。

> 蘇子瞻云：「子美之詩，退之之文，魯公之書，皆集大成者也。」（11條）
> 子瞻謂杜詩、韓文、顏書、左史，皆集大成者也。（42條）[22]
> 黃詩、韓文，有意故有工，左、杜則無工矣。然學者先黃後韓，不由黃、韓而為左、杜，則失之拙易矣。（20條）[23]

前兩條分別指出古代詩、文、書法、史傳的最高成就，內容相近，可以合為一條。第二十條認為學者宜從黃詩、韓文入門，有意求工，可為典範；而左史、杜詩，無意求工，當循序漸進，否則犯上「拙易」的毛病，也就是輕率了。因此陳師道具體地提出由黃詩入杜詩，由韓文入左史的最佳學習途徑，而這也必然反映他個人的寫作心得。蔡振念云：「陳師道之所以由黃入手學杜，最主要恐怕在於黃庭堅作詩講

---

[21] 蘇軾〈記少游論詩文〉引秦觀（1049-1100）言：「人才各有分限。杜子美詩冠古今，而無韻者殆不可讀。曾子固以文名天下，而有韻者輒不工。此未易以理推之也。」《宋詩話全編》，頁810。

[22] 秦觀〈韓愈論〉云：「蓋前之作者多矣，而莫有備於愈；後之作者亦多矣，而無以加於愈。故曰：總而言之，未有如韓愈者也。」又云：「於是杜子美者，窮高妙之格，極豪逸之氣，包沖澹之趣，兼峻潔之姿，備藻麗之態，而諸家之所作不及焉。然不集諸家之長，杜氏亦不能獨至於斯也。」結云：「杜氏、韓氏亦集詩文之大成者歟。」徐培均（1928-）：《淮海集箋注》（上海：上海古籍出版社，1994年10月），頁751。

[23] 胡仔以「左杜」作「老杜」，所謂「不由黃、韓而為老杜」，單指學詩途徑。但上文明說「黃詩韓文」，則此條兼論詩文學習，而不是專談作詩的。《苕溪漁隱叢話前集》，頁334。

求安排佈局,有句法可尋,也就是陳師道所謂的『句眼』。」[24]張表臣《珊瑚鉤詩話》云:「陳無己先生語余曰:『今人愛杜甫詩,一句之內,至竊取數字以髣像之,非善學者。學詩之要,在乎立格、命意、用字而已。……』」[25]可見學詩從黃庭堅入手,著重鍛鍊句法,而杜詩關乎意格氣象,尤為重大。

綜上所說,《後山詩話》的詩論建構,主要是通過「奇常」、「工易」、「新陳」、「雅俗」等幾組相對的概念,講求詩歌整體的協調效應,以自然拙樸為「好」。其次是詩歌審美,則以「工」、「新」、「奇」為準,表現華巧,陳師道由黃詩入手,著重鍛鍊句法及安排佈局,明確宣示了學杜的主張,以及杜詩「集大成」說的確立,自然是無所不好了。完整地呈現了陳師道的詩學理念。

二　《後山詩話》與唐宋名家詩說

陳師道綜論唐宋名家詩作,多引例句,議論高下。包括孟浩然（689-740）、杜甫、韓愈、劉禹錫（772-842）、顧況（727-816？）、王安石、蘇軾、黃庭堅,甚至連自己的詩句也放在一起考量及論述。案〈望夫石〉詩當為王建（765？-830？）作,非顧況詩。

> 子瞻謂孟浩然之詩,韻高而才短,如造內法酒手而無材料爾。（39條）
> ……〔魯直謂〕孟浩然云「氣蒸雲夢澤,波撼岳陽城」,不如九僧云「雲中下蔡邑,林際春申君」也。（10條）[26]

---

24 蔡振念（1957-）著:《杜詩唐宋接受史》（臺北:五南圖書出版公司,2002年2月）,頁348。
25 《歷代詩話》,頁464。
26 第10條引黃庭堅說,上半部有白居易不如杜甫詩之說,胡仔將下半部獨立為一條,

孟嘉落帽，前世以為勝絕。杜子美〈九日〉詩云：「羞將短髮還吹帽，笑倩旁人為正冠。」其文雅曠達，不減昔人。故謂詩非力學可致，正須胸肚中泄爾。（2條）

裕陵常謂杜子美詩云：「勳業頻看鏡，行藏獨倚樓。」謂甫之詩，皆不迨此。（71條）

余登多景樓，南望丹徒，有大白鳥飛近青林，而得句云：「白鳥過林分外明。」謝朓亦云：「黃鳥度青枝。」語巧而弱。老杜云：「白鳥去邊明。」語少而意廣。余每還里，而每覺老，復得句云「坐下漸人多」，而杜云「坐深鄉里敬」，而語益工。乃知杜詩無不有也。（81條）

韓詩如〈秋懷〉、〈別元協律〉、〈南溪始泛〉，皆佳作也。（66條）

望夫石在處有之。古今詩人，共用一律，惟劉夢得云：「望來已是幾千歲，只似當年初望時。」語雖拙而意工。黃叔達，魯直之弟也，以顧況為第一云：「山頭日日風和雨，行人歸來石應語。」語意皆工。江南有望夫石，每過其下，不風即雨，疑況得句處也。（3條）[27]

以上七條專論唐詩，陳師道引蘇軾批評孟浩然「韻高而才短」，就很準確地說明孟詩的特點。又引黃庭堅說認為孟浩然的「氣蒸雲夢澤，波撼岳陽城」不如九僧「雲中下蔡邑，林際春申君」，沒有說明理

並據上文補「魯直謂」三字。《苕溪漁隱叢話前集》，頁61。案九僧包括希晝、保暹、文兆、行肇、簡長、惟鳳、惠崇（965-1017）、宇昭、懷古九家，「雲中」一聯作者未詳，《全宋詩》亦未見輯錄。（北京：北京大學出版社，1991年8月），第3冊，頁1441-1478。

27 劉禹錫〈望夫石〉：「終日望夫夫不歸。化為孤石苦相思。望來已是幾千載，只似當年初望時。」《劉禹錫集》（上海：上海人民出版社，1975年11月），頁218。王建〈望夫石〉云：「望夫處，江悠悠。化為石，不迴頭。山頭日月風復雨。行人歸來石應語。」《王建詩集》（北京：中華書局，1959年7月），頁5。《後山詩話》誤以為顧況作。

由。末三字都用專名成對，孟浩然以地名對地名，但九僧卻以古地對古人。兩聯動靜有別，孟浩然詩用動詞「蒸」、「撼」，雄渾有力，摹寫眼前景色，尤為壯麗；九僧詩富於想像空間，今古相望，興象亦高，頗有超越茫茫時空的立體感覺。王士禛認為「林際春申」語涉癲狂，難以索解，不容易悟出詩中的神理意趣，大概只有黃庭堅自己明白。[28]陳師道又引錄杜甫〈九日藍田崔氏莊〉詩的佳句，化用古典，提出「詩非力學可致」的觀點，可見杜甫兼具力學與才情。又裕陵即宋神宗（趙頊，1048-1085），指出他最喜歡杜甫〈江上〉的詩句，其實末聯「時危思報主，衰謝不能休。」[29]更能引發出對時局的感慨，思接風雲。第81條陳師道通過自己所作「白鳥過林分外明」、「坐下漸人多」兩句，跟杜詩作比較，揭示杜詩「語少而意廣」、「而語益工」，以至「無不有」的特點，明白個人的不足之處，希望提高寫作技巧。又陳師道推薦韓愈詩的佳作三首，並比較劉禹錫及王建的〈望夫石〉詩，造語工拙各異，而「意工」者一也。至於宋詩則有王安石、蘇軾、黃庭堅三家。

> 魯直謂荊公之詩，暮年方妙，然格高而體下。如云：「似聞青秧底，復作龜兆坼。」乃前人所未道。又云：「扶輿度陽燄，窈窕一川花。」雖前人亦未易道也。然學二謝，失於巧爾。（27條）
> ……荊公詩云：「力去陳言誇末俗，可憐無補費精神。」而公平生文體數變，暮年詩益工，用意益苦，故知言不可不慎也。（13條）

---

28 王士禛（1634-1711）〈戲仿元遺山論詩絕句三十二首〉第十五首云：「林際春申語太顛，園林半樹景幽偏。豫章孤詣誰能解，不是曉人休浪傳。」顛，顛狂。又孟浩然詩不如九僧，伊應鼎釋云：「謂氣概之雄渾，不如意象之超越也。」周興陸（1971-）編：《漁洋精華錄匯評》（濟南：齊魯書社，2007年10月），頁174。

29 《杜詩鏡銓》，頁666。案楊倫誤指裕陵為宋真宗（趙恆，968-1022）。

王荊公暮年喜為集句,唐人號為四體,黃魯直謂正堪一笑爾。……(29條)

蘇詩始學劉禹錫,故多怨刺,學不可不慎也。晚學太白,至其得意,則似之矣。然失於粗,以其得之易也。(28條)

魯直與方蒙書:「頃洪甥送令嗣二詩,風致灑落,才思高秀,展讀賞愛,恨未識面也。然近世少年,多不肯治經術及精讀史書,乃縱酒以助詩,故詩人致遠則泥。想達源自能追琢之,必皆離此諸病,漫及之爾。」與洪朋書云:「龜父所寄詩,語益老健,甚慰相期之意。方君詩,如鳳雛出鷇,雖未能翔於千仞,竟是真鳳凰爾。」與潘邠老書曰:「大受今安在?其詩甚有理致,語又工也。」又曰:「但詠五言,覺翰墨之氣如虹,猶足貫日爾。」(59條)

其中評王安石詩三條,多引黃庭堅說,指出有「乃前人所未道」、「暮年詩益工,用意益苦」,及「暮年喜為集句」等特點,同時又批評王氏「然學二謝,失於巧爾」的缺點。[30]蘇軾「始學劉禹錫,故多怨刺」,晚學李白(701-762),頗失於「粗」。王、蘇各有「巧」、「粗」的缺點,陳師道更明顯反對蘇詩的「怨刺」,希望有所節制。第59條節錄黃庭堅寫給方蒙、洪朋(1062?-1106?)、潘大臨(字邠老,1060-1107)的三封信,撮錄黃氏的詩說,有些原件尚存,參黃庭堅〈與洪氏四甥書〉(其二)、〈與潘邠老帖〉(其二),[31]主張多讀經史,不要「縱酒以助詩」,講求造語老健而工,都是具體可行的學詩方法,值得後學參考。

---

[30] 蘇軾〈書荊公暮年詩〉:「荊公暮年詩,始有合處。五字最勝,二韻小詩次之,七言詩終有晚唐氣味。如平甫七字,復為佳耳。」《宋詩話全編》,頁831。

[31] 劉琳(1939-)、李勇先(1964-)、王蓉貴(1956-)校點:《黃庭堅全集》(成都:四川大學出版社,2001年5月),頁1870、1886。〈與方蒙書〉列作補遺,注出《後山詩話》,頁2278。

三　宋太祖的帝王氣象

　　陳師道《後山詩話》以評論宋代名家為主，拈出名句。但他特別欣賞宋太祖（趙匡胤，927-976）的詩才和器度，表現帝王氣象，抱負亦大。

> 王師圍金陵，唐使徐鉉來朝。鉉伐其能，欲以口舌解圍，謂太祖不文，盛稱其主博學多藝，有聖人之能。使誦其詩。曰，〈秋月〉之篇，天下傳誦之，其句云云。太祖大笑曰：「寒士語爾，我不道也！」鉉內不服，謂大言無實，可窮也。遂以請。殿上驚懼相目。太祖曰：「吾微時自秦中歸，道華山下，醉臥田間，覺而月出，有句曰：『未離海底千山黑，纔到天中萬國明。』」鉉大驚，殿上稱壽。（1條）

　　《全宋詩》首載宋太祖〈日詩〉云：「欲出未出光辣達。千山萬山如火發。須臾走向天上來，逐卻殘星趕卻月。」[32] 橫掃六合，胸次亦大，惟俗語淺露，趕盡星月。至於《後山詩話》所引宋太祖〈月出〉詩，借月寄意，蓋指離開黑暗，走向光明，甚至普照萬邦，表現帝王氣象，光彩奪目，表現機鋒，遠較〈日詩〉優勝。可是真假難辨，表現不一。至於徐鉉（916-991）所引李煜（937-978）〈秋月〉詩，宋太祖指為「寒士語」，未見引錄，難作比較。案李煜〈詠扇〉云：「揖讓月在手，動搖風滿懷。」宋太祖曰：「滿懷之風，卻有多少？」他日復燕煜，顧近臣曰：「好一箇翰林學士。」[33] 李煜入宋後已成階下之囚，詩中的月光表現恭順之情，自然切合詩人的身分，而宋太祖也只

---

32 原載陳巖肖（1110前-1174後）《庚溪詩話》及陳郁（1184-1275）《藏一話腴》，《全宋詩》（北京：北京大學出版社，1991年7月），頁1。

33 葉夢得（1077-1148）：《石林燕語》（北京：中華書局，1984年5月），頁60。

能欣賞李煜的文采了。《後山詩話》錄宋太祖論詩的故事尚多，例如：

> 費氏，蜀之青城人，以才色入蜀宮，後主嬖之，號花蕊夫人，效王建作宮詞百首。國亡，入備後宮。太祖聞之，召使陳詩。誦其〈國亡詩〉云：「君王城上豎降旗，妾在深宮那得知。十四萬人齊解甲，更無一個是男兒。」太祖悅。蓋蜀兵十四萬，而王師數萬爾。（5條）
>
> 吳越後王來朝，太祖為置宴，出內妓彈琵琶。王獻詞曰：「金鳳欲飛遭掣搦，情脈脈，看取玉樓雲雨隔。」太祖起，拊其背曰：「誓不殺錢王。」（17條）
>
> 太祖夜幸後池，對新月置酒，問：「當直學士為誰？」曰：「盧多遜。」召使賦詩。請韻，曰：「些子兒。」其詩云：「太液池邊看月時，好風吹動萬年枝。誰家玉匣開新鏡，露出清光些子兒。」太祖大喜，盡以坐間飲食器賜之。（74條）

宋太祖器度寬宏，不但有杯酒釋兵權，共享富貴的雅量，同時懂得詩歌，善待亡國之君錢俶（929-988）、欣賞花蕊夫人（？-976）的史識，以及大臣盧多遜（934-985）的文采。相對於北宋中後期現實黨禍鬥爭的慘烈及政治的內耗，陳師道津津樂道的，乃有意藉美化宋太祖的故事表現他對北宋盛世的追念。在《後山詩話》中，宋太祖可能只是假託的喻象，不見得真正懂詩。

四　《後山詩話》論富貴語

陳師道一生窮苦，溫飽不繼，凍餓而死，但《後山詩話》中卻多辨析富貴語之作。

> 白樂天云：「笙歌歸院落，燈火下樓臺。」又云：「歸來未放笙歌散，畫戟門前蠟燭紅。」非富貴語，看人富貴者也。（7條）
>
> 黃魯直謂白樂天云「笙歌歸院落，燈火下樓臺」，不如杜子美云「落花遊絲白日靜，鳴鳩乳燕青春深」也。（10條）[34]
>
> 楊蟠〈金山詩〉云：「天末樓臺橫北固，夜深燈火見揚州。」王平甫云：「莊宅牙人語也，解量四至。」吳僧〈錢塘白塔院詩〉曰：「到江吳地盡，隔岸越山多。」余謂分界堠子語也。（8條）[35]
>
> 唐語曰：「二十四考中書令。」謂汾陽王也，而無其對。或以問平甫，平甫應聲曰：「萬八千戶冠軍侯。」不惟對偶精切，其貴亦相當也。（54條）
>
> 王岐公詩喜用金玉珠璧，以為富貴，而其兄謂之至寶丹。（78條）

陳師道認為白居易詩非富貴語，寫靜境亦不如杜甫。楊蟠的詩句乃莊宅牙人語，即市場上以介紹買賣為業的人；而吳僧詩句乃分界堠子語，則指掌管地方守望迎送的小吏，困於一隅，詩境狹隘，缺乏眼界。至於王安國（1028-1074）對偶精切、王珪（1019-1085）詩金玉珠璧，皆有富貴氣象。通過詩句揭示不同的身分，體貌自殊，貴賤有別。可見陳師道在詩話中渴望富麗堂皇的意境，追求一種貴氣，在翩翩光影的流動之中，不類於平常窮苦的心靈。

---

[34] 《後山詩話》分為兩條，而《苕溪漁隱叢話前集》則合為一條，頁176。

[35] 處默〈聖果寺〉云：「路自中峰上，盤回出薜蘿。到江吳地盡，隔岸越山多。古木叢青靄，遙天浸白波。下方城郭近，鐘磬雜笙歌。」《全唐詩》（北京：中華書局，1960年4月），第24冊，卷849，頁9613。

五 《後山詩話》論俗語

陳師道主張善用俗語，以俗為雅，妙語如珠，表現風趣，創出新意。

> 楊大年〈傀儡詩〉云：「鮑老當筵笑郭郎，笑他舞袖太郎當。若教鮑老當筵舞，轉更郎當舞袖長。」語俚而意切，相傳以為笑。（16條）
>
> 熙寧初，有人自常調上書，迎合宰相意，遂丞御史。蘇長公戲之曰：「有甚意頭求富貴，沒些巴鼻使姦邪。」有甚意頭、沒些巴鼻，皆俗語也。（25條）
>
> 魯直〈乞貓詩〉云：「秋來鼠輩欺貓死，窺甕翻盤攪夜眠。聞道狸奴將數子，買魚穿柳聘銜蟬。」雖滑稽而可喜。千載而下，讀者如新。（40條）
>
> 某守與客行林下，曰：「柏花十字裂。」願客對。其倅晚食菱，方得對云：「菱角兩頭尖。」皆俗諺全語也。（76條）
>
> 熙寧初，外學置官師，職簡地親，多在幕席。徐有學官喜誶語，同府苦之，詠蠅以刺之曰：「衣服有時遭點染，盃盤無日不追隨。」（30條）

《後山詩話》約得五條。楊億（974-1020）「郎當」、蘇軾「有甚意頭、沒些巴鼻」皆用俗語，語俚而意切。黃庭堅〈乞貓詩〉滑稽而可喜。某倅「柏花十字裂，菱角兩頭尖」亦為俗諺全語，所舉例句都很合拍。徐州學官同府的「誶語」即埋怨的說話，刺詩運用得當，也可以推陳出新，反映現實。俗語往往更能表現奇崛，生動警策，惹人遐想。這跟第七十九條梅堯臣的詩論主張完全配合，充分反映宋詩的基本風貌，特別是楊億、蘇軾之作，不避俗語，足供笑樂，其實這也是

陳師道的詩學觀點，追求多元表現。

六　《後山詩話》論文體

《後山詩話》論文體的觀點亦多，約得十四條。

> 莊、荀皆文士而有學者，其〈說劍〉、〈成相〉、〈賦篇〉，與屈《騷》何異。（46條）
> 宋玉為〈高唐賦〉，載巫山神遇楚襄王，蓋有所諷也。而文士多效之者，又為傳記以實之，而天地百神舉無免者。余謂欲界諸天，當有配偶，其無偶者，則無欲者也。唐人記后土事，以譏武后爾。（19條）

以上論賦者兩條，指出莊子〈說劍〉、荀子〈成相〉、〈賦篇〉同出於〈離騷〉，殆上承第六十八條〈離騷〉乃效《頌》、《雅》、《風》之說。又指出〈高唐賦〉亦有嚴肅的諷刺意義，影響及於後代。

> 魏文帝曰：「文以意為主，以氣為輔，以詞為衛。」子桓不足以及此，其能有所傳乎？（58條）

此條又見《詩人玉屑》引錄，但只有上半段的引文，沒有「子桓」以下的論述部份。[36]其實這條引文原出杜牧〈答莊充書〉：「凡為文以意為主，氣為輔，以辭彩章句為之兵衛，未有主強盛而輔不飄逸者，兵衛不華赫而莊整者。……」[37]而魏文帝（曹丕，187-226）〈典論論文〉

---

[36] 魏慶之編：《詩人玉屑》（上海：上海古籍出版社，1978年3月），頁124。
[37] 杜牧著：《樊川文集》（上海：上海古籍出版社，1978年9月），頁194。又劉攽《中山詩話》：「詩以意為主，文詞次之，或意深義高，雖文詞平易，自是奇作。世效古人

則云:「文以氣為主,氣之清濁有體,不可力強而致。」[38]觀點主次完全不同。陳師道既稱「子桓不足以及此」,明顯是「意」高於「氣」,則上文所謂「魏文帝」三字,當更正為「杜牧」,其中或有脫漏訛誤耶?

> 余以古文為三等:周為上,七國次之,漢為下。周之文雅;七國之文壯偉,其失騁;漢之文華贍,其失緩;東漢而下無取焉。(22條)

此條陳師道專論古文,大抵經典高於諸子,而諸子又高於兩漢也。

> 龍圖孫學士覺,喜論文,謂退之〈淮西碑〉,敘如《書》,銘如《詩》。(41條)
> 少游謂〈元和聖德詩〉,於韓文為下,與〈淮西碑〉如出兩手,蓋其少作也。(43條)
> 歐陽公謂退之為樊宗師志,便似樊文,其始出於司馬子長為〈長卿傳〉如其文,惟其過之,故兼之也。(48條)[39]
> 退之作記,記其事爾;今之記乃論也。少游謂〈醉翁亭記〉亦用賦體。(45條)
> 韓退之〈上尊號表〉曰:「析木天街,星宿清潤,北嶽醫閭,神鬼受職。」曾子固〈賀赦表〉曰:「鉤陳太微,星緯咸若,

平易句,而不得其意義,翻成野鄙可笑。」《歷代詩話》,頁285。張表臣《珊瑚鉤詩話》云:「詩以意為主,又須篇中鍊句,句中鍊字,乃得工耳。以氣韻清高深眇者絕,以格力雅健雄豪者勝。」《歷代詩話》,頁455。可見詩文相通,皆以意為主。

38 〔梁〕蕭統(501-531)編,〔唐〕李善(636?-690?)注:《文選》(上海:上海古籍出版社,1986年8月),頁2271。

39 韓愈:〈南陽樊紹述墓誌銘〉,馬其昶(1855-1930)校注,馬茂元(1918-1989)整理:《韓昌黎文集校注》(上海:上海古籍出版社,1986年12月),頁539。

崑崙渤澥,波濤不驚。」世莫能輕重之也。後當有知之者。
（50條）[40]

以上五條評論韓愈古文,陳師道引用孫覺（1028-1090）、秦觀的說法,以〈淮西碑〉最佳,兼擅《書》及《詩》的長處,而〈元和聖德詩〉為下。韓文乃集大成者,可以寫出不同的文體。又引秦觀說指歐陽修〈醉翁亭記〉為賦體,善於描述摹寫,不同於一般的記事及議論。至於曾鞏（1019-1083）的文章出手不凡,與韓愈「莫能輕重」,評價亦高。

國初士大夫例能四六,然用散語與故事爾。楊文公刀筆豪贍,體亦多變,而不脫唐末與五代之氣。又喜用古語,以切對為工,乃進士賦體爾。歐陽少師始以文體為對屬,又善敘事,不用故事陳言而文益高,次退之云。王特進暮年表奏亦工,但傷巧爾。（51條）
范文正公為〈岳陽樓記〉,用對語說時景,世以為奇。尹師魯讀之曰:「傳奇體爾。」《傳奇》,唐裴鉶所著小說也。（55條）
永叔謂為文有三多:看多、做多、商量多也。（21條）
陳繹批答〈曾魯公表〉云:「爰露乞骸之請。」黃裳為曾侍讀制曰:「備員勸講。」乞骸、備員,乃表語,非詔語也。曾魯公謂人曰:「使布何所道。」（23條）
王夫人,晁載之母也。謂庶子功名貴富,有如韓魏公,而未有文事也。（44條）

以上專論宋代的四六文一條,楊億（974-1020）的駢文「刀筆豪

---

[40] 參韓愈:〈請上尊號表〉,《韓昌黎文集校注》,頁630。又曾鞏:〈賀熙寧十年南郊禮畢大赦表〉（北京:中華書局,1984年11月）,頁419。

贍」，但比不上歐陽修「不用故事陳言而文益高」，而王特進「傷巧」亦為缺失。范仲淹（989-1052）〈岳陽樓記〉，寫景中用了大量的對句，世以為奇，尹洙（1001-1047）指為傳奇體。歐陽修「文有三多」之說，以至陳繹（1021-1088）、黃裳（1044-1130）的詔語用詞錯誤，上下身分倒轉過來，連曾布（1036-1107）也無話可說了。晁載之（1066-？）的母親指兒子要像韓琦（1008-1075）般建功立業，不必以文章著名。議論多方，牽涉很多問題。

七　《後山詩話》論詞體

《後山詩話》論詞體者七條，加上前引晁補之論詞一條，合共八條。包括柳永（987？-1053）、張先（990-1078）、蘇軾、黃庭堅、秦觀等名家作品，其中流行於教坊禁中者亦多，可見普及程度。除了敘述本事、摘錄名句之外，時有評論。特別是本色論，乃是詞體的最高標準，陳師道議論蘇詞，直接了當，高下立判，蘇軾不如秦七、黃九，引起後世極大的反響。不過，陳師道嘗「自謂不減秦七、黃九」，[41]對於詞也很自負。

> 武才人出慶壽宮，色最後庭，裕陵得之。會教坊獻新聲，為作詞，號〈瑤　臺第一層〉。（18條）
> 尚書郎張先善著詞，有云「雲破月來花弄影」，「簾幕捲花影」，「墮輕絮無影」，世稱誦之，號張三影。王介甫謂「雲破月來花弄影」，不如李冠「朦朧澹月雲來去」也。冠，齊人，為〈六州歌頭〉，道劉、項事，慷慨雄偉。劉潛，大俠也，喜誦之。（36條）

---

41 《苕溪漁隱叢話前集》，頁346。

黃詞云:「斷送一生惟有,破除萬事無過。」蓋韓詩有云:「斷送一生惟有酒,破除萬事無過酒。」才去一字,遂為切對,而語益峻。又云:「杯行到手更留殘,不道月明人散。」謂思相離之憂,則不得不盡。而俗士改為「留連」,遂使兩句相失。正如論詩云,「一方明月可中庭」,「可」不如「滿」也。（38條）[42]
退之以文為詩,子瞻以詩為詞,如教坊雷大使之舞,雖極天下之工,要非本色。今代詞手,惟秦七、黃九爾,唐諸人不迨也。（49條）

柳三變遊東都南、北二巷,作新樂府,骩骳從俗,天下詠之,遂傳禁中。仁宗頗好其詞,每對酒,必使侍從歌之再三。三變聞之,作宮詞號〈醉蓬萊〉,因內官達後宮,且求其助。仁宗聞而覺之,自是不復歌其詞矣。會改京官,乃以無行黜之。後改名永,仕至屯田員外郎。（56條）

蘇公居潁,春夜對月。王夫人曰:「春月可喜,秋月使人愁耳。」公謂前未及也。遂作詞曰:「不似秋光,只與離人照斷腸。」老杜云:「秋月解傷神。」語簡而益工也。（80條）[43]

王荍,平甫之子,嘗云:「今語例襲陳言,但能轉移爾。」世稱秦詞「愁如海」為新奇,不知李國主已云:「問君能有幾多愁?恰似一江春水向東流。」但以江為海爾。（84條）

其中〈瑤臺第一層〉乃教坊新聲,柳永〈醉蓬萊〉傳入後宮,顯

---

[42] 黃庭堅〈西江月〉:「斷送一生惟有,破除萬事無過。遠山微影蘸橫波,不飲傍人笑我。花病等閒瘦惡,春來沒個遮闌。杯行到手莫留殘,不道月明人散。」馬興榮（1924-）、祝振玉校注:《山谷詞》（上海:上海古籍出版社,2001年6月）,頁181。劉禹錫〈生公講堂〉:「生公說法鬼神聽,身後空堂夜不扃。高坐寂寥塵漠漠,一方明月可中庭。」《劉禹錫集》,頁219。

[43] 杜甫〈贈王二十四侍御契四十韻〉:「曉鶯工迸淚,秋月解傷神。」《杜詩鏡銓》,頁523。

示宋詞的傳播途徑相當廣泛。第38條專論修辭，黃庭堅詞從韓愈詩變化而出，「才去一字，遂為切對，而語益峻」，各刪一「酒」字，[44]由詩境轉為詞境，表現神乎其技。其他「留殘」誤改為「留連」，而陳師道所選用的「更」字比「莫」字更多轉折，「可」不如「滿」，一字得失，即見不盡之意，更有賞心悅目之感。第80條杜甫詩與蘇軾詞相較，一句抵兩句，亦見「語簡而益工」之效，與第33條「千崖秋氣高」相同。第84條引錄王衍「江」「海」之辨，李煜〈虞美人〉珠玉在前，秦觀〈千秋歲〉「飛紅萬點愁如海」[45]不見得「新奇」，所謂「今語例襲陳言，但能轉移爾」，也就是「奪胎換骨」的工夫，嚴分高下，可見《後山詩話》的直筆。諸說專論作法，講述寫作心得，自亦通於詩論了。

八　《後山詩話》紀事

《後山詩話》以紀事為主者十三例，多引詩篇或聯語，反映宋代名士的文采風流，寫出不同方面的內容。

> 某公用事，排斥端士，矯飾偽行。范蜀公詠〈僧房假山〉：「倏忽平為險，分明假奪真。」蓋刺之也。（26條）
> 謝師厚廢居於鄧。王左丞存，其妹婿也，奉使荊湖，枉道過之。夜至其家，師厚有詩云：「倒著衣裳迎戶外，盡呼兒女拜燈前。」（32條）

---

[44] 韓愈〈遊城南十六首‧遣興〉：「斷送一生惟有酒，尋思百計不如閒。莫憂世事兼身事，須著人間比夢間。」〈贈鄭兵曹〉：「杯行到君莫停手，破除萬事無過酒。」錢仲聯（1908-2003）：《韓昌黎詩繫年集釋》（上海：上海古籍出版社，1984年8月），頁978、385。

[45] 徐培均校注：《淮海居士長短句》（上海：上海古籍出版社，1985年8月），頁63。

魯直有癡弟，畜漆琴而不御，蟲蝨入焉。魯直嘲之曰：「龍池生壁蝨。」而未有對。魯直之兄大臨，且見床下以溺器畜生魚，問知其弟也，大呼曰：「我有對矣。」乃「虎子養溪魚」也。（34條）

元祐初，起范蜀公于家，固辭。其表云：「六十三而致仕，固不待年；七十九而造朝，豈云知禮！」是時文潞公八十餘，一召而來，人各有所志也。（52條）

呂某公歸老於洛，嘗遊龍門還，閽者執筆歷請官稱，公題以詩云：「思山乘興看山回，烏帽綸巾入帝臺。門吏不須詢姓氏，也曾三到鳳池來。」（72條）

東坡居惠，廣守月饋酒六壺，吏嘗趺而亡之。坡以詩謝曰：「不謂青州六從事，翻成烏有一先生。」（83條）

周盤龍以武功為散騎常侍，齊武帝戲之曰：「貂蟬何如兜鍪？」對曰：「貂蟬生于兜鍪。」外大父潁公罷相建節，出帥太原，其詩曰：「兜鍪卻自貂蟬出，敢用前言戲武夫！」李待制師中以相業自任，嘗帥秦，以事去，其詩曰：「兜鍪不勝任，猶可冠貂蟬。」（82條）

諸例具有廣泛的生活內容，以及豐富的文化內涵。第二十六條范鎮（1007-1088）〈僧房假山〉譏刺當權者「排斥端士，矯飾偽行」。第三十二條謝景初（1020-1084）與王存（1023-1101）親族相聚，喜形於色。第三十四條寫黃大臨、黃庭堅兄弟比較急智和文采，以俗為雅。第五十二條范鎮與文彥博（1006-1097）致仕後再接到皇帝的召見，取態不同，人各有志。第七十二條記呂某公〈遊龍門詩〉，輕鬆瀟灑，表現自負。第八十三條寫蘇軾在惠州的生活情趣，文采風流，且見樂觀。第八十二條的貂蟬代表朝官的冠飾，而兜鍪即頭盔，則是武官的身分。龐籍（988-1063）罷相建節，與李師中（1013-1078）以

相業自任,賦詩見志,恰巧都以貂蟬及兜鍪為喻。以上七條陳師道寫出詩人不同的人生態度,表現雅懷。

> 歐陽公謫永陽,聞其倅杜彬善琵琶,酒間取之,杜正色盛氣而謝不能,公亦不復強也。後杜置酒數行,遽起還內,微聞絲聲,且作且止而漸近。久之,抱器而出,手不絕彈,盡暮而罷,公喜甚過所望也。故公詩云:「座中醉客誰最賢?杜彬琵琶皮作絃。自從彬死世莫傳。」皮絃世未有也。(35條)
>
> 禮部員外郎裴說〈寄邊衣詩〉曰:「深閨乍冷開香篋,玉筯微微濕紅頰。一陣霜風殺柳條,濃煙半夜成黃葉。重重白練明如雪,獨下閒階轉淒切。祇知抱杵搗秋砧,不覺高樓已無月。時聞塞雁聲相喚,紗窗只有燈相伴。幾展齊紈又懶裁,離腸恐逐金刀斷。細想儀形執牙尺,回刀剪破澄江色。愁捻金針信手縫,惆悵無人試寬窄。時時舉手勻殘淚,紅牋漫有千行字。書中不盡心中事,一半殷勤託邊使。」裴說詩句甚麗。《零陵總記》載說詩一篇,尤詼詭也。(64條)
>
> 曹南院為秦帥,唃氏舉國入寇,公自出禦之。戰於三都谷,大敗之,唃氏遂衰。其幕府獻詩云:「賢守新成蓋代功,臨危方始見英雄。三都谷路全師入,十萬胡塵一戰空。殺氣尚疑橫塞外,捷音相繼遍寰中。君王看降如綸命,旌節前驅馬首紅。」(73條)

第三十五條歐陽修詠〈杜彬琵琶詩〉、第六十四條裴說〈寄邊衣詩〉、第七十三條曹瑋三都谷大捷幕府獻詩,三詩敘事詳盡,陳師道全詩引錄,具有濃厚的寫實意味。

> 往時青幕之子婦,妓也,善為詩詞。同府以詞挑之,妓答曰:

「清詞麗句，永叔、子瞻曾獨步；似恁文章，寫得出來當甚強。」（37條）

韓魏公為陝西安撫，開府長安。李待制師中過之。李有詩名，席間使為官妓賈愛卿賦詩，云：「願得貔貅十萬兵，太戎巢穴一時平。歸來不用封侯印，只問君王乞愛卿。」（75條）

杭妓胡楚、龍靚，皆有詩名。胡云：「不見當時丁令威，年來處處是相思。若將此恨同芳草，卻恐青青有盡時。」張子野老於杭，多為官妓作詞，與胡而不及靚。靚獻詩云：「天與群芳十樣葩，獨分顏色不堪誇。牡丹芍藥人題遍，自分身如鼓子花。」子野於是為作詞也。（77條）

以上第37條青幕之子婦妓也；第77條杭妓胡楚、龍靚皆有詩名；第75條李師中為官妓賈愛卿賦詩等三條，歌妓能詩，表現文采。

《後山詩話》紀事諸詩帶出不同的主題，很多還是當代名家的作品，風流敏捷，各顯機鋒。陳師道說明背景原委，考證翔實，配合詩歌的表現，令人有所會意，體驗創作之道。

九　結論

《後山詩話》內容豐富，題材博雜，依本文歸納所得，可以分為詩論建構、唐宋名家詩說、宋太祖的帝王氣象、論富貴語、論俗語、論文、論詞、紀事八項。其中詩論建構展示「奇常」、「工易」、「新陳」、「雅俗」等相對的審美概念，注意詩歌藝術的辯證統一，無所偏廢，追求整體渾成的表現，透示人格的力量，以「好」為美。陳師道明確地提出學杜的主張，其中引錄杜詩佳句最多，共九例，專論句法修辭，以及杜詩集大成的氣派和成就，自是《後山詩話》的重點所在，也是值得努力的方向。其次論帝王氣象、富貴語、俗語、紀事

等,語言的運用靈活多變,刻劃不同的內容,面目一新,表現宋詩特有的成就,對於寫詩學詩都有很好的示範作用。至於區分不同文體,特別是論文體及論詞體兩部分,都跟詩學有密切的關係,陳師道一方面主張保留詩、文、詞的獨立本色,一方面又注意詩文、詩詞之間的共通與互動,尤其是在學古與創新、尊體與破體之間,都可以看出微妙中和的平衡關係。《後山詩話》多引黃庭堅的詩說,共五條,特別是配合「點鐵成金」、「奪胎換骨」之說,推陳出新,顯出活用。其他雜引梅堯臣的以俗為雅說、蘇軾的集大成說,以及尹洙、歐陽修、孫覺、秦觀等的文論主張,自然也反映了陳師道完整的詩學理念,體系嚴密。

詩歌的和諧說辯證

　　二〇〇六年澳門中華詩詞學會的研討會以「弘揚中華詩詞藝術，承傳和諧社會精神」為主題，上一句是對詩歌藝術的期望，這是時代的使命；下一句蘊含政治的寓意，配合當前的形勢，建設和諧社會，彼此關懷，減少紛爭。目前國家面臨一片盛世的好景，國力全面提升，經濟持續繁榮，民族的自信心更是空前的高漲，鴉片戰爭以來的晦氣霉氣一掃而光，漢唐盛世彷彿重現，「萬國衣冠拜冕旒」的壯麗場景，時時都可以在電視的畫面中浮現。可是這兩句話放在一起的時候，卻有一種不大協調的感覺，甚至有些矛盾，因為傳統中華詩詞中所傳遞的不盡是「和諧」的聲音，《詩經》美刺互見，[1]《楚辭》的香草美人和漢魏樂府更明顯地多的是怨詩了。[2] 所謂詩歌中「承傳和諧社會精神」之說，實在值得我們深思和探索。

　　「和諧」訓為和睦協調，原屬兩個單詞，都是描寫音樂的術語；其後成為複詞，也就帶出中和的意義了。《說文》云：「和，相譍也，从口，禾聲。」又云：「諧，詥也，从言，皆聲。」也就是眾聲相和之意。《書‧舜典》：「詩言志，歌永言；聲依永，律和聲。」孔傳：「謂詩言志以導之，歌詠其義以長其言。」孔穎達疏：「聲依永者，謂五聲依附長言而為之，其聲未和，乃用此律呂調和其五聲，使應於

---

[1] 〈毛詩序〉云：「情發於聲，聲成文謂之音。治世之音安以樂，其政和；亂世之音怨以怒，其政乖；亡國之音哀以思，其民困。」（經籍引文根據通行的版本，不逐一注明出處，下同）

[2] 《史記‧屈原傳》：「屈平疾王聽之不聰也，讒諂之蔽明也，邪曲之害公也，方正之不容也，故憂愁幽思而作《離騷》。」又云：「屈平之作《離騷》，蓋自怨生也。」班固（32-92）批評屈原（340-278B.C.）「露才揚己」，也就是有太多不和諧的聲音了。

節奏也。」又云:「八音克諧,無所奪倫,神人以和。」五聲指宮調宮、商、角、徵、羽;八音則指樂器金、石、絲、竹、匏、土、革、木。《左傳・襄十一年》稱晉侯「八年之中,九合諸侯,如樂之和,無所不諧。」《左傳・昭二十一年》:「故和聲入於耳,而藏於心。」都是指入樂說的。至於《易・乾卦》彖曰:「保合太和,乃利貞。」朱熹(1130-1200)《易經集註》云:「太和陰陽會合沖和之氣也。」《禮記・中庸》:「發而皆中節謂之和。」《詩・關雎》鄭箋:「后妃說樂君子之德,無不和諧。」引申又指德性修養,而「和諧」更是一種美德了。

社會和諧,以至世界和平,最好更是大同天地,民胞物與,天下為公,自然都是我們所渴求的。可是人心險惡,爾虞我詐,世間上的壞事層出不窮,防不勝防,不能光靠幾句口號就能達到「致太平」的境界。詩人畢竟要保持清明的頭腦,明辨是非,不為社會的表象所惑。《論語・子路》:「君子和而不同,小人同而不和。」何晏(195?-249)《集解》云:「君子心和,然其所見各異,故曰不同。小人所嗜好者同,然各爭利,故曰不和。」朱熹亦云:「和者,無乖戾之心。同者,有阿比之意。」說的就是君子自持之道,跟小人有本質上的區別,一念之差,判若雲泥,絕不容許混為一談。因此在歷代的詩歌中,嚴厲批評社會時政的得失,例如李白(701-762)「君失臣兮龍為魚,權歸臣兮鼠變虎」(〈遠別離〉)、杜甫「朱門酒肉臭,路有凍死骨」(〈自京赴奉先縣詠懷五百字〉)之類,[3] 分別寫出了大唐盛世安史之亂前夕的變態,為民請命,大聲疾呼,其實這就是時代的使命、社會的公義所在,更是智識分子不可抗拒的宿命。含蓄一點來說,也就是「風雅」和「興寄」。[4] 至於韓愈(768-824)「大凡物不得其平則鳴」

---

3 又杜甫(712-770)〈驅豎子摘蒼耳〉云:「亂世誅求急,黎民糠籺窄。飽食復何心,荒哉膏粱客。富家廚肉臭,戰地骸骨白。寄語惡少年,黃金且休擲。」參楊倫(1747-1803)箋注:《杜詩鏡銓》(上海:上海古籍出版社,1962年12月),頁623。
4 陳子昂(659-700)〈與東方左史虬修竹篇序〉云:「僕嘗暇時觀齊、梁間詩,彩麗競繁,而興寄都絕,每以永歎。思古人常恐迤逶頹靡,風雅不作,以耿耿也。」

（〈送孟東野序〉），論文之道通於詩歌，更能鼓舞人心，成為永恆的思想指標了。又黃節《詩學》論陳師道（1053-1101）詩云：

> 後山作〈顏長道詩序〉曰：「孔子曰：莫我知也乎。又曰：詩可以怨。君子亦有怨乎？⋯⋯情發於天，怨出於人。舜之號泣，周公之鴟鴞，孔子之狩麟，人皆知之。惟路人則不怨，昏主則不足怨。故人臣之罪，莫大於不怨。不怨則忘其君，多怨則失其身。仁不至於不怨，義不至於多怨，豈為才焉，又天下之有德者也。」後山雖論顏詩，然實則自論其詩之言也。雖然，平心而論，後山之詩不能謂之不多怨，喜其多怨而不失身耳。觀後山卻章惇之見，以至終身不用；卻趙挺之之裘，以至受寒而死，是豈少陵所能為者。故有後山持身之義，則詩雖多怨而無害，否則歎老嗟卑，其言愈冷，其中愈熱，鮮不至於失身不止，是未善學後山而得其害矣，害不僅在文字而在性情矣。性情之失，而身名隨之，比比又皆是，吾實有所見而言之。欲以救今日學後山之失者，此非小故也。[5]

黃節這一段話表面是論詩，其實卻是有感於世道人心而借題發揮的。黃節欽佩陳師道，借「詩可以怨」一句，肯定作品的道德力量。可見「怨」批判時代，更能彰顯社會的公義。「不怨」就是無動於衷、麻木不仁了，也就是向社會的腐敗現象屈服。不過，「怨」也要有所節制的，不能「多怨」，一個人生活多怨，很易容就會為名為利而出賣自我，守不下去，也就是「失身」了。陳師道一生窮苦，但總是堅持個人的理念，睥睨權貴，情願凍餓而死，自視甚高。他的詩寫出了平

---

[5] 黃節（1873-1935）：《詩學》，原刊1922年北京大學出版部鉛印本，今據張寅彭（1950 -）主編，楊焄（1976-）等校點：《民國詩話叢編》（上海：上海書店出版社，2002年12月），頁506-507。

實的內心世界，絕不花巧，絕不賣帳的。如果寫詩只是歌功頌德，討人喜歡，對社會的黑暗面視而不見，缺乏是非判斷，這可是「和諧」的真義嗎？

司空圖（837-908）《詩品》列出了雄渾、沖淡、纖穠、沈著、高古、典雅、洗煉、勁健、綺麗、自然、含蓄、豪放、精神、縝密、疏野、清奇、委曲、實境、悲慨、形容、超詣、飄逸、曠達、流動二十四目，也就是詩歌的主要風格，可就是偏偏沒有「和諧」一項，可見「和諧」並不是詩歌表現的重要手段。「和諧」的本義原是指音樂方面協律說的，就是要協調不同的五聲、八音等，以至上通天地鬼神，「神人以和」。那麼，詩中的「和諧」說可能就只有叶韻平仄的意義，要求音調諧暢。杜甫說：「晚節漸於詩律細」、「律中鬼神驚」，[6]探究聲律之道，深入到一種幽微的境界，而高者自然更是通於神明了。

「和諧」固然是我們對國家社會的良好祝願，但還得看施政的得失，以及整體的社會環境及世風習俗，相互尊重，自然達至。文字學上「和」訓相應，「諧」从皆聲，人人皆有所言，暢所欲言，聆聽異己的聲音，在批評中進步，才是彰顯真正的詩教精神、表現健康之美。

---

6 杜甫〈遣悶戲呈路十九曹長〉：「晚節漸於詩律細，誰家數去酒杯寬。」〈敬贈鄭諫議十韻〉云：「思飄雲物動，律中鬼神驚。」《杜詩鏡銓》，頁740、745。

畫中有詩，詩中有樂

李鱓詩踪：康、雍年間李鱓早期的詩歌創作

　　李鱓（1686-1759）以書畫名家，詩名不彰。除了題畫詩、詠花詩、花鳥詩以至揚州八怪的專輯之外，其他《清詩別裁集》、《清人詩集敍錄》、《清詩紀事》、《清詩話》等詩選、詩論中一般不會選錄或評論他的作品，可見李鱓詩並未進入傳統詩壇的視界，乏善足陳。此外李鱓的《浮漚館集》亦已失傳，《揚州八怪詩文集》輯錄諸家著述，就是沒有李鱓的作品。其實李鱓詩的輯本亦見於《揚州八怪題畫錄》[1]、《懊道人題畫詩繫年》[2]、《李鱓詩鈔》[3]等，一般寫在畫幅上面。李鱓〈蕉竹圖〉題詩嘗云：「小庭一夜沈沈雨，幾葉青披滴又開。我有新詩三百首，欲書長幅怕輕裁。」[4]可見傳世的作品尚多，足以結集。詩中「三百首」除了表示作品數量之外，應該還有「詩三百」的寓意，表現《詩經》的風雅精神，以及諷世及教化的意味等，李鱓的詩歌有為而作，寫出個人的懷抱和生活態度。李鱓不喜歡當畫師，更不願意淪落為謀生的畫匠，可是逼於生活，只能藉著題畫的時候寫出他的牢騷和不滿，以詩歌代言。畫幅不能說話，而詩歌剛好就能坦露作者的心

1　蔣華（1924-2010）編：《揚州八怪題畫錄》（南京：江蘇美術出版社，1992年2月），頁40-95。
2　薛永年（1941-）：《懊道人題畫詩繫年》，載《板橋》總第5期（1987）。
3　莊申（1921-2005）輯：《李鱓詩鈔》，《大陸雜誌》第45卷第1期，收入《大陸雜誌語文叢書》第3輯第4冊，頁277-284。
4　李鱓〈蕉竹圖〉「乾隆十七年（1752）小春月摹徐天池先生筆意於城南夢天樓」，于瀛波、趙小來編輯：《李鱓》（北京：人民美術出版社，2004年8月），頁200。上海博物館藏。

聲。又《花卉圖冊・石榴》題詩云：「劈開古錦囊中物，百寶生光顆顆奇。昨夜老夫曾大嚼，臨風一吐有新詩。」[5]他的新詩跟石榴一樣豐滿多子，精光四射。此詩題畫者二次，先是雍正六年（1728）戊申作，其後又見於乾隆二十一年丙子七月初十日（1756.8.5）寓居揚州天寧寺，早起之作，後者多錄「海榴本是神仙物，種託君家得異根。不獨長生堪服食，又期多子映兒孫。」一詩，同詠石榴，並云：「此皆詠石榴詩而未及鳥，曾記青藤云：『山中秋老無人摘，自迸明珠打雀兒。』其上兩句則忘之矣，鱓也年垂七十有一，昏鈍健忘，至余極矣。」[6]二詩前後相距二十八年，晚年作者精神狀況欠佳，此首差不多更是絕筆之作，可是李鱓提到自己的「新詩」作品還是沾沾自喜的，感到自豪。

　　本文主要根據一般流通的傳世畫冊上輯錄詩作，藉以考察李鱓詩歌的發展軌跡及藝術特點。李鱓詩踪大約可以分為四期。

　　第一階段在康熙末年（1714-1722）。李鱓幼負才情，天資穎悟，善於觀察周圍的環境，感覺敏銳，轉益多師，十八歲已經掌握繪畫技巧，得心應手。康熙五十年（1711），李鱓26歲，赴南京應鄉試，中舉人。康熙五十二年（1713）九月入京，康熙皇帝到熱河避暑狩獵，李鱓進獻詩畫，得到賞識，乃獲任命為宮廷畫師，在南書房行走，奉旨隨蔣廷錫（1669-1732）學習花鳥畫。[7]康熙五十六年（1717）失寵，

5　李鱓《花卉圖冊》四之一，文物出版社資料室編：《揚州八怪》（北京：文物出版社，1981年5月）。

6　李鱓《雜畫冊（五開）之三》，《硯池應有墨華飛　揚州八怪書畫》（澳門：臨時澳門市政局、澳門藝術博物館製作，2000年6月），頁113。南京博物院藏。青藤即徐渭（1521-1593）。

7　康熙皇帝謂「李鱓花卉去得，交常熟相公，教習徐熙、黃筌工細一派。」參李鱓《花鳥》十二條屏，《中國巨匠美術叢書．李鱓》（北京：文物出版社，1998年1月），頁28。又《揚州八怪題畫錄》，頁73。上海博物館藏。徐熙（886-975）、黃筌（903-965）均五代十國的花鳥畫家。

「給假歸里,畫學寫意。」八月已在揚州一帶活動。此期畫作傳世者不多,題畫多用前人舊句,例如王冕(1287-1359)〈明上人畫蘭圖〉詩中摘句;或個人舊作,很多時只有兩句,點綴景色,鋪排成一段小序。例如「旅窗寒日,暮景蒼涼。鍵戶不出,時聞竹風鳥語,因憶舊句,有『寒驢過凍浦,鬥雀墮寒林』一聯,偶走筆為之。善夫。」「如何金與木,不剋卻相生。甲午(1714)冬夜,圍爐呵凍,撫石田翁筆意,作晚翠一枝。」「雨洗淨光浮翠蓋,日蒸嬌影鬥紅蕖」[8],分詠竹雀、枇杷、荷花等。此期得詩六首。目前傳世第一首詩作《菊花佛手圖》冊頁,甲午(1714)秋九月,寫於熱河挹翠山房。詩云:

想像籬邊色,絲毫不管差。昨夜秋山巔,霜葉算黃花。[9]

此詩格律不嚴,結語尤為草率。同年冬作《花卉圖冊》之一,「偶寫繡球并書舊句」云:

桃李紛紛謝,瓊姿報眾芳。數枝欹墜地,千朵豔凝香。畫傳何郎粉,魂飛青女霜。莫教輕折盡,拋擎待紅粧。[10]

「傅粉何郎」指三國曹魏的何晏(195?-249),喻皮膚白皙的美男子。「青女霜」喻霜雪之神,亦取潔白之義,兩情相悅。「傅」讀平聲,似亦失律。末聯以拋繡球作結,照應畫意,物有所用。《花卉圖冊》之五詠牡丹:

---

8 李鱓《花卉圖冊》六之二、三、四,《揚州八怪》(文物出版社)。故宮博物院藏。石田翁即沈周(1427-1509)。
9 李鱓《菊花佛手圖》冊頁,《揚州八怪題畫錄》,頁40。中央工藝美術學院藏。
10 李鱓《花卉圖冊》六之一,《揚州八怪》(文物出版社)。

一層墨暈一層苔。知有仙人化蝶來。買盡洛陽千百種，何如此種四時開。

牡丹仙人化蝶，從墨暈苔痕中脫穎盛放，鮮麗高華。能夠四季常開的名種，看來就隱喻作者非凡的畫筆了。

康熙五十六年丁酉（1717）八月寫於揚州杏園的《花卉卷》云：

奈此秋宵不肯明。披衣起坐斗星橫。便教握管為長卷，歷亂數枝花有情。[11]

李鱓在宮廷行走了四年，不遇而歸，此時大概已經回到揚州，深宵作畫，星斗縱橫，心緒不寧。秋日〈菊花〉「空園零落後，籬畔一枝花。」[12]亦有濃厚的身世之感。他常用的一方印章，曰「臣非老畫師」，似不甘於以畫師自限，期望有所作為，創出一番事業。康熙六十年（1721）得詩二首，〈墨芙蓉〉一首稱「辛丑六月坐竹香書房雨過，試筆再錄舊句。墨磨人鱓。」

怪風吹起江天黑。江上芙蓉少顏色。祇知泣露哭秋風，三變嬌容描不得。[13]

又〈瓶花〉一首，「辛丑（1721）臘八日，墨磨人李鱓寫。」

有花只插此瓶中。畫與真花頗不同。莫向籬邊江上去，等閒容

---

11 李鱓《花卉卷》，《李鱓》（人民美術出版社），頁30。廣東博物館藏。
12 李鱓〈菊花〉，「丁酉（1717）秋日。」《揚州八怪題畫錄》，頁43。上海博物館藏。
13 李鱓〈墨芙蓉〉，《李鱓》（人民美術出版社），頁149；又〈芙蓉圖〉，《揚州畫派精品選　李鱓》（南昌：江西美術出版社，2004年5月），頁69。安徽博物館藏。

易又秋風。[14]

當年李鱓三十六歲，無論是夏天江上的風雲驟變，還是冬天的籬邊江上，詩中都刮起陣陣的秋風。「江上」、「秋風」這兩組詞語反覆的出現，很容易鉤起青春消逝，時不我與的感覺，比較傷感。

第二階段為雍正年間（1723-1735），李鱓流落於淮北江南一帶，傳世的詩作約得四十二首。早年幾乎無詩。雍正三年（1725）乙巳，李鱓四十歲，與鄭燮（1693-1766）、黃慎（1687-1772）同寓揚州天寧寺，八月作《盆菊圖》（西泠印社藏）。十月作《三秋圖》。雍正四年（1726）正月開始，詩作漸多，首唱〈秋葵圖〉挂軸：

> 自入長門著淡裝。秋衣猶染舊宮黃。到頭不信君恩薄，猶是傾心向太陽。[15]

「長門」乃後宮所在，詩中的宮人雖然備受冷落，但仍然堅持穿著「淡裝」，不假修飾，就是想以最自然的姿態表現自我。甚至「君恩」再薄，自己還是一再熱情的擁抱太陽。李鱓希望重返宮廷的心願坦露無遺。

同年〈土牆蝶花圖〉挂軸，「臘月客竹西僧舍，風雪盈門，關河冰合，醉後遣興，游戲作此。」即七絕二首。

> 墨從今賤作牆堆。院宇春光在此圍。幾日雨淋牆有缺，蜨花和土一齊飛。

---

[14] 李鱓〈瓶花〉，《李鱓》（人民美術出版社），頁27；又〈瓶花圖〉，《揚州畫派精品選 李鱓》，頁63，安徽博物館藏。

[15] 李鱓〈秋葵圖〉，《李鱓》（人民美術出版社），頁152。天津市藝術博物館藏。

可是莊周夢裏身。紫雲高卷隔花茵。奪朱本事休攔住，盡長牆頭去趁人。[16]

作者醉後遣興，將不值錢的潑墨倒在畫幅中砌起了土堆和圍牆，一陣春雨過後，蝶花破土而出，自然繽紛飛揚了。其二寫出一片濃密的紫雲仙子，她們把紅豔的春光搶過來了，擋也擋不住。李鱓札根於江湖之中，花蝶有情，自由自在，神采飛揚。翌年正月再寫一幅，跋云：「江淮野人家土牆頭喜植蝶花，春來一片紫雲，掩映一枝紅杏。尋春到此，逸興遄飛，只望酒簾小憩，頓忘歸去。雍正五年（1727）正月，湖州道中亦有此景，援筆寫之，懊道人李鱓。」[17]後作的小序春光明媚，尤為出色。

雍正五年（1727）又三月，「住揚州城南道院」，即閏三月，李鱓作〈雞冠花〉一首。

細染氍毹有木雞。幾行昂立老叢低。笑君博帶峨冠立，俯首秋風不肯啼。[18]

「氍毹」指帶有花紋和文采的毛色。木雞昂立老叢之上，就像高冠寬帶的貴人君子，可是面對「秋風」低首，也就難以發聲啼叫了。無奈中帶有自嘲之意。同年尚有〈雙松圖〉：

詩家習氣比龍鱗。畫手羼同壽意陳。我道兩翁秦漢物，敢將墨

---

16 李鱓〈土牆蝶花圖〉挂軸，《揚州八怪題畫錄》，頁43。日本東京國立博物館藏。
17 李鱓〈土牆蝶花圖軸〉，《硯池應有墨華飛 揚州八怪書畫》，頁87。〈土牆蝶花圖〉，《李鱓》（人民美術出版社），頁153。〈蝶花圖〉，《揚州畫派精品選 李鱓》，頁66。南京博物院藏。
18 李鱓〈雞冠花〉挂軸，《揚州八怪題畫錄》，頁44。上海博物館藏。

汁貌先民。[19]

作者寫出對雙松的敬畏之情，源遠流長，表現先民強韌的生命力，批評一般詩家畫手只以「龍鱗」「壽意」為喻，稍乏新意。

清雍正六年（1728）春，著《蔬果花卉冊》八開，分別題寫不同的詩文句子，長短不一，充滿生活氣息，意趣盎然。其一「大官蔥，嫩芽薑。巨口細鱗時新嘗」，薑蔥配鮮魚，令人垂涎欲滴。其四荷包花「欲知富貴真消息，先問荷包有也無」，希望有一個錢袋，帶出對富貴的遐想。其八「麥黃蠶老櫻桃熟，正是黃梅四月時。更添玫瑰一枝，亦時新佳品也。」繁花似錦，春意無邊，畫中多了一枝玫瑰，更使天地增色，美不勝收。此卷得詩四首，除去其二前引〈石榴〉「劈開古錦囊中物」一首，錄三首。

> 白描雅稱凌波照。粉黛纔施不是仙。如此講求不歸去，便宜燒筍過新年。（其三）
> 白蔣實如瓜。蹲鴟大可誇，水肴與山味，粗糲腐儒家。（其五）
> 閉戶不知歲，松圍已似腰。著書良獨艱，龍老應沖霄。（其六）[20]

這三首詩充滿生活實感。其三將水仙和新筍搭配過年。其五白蔣和蹲鴟相遇，滿足生活所需，好好過日子，就是讀書人的家常便飯。其六閉戶讀書，渾忘歲月，看著松圍與腰圍，不禁也要歎老嗟卑了。諸詩以自然取勝，完全擺脫格律的束縛，作者想說就說，想寫就寫，一揮而就，妙趣橫生。

八月，李鱓與鄭燮同客天寧寺。又寓都門定性庵，書題畫截句二

---

19 李鱓〈雙松圖〉，《揚州八怪題畫錄》，頁45。刊《名畫集冊》。
20 李鱓《蔬果花卉冊》八開，《李鱓》（人民美術出版社），頁34-41。河南博物館藏。

十首。[21]可能曾經北上都門。

　　雍正七年（1729），李鱓與黃慎、陳撰（1678-1758）、邊壽民（1684-1752）、蔣璋合作《花果扇面》，現藏蘇州博物館。此年題畫之作有些散漫，「四季花如許，開時自喜歡。更添些葉竹，留與報平安。」[22]完全是說話口吻，寫得親切，彼此開心。

　　雍正八年（1730），李鱓四十五歲，再入宮廷作畫，並隨刑部侍郎高其佩（1660-1734）學畫。秋日閒筆，題詩四首，都是取材於日常的生活物品，顯得寫意。

> 當時畫處夢初殘。今日教題入品難。瓜荳並為韲甕物，儒家風味不離酸。（其一）
> 半葉無春一爛槎。酬詩應畫亂如麻。分明記得坑儒事，故向驪宮漫論花。（其二）
> 點染婢妾不費工。姑勞斑駁汀土中。河海味鮮蔬食淡，辛盤脆嚼紫花菘。（其三）
> 正是冰桃脆，莫添金杏枝。朱明應時節，碩果正相宜。李鱓。（其四）[23]

其一題詩二首，李鱓以瓜豆入畫，難以品題，同時聯想到醃製酸菜，不期然帶出一種讀書人的酸味。次首「酬詩應畫」，生活忙亂，跟著作者又想到歷史上的「坑儒」故事，不能在「驪宮」論政，只能以寫花遠禍了。其二雜寫河鮮海產及蔬果，他還是嚮往一種生活中的「淡」味。其他畫家對這些瑣碎的物象不敢興趣，缺乏審美對象，李

---

21 或說二十一首，有待確認。
22 李鱓〈四季平安圖〉，《花卉冊》四開之二，《李鱓》（人民美術出版社），頁43。炎黃藝術館藏。又《花鳥冊》之四，《揚州畫派精品選　李鱓》，頁16。
23 李鱓《花卉冊》（四開），《硯池應有墨華飛　揚州八怪書畫》，頁118-121。又《揚州畫派精品選　李鱓》，頁104-107。其一、四兩幅剛好次序對調。

鱓寫起來自然輕鬆，一揮而就。有時作者甚至加上若干說明文字，「感時物之變，未免多情，煩筆墨之勞，於茲作戲。觀之瑣瑣，讀罷呵呵。」其三冰桃金杏，都是應節的佳果。其四「一物而甜辣異性，豈惟人類，隨意寫來，覺拂拂有生氣。」了解物性異同，好像新發現天大的秘密，急於公告天下。十月作〈松藤圖〉，詩云：

> 漫驚筆底混龍蛇。世事誰能獨起家。松因掩映多蒼翠，藤以攀高愈發花。[24]

此詩筆走龍蛇，寫出了畫幅的一片天地，可是獨力而為很難撐得起大業。李鱓寫松藤彼此依存的相對關係，掩映攀高，顯得壯旺，富有哲學意義。至於有沒有暗喻個人的上進之心，希望能在宮廷畫院中創出個人的成就，見仁見智，說不準了。

雍正九年（1731）春題〈芍藥小雀〉；七月作〈月季〉「秋已將中，暑猶未退，習靜禪林，客散淪茗寫此。」秋作〈葵雞秋足圖〉，暫見三首。

> 每到花時惱客魂。臨窗摹寫近黃昏。豪家爭買燕支石，冷笑東風淡墨痕。[25]（〈芍藥小雀〉）
> 棘手何妨刺在枝。嬌魂冷蕊墮青絲。為渠兩種春風豔，寫到殘霞月上時。[26]（〈月季〉）
> 正是烹葵八月天。今年雞黍足秋田。布袍未典官糧納，敢謂村

---

24 李鱓〈松藤圖〉，《李鱓》（人民美術出版社），頁46。〈松藤圖〉，《揚州畫派精品選 李鱓》，頁99。故宮博物院藏。

25 李鱓〈芍藥小雀〉，《李鱓》（人民美術出版社），頁155。榮寶齋藏。

26 李鱓〈薔薇圖〉，《李鱓》（人民美術出版社），頁47。〈月季圖軸〉，《李鱓 高鳳翰 李方膺畫風》，頁61。揚州博物館藏。

愚是古仙。²⁷（〈葵雞秋足圖〉）

〈芍藥小雀〉陶寫「客魂」，〈月季〉一詩鉤勒「嬌魂」，從黃昏時分一直寫到殘霞月上，摹神奪魄，搖曳春光，李鱓就是這樣沈浸在一片花香鳥語當中，與世無爭。不過有時也會傳遞出失落的感覺，意在言外。至於〈葵雞秋足圖〉一詩卻揭出了殘酷的現實問題，就在這八月秋葵盛開，雞黍豐足的年代，今年雖然繳納了官糧，解決了溫飽，但以後可還是太平的日子，可以像古仙人般逍遙自得嗎？也就帶出深遠的社會問題了。這三首作品寫出了兩個極端的世界，深化思考。

雍正九年辛亥八月，李鱓作《花卉圖冊》（十二頁），其一〈水仙天竹〉　題「歲時清供」四字，得詩十首，《揚州八怪現存畫目》，僅錄首句。²⁸今據其後的重寫卷補錄其二〈梅雀〉、其三〈蘭花〉、其五〈花樹雙蟬〉三首，詩云：

羽毛曾否既豐時。偶向天衢逞異姿。上苑有花飛不入，依然棲定歲寒枝。²⁹

淋漓如此寫芳菲。只少盆栽與石圍。記得春風散幽谷，蕙花如草趁樵歸。³⁰

---

27 李鱓〈葵雞秋足圖〉挂軸，孔壽山著：《中國題畫詩大觀》（蘭州：敦煌文藝出版社，1997年12月），頁764。重慶市博物館藏。孔壽山云：「南京博物院亦藏有此畫，其題詩『烹葵』改為『秋葵』，『今年』改為『一年』；北京故宮博物院亦藏有此畫，詩題亦同，但為李鱓雍正十一年（1733）所畫。」又〈題秋葵雞石圖〉，陳書良（1947-）主編，黃琳選注：《揚州八怪》（長沙：岳麓書社，1998年6月），頁92。

28 王鳳珠、周積寅（1938-）編：《揚州八怪現存畫目》（南京：江蘇美術出版社，1991年6月），頁222。諸詩僅錄題畫首句。

29 李鱓《花鳥冊》之一〈梅鳥圖〉，柳聲白編著：《揚州八怪全集》（臺北：藝術圖書公司，1979年1月），頁68。

30 李鱓《雜畫冊》十開之七，《李鱓》（人民美術出版社），頁157-161。故宮博物院藏。

暖日烘雲穀雨晴。空天眺望此時情。深紅落盡淺紅又，蟬噪一枝何處聲。[31]

其二〈梅雀〉前者頗有自喻之意，羽毛既豐，在登天大道上表現異姿，可惜始終無法飛入上苑中去，終身困守寒素，作意清晰。案乾隆元年丙辰夏五月作《花鳥冊》之一〈梅鳥圖〉、《花鳥冊》十頁之四〈梅雀〉二幅均見此詩。[32]可見二者乃同時之作，並同屬一幅作品。

其三蕙花芳菲，春秋佳景，好趁樵歸，故作解脫之意。雍正十二年題畫重寫此首。其五〈花樹雙蟬〉江天寂寞，很難覓得一枝棲。則重見於《花卉圖冊》之一，寫於「乾隆五年歲在上章涒灘之蕤賓月寫於滕縣寓齋」，蕤賓月即五月。[33]其六〈牡丹〉「一家粗本余能畫，此是西瓜劈破囊」[34]、其十〈萱花〉「是色是香皆可畫，忘人憂處最難描」[35]，各錄二句。

《花卉圖冊》（十二頁）尚餘之四〈竹雀〉「煩熱既退秋氣爽」、之七〈黃蜂紫蝶〉「黃蜂紫蝶錯疑花」、之八〈鵪鶉菊花〉「草際藏身百結衣」、之十一〈鱸魚〉「白頭波上白頭翁」、之十二〈月季〉「十二月春都占來」，只存題畫首句。其十一〈鱸魚〉或寫鄭谷（849-911）〈江上漁者〉：「白頭波上白頭翁。家逐船移浦浦風。一尺鱸魚新釣得，兒孫吹火荻花中。」

從以上雜引諸詩可以看出的，李鱓在雍正四年到九年（1726-1731）及見的詩作不多，共二十首，有些是遊戲筆墨，有些是參透世情。在畫幅之外，帶出了自己一些獨特的想法。在往後的日子中，可

---

31 李鱓《花卉圖冊》之一，《揚州八怪》（文物出版社）。
32 參《揚州八怪現存畫目》，頁218、231。
33 李鱓《花卉圖冊》之一，《揚州八怪》（文物出版社）。
34 同上，李鱓《花鳥冊》之三，《揚州八怪全集》，頁68。
35 李鱓〈賣花圖〉，《揚州畫派精品選　李鱓》，頁3。

能還是留在宮廷畫院，李鱓的詩筆停頓了兩年。可是到了雍正末年離京之後，忽然再次激發詩興。在雍正十二、三年之間，就冒出了二十二首的作品，換句話說，就是比之前十一年的總和還要多了。

雍正十二年（1734），李鱓四十九歲，再次離開宮廷畫院，告別都門，回到揚州。「正月擬天池生舊稿」作《蕉鵝圖軸》。

> 廿年囊筆走都門。謁取名師沈逸存。草綠繁華無用處，臨行摹寫天池生。[36]

詩中的「囊筆」似當為「橐筆」，但兩者都可以解釋過去。名師沈逸存未詳何人。跟著作者即明示要學習徐渭（1521-1593），放棄了「草綠繁華」點綴門面的工夫，要改從潑墨大寫意出發。

甲寅九月，復堂懊道人李鱓寫《雜畫冊》十開，得八首，詩興勃發，感慨亦深。其三注稱「水邨佳味，李鱓寫來，公諸同好」；其四「雍正閼逢攝提格之春，寫於綠楊灣之邨舍」；其五「大官葱」一首在舊句的基礎上增多末句，逐漸構成了詩的形式。

> 細微一羽族，高飛敢叫天。枸杞閒中木，何意得延年。（十開之一）
> 本自江湖可避人。懷珠蘊玉冷無塵。何須底死露頭角，荇葉荷花老此身。（之三）
> 已分長鑱老此生。翛然不羨五侯鯖。朝餐水上雕胡飯，夜掘山中玉糝羹。（之四）

---

[36] 李鱓《蕉鵝圖軸》，《硯池應有墨華飛 揚州八怪書畫》。詩塘有胡小石（1888-1962）題識：「不逐清波就曲池。畫師點筆費人猜。蕉陰露濕華胥夢，克見書生作幻來。」辛丑立夏，沙公。」頁88。《蕉鵝圖》，《李鱓》（人民美術出版社），頁49；《蕉鵝圖》，《揚州畫派精品選 李鱓》，頁95。南京博物院藏。

大官蔥,嫩芽薑。巨口細鱗新鮮嘗。誰與畫者李復堂。〔之五〕
機聲軋軋月初斜。似此蟲聲又一家。曉起空庭尋未得,夜深依舊咽秋花。(之六)
小鳥原名號竊脂。豈非偷盜任棲遲。公依羅漢松枝上,坐臘如同受戒時。李鱓。(之八)
天地一沙鷗。(之九)
僧房買紙作蕉陰。反比蕉陰色更深。似扇晚風消暑氣,不教夜雨滴愁心。(之十)。[37]

諸詩淋漓盡致,分別表現出怨氣、狂氣和逸氣。自此李鱓詩風格大變,自我的色彩變得明顯了。其一羽族叫天,枸杞延年,從微類的世界中看出大千。其三懷珠蘊玉,在江湖中避世,何必又向宮廷爭露頭角,李鱓看來要罵自己了。其四、五二首江湖閒居,飽嘗魚米的鮮味,自得其樂。其六秋蟲鳴咽。其七「淋漓如此寫芳菲」已見前引。其八要處罰竊脂小鳥,其實李鱓過去所畫的又何嘗不是塗脂抹粉呢?自然要坐臘受戒。其十藉蕉陰消暑氣,洗滌愁心,其中有人,呼之欲出。光靠畫幅塗抹,可能寫不出這麼複雜細膩的感覺。詩畫相通,目的就是寫出真我。又〈菊蟹秋光圖〉云:

經風崖柿變新霜。牽染籬花蕊漸黃。拾得蟹來沽得酒,撇開閒事賞秋光。[38]

菊蟹相歡,聲色兼美。冬十月寫〈蕉竹圖〉,鄭燮為題詩云:「君家蕉

---

[37] 李鱓《雜畫冊》十開,《李鱓》(人民美術出版社),頁157-161。故宮博物院藏。其八、九又作〈墨蘭白鷺冊〉(二頁),載徐邦達(1911-2012)編:《中國繪畫史圖錄》(上海:上海人民美術出版社,1984年4月),頁854。

[38] 李鱓〈菊蟹秋光圖〉「雍正閼逢格(1734)之相月(七月),李鱓寫」,《揚州八怪題畫錄》,頁49。故宮博物院藏。

竹浙江東。此畫還添柱石功。最羨先生清貴客，宮袍南院四時紅。」[39]又李鱓〈竹菊坡石圖〉云：

> 自在心情蓋世狂。開遲開早說何妨。可憐習染東籬竹，不想凌雲也傲霜。

李鱓補題云：「此畫不知作於何時，雍正甲寅十一月十日同板橋居士、蓮若上人過登李世兄宅，乃泚筆足成之。懊道人記。」[40]原詩直寫在畫卷右方，補題則置於畫幅下端，由左向右下斜寫，點綴地面的坡石。凌雲傲霜，表現蓋世的狂情，揮灑自然，亦為佳製。相對來說，鄭燮的題詩未免過於拘謹了。

雍正十三年（1735），李鱓五十歲，住在揚州。四月寫《四季花卉屏》四幅，詩二首。

> 燕支和粉竟成交。洞口春移碧樹梢。千豔萬嬌容易畫，為如人面費推敲。（之一）
> 大墅邨中人鱓。（之三）
> 凌波仙子致蹁躚。天竺先生貌儼然。水閣蓉城供小住，湘娥鼓瑟祝堯年。（之四）[41]

其一梅花易畫，人面難描。其四水仙嫋娜，天竺嚴肅，擺在一

---

[39] 李鱓〈蕉竹圖〉「板橋居士弟燮頓首，為復堂先生題畫」，高美慶編輯：《故宮博物院藏清代揚州畫家作品》（香港：故宮博物院、香港中文大學文物館，1984年11月）。〈蕉竹圖軸〉，《揚州八怪》（文物出版社）。〈蕉竹〉，《李鱓》（人民美術出版社），頁163。

[40] 李鱓〈竹菊坡石圖〉，《李鱓》（人民美術出版社），頁162；《揚州畫派精品選　李鱓》，頁90。揚州博物館藏。

[41] 李鱓《四季花卉屏》，《李鱓》（人民美術出版社），頁166-167。天津藝術博物館藏。

起，和諧共存。閏四月寫《花卉冊》十二開於竹西，詩七首。其四「擬顛道士句」。其九「每到花時惱客魂」、其十一「燕支和粉竟成交」重複前作，不錄。

> 良工刻意寫殘春。一架薔薇信可人。老眼猶憐枝上刺，不教蜂蝶近花身。（之一）
> 古藤延蔓偏巖阿。紫穗聯芳宛宛拖。步障乍開晴靄暖，舞鬟輕颭惠風和。（之二）
> 深掩洞門究丹訣。日外梅蘤忽生白。埜人頑性未成純，銕篴橫吹天迸裂。（之四）
> 我亦狂塗竹，翻飛水墨梢。不能將石綠，細寫鸚哥毛。（之八）
> 蜀葵花綻端陽節，不讓菖蒲五月青。長在空山家深處，一叢孤翠水泠泠。（之十）[42]

諸詩分寫薔薇、古藤紫穗、梅蘤、竹梢、蜀葵五種，各展風情。同年秋作〈紅荷〉、〈蘿菠青菜〉二幅。

> 碧波心裏露嬌容。濃色何如淡色工。漫道湖光全冷落，漁鐙一點透微紅。
> 甘香得自淡淡餘。玉釜官廚味不如。他日閒居歌十畝，掩關常讀老農書。[43]

〈紅荷〉嬌容碧波，亦以淡色為美。〈蘿菠青菜〉寫白菜，甘香中亦

---

42 李鱓《花卉冊》十二開，《李鱓》（人民美術出版社），頁52-63。蘇州博物館藏。
43 李鱓〈紅荷〉、〈蘿菠青菜〉，林秀薇編譯：《揚州畫派》（臺北：藝術圖書公司，1985年），頁37、50。《揚州八怪題畫錄》輯《花卉》冊頁，亦錄此二詩，後者題作〈白菜〉。頁42。美國高居翰（1926-2014）教授藏畫。

以淡味為勝。二詩特別強調「淡」的感覺，別有會意。

　　《花卉圖冊》之一寫天竹水仙花籃圖，「雍正乙卯長至前三日，余將渡江，詩交老桐，以冊頁屬畫，此幅其一也，李鱓。」之二寫墨荷，中冬再寫〈墨荷圖〉一幅，重見此詩。注云：「雍正乙卯（1735）中冬，予將北行，鐙下寫於竹西之酒痕墨汁山房，李鱓。」

　　　　轅門橋上賣花新。興隸凶如馬踢人。滾熱揚州居不得，老夫還
　　　　踏海邊春。（之一）
　　　　休疑水蓋染污泥。墨暈翻飛色盡鷖。昨夜黑雲拖浦潊，草堂尺
　　　　素雨風淒。（之二）[44]

　　長至即夏至日，天氣炎熱。其一官差在轅門橋上踢走賣花人，作者打抱不平，忍不住也要在天竹水仙花籃的畫幅中宣洩胸中的一團怒火了，詩畫反映的感情不同，對比十分強烈。其二墨荷黑雲，風雨淒迷，也是大寫意的筆法。

　　本年仲冬，始作《五松圖》，逐漸形成一首七古長歌，惟不同版本之間字句略有出入，目前及見者十餘幅。首作在「有無中」之後缺「鸞鳳長嘯冷在空」一句。畫中前面補充說明：「客有索畫五松者。予以直者比之大臣，秃者比之名將。一側一臥，似蛟似龍，蒲團之松，或仙或佛。爰作長歌以題。雍正乙卯中冬，懊道人李鱓。」

　　　　有客要余畫五松。五松五松都不同。一株勁直古臣工。擂笏垂
　　　　紳立辟雍。頽如名將老龍鍾。卓筋露骨膽氣雄。森森羽戟舊軍
　　　　容。側者臥者如蛟龍。電旗雷鼓鞭雨風。爪鱗變幻有無中。旁

---

[44] 李鱓《花卉圖冊》二幅，《揚州八怪》（文物出版社）。又仲冬作〈墨荷圖〉，《揚州畫派精品選　李鱓》，頁87。

有蒲團一老翁。是仙是佛誰與從。白雲一片青針縫。吁嗟空山萬古多遺蹤。哀猿野鶴枯僧逢。不有百嶽藏心胸。安能曲屈蟠蒼穹。兔毫九折雕癡蟲。墨汁一斗邀群公。五松五老盡呼嵩。懸之君家桂堂東。俯視百卉兒女叢。[45]

此詩從早年的〈雙松圖〉變化而來，由「兩翁秦漢物」化身為傳說中的五大夫。李鱓總結過去兩度入京在朝的觀感，分別代入不同的角色，例如勁直古臣、名將龍鍾、側者臥者蛟龍風雨，以及旁邊的蒲團仙佛等，各有造形，神態畢現。他可能就是山中的枯僧，藏有百嶽心胸，蟠屈蒼穹，憑著一份豪氣繪畫題詩，吐露胸臆。也是傳世作品中的一首傑作。

李鱓在雍正年間得詩四十二首，寫作的高潮主要集中在雍正十二、三年由京師南歸，脫掉了南院官袍之後，回復自由身分，雖然生活艱苦，但賣畫所得，自得其樂，李鱓性情中人，自然會在畫幅中留下他的生活軌跡和悲歡情懷了。

乾隆以後，李鱓的詩作更多，甚至可以依「滕縣解組」分為前後兩期，有待後話。本文首先討論李鱓在康熙、雍正年間的作品，旨在考察李鱓早期詩歌創作的特點，大抵他早歲即精於繪事，而學詩在後，康熙年間的作品顯得稚嫩，格律不穩，遊戲的筆墨亦多，無傷大雅。到了雍正末年氣象一新，風格大變，佳作漸多，具有濃厚的社會氣息，奠定了個人的面貌，觀物有得，境界亦高。

---

45 李鱓〈五松圖〉，《李鱓》（人民美術出版社），頁165。南京博物院藏。

金農題畫作品中的自度曲辨體

　　金農（1687-1764）有《冬心先生自度曲》一卷，存詞曲五十四首。[1]這批作品有題目，列出字數及句數，每首一個調式，卻沒有兩首作品字句完全相同的。各曲最少三句，最多十七句，而以八、九句最多，各十一首。又最少十三字，最多八十六字，而以四十三至五十字共二十二首佔多。其中最短者〈自題梅花矮卷〉三句十三字，最長者〈為沈君學子畫梅花帳額〉十七句八十六字。金農自度曲中，〈楚澤吟〉、〈湘中曲〉、〈送遠曲〉、〈竹枝曲〉、〈梧桐引〉、〈枇杷歌〉、〈秋蘭詞〉七首可以視作調名，此外就是以紀事為主的題目，長短都有，看起來不像是詞曲調名。金農〈序〉云：

> 昔賢填詞，倚聲按譜，謂之長短句，即唐宋以來樂章也。予之所作，自為己律。家有明童數輩，宛轉皆擅歌喉，能彈三弦、四弦，又解吹中管。每一曲成，遂付之宮商。哀絲脆竹，未嘗乖於五音而不合度也。[2]

可見金農精擅於作曲填詞，家中又有幾位明童懂得使用三弦、四弦、中管等樂器，配合演奏及唱曲，因此他的自度曲是有意仿效唐宋倚聲填詞的方式運作，創出新聲，渾然一體，相當自負，遺憾是未能與姜

---

1 金農著，許莘農點校：《冬心先生自度曲》一卷，收入《揚州八怪詩文集》（三）（南京：江蘇美術出版社，1996年11月），頁235-248。
2 金農〈《冬心先生自度曲》序〉末云：「乾隆二十五年（1760）二月朔日七十四翁金農在龍梭仙館書。」《揚州八怪詩文集》（三），頁237。

夔（1155-1209）、張炎（1248-1320？）同臺演出，一較高下。劉慶雲云：「何謂『自度曲』？姜夔在〈長亭怨慢〉自序中說得更為具體：『予頗喜自製曲，初率意為長短句，然後協以律。』即先依情以作詞，然後依詞情配以曲。因此『自度曲』實際包含製詞與配曲兩個方面。這是詞之『自度曲』的完整含義。」[3]金農自度曲的作品，完全符合這些條件，大概都是先有詞而後製曲，跟古人的操作方式無異。此外，金農又聲明「自為己律」，不屑於遵照傳統模式，依調填詞，而是特別強調自己所創製的樂曲，自然是新時代的歌曲，不等同於唐宋樂章，即跟唐宋詞恐怕也沒有必然的關係。

　　明清兩代自度曲、自製詞頗多，[4]收入詞集之內，蔚為風氣，創新格調，各領風騷。清代「僅沈謙一人創製之新調即達二十九種之多，其餘如陳維崧《湖海樓詞》、顧貞觀《彈指詞》、納蘭性德《通志堂詞》、姚燮《疏影樓詞》集中亦多新調，僅此數人所製新詞牌即達五十餘種，其他如曹貞吉、毛奇齡、毛先舒、顧貞立、儲文右、沈豐垣、柯炳、陸浣、吳綺、丁澎等均有所作，且有用新創詞牌相互唱和者。」《瑤華集》「選錄清初四十年間之詞，其中自製之新詞牌即近四十種。」[5]金農自度曲作品也是這個時代的產物，但他變本加厲的，甚至揚棄了詞牌，一曲一詞，樣式多變。至於能否算入傳統的詞體之內，見仁見智，可能各有不同的看法。從後代的作品來說，依調填詞，不理樂曲唱腔，一般都算是填詞的。但金農自度曲完全沒有依調填詞的作品，反而是新曲新詞，完全以創新的面目出現。就算看作詞體，看來也不是傳統唐宋詞的原貌，更不同於元曲的模式，而是一代

3　劉慶雲（1935-）〈對「自度曲」本原義與演化義的回溯與平議〉，《詞學》第三十二輯（上海：華東師範大學出版社，2014年12月），頁17。

4　劉慶雲說：「自製詞只撰文辭，而所用詞牌名，大多即是詞題，與自度曲的詞、曲兩相結合的特徵有異。」《詞學》第三十二輯，頁21。

5　參劉慶雲說，《詞學》第三十二輯，頁24。

新聲,甚至是具有濃厚個人風格的新體詞曲,甚至可以稱之為「新詩」了。

　　金農傳世題畫作品中自度曲之作亦多,而且各有不同的樣式。有些收錄於《冬心先生自度曲》中,曲情畫意,約得十一首。

一、秋葵:秋在花枝上,花枝隨轉,偏向著朝陽夕陽。玉人最愛新涼。臉微黃。風前小病,病也何妨。壽門畫并填小詞一闋。[6]（1754）

二、月季:莫輕折,上有刺。傷人手,不可治。從來華〔花〕面毒如此。曲江外史畫并題句。[7]（1754）

三、萱花:花開笑口,北堂之上,百歲春秋。一生歡喜,從不向人愁。果然萱草可忘憂。甲戌（乾隆十九年,1754）之冬畫于昔耶小舍,杭郡金農。[8]

四、采菱:兩頭纖纖出水新。無浪無風少婦津。斜陽如舊,偏不見采菱人。曲江外史寫意,并題長短句。[9]（1756）

五、山僧送米。乞我墨池游戲。極瘦梅花,畫裏酸香香撲鼻。松下寄。寄到冷清清地。定笑約溪翁三五,看罷汲泉鬥茶器。本初長老從徑山來,請予畫梅花長卷。改月畫成寄與之,并自度新詞

6　金農《花卉》冊頁,甲戌（乾隆十九年,1754）三月上巳後二日作,遼寧省博物館藏畫。蔣華編:《揚州八怪題畫錄》（南京:江蘇美術出版社,1992年2月）,頁102。《冬心先生自度曲》題作「黃葵花」（七句三十三字）,頁238。

7　金農《花卉》圖冊二幅之一,文物出版社資料室編:《揚州八怪》（北京:文物出版社,1981年5月）,頁86。原缺題目,《揚州八怪題畫錄》題作「月季」,頁105。《冬心先生自度曲》題作「薔薇」（五句十九字）,頁244。

8　金農《花卉》圖冊二幅之二,《揚州八怪》,頁86。原缺題目,《揚州八怪題畫錄》題作「萱花」,頁105,徐平羽（1909-1986）藏畫。《冬心先生自度曲》題作「萱草」（六句二十八字）,頁245。

9　金農《蔬果》冊頁,丙子九月（乾隆二十一年,1756）,刊《金冬心水墨蔬果冊》,《揚州八怪題畫錄》,頁106。《冬心先生自度曲》題作「前溪女兒乞題畫筐」（四句二十四字）,頁243。

書其上。詞中三五溪翁，謂陳仲父、鎦巨生、褚道南諸隱君也。乾隆丙子（乾隆二十一年，1756）十二月昔耶居士蘇伐羅吉蘇伐羅記。

附錄：此卷前年臘月，予畫《寒梅欲雪圖》于謝司空寺之別院，以寄徑山長老本初，本初逝後，遺命其徒，仍歸于予。乃云：「藏之沙門，恐遭叛教下劣僧竊去，為屠沽兒所得也。」予感其意，留之行篋。每遇水邊林下，輒共賞之，益想長眉尊者不置耳。戊寅（乾隆二十三年，1758）九秋七十二翁杭郡金農又書，時在詩弟子羅聘朱草詩林。[10]

六、金蘭圖：楚山疊翠，楚水爭流。有幽蘭生長芳洲。纖枝駢蕚〔穗〕，占住十分秋。　無人問，國香零落抱香愁。豈肯同蔥同蒜去，賣街頭。龍梭舊客仿魏國夫人雙鉤秋蘭，并譜小詞，己卯（乾隆二十四年，1759）二月記。[11]

七、荷花開了。銀塘悄悄。新涼早。碧翅蜻蜓多少。　六六水窗通。扇底微風。記得那人同坐，纖手剝蓮蓬。金牛湖上詩老小筆，并自度一曲。[12]（1759）

八、桃柳：二三月，柳枝柔，花枝濕。風風雨雨春愁絕。　紅綬廳前，金明池上，可有者般顏色。只少那人翠袖立。龍梭舊客畫

---

10 金農：《寒梅欲雪圖卷》，《揚州八怪》，頁90。《揚州八怪題畫錄》，故宮博物院藏畫，頁109。《冬心先生自度曲》題作「徑山林道人乞予畫梅，題以寄之」（八句四十四字），頁248。

11 金農：《金蘭圖》，西川寧（1902-1989）、青山杉雨（1912-1993）監修：《揚州八怪展》（東京：朝日新聞社，1986年1月）。《揚州八怪題畫錄》題作「雙鉤蘭花圖扇頁」，「乾隆丁丑（乾隆二十二年，1757）臘八日，呵凍畫于揚州羅氏朱草詩林，七十一翁杭郡金農記。」刊《支那南畫大成》，頁109。《冬心先生自度曲》題作《秋蘭詞》（九句四十四字），頁247。

12 金農：《雜畫冊》六幅之四，乾隆二十四年（1759）八月十一日七十三翁金農畫記。《揚州八怪》，頁95。《揚州八怪題畫錄》，故宮博物院藏畫，頁111。《冬心先生自度曲》題作「池上」（八句三十七字），頁241。

桃柳小景,并自度一曲。[13]

九、月夜吹笛：前年。獨汎〔泛〕九江船。二更後，一聲涼笛，把月吹圓。　團團。爛銀盤。中央田地寬。阿誰偷種婆娑樹。散麝塵無數。憶樅陽舟中看月，自度新詞一闋。今畫此景，因又書之。詞計十句，四十字，龍梭舊客筆記。乾隆二十四年（1759）立秋日，七十三翁杭郡金農。[14]

十、枇杷：櫨頭船，昨日到。洞庭枇杷天下少。額黃顏色真箇好，我與山妻同一飽。曲江外史金農，仿易元吉折枝枇杷并題。[15] 乾隆二十七年（1762）壬午七十六歲作。[16]

十一、題畫竹：山中蟄龍三日眠。龍子龍孫飛上天。秋來弄雲掃紫煙。一唱竹枝人可憐。　人不見。愁千萬。餘音在水湘江遠，瀟瀟暮雨增愁〔幽〕怨。[17]

以上十一曲，金農在後記中或稱「小詞」、「長短句」，或稱「自度新詞」、「自度一曲」，可見詞曲一體，有時也難以嚴格區分。其中例二、例十、例十一三首沒有提到歌曲，可能只是一些長短句的韻語。

---

13 金農《桃柳》，原缺「絕」字，林秀薇編譯：《揚州畫派》（臺北：藝術圖書公司，1985年），頁87。又《花卉冊》之四，柳聲白編著：《揚州八怪全集》（臺北：藝術圖書公司，1979年1月），頁217。《揚州八怪題畫錄》題作「桃柳圖」，「那人」作「箇人」，天津藝術博物館藏畫，頁127。《冬心先生自度曲》題作「題團扇桃花楊柳」（八句三十七字），頁245。

14 金農《山水人物圖冊》十二幅之六，參《揚州八怪展》。《冬心先生自度曲》題作「憶樅陽道中看月」（十句三十九字），頁241。

15 金農《枇杷》，《揚州畫派》，頁86。《揚州八怪題畫錄》題作《枇杷》冊頁，天津藝術博物館藏畫，頁130。《冬心先生自度曲》題作「記昔年為亡室寫折枝枇杷」（五句二十七字），頁240。

16 參王鳳珠、周積寅（1938-）編：《揚州八怪現存畫目》（南京：江蘇美術出版社，1991年6月），頁268。

17 金農《題畫竹》，鄧國光、曲奉先編著：《中國花卉詩詞全集》（鄭州：河南人民出版社，1997年10月），頁4112。《冬心先生自度曲》題作《竹枝曲》（八句四十八字），「愁」作「幽」，頁241。

又例六「金蘭圖」、例十一「題畫竹」在《冬心先生自度曲》分別題作《秋蘭詞》、《竹枝曲》，還有調名，其他九曲就只有或長或短的題目，而沒有調名了。

以上各曲一般採用律句，語言平易，音節諧婉，殆屬傳統詞體的雅言。在用韻方面，以一韻到底為主，幾乎沒有平仄混叶的作品，例一首句的「上」字、例三首句的「口」字，可能只是暗合，而非混叶。至於例七、例九、例十三首平仄換韻的，例八叶入聲的，亦屬傳統唐宋詞韻的規律和範疇，而不是北曲生動活潑的官話系統。那麼金農詞曲字句語言音韻的特質近於傳統的詞體而非北曲音韻，這是可以肯定的。至於是否可以算作唐宋詞體呢？可能又是另一回事了。

十二、墨竹軸：風約約，雨修修。翠袖半濕吹不休。竹枝竹枝湘女愁。

    庚午歲（乾隆十五年，1750）十月，稽留山民金農畫并題記及書。[18]

此首未見於金農《冬心先生自度曲》中，顯然不算作歌曲。但金農自度曲另有題作〈獨莖草花約一尺許，開時如雪，園中花匠云是夜合。漫題小詞〉（四句二十字）一首，詞云：「雲希希。煙微微。仙人新著五銖衣。侵曉嫣然啟玉扉。」句式為三三七七，跟〈墨竹軸〉比較，句式一致，僅平仄不同，首句亦少一韻而已。那麼此首〈墨竹軸〉當算作長短句的韻語，還是小詞呢？可能也是另人困惑的選擇。詩詞曲之間，有時也很難分辨了。

其他傳世題畫作品中還有一些長短句的韻語，《冬心先生自度曲》沒有收錄進去，跟〈墨竹軸〉一樣，可能並不屬於金農自度曲的理念範疇。

---

18 金農《墨竹軸》，《揚州畫派》，頁66。《揚州八怪題畫錄》題作《墨竹圖》挂軸，日本京都守屋氏藏畫，頁100。周積寅、史金城：《中國歷代題畫詩選注》（杭州：西泠印社，1985年5月），頁335，日本京都橋本關雪氏藏。

十三、松樹凌霄花：凌霄花，挂松上，天梯路可通。彷彿十五女兒扶阿翁。長仲善舞生回風。　花嫩容。松龍鍾。擅權雨露私相從。人卻看花不看松。　轉眼大雪大如掌。花萎枝枯誰共賞。松之青青青不休。三百歲壽春復秋。稽留山民（金農）畫，并效樂府〈老少相倚曲〉題之。[19]（1754）

十四、荷花：三十六陂涼。水佩風裳。銀色雲中一丈長。好似玉杯玲瓏鎪，得玉也生香。對月有人偷寫，世界白泱泱。愛畫閑鷗野鷺，不愛畫鴛鴦。與荷花慢慢商量。金牛湖上金吉金，畫白荷花并題。[20]（1754）

十五、白苧袍，青絲履。清旦山行松里許。松風為我一掃地。忽作風聲吹到耳。耳中生毫，但願如松長。此身落落如松強。試問有錢百萬河東客，可買松陰六月涼。甲戌（乾隆十九年，1754）之夏，畫于揚州昔耶精廬，并賦〈松間曲〉一篇，昔耶居士書。[21]

十六、豆莢：豆葉青，豆花白。豆莢肥，秋雨濕。想見田家午飯時。此中滋味，問著肉食貴人全不知。百二硯田富翁寫并題。（1756）

十七、西瓜：行人午熱。此物能消渴。想著青門門外路，涼亭側。瓜新切。一錢便買得。金二十六郎戲筆并題。（1756）

十八、蓮蓬：紅衣落盡碧池雨。房中抱子依心苦。郎不來兮共誰語。曲江外史小筆，并賦〈秋池曲〉，丙子（乾隆二十一年，1756）九月。[22]

---

19 金農《花卉》冊頁，跟例1《秋葵》在同一冊頁。甲戌（乾隆十九年，1754）三月上巳後二日作，遼寧省博物館藏畫。《揚州八怪題畫錄》，頁103。
20 金農《花卉》冊頁，跟例1《秋葵》、例14《松樹凌霄花》在同一冊頁。甲戌（乾隆十九年，1754）三月上巳後二日作，遼寧省博物館藏畫。《揚州八怪題畫錄》，頁104。
21 金農《松樹圖》挂軸，浙江省博物館藏畫，《揚州八怪題畫錄》，頁104。
22 金農《蔬果》冊頁，以上豆莢、西瓜、蓮蓬三首與例4《采菱》在同一冊頁，刊

十九、其五：山青青。雲冥冥。下有水蒲迷遙汀。飛來無跡。風標公子白如雪。乾隆二十四年（1759）八月十一日，七十三翁金農畫記。[23]

二十、蘿蔔：山蘿葙，割玉之腴味最清。譜食經。東坡居士骨薰羹。曲江外史。（1759）

二十一、芋頭：雪夜深。煨芋之味何處尋。啖一半，領取十年宰相身。乾隆己卯歲（乾隆二十四年，1759），畫於九節菖蒲憩館，七十三翁杭郡金農記。[24]

二十二、雀查查。忽地吹香到我家。一枝照眼是雪是梅花。曲江外史。[25] 乾隆二十五年（1760）庚辰作。[26]

二十三、臨流獨釣：先生之宅臨水居。有時垂釣千百魚。不懼不怖魚自如。高人輕利豈在得，赦爾三十六鱗遊江湖。遊江湖。翻跏躅。卻畏四面飛鵜鴣〔鶘〕。〔此〕〈放魚曲〉為川上翁作，已三年矣。今與畫有合，故復書之。曲江外史記。[27]（1759）

二十四、群魚：我生嘗羨同隊魚。大魚小魚一族居。綠差差水碧玉如。飛花撲面三月初。欲寄故人千里書。故人遠為宰。相隔

《金冬心水墨蔬果冊》，《揚州八怪題畫錄》，頁106。

[23] 金農《雜畫冊》六幅之五，與例7「荷花開了」在同一冊頁，《揚州八怪》，頁96。又《揚州八怪題畫錄》，頁112。

[24] 金農《蔬果》冊頁，以上《蘿蔔》、《芋頭》同在一冊頁，中間記云：「題芋之作，誤寫于此，老夫亦有時而昏也。觀者定蒙一笑，笑之不止，正所以賞之也。農又記。」吉林省博物館藏畫，《揚州八怪題畫錄》，頁113。又陳履生選注：《明清花鳥畫題畫詩選注》（成都：四川美術出版社，1988年7月），頁205。

[25] 金農：《吹香照眼圖》冊頁，《故宮博物院藏墨跡》，周積寅、史金城：《中國歷代題畫詩選注》（杭州：西泠印社，1985年5月），頁334。

[26] 金農：《梅花冊》，《揚州八怪現存目》，頁252。

[27] 金農《山水人物圖冊》其十一，乾隆二十四年（1759）立秋日，七十三翁杭郡金農，《揚州八怪展》。又參《垂釣圖》冊頁，上海博物館藏畫，《揚州八怪題畫錄》，頁131。

十餘載。尺素迢迢望江海。北固山下有毒鉤。毋貪其餌慎爾遊。曲江外史畫并賦〈落花游魚曲〉一篇。[28]

以上長短句韻語十二首，其中〈老少相倚曲〉、〈松間曲〉、〈秋池曲〉、〈放魚曲〉、〈落花游魚曲〉五首具有調名，大概是仿效樂府之作；其他七首沒有調名的，可能更跟傳統詞曲沒有必然的關係，嚴格來說只屬詩體。

金農精通詩畫書法，兼擅音樂詞曲，是一位富有創意的藝術家，不囿於傳統的規範，求新求變。例如《冬心先生三體詩》九十九首，一首詩中蘊含五言、六言、七言各四句，自是別開生面之作。至於《冬心先生自度曲》五十四首，則是畫作和音樂的結合，在賞畫之外，更可以兼容詞曲之美，甚至突破了「詩中有畫，畫中有詩」的局限，可以聽出樂音了。金農固然有取法於唐宋詞的字句韻律，看來亦不以唐宋詞為限，以達意為主，自鑄新詞新曲。金農自度曲的意義，可能更是一種曲畫結合的全新演繹。

---

28 金農：《群魚》，《揚州畫派》，頁86。又《群魚》冊頁，天津藝術博物館藏畫，《揚州八怪題畫錄》，頁131。

荒涼自愛清於水：
高翔《西唐詩鈔》初探

　　高翔（1688-1753／54），[1]字鳳岡，號西唐，甘泉人。善山水，工詩畫。早歲與僧石濤（1642-1707）為友。石濤死，西唐每歲春掃其墓，至死弗輟。[2]高翔書畫皆享盛名，能詩，兼工篆刻。卒後其子高增編成《西唐詩鈔》一冊，惜已失傳，僅存陳章〈西唐詩集序〉一篇。[3]蔣華二度輯錄高翔詩作，先是《高翔》得四十九首，析為五十三首。[4]其次《揚州八怪題畫錄》輯高翔詩四十五首，析為四十九首。[5]案二者所輯角度不同，前者專輯高翔詩作，後者則補輯題畫作品，互有取捨。二書前後重複者三十七首，其他僅見於《高翔》者十六首，僅見錄於《揚州八怪題畫錄》者十二首。二書合計可得六十五首。現在參看其他著錄，或散見於畫幅上詩作，補輯二十八首，共得九十三首。

　　高翔畫作傳世者不多，詩歌流通量亦少，詩名不彰，很少看到講論。其實高翔詩作不少，可惜散佚太多，難以補救。乾隆七年

1　卞孝萱（1924-2009）排比陳章《孟晉齋詩集》若干詩作資料，認為「高翔卒於乾隆十九年（1754年）甲戌夏。」參〈揚州八怪之一的高翔〉，卞孝萱主編：《揚州八怪考辨集》（南京：江蘇美術出版社，1992年3月），頁235。
2　參李斗（1749-1817）著：《揚州畫舫錄》（中國哲學書電子化計劃網頁），卷二、卷四。
3　高翔〈西唐詩集序〉，載陳章《孟晉齋文鈔》（揚州市圖書館藏）。
4　蔣華（1924-2010）著：《高翔》（上海：上海人民美術出版社，1986年6月），頁21-36。案蔣華聲言四十八首，細數當為四十九首，其中〈同近人僧舍探梅和韻作〉連寫一首，析為五律二首；〈題春入江城圖軸〉一氣直下，析為七絕四首，序稱「柳窗先生以余札中語叶韻，足成四絕」可證。
5　蔣華編：《揚州八怪題畫錄》（南京：江蘇美術出版社，1992年2月），頁171-184。

（1742），汪士慎（1686-1759）〈試燈前一日集小玲瓏山館，聽高西唐誦《雨中集字懷人》〉詩：「所懷多舊識，入耳是新聲。」又〈春日雨窗作〉「歲朝詩好正傳箋」，注稱「西唐《歲朝懷人》詩一百二十首。」[6]同時馬曰璐（1711-1799）亦有〈試燈前一日聽高西唐誦懷人諸作〉：「以君新句好，感我故情多。」高翔賦詩，感事懷人，反映當時雅集的盛況，可惜未見傳世。《春來五律十首》跋云：「先錄上近人六兄教和，各題俟再請正何如？」或尚留下若干作品，可供參考。[7]又〈《山齋讀書圖》題畫百首之五〉，高翔聲稱一百首，目前只見五首。

    1. 顧影難堪只自憐。竹風涼入鬢絲邊。
       南驢北馬都無分，畫餅生涯老硯田。

    2. 水墨生涯不入群。南宗北派孰支分。
       衰年筆禿耽平遠，曾見奇峰是夏雲。

    3. 爭流不寫水回還。瘦削先勾一角山。
       褊性幽棲胸次窄，亂書堆裏屋三間。

    4. 旦夕于今供給難。多年生理口魚竿。

---

[6] 汪士慎（1686-1759）《巢林集》卷四。參卞孝萱主編：《揚州八怪詩文集》（南京：江蘇美術出版社，1985年9月），頁81。

[7] 例如《春來五律十首》之〈月夜懷柳窗、近人〉、〈夢老鮑蟬巢作〉、〈懷五斗客楚〉、〈雨夜夢天瓢作〉、〈憶鐵佛寺寄古水師〉五首。《春來五律十首》大約亦作於乾隆七年歲朝誦詩之時，書贈汪士慎。乾隆十年（1745）朱冕、天瓢、柳窗等皆已離世。參高榮（1973-）主編：《揚州博物館藏揚州八怪書畫集》（北京：文物出版社，2013年12月），圖版九九。《草書五律詩卷》，《揚州博物館藏　揚州八怪書畫精選》圖八二。《揚州八怪書畫精選》，頁101。

浪跡曾說江湖險，水口風門總不安。

5. 半榻圖書枕簟橫，北風推起野雲生。
荒涼自愛清於水，窗外芭蕉又雨聲。[8]

跋云：「撿得篋中宣箋作元人小筆，贅題畫百首之五。天翁尊長兄先生吟壇哂正。西唐弟翔。鈐印：高生老。」也就是藉畫中題詩，才得以保留作品。此五詩高翔摹寫個人生活，其一「南船北馬」，拒絕外遊，只是孤獨守住個人的書齋生活。其二強調「不入群」的個性，拒絕埋堆，反而嚮往「平遠」的自然境界。其三強調「褊性幽棲胸次窄」的審美主張，一山一水，皆有獨得之見，不趨流俗。其四生活貧困，可是亦不想浪跡險灘之中。其五「荒涼自愛清於水」，只能說是個人喜愛了。此五詩坦露心聲，其實也是高翔詩畫理論最真實的呈現。

其他雍正四年（1726）《歲除用𪁐民韻八絕句》之三、《春日遣懷和人四首》之二；乾隆十年（1745）《寒窗十詠》五律十首，以及《梅花八詠》之二等，或藉畫以錄詩，或草書以贈友，可見高翔未得面世的詩作尚多，有待努力發掘。

高翔詩作九十三首，計有五古七首、七古二首、五律三十二首、七律十二首、五絕八首、七絕三十二首，多屬題畫之作，結合畫幅，每以組詩形式出現，除以上提及三組作品外，其他尚有康熙五十年（1712）《平山堂八景冊》七絕八首、《揚州即景圖》冊頁七絕四首；康熙六十一年（1722）題《山水冊》五絕八首；雍正四年（1726）《山水》冊頁十二幅錄各體詩十七首；乾隆六年（1741）《梅花圖》掛軸錄七絕四首、五古一首；乾隆九年（1744）《彈指閣圖》挂軸錄各體詩三首等，聯同其他各題一、二首的畫幅，即已囊括高翔現存大

---

[8] 參網路圖片嘉德2009年秋拍，成交價33.6萬元。第四首第二句原缺一字，疑為「賴」字。

部分的作品，其餘詩壇唱和之作，殆佔少數。

過去研究高翔詩者不多，評論資料也很罕見。大抵是畫人之詩，同時又兼具文人的身分，題詩只是深化畫幅的意境，帶出豐富的意蘊，一般人草草看讀，未必深究。其實高翔所嚮往的，可能也是傳統「詩中有畫，畫中有詩」的意境，相互輝映，兼具聲色，表達內心的理念，創出審美的神韻。高翔〈題《溪山游艇圖》〉云：「舟移森木名園改，岸逐朱華翠蓋浮。珍重復翁詩句好，特將殘墨畫山丘。」[9]注稱「壬寅（康熙六十一年，1722）上元日（正月十五日）以無聲之詩，作有聲之畫也，呵呵。西唐山人高翔題。」詩中的復翁或即復齋，二人皆參與韓江雅集。可見高翔早年即試作詩畫結合，期望畫幅發聲，而題畫詩就是一種重要的聲音媒介，必須充分利用。高翔繪畫而不題詩的，看來並不多見。[10]

金農（1687-1764）指高翔「瘦肩削玉」，而汪士慎亦云：「先生高臥性懶慢，軒車不得來幽叢。瓦硯墨瀋常不竭，兔毫鼠尾皆成龍。」「落落貧交真耐久，我與梅花皆爾友」。[11]可見高翔亦今之古人，或是不食人間煙火的雪中高士了。

高翔一生幾乎都住在揚州，很少外遊紀錄。〈題《竹樹小山圖》〉云：「一笑相逢豈有期。因懷西崦話移時。李公堂裏頻曾宿，陸子泉頭舊有詩。旅思淒淒非中酒，人情落落似殘棋。雲濤眼底三生夢，鷗

---

9 周時奮（1949-）著：《揚州八怪畫傳》（濟南：山東畫報出版社，2003年1月），頁109。《故宮博物院藏清代揚州畫家作品》，頁219。魯寶春（執行編輯，1960-）《揚州八家畫集》，頁216。故宮博物院藏，掛軸。《揚州畫舫錄》云：「復齋生長揚州，舉順天，由翰林仕至甘肅巡撫。罷官歸里，與馬氏結『韓江雅集』，稱盛事。」（卷四）

10 蔣華編：《揚州八怪題畫錄》，高翔畫中未題詩者10幅，只簡單紀錄若干文字。

11 參汪士慎〈西唐先生畫山水歌〉，《巢林集》卷5，頁96。詩中注稱「冬心贈詩有『瘦肩削玉狀貌古』之句」，乾隆九年（1744）作。

影秋燈又語離。」[12]注云:「益公以道不見忽忽七改年矣,辛亥(雍正九年,1731)七月,余來自苕溪,偶寓松陵之桐里雙井院數日矣,以道因過慧日懺堂,邂逅一見,因寫《竹樹小山》并賦詩寄意云。是時性源、秋水二上人同集。二十一日。懶瓚。臨為歲翁先生指教,高翔。」苕溪在浙江北部湖州市,苕即蘆花,秋日蘆花飛雪,水面尤為壯觀。松陵在江蘇蘇州市吳江區,瀕臨太湖,由苕溪來松陵,大概坐船走水路,這對高翔來說可能已是較遠的距離了。此外,高翔《花卉》立軸題云:「天地老人有此圖,題曰吉吉利利。筆墨游戲。新歲新春,百事如意。殆老人寫以自壽也。翔近年風塵奔走,客中度四年輪矣。明年在家,當亦作新圖以紀天倫之樂,而鼓舞余之清興。西唐高翔識。」[13]可惜此圖沒有注明年月,高翔作客四年的具體情節亦不詳。高翔嚮往「天倫之樂」,往外地跑自然視作苦差了。

　　高翔詩畫多寫意之作,略少敘事,想通過題畫詩了解他的經歷,亦資料無多。反而汪士慎詩中提到高翔在揚州的活動就相對頻密,《巢林集》七卷,其中卷一至卷六皆有紀錄。卷一開篇即為〈雨中過犀堂〉;卷二〈暮春同西唐、五斗泛保障河,望隋宮故址,維舟至鐵佛寺,晚飲紅橋四首〉(乾隆三年,1738)、〈步西山同西唐、五斗作〉、〈贈西唐五十初度二首〉(乾隆二年,1737);卷三〈柳窗去之旬日,同西唐作〉;卷四〈答高西唐雨中見懷〉(乾隆七年,1742)、〈試燈前一日集小玲瓏山館,聽高西唐誦〈雨中集字懷人〉詩〉(1742)、〈秋日程振華招同西唐、幼孚步蜀岡〉、〈九日同西唐登文選樓〉、〈圍爐和西唐〉(乾隆八年,1743)、〈和西唐行菴雅集未赴之作〉、〈春城晚望,同西唐、振華、幼孚〉;卷五〈西唐先生畫山水歌〉(乾隆九年,1744)、憶鐵佛寺舊游(乾隆十年,1745)、〈上元日周靜齋攜酒過飲〉「雪繭畫

12　《竹樹小山圖》扇頁,蘇州文物館藏。《高翔》圖版14。雍正九年(1731)七月二十一日,高翔在苕溪,寓松陵之桐里雙井院。倪瓚(1301-1374)自署名曰懶瓚。
13　《花卉》立軸,參網路圖片。其中「年輪」二字辨識不清楚,或有誤讀。

春城」句注稱「是日，西唐寫《鶴城春望圖》，同人賦詩寄懷周石門」（1745）、〈立春日答西唐，同用東坡韻〉（乾隆十一年，1746）；卷六〈新池和西唐〉（乾隆十二年，1747）、〈和西唐覆水藤花〉（1747）等。詩題所錄高翔原作殆已散佚，僅留下若干痕爪而已。汪士慎詩題中提到同行的友人有焦五斗、柳窗、程振華、管希寧[14]、周靜齋石門等，以及馬氏兄弟小玲瓏山館、行菴雅集諸地。

高翔詩作撰於康熙年間者二十一首，其中七絕十三首、五絕八首；寫於雍正年間者二十首，計有五古五首、五律三首、七律八首、七絕四首；其餘為乾隆年代及作年失考者約五十二首，細分之五古、七古各二首、五律二十九首、七律四首、七絕十五首。寫詩過程大概先由五、七言絕句入手，然後循序漸進，次寫古詩及律詩，不過這只是依目前所能及見的資料猜想，不見得準確。

康熙五十年壬辰歲（1712）六月南城讌集，高翔撰《平山堂八景冊》七絕八首，再現揚州的繁華盛世，文采風流。

> 高情良會繼當年。水榭風亭六月天。右臂偏枯容我爛，朋儕多上郭門船。（之一）[15]

---

14 管希寧（1712-1785），字幼孚，清代江都（今江蘇揚州）人。少習制舉，以羸疾棄去，乃涉獵諸史百家，旁及金石，而於書、畫尤所究心。書兼篆、籀、真、行，曾畫《豳風圖》，每章作小篆《書經》冠其首。山水筆致幽冷，間寫花草，亦別有會心，翛然越俗。有《金牛山人印譜》、《就儒齋詩集》。乾隆五十年（1785）仿元人《春湖幽亭圖》。其妻王氏，亦為廣陵才女，製禮佛繡塔。乾隆九年（1744）四月初八浴佛日，高翔〈繡塔詩〉、汪士慎〈浴佛日集寒木春華檻，禮繡塔，為廣陵女史王氏所製〉，皆有歌詠。

15 《平山堂八景冊》，沈曉平主編：《揚州畫派精品集》（揚州：廣陵書社，2013年11月），圖版91，錄八首。參《頤鉢羅室書畫過目考》。又《揚州即景圖冊》二開〔最繁、高情〕，高美慶編輯：《故宮博物院藏清代揚州畫家作品》（故宮博物院、香港中文大學文物館，1984年11月），頁227。故宮博物院藏。題「各賦絕句共八首」、

跋云:「王晴江明府招同諸前輩平山雅集,各賦絕句共十二首。年余時病右臂。謂厲樊榭、陳竹町、王梅沜諸同學。」

1. 乍暖輕涼正及晨。筆林茶竈總隨身。
   冶春漫道風流歇,剩有漁洋一輩人。(之二)[16]
2. 緇流誰許列簪纓。內史家風不世情。
   更得使君寬禮數,波間餘暇續鷗盟。(之三)[17]
3. 最繁華地久知聞。無賴多因月二分。
   廿四橋頭簫隱隱,玉人難覓杜司勳。(之四)[18]
4. 新闢方塘異昔時。藕花香聞折來遲。
   堤邊早種垂楊樹,好與行人綰別離。(之五)
5. 清平橋轉步遲徊。宿雨初收曉霧開。
   堂上歐蘇呼不起,迎人山色過江來。(之六)
6. 到處偏教選勝游。多年名字冠江州。

「余時病右臂」句沒有「年」字。陳竹町即陳章。《揚州畫舫錄》云:「厲鶚(1692-1752),字太鴻,號樊榭,杭州人。來揚州主馬氏。工詩詞及元人散曲,舉博學鴻詞,與同里布衣丁敬身同學,時有丁厲之目。著有《遼史拾遺》、《宋詩紀事》、《南宋雜事詩》、《東城雜記》、《南宋院畫錄》、《湖船錄》、《樊榭山房詩詞集》。年六十無子,主政為之割宅蓄婢。後死於鄉,訃至,為位於行庵祭之。」「王藻(1693-?),字載陽,號梅沜,吳江人。工詩。早以販米為生,有『相看何物同塵世,只有秦時月在天』句,為世所稱。吳荊山尚書薦藻應博學鴻詞科,罷歸與二馬交,性好古,所蓄宋板書、青田石無算。」(卷4)

16 蔣華《揚州即景圖冊頁》三首(到處、新闢、乍暖),《揚州八怪題畫錄》(南京:江蘇美術出版社,1992年6月),頁171。故宮博物院藏。
17 《揚州即景圖》冊頁四開〔最繁、窗櫺、緇流、東嶺〕,魯寶春《揚州八家畫集》(北京:中國民族攝影藝術出版社,2003年10月),頁219。袁烈州(1939-)《揚州八家畫集》(天津:天津人民美術出版社,1994年12月)錄三幅〔最繁、緇流、東嶺〕,圖版130-133。北京故宮博物院藏。
18 《揚州八怪畫傳》,頁110。故宮博物院藏。

>記曾脩禊剛三月,楊柳春城古渡頭。(之七)[19]

跋云:「壬辰(康熙五十年,1712)歲南城讌集。」

>窗櫺不設敞空庭。翠竹青梧似列屏。掘土得泉稱第五,不知誰更補茶經。(之八)[20]

跋云:「懷朗先生教正,西唐小弟高翔。」

　　當年高翔二十五歲,參與平山雅集,同行的還有厲鶚(1692-1752)、陳章、王藻等友人,高情良會,表現興奮,乃借詩畫寄意,初試啼聲。不過當時高翔右臂偏枯,看來也是困擾終身的煩惱。其二筆林茶竈,希望重振王士禛(1634-1711)及冶春詩社的文化風情。其三讚揚王晴江明府的開放精神,招攬賢才,禮遇士子。其四回顧當年杜牧(803-852)在揚州十年一覺的豔情,流傳甚廣。其五新闢方塘,山池藕花,風情雅韻,楊柳飄飄。其六憶述慶曆八年(1048)歐陽修(1007-1072)任太守時構築平山堂,而蘇軾(1037-1101)亦三過平山堂下,迎人山色好像沒有任何改變。其七回憶三月剛過南城讌集的修禊活動,盛事不斷。其八寫揚州大明寺的第五泉,明僧滄溟掘地得井,唐代茶聖陸羽(733-804)亦嘗為揚州的泉水作記,評水鬥茶。其後此地即成為康熙、乾隆的御花園。《平山堂八景冊》寫出了高翔對揚州的深情,優美流動,意蘊深刻,在詩中亦為佳製。

>東嶺新亭一室懸。離離草色浸寒煙。難堪樹老人如此,又見松

---

[19] 蔣華《揚州即景圖冊頁》三首之一,跋稱「壬辰(康熙五十年,1712)歲南城之讌集」,多一「之」字。故宮博物院藏。

[20] 《揚州即景圖》冊頁四開缺題贈之人,兩本不同。

風替管絃。(之九)[21]

此外高翔又寫成《揚州即景圖冊》,今傳本可能已遭拆解,或為二開,或為四開,匯集各卷,可得「高情」、「乍暖」、「緇流」、「最繁」、「新闢」、「到處」、「窗櫳」七幅,另增多「東嶺」一幅,專寫東嶺的松風,音韻悠揚,亦適為八幅,詩八首,而二冊相合,則為九首。二冊所畫風光近似,詩亦相同。惟題跋文字稍異,《平山堂八景冊》稱「各賦絕句共十二首」,《揚州即景圖冊》謂之「八首」,前者數字跟「八景」不符,後者比較正確。前者「年余時病右臂」衍一「年」字,或亦可刪。後者「南城之讌集」,增多「之」字。前者題贈「懷朗先生教正」,後者未寫題贈之人,自是不同。高翔喜愛揚州,詩作多寫本地風光及生活情懷,自然也是個人的心靈紀錄。

康熙五十四年丙申(1716)清明前一日,高翔〈題《山水冊》〉五絕八首,典雅秀麗,色彩繽紛。其一:「一篙春漲綠,夾岸小桃紅。鷗鳥隨流水,扁舟任釣翁。」其二:「突兀青插天。遠岫何連連。信筆入縹緲,咫尺迷雲煙。」流連光景之中,自由自在,意象優美,尤為寫意。其他「窗閑何所事,終日弄煙霞」、「心癖無機事,家貧有破書」、「山深石犖确。居人頗淳樸」、「空齋容嬾慢,點筆自為摩」,呈現作者的內心世界,嬾慢淳樸,意境亦高。[22]

其他康熙年間尚有〈題呂半隱《山水》〉二首、〈題《溪山游艇圖》〉、〈題《春山雲起圖》〉,皆屬題畫之作。前二首為呂潛(1621-1706)題畫,其二云:「橋頭淺水漱蘆根。雲淨天空月墮痕。更有一番堪畫處,秋來紅葉打柴門。」呂潛(1621-1706),字孔昭,號半隱,一號石山農,四川遂寧人。僑寓杭州。崇禎癸未(1643)進士。

---

21 《揚州即景圖》冊頁四開之四,魯寶春《揚州八家畫集》,頁219。袁烈州《揚州八家畫集》圖版133。《揚州八怪畫傳》,頁114。北京故宮博物院藏。
22 《揚州八怪畫集》(南京:江蘇美術出版社,1985年9月)。南京市博物館藏。

甲申（1644）後，隱於畫，工花卉，著有《懷歸草堂》文集。面對前輩畫人，高翔重現畫中景物，甚至進一步指出拓寬寫作空間，以「紅葉柴門」增添色彩，完善作品。另二首為個人的畫作題詩，「若教此地容高隱，我亦移家傍水西」，則是著意尋覓水西的幽棲勝境。詩畫結合，寄興淵微。

雍正四年丙午（1726）花朝為黃栢園寫《山水》冊頁十二幅，錄詩較多，兼存各體詩十七首。其中寫揚州名勝的，有〈黃園探梅，限二蕭〉、〈重過黃園，再用前韻〉、〈遊碧天觀不果，限碧字六韻〉，似皆屬社課限韻習作。《揚州畫舫錄》云：「碧天觀在北門街，雍正間最盛。里人許庭芳修真於是，後為真人府法官。後樓存貯降伏鬼妖符火瓦罐極多，今已墟矣。每逢陰霾黑夜，居者時聞鐃吹聲自後樓出。山門墟地，危牆神像尚存，北門乞兒多宿其下。一日日中，歸憩宿處，見諸神像瞳人炯炯，屢瞬不已，乞兒驚走。及晚，安宿如故。」[23]高翔〈遊碧天觀不果，限碧字六韻〉云：

> 市喧未入意，結習愛林僻。丹洞翠微封，仙凡自茲隔。麋鹿有性靈，高蹈難蹤跡。逆風吹鬢絲，落日阻行客。鐘磬動上方，回首煙凝碧。題續詰朝歡，重整登山屐。[24]

此詩限用入聲十一陌韻，凡六韻十二句。先是討厭「市喧」，眾聲吵鬧，刻意追求山林的僻靜。第二、三韻分寫「丹洞」、「麋鹿」，頗有仙道意味。第四韻為時間所限，未能造訪碧天觀。第五韻「鐘磬動上方，回首煙凝碧」字最為警策，有聲有色，「碧」字森蒼暗綠，即能帶出全詩的神韻。結二句宣示重來的意願，可稱五古佳製。至於〈黃園探梅〉二首，其中「疏梅破蕊添詩草，濁酒浮光上瘦瓢」、「衝寒花影

23　《揚州畫舫錄》，卷1。
24　《高翔》圖版8。《山水》冊頁12之4。《揚州八怪》圖8之4。《揚州畫派》6開之3。

輕浮水,中酒人歸緩渡橋」二聯,最能表現梅花的神采,令人陶醉。

高翔詩中較多詠梅之作,〈同近人僧舍探梅和韻作〉二首云:

> 喚渡過春水,荒村不掩扉。孤標□有待,一笑勸無歸。初地慈雲覆,他山古雪稀。空花浮薄靄,枯寂動微機。
> 之去〔云來〕芳草路,交手涉陂唐。花雨維摩室,春風處士鄉。冷香侵客袂,清影落僧床。生小耽禪味,遊心得未嘗。[25]

此二首和即汪士慎僧舍探梅之作,在畫幅中是連寫的,很容易混成一首,今分為五律二首。二詩春水陂塘,浮空薄靄,冷香清影,花影維摩,超凡脫俗,意味深長。高翔詩不黏不滯,不食人間煙火,自然更深悟遊心幾微之境。高翔以「處士」幽獨自持,殆如〈題《尋梅走山麓圖》〉所云:「鐙火絕市喧,六街靜如沐。一徑滅行踪,老我苦幽獨。」[26] 擺脫市喧,寫出幽寂之意,表現深刻,亦為佳製。

雍正年間,高翔較多參與社集唱和之作,如〈同笙山、竈民村飲,限村字〉云:

> 青鞋步襪踏荒原。握手相期遠市喧。細草春萌橋外路,一帘風颭竹邊村。動憐酒病心偏爽,大笑詩狂腹自捫。扶醉歸來古城角,半規初月到籬門。[27]

高翔意欲擺脫市喧,春萌風颭,詩狂酒病,初月迎門,都是特有的生

---

25 《高翔》圖版5。《山水》冊頁12之11。《揚州八怪》圖8之2。《揚州畫派》6開之4。其一第三句脫一字,疑為「容」字。其二首二字「之去」,或為「云來」,有待辨認清楚。原稿連寫一首,今分為五律二首。

26 《高翔》圖版15。《揚州八怪》圖8之5。《山水》冊頁之12。天津藝術博物館藏。

27 《高翔》圖版7。《山水》冊頁12之5。《揚州八怪》圖8之3。《揚州畫派》六開之六。

活體驗。其他〈歲除用蠖民韻八絕句之三〉；雍正九年〈正月九日風雪中因憶往歲同鏡秋、近人、嶰谷、涉江、蠖民探春卻寄〉二首等，提及吳鏡秋笙山、汪士慎近人、馬曰琯（1687-1755）嶰谷、馬曰璐涉江、項夢昶蠖民等。同時又為項夢昶題《紅蕉山館圖》，為吳鏡秋題《笙山圖》，皆附詩作，所謂「色絲綴文詞，草木為君輔」、「匿影復長嘯，雙眼向誰白」等，惺惺相惜，顯出個性。其他尚有題《竹屋照初日圖》、《竹樹小山圖》、《平樓眺遠》、《淒迷煙草晴相連圖》，皆意有所指，相互映發，自然也可以看出高翔對詩歌的重視。

乾隆以後，古體漸多。其中七古兩首，尤為力作。乾隆九年（1744）四月初八浴佛日作〈繡塔詩〉：

> 浴佛之日蓮社開。爭新鬥麗非凡才。莊嚴各盡巧者技，多寶踊塔女工裁。想見素手抽針時，尺幅千尋造化該。絲絲盤結縝而密，七級高聳何崔嵬。四戶八窗達空洞，重廊複道深安排。覺路得金以人簕，妙娣一線是良媒。神光直上浮雲表，鈴鐸似閒風喧豗。從此鬼斧常呵護，針神又見薛夜來。畫圖不羨槃槃國，恐惹俗手磨松煤。合光無縫各膜拜，琉璃碧瓦胡為哉。[28]

此詩即寫管希寧夫人王氏所製繡佛塔，七級浮屠，高聳崔嵬。全詩二十句，可分五段。首段寫浴佛盛會，揚州女工都在刺繡方面爭新鬥麗。次段寫製作過程，素手抽針，盤結縝密，自亦以「造化」為師，跟繪畫無異。第三段寫佛塔風光，追尋覺路，表現王氏穿針引線的輕巧工夫。第四段神光縹緲，鈴鐸傳音，鬼斧呵護，重現三國針神薛靈芸的風采。末段膜拜繡塔，合光無縫，比所有俗手的畫像及現實所見

---

28 《揚州博物館藏揚州八怪書畫集》圖版96。揚州博物館藏畫。汪士慎亦有〈浴佛日集寒木春華檻，禮繡塔，為廣陵女史王氏所製〉詩，《巢林集》卷4，頁91。

的「琉璃碧瓦」都要出色。一氣呵成，寫出揚州針神的風采，給人留下深刻的印象。

高翔又有〈冬日同老匏、陋夫、藏山、近人、雪門、容齋過古水上人鐵佛寺禪院，予冒雨先歸，用老匏止宿原韻〉云：

> 清冬得晴能幾許。惜景招朋過山下。空林疏磬引入寺，黃葉成堆碧苔古。山僧揖客絕世情，手把殘經自參補。荒廚無以作供給，粗糲可炊芋可煮。從未（來）靜者耽禪味，食蜜中邊辨甘苦。老狂得句最清新，珠璣錯落振林府。浩歌滸蕩海氣昏，俄頃變滅雲縷縷。西風觸物生怒號，颶颶水立山飛雨。君也彌勒與同龕，而我歸心似強弩。衝泥忽誦放翁詩，生平怕路如怕虎。閉門覓句重回燈，市聲已息動街鼓。匡床自在擁寒衾，臥聽兒讀妻織屨。[29]

乾隆初年，高翔偕友人朱冕老匏（？-1745）、[30]潘寧（1661-1742後）陋夫、黃道愨藏山、程世萱雪門、岳鍾琪（1686-1754）容齋等同訪鐵佛寺。全詩二十四句，大致分作六段。首段清冬訪寺，黃葉碧苔。次段參補殘經，荒廚粗糲。第三段悟識禪境，得句清新。第四段朗誦詩句，奔勝洶湧，氣勢凌厲。第五段寫歸心，怕夜歸路上不好走。末段寫歸家之後，市聲已息，可是妻兒都還在殷勤的織布讀書，表現寧靜的生活意境。從平凡之中寫出內心波動，以及求道求詩之樂，也是

---

29 原刊《淮海英靈集》。詩中「從未」疑誤，應作「從來」。汪士慎〈憶鐵佛寺舊游〉詩云：「枯僧久廢井南禪，舊好多為遼海鶴。」注稱「主僧古水移住城中。老匏、天瓢、素園、菜亭、柳窗皆下世矣。」《巢林集》，頁103。則高翔此詩當作於乾隆十年（1745）朱冕、柳窗逝世之前。

30 朱冕（？-1745），字貫南，號老匏，江蘇揚州人。工詩畫，善書。與蔡嘉、高翔、汪士慎、高鳳翰時稱「五君子」。老年貧病而死，有行、草詩冊十葉，多與蔡嘉答和之作。著有《甌缽羅室書畫過目考》、《廣陵詩事》。

高翔小像及一生的縮影。

乾隆年間高翔詩作主要錄存於《春來五律十首》,有〈首春二日巏谷昆季招飲未赴,用見柬八庚韻〉、〈次日陪諸前輩山樓對雪,仍用八庚韻〉、〈對雪〉、〈雪中硯馨攜具巢林獨往不遇,次見柬原韻〉、〈月夜懷柳窗、近人〉、〈夢老匏蟬巢作〉、〈懷五斗客楚〉、〈元夕後二日石門招飲〉、〈雨夜夢天瓢作〉、〈憶鐵佛寺寄古水師〉。此卷大約作於乾隆七年(1742)左右,汪士慎所謂「《歲朝懷人》詩一百二十首」的作品或即包括在內。不過新年初二日未赴馬氏兄弟的宴會,初三日始出席山樓對雪之約,朗讀詩作,自亦符合「歲朝」的時令。此卷提到的交往尚有汪士慎、柳窗、朱冕、焦五斗、周石門、天瓢、古水禪師等。

高翔又有《寒窗十詠》畫冊,分詠〈枯荷〉、〈疏桐〉、〈寒藤〉、〈冬蘭〉、〈衰柳〉、〈敗蕉〉、〈晚桂〉、〈殘菊〉、〈蒼杉〉、〈曷某〉(臘梅),亦為五律,專詠殘冬蕭條景象,洗煉明淨,意味深長。汪士慎亦有〈疏桐〉、〈敗蕉〉、〈衰柳〉、〈晚桂〉五律四首,題目相同,大約作於乾隆十年(1745),可供參照。[31]

其他尚有〈送楊巳君〔軍〕歸金陵〉五律二首贈別楊法(1696-1763)。〈題《春入江城圖》軸〉和柳窗絕句四首,第三句必作「才有梅花便風雨」。〈蟒導河官衙即事〉七絕二首,作畫題詩,乃安慰祝荔亭(?-1742)參軍悼亡之作。諸詩汪士慎亦見同作,反映唱和之樂,也很熱鬧。

目前流通的高翔畫幅中,有些贗品可能截取若干詩句,敷衍成另一首。例如〈《彈指閣圖》挂軸〉七律一首,詩云:

---

[31] 《寒窗十詠》,載《乾隆時代繪畫展》(1735-1795)(香港:香港藝術館,1986年)。鳳凰城藝術博物館與香港市政局聯合主辦,第十一屆亞洲藝術節、香港藝術館展出,1986.10.17-11.30。《明清花鳥畫》(廣東省博物館、香港大學文物館合辦,2001年)。又汪士慎〈疏桐〉等四首載《巢林集》卷5,頁98。

蓮界慈雲共仰扳。秋風籬落扣禪關。登樓清聽市聲遠,倚檻潛窺鳥夢閒。疎透天光明似水,密遮樹色冷如山。東偏更羨行庵地,酒榼詩筒日往還。[32]

跋云:「〈彈指閣落成〉作並圖,請倚青四兄先生和正,世愚弟翔。」此詩摹寫彈指閣的景色,富有層次,逐步深入。首聯登臨寺院,扣禪問道。次聯遠離市聲,潛窺鳥夢,想像出奇。第三聯樹色掩影,光暗合度。末聯則寫到行庵酒榼詩筒的聚會之樂。而〈《山水》立軸〉詩云:「酒榼詩筒日往還。倚檻潛窺鳥夢閒。東偏更羨行庵地,秋風籬落扣禪關。」跋云:「倚青四兄先生正,世愚弟高翔。」[33]高翔原作七律甚佳,後者胡亂截取四句,平仄黏對不諧,顯為偽作,連跋語也不倫不類,刻意標出高翔全名。

又〈題《秋燈夜話》圖卷〉七律一首,詩云:

疏雨明燈夜話長。詩中有畫筆生香。篇章此日留新韻,雲水前身屬老狂。窗迥靜分光焰焰,榻連空擬聽浪浪。圖成我亦增幽

---

32 畫見《藝苑掇英》1980年第8期,頁31。《高翔》圖版1。《揚州八怪》圖7。《揚州博物館藏揚州八怪書畫集》圖版96。《揚州八怪書畫精選》頁100;《揚州八怪畫集》;魯寶春《揚州八家畫集》,頁227。彈指閣在揚州天寧寺西枝上村,文思和尚居址。詩堂題句。《揚州畫舫錄》云:「枝上村,天寧寺西園下院也,在寺西偏,今歸御花園。舊有晉樹二株,門與寺齊。入門竹徑逶迤,花瓦牆周圍數十丈。中為大殿,旁建六方亭於兩樹間,名曰『晉樹亭』為徐葆光所書。南構彈指閣三楹,三間五架,制極規矩。閣中貯圖書玩好,皆希世珍。閣外竹樹疏密相間,鶴二,往來閒逸。閣後竹籬,籬外修竹參天,斷絕人路,僧文思居之。文思字熙甫,工詩,善識人,有鑒虛、惠明之風,一時鄉賢寓公皆與之友。又善為豆腐羹、甜漿粥,至今效其法者,謂之文思豆腐。汪對琴員外棟有《彈指閣錄別圖》。」(卷4)《揚州畫舫錄》云:「行庵,馬主政家庵也,在枝上村西偏,今歸御花園。門在枝上村竹徑中,門內供韋馱像,大殿供三世佛,殿前梧桐三株。由殿東角門入,小屋四間;復由屋西角門入,套房二間,過此則為枝上村竹園。」(卷4)

33 參網路圖片。

緒，竹葉離披拂短墙。[34]

此詩乃題畫之作，其中有人，呼之欲出，鮮明生動。首聯雨中夜話，詩中有畫。次聯表現雲水前身的狂放形象。第三聯寫夜窗光焰及夜話聲音。末聯是畫幅完成後的離情幽緒。層次清晰，刻劃細緻。至於改作兩首，其一〈疏雨〉：「疏雨明燈夜話長。詩中有畫筆生香。篇章此日留新韻，雲水前身屬老狂。高翔。」截取前四句變成七絕，顯得草率。其二〈夜月讀書〉：「夜月青鐙漏正長。窗前靜讀味生香。圖成我亦增幽緒，竹葉離披覆短墙。高翔為靜宰先生補圖並題。」[35]截取前後各兩句，編成七絕一首，前二句亦見仿作痕跡，由「疏雨」改為「月夜」，「詩中有畫」改為「窗前靜讀」，不復是夜話意味，雖表現稍佳，而高下立判。高翔製作認真，自亦不屑作此下等技倆。

高翔詩作恬淡明淨，意象高遠，配合畫幅，深化意境。而遠離市喧，清靜自持，似世外高人，「荒涼自愛清於水」，處處保留一份矜持和格調，永遠保持內心的冷靜。高翔詩一般並無激情表現，也很少反映社會現實，關懷民生疾苦，他只是著重反映個人的感覺，以及在揚州生活中的雪泥鴻爪。在揚州八怪的詩人群裏，可能比不上其他名家大家，然而他就是獨具一格的，慣於靜默，我行我素，也不特別引人注目，歷來評價不高，可能也全不在意了。

---

34 孔壽山著：《中國題畫詩大觀》（蘭州：敦煌文藝出版社，1997年12月），頁774-777。上海博物館藏。網路圖片或題《山林夜話圖》。

35 〈疏雨〉、〈夜月讀書〉二首見網路圖片，肆意改動，亦為偽作。

許乃穀《孤山補梅圖卷》

　　嘉慶二十五年（1820）庚辰仲冬，道光皇帝登基在位。乾嘉盛世剛過，湧現出一股新時代的氣象，尤望端正人心，振起士風，有功於名教，減少陋習。許乃穀（1785-1835）聯同地方名士呼籲重建巢居閣及梅亭，補梅六百樹。並帶頭捐款籌集資金，很快就得到杭州官府的支持，翌年二月即告落成。

　　道光元年（1821）辛巳二月初六日，杭州文藝界在西湖孤山舉辦了一場巢居閣落成祀典的盛會，植梅放鶴，綻放異彩。與會者七十人，都是當時江浙一帶詩書畫印的文化名流，一時高手雲集，寫成了大批的作品，嚴格來說應該還是精品。當時許乃穀以〈邁陂塘〉一詞紀事首唱，詞云：

> 暮蒼蒼、斷垣衰草，無人來弔和靖。山中眷屬空梅鶴，滿目斜陽淒冷。君試省。賸七百餘年，舊跡還堪認。重來艤艇。想一角添樓，二分臨水，先合補疎影。　　閒身世，仕隱都難自定。不如沈醉無醒。買山有願非虛語，笑指西湖為證。高處凭。把去住心情，訴與先生聽。夢尋雪嶺。更飛步登臨，憑空歌嘯，月下四山應。

上片寫林逋墓地荒置已久，梅空鶴去，斜陽淒冷，無人憑弔。大家試想一下，其實距今七百年後，舊蹟尚可訪尋，因此他希望重來泊船，在孤山上建設樓臺亭榭，並且種植梅樹，重現當年暗香疏影的意境。下片思考自我的宦海浮沈，漂泊靡定，難以強求，不如仿效林逋

（967-1028）隱居西湖，上山向先生傾訴心聲。同時更希望看到雪中的梅花，月下登臨，當空歌嘯，而周圍山嶺也就相互和應了。其實除了建設景點，使湖山增色，許乃穀更期望移風俗，淨化浮躁的人心。余鍔（1761-？）題云：「許君玉年同人議建林處士祠，因賦〈買陂塘〉一闋，余亦繼聲。時庚辰（1820）冬日，慈拍余鍔錄稿。」則此詞可能寫成於祀典之前，有人早些看到，而在祀典中始正式發佈，廣邀唱和。王崇本（1756-1823）題云：「辛巳（1821）春，孤山重建林和靖祠，兼補梅鶴。玉年許五兄實始創議，有〈買陂塘〉一闋紀事，屬和者夥頤，余亦繼聲。初荨王崇本。」王氏所說大抵與事實相符。

當時撰文紀事者有郭麐（1767-1831）、葛慶曾（1886-1828）、姚椿、蔡壽昌、倪同五家。郭麐〈新修孤山林處士祠記〉云：「余與汪君己山為西湖之遊。二月三日，先後至皋園，同訪許君玉年，因言及新脩孤山林處士祠墓，行落成矣，將以六日集同人設祭祠下。是日，至者七十餘人，烹泉薦醴，齋肅將敬。祀事既竣，分曹肆席，合觴於放鶴之亭。雍容酬酢，俯仰瞻眺，山若益而幽深，水若澹而層波。疏梅的皪，野竹便娟，與游者相掩映於沖融艷峭之間。於是玉年舉觴，屬曰：此地坯廢久矣，會有人請於邑宰，葺繕塋墓。諸君子遂醵金以脩祠宇，建閣於上，仍其舊名為巢居。立亭以憩足，設柴以馴鶴，舊觀頓還，新賞攸寄，諸君子之盛意，不可無文以紀之。吾子以游客，適逢此會，殆非偶然者，願以為託。……道光元年（1821）五月，吳江郭麐記。清河汪敬書。」

姚椿題云：「有宋景德、慶曆之間，為治極盛，一時懷道抱藝之士，無不出應當世用者。獨西湖林和靖處士，隱居累朝，不慕榮利，嘗樂孤山之幽邃，結廬於其陰，有巢居閣、放鶴亭諸勝，其後頗興廢矣。雖復建於翠華南巡時，亦以漸圮。道光元年春，邦之卿大夫與斯邑君子，洒於山麓重新和靖祠，起梅亭及閣，蓄三鶴於其側，植梅數百株，於是孤山之勝，悉復其舊。予少讀處士詩，甚愛其閒澹夐遠，

無刻厲之習，意將遊其所謂孤山者。及後來浙，屢往登眺，益慨想其風流。」高風亮節，愴懷昔賢，重整湖山，其實也是訪求心靈的淨土。林逋四十歲歸隱西湖，梅妻鶴子，和光同塵，融入自然，性行高潔，不慕名利，振起北宋的士風，令人嚮往。嘗有詩云：「疏影橫斜水清淺，暗香浮動月黃昏。」（〈山園小梅二首〉之一）寫出意境，引起後代極大的回響。又臨終詩云：「湖山青山對結廬。墳前修竹亦蕭疏。茂陵他日求遺稿，猶喜曾無封禪書。」（〈自作壽堂，因書一絕以志之〉）不認同盛世封禪虛妄的風氣，潔身自愛。當時即深得范仲淹、歐陽修、梅堯臣、蘇軾等名臣的器重，推崇備至，聲譽日隆。宋真宗賜號和靖處士，而宋仁宗更賜諡和靖先生，即可見一時風尚。清代王復禮《御覽孤山寺》云：「吾乃今知處士之所以名斯閣矣。洪荒既遠，淳風日漓，而古人之不見，復見處士生乎數百千載之下，高蹈之風，邈然寡儔。仁義之與居，道德之要求，遠榮名於朝市，守寂寞於樊邱，殆將心古人之心，行古人之行矣。名閣之意，或者其在是乎！」解釋「巢居」的義蘊，清楚明確，而許乃穀盛世中重建巢居閣的用意，也就呼之欲出了。林逋墓周圍的基建屢興屢廢，由網上圖片顯示，二十世紀二十年代樓閣亭臺尚存，應該就是許乃穀當年所建的圖樣。現在林和靖墓僻處孤山北岸，周圍比較簡潔樸實。林逋自是孤山上最高尚的靈魂，也是西湖的文化象徵。

　　祀典過後，許乃穀心繫西湖，又繪成孤山補梅的畫幅，樓閣憑軒，可供遊人憩息，山色蒼蒼，梅枝綻放，湖上幾點輕舟，閒雅自在。道光元年冬仲，蔡之定（1745-1830）題簽，為寫「孤山補梅圖」五個大字，勁健瀟灑。

　　張雲璈（1747-1829）撰五古一首，又次韻〈摸魚子〉一闋，題云：「玉年五兄葺和靖祠後，於辛巳（1821）二月招同人會祠下，余賦詩束之時，未見畫家結語云云。茲君以畫卷屬寫前詩於後，因為補書，並讀〈摸魚子詞〉，復和此解，並乞教正。時道光乙酉（1825）送

春日，簡松弟張雲璈。」可見早期沒有畫卷及詞，張雲璈是隔幾年看到畫卷後才補題的。又項綬章〈孤山紀事詩並序〉題云：「此詩成於辛巳（1821），嗣與玉年兄同客京華，此卷日在案頭，因循未書。昨歲先後歸里，至今年乙酉（1825）三月二十一日乃為書之。時將有榕城之遊，湖山清景，又將辜負，且念日月不居，忽忽五年，可慨者豈獨此事而已？芝生弟項綬章識。」其兄許乃濟（1777-1839）題云：「林祠落成，余以薄宦京師，未能至也。道光乙酉（1825）將之端州，以孟冬假歸省墓，因集族人飲巢居閣，輒成小詩，附書補梅圖卷尾，叔舟乃濟。」汪仲洋（1777-？）題云：「孤山自玉年補梅之後，花時群屐紛集，罷官後恣意吟眺。今年始於京師獲觀此卷，謹題長句奉質。時道光丁亥（1827）嘉平除夕。成都汪仲洋漫草。」陳用光題云：「題應玉年五兄同年雅屬，即送之環縣任。實思甫陳用光漫草。」根據諸家敘述，可知圖卷隨著許乃穀宦遊四海，可以尋求得更多的題詠，總計所得共有八十二家。

　　許乃穀卒後，圖卷由姪子許庚身（1825-1894.1.6）持有，再傳於其子南仲。翁同龢（1830-1904）題云：「同年許恭慎公曩嘗以尊甫玉年先生《孤山補梅圖》命題，忽忽置篋中。今恭慎歿久矣。題此詞和原韻，付郎君南仲藏之。噫嘻！不勝其悲矣！光緒戊戌（1898）四月晦，將出都門。翁同龢記。」其後高野侯（1878-1952）於「中元丁卯（1927）二月得於滬上」，復邀滬上名家題詠，計有吳士鑑（1868-1934）、朱孝臧（1857-1931）、袁思亮（1879-1939）、夏敬觀（1875-1953）、陳夔龍（1857-1948）、王念曾、袁思永（1880-？）等。戰時此卷被盜，割去圖畫，僅存題辭。其後高野侯訪得竊圖者，再以高價回購，俾成全帙。乙酉（1945）暮春之初，高野侯再讓於許乃穀的曾孫寶驊，題云：「及避地旅滬，知竊圖者亦來此，輾轉設法，復斥鉅金，居然珠還合浦，急付重裝，什襲藏之。擬於事平後錄副付梓，以備續輯武林掌故叢書，為孤山傳一故實，或不負玉年先生逸情清興，

俾藝林仰企焉。茲先生曾孫寶驊仁兄蹤跡是圖，因介來訪，商乞割愛，奉為家珍。此賢孝之心，曷勝欽佩，遂允所請，并敬識數言於後，倘能移寫全卷題識見貽，以成予續輯掌故之志，則尤所欣幸無既者已。」可見此卷題辭十分寶貴，高野侯希望能錄出全卷文字付梓，即可輯入武林掌故叢書，保留孤山的史實。張元濟（1867-1959）亦嘗兩度見過圖卷，一九三〇年先寫七古一首，一九四五年再寫絕句四首，本來很想購得圖卷，甚至錄存副本，可惜未能成事。而圖卷的文獻價值尤為鉅大。

《孤山補梅圖卷》的編次比較混亂，粗略考察，大致可分四個部分。[1]其一首先錄存齊彥槐（1774-1841）：「玉年自題補楳圖〈買陂塘〉一闋，絕唱也。道光五年（1825）七月廿八日燈下寫，彥槐并識。」依次為郭麐、汪敬、何太青（1773-？）、葛慶曾、李筠嘉（1766-1828）、姚椿、鮑桂星（1764-1826）、董國琛（1777-？）、*陳彬華、王應綬（1788-1840）、#歸懋儀、改琦（1773-1828）、張青選（1767-1846）、陸繼輅（1772-1834）、#潘定如、吳嵩梁（1766-1834）、曾燠（1760-1831）、顧蒓（1765-1832）、陳鴻（1780-1833）、曹江、程邦憲（1767-1833）、林從炯（1779-1835）、張深（1781-1843）、閔錫珪、汪仲洋、趙盛奎（？-1839）、董國華（1800-1850）、潘世恩（1769-1854）、潘曾瑩（1808-1878）、丁泰（1724-1770）、陳用光，共三十家，題寫日期由一八二一至一八二八，先後互見，並非按年月順序書寫，可能是後來才編為一卷的，有些則是在空位中增寫的。

其二以早年作品為主，包括蔡壽昌、陳桐生、陳憲曾、魏成憲（1756-1841）、陳嵩慶、黃安濤（1777-1848）、宗續〔稷〕辰（1792-1867）、項名達（1789-1850）、魏謙升（1797-1861）、端木國瑚（1773-1837）、馮登府（1783-1829）、仇本淳、*沈彥曾、張雲璈、何太青、

---

[1] 以下後吳中七子五人用*號，閨秀作家五人用#號。

項綬章、朱勛（？-1829）、吳傑（1783-1836）、陳文述（1771-1843）、#管筠、#汪端（1793-1839.2.1）、楊尚觀、許乃濟、*朱綬（1789-1840）、*戈載（1786-1856）、胡敬、吳清鵬、倪同，共二十七家，由1923-1927，尤以早期的作品為主。

其三有郭麐、鄭璜（1777-1837）、畢華珍、張珍皋、顧翃、項繼章（1798-1835）、*吳嘉淦（1790-1865）、余鍔、趙之琛（1781-1860）、李堂（1772-1831）、孫顥元（1778-？）、孫熙元（1780-？）、章黼（1780-1858）、沈惇彝、嚴烺（1774-1840）、錢師曾（1772-？）、王崇本、殳三慶（慶源，1783-？）、屠倬（1781-1828）、#吳藻（1799-1862）、吳衡照（1771-1829）、潘恭辰（1774-？）、朱棫，共二十二家，以和詞為主，多屬早期一九二一年的作品，只有沈惇彝一家題一九二五年的，有點例外。

其四是翁同龢以下十家，都是後人補題的，沒有大問題。

綜合《孤山補梅圖》全卷所見，錄存作品計有文七篇、詩九十首、詞四十二闋，合計一三九件，連同計乃榖原作，則為一四〇件。

文（7），郭麐、葛慶曾、姚椿、蔡壽昌、倪同、高野侯、張元濟。

詩（90），五古（4）：陳鴻、端木國瑚、張雲璈、胡敬、屠倬。七古（13）：王應綬、林從炯、張深、汪仲洋、丁泰、蔡壽昌、宗績辰、魏謙升、項綬章、朱勛、陳夔龍、王念曾、張元濟。五律（7）：李筠嘉、程邦憲（2）、陳桐生（2）、吳清鵬、錢師曾（2）。五絕（5）：曾燠（4）、許乃濟。七律（11）：汪敬、何太青、吳嵩梁、趙盛奎、陳桐生、陳憲曾、魏成憲、陳嵩慶、黃安濤、馮登府、沈惇彝。七絕（50）：齊彥槐（2）、鮑桂星（3）、張青選（2）、顧蒓（3）、閔錫珪（4）、潘世恩（3）、潘曾瑩（4）、陳用光（2）、吳傑（3）、陳文述（4）、管筠（2）、汪端（4）、嚴烺（6）、朱棫（4）、張元濟（4）。

詞（43），和韻（17）：許乃穀、歸懋儀、潘定如、張雲璈、何太

青、楊尚觀、張珍枭、項繼章、趙之琛、章黼、殳三慶、#吳藻、翁同龢、吳士鑑、朱孝臧、袁思亮、袁思永。原調（24／25）：董國琛、陳彬華、改琦、陸繼輅、曹江、董國華、仇本淳、沈彥曾、朱綬、戈載、郭麐、鄭瓚、畢華珍、顧翃、吳嘉淦、余鍔、李堂、孫顯元、孫熙元、錢師曾、王崇本、屠倬、吳衡照、潘恭辰、夏敬觀。其他（2）：項名達（2）。

　　首先，這些詩詞文作品無論是精心建構或隨意揮灑，在這樣的場合裏，都隱含著高手過招的意味，爭妍競采，寄意深遠。其次絕大部分的作品都是親自撰寫的，可以展現各家的書藝，飛揚跋扈，各展風神；有些寫得比較規矩的，大抵也清秀可觀，圓融潔淨。此外還有幾篇是代寫的，大概是各取所長，配合成一幅更完整的畫面。例如郭麐所撰〈新修孤山林處士祠記〉，備述當日會場盛況及重建巢居閣補梅放鶴的文化意義，源流本末，文筆清暢，自然是一篇重要的文獻，由汪敬書寫，可見這是二人合作的最佳成果。其實當日郭麐和詞，汪敬撰詩，都是各自撰寫的，不勞代筆。又姚椿撰文於道光元年春，是年十月十日仁和徐鏞書，亦為合作產品。其三，這批作品以詩詞為主，水平亦高，很多還是清代的名家、大家，可是他們的書藝卻很少流傳下來，平時不容易見到。此次展出大量詩詞名家的書藝真蹟，也就令人大開眼界，歎為舉止了。例如項繼章（又名廷紀、鴻祚），與納蘭性德（1654-1685）、蔣春霖（1818-1868）譽為清詞三大家之一，他的墨寶應該尚屬首見。後吳中七子朱綬、沈彥曾、戈載、吳嘉淦、陳彬華等五人。閨秀作家歸懋儀、潘定如、管筠、汪端、吳藻等五人，亦可寶貴。第四，除了當日集會之外，後來很多官宦名流都加入題詠，綿延至於清末民國，姿采紛呈，增添聲價，豐富歷史的積澱及深厚感覺，愈顯貴重。

鄧芬避風塘詩詞的聲色世界

一 鄧芬的詩詞創作

　　鄧芬（1894-1964）以畫名家，兼擅曲藝、詩詞、書法及治印等，多才多藝，深負狂名，且感情豐富，瀟灑不羈。生平不善於營生，然亦不愁生活，早歲蜚聲海上，夢覺紅樓；戰時逃難四方，仍賴畫筆得保溫飽，疏財仗義，結交不同階層的人物，每多傳奇故事。鄧芬畫作傳世者多，已結集者有《曇殊居士書畫集》、[1]《鄧芬百年藝術回顧》[2]、《南海鄧芬藝術全集》[3]、《南海鄧芬藝文集》[4]三種，其他散佚者自亦不少，在已刊畫冊及著術中時有發現。[5]至於詩詞作品，零篇散頁，隨寫隨棄，幾乎未作任何的整理。目前經他親自寫定的，只有《媽閣寄閒雜詠》六四首、[6]《水明樓憶事》二五首[7]兩本小冊子，作

---

[1] 陳友蕘（丙光，1938-）編印：《曇殊居士書畫集》（澳洲：均和公司，凝翠軒經售，1976年1月）。

[2] 澳門市政廳文化暨康體部製作：《鄧芬百年藝術回顧》（澳門：澳門市政廳，1997年8月）。

[3] 劉季主編：《南海鄧芬藝術全集》（澳門：澳門基金會，2015年）。

[4] 鄧芬藝術基金會主編：《南海鄧芬藝文集》（澳門：澳門基金會，2022年10月）。

[5] 鄭春霆（1906-1990）載錄鄧芬的畫作六幅，得詩二首，其中《採薇圖》詩云：「匹夫有責負耕鋤。難弟難兄老若何。紅粟已為周食盡，西山薇蕨又無多。己丑十二月，曇殊芬戲題。」（1949）此詩屬個人藏本。參《嶺南近代畫人傳略》（香港：廣雅社，1987年8月），頁252。

[6] 鄧芬：《媽閣寄閒雜詠》（庚辰自春至冬漫題，從心先生手錄稿，1940年），惟書稿後面亦補抄1941年的作品。

[7] 鄧芬：《水明樓憶事》（從心先生存記），共十四版面，收入《鄧芬百年藝術回顧》，圖版9。

品數量不多。其他由後人從書畫中輯錄所得，主要有不列四項資料，互有同異，合起來亦足以建構鄧芬豐富多采的藝術世界，以及悱惻芳馨的詩詞勝境，在書畫之外，另創一番天地。

　　一、《曇殊居士書畫集》九首。

　　二、《鄧芬藝文集》載錄《零珠屑玉水墨畫冊》二首、《鄧仲先先生手札》十九首、《阿賴耶室詩詞文集抄存》（鄧修寫稿）七十五首、《鄧芬先生詩詞蒐逸》（潘兆賢輯稿）七十三首；共得詩詞一六九首。[8]

　　三、《藕絲孔居詩詞編年》七十八首。[9]

　　四、《鄧芬詩詞新編》二八七首、《鄧芬詩詞新編‧增補編》七十七首。[10]

　　至於選集方面，《廣東歷代詩鈔》錄〈題《鬧春圖》〉八首。[11]《近代粵詞蒐逸》〈浪淘沙〉「避風塘三首」。[12]《香港名家近體詩選》選錄鄧芬詩作十首；[13]《二十世紀香港詞鈔》則輯錄鄧芬詞作十一闋。[14]

8　潘兆賢（1938-2019）編印：《鄧芬藝文集》（香港：采薇樓，1997年7月），其中《阿賴耶室詩詞文集抄存》乃鄧修手稿，1965年，陳明真藏。鄧修，字簦齋，鄧芬之弟，亦擅詩詞書法。〈題雙松圖〉云：「雙龍犖甲畫圖中。大筆揮來氣象雄。紙上何殊磻石上，萬年蒼翠一般同。」參余祖明少颿（1903-1990）編纂：《廣東歷代詩鈔》（香港：能仁書院，1980年1月），頁917。

9　林近（1923-2004）編：《藕絲孔居詩詞編年》，載《鄧芬百年藝術回顧》，頁159-163。

10　黃坤堯輯錄：《鄧芬詩詞新編》、劉季輯錄：《鄧芬詩詞新編‧增補編》，鄧芬藝術基金會主編：《南海鄧芬藝文集》（澳門：澳門基金會，2022年10月），頁56-86、444-451。

11　余祖明論云：「鄧芬，字誦先，號曇殊、二不居士。南海人。以畫鳴於時，尤工仕女。間作詩詞，亦落落大方。」參《廣東歷代詩鈔》，頁916。

12　余祖明論云：「鄧芬，字誦先，號曇殊。南海人。有畫名，詩詞多不留稿。」參余祖明纂輯：《近代粵詞蒐逸》（香港：1970年），頁128。

13　何文匯、何乃文、洪肇平、黃坤堯、劉衛林等編：《香港名家近體詩選》（香港：中文大學出版社，2007年）。選錄〈肯隨〉、〈世途〉、〈失路〉、〈癸未九月還佩樓自題小照〉（1943）、〈癸未九月水明樓憶事〉、〈庚子贈徐悲鴻〉（1960）、〈庚子立秋後懷避風塘〉四首，共十首。

《香港詩詞紀事分類選集》錄〈浪淘沙〉「避風塘四疊」及〈庚子立秋後懷避風塘〉（十六首錄四）。[15]可見大家對鄧芬的詩詞作品都很重視。綜合諸家輯錄所見，去其重複，得詩三一六首、詞三一闋、曲子一首，共三四八首（闋）。

二　鄧芬《避風塘雜感》

　　鄧芬晚年寓居香港，流連於銅鑼灣避風塘中，飲宴聽曲，並為女弟子司徒珍、司徒玉撰曲度腔。她們擅奏琵琶洋琴，唱粵曲也很悅耳，乃引介她們在曲藝界名人馮華（1924-2017）的「今樂府」歌座和其他歌場演唱。海涯歌女，固然深受聽眾歡迎，而鄧芬作品流傳廣泛，也成為大家津津樂道的韻事。一九六二年吳肇鍾〈《天女維摩》釋義〉云：「鄧今年臻七十，風趣不減，邇年於避風塘中，賞識歌者司徒姊妹，尤以司徒珍之能操琵琶，歌喉亦宛轉幽約，司徒姊妹於是出幽谷，遷喬木，嘗於去歲南遊載譽而歸。近鄧氏又撰此《天女維摩》一曲。聞在度工尺中，不日可以完成歌唱，但將來歌此曲者屬於阿誰？尚未得悉。因先將此曲詞刊發，想顧曲周郎當所樂聞，而以先睹為快也云。」[16]區少幹云：「戰後來港，生涯頗落魄，有人勸他寫數十幅畫，開一個展覽會，包他可賺數萬元。他卻置若罔聞。只每晚在

14　方寬烈（業光，1925-2013）編：《二十世紀香港詞鈔》（香港：香港文學研究社、香港東西文化事業公司，2010年9月）。選錄〈浪淘沙〉「避風塘」四闋（1960）、〈一叢花〉「重陽後宿避風塘有憶」、〈踏莎行〉「壬寅小除夕」（1962）、〈七娘子〉「戊寅九月有懷」（1938）、〈減字木蘭花〉「戊寅九月前意」、〈蝶戀花〉「壬寅六月十五夜贈行」、〈南浦〉、〈酹江月〉（1961），共十一闋。

15　方寬烈編著：《香港詩詞紀事分類選集》（香港：香港文史研究會，1998年12月），頁65、66。

16　吳肇鍾（唯盦，1887-1967）〈《天女維摩》釋義〉，參《鄧芬藝文集》，頁48。《南海鄧芬藝術全集》（澳門：澳門基金會，2015年），頁254。

避風塘的艇上教大小 B 唱歌。」[17]鄭家鎮云:「他晚上愛作銅鑼灣避風塘之遊,與度曲姑娘大 B 細 B 相稔。鄧芬常與友人黃般若、李凡夫請畫友遊河,每到必聽她姊妹倆唱曲。」[18]鄭春霆亦云:「老年隱居紅香爐峯下,批風抹月,徜徉如故,尤好流連於吉列島避風塘裏,金樽檀板,如沸笙歌,儘足低回者矣。余嘗和其〈即事〉詩云:『歌舫銀燈敞綺筵。司徒姊妹豔聯翩。檀槽撥弄琵琶好,桃葉桃根亦惘然。』」[19]甚至鄧芬亦不諱言,〈壬寅秋日季謀以四絕見貺,戲步元勻〉其四云:「事已成煙認不真。閑來閑處作閑人。避風塘上琵琶語,續續無端又一春。」[20]當時正值歐西流行曲風靡香港的日子,而傳統粵曲的知音尚多,百花齊放,爭妍鬥麗,相互抗衡,歌壇尤為熱鬧。鄧芬擅曲藝,自然更能得心應手了。[21]

鄧芬嘗為歌座撰聯,見證時代。一九六〇年〈贈金陵酒家今樂府歌座〉云:「應作枝頭好鳥,莫忘江上清風。」[22]此聯蓋為司徒氏姊妹首次在石塘咀登場之作,同時也點出銅鑼灣岸舊日的場景,江上清風,悠然自得。〈第二聯〉:「轉軸續彈來白傅,拂絃再顧有周郎。」〈第三聯〉:「試為今人彈古調,何妨漢耳聽胡音。」又〈贈今樂府楹聯〉:「莫道今人不如古,須知樂府即為歌。」〈贈今樂府第二聯〉:

---

[17] 區少幹(四近樓,1903-1982)〈廣東畫人鄧芬的「偏傳」〉,《鄧芬藝文集》,頁6。《南海鄧芬藝術全集》,頁325。
[18] 鄭家鎮(雙魚樓主,1916-2000)〈鄧芬筆下的仕女羅漢〉,《鄧芬藝文集》,頁125。原刊《華僑日報》。載《南海鄧芬藝術全集》,頁323。
[19] 鄭春霆〈從心先生傳略〉(1965),載《南海鄧芬藝術全集》,頁49。
[20] 鄧芬〈壬寅秋日季謀以四絕見貺,戲步元勻〉(1962),參《鄧芬藝文集》,頁114。
[21] 鄧芬嘗撰《夢覺紅樓》、《花飄零》、《遊子驪歌》(又名《雍門別意》)、《曉風殘月》、《分明千點淚》、《牧羊北鄙》、《天女維摩總解禪》諸曲,傳唱不絕,亦負盛名。小明星(鄧曼薇,1912-1942)、呂文成(1898-1981)、徐柳仙(1917-1985)等名歌星都唱過他的作品。
[22] 鄧芬撰聯識云:「司徒女史主唱今樂府歌座,寫此贈之。庚子秋日,從心先生芬。」(1960)

「雅意閒情不待管絃而發,餘音淺笑足極視聽之娛。」[23]姿采紛披,傾注聲色之美。

　　鄧芬錄存《避風塘雜感》七絕廿二首,另七律三首、集句一首、詞八闋,共三四首(闋)。諸作寫於不同的卷子上,鄧芬《自書詩卷》首錄〈避風塘選錄十六絕〉及〈與楊善深同遊〉四首,共二十首。[24]鄧修《阿賴耶室詩詞文集抄存》錄《避風塘雜感》廿三首,劉季《南海鄧芬藝文集》亦錄廿三首,次序相同,文字略異。[25]又癸卯(1963)二月為徐柳仙女弟畫仕女扇面一幅,背頁寫錄「《避風塘雜詠》二十首之三」,[26]可見鄧芬原訂或限二十首。諸作配畫單行者多見,甚至還抽出〈與楊善深同遊〉四首另寫扇面,互有不同組合。此外異文略多,時作改動,書寫隨心,未知哪一個才是鄧芬最後的定本?[27]

　　鄧芬《避風塘雜感》寫於一九六〇年庚子六月六日之夜。今以《自書詩卷》原作為準,錄十四首,〈與楊善深同遊〉四首,再據鄧修《阿賴耶室詩詞文集抄存》補錄四首,全部廿二首,可作定稿。[28]至於「冥冥月影照驚鴻」、「三更燈火二分月」二首(原編《自書詩卷》第15、16)原為七律,題為〈庚子立秋後懷避風塘一首〉,或題〈庚子七夕媽閣懷避風塘〉,鄧芬在題寫卷子時析為二首,現在不予

23　《鄧芬藝文集》,頁105-106。《南海鄧芬藝文集》,頁95。
24　鄧芬《自書詩卷》錄〈避風塘選錄十六絕〉、〈與楊善深同遊之四〉,共二十首,署云:「庚子(1960)七夕媽閣夜話,乘興示奉崇栻吾兄兩正。曇殊芬。」另尚有〈題《明皇幸蜀圖》〉一首未計在內,載《鄧芬百年藝術回顧》,圖版65。
25　《避風塘雜感》二十三首參《阿賴耶室詩詞文集抄存》,《鄧芬藝文集》,頁47-54。又《南海鄧芬藝文集》,頁50。
26　鄧芬贈徐柳仙仕女扇面錄《避風塘雜詠》二十首之其一、其二、其五,參網路圖片。
27　鄧芬嘗繪避風塘圖,題云:「辛丑新春寫意,曇殊芬撰。」(1961)其下即錄出避風塘詩若干首,惜文字模糊,若隱若現,未能認真校讀。參網路圖片。此幅與繪贈司徒珍之作構圖相似。
28　近日及見鄧芬寫在便條紙上的底稿四頁,題《庚子六月六日之夜避風塘雜感》,共十九首。其後一頁即〈與楊善深同遊〉四首,早期並無獨立題目。第二十-二十二各首殆屬後出。

列入。又第廿二首「幽懷得與玉重溫。五體將投解脫門。便許遊仙同一夢，如何返我已銷魂。」專寫遊仙豔情之作，已見於〈無題二首〉之二，亦不宜重複計算在內。倘全部計入，則為廿五首。鄧修異文以斜體表示，劉季異文則以底線為準，異體字盡量刪減，不視作異文。鄧修原有次序亦附列於各詩之後，以便參考。

一、十字街頭老少年。看花嘗（*曾*）墮紫騮鞭。曉風殘月和朝雨，怕撥（*撥盡*、<u>櫻花</u>、*怕聽*）琵琶第四絃。（其一）[29]

二、半世驕人一字閒。我心（*心如*）止水恨連山。於今老眼能舒處，祇在銅鑼又一灣。（其二）

三、小艇飄燈對夜分。熅胸不復有層雲。扣舷彼女能高詠，舊曲紅樓得再聞。（其三）

四、嘗（*得*）隨流水為飛絮，又（*曾*、*嘗*）化春泥護落紅。猶有舊時明月在，照人華髮首如（*似飛*）蓬。（其五）

五、相逢翻恨十年遲。細意深言勝（*似*）舊知。一自小紅低唱罷，懶將嬌韻製新詞。（其四）[30]

六、微波可託意何窮。搖落心期有異同。老弱苦甘懸十指，須妨（*知*）容易又秋風。（其十一）

七、喚夢荒雞報夜闌。迴腸九曲付吹彈。非關明月捐團扇，誤把（*深悔*）齊紈號合歡。（其九）[31]

---

[29] 參鄧芬贈徐柳仙仕女扇面錄《避風塘雜詠》三首，其一末句「怕撥」寫作「怕聽」，參網路圖片。《南海鄧芬藝文集》末句誤作「櫻花琵琶第四絃」，「櫻花」二字平仄不合，頁50。

[30] 底稿次句原作「細意深言甚舊知」。

[31] 末二句參班婕妤〈怨歌行〉：「新裂齊紈素，皎潔如霜雪。裁為合歡扇，團團似明月。出入君懷袖，動搖微風發。常恐秋節至，涼風奪炎熱。棄捐篋笥中，恩情中道絕。」〔梁〕蕭統（501-531）編，〔唐〕李善（636？-690？）注：《文選》（上海：上海古籍出版社，1986年8月），頁1280。

八、虎頭三絕最難癡。(*最難三絕虎頭癡*)。相去相隨太自私。水影(*色*)燈光勾引處,幾番風雨惜(*悵、悔*)來遲。(其八)[32]

九、鏡中花影水中萍。富貴誰能(*從無*)比別輕。白水同心人不見,茫茫江上數峰青。(其十二)

十、欲訴心聲賴有皮。(*嗚咽心聲訴水陂*)。惟將(*何堪、贏來*)薄倖答相思。豈無綠綺同殉意,怕聽(*被*)閒人喚露斯。(其六)[33]

十一、有酒逢辰氣自豪。無人解和曲彌高。搜盡(*拾取*)名山歸畫(*餘草*)稿,可堪重唱鬱輪袍。(其七)[34]

十二、水向東流風又(*自*)西。(*花逐東風水向西*)。狎鷗漁父總忘機。他年索我(*若過*)枯魚肆(*市*),認取依稀舊釣磯。(其十三)

十三、去天尺五憶城南。食性相傳(*遵*)五世譜。自昔風流多孽子,吾生不悔(*悔*)幸為男。(其十七)

十四、年來身世似虛舟。逆水迎風可(*不*)自由。暮(*莫*)倚夕陽宵待月,腳跟無定恨悠悠。(其十九)

十五、二十年來甚(*間似*)閉關。休(*莫*)將七夢問阿難。摩登迦女天魔會,相約(*如是*)拈花一笑看。(其十五)

十六、自別邯鄲學步疏。一場迷夢尚蘧蘧。襲人花氣屏風坐,

---

[32] 底稿第四句原作「幾番風雨悔來遲」。

[33] 底稿第四句原作「最怕閒人喚露斯」。引文參《詩經・鄘風・相鼠》云:「相鼠有皮,人而無儀。人而無儀,不死何為?」又《詩經・召南・行露》云:「厭浥行露。豈不夙夜,謂行多露。」高亨(1900-1986)注:《詩經今注》(上海:上海古籍出版社,1980年10月),頁74、22。

[34] 此首眉批云:「似寧出韻,乃是失尖。」「尖」,當為「黏」。《鄧芬藝文集》,頁49。此首或依王維(700-761)陽關體,則格律不誤。

得似當時列屋居（無）。[35]（其十四）

十七、周遍流沙逐日回。長途無限夕陽催。黃金臺上誰能識，且學燕丹市骨來。（其十六）[36]

十八、金粟如來作後身。何如畫裏得（喚）真真。眾生不惜為芻狗，天地何曾是不仁。（其十八）[37]

十九、莫因（漫嫌）清濁便相欺。潮汐如斯信有期。萬里滄浪思濯足，細流羞卻在（難獲東）山知。（其十）[38]

二十、嘈嘈切切四絃秋。載夢尋聲逐下流。一例（樣）潯陽年少事，未聞人笑白江州。（第二十首）

二十一、又遭繁霜入鬢華。欲窮秋水一浮家。乘流若向銀漢去，月色能賒酒不賒。（第廿一首）

二十二、妒男何事更相疑。放浪形骸未足奇。不上南樓稱老子，少年風味有誰知。（其廿三首）[39]

以上各詩檢點平生，抒情寫意，流連風月，極盡聲色豔情之美，其實也是鄧芬晚年的心境。其一回憶少年時代為看花而墮鞭失神，紫騮鞭乃用楊炯（650-693）〈紫騮馬〉詩意，「俠客重周游，金鞭控紫騮」，重現當年豪客的輕狂勢態，極享奢華。可惜現在處身十字街頭，年華老去，難免傷懷，甚至怕撥動琵琶第四弦了。案第四弦即么弦，白居

---

35 鄧芬《自書避風塘感懷》扇面錄〈與楊善深同遊〉四首（15）及〈避風堂感懷〉「嘈嘈」一首，共五首。署云：「右與善深同遊四首，去秋之作，明年錄奉楊道兄一粲正之。辛丑（1961）五月，曇殊芬初草。」案此首叶上平六魚韻，末句「無」字韻誤，訂正為「居」字。載《鄧芬百年藝術回顧》，圖版80。

36 此首又參《水墨仕女・自書詩》扇面，署云：「庚子（1960）六月相馬，善深道兄同遊一首，錄□正之。從心曇殊芬。」載《鄧芬百年藝術回顧》，圖版70。

37 底稿次句原作「依然畫裏喚真真」。

38 此首原列第六首，末句作「細流難獲在山知」。

39 黃坤堯輯錄：《鄧芬詩詞新編》，《南海鄧芬藝文集》，頁74-75。

易（772-846）〈琵琶行〉云：「曲終收撥當心畫，四弦一聲如裂帛。東船西舫悄無言，惟見江心秋月白。」感情激越，恍惚似之。

其二「半世驕人一字閒」，意謂一生投閒置散，消耗華年，難免若有所憾，惟自己亦甘願以「閒」為傲，不必隨俗漂流。現在年紀大了，「衹在銅鑼又一灣」，可以消磨風月，也是人生最快意的地方。

其三寫司徒姊妹的歌音，在小艇飄燈水靜波平的寧謐晚上，期望能再現舊曲〈夢覺紅樓〉的盛世景象。其四憶念舊情，也就是《水明樓憶事》中的楊娟（1912-1943），舊時明月，首如飛蓬，指的是自己內心的癡待和渴望。其五相逢恨晚，跟故人有些相似，可是伊人已去，無復當年的青春氣息，而自己再也無心製作新詞了。其六微波可托，可惜自己困於生活，心情搖落，生命無常，頗有晚景淒涼之感，自怨有心無力。其七夜闌聽曲，惹人遐想。「非關明月捐團扇，誤把齊紈號合歡」二句，團扇已捐，恩情亦絕，也就提醒自己，不必再惹愛恨了。

其八首句或作「最難三絕虎頭癡」，顧愷之（341-402）小字虎頭，精於詩賦、書法、繪畫等，素有才絕、畫絕、癡絕之稱，要模仿他未免自私；但鄧芬還是陶醉於銅鑼灣避風塘水色燈光似夢迷離的意境，頗有喜遇知音之感，懊恨來遲了。此首再現白石詞仙的風韻，自然也是「癡」的境界。

其九「白水同心」似怨楊娟無情地離開自己，一去無蹤。此詩庚青通叶稍誤，《避風塘雜感・贈楊善深》原作兩首。「鏡中花影水中萍。富貴誰能比別輕。十載湖州成一訣，多情卻似總無情。」「曉烟未泮數晨星。岸壓潮低蜑氣腥。白水盟心人不見，茫茫江上數峰青。」分叶八庚、九青二首，現在合為一首。

其十首句「有皮」解顏面，相思薄倖，盡顯無奈之情，雖有抱著綠綺琴殉身之意，可是夜行風露，怕會被人取笑。

其十一《避風塘雜感・贈楊善深》原作「對酒當歌氣甚豪。無人

解和曲彌高。聽到街頭折楊柳,可堪重唱鬱輪袍。」其中第一、三句不同。〈鬱輪袍〉相傳為王維的名曲,妙解琵琶,為公主所激賞,獲得高中狀元。所謂名山畫稿,鄧芬嚮往的,可能更是「無人解和」的意境。

其十二「他年索我枯魚市,認取依稀舊釣磯」,歷盡風霜,若有所待。說的是經濟上的困境,可能相忘於江湖之中,再無蹤影。其十三回憶出身高貴和奢華的生活,自認「風流孽子」,一事無成,卻又以身為男性而自豪。其十四逆水迎風,一生漂泊無定。《避風塘雜感》十四首夢影迷離,悲歡交集,愛恨纏綿,疑真疑幻,也就是作者一生的縮影。

其次〈與楊善深同遊〉四首(15-18),有時列於避風塘系列之內,有時又摘出單行。其一(15)用佛典,摩登迦女堅持要嫁給佛陀的侍者阿難,歷經七次考驗,最後修成正果,斷除煩惱,永出三界,不再受生死流轉之苦。鄧芬此詩寫出了拈花一笑的悟道境界。其二(16)邯鄲學步,回想似夢迷離的境界,花氣氤氳,大家並排而坐。詩中末字原作「無」字韻誤,其後訂正為「居」字。其三(17)偕楊善深(1913-2004)庚子(1960)六月相馬,即同往馬場之作,「黃金臺上誰能識,且學燕丹市骨來」,考驗大家的眼光和運氣,可能也是檢視馬匹的長相和骨格。其四(18)自以為是金粟如來的後身,畫過很多佛像,「眾生不惜為芻狗,天地何曾是不仁」,鄧芬認為眾生跟作為祭品的芻狗一樣,得到平等看待,那麼天地又怎會是不仁呢!

楊善深也是當代著名的畫家,一九四一年移居澳門,一九四九年定居香港,一九五九年在美加等地舉行畫展。當年跟鄧芬來往頻密,鄧芬〈致楊善深函〉寫於己亥(1959)二月初二日,「想足下此行,云須兩年方返香港,屆時芬如仍居澳港之間,則見面之期,必能一如平日。倘別久或因環境有所移動,則地北天南,真不可預料也。芬不日返港,仍欲以教畫為目前消遣,細念往日足下所授學生,必有數人

仍須要補習者,更知其他畫家教授法,向無特別指導之方,較比吾兄實有不同之法式。惟是芬數十年經驗,敢謂必能令到後學發生興趣,餘未必及足下之高明,亦可以繼足下之旨趣。如此行長期,而所教授者如平日之高材生倘有餘意,何不介紹他來芬處,繼續學下去,此事亦甚佳事也,茲特函達愚意。……」希望對方在出國前轉介若干學生。此外又有庚子(1960)四月〈《背立東風圖》題記〉、庚子六月〈論與徐悲鴻交誼〉附錄〈庚子贈徐悲鴻〉一詩,寫付楊善深。[40]又癸卯(1963)新春遣興,鄧芬奉上〈七十生朝自睍〉一首,[41]癸卯修禊日寫〈壬寅除夕上水試馬〉,[42]加上《竹篁圖》所題「近習竹法,擬與蘇文顧李甚至柯鄭輩慣用構置方法不同,乃專以淨墨模竹,茁出姿緻,遠古人習見為旨。癸卯閏八月,善深道兄意謂如何?曇殊芬。是頁一效賦色,惜筆致去淨墨遠耳。從心又識。」[43]二人交情深厚,老而彌篤,亦可見諸文字中也。

最後補錄四首,已是《避風塘雜感》的尾聲,亦為佳製。其十九濯足清流,嚮往高山流水的志節。其二十摹寫白居易江上琵琶的幽韻,尋聲載夢。〈琵琶行〉云:「大弦嘈嘈如急雨,小弦切切如私語。嘈嘈切切錯雜彈,大珠小珠落玉盤。」鄧芬就聽出這種感覺,表現年少輕狂的故事。其廿一「乘流若向銀漢去,月色能賒酒不賒」,則仿效李白(701-762)〈陪族叔刑部侍郎曄及中書賈舍人至游洞庭五首〉之二「且就洞庭賒月色,將船買酒白雲邊」詩意,銅鑼灣避風塘內一

---

40 參《鄧芬百年藝術回顧》,頁12、24、30,共三函。
41 參《曇殊居士書畫集》,頁38。《鄧芬百年藝術回顧》,圖版87。潘兆賢《鄧誦先畫藝介評》(香港:采薇樓書齋,1986年1月)影件題「癸巳(1953)九日」誤,頁51。《鄧芬先生詩詞蒐逸》,頁119。
42 《曇殊居士書畫集》,頁38。《鄧芬百年藝術回顧》,圖版87。《鄧誦先畫藝介評》影件題「癸巳(1953)冬日」誤,頁51。《鄧芬先生詩詞蒐逸》,頁120。
43 鄧芬《竹篁圖》,參《鄧芬百年藝術回顧》,圖版34。圖中提到蘇軾、文同、顧安、李衎、柯九思、鄭燮六人,皆古代畫竹名家。

灣淺水，就有點蕩漾星河的感覺，賒取今夜的月色飲酒聽歌。避風塘諸詩自是鄧芬晚年的得意傑作，曉風殘月，靡靡哀音，唱出了香港的浮華盛世，加以身世之感，神魂離合，構成香港詩壇一道亮麗的風景線，也是鄧芬詩作中的名牌。其廿二放浪形骸，遙應第一首的「老少年」，在享盡繁華之後，叫一班「妒男」不必介懷，從「老少年」化身成「南樓老子」，閱歷萬千，尤為得意，亦為《避風塘雜感》的巧妙結局。諸詩刻劃六十年代香港避風塘中歌樂雜作、金粉浮華的花花世界，反映詩人特有的聲色享受，少年的豔情揮之不去，月色依然亮麗。華年將盡，春心不老，不期然留下這一批華妙的詩篇，更是鄧芬一生中最傳神的畫稿，以詩作畫，寫出心聲。

鄧芬避風塘詩尚有七律三首，其一〈庚子立秋後懷避風塘〉一首，或題〈庚子七夕媽閣懷避風塘〉。（1960）

娟娟月影照驚鴻。不避虞羅不避風。
白馬黃衫客何處，徐公城北宋牆東。
三更燈火二分月，一曲綾綃半夜鐘。
莫倚短篷吹尺八，秋江寂寞有魚龍。[44]

這是一首七律，鄧芬在題詞跋尾原寫「二」首，塗改為「一」首，不過其他卷子中有時又分寫七絕二首，難以捉摸。此詩異文亦多。首聯「虞羅」就是羅網，月下孤雁驚飛，無畏無懼。頷聯先用黃衫客挾持李益與霍小玉相見故事，渴望與佳人重聚。城北徐公是美男子，則用

---

44 鄧芬〈庚子立秋後懷避風塘〉七律一首，《自書詩卷》析為七絕兩首，參《鄧芬百年藝術回顧》，圖版64、65；又〈庚子七夕媽閣懷避風塘〉，參《阿賴耶室詩詞文集抄存》，載《鄧芬藝文集》，頁79。首句或作「冥冥月影照驚鴻」，或作「驚鴻照影月疑弓」；次句「不避風」，或作「祇避風」；第三句「客」字或作「向」，或作「卻」，異文略多。載《華僑日報》1960年9月10日。案：庚子立秋在1960年8月7日；七夕在8月28日。

〈鄒忌諷齊王納諫〉故事，見《戰國策》；宋玉也是美男子，東牆鄰家女每天都在窺視宋玉，見〈登徒子好色賦〉；合起來就是期望得遇知音。頸聯寫靜夜中的樂韻悠揚，意境高逸。末聯在船中不要吹奏尺八簫，避免驚動魚龍，沈醉於寧靜的秋夜氣氛之中。

其二〈避風塘遣寂〉，或題〈避風塘有遇〉，詩云：

> 掛夢深宵月一鉤。滄浪約我泛其流。
> 豪雄昔日同（曾）牽尾，憔悴斯人忽聚頭。
> 猶有餘思堪作浪，雖無老氣已橫秋。
> 相逢知道休官好，之子何為笑許由。

注云：「避風塘夜忽值東海歸人，屬為即席書箋，信筆學律一首。辛丑殘年阿賴耶室遣寂，從心先生曇殊芬。」（1961）[45]此詩故人重遇，引出很多回憶和遐想，末四句以牢愁作結，解道一事無成，只能消遣餘生。

其三〈七月九夜雨不能渡避風塘〉（1962）

> 拚命文章擬子虛。高樓風雨意何如。
> 窮經已（有）甚囊螢火，大著無從避蠹魚。
> 相與餳飣充薺萃，未能糟粕吸殘餘。
> 亦知飲墨難成字，卻羨胸羅萬卷書。[46]

---

[45] 鄧芬〈避風塘遣寂〉，載《南海鄧芬藝術全集》，頁179。《鄧芬藝文集》題作〈避風塘有遇〉，第三句「同」字作「曾」，頁68。

[46] 鄧芬〈雨窗讀書記・壬寅七月八夜〉署云：「壬寅七月八夜，從心芬草錄。」《南海鄧芬藝術全集》，頁182。《鄧芬藝文集》題〈小樓讀書記・七月九夜雨不能渡避風塘〉，第二句「何如」誤作「如何」，第三句「已」字作「有」，頁80；又封底頁原稿亦署「壬寅七月九夜，阿賴耶室曇殊草」，「已」亦作「有」。

此首因風雨未能赴會，難免悵然若失。回顧一生皓首窮經，可惜大著無成；僅餘餖飣、糟粕之作，深感愧歉。末聯雖以未能飲墨成字，卻還是羨慕有學識的讀書人。此詩隱然乃自賞之作，故作謙辭矣，觀首句「拚命文章擬子虛」，即以司馬相如（179-117B.C.）為喻，相當自負。由此可見，避風塘只是作者晚年精神所寄的棲身之所，可是高樓風雨，很多事不由人意安排，顯得無奈，只能順勢而行了。大抵律詩三首寓意沈重，寫得比較質直認真，不復是玩世不恭之貌。

三　鄧芬避風塘詞

鄧芬避風塘詞八闋，其中《自書詞卷》六闋，「近稿，崇栻吾兄詞人督拍」。其中〈浪淘沙〉四闋寫於一九六一年秋日，傳世尚有多種不同的卷子。[47]

一、寂寞思華年。哀樂隨緣。秋容淡淡對霜妍。怕到西風簾卷處，況是籬邊。　皎皎復娟娟。月照孤眠。扣舷夜夜繫燈船。自覺此心無所住，不在人天。

二、容易鬢霜侵。獨自沈吟。酒痕襟上淚痕深。夜已漸長妨夢短，夢又誰尋。　難買隔簾心。一笑千金。羅浮別後到於

---

47 鄧芬「右避風塘四疊〈浪淘沙〉。崇栻吾兄詞人督拍，曇殊芬。」載《自書詞卷》，壬寅（1962）寫，參《鄧芬百年藝術回顧》，圖版57。又〈浪淘沙〉四闋，「辛丑秋夜避風塘書感，長至後錄為友筅弟拍和。曇殊芬夜過元朗半隱齋燈下識」（1961）。其上避風塘畫作一幅，題云：「癸卯春日，偶有所觸，擬以小梅王素（1794-1877）人物，一寫銅鑼灣依稀景色，惜此地無桃柳，足移餘情，惟信筆拈來，甚似江湖載酒時味道，是亦別有系人心處也，識之為紹麟歐陽兄鑒奉，曇殊芬，香港。」（1963）參《南海鄧芬藝術全集》，頁178。或題「一九六零年（庚子）避風塘四疊〈浪淘沙〉」，參《南海鄧芬藝文集》，頁49。

〔而〕今。試待月明林下臥,環佩聲沈。[48]

前二闋或題分詠「菊」、「梅」,表現二花的高貴品格,托意亦深。首闋詠菊,「秋容淡淡」、「月照孤眠」,他就是喜歡這種「扣舷夜夜繫燈船」的綺豔清歌,末拍無所牽罣,得大自在。

次闋詠梅,可惜羅浮別後,斯人已遠。其中「夢又難尋」、「環佩聲沈」二句,乃藉以宣示內心深處沈寂哀怨的感覺。二詞乃寫贈司徒珍之作,喜遇知音。

三、一水碧盈盈。月白風清。琵琶怨恨不分明。祇有餘音時切切,未許尋聲。　莫道別離輕。燈火三更。推篷無睡數陰晴。冷落方知人老大,難賦深情。[49]

四、燈火又黃昏。何處銷魂。雍門消息不相聞。誰為水長山又遠,傳語秋雲。　昨夢了無痕。意緒紛紛。醒時攜手醉時分。無賴茫茫江上月,空對金尊。[50]

其三「一水碧盈盈,月白風清」,摹寫避風塘晚上的歌音,可以令人渾忘身世之恨,再現白居易〈琵琶行〉的意境。他往往也會在「燈火三更,推篷無睡」的日子中想念過往,可是冷落老去之後,很難再重覓當年「深情」的感覺,殆即前詩「懶將嬌韻製新詞」之意。

---

[48] 鄧芬《荷花・自書詩》圓扇贈司徒珍,署云:「〈浪淘沙〉三疊錄為惜予女弟拍和。辛丑之秋,從心先生曇殊芬。」(1961)〈浪淘沙〉其二下闋第三句「於」字作「而」。《鄧芬百年藝術回顧》,圖版79;《南海鄧芬藝術全集》,頁193。《鄧芬藝文集》錄〈浪淘沙〉詠〈菊〉、「梅」二闋,其二下闋第三句「於」字作「如」,第四句「臥」字作「坐」,頁65。又余祖明下片「簾」作「年」,「於」作「如」,「環佩」作「影寂」。參《近代粵詞蒐逸》,頁128。

[49] 〈浪淘沙〉其三上闋第三句「不」誤作「未」,今正。參《鄧芬百年藝術回顧》,圖版79;《南海鄧芬藝術全集》,頁193。

[50] 〈浪淘沙〉其四首句或作「燈火已黃昏」,《南海鄧芬藝術全集》,頁178。

其四雍門子周嘗為孟嘗君鼓琴，使人感到亡國滅邑之痛。[51]而韓娥則在齊國臨淄都城的雍門賣唱，餘音繞樑。[52]鄧芬早年在上海亦嘗撰《遊子驪歌》，又名《雍門別意》，乃寫五陵年少護花無力的故事。「縱有秦箏趙瑟，譜不盡那斷腸詞。今夜月明，玉人何處，但只願他年，後會有期。」[53]經歷「醒時攜手醉時分」、「無賴茫茫江上月」之後，一切美好的影象很快又消失殆盡了。此詞可能無意中想到《水明樓憶事》中的楊娟，回憶相遇的情事。

一九六二年，司徒珍姊妹南行演唱，鄧芬〈壬寅六月十五日贈司徒姊妹南遊，集昔人句〉詩送行，蓋屬贈行之作。詩云：

　　大珠小珠落玉盤。抱得琴來不用彈。鴻雁在天魚在水，憑君傳語報平安。[54]

其後復有詞作三首，〈蝶戀花〉「六月十五日小別」，或題「壬寅六月十五夜銅灣寄意」，詞云：

五、強樂自寬來一醉。澆入迴腸，非酒還非淚。月似銀圓天似水，東風不便何曾避。　容易重陽歸也未。人遠玄都，誰

---

51 《說苑·善說》：「雍門子周引琴而鼓之。徐動宮徵，微揮羽角，切終而成曲。孟嘗君涕浪汗增，欷〔下〕而就之曰：『先生之鼓琴，令文立若破國亡邑之人也。』」漢劉向（77-6B.C.）撰，向宗魯（1895-1941）校證：《說苑校證》（1987年7月），頁281。
52 《列子·湯問篇》：「昔韓娥東之齊，匱糧，過雍門，鬻歌假食。既去而餘音繞梁欐，三日不絕，左右以其人弗去。過逆旅，逆旅人辱之。韓娥因曼聲哀哭，一里老幼悲愁，垂涕相對，三日不食。遽而追之。娥還，復為曼聲長歌，一里老幼喜躍抃舞，弗能自禁，忘向之悲也。乃厚賂發之。故雍門之人，至今善歌哭，放娥之遺聲。」楊伯峻（1909-1992）撰：《列子集釋·湯問篇》（1979年10月），頁177。
53 鄧芬：《遊子驪歌》，參《南海鄧芬藝文集》，頁84。
54 《鄧芬藝文集》，頁63。

識劉郎樹?莫訝贈行無兩字。當時切切多忘記。[55]

上片別淚無端,盡寫依依不捨之情。下片期望司徒姊妹能在重陽節前早早歸來,並叮囑她們切勿忘記,老去的情懷尤為深刻。

又〈踏莎行〉「壬寅六月十九夜避風塘寫懷」,或題「七月十五夜見寄」。

六、無限深言,十分細意。別時曾致叮嚀語。相思有淚可成潮,君前一樣盈盈水。　壓頂嬌陽,埋身暴雨。蠻天歷歷檳榔樹。薰風來為報行程,鄰船又喚歌聲起。[56]

上片寫送行時深情感覺,下片起拍「壓頂嬌陽,埋身暴雨,蠻天歷歷檳榔樹」,一觸即發,尤為凌厲,希望她們能夠從容面對不同的逆境和挑戰,詞中甚至還用了粵語口語「埋身」,帶有強烈的唱曲味道。[57]結拍「薰風來為報行程,鄰船又喚歌聲起」,前後呼應,氣氛熾熱。

---

[55] 鄧芬《秋蟬／自書〈蝶戀花〉詞》扇面題云:「不為風多疏欲斷,且看形蛻上高枝。壬寅九秋,曇殊芬。」另頁書〈蝶戀花〉「六月十五日小別」,《鄧芬百年藝術回顧》,圖版78;《南海鄧芬藝術全集》,頁192。或作「壬寅六月十五夜贈行」,載《自書詞卷》,《鄧芬百年藝術回顧》,圖版57。或題「壬寅九月倚聲,曇殊芬」,《南海鄧芬藝術全集》,頁188。或題「壬寅六月十五夜銅灣寄意,調寄〈蝶戀花〉」,參《鄧芬藝文集》,頁63。

[56] 鄧芬〈踏莎行〉「七月十五夜見寄」,《鄧芬百年藝術回顧》,圖版78;《南海鄧芬藝術全集》,頁192。或錄〈蝶戀花〉、〈踏莎行〉二闋,末題「壬寅九月倚聲,曇殊芬。」《南海鄧芬藝術全集》,頁188。或題「壬寅六月十九夜遊避風塘寫懷,調寄踏莎行」,參《鄧芬藝文集》,頁63。案:遺稿紙條上片或作「無限深言,十分細意。別時寄我叮嚀語。涓涓不息淚成潮,天涯一樣盈盈水。」文字略異,尚未成稿。

[57] 劉季藏鄧芬紙條告誡司徒珍出埠登台時,「俱樂部及大馬路,處處都是狼與狗,認真提防。如果神色無常,容易被他們所欺負的。」「最好不搽脂粉,免路人注意。因為南洋婦女多數妝飾簡單,講話說一句還一句,不可含糊失信。」「如果不想赴約,可以推病,自稱水土不服。」

又〈一叢花〉「九月十二夜宿避風塘有憶」，或題「重陽後宿避風塘有憶」，詞云：

> 七、秋來多病為詩窮。夢雨夜濛濛。移燈倚月船唇臥，悵天際、縹緲征鴻。消息可傳，所思何在，猶是別離中。　綺窗朱戶畫簾櫳。深掩麝蘭叢。甘伺眼波梳洗處，曾幾度、玉漏霜鐘。野又露零，人如菊淡，無語問籬東。[58]

此詞純是寫情及想像之作，上片在漫漫長夜中等待對方的消息。下片則是回憶中的溫馨歲月，很多綺旎的場景一一呈現眼前，而「甘伺眼波梳洗處，曾幾度、玉漏霜鐘」，更寫出刻骨銷魂的感覺，鑄成生命中永恆的思憶。案龔自珍〈浪淘沙〉「書願」下片云：「鏡檻與香簽。雅憺溫柔。替儂好好上簾鉤。湖水湖風涼不管，看汝梳頭。」[59]又《己亥雜詩》第二五二首云：「風雲才略已消磨，甘隸妝台伺眼波。為恐劉郎英氣盡，卷簾梳洗望黃河。」第二七六首亦云：「設想英雄垂暮日，溫柔不住住何鄉。」[60]鄧芬所作，依稀相似。最後以「人如菊淡」作結，虛實相映，情在有無之間，而美好的倩影逐漸淡出，自

---

[58] 鄧芬〈一叢花〉「九月十二夜宿避風塘有憶，壬寅十月為惜予女弟子錄此拍正之，從心先生芬」，《鄧芬百年藝術回顧》，圖版78；《南海鄧芬藝術全集》，頁192。或題「九月十四夜有憶近稿，崇栻吾兄詞人督拍，曇殊芬。」載《自書詞卷》，《鄧芬百年藝術回顧》，圖版57。又〈一叢花〉「宿避風塘有憶」，第三句「倚」字作「待」，《南海鄧芬藝術全集》，頁183。或題「重陽後宿避風塘有憶」，第三句作「移燈待月推篷臥」，《鄧芬藝文集》，頁73。或題「九月十四日夜宿避風塘有憶」，下片第三句「處」字作「罷」，疑誤。《南海鄧芬藝文集》，頁51。或云：「芬連月抱病，許久不見一峰老人，魂牽夢縈也。因錄拙稿呈詞長正拍。九月十五日，曇殊芬識在香港。」第四句作「目斷征鴻」，《鄧誦先畫藝介評》，頁49。

[59] 龔自珍（1792-1841）著，王佩諍（1888-1969）校：《龔自珍全集》（上海：上海古籍出版社，1975年2月），頁571。

[60] 《龔自珍全集》，頁532、534。

然也是鄧芬詞中最優美的絕唱了。尤其是在抗戰的烽煙過後，香港重見太平，避風塘成為鄧芬最後堅守的陣地，以及心靈的家園，魂牽夢縈的，可能也是他在畫境中無法構思表達的世界。

一九六三年又有〈踏莎行〉「犯夜」，壬寅小除夕作，詞云：

> 八、蹀躞橋西，徘徊道左。蕭然忘卻當時我。向誰行宿已三更，高樓望極餘燈火。　野草未芳，寒花欲墮。枇杷牆外垂垂顆。一鉤殘月挂秋千，香車又送何人過。[61]

上片寫夜行中的茫然之感，遠望高樓燈火，渾忘自我，表現嚴重的失落情懷；下片在牆外癡等某人，殘月在天，然後某人就被一輛名貴的房車送回來了。作者題為「犯夜」，似有不該夜訪之意。意在言外，具體的情節可能永遠都說不清楚。此首並非避風塘詞，但跟鄧芬晚年的情懷還是一致的，其中有人，若有所待，顯得淒厲，可供參考。

此外鄧芬尚有〈浪淘沙〉三闋，載《南海鄧芬藝文集》。

> 夢醒已千年。休向（問）前緣。月如磨鏡照誰妍。不是琵琶遮半面，心在秋邊。　無語贈嬋娟。曲裏閑眠。飄燈搖過夜涼船。絕似秦淮花落後，藍水浮天。
>
> 不見點塵侵。篷底微吟。後庭曲破便秋深。一半分明絃上語，覓覓尋尋。　潮汐送離心。殘柳搖金。眼前燈火去來今（時）。寫到青衫司馬意，星月都沈。
>
> 芳酒一尊盈。楓荻江清。船頭明月破雲明。誰把沙場關外怨，翻出新聲。　珠走玉盤輕。數盡疎更。琵琶彈淚不曾晴。寄語

---

61 鄧芬：「犯夜調寄〈踏莎行〉。偉佳吾兄正拍，癸卯閏月曇殊芬。」《南海鄧芬藝術全集》，頁187。《鄧芬藝文集》下片第四句作「月鉤無賴挂千秋」，頁115。

> 天涯詞客倦,流水空情。[62]

諸作寫的都是江畔琵琶的意境,跟避風塘系列意境相近,景色優美,情意纏綿,也可以說是避風塘詩詞的餘波了。又鄧芬《避風塘之夜》「銅鑼灣小景一稿,癸卯夏,曇殊芬」(1963)條幅一幀,香港藝術館藏,當是晚年力作。[63] 此幅搖櫓飄燈,藍水浮天,篷底微吟,楓荻江清,適與諸詞所摹景色,若合符節。加上千年夢覺,休問前緣,眼前燈火去來今,星月都沈之語,人天悟覺,蘊含無限的滄桑之感。鄧芬回顧過往,經歷了珠江畫舫,秦淮花豔之後,就算歸結到銅鑼灣畔,琵琶彈淚,避風塘裏,翻出新聲,其實也還是天涯客倦,流水空情,漸漸趨於平淡。《避風塘之夜》畫幅跟〈浪淘沙〉三闋配合來讀,大抵也可以說是詞人絕筆之前,所繪製的最斑斕燦爛的末世風情,夜色迷離,耐人尋味,甚至難以釋懷。

四　鄧芬詩詞聲色大開

姚鼐云:「凡文之體類十三,而所以為文者八。曰:神、理、氣、味、格、律、聲、色。神理氣味者,文之精也;格律聲色者,文之粗也。然苟舍其粗,則精者亦胡以寓焉。」[64] 前六項傳神寫意,殆屬內功心法,無跡可尋,惟有聲色可見可感,才是生命中最切實的觸動,從而列入文學組成中的基本要素。作品缺乏聲色,味同嚼臘,自然也失去感人的力量。周濟亦云:「學詞先以用心為主,遇一事,見

---

62 鄧芬〈浪淘沙〉三闋,其一上片第二句「向」字疑為「問」字;其二下片第三句「時」字誤,擬改為「今」字;其三上片第四句「沙」後缺一字,疑為「場」字。參《南海鄧芬藝文集》,頁77。

63 鄧芬:《避風塘之夜》,參《南海鄧芬藝術全集》,頁85。

64 參姚鼐(1731-1815):《古文辭類纂・序目》(臺北:臺灣中華書局,1976年)。

一物，即能沈思獨往，冥然終日，出手自然不平。次則講片段，次則講離合，成片段而無離合，一覽索然矣。次則講色澤、音節。」[65]片段指意象結構，離合指順敘、逆敘、正寫、反寫的修辭技巧，技巧多端，而最後必然調叶講究色澤和音節，始成佳製。鄧芬精於書畫，擅長撰曲，因此避風塘詩詞諸作，剛好大派用場，總結個人一生的遭際遇合，時空流轉，聲色大開，風神搖曳，虛實相生，豐富時代的審美，顯出高雅的格調，詩情畫意，歌樂雜作，哀感無端，色香迷幻，隨意寫來，即能引人入勝，自然也是香港詩壇的高峰傑構，鄧芬為銅鑼灣避風塘這個逝去的景點留下了一抹永恆的豔光和神采，也留下很多供人想像的豔情故事。

拙作嘗有〈銅鑼灣訪古〉一首，詩云：

> 古渡笙歌夜，銅鑼又一灣。
> 琵琶倚珍玉，風雨動江關。
> 夢覺紅樓曉，心驕半世閑。
> 潯陽司馬淚，聲色已闌珊。

注云：「六十年代初，鄧芬常在銅鑼灣避風塘與弟子司徒珍、司徒玉姐妹弦歌作樂。其〈避風塘雜感〉詩云：『半世驕人一字閑，我心如水恨連山』、『扣舷彼女能高詠，舊曲紅樓得再聞』、『水影燈光勾引處，幾翻風雨悔來遲』、『一樣潯陽年少事，未聞人笑白江州』。乃依場景，弔古懷人。」[66]這是一片神奇的水域，豐富藝術創作的神韻，令人神往。

---

65 周濟（1781-1839）：《介存齋論詞雜著》（北京：人民文學出版社，1984年5月），頁4。
66 黃坤堯：《清懷新稿‧維港幽光》（臺北：國家出版社，2019年5月），頁243。

文學研究叢書・古典詩學叢刊　0804033

詩學瓊瑰

作　　者	黃坤堯
責任編輯	林涵瑋
特約校稿	林秋芬

發 行 人	林慶彰
總 經 理	梁錦興
總 編 輯	張晏瑞
編 輯 所	萬卷樓圖書股份有限公司
排　　版	林曉敏
印　　刷	博創印藝文化事業有限公司
封面設計	黃筠軒

發　　行　萬卷樓圖書股份有限公司
　　臺北市羅斯福路二段 41 號 6 樓之 3
　　電話 (02)23216565
　　傳真 (02)23218698
　　電郵 SERVICE@WANJUAN.COM.TW
香港經銷　香港聯合書刊物流有限公司
　　電話 (852)21502100
　　傳真 (852)23560735

ISBN 978-626-386-279-1
2025 年 8 月初版
定價：新臺幣 560 元

如何購買本書：

1. 劃撥購書，請透過以下郵政劃撥帳號：
　帳號：15624015
　戶名：萬卷樓圖書股份有限公司
2. 轉帳購書，請透過以下帳戶
　合作金庫銀行　古亭分行
　戶名：萬卷樓圖書股份有限公司
　帳號：0877717092596
3. 網路購書，請透過萬卷樓網站
　網址 WWW.WANJUAN.COM.TW

大量購書，請直接聯繫我們，將有專人為您服務。客服：(02)23216565 分機 610
如有缺頁、破損或裝訂錯誤，請寄回更換
版權所有・翻印必究
Copyright©2025 by WanJuanLou Books CO., Ltd.
All Rights Reserved　　　　**Printed in Taiwan**

國家圖書館出版品預行編目資料

詩學瓊瑰 / 黃坤堯著.-- 初版.-- 臺北市：萬卷樓圖書股份有限公司, 2025.08
　面；　公分.-- (文學研究叢書. 古典詩學叢刊；0804033)
ISBN 978-626-386-279-1(平裝)

1.CST: 中國詩　2.CST: 詩學　3.CST: 詩評

821.88　　　　　　　　　　　　114007908